AQUI ESTOU

AQUI ESTOU

JONATHAN SAFRAN FOER

Tradução de
Daniel Pellizzari
Maíra Mendes Galvão

ROCCO

Título original
HERE I AM

Copyright © Jonathan Safran Foer, 2016

O direito moral do autor foi assegurado.

O discurso do presidente no capítulo "A palavra que começa com I" foi adaptado a partir do discurso que o presidente Obama proferiu em 2010 após o terremoto no Haiti. Os poemas citados na Parte VII são de Franz Wright, "Year One" e "Progress". Radiolab, Invisibilia, 99% Invisible e Hardcore History de Dan Carlin ofereceram a inspiração para o *podcasts* de Jacob listens to.

Direitos para a língua portuguesa reservados
com exclusividade para o Brasil à
EDITORA ROCCO LTDA.
Av. Presidente Wilson, 231 – 8º andar
20030-021 – Rio de Janeiro – RJ
Tel.: (21) 3525-2000 – Fax: (21) 3525-2001
rocco@rocco.com.br
www.rocco.com.br

Printed in Brazil/Impresso no Brasil

CIP-Brasil. Catalogação na fonte.
Sindicato Nacional dos Editores de Livros, RJ.

F68a

Foer, Jonathan Safran
    Aqui estou / Jonathan Safran Foer; tradução de Daniel Pellizzari e Maíra Mendes Galvão. – 1. ed. – Rio de Janeiro: Rocco, 2017.

    Tradução de: Here I am
    ISBN 978-85-325-3057-8 (brochura)
    ISBN 978-85-812-2682-8 (ebook)

    1. Romance americano. I. Pellizzari, Daniel. II. Galvão, Maíra Mendes. III. Título.

17-38891   CDD: 813
                                                     CDU: 821.111(73)-3

O texto deste livro obedece às normas do
Acordo Ortográfico da Língua Portuguesa.

Para Eric Chinski,
que me vê claramente,
e para Nicole Aragi,
que clareia minha visão.

SUMÁRIO

I. ANTES DA GUERRA   9

II. APRENDENDO IMPERMANÊNCIA   139

III. SERVENTIAS DE UM PUNHO JUDEU   203

IV. QUINZE DIAS DE QUINZE MIL ANOS   289

V. NÃO TER ESCOLHA TAMBÉM É UMA ESCOLHA   303

VI. A DESTRUIÇÃO DE ISRAEL   449

VII. A BÍBLIA   489

VIII. CASA   553

I
ANTES DA GUERRA

A FELICIDADE DE VOLTA

Quando a destruição de Israel teve início, Isaac Bloch estava se decidindo entre o suicídio e o Asilo Judaico. Ele tinha vivido em um apartamento com pilhas de livros que encostavam no teto e tapetes tão grossos que serviriam para esconder dados; depois em um cômodo e meio de chão batido; no chão da floresta, debaixo de estrelas indiferentes; debaixo do assoalho de um cristão que, a meio mundo e três quartos de século dali, teria uma árvore plantada para celebrar sua justeza; dentro de um buraco, e foram tantos dias que os joelhos nunca mais se descurvariam por inteiro; em meio a ciganos e guerrilheiros e poloneses quase decentes; em campos temporários, de refugiados e de deslocados de guerra; em um navio com uma garrafa com um navio dentro, construído de forma milagrosa por um agnóstico insone; no outro lado de um oceano que nunca cruzaria por inteiro; acima de meia dúzia de mercadinhos que ele se matou para reformar e vender com pouco lucro; ao lado de uma mulher que conferia todas as trancas até estragá-las, e que morreu de velha aos quarenta e dois anos sem que a garganta tivesse emitido sequer uma sílaba de elogios, mas com as células da mãe assassinada ainda se dividindo dentro do cérebro; e por fim, ao longo do último quarto de século, em uma casa de meio piso em Silver Spring: cinco quilos de Roman Vishniac perdendo a cor em cima da mesinha de centro; *Inimigos, uma história de amor* se desmagnetizando dentro do último videocassete funcional do mundo; salada de maionese se transformando em gripe aviária dentro de uma geladeira mumificada com fotografias de bisnetos lindíssimos, geniais, desprovidos de tumores.

Horticultores alemães tinham desbastado a árvore genealógica da família de Isaac desde o solo da Galícia. Mas com sorte, intuição e nenhuma ajuda das alturas, ele tinha transplantado essas raízes para as calçadas de Washington, D. C., e vivido para assistir a novos ramos brotando. E a menos que os Estados Unidos se voltem contra os judeus — *até que*, seu filho, Irv, teria corrigido — a árvore seguirá se ramificando e brotando. Isaac, é claro, já terá voltado para um buraco a essa altura. Nunca descurvaria os joelhos, mas em sua idade desconhecida, com afrontas desconhecidas a caminho, estava na hora de relaxar os punhos judaicos e conceder o início do fim. A diferença entre conceder e aceitar é a depressão.

Mesmo desconsiderando a destruição de Israel, aconteceu em um momento infeliz: faltavam apenas semanas para o bar-mitzvá do bisneto mais velho, que Isaac tinha escolhido como a linha de chegada de sua vida depois que cruzou a linha de chegada anterior no nascimento do bisneto mais jovem. Mas ninguém controla quando a alma de um velho judeu vai desocupar o corpo e o corpo vai desocupar o cobiçado quarto individual para o corpo seguinte na lista de espera. Também não podemos apressar ou adiar a chegada da maturidade de um homem. Por outro lado, a compra de uma dúzia de passagens de avião não reembolsáveis, a reserva de um bloco inteiro do Washington Hilton e o pagamento de vinte e três mil dólares em depósitos para um bar-mitzvá que marcou presença no calendário desde a última olimpíada de inverno não garantem que ele vá acontecer.

Um grupo de garotos avançava desajeitado pelos corredores da Adas Israel, rindo, trocando socos, o sangue correndo de cérebros em desenvolvimento para genitais em desenvolvimento e depois voltando, ao sabor do jogo de soma zero da puberdade.

— Sério mesmo — falou um deles, o segundo *s* se imprensando no expansor palatino —, a única coisa que presta num boquete é a punheta molhada que vem junto.

— Pode crer.

— Senão é tipo meter num copo d'água com dentes.

— E não serve pra nada — comentou um garoto ruivo que ainda sentia arrepios só de pensar no epílogo de *Harry Potter e as relíquias da morte*.

— Seu niilista.

Se Deus existisse e emitisse juízos, Ele teria perdoado esses garotos por tudo, sabendo que forças externas os empurravam para dentro de si mesmos e que eles, também, tinham sido feitos à Sua imagem.

Ficaram quietos ao diminuir o passo para observar Margot Wasserman lambendo a água no bebedouro. O boato era que os pais dela estacionavam dois carros no lado de fora da garagem para três carros, porque tinham cinco. Diziam também que o lulu da pomerânia da família ainda tinha bolas, e que pareciam uns melões.

— *Puta*merda, eu quero ser aquele bebedouro — disse um garoto com o nome hebraico Peretz-Yizchak.

— Eu quero ser o forro daquela calcinha.

— Eu quero encher meu pau de mercúrio.

Pausa.

— Como assim, porra?

— Ah, tipo... — respondeu Marty Cohen-Rosenbaum, nascido Chaim ben Kalman — transformar meu pau num termômetro.

— Dando sushi pra ele comer?

— Ou injetando mesmo. Ou sei lá. Vocês sabem do que eu tô falando, caras.

Quatro sacudidas em que as cabeças alcançaram uma sincronia não intencional, como na plateia de uma partida de pingue-pongue.

Num sussurro: *"Pra meter na bunda dela."*

Os outros garotos, sortudos, tinham mães do século XXI, que mediam a temperatura dos filhos usando termômetros digitais no ouvido. E Chaim teve a sorte de ver a atenção dos outros desviada para outra coisa antes que tivessem tempo de inventar um apelido do qual ele nunca mais se livraria.

Sam estava sentado no banco em frente à sala do rabino Singer, de cabeça baixa, olhos fixos nas mãos sobre o colo, palmas voltadas para cima, como um monge esperando pegar fogo. Os garotos pararam e dirigiram a ele o ódio que sentiam de si mesmos.

— A gente ficou sabendo das coisas que você escreveu — disse um deles, enterrando um dos dedos no peito de Sam. — Você passou dos limites.

— Foi escroto, mano.

O estranho é que, em geral, a abundante produção de suor de Sam não começava até que a ameaça diminuísse.

— Eu não escrevi nada, e também não sou seu – aspas com os dedos – *"mano"*.

Sam podia ter dito isso, mas não disse. Também podia ter explicado por que nada era o que parecia. Mas não explicou. Em vez disso, aguentou tudo, como sempre fazia na vida do lado ruim da tela.

Do outro lado da porta do rabino, do outro lado da mesa do rabino, estavam sentados os pais de Sam, Jacob e Julia. Eles não queriam estar ali. Ninguém queria estar ali. O rabino tinha de fiar umas palavras com ares de consideração sobre um certo Ralph Kremberg antes que o enterrassem às duas da tarde. Jacob preferiria estar escrevendo sua bíblia para *Povo fenecente*, ou revirando a casa atrás do celular perdido, ou pelo menos acionando a alavanca da internet para liberar algumas doses de dopamina. E hoje deveria ser o dia de folga de Julia — e não havia folga nenhuma naquela situação.

— O Sam também não devia estar aqui? — Jacob quis saber.

— Acho melhor termos uma conversa entre adultos — respondeu o rabino Singer.

— O Sam é um adulto.

— O Sam *não* é um adulto — disse Julia.

— Só porque faltam três versos para ele decorar as bênçãos depois das bênçãos depois da haftará?

Ignorando Jacob, Julia pôs a mão sobre a mesa do rabino e disse: — Claro, é inaceitável ser rude com um professor, e queremos achar um jeito de remediar isso.

— Mas ao mesmo tempo — disse Jacob — suspensão não seria um castigo meio draconiano para uma coisa tão pequena, nesse contexto?

— Jacob...

— Que foi?

Tentando se comunicar com o marido, mas não com o rabino, Julia levou dois dedos à testa e balançou ligeiramente a cabeça, abrindo as ventas. Mais parecia um técnico de beisebol do que uma esposa, mãe e integrante da comunidade tentando impedir que as ondas derrubassem o castelinho de areia do filho.

— A Adas Israel é uma sinagoga moderna — disse o rabino, fazendo Jacob revirar os olhos tão automaticamente quanto num reflexo de vômito. — Temos orgulho do nosso longo histórico de enxergar além das normas culturais de um dado momento e de reconhecer a luz divina, Ohr Ein Sof, em cada um. Aqui, o uso de ofensas raciais é realmente um caso sério.

— O *quê*? — perguntou Julia, se aprumando.

— Não é possível — disse Jacob. O rabino suspirou um suspiro de rabino e deslizou um pedaço de papel sobre a mesa em direção a Julia.

— Ele *disse* isso? — perguntou Julia.

— Escreveu.
— Escreveu *o quê?* — perguntou Jacob.
Balançando a cabeça, incrédula, Julia leu a lista em voz baixa: — Árabe imundo, china, zé buceta, japa, viado, cucaracha, judeuzinho, animal que come banana...
— Ele escreveu *animal que come banana?* — perguntou Jacob. — Ou foi o *nome* do bicho?
— O nome do animal — disse o rabino.
A situação delicada do filho deveria ter prioridade nos pensamentos de Jacob, mas ele se distraiu com o fato de que aquela era a única palavra que não podia ser pronunciada.
— Deve ser um mal-entendido — disse Julia, passando finalmente o papel para Jacob. — O Sam cuida de animais doen...
— *Espanhola reversa?* Isso não é ofensa racial. É um ato sexual. Acho. Pode ser.
— Nem todos são ofensas raciais — concedeu o rabino.
— Aliás, tenho quase certeza de que "árabe imundo" também é um ato sexual.
— Vou ter de acreditar, se você está dizendo.
— A questão é que talvez essa lista esteja sendo mal interpretada.
Ignorando mais uma vez o marido, Julia perguntou: — E qual foi a explicação do Sam?
O rabino cofiou a barba, procurando as palavras certas como se estivesse catando piolhos. — Ele negou tudo. Veementemente. Mas as palavras não estavam ali antes da aula, e ele é a única pessoa que senta naquela carteira.
— Não foi ele — disse Jacob.
— É a letra dele — Julia admitiu.
— Todos os meninos de treze anos têm a mesma letra.
O rabino disse: — Ele não tinha outra explicação sobre como elas foram parar ali.
— Esse ônus não é dele — Jacob protestou. — E a propósito, caso o Sam tivesse *mesmo* escrito essas palavras, por que cargas-d'água teria deixado em cima da carteira? É tão descarado que ele só pode ser inocente. Como em *Instinto selvagem*.
— Mas ela era culpada em *Instinto selvagem* — disse Julia.
— Foi ela?
— Com o picador de gelo.

— Pior que é. Mas isso é só um filme. É óbvio que algum garoto racista de verdade, que tem alguma coisa contra o Sam, colocou o papel ali.

Julia falou diretamente com o rabino: — Vamos fazer o Sam entender por que isso que ele escreveu é tão ofensivo.

— Julia — disse Jacob.

— Um pedido de desculpas ao professor seria suficiente para colocar o bar-mitzvá de volta nos trilhos?

— É o que eu ia sugerir. Mas, infelizmente, boatos sobre as palavras já se espalharam pela nossa comunidade. Então...

Jacob bufou, frustrado, um gesto que ensinou a Sam ou aprendeu com ele. — E ofensivo para *quem*, a propósito? Existe uma diferença imensa entre quebrar o nariz de alguém e lutar sem oponente.

O rabino encarou Jacob. — O Sam está com problemas em casa? — perguntou.

— Ele anda sobrecarregado com os deveres de casa — começou Julia.

— *Não foi* ele.

— E ainda está treinando para o bar-mitzvá, o que ocupa, pelo menos em teoria, uma hora por noite. E tem o violoncelo, e o futebol. E o Max, o irmão do meio, anda passando por uma crise existencial que está sendo difícil pra todo mundo. E o mais novo, o Benjy...

— Pelo visto o momento está pesado para ele — disse o rabino. — E eu entendo isso, é claro. Exigimos muito das crianças por aqui. Muito mais do que exigiram de nós. Mas não podemos ser coniventes com racismo.

— É claro que não — disse Julia.

— Calma lá. Agora você está chamando o Sam de racista?

— Não foi isso que eu disse, sr. Bloch.

— *Foi* sim. *Acabou* de dizer. Julia...

— Eu não me lembro das palavras exatas.

— Eu disse "Não podemos ser coniventes com racismo".

— Racismo é o que expressam os racistas.

— O senhor já mentiu alguma vez, sr. Bloch? — Jacob enfiou a mão no bolso do casaco mais uma vez, por reflexo, tentando pegar o celular. — Estou supondo que, como qualquer pessoa viva, o senhor já tenha mentido. Mas isso não faz de você um mentiroso.

— Está me chamando de mentiroso? — Jacob perguntou, com a mão vazia.

— O senhor está lutando sem oponente, sr. Bloch.

Jacob se virou para Julia. — Claro, chamar alguém disso é horrível, sem dúvida. Horrível, horrível, terrível. Mas foi só uma palavra entre várias.

— O senhor acha que o contexto mais amplo de misoginia, homofobia e perversão *ameniza* as coisas?

— Mas *não foi* ele.

O rabino se remexeu na cadeira. — Se me permite falar francamente por um momento. — Ele fez uma pausa, dedando a cavidade da narina com margem plausível de negação. — Não deve ser fácil para o Sam ser neto de Irving Bloch.

Julia se recostou e pensou em castelos de areia e no portão do templo xintoísta que apareceu naquela praia do Oregon dois anos depois do tsunami.

Jacob se dirigiu ao rabino: — Como assim?

— Como exemplo para uma criança...

— Esse discurso promete.

O rabino se dirigiu a Julia: — A senhora sabe do que estou falando.

— Eu sei do que você tá falando.

— Nós *não* sabemos do que você está falando.

— Talvez não tenha ocorrido a Sam que dizer qualquer coisa, seja lá...

— Você leu o volume dois da biografia de Lyndon Johnson, escrita por Robert Caro?

— Não.

— Bem, se você fosse um rabino engajado com o mundo e *tivesse* lido esse clássico do gênero, saberia que as páginas 432 a 435 contam como Irving Bloch fez mais do que qualquer um em Washington, ou *em qualquer lugar*, para garantir a aprovação da Lei dos Direitos de Voto. Um garoto não conseguiria nem *encontrar* um exemplo de vida melhor.

— Um garoto não deveria ter que procurar — disse Julia, olhando para a frente.

— Mas, bem... meu pai publicou uma coisa lamentável no blog dele? Sim. Publicou. Foi lamentável. Ele lamenta. Lamenta intensamente, sem limites. Mas daí a você sugerir que a integridade dele não serve de inspiração para os netos...

— Com todo o respeito, sr. Bloch...

Jacob se dirigiu a Julia: — Vamos embora daqui.

— Vamos fazer o que o Sam precisa que a gente faça.

— O Sam não precisa de nada deste lugar. Foi um erro obrigá-lo a fazer bar-mitzvá.

— Hein? Jacob, ele não foi obrigado. A gente deu um *empurrão*, mas...

— Demos um *empurrão* para ele ser circuncidado. No caso do bar-mitzvá foi força bruta, mesmo.

— Nos últimos dois anos seu avô repete que só se mantém vivo para poder ir ao bar-mitzvá do Sam.

— Mais uma razão para não fazer nada.

— E a gente queria que o Sam soubesse que é judeu.

— E existia alguma chance de ele não saber disso?

— A gente queria que ele *fosse* judeu.

— Judeu, tudo bem. Mas *religioso*?

Jacob nunca soube como responder à pergunta "Você é religioso?". Nunca tinha deixado de pertencer a uma sinagoga, nunca tinha deixado de observar o *cashrut* de alguma maneira, nunca tinha deixado de presumir — nem mesmo em momentos de grande frustração com Israel, ou com o pai, ou com a comunidade judaico-americana, ou com a ausência de Deus — que criaria os filhos com algum grau de conhecimento e prática do judaísmo. Mas advérbios de negação jamais sustentaram religião nenhuma. Ou, como diria Max, irmão de Sam, em seu discurso de bar-mitzvá três anos mais tarde: "Só ficamos com aquilo que nos recusamos a soltar." E, por mais que Jacob desejasse a continuidade (da história, da cultura, do pensamento e dos valores), por mais que quisesse acreditar que havia um significado maior à disposição não somente dele, mas também dos filhos e dos filhos deles — a luz passava por entre seus dedos.

Quando começaram a namorar, Jacob e Julia costumavam falar de uma "religião a dois". Teria sido constrangedor, se não tivesse sido edificante. O *Shabat*: toda sexta à noite Jacob lia uma carta que tinha escrito para Julia durante a semana, e ela recitava um poema que sabia de cor; e sem luzes artificiais, com o telefone desconectado, os relógios acondicionados debaixo do assento da cadeira de veludo cotelê vermelho, comiam lentamente o jantar que haviam lentamente preparado juntos; e enchiam a banheira e transavam enquanto a linha d'água subia. Caminhadas de quarta-feira ao nascer do sol: a rota se tornou inconscientemente ritualizada, traçada e retraçada semana após semana, até o trajeto ficar marcado na calçada — imperceptível, mas presente. Todo Rosh Hashaná, em vez de ir à celebração, faziam o ritual do *tashlich*: jogavam migalhas de pão no rio

Potomac como símbolo dos arrependimentos do ano anterior. Algumas afundavam, algumas eram carregadas para outras plagas pela correnteza, alguns arrependimentos eram levados pelas gaivotas para alimentar os filhotes ainda cegos. Toda manhã, antes de sair da cama, Jacob beijava Julia entre as pernas — não de forma sexual (o ritual exigia que o beijo nunca levasse a nada), mas religiosa. Em viagens, começaram a colecionar coisas cuja parte de dentro parecia maior do que a de fora: o oceano encerrado dentro de uma concha, uma fita gasta de máquina de escrever, o mundo em um espelho de vidro mercurizado. Tudo parecia se tornar um ritual — Jacob buscando Julia no trabalho às quintas, o café da manhã em silêncio compartilhado, Julia trocando os marcadores de livro de Jacob por pequenos bilhetes —, até que, como um universo que se expande até o limite e depois se contrai de volta ao início, tudo se desfez.

Em algumas sextas era tarde demais e em algumas quartas, cedo demais. Depois de uma conversa difícil não havia mais beijo entre as pernas, e quantas coisas realmente podem ser classificadas como maiores por dentro do que por fora sem uma boa dose de generosidade? (Não se pode guardar ressentimento em uma prateleira.) Eles se seguravam onde podiam, e tentavam não admitir o quanto haviam se tornado seculares. Mas aqui e ali, em geral em algum momento defensivo, que, não obstante as súplicas de todos os anjos mais excelsos, simplesmente não resistia a ganhar forma de culpa, um deles dizia: "Sinto falta dos nossos *Shabats*."

O nascimento de Sam foi recebido como uma nova chance, assim como o de Max e o de Benjy. Uma religião para três, para quatro, para cinco. Marcavam a altura dos filhos na moldura da porta no primeiro dia de cada ano — secular e judaico — sempre ao acordar, antes que a gravidade fizesse seu serviço de compressão. Jogavam resoluções ao fogo a cada 31 de dezembro, levavam Argos para uma caminhada em família todas as terças depois do jantar e liam boletins em voz alta a caminho da Vace para beber *aranciatas* e *limonatas* normalmente proibidas. As crianças eram postas para dormir em certa ordem, conforme certos protocolos elaborados, e, quando qualquer um deles fazia aniversário, todos dormiam na mesma cama. Frequentemente observavam o *Shabat* — tanto no sentido de testificar a religião, nunca muito à vontade, quanto de agir de acordo com ela — com chalá do Whole Foods, suco de uva Kedem e a cera afunilada de abelhas ameaçadas de extinção nos castiçais de prata de ancestrais extintos. Depois das bênçãos e antes de comer, Jacob e Julia se aproximavam de cada um dos filhos e, segurando a cabeça do menino, sussurravam-lhe ao ouvido algo de que tinham se orgulhado naquela semana. A intimidade extrema dos dedos nos cabelos, o amor que não era segredo, mas tinha de ser sussurrado faziam estremecer os filamentos das lâmpadas com brilho reduzido. Depois do jantar, faziam um ritual de cuja origem ninguém se lembrava e cujo significado ninguém questionava: fechavam os olhos e caminhavam pela casa. Podiam falar, ser bobos, dar risada, mas a cegueira sempre silenciava. Ao longo do tempo desenvolveram tolerância ao silêncio escuro e aguentavam dez minutos, e depois vinte. Reuniam-se novamente à mesa da cozinha e, juntos, abriam os olhos. Toda vez era uma revelação. Duas revelações: a estranheza de uma casa em que as crianças tinham vivido toda a vida, e a estranheza da visão.

Em um *Shabat*, no carro a caminho de uma visita ao bisavô Isaac, Jacob disse: — Uma pessoa enche a cara numa festa e atropela e mata uma criança no caminho de volta pra casa. Outra pessoa fica tão bêbada quanto a primeira e chega em casa sem incidentes. Por que a primeira passa o resto da vida na prisão e a segunda acorda no outro dia de manhã como se nada tivesse acontecido?

— Porque a primeira matou uma criança.

— Mas, em termos do que fizeram de errado, as duas são culpadas.

— Mas a segunda pessoa não matou uma criança.

— Não por ser inocente, mas porque teve sorte.

— Mesmo assim, a primeira pessoa matou uma criança.

— Mas, quando a gente pensa em culpa, não deveria também pensar em ações e intenções, além das consequências?

— E que tipo de festa era essa?

— Hein?

— É, e o que essa criança estava fazendo na rua tão tarde?

— Acho que a questão...

— Os pais da criança deviam ter cuidado dela. *Eles* merecem ir pra prisão. Mas aí acho que o problema é que a criança ficaria sem os pais. A não ser que morasse na prisão com eles.

— Você tá esquecendo que ele morreu.

— Ah, é.

Sam e Max ficaram fascinados com o papel da intenção. Uma vez Max entrou na cozinha chorando, com a mão na barriga. — Dei um soco nele — disse Sam sem sair da sala —, mas não foi de propósito. — E em outra ocasião, como vingança, Max pisou no chalé de Lego de Sam, que estava quase pronto, e disse: — Não foi de propósito, eu só queria pisar no tapete que estava embaixo. — Davam brócolis ao Argos por debaixo da mesa "sem querer". Não estudavam para provas orais "de propósito". A primeira vez que Max mandou Jacob calar a boca — respondendo a uma sugestão feita na hora errada de que o filho desse um tempo de um genérico de Tetris no qual estava prestes a superar as dez maiores pontuações do dia, mas que não deveria estar jogando, para começo de conversa —, em seguida largou o celular de Jacob, correu até o pai, o abraçou e, com os olhos marejados de medo, disse: "Foi sem querer."

Quando Sam amassou os dedos da mão esquerda na dobradiça de uma porta de ferro pesada e gritou "Por que isso aconteceu?" várias e várias vezes, "Por que isso aconteceu?", e Julia, apertando o filho contra o peito, sangue aflorando na camisa como no passado acontecia com leite ao sinal de um choro de bebê, disse simplesmente "Te amo e estou aqui", e Jacob disse "Vamos levar ele agora pra emergência", Sam, que tinha mais medo de médicos do que de qualquer coisa que os médicos pudessem tratar, implorou "Vamos não! Vamos não! Foi por querer! Eu fiz por querer!".

O tempo passou, o mundo se impôs e Jacob e Julia começaram a se esquecer de fazer as coisas por querer. Eles não se recusaram a deixar de se importar, e, assim como as resoluções, e as caminhadas às terças, e os telefonemas de aniversário para os primos em Israel, e as três sacolas transbordantes de comida da delicatéssen judaica que levavam para o bisavô Isaac no primeiro domingo de cada mês, e faltar a escola para ir ao primeiro jogo dos Nats na temporada, e cantar "Singin' in the rain" dentro do Ed Hiena enquanto ele era escovado pelo lava-jato automático, e os "diários de gratidão" e as "inspeções de ouvido", e a escolha anual da abóbora e sua transformação em boneco e a torrefação das sementes e a decomposição ao longo de um mês, o orgulho sussurrado caducou.

A parte de dentro da vida ficou muito menor do que a parte de fora, criando uma cavidade, um vazio. E foi por isso que o bar-mitzvá parecia tão importante: era o último fiapo de uma corda puída. Cortar esse fio, como Sam tanto queria, e como Jacob agora sugeria, em conflito com sua própria necessidade real, seria condenar não apenas Sam, mas a família inteira, a flutuar no vazio — haveria oxigênio mais do que suficiente para uma vida toda, mas que tipo de vida? Julia se dirigiu ao rabino: — Se o Sam pedir desculpas...

— Pelo *quê?* — perguntou Jacob.

— Se ele pedir desculpas...

— Para *quem?*

— Para todos — disse o rabino.

— Para todos? Todos os vivos e os mortos?

Jacob articulou a frase *todos os vivos e os mortos* não à luz do que estava prestes a acontecer, mas na escuridão total do momento: isso aconteceu antes de os papeizinhos com orações aflorarem do Muro das Lamentações, antes da Crise Japonesa, antes das dez mil crianças desaparecidas e da Marcha de Um Milhão, antes de "Adia" virar o termo mais buscado da história da internet. Antes dos abalos secundários devastadores, antes da cooperação entre nove exércitos e da distribuição de pílulas de iodo, antes de os Estados Unidos nunca terem enviado caças F-16, antes de o Messias estar distraído ou inexistente demais para acordar os vivos ou os mortos. Sam estava se tornando um homem. Isaac estava decidindo entre se matar ou se mudar de um lar para um asilo.

— Queremos resolver tudo isso — Julia disse ao rabino. — Queremos consertar as coisas e levar o bar-mitzvá adiante, como está planejado.

— Pedindo desculpas por tudo para todo mundo?

— Queremos a felicidade de volta.

Jacob e Julia registraram em silêncio a esperança e a tristeza do que ela tinha dito, enquanto a palavra se dissipava pelo recinto e se depositava em cima das pilhas de livros religiosos e do carpete manchado. Tinham perdido o rumo, tinham perdido a bússola, mas não a crença de que era possível ter aquilo de volta — mesmo que nenhum dos dois soubesse exatamente a qual felicidade ela se referia.

O rabino entrelaçou os dedos como um rabino e disse: — Tem um provérbio chassídico que diz o seguinte: "Ao procurar a felicidade, fugimos da satisfação."

Jacob se levantou, dobrou o papel, enfiou no bolso e declarou: — Vocês pegaram o cara errado.

NÃO ESTOU AQUI

Enquanto Sam esperava no banco em frente à sala do rabino Singer, Samanta se aproximou do bimá. Sam tinha construído o bimá com um olmo digital resgatado do fundo de um lago de água doce digital que ele tinha cavado e no qual havia submergido uma pequena floresta antiga um ano antes, quando, como um cachorro inocente em um desses pisos eletrificados que provam a existência do mal, tinha aprendido o significado da impotência. "Não interessa se você quer fazer bar-mitzvá ou não", seu pai tinha dito. "Mas tente pensar nisso como algo inspirador."

Por que ele era tão obcecado por crueldade animal, para começo de conversa? Por que sentia tanta atração por vídeos que, ele sabia, só reforçariam suas convicções sobre a humanidade? Passava um tempo descomunal buscando a violência: não apenas crueldade animal, mas também lutas entre animais (organizadas por humanos e na natureza), animais atacando pessoas, toureiros merecidamente levando a pior, skatistas merecidamente levando a pior, joelhos de atletas dobrando para o lado errado, brigas entre mendigos, decapitações por helicóptero e muito mais: acidentes em lixeiras automáticas, lobotomias operadas por antenas de carros, vítimas civis de guerras químicas, acidentes masturbatórios, cabeças de xiitas em estacas de cercas sunitas, cirurgias malfadadas, vítimas de queimaduras de vapor, vídeos educativos sobre remover as partes duvidosas de animais atropelados antes do preparo (como se houvesse partes não duvidosas), vídeos educativos sobre suicídio indolor (como se isso não fosse, por definição, impossível) e por aí vai. As imagens eram objetos cortantes que Sam usava em si: ele tinha tanto dentro de si que precisava mover para o lado de fora, mas o processo exigia feridas.

No trajeto silencioso no carro, voltando para casa, explorou a capela que tinha construído em volta da bimá: as garras de três dedos nos pés dos bancos impalpáveis de duas toneladas; as franjas com nós górdios nas extremidades do tapete no corredor; os livros de orações, nos quais cada palavra era continuamente renovada com o próprio sinônimo: *o Senhor é Uno... o Soberano está Só... o Absoluto está Abandonado...* Se pudessem continuar por tempo suficiente, as orações retornariam, mesmo que só por um instante, para onde começaram. Mas se a média expectativa de vida continuasse aumentando em um ano a cada ano as pessoas levariam uma eternidade para viverem para sempre, então provavelmente ninguém veria isso acontecer.

Muitas vezes a pressão de suas interioridades reprimidas assumia a forma de um brilhantismo inútil, jamais partilhado, e enquanto o pai, os irmãos e os avós almoçavam no andar de baixo, enquanto *obviamente* discutiam o problema do qual ele tinha sido acusado e o que fariam com ele, enquanto Sam deveria estar decorando as palavras hebraicas e a melodia judaica de uma haftará a cujo significado ninguém jamais tinha dado importância, estava criando janelas com vitrais cambiantes. A janela à direita de Samanta tinha a imagem do bebê Moisés sendo levado pelo Nilo, entre mães. Um *loop* contínuo, costurado para evocar uma jornada infinita.

Como achou que seria legal se a maior das janelas fosse uma representação em andamento do Presente Judaico, em vez de aprender o inútil e estúpido *Ashrei,* Sam fez um script que puxava palavras-chave de um *feed* do Google News com notícias judaicas, passava os termos por uma busca de vídeo improvisada (que limpava redundâncias, equívocos e propaganda antissemita), passava *esses* resultados por um filtro de vídeo improvisado (que reduzia as imagens para ficarem adaptadas à moldura circular e também ajustava a cor) e projetava o resultado na janela. Na cabeça parecia melhor do que na realidade, mas tudo era assim.

Em volta da capela, tinha construído a sinagoga propriamente dita: um labirinto de corredores com bifurcações literalmente infinitas; bebedouros de *aranciata* e mictórios feitos com ossos de caçadores de marfim; o arquivo secreto de pornografia de sentadas na cara, genuinamente carinhosa e não misógina, no almoxarifado do salão social do Clube de Cavalheiros; a vaga irônica para cadeirantes no estacionamento de carrinhos de bebê; o Muro Memorial com luzinhas perpetuamente queimadas ao lado dos nomes daqueles a quem Sam desejava a morte, rápida e indolor, porém a morte (ex-melhores amigos, pessoas que fizeram lencinhos para espinhas arderem de propósito etc.); vários cantinhos de pegação onde meninas sensíveis e legitimamente engraçadas, que se vestiam como propagandas da American Apparel e escreviam *fanfics* do Percy Jackson deixavam *klutzes* chuparem seus peitos impecáveis; quadros-negros que transmitiam pulsos elétricos de 600 volts quando arranhados por unhas de valentões tapados metidos a espertos que estavam, como todos podiam ver — na verdade, apenas Sam via isso —, a quinze curtos anos de se tornarem *schmucks* pançudos com empregos entediantes e esposas com forma de barril; pequenas placas em cada superfície avisando a todos que apenas graças ao gesto benevolente de Samanta, à sua bondade fundamental, ao seu valor inerente, à sua ausência de babaquice tóxica, aquela escada para o telhado existia, o telhado existia, Deus em *buffer* perpétuo existia.

De início, a sinagoga ficava às margens de uma comunidade desenvolvida em torno de uma paixão em comum por vídeos que mostram cachorros expressando vergonha. Sam poderia passar o dia inteiro assistindo a esses vídeos — já *tinha* feito isso mais de uma vez — sem analisar demais o porquê de gostar tanto deles. Empatia pelo cachorro seria a explicação óbvia, e tinha sem dúvida um quê de verdade ("Foi você, Sam? Foi você que escreveu aquelas palavras? Você foi malcriado?"). Mas os donos também chamavam sua atenção. Cada um desses vídeos tinha sido feito por alguém que amava o cachorro mais do que a si mesmo; as "humilhações" eram sempre engraçadas, teatrais e bem-intencionadas, e todas terminavam em reconciliação. (Sam tinha tentado fazer seus próprios vídeos do gênero, mas Argos já estava velho e cansado demais para fazer qualquer coisa que não fosse se cagar, e neste caso nenhum tipo de humilhação seria bem-intencionada.) Então tinha algo a ver com o pecador e algo com o juiz, e com o medo de não ser perdoado, e com o alívio de voltar a ser amado. Talvez, em sua próxima vida, Sam não ficasse tão assoberbado por emoções e sobrasse alguma parte de si também para o entendimento.

Não que houvesse algo de errado com a localização original, mas a vida servia para o que era meramente adequado, enquanto o *Other Life* servia para colocar as coisas nos lugares onde elas desejavam estar. Sam acreditava em segredo que tudo era capaz de desejar, e mais, que tudo estava sempre desejando. Então, depois do descascamento humilhante que recebeu da mãe mais tarde naquele dia, pagou com dinheiro digital um serviço de mudanças digital para desmontar a sinagoga nas maiores partes que pudessem caber nos maiores caminhões, mover todas e remontar de acordo com capturas de tela.

— Vamos ter que conversar quando seu pai chegar em casa da reunião, mas preciso dizer uma coisa. É obrigatório.
— Tá.
— Para de dizer "tá".
— Desculpa.
— Para de pedir "desculpa".
— Achei que vocês queriam que eu pedisse desculpas.
— Sim, pelo que você fez.
— Mas eu não...
— Estou muito decepcionada com você.
— Eu sei.
— Só isso? Não quer dizer mais nada? Sei lá, talvez "Assumo a culpa e peço desculpas"?
— Não fui eu.
— Limpa essa bagunça. Tá um nojo.
— O quarto é meu.
— Mas a casa é nossa.
— Não dá pra mexer naquele tabuleiro. A gente ainda tá na metade do jogo. O pai disse que a gente pode terminar depois, quando eu não estiver mais de castigo.
— Você sabe por que sempre ganha dele?
— Porque ele me deixa ganhar.
— Faz anos que ele não deixa você ganhar.
— Ele pega leve.
— Que nada. Você ganha porque ele fica todo animado ao capturar peças, mas você está sempre pensando em quatro jogadas adiante. Por isso você se dá bem no xadrez, e por isso você se dá bem na vida.
— Eu não me dou bem na vida.
— Dá sim, quando põe a cabeça pra pensar.
— O pai se dá mal na vida?

Tudo correu quase à perfeição, mas como funcionários de empresas de mudança são menos quase perfeitos do que o resto da humanidade houve alguns percalços, quase nenhum perceptível — quem além de Sam saberia que uma estrela judaica estava amassada e pendurada de ponta-cabeça? —, especialmente porque, para começo de conversa, ninguém percebia nada daquilo. Os detalhes minúsculos que impediam a perfeição transformavam tudo em merda.

Sam tinha ganhado do pai um artigo sobre um garoto em um campo de concentração que tinha observado o bar-mitzvá escavando uma sinagoga imaginária, que encheu de gravetos cravados na vertical para servirem de congregação silenciosa. Claro, o pai nunca teria adivinhado que Sam tinha de fato lido o artigo, e eles nunca conversaram sobre isso, e se você fica o tempo todo pensando em alguma coisa, ainda pode falar que está se lembrando dela?

Tudo estava ali para a ocasião — o edifício inteiro da religião organizada, concebido, construído e mantido apenas para um ritual rápido. Apesar da vastidão incompreensível do *Other Life*, não existia nenhuma sinagoga. E apesar da profunda relutância de Sam em pisar uma vez sequer em uma sinagoga verdadeira, tinha de existir uma sinagoga. Ele não desejava uma sinagoga, precisava de uma: não se pode destruir o que não existe.

FELICIDADE

Todas as manhãs felizes se parecem, assim como todas as manhãs infelizes, e no fundo é isso que as torna tão profundamente infelizes: a sensação de que essa infelicidade já aconteceu antes, de que qualquer esforço para evitá-la só vai, na melhor das hipóteses, reforçá-la, e provavelmente até exacerbá-la, que o universo está, por uma razão inconcebível, desnecessária e injusta qualquer, conspirando contra a sequência inocente formada por roupas, café da manhã, dentes e tufos de cabelo rebeldes, mochilas, sapatos, casacos, tchau.

Jacob tinha insistido para que Julia fosse com o próprio carro para a reunião com o rabino Singer, para que pudesse sair direto de lá e ainda ter o dia de folga. A caminhada pela escola até o estacionamento aconteceu em meio a um rigoroso silêncio. Sam nunca tinha ouvido falar nos Direitos de Miranda — *você tem direito a permanecer calado etc.* —, mas agia de acordo, por intuição. Não que isso importasse, porque seus pais não tinham nenhuma intenção de falar na frente dele antes de falar pelas costas. Então deixaram Sam na entrada, entre os crianções de bigode jogando Yu-Gi-Oh!, enquanto foram pegar seus carros.

— Quer que eu compre alguma coisa? — Jacob quis saber.
— Quando?
— Agora.
— Você tem que ir pra casa, pro *brunch* com seus pais.
— Só estou tentando aliviar as coisas pra você.
— Pão de sanduíche, pode ser.
— Algum tipo específico?
— O tipo específico que a gente sempre compra.

— O que foi?
— O que foi o quê?
— Você parece aborrecida.
— Você não está aborrecido?
Será que ela tinha encontrado o celular?
— A gente não vai conversar sobre o que aconteceu lá dentro?
Ela não tinha encontrado o celular.
— Claro que vamos — Jacob respondeu. — Mas não aqui no estacionamento. Não com o Sam esperando na escada e meus pais esperando em casa.
— Quando, então?
— Hoje à noite?
— Hoje à noite? Com interrogação? Ou *hoje à noite*, afirmativo?
— *Hoje à noite*.
— Promete?
— Julia.
— E não deixa o Sam ficar emburrado dentro do quarto usando o iPad. Ele precisa saber que a gente está decepcionado.
— Ele sabe.
— Sim, mas eu quero que ele saiba disso mesmo que eu não esteja por perto.
— Ele *vai* saber.
— Promete? — ela repetiu, desta vez sem tanta ênfase no tom.
— Que um raio rache meu crânio ao meio se eu não cumprir a promessa.

Ela poderia ter se alongado — dado exemplos do passado recente ou explicado que não estava preocupada com o castigo, mas com o reforço dos papéis quase calcificados e totalmente errados de ambos enquanto pais —, mas, em vez disso, escolheu dar um aperto suave e detido no braço de Jacob.
— A gente se vê à tarde.

No passado, sempre tinham sido salvos pelo toque. Não importava a dimensão da raiva ou da mágoa, não importava a profundidade da solidão, um toque, ainda que ligeiro e rápido, fazia ambos relembrarem sua longa intimidade. Palma da mão no pescoço: voltava tudo de uma vez. Cabeça encostada no ombro: a química fervia, a memória do amor. Às vezes era quase impossível atravessar a distância entre os corpos, alcançar o outro. Às vezes *era* impossível. Ambos conheciam muito bem a sensação, no silêncio da penumbra do quarto, olhando para um mesmo teto: se eu conseguisse abrir os dedos, os dedos do meu coração conseguiriam se abrir. Mas não consigo. Quero vencer essa distância, quero ser alcançado. Mas não consigo.

— Desculpa por hoje cedo — ele disse. — Eu queria que você aproveitasse o dia inteiro.

— Não foi você que escreveu aquelas palavras.

— Nem o Sam.

— Jacob.

— Quê?

— Esta não pode e não vai ser uma situação em que um de nós acredita no Sam e o outro não.

— Então acredite nele.

— Claro que foi ele.

— Acredite nele mesmo assim. Somos os pais dele.

— Isso mesmo. E precisamos ensinar que ações têm consequências.

— Acreditar nele é mais importante — insistiu Jacob, a conversa se desenrolando rápido demais para ele dar conta do que pretendia dizer. Por que estava escolhendo aquela batalha?

— Não — respondeu Julia —, amar o Sam é mais importante. E quando o castigo acabar ele vai entender que o nosso amor, que força a gente a fazer ele sofrer de vez em quando, é a consequência definitiva.

Jacob abriu a porta do carro de Julia e disse: — Continua no próximo capítulo.

— Sim, continua no próximo capítulo. Mas preciso que você me diga que estamos do mesmo lado.

— Precisa que eu diga que não acredito no Sam?

— Preciso que você diga que, não importa no que acredite, vai me ajudar a deixar claro que estamos decepcionados, e que ele tem que pedir desculpas.

Jacob odiou isso. Odiou Julia por forçá-lo a trair o próprio filho, e odiou a si mesmo por não se impor contra ela. Se algum ódio tivesse sobrado, seria por Sam.

— OK — ele disse.

— Sim?

— Sim.

— Obrigada — ela disse, entrando no carro. — Continuação hoje à noite.

— OK — ele respondeu, fechando a porta. — Demore o quanto quiser hoje.

— E se a demora que eu quero não couber num dia só?

— E eu tenho aquela reunião na HBO.
— Que reunião?
— É só às sete. Eu tinha falado. Você provavelmente já teria voltado, de qualquer jeito.
— Nunca vamos saber.
— É chato que seja no fim de semana, mas vai durar só uma ou duas horinhas.
— Tudo bem.
Jacob pressionou o braço de Julia e disse: — Fique com o que sobrar.
— Hein?
— Do dia.

A volta para casa foi silenciosa, exceto pelo rádio sintonizado na NPR, tão onipresente que já tinha assumido caráter de silêncio. Jacob procurou Sam pelo espelho retrovisor.
— Eu fui lá e comi uma lata do seu atum, Miss Daisy.
— O que foi isso, é um derrame?
— Referência de filme. E acho que pode ser salmão.
Sabia que não deveria deixar Sam usar o iPad no banco de trás, mas o coitado do menino já tinha passado por poucas e boas naquela manhã. Parecia justo permitir que ele se confortasse. E também ajudava a adiar a conversa que Jacob não tinha a menor vontade de ter naquela hora, ou a qualquer hora.
Jacob tinha planejado um *brunch* elaborado, mas depois do telefonema do rabino Singer às nove e quinze pediu que os pais, Irv e Deborah, chegassem mais cedo para ficar com Max e Benjy. Agora não haveria rabanadas de brioche recheado com ricota. Nem salada de lentilhas, nem salada de couve-de-bruxelas ralada. Haveria calorias.
— Duas fatias de pão de centeio com manteiga de amendoim cremosa, cortadas na diagonal — disse Jacob, entregando um prato para Benjy.
Max interceptou a comida: — Este é o meu, na verdade.
— Certo — Jacob respondeu, entregando uma tigela para Benjy —, porque o seu é *Honey Nut Cheerios* com um dedinho de leite de arroz.
Max examinou a tigela de Benjy: — Isso é *Cheerios* normal com mel em cima.
— Sim.
— Por que você mentiu pra ele?
— Valeu, Max.

— E eu disse *torrada*, não *imolada*.
— *Imalada*? — perguntou Benjy.
— Destruída pelo fogo — Deborah explicou.
— E esse Camus? — perguntou Irv.
— Deixa ele em paz — pediu Jacob.
— Ei, Maxy — disse Irv, abraçando o neto —, me contaram uma vez de um zoológico incrível...
— Cadê o Sam? — perguntou Deborah.
— Mentir é feio — disse Benjy.
Max deu risada.
— Boa — disse Irv. — Certo?
— O Sam teve um probleminha na escola hebraica hoje cedo e está de castigo no quarto. — E para Benjy: — Eu não menti.
Max espiou a tigela de Benjy e informou: — Sabia que isso daí nem é mel? É agave.
— Eu quero a mamãe.
— Estamos dando um dia de folga pra ela.
— Folga *da gente*? — Benjy quis saber.
— Não, não. Ela nunca precisa de folga de vocês.
— Folga *de você*? — perguntou Max.
— Um dos meus amigos, o Joey, tem dois pais. Mas os bebês saem do buraco da vagina. Por quê?
— Por que o quê?
— Por que você mentiu pra mim?
— Ninguém mentiu pra ninguém.
— Quero um *burrito* congelado.
— O freezer está enguiçado — disse Jacob.
— No café da manhã? — perguntou Deborah.
— *Brunch* — corrigiu Max.
— *Sí se puede* — disse Irv.
— Posso dar uma saída e comprar pra você — ofereceu Deborah.
— Congelado.
Ao longo dos meses anteriores, os hábitos alimentares de Benjy tomaram o rumo do que se poderia chamar de alimentos inconclusos: vegetais congelados (ou seja: ingeridos ainda congelados), farinha de aveia crua, miojo cru, massa de bolo crua, quinoa crua, macarrão cru coberto de queijo em pó não reidratado. Exceto pelo ajuste nas listas de compras, Jacob e Julia nunca conversaram sobre o assunto; parecia algo psicológico demais para ser abordado.

— O que foi que o Sammy fez? — Irv quis saber com a boca cheia de glúten.
— Conto mais tarde.
— *Burrito* congelado, por favor.
— Talvez "mais tarde" não aconteça.
— Parece que ele escreveu umas palavras erradas num pedaço de papel durante a aula.
— Parece?
— Ele diz que não fez isso.
— E fez?
— Eu não sei. A Julia acha que sim.
— Seja qual for a verdade, e acreditem no que acreditarem, vocês precisam resolver isso juntos — disse Deborah.
— Eu sei.
— E o que mesmo é uma palavra errada? — disse Irv.
— Tenta imaginar.
— Não consigo. Consigo imaginar *contextos* errados...
— As palavras e o contexto da escola hebraica sem dúvida não combinavam.
— Quais palavras?
— E isso importa?
— Claro que importa.
— Não importa — disse Deborah.
— Só vou dizer que o nome do animal que come banana foi mencionado.
— Eu quero um bur... Que que tem o bicho que come banana?
— Pronto, feliz agora? — Jacob perguntou ao pai.
— Ele usou essa palavra em sentido literal ou figurado? — perguntou Irv.
— Explico mais tarde — Max disse ao irmão mais novo.
— Não existe ambiguidade nesse contexto — Jacob disse a Irv. E para Max: — Você não vai explicar coisa nenhuma.
— Talvez "mais tarde" não aconteça — disse Benjy.
— Então eu criei um filho que se refere a uma palavra como *errada*?
— Não — respondeu Jacob. — Você não criou filho nenhum.
Benjy foi até a avó, que nunca dizia não. — Se você me ama, vai comprar um *burrito* congelado pra mim e me contar por que não dá pra falar o nome do bicho que come banana.
— E qual foi o contexto, então? — Irv quis saber.

— Não é importante — disse Jacob. — E chega desse assunto.

— Nada poderia ser mais importante. Sem contexto, todos nós seríamos uns monstros.

— Bicho que come banana — disse Benjy.

Jacob soltou o garfo e a faca.

— OK, já que você perguntou. O contexto é o Sam assistir a você fazer papel de ridículo no noticiário todas as manhãs e assistindo a você sendo ridicularizado nos programas de entrevistas todas as noites.

— Você deixa seus filhos assistirem a muita TV.

— Eles quase não assistem.

— A gente pode ver TV? — Max perguntou.

Jacob ignorou o filho e continuou falando com Irv: — O Sam está suspenso até concordar em pedir desculpas. Sem desculpas, sem bar-mitzvá.

— Pedir desculpas pra quem?

— Canais *premium* de TV a cabo? — perguntou Max.

— Para todo mundo.

— Por que não fazem logo o serviço completo e extraditam o menino pra Uganda pra ele levar uns choques nas bolas?

Jacob estendeu um prato para Max e sussurrou algo no ouvido do filho.

Max assentiu e saiu da mesa.

— O Sam fez uma coisa errada — disse Jacob.

— Exerceu a liberdade de expressão?

— Liberdade de expressão *racista*.

— E você pelo menos já deu um soco na mesa de algum professor?

— Não, não. De jeito nenhum. A gente conversou com o rabino e agora entramos em modo de salvamento do bar-mitzvá.

— Vocês *conversaram*? Você acha que foi *conversa* que tirou a gente do Egito ou de Entebbe? Não mesmo. Foram pragas e Uzis. A única coisa que você consegue com conversa é um bom lugar na fila pro chuveiro que não é chuveiro.

— Jesus Cristo, pai. Sempre isso?

— Sempre isso, claro. "Sempre" pra garantir "nunca mais".

— Bom, e se você deixar que eu resolva desta vez?

— Porque você anda fazendo um trabalho excelente?

— Porque ele é o pai do Sam — Deborah interveio. — E você não.

— Porque limpar as merdas do seu cachorro é uma coisa — disse Jacob —, e limpar as merdas do seu pai é outra.

— Merdas. — Benjy fez eco.
— Mãe, pode subir com o Benjy e ler alguma coisa pra ele?
— Eu quero ficar com os adultos — disse Benjy.
— Eu sou a única adulta aqui — Deborah comentou.
— Antes que eu exploda — disse Irv —, quero ter certeza de que estou entendendo bem. Você está sugerindo que pode traçar uma linha direta entre meu *post* mal interpretado e o problema do Sam com seu direito constitucional à liberdade de expressão?
— Ninguém interpretou mal o seu *post*.
— Foi totalmente distorcido.
— Você escreveu que os árabes odeiam os próprios filhos.
— Incorreto. Escrevi que o ódio dos árabes pelos judeus transcendeu o amor que eles sentem pelos próprios filhos.
— E que eles são animais.
— Sim. Escrevi isso também. Eles são animais. Humanos são animais. Isso é uma questão de definição.
— Judeus são animais?
— Não, não é tão simples.
— Que bicho que come banana mesmo? — Benjy cochichou para Deborah.
— Passarinho — ela cochichou de volta.
— Não é não. — Ela pegou Benjy no colo e o levou para fora da sala.
— É o *rato* — ele disse —, né?
— Isso.
— Não é não.
— Já basta um dr. Phil dando conselhos na televisão — disse Irv. — O Sammy precisa é de um mediador. Está claro que é uma questão de liberdade de expressão, e como você sabe, ou deveria saber, eu não apenas sou do Conselho Nacional da União das Liberdades Civis Americanas, como os outros membros contam a minha história toda Páscoa. Se você fosse *eu*...
— Eu me mataria para poupar minha família.
— ... você iria revirar a Adas Israel até encontrar um advogado com uma inteligência absurda, um monomaníaco autista que trocou os prazeres mundanos pela satisfação de defender as liberdades civis. Olha, eu entendo muito bem a satisfação de protestar contra injustiças, Jacob, mas você é capaz e ele é seu filho. Ninguém condenaria você por não se ajudar, mas ninguém perdoaria se você não ajudasse seu filho.
— Você está romantizando racismo, misoginia e homofobia.

— E o Caro? Você pelo menos *leu*...
— Eu vi o filme.
— Estou tentando tirar meu neto de uma enrascada. Isso é errado?
— Se ele não tiver que escapar, sim.
Benjy marchou de volta para a sala: — É *galinha*?
— O que tem a galinha?
— O *bicho* que come banana.
— A galinha come milho.
Benjy deu a volta e saiu de novo.
— Sabe aquilo que sua mãe disse antes, sobre você e Julia resolverem a questão juntos? Aquilo está errado. Você tem que defender o Sam. Deixe que os outros se preocupem com o que realmente aconteceu.
— Eu acredito nele.
E então, como se tivesse percebido a ausência da nora pela primeira vez: — E cadê a Julia, afinal?
— Tirando um dia de folga.
— Folga do quê?
— *Folga*.
— Obrigado, Anne Sullivan, mas eu ouvi muito bem. Folga do *quê*?
— Do *aperto*. Que tal deixar essa passar?
— Claro — disse Irv, assentindo. — É uma opção. Mas me deixa compartilhar umas gotas de sabedoria.
— Mal posso esperar.
— Nada vai embora. Não por vontade própria. Ou você dá um cabo na coisa, ou a coisa dá cabo em você.
— Isto também passará...?
— Salomão não era perfeito. Em toda a história humana, nunca nada foi embora por vontade própria.
— Peidos vão embora — afirmou Jacob, como que honrando a ausência de Sam.
— Sua casa fede, Jacob. Você só não sente o cheiro porque é sua.
Jacob poderia ter retrucado que Argos havia cagado em algum lugar num raio de três cômodos. Tinha percebido assim que abriu a porta da frente. Benjy voltou à sala. — Lembrei da minha pergunta — anunciou, apesar de jamais ter dado pista alguma de estar tentando se lembrar de algo.
— E aí?
— O som do tempo. O que aconteceu com ele?

UMA MÃO DO TAMANHO DA SUA, UMA CASA DO TAMANHO DESTA AQUI

Julia gostava que o olhar fosse conduzido até onde o corpo não alcança. Gostava de alvenaria irregular, em que não há como saber se é um caso de desleixo ou perícia. Gostava da sensação de clausura com uma sugestão de expansividade. Gostava de quando o foco da vista não era a janela, mas também gostava de se lembrar que vistas são, pela natureza da natureza, centralizadas. Gostava de trincos que dão vontade de ficar segurando. Gostava de subir degraus e descer degraus. Gostava de sombras sobre sombras. Gostava de recantos para café da manhã. Gostava de madeiras claras (faia, bordo), e não gostava de madeiras "masculinas" (nogueira, mogno), e não gostava de aço, e odiava aço inoxidável (até ficar coberto de arranhões), e imitações de materiais naturais eram intoleráveis, a não ser que a artificialidade fosse declarada, fosse a questão, e nesse caso podiam ser bem belos. Gostava de texturas conhecidas pelos dedos e pelos pés, mesmo quando desconhecidas pelos olhos. Gostava de lareiras centralizadas em cozinhas centralizadas no térreo. Gostava de mais estantes de livros do que o necessário. Gostava de claraboias nos chuveiros, e em nenhum outro lugar. Gostava de imperfeições intencionais, mas não suportava desleixo, mas também gostava de lembrar que não era possível existir uma imperfeição intencional. As pessoas vivem confundindo aquilo que faz bem para os olhos com aquilo que faz bem.

você me implora pra foder essa bucetinha apertada, mas ainda não merece

Não gostava de texturas uniformes — as coisas não são *assim*. Não gostava de tapetes centralizados na sala. A boa arquitetura deveria fazer as pessoas se sentirem dentro de uma caverna com vista para o horizonte. Não gostava de pé-direito duplo. Não gostava de vidro por toda parte. A função de uma janela é deixar a luz entrar, não emoldurar uma paisagem. Tetos deveriam ficar ligeiramente fora do alcance dos dedos esticados da mão levantada da pessoa mais alta no recinto parada na ponta dos pés. Não gostava de bibelôs cuidadosamente posicionados — o lugar das coisas é fora do lugar. Pé-direito de três metros e meio é um exagero. Faz as pessoas se sentirem perdidas, abandonadas. Pé-direito de três metros é um exagero. Sentia como se tudo estivesse fora do alcance. Dois metros e meio é um exagero. Tudo que faz bem — que é seguro, confortável, feito para ser usado — pode ter um design que faz bem pros olhos. Não gostava de iluminação embutida, nem de lâmpadas controladas por interruptores de parede — ou seja, plafons, lustres e esforço. Não gostava de funções ocultas — geladeiras atrás de portas, cosméticos atrás de espelhos, TVs enterradas em armários.

você ainda não tá precisando tanto assim,
quero te ver lambuzada até o cuzinho

Toda arquiteta fantasia a construção da própria casa, assim como toda mulher. Julia não se lembrava de época alguma em que não sentisse um frisson secreto sempre que passava por um terreno baldio: *potencial*. Para o quê? Para construir algo belo? Inteligente? Novo? Ou simplesmente uma casa para se sentir em casa? Suas alegrias eram compartilhadas, não eram suas por inteiro, mas suas empolgações eram particulares.

Nunca quis ser arquiteta, mas sempre quis construir uma casa para si mesma. Ela se livrou das bonecas para liberar as caixas. Passou um verão inteiro mobiliando o espaço debaixo da cama. As roupas dela cobriram cada superfície do quarto, já que armários não deveriam ser desperdiçados com utilidade. Mas só quando começou a projetar casas para si mesma — todas no papel, todas motivos de orgulho e vergonha — entendeu o que "si mesma" significava.

— Isso está *bem* bom — disse Jacob ao ser conduzido por uma planta. Julia nunca compartilhava seu trabalho pessoal com o marido, a não ser que ele pedisse explicitamente. Não era um segredo, mas a experiência de compartilhar parecia sempre humilhante. Ele nunca ficava entusiasmado o suficiente, ou nunca das maneiras certas. E quando vinha o entusiasmo, parecia um presente com um laço hiperelaborado (aquele *bem* estragava tudo). Jacob guardava o entusiasmo para depois, para a próxima vez em que Julia dissesse que ele nunca se entusiasmava com o trabalho dela. E ela também se sentia humilhada por precisar do entusiasmo dele, e até mesmo querê-lo.

Qual o problema de querer e precisar? Nenhum. E a distância escancarada entre onde você está e aquilo que sempre imaginou não precisa ser uma sugestão de fracasso. Uma decepção não precisa ser decepcionante. O querer, o precisar, a distância, a decepção: crescer, saber, se comprometer, envelhecer ao lado de alguém. Podemos viver sozinhos perfeitamente. Mas não será uma vida.

— Que demais — disse ele, tão perto que o nariz quase encostava na versão bidimensional da fantasia de Julia. — Está incrível mesmo. Como você imagina essas coisas?

— Não tenho certeza se imagino.

— Isso aqui é o quê, um jardim de inverno?

— Sim, as escadas vão subir em torno de um cilindro de luz zenital.

— O Sam diria: *"Cilindro, hein..."*

— E você ia rir, e eu ignorar.

— Ou nós dois íamos ignorar. Enfim, está bom, bem bom.

— Obrigada.

Jacob pôs o dedo no térreo, passando por uma sequência de ambientes, sempre pelas portas. — Sei que não sou bom em ler essas coisas, mas onde as crianças vão dormir?

— Como assim?

— Devo estar entendendo errado, o que é bem provável, porque só estou vendo um quarto.

Julia inclinou a cabeça, semicerrou os olhos.

Jacob perguntou: — Sabe aquela piada do casal que se divorciou depois de oitenta anos?

— Não.

— Todo mundo pergunta: "Mas por que só agora? Por que não décadas atrás, quando vocês ainda tinham uma vida inteira pela frente? Ou por que não ficar logo juntos até o fim?" E eles respondem: "A gente estava esperando os netos morrerem."

Julia gostava de calculadoras que imprimiam — os judeus da papelaria, que viveram para ver muitas máquinas mais promissoras se tornarem obsoletas — e enquanto as crianças escolhiam o material escolar, ela digitava batalhões de números. Uma vez calculou os minutos que faltavam para Benjy entrar na universidade. Deixou o número registrado ali, para os autos.

As casas de Julia não passavam de exercícios inúteis, um hobby. Jacob e ela nunca teriam dinheiro, nem tempo, nem energia, e ela já tinha trabalhado o suficiente com arquitetura residencial para saber que o desejo de espremer umas gotas de felicidade a mais quase sempre destruía a felicidade que já se tinha a sorte de ter, e a estupidez de não reconhecer. Acontece sempre: uma reforma na cozinha de quarenta mil dólares se torna uma reforma na cozinha de setenta mil dólares (porque todo mundo acaba acreditando que pequenas diferenças fazem uma grande diferença), vira um banheiro novo (já que estamos cobrindo o piso por causa da obra...), vira uma troca inútil da fiação da casa para instalar novas tecnologias e se tornar uma *smart home* (para conseguirem controlar a música na cozinha usando o celular), vira uma discussão passivo-agressiva sobre se as estantes novas devem ter pés (para deixar os rodapés aparentes), vira uma discussão passivo-agressiva cujo estopim ninguém se lembra. É possível construir uma casa perfeita, mas não é possível viver dentro dela.

você gosta quando minha língua arregaça sua xaninha?
mostra pra mim
goza na minha boca

Certa noite, no início do casamento, em uma pousada na Pensilvânia, Julia e Jacob fumaram um baseado — a primeira vez que ambos fumavam desde a universidade —, se deitaram nus na cama e prometeram contar tudo um para o outro, tudo mesmo, sem exceção, independentemente de vergonha ou desconforto ou do potencial de magoar. Parecia a promessa mais ambiciosa que duas pessoas poderiam fazer uma à outra. Deixar a simples verdade aparecer parecia uma revelação.

— Sem exceções — disse Jacob.
— Uma única exceção estragaria tudo.
— Xixi na cama. Esse tipo de coisa.

Julia pegou a mão de Jacob e disse: — Você sabe o quanto eu te amo por me contar uma coisa dessas?

— Não faço xixi na cama, a propósito. Só estou estabelecendo limites.
— Sem limites. Esse é o ponto.
— Episódios sexuais do passado? — perguntou Jacob, por saber que ali residia sua maior vulnerabilidade, e que as confidências mútuas acabariam tomando esse rumo. Sempre teve, mesmo depois de perder o desejo

de tocar em Julia ou ser tocado por ela, horror até de pensar na esposa tocando ou sendo tocada por outro homem. Com quem ela já tinha ido para a cama, o prazer que deu e recebeu, as palavras que gemeu. Não era uma pessoa insegura em outros contextos, mas seu cérebro se via compelido, com o magnetismo de alguém que não conseguia parar de reviver perpetuamente um trauma, a imaginar Julia em situações sexuais com outras pessoas. O que ela tinha dito para os outros e para ele também? Por que essas repetições pareciam ser a pior traição?

— Seria doloroso ouvir essas coisas, claro — ela disse. — Mas eu não quero saber tudo sobre você. A questão não é essa. Só não quero que nada seja omitido.

— Então não vou omitir nada.

— E eu também não vou omitir nada.

Passaram o baseado de um para o outro algumas vezes, se sentindo tão corajosos, ainda tão jovens.

— O que você está omitindo agora mesmo? — ela perguntou, quase animada.

— Agora mesmo? Nada.

— Mas você *já* omitiu?

— Omito, logo existo.

Ela riu. Amava a rapidez das tiradas de Jacob, o aconchego estranhamente reconfortante das conexões de sua mente.

— Qual foi a última coisa que você omitiu de mim?

Jacob pensou no assunto. Estar chapado deixava os pensamentos nebulosos, mas também salientes.

— OK — ele falou. — Não é grande coisa.

— Quero saber todas as coisas.

— OK. A gente estava no apartamento um dia desses. Era uma quarta, acho. E eu fiz café da manhã pra você. Lembra? A *frittata* de queijo de cabra.

— Claro — ela disse, apoiando a mão na coxa dele. — Foi tão gentil.

— Deixei você dormir mais um pouco e fiz café da manhã na surdina.

Julia exalou uma coluna de fumaça que reteve a forma por mais tempo do que parecia possível, e então disse: — Eu poderia encher a pança com aquilo agora mesmo.

— Fiz isso porque quis cuidar de você.

— Eu percebi — ela confirmou, subindo a mão pela coxa dele até ele ficar duro.

— E fiz um arranjo bem bonito no prato. Aquela saladinha do lado.

— Igual a um restaurante — ela lembrou, pegando no pau dele.

— E depois da primeira mordida...
— Sim?
— As pessoas escondem as coisas por um motivo.
— A gente não é as pessoas.
— OK. Bom, depois da primeira garfada, em vez de me agradecer, ou dizer que estava delicioso, você me perguntou se eu tinha posto sal.
— E daí? — ela perguntou, movendo a mão fechada para cima e para baixo.
— E eu me senti um bosta.
— Porque eu perguntei se você tinha posto sal?
— Talvez eu não tenha me sentido um bosta. Mas fiquei irritado. Ou decepcionado. Mas não importa o que eu senti. Acabei omitindo isso.
— Mas eu só estava fazendo uma pergunta direta.
— Assim tá gostoso.
— Que bom, meu amor.
— Mas você entende que, no contexto do esforço que eu fiz por você, perguntar se eu coloquei sal mais parecia uma crítica do que um agradecimento?
— Fazer café da manhã pra mim é um esforço?
— Era um café da manhã especial.
— E assim tá gostoso?
— Maravilhoso.
— Então, no futuro, se eu achar que a comida precisa de mais sal, melhor ficar quieta?
— Ou, pelo visto, eu é que deveria guardar a mágoa para mim.
— Sua *decepção*.
— Já posso gozar.
— Então goza.
— Não quero gozar ainda.
Julia diminuiu o ritmo e segurou firme.
— O que você está omitindo agora? — ele quis saber. — E não vale dizer que está um pouco magoada, irritada e decepcionada com minha mágoa, minha irritação e decepção, porque isso você não está conseguindo esconder.
Ela riu.
— E aí?
— Não estou escondendo nada — ela respondeu.
— Pensa bem.
Julia balançou a cabeça e riu.

— O quê?

— No carro, você ficou cantando "All Apologies", do Nirvana, e repetindo "I can see from shame".

— E daí?

— E daí que a letra não é essa.

— Claro que é.

— *Aqua seafoam shame.*

— *Hein?*

— Isso aí.

— *Aqua. Seafoam. Shame?*

— Juro pela Bíblia judaica.

— Você está me dizendo que a minha frase, que faz todo sentido (isolada *e* no contexto da música), na verdade não passa de uma expressão subconsciente do meu sei lá o quê reprimido e que o Kurt Cobain concatenou intencionalmente as palavras *aqua seafoam shame*?

— É isso mesmo que estou dizendo.

— Olha, não dá pra acreditar. Mas ao mesmo tempo fiquei bem constrangido.

— Não precisa.

— Ah, sim, dizer isso costuma funcionar com alguém que está constrangido.

Ela riu.

— Essa não devia contar — ele disse. — É uma omissão amadora. Me diz uma coisa das boas.

— Das boas?

— Algo difícil de verdade.

Ela sorriu.

— Que foi? — ele perguntou.

— Nada.

— Diz!

— *Nada.*

— Não parece.

— OK — ela disse. — Estou omitindo uma coisa. Uma coisa difícil de verdade.

— Excelente.

— Mas acho que não sou evoluída o suficiente pra contar.

— Vai acabar extinta, que nem os dinossauros.

Ela enfiou um travesseiro na própria cara e enroscou as pernas uma na outra.

— Sou eu, poxa — ele disse.

— OK — Julia suspirou. — OK. Bem. Deitada aqui, chapada, os dois pelados, acabei sentindo um desejo.

Por instinto, Jacob esticou a mão e tocou no meio das pernas de Julia, e descobriu que ela já estava molhada.

— Me conta — ele pediu.

— Não consigo.

— Aposto que consegue, sim.

Ela riu.

— Fecha os olhos — Jacob sugeriu. — Vai ficar mais fácil.

Julia fechou os olhos.

— Não — ela disse. — Mais fácil nada. Quem sabe você fecha?

Jacob fechou os olhos.

— Estou sentindo um desejo. Não sei de onde ele vem. Não sei por que estou sentindo.

— Mas está sentindo.

— Sim.

— Me conta.

— Estou sentindo um desejo. — Ela riu de novo e deslizou o rosto na axila dele. — Quero abrir as pernas e quero que você abaixe a cabeça e olhe para mim até eu gozar.

— Só olhar?

— Sem dedos. Sem língua. Quero que os seus olhos me façam gozar.

— Abra os olhos.

— Abra também.

Jacob não disse uma palavra sequer, nem emitiu qualquer som. Com força suficiente, mas não muita, virou Julia de bruços. Intuiu que aquele desejo envolvia Julia não conseguir enxergá-lo, abandonar essa última segurança. Ela gemeu, sinalizando que ele estava certo. Ele deslizou pelo corpo de Julia. Separou as pernas dela e deixou-as bem abertas. Deixou o rosto tão próximo que conseguiu sentir o cheiro.

— Tá olhando bem?

— Tô.

— Tá gostando?

— Tô querendo.

— Mas não pode nem tocar.

— Não vou tocar.

— Mas pode bater punheta olhando.

— Tô fazendo isso.
— Você quer comer isso daí.
— Quero.
— Mas não pode.
— Não.
— Quer sentir que tô bem molhadinha.
— Quero.
— Mas não pode.
— Mas consigo ver.
— Mas não consegue ver como fico apertada quando tô quase gozando.
— Não.
— Se você descrever o que tá vendo, eu vou gozar.

Gozaram juntos, sem se tocar, e podiam ter parado por aí. Julia poderia ter deitado de lado, posto a cabeça no peito de Jacob. Poderiam ter dormido. Mas algo aconteceu: ela olhou para ele, ele olhou para ela, e ela fechou novamente os olhos. Jacob fechou os olhos. E poderiam ter parado por aí. Poderiam ter explorado um ao outro na cama, mas Julia se levantou e explorou o ambiente. Jacob não a enxergou — sabia que não devia abrir os olhos —, mas a escutou. Sem dizer nada, também se levantou. Os dois tocaram no banco no pé da cama, na escrivaninha e na caneca com canetas, nas borlas nas amarras das cortinas. Ele tocou no buraco da fechadura, ela tocou no controlador do ventilador de teto, ele pressionou a palma da mão na parte de cima do frigobar, que estava morna.

— Você faz sentido para mim — Julia disse.
— Você também — Jacob disse.
— Eu te amo de verdade, Jacob. Mas, por favor, só responda "eu sei" — ela disse.

Ele respondeu "eu sei" e tateou as paredes, ao longo do friso, até chegar no interruptor. — Acho que deixei a gente no escuro.

Julia ficou grávida de Sam um ano depois. E depois veio Max. E Benjy. O corpo de Julia mudou, mas o desejo de Jacob continuou intacto. O que mudou foi a quantidade de omissões. Continuaram a fazer sexo, embora o que antes surgia espontaneamente tenha passado a precisar ou de um ímpeto (bebedeira, assistir a *Azul é a cor mais quente* no laptop de Jacob na cama, Dia dos Namorados) ou de enfrentar a autocrítica e o medo de passar vergonha, que geralmente levava a orgasmos estrondosos e nenhum beijo. Às vezes ainda diziam coisas que, depois que ambos gozavam, soavam humilhantes a ponto de algum deles ter de deixar o recinto fisicamente, saindo para buscar um copo de água que ninguém queria. Ambos ainda se masturbavam pensando um no outro, ainda que essas fantasias não tivessem laços de sangue com a vida que viviam e frequentemente incluíssem um ou outro. Mas até a lembrança daquela noite na Pensilvânia teve de ser escondida, por ser uma linha horizontal na moldura da porta: *Olha como a gente mudou.*

Jacob queria muitas coisas, e queria essas coisas de Julia. Mas a possibilidade de compartilhar desejos diminuía na medida em que a necessidade que ela tinha de ouvi-los aumentava. O mesmo valia para ela. Amavam a companhia um do outro, e seria sempre essa a escolha, em vez da solidão ou da companhia de outra pessoa, mas quanto mais conforto sentiam juntos, mais vida compartilhavam, mais distantes ficavam da própria vida interior.

No início estavam sempre consumindo um ao outro ou consumindo juntos o mundo. Toda criança quer ver as marcas subindo pela moldura da porta, mas quantos casais conseguem enxergar algum progresso em simplesmente deixar tudo continuar igual? Quantos conseguem ganhar mais dinheiro e não contemplar o que poderia ser comprado? Quantos, chegando ao final dos anos férteis, conseguem saber que já têm o número certo de filhos?

Jacob e Julia nunca foram de resistir a convenções por princípio, mas também jamais poderiam ter imaginado que se tornariam tão convencionais: compraram um segundo carro (e um segundo seguro de carro); se matricularam em uma academia com um catálogo de aulas de vinte páginas; pararam de cuidar das próprias declarações de imposto de renda; às vezes devolviam uma garrafa de vinho; compraram uma casa com pia dupla (e seguro residencial); dobraram o número de produtos de higiene pessoal; mandaram fazer um anexo de madeira de teca para esconder as lixeiras; trocaram o fogão por outro mais bonito; tiveram um filho (e fizeram seguro de vida); encomendaram vitaminas da Califórnia e colchões da Suécia; compraram roupas orgânicas cujo preço, amortizado sobre o número de vezes que foram usadas, praticamente demandava que tivessem outro filho. Tiveram outro filho. Ponderaram se um tapete manteria seu valor, sabiam qual a melhor marca de tudo (aspirador Miele, liquidificador Vitamix, facas Misono, tinta Farrow and Ball), consumiram quantidades freudianas de sushi e trabalharam ainda mais para conseguirem pagar as melhores pessoas para tomar conta das crianças enquanto trabalhavam. Tiveram outro filho.

Suas vidas interiores foram consumidas por toda essa vida — não somente em termos do tempo e da energia exigidos por uma família de cinco pessoas, mas também de quais músculos foram obrigados a se fortalecer e quais definharam. A compostura inabalável de Julia com as crianças tinha tomado ares de paciência infinita, enquanto sua capacidade de expressar urgência ao marido tinha se atrofiado e tomado forma de mensagens de texto com o Poema do Dia. O truque de Jacob de tirar o sutiã de Julia sem usar as mãos foi substituído pela impressionante, mas por isso mesmo também deprimente, capacidade de montar um chiqueirinho de bebê enquanto o carregava escadas acima. Julia era capaz de cortar unhas de recém-nascidos com os dentes e amamentar enquanto fazia lasanha, e tirar farpas sem pinça e sem dor, e fazer os filhos implorarem pelo pente de piolho, e atrair o sono com uma massagem no terceiro olho — mas tinha se esquecido de como tocar no marido. Jacob ensinou às crianças a diferença entre *mais* e *mas*, mas não sabia mais conversar com a esposa.

Os dois nutriam a vida interior em particular — Julia projetava casas para si mesma; Jacob escrevia sua bíblia e comprou um segundo celular — e um ciclo destrutivo se desenvolveu entre eles: com a inabilidade de Julia em expressar urgência, Jacob ficou ainda mais inseguro quanto a ser desejado e mais receoso de se arriscar a fazer algo estúpido, o que aumentou a distância entre a mão de Julia e o corpo de Jacob, e Jacob não tinha vocabulário para lidar com isso. O desejo se tornou uma ameaça — um inimigo — à domesticidade de ambos.

Quando estava no jardim de infância, Max costumava dar tudo o que tinha. Qualquer amiguinho que aparecesse para brincar inevitavelmente ia embora com um carrinho de plástico ou um bicho de pelúcia. Qualquer dinheiro que Max conseguisse de alguma forma — trocados achados na calçada, uma nota de cinco dólares recebida do avô por ter argumentado bem — seria oferecido a Julia em uma fila de supermercado ou a Jacob diante de um parquímetro. Oferecia a Sam quanto o irmão quisesse da sobremesa. "Pode pegar", dizia quando Sam se acanhava. "Pega, pega."

Max não estava atendendo as necessidades dos outros, algo que parecia capaz de ignorar tanto quanto qualquer criança. E não estava sendo generoso — isso demandaria conhecimento sobre se doar, precisamente o que lhe faltava. Todo mundo tem um conduto que usa para escoar tudo que está disposto e apto a compartilhar de si com o mundo, e através do qual recebe do mundo tudo do que está disposto e apto a suportar. O cano de Max não era maior que o de ninguém, era simplesmente desobstruído.

Aquilo que tinha sido um motivo de orgulho para Jacob e Julia se tornou motivo de preocupação: não sobraria nada para Max. Com cuidado para não sugerir que havia algo de errado com seu jeito de viver, apresentaram com delicadeza ao filho noções de valor e de finitude de recursos. Primeiro ele resistiu — "Sempre tem mais" —, mas, como acontece com as crianças, acabou entendendo que havia algo de errado com seu jeito de viver.

Ficou obcecado por valoração comparativa. "Dá pra comprar uma casa com quarenta carros?" ("Depende da casa e dos carros".) Ou "Você ia achar melhor ter a mão cheia de diamantes ou uma casa cheia de prata? Uma mão do tamanho da sua, uma casa do tamanho desta aqui". Começou a trocar compulsivamente: brinquedos com amigos, pertences com Sam, atos com os pais. ("Se eu comer metade dessa couve você me deixa ir dormir vinte minutos mais tarde?") Queria saber se era melhor ser motorista do FedEx ou professor de música, e ficou frustrado quando os pais questionaram sua noção de *melhor*. Queria saber se tudo bem seu pai ter de pagar por mais um ingresso quando levaram seu amigo Clive para o zoológico. "Estou jogando minha vida fora!", bradava com frequência quando não estava fazendo alguma atividade. Subiu na cama deles numa manhã bem cedo querendo saber o que significa estar morto.

— Como assim, meu amor?
— Não ter nada.

Omitir necessidades sexuais era a forma mais primitiva e frustrante de afastamento entre Jacob e Julia, mas não chegava a ser a mais nociva. O movimento em direção ao distanciamento — um do outro e de si mesmos — acontecia a passos muito menores e mais sutis. Estavam sempre ficando mais próximos na esfera das ações — coordenando rotinas em eterna expansão, conversando mais e trocando mais mensagens (e de maneira mais eficiente), limpando juntos a bagunça feita pelos filhos que fizeram — e mais distantes na esfera dos sentimentos.

Uma vez Julia comprou lingerie. Pousou a mão sobre a pilha macia, não porque tivesse qualquer interesse, mas porque, como a mãe, não conseguia controlar o impulso de tocar em produtos nas lojas. Tirou quinhentos dólares no caixa eletrônico para não aparecer nada na fatura do cartão. Quis dividir isso com Jacob e tentou de tudo para encontrar ou criar a ocasião correta. Uma noite, depois que as crianças dormiram, vestiu a calcinha. Queria descer as escadas, pegar a caneta de Jacob, sem falar nada, mas comunicando: *olha só como eu posso ficar*. Mas não conseguia. Assim como não conseguia vestir a calcinha antes de deitar, com medo de que ele não percebesse. Assim como nem sequer conseguia colocar a lingerie sobre a cama para que ele visse e fizesse algum comentário. Assim como não conseguia devolvê-la na loja.

Uma vez Jacob escreveu uma frase que considerou a melhor que já tinha escrito. Quis compartilhar isso com Julia — não porque estivesse orgulhoso de si, mas porque queria saber se ainda era possível se aproximar como fazia antes, inspirar a esposa a dizer coisas como "meu escritor". Levou as páginas para a cozinha e as colocou viradas para baixo sobre a bancada.

— Como está indo? — Julia quis saber.

— Está indo — ele respondeu, precisamente da maneira que mais odiava.

— Progredindo?

— Sim, só não tenho certeza se está na direção certa.

— Existe uma direção certa?

Jacob queria dizer "Diga apenas 'meu escritor'". Mas não conseguia vencer a distância que não existia. A vastidão da vida compartilhada por ambos tornava impossível compartilhar o que cada um tinha de singular. Precisavam de uma distância que não fosse um retraimento, mas um aceno. E quando Jacob retomou a frase na manhã seguinte, ficou surpreso e triste ao constatar que ainda era ótima.

Uma vez Julia estava lavando as mãos na pia da cozinha depois de ter limpado mais um cocô do Argos e, enquanto ela observava o sabão formando teias entre os dedos, a luz piscou, mas persistiu, e Julia se viu inesperadamente tomada por um tipo de tristeza que não significava nem se referia a nada, mas cujo peso era um castigo. Quis levar essa tristeza para Jacob — não com a esperança de que ele entendesse algo que ela não entendia, mas com a esperança de que pudesse ajudá-la a carregar algo que ela não tinha como carregar. Mas a distância que não existia era grande demais. Argos tinha cagado na cama e não tinha percebido, ou apenas não quis se mexer; ficou tudo nas ancas e no rabo. Enquanto Julia limpava tudo usando xampu de gente e uma camiseta úmida de algum time de futebol esquecido que outrora partiu corações, disse ao cachorro:

— Vamos lá. Tudo bem. Estamos quase acabando.

Uma vez Jacob considerou comprar um broche para Julia. Entrou em uma loja da avenida Connecticut — o tipo de lugar que vende travessas de salada de madeira reaproveitada e pegadores de salada feitos de chifre. Não queria comprar nada, nem havia ocasião no horizonte para a qual um presente seria apropriado. A mulher com quem tinha marcado um encontro na hora do almoço mandara uma mensagem avisando que estava presa atrás de um caminhão de lixo, ele não tinha trazido um livro nem um jornal e todas as cadeiras do Starbucks estavam ocupadas por aspirantes a escritor que chegariam ao fim de suas vidas cada vez mais rarefeitas antes que conseguissem terminar seus projetos de romances que não passavam de autobiografias maldisfarçadas, de modo que não tinha sobrado lugar algum para Jacob mergulhar na tela do celular.

— Aquele ali é bonito? — perguntou à mulher do outro lado do expositor. — Que pergunta idiota.

— Eu adoro — ela respondeu.

— Sei, claro que adora.

— Não gosto daquele ali — ela disse, apontando para um bracelete no expositor.

— Isso é um broche, certo?

— Sim. Moldado de prata a partir do próprio graveto. Peça única.

— Aquilo são opalas?

— Isso.

Jacob caminhou até outra seção, fingiu examinar uma tábua de corte marchetada e depois voltou ao broche. — Mas é bonito, né? Não consigo perceber se tem cara de fantasia.

— De jeito nenhum — ela disse, tirando o broche do expositor e colocando sobre uma bandeja forrada com veludo.

— Talvez — disse Jacob, sem pegar o broche.

Será que era bonito? Arriscado, era. As pessoas usam broches? Será que era cafona por ser figurativo? Será que acabaria dentro de um porta-joias e só seria visto de novo ao ser passado como herança para uma das noivas dos filhos para que ela pudesse colocá-lo dentro de um porta-joias até que um dia fosse passado adiante novamente? Será que setecentos e cinquenta dólares era um valor adequado para esse tipo de coisa? Não era o dinheiro que preocupava Jacob, era o risco de errar, o constrangimento de tentar e fracassar — é bem mais fácil quebrar um membro estendido do que um dobrado. Depois do almoço, Jacob voltou à loja.

— Desculpa se estou sendo ridículo — falou, mais uma vez diante da moça que o tinha ajudado antes —, mas você se importa de colocar o broche?

Ela tirou o broche do expositor e o colocou na blusa.

— E não é pesado? Não puxa o tecido?

— É bem leve.

— Você acha chique?

— Dá para usar com um vestido, ou uma jaqueta, ou um suéter.
— E você gostaria de ganhar esse broche de presente?

Distância gera distância, mas se a distância não for nada, de onde ela se origina? Não havia transgressão, nem crueldade, nem mesmo indiferença. A distância original era a intimidade: a incapacidade de superar a vergonha das necessidades subterrâneas que não tinham mais lugar na superfície.

me dá seu gozo
daí você pode ganhar meu pau

Somente na privacidade da própria mente Julia conseguia especular como seria sua casa. O que ganharia e o que perderia. Conseguiria viver sem ver os filhos todas as manhãs e noites? E se admitisse que conseguiria? Em seis e meio milhões de minutos, teria de conseguir. Ninguém julga uma mãe por deixar os filhos saírem de casa para ir à faculdade. O crime não era deixar que saíssem. O crime era escolher deixar de se importar.

você não merece que eu foda seu cuzinho

Se ela construísse uma nova vida para si mesma, Jacob faria o mesmo. Ele se casaria de novo. Homens fazem isso. Eles superam, seguem adiante. Todas as vezes. Era fácil imaginar Jacob se casando com a primeira pessoa com quem saísse. Ele merecia alguém que não construísse casas imaginárias para uma única moradora. Ele não merecia Julia, mas merecia alguém melhor do que Julia. Merecia alguém que se espreguiçasse ao acordar, em vez de dar um coice. Alguém que não cheirasse os alimentos antes de comer. Alguém que não visse animais de estimação como fardos, alguém que tivesse um apelido para ele e brincasse na frente dos amigos sobre o quanto gostava de dar para ele. Um conduto novo e desobstruído para uma nova pessoa, e mesmo que estivesse condenado a fracassar no fim das contas, pelo menos o fracasso seria precedido por felicidade.

agora você merece levar no rabo

Julia precisava de um dia de folga. Adoraria a sensação de não saber como passar o tempo, de perambular sem destino pelo Rock Creek Park ou saborear uma refeição com algum tipo de comida que os filhos jamais tolerariam, e ler algo mais longo e substancial do que um destaque "Saiba mais" sobre como organizar emoções ou temperos. Mas um de seus clientes precisava de ajuda para escolher ferragens para portas. É claro que tinha de ser no sábado, porque uma pessoa que podia pagar por ferragens sob medida só teria mesmo aquele dia para escolhê-las? E é claro que ninguém precisa de ajuda para escolher ferragens de porta, mas Mark e Jennifer tinham uma dificuldade incomum em negociar suas cafonices incompatíveis e uma maçaneta era algo desimportante e simbólico o suficiente para precisar de mediação.

Para aumentar a irritação de Julia, Mark e Jennifer eram pais de um dos amigos de Sam e viam Jacob e Julia como *seus* amigos, e queriam tomar café depois para "colocar o papo em dia". Julia gostava deles e, dentro de suas possibilidades de reunir entusiasmo por relações extrafamiliares, considerava os dois como amigos. Mas não conseguia reunir muita coisa. Pelo menos não até que conseguisse ficar em dia consigo mesma.

Alguém precisava inventar um jeito de se tornar próximo das pessoas sem precisar encontrá-las, ou falar ao telefone, ou escrever (ou ler) cartas, ou e-mails, ou mensagens. Será que só as mães entendem a preciosidade do tempo? Que nunca havia tempo suficiente, nunca? E que jamais é possível apenas tomar um café, muito menos com pessoas que quase nunca se encontram, porque leva meia hora para chegar ao café (com sorte) e mais meia hora para voltar para casa (com sorte, novamente), sem contar a taxa de vinte minutos que se paga simplesmente para tirar o pé da porta, e um café rápido acaba durando 45 minutos no contexto olímpico. E tinha acontecido aquela confusão na escola hebraica de manhã, e os israelenses estavam chegando em menos de duas semanas, e o bar-mitzvá já estava se despedindo na UTI e, embora fosse possível obter ajuda, obter ajuda é desconfortável, obter ajuda é constrangedor. É possível pedir compras do supermercado pela internet e receber tudo em casa, mas não sem um sentimento de fracasso, de abdicação dos deveres maternais — do privilégio maternal. Dirigir até mais longe para ir ao supermercado com os melhores produtos, escolher o abacate que vai estar perfeitamente maduro na hora de ser usado, tomando cuidado para que não seja esmagado na sacola de compras e para que a sacola de compras não seja esmagada no carro... isso é uma tarefa de mãe. Não uma tarefa, mas uma alegria. E se ela conseguisse cumprir a tarefa, mas sem a alegria?

Julia nunca tinha sabido o que fazer com a sensação de querer mais para si mesma: tempo, espaço, tranquilidade. Talvez com meninas as coisas tivessem sido diferentes, mas ela teve meninos. Por um ano manteve os filhos por perto, mas depois dessas férias insones ela ficava à mercê da fisicalidade dos meninos: os gritos, as lutas, a batucada na mesa, as competições de peido, as intermináveis investigações do saco escrotal. Ela amava aquilo, amava a coisa toda, mas precisava de tempo, espaço e tranquilidade. Talvez meninas teriam sido mais contemplativas, menos brutas, mais construtivas, menos animalescas. Só de começar a pensar nessas coisas ela se sentia menos maternal, embora tivesse sempre tido certeza de que era uma boa mãe. Então por que era tão complicado? Algumas mulheres gastariam até o último centavo para fazer as coisas das quais ela se ressentia. Todas as benesses prometidas às heroínas estéreis da Bíblia tinham caído nas palmas de suas mãos, como chuva. E escorrido por entre os dedos.

quero lamber minha porra pingando do seu cu

Encontrou Mark no showroom de ferragens. Era um lugar elegante e pretensioso, e enquanto parte de um mundo em que cadáveres de crianças sírias apareciam nas praias, era também antiético, ou pelo menos vulgar. Mas as comissões engordavam a conta.

Mark já estava testando os modelos quando ela chegou. Estava bonito: barba bem aparada, salpicada de cinza; roupas intencionalmente justas que não tinham sido compradas em pacotes de três. Tinha a confiança física de alguém que desconhece, com uma margem de cem mil dólares, o saldo da própria conta bancária. Se isso não era atraente, tampouco era de se ignorar.

— Julia.
— Mark.
— Pelo visto não temos Alzheimer.
— O que é Alzheimer?

Flertar inocentemente era tão revigorante — a carícia gentil da palavra que acariciava gentilmente o ego. Julia era boa nisso, e adorava, sempre tinha adorado, mas passou a se sentir culpada por isso ao longo do casamento. Sabia que não havia nada errado com o espírito divertido da coisa; gostaria que Jacob também tivesse isso na vida dele. Mas também conhecia o ciúme irracional e irrefreável do marido. E, por mais frustrante que pudesse ser — nunca ousava mencionar uma experiência romântica ou sexual do passado, e tinha de explicar nos mínimos detalhes qualquer experiência presente remotamente passível de má interpretação —, aquilo era parte dele, e portanto era algo com que ela queria ter cuidado.

E era uma parte de Jacob que a atraía. A insegurança sexual dele era tão profunda que só podia ter uma origem profunda. E mesmo que Julia sentisse que já sabia tudo sobre o marido, nunca soube o que tinha criado essa necessidade insaciável de ter segurança. Às vezes, após deliberadamente omitir alguma coisa inocente que poderia arruinar uma paz quebradiça, olhava para Jacob com amor e pensava: *o que aconteceu com você?*

— Desculpa o atraso — ela disse, ajustando o colarinho. — Sam se meteu em encrenca na escola hebraica.
— *Oy vey.*
— Pois é. Mas, enfim, estou aqui. Física e mentalmente.
— Quem sabe a gente não toma aquele café primeiro?
— Estou tentando largar.
— Por quê?
— Ando muito dependente.
— Isso só é um problema se você não tiver café por perto.
— E o Jacob diz que...
— Isso só é um problema se o Jacob estiver por perto.

Julia soltou uma risadinha, sem saber se estava rindo da piada ou da sua incapacidade imatura de resistir ao charme jovial de Mark.
— Vamos fazer por merecer a cafeína — ela disse, tirando da mão dele uma maçaneta de bronze artificialmente desgastada.
— Olha, eu tenho novidades — Mark anunciou.
— Eu também. Vamos esperar a Jennifer?
— Não. Essa é a novidade.
— Como assim?
— Jennifer e eu estamos nos divorciando.
— *Hein?*
— Estamos separados desde maio.
— Você disse *divorciando.*
— Estamos separados. Estamos nos divorciando.
— Não — ela disse, apertando a maçaneta e a deixando ainda mais desgastada —, vocês não estavam.
— Como assim?
— Não estavam separados.
— Acho que eu saberia.
— Mas a gente se encontrou. Fomos todos juntos ao Kennedy Center.
— Sim, estávamos ali para assistir a uma peça.
— Vocês riram juntos, vocês se encostaram. Eu *vi.*
— Nós somos amigos. Amigos dão risada.

— Mas não se encostam.

Mark estendeu a mão e encostou no ombro de Julia. Ela se encolheu por reflexo, arrancando risadas de ambos.

— Somos amigos que foram casados — ele explicou.

Julia organizou os cabelos por trás da orelha e disse: — Que *ainda* estão casados.

— Prestes a não estar mais.
— Acho que isso não está certo.
— *Certo*?
— Acontecendo.

Mark levantou a mão sem aliança. — Está acontecendo há tempo suficiente para o dedo estar sem marca nenhuma.

Uma mulher magra se aproximou.

— Precisam de ajuda hoje?
— Talvez amanhã — Julia respondeu.
— Acho que estamos bem por enquanto — disse Mark, com um sorriso que pareceu para Julia tão sedutor tanto quanto o que ele tinha sorrido para ela.
— Se precisarem de alguma coisa é só me chamar — disse a mulher.

Julia colocou a maçaneta sobre o balcão com mais força do que o necessário e pegou outra, octogonal, em aço inoxidável — ridiculamente forçada, repulsivamente masculina.

— Bem, Mark... não sei o que dizer.
— Parabéns, talvez.
— *Parabéns*?
— Claro.
— Soa totalmente errado.
— Mas estamos falando dos *meus* sentimentos.
— Parabéns? Sério?
— Eu ainda sou jovem. Por pouco, mas sou.
— Não é por pouco.
— Você tem razão. Somos jovens com certeza. Se tivéssemos setenta anos, seria diferente. Talvez até se tivéssemos sessenta ou cinquenta. Talvez, se fosse o caso, eu diria: *Eu sou assim. É isso que eu tenho para oferecer.* Mas eu tenho quarenta e quatro anos. Grande parte da minha vida ainda não aconteceu. E a mesma coisa vale para a Jennifer. A gente percebeu que seria mais feliz vivendo outras vidas. E isso é bom. Com certeza melhor do que fingir, ou reprimir, ou simplesmente se deixar levar pela responsabilidade de desempenhar um papel a ponto de nunca se

questionar se aquele é o papel que escolheríamos. Eu ainda sou jovem, Julia, e quero escolher a felicidade.
— Felicidade?
— Felicidade.
— A felicidade *de quem*?
— A minha felicidade. A da Jennifer também. A nossa felicidade, mas separadamente.
— Ao procurar a felicidade, fugimos da satisfação.
— Bom, com ela não vou ter felicidade nem satisfação. E pode apostar que comigo ela não vai encontrar a felicidade.
— Onde ela vai encontrar, então? Debaixo de uma almofada do sofá?
— Na verdade, debaixo do professor de francês.
— Puta *merda* — disse Julia, batendo com a maçaneta na testa com mais força do que gostaria.
— Não sei por que você está reagindo assim a uma notícia boa.
— Ela nem *fala* francês.
— E agora sabemos o porquê.
Julia virou a cabeça em busca da vendedora anoréxica. Precisava de alguma desculpa para não ficar olhando para Mark.
— E a *sua* felicidade? — ela quis saber. — Qual língua você não está aprendendo?
Ele riu. — Por enquanto estou feliz sozinho. Passei a vida inteira com outras pessoas — meus pais, minhas namoradas, a Jennifer. Talvez eu queira algo diferente.
— Solidão?
— Estar sozinho não é solidão.
— Esta maçaneta é horrorosa.
— Você está chateada?
— Desgastado de menos, desgastado demais, não é uma obra de engenharia.
— Por isso deixam a engenharia para os engenheiros.
— Não acredito que você nem mencionou as crianças.
— É doloroso.
— Como isso vai afetar seus filhos. Como passar apenas metade do tempo com eles vai afetar você.
Ela encostou no expositor, se inclinou em alguns graus. Ajuste algum seria capaz de tornar confortável aquela conversa, mas ao menos amenizaria o impacto. Pôs a maçaneta no balcão e pegou outra cuja única comparação sincera seria com o vibrador que ela tinha ganhado na despedida

de solteira, dezesseis anos antes. Ele se parecia tão pouco com um pênis quanto aquela maçaneta parecia uma maçaneta. As amigas riram, ela riu, e quatro meses depois ela encontrou o vibrador enquanto vasculhava o armário na esperança de encontrar um batedor de matchá ainda na caixa, e se julgou entediada ou hormonal o suficiente para experimentar. Não deu em nada. Muito seco. Muito sem vontade própria. Mas naquele momento, segurando a maçaneta ridícula, não conseguia pensar em outra coisa.

— Perdi meu monólogo interior — disse Mark.

— Seu *monólogo interior*? — perguntou Julia com um sorriso de desdém.

— Isso.

Julia estendeu a maçaneta. — Mark, trago notícias do seu monólogo interior. Ele foi assaltado pelo seu *id* na Nigéria e precisa que você transfira duzentos e cinquenta mil dólares até o fim do dia.

— Talvez isso soe meio bobo. Talvez eu soe egoísta...

— Sim e sim.

— ... mas perdi aquilo que me fazia ser *eu*.

— Você é um adulto, Mark, não um personagem de Shel Silverstein contemplando dodóis emocionais sentado num toco de uma árvore cujo tronco usou para construir uma datcha, ou sei lá o quê.

— Quanto mais você resiste — ele disse —, mais tenho certeza de que concorda.

— Concorda? Concordar com o quê? A gente está falando sobre a *sua* vida.

— A gente está falando sobre passar o dia inteiro tenso de tanta preocupação com os filhos, de passar a noite inteira rebobinando um filme de brigas que nunca aconteceram com o cônjuge. Você não seria uma arquiteta mais ambiciosa, feliz e produtiva se estivesse sozinha? Não estaria menos *exausta*?

— Por acaso estou exausta?

— Quanto mais você brinca, mais tenho certeza...

— Claro que estaria.

— E férias? Você não aproveitaria melhor as férias sozinha?

— Não diga isso em voz alta.

— Porque alguém pode escutar que você é humana?

Julia acariciou a maçaneta com o polegar.

— Claro que sentiria falta dos meus filhos — admitiu. — Você não sentiria?

— Não foi isso que eu perguntei.

— Sim, eu preferiria ficar morando com eles e também ficar com eles nas férias.
— Difícil articular a frase?
— Eu escolheria a presença deles. Se pudesse escolher.
— Porque você não quer dormir até tarde, nem saborear a comida, e adora ter que ficar cem por cento atenta e tensa na beira de uma cadeira de praia que nunca vai ser reclinada?
— Porque é uma fonte única de satisfação. É nos meus filhos que eu penso toda manhã quando acordo, é nos meus filhos que penso na cama antes de pegar no sono à noite.
— Esse é o meu ponto.
— Esse é o *meu* ponto.
— Quando é que você pensa em si mesma?
— Quando penso que um dia, daqui a algumas décadas, que vão parecer algumas horinhas, vou ter de encarar a morte sozinha, exceto que não vou estar sozinha, porque vou estar rodeada pela minha família.
— Viver a vida errada é bem pior do que morrer a morte errada.
— Jura? Tirei esse mesmo biscoito da sorte ontem à noite!
Mark se aproximou de Julia.
— Só me diga — ele disse —, você não gostaria de ter seu tempo e sua cabeça de volta? Não estou pedindo que fale mal do seu marido ou dos seus filhos. Não se discute que nada importa tanto quanto eles e nunca vai importar. Não estou pedindo a resposta que você gostaria de dar, ou que acha que deveria dar. Sei que é difícil pensar nisso, e ainda mais difícil falar. Mas, sinceramente: você não seria mais feliz sozinha?
— Você está partindo do princípio de que a felicidade é a ambição suprema.
— Não estou. Só estou perguntando se você não seria mais feliz sozinha.
Claro que não era a primeira vez que ela encarava a pergunta, mas era a primeira vez que tinha sido feita por outra pessoa. Era a primeira vez em que ela não tinha como fugir da pergunta. Será que seria mais feliz sozinha? *Eu sou mãe*, pensou — não era uma resposta à pergunta em questão, e não era sua ambição suprema acima da felicidade, mas sua identidade suprema. Não tinha vidas para comparar à sua vida, nenhuma solidão paralela para comparar à sua solidão. Estava simplesmente fazendo o que achava que era a coisa certa a se fazer. Vivendo o que acreditava ser a vida correta.
— Não — respondeu. — Eu não seria mais feliz sozinha.

Mark deslizou o dedo em volta de uma maçaneta platonicamente esférica e disse: — Então você tem tudo. Sorte sua.
— Sim, sorte minha. Eu me sinto mesmo sortuda.
Mais alguns longos segundos tocando o metal frio em silêncio, até que Mark perguntou: — Bem, e aí? — E colocou a maçaneta de volta no balcão.
— E aí o quê?
— Quais são as suas novidades?
— Do que você está falando?
— Você disse que tinha novidades.
— Ah, sim — ela disse, balançando a cabeça. — Não, não é uma novidade.
E não era. Ela e Jacob vinham conversando sobre pensar sobre procurar uma casa no campo. Algo bem simples, que pudesse ser reimaginado. Nem mesmo *conversando sobre* isso, mas deixando a brincadeira rolar por tempo suficiente para perder a graça. Não era uma novidade. Era um processo.
Na manhã seguinte àquela noite na pousada da Pensilvânia, havia uma década e meia, Julia e Jacob foram fazer uma trilha pela reserva. Uma placa de boas-vindas de loquacidade incomum na entrada explicava que as trilhas existentes não eram originais, mas "trilhas do desejo", atalhos que as pessoas faziam atropelando o matinho rasteiro e que, ao longo do tempo, pareciam intencionais.
A vida familiar de Julia e Jacob passou a ser caracterizada por processos, negociações infindáveis, pequenos ajustes. Bem que a gente podia chutar o balde e tirar as telas das janelas este ano. Talvez o Max já esteja sobrecarregado demais para fazer esgrima, um esporte além de tudo descaradamente burguês. Quem sabe se a gente substituísse as espátulas de metal por espátulas de borracha, não precisaria substituir todas as panelas de teflon, que dão câncer. Talvez a gente deva comprar um carro com uma terceira fileira de assentos. Talvez fosse legal ter um daqueles projetores. Pode ser que a professora de violoncelo do Max tenha razão sobre deixar o menino aprender as músicas de que mais gosta, mesmo que uma delas seja "Watch Me (Whip/Nae Nae)". Talvez parte da solução seja passar mais tempo na natureza. Se a gente pedir que o supermercado entregue as compras em casa, pode ser que isso motive refeições mais saudáveis, o que aliviaria a culpa desnecessária, mas inescapável, de pedir que o supermercado entregue as compras em casa.

Sua vida em família era uma soma de ajustes e correções. Infinitos incrementos miúdos. Coisas de vulto acontecem em salas de emergência e escritórios de advocacia e, ao que parecia, na Aliança Francesa. É algo a ser identificado e evitado com todas as forças.

— Vamos ver essas ferragens outro dia — disse Julia, colocando a maçaneta na bolsa discretamente.
— Não vamos mais fazer a reforma.
— Ah, não?
— Ninguém mora mais lá.
— Certo.
— Desculpa, Julia. Claro que vamos pagar pelo...
— Não, claro. Claro. Só estou um pouco lenta.
— Você trabalhou tanto.

Depois que a neve cai, só existem trilhas do desejo. Mas a temperatura sempre sobe e, mesmo quando demora mais do que o esperado, a neve inevitavelmente derrete, revelando o que foi escolhido.

não ligo se você gozar ou não, mas vou fazer você gozar assim mesmo

No décimo aniversário de casamento, voltaram à pousada na Pensilvânia. Da primeira vez a tinham encontrado por acaso — antes do GPS, antes do TripAdvisor, antes de a raridade da liberdade estragar a liberdade.

A visita de bodas tinha envolvido uma semana inteira de preparação, que começou com a tarefa mais difícil de todas: encontrar a pousada (algum lugar no território *amish*, frisos nas paredes do quarto, porta vermelha, corrimões rústicos, não tinha uma alameda com árvores?). Tiveram de arranjar uma noite em que Irv e Deborah pudessem ficar cuidando das crianças, e na qual nem Jacob nem Julia tivessem qualquer obrigação urgente de trabalho, em que as crianças não tivessem nada — reunião com professores, consulta com médico, apresentação escolar — que exigisse a presença dos pais, e em que aquele quarto específico estivesse disponível. A primeira noite livre que cumpria todas as demandas ficava a três semanas de distância. Julia não soube identificar se achava aquilo muito ou pouco tempo.

Jacob fez a reserva e Julia preparou o itinerário. Não chegariam antes de o sol se pôr, mas chegariam *para* o pôr do sol. No dia seguinte tomariam café na pousada (Julia tinha telefonado para saber do cardápio), repetiriam a primeira metade da trilha na reserva, visitariam o estábulo mais antigo e a terceira igreja mais antiga da região Nordeste, confeririam algumas lojas de antiguidades — quem sabe encontrariam algo para a coleção.

— Coleção?

— Coisas com a parte de dentro maior do que a parte de fora.

— Ótimo.

— E aí a gente pode almoçar numa vinícola bem pequena que vi na *Remodelista*. Perceba que nem mencionei encontrar algum lugar pra comprar bugigangas pras crianças.

— Percebi.

— E a gente volta a tempo de fazer um jantar em família.

— Vai dar tempo de fazer tudo isso?

— É melhor ter opções em excesso — Julia explicou.

(Nunca chegaram a visitar os antiquários, porque a parte de dentro da viagem era maior do que a parte de fora.)

Como tinham prometido a si mesmos, não fizeram uma lista com instruções para Deborah e Irv, não deixaram comida pronta, não disseram a Sam que ele seria o "homem da casa" enquanto estivessem fora. Deixaram claro para todos que não telefonariam para ver se estava tudo bem — mas que, é claro, caso fosse necessário, estariam com os celulares por perto e carregados o tempo todo.

No caminho, conversaram — não sobre os filhos — até ficarem sem assunto. O silêncio não era constrangedor ou ameaçador, mas compartilhado, confortável e seguro. Era final do outono, como tinha sido uma década antes, e a rota rumo ao norte assumia um espectro de cores — alguns quilômetros mais distante, alguns graus mais frio, alguns tons mais claro. Uma década de outono.

— Tudo bem se eu colocar um *podcast*? — perguntou Jacob, sentindo vergonha tanto do desejo de se distrair quanto de obter a permissão de Julia.

— Boa ideia — ela respondeu, aliviando o constrangimento que detectou no marido, sem conhecer sua origem.

Depois de alguns segundos, Jacob disse: — Ah, esse eu já escutei.

— Então põe outro.

— Não, esse é muito bom. Quero que você escute.

Julia colocou a mão sobre a mão dele no câmbio e disse: — Você é muito gentil — e a distância entre um genérico *gentileza sua* e *você é muito gentil* era uma gentileza.

O *podcast* começava com uma descrição do Campeonato Mundial de Damas de 1863, em que cada partida de uma série de quarenta partidas tinha terminado em empate, e vinte e uma partidas tinham sido idênticas, jogada por jogada.

— Vinte e uma partidas idênticas. Todas as jogadas.

— Incrível.

O problema era que o jogo de damas tinha um número relativamente limitado de combinações possíveis e, como algumas jogadas eram definitivamente melhores do que outras, era possível descobrir e decorar a partida "ideal". O narrador explicou que o termo *livro* se refere ao histórico de todos os jogos anteriores. Uma partida está "dentro do livro" quando a configuração do tabuleiro já ocorreu antes. Uma partida está "fora do livro" quando a configuração não tem precedente. O livro do jogo de damas é relativamente pequeno. O campeonato de 1863 demonstrou que, essencialmente, o jogo de damas já foi dominado, já sabemos o livro de cor. Então não havia mais jogo possível além de uma repetição monótona, toda partida terminando em empate.

O xadrez, todavia, é quase infinitamente complexo. Existem mais jogos de xadrez possíveis do que átomos no universo.

— Pensa nisso. Mais do que *átomos no universo*!

— Como eles sabem quantos átomos existem no universo?

— Eles contam, acho.

— Imagina de quantos dedos eles iriam precisar.

— Você me faz rir.

— Parece que não.

— Por dentro, sim. Estou rindo. Em silêncio.

Jacob deslizou os cinco dedos por entre os dedos de Julia.

O livro do xadrez tinha sido criado no século XVI e, na metade do século XX, já ocupava uma biblioteca inteira no Clube de Xadrez de Moscou — centenas de caixas cheias de cartelas documentando todos os jogos de xadrez profissional jamais jogados. Em 1980 o livro do xadrez foi posto online — muitos apontam essa ocasião como o começo do fim do jogo, mesmo que o fim jamais pudesse ser alcançado. Depois disso, sempre que dois jogadores se enfrentavam, tinham a capacidade de procurar o histórico do adversário: como ele reagia em diferentes situações, seus pontos fortes e fracos, o que era mais provável que ele fizesse.

O acesso ao livro transformou partes inteiras do xadrez em algo parecido com o jogo de damas — sequências que seguem um padrão idealizado, decorado —, principalmente as aberturas. É possível fazer as primeiras dezesseis a vinte jogadas simplesmente "recitando" o livro. Mesmo assim, em todas as partidas de xadrez, menos nas mais raras, aparece alguma "novidade" — uma configuração de peças jamais vista na história do universo. Na notação do xadrez, a jogada seguinte é marcada como "fora do livro". Ambos os lados agora estão sozinhos, sem história, sem estrelas mortas para ajudar na navegação.

Jacob e Julia chegaram à pousada quando o sol estava mergulhando no horizonte, assim como tinha acontecido uma década antes. — Vai só um pouquinho mais devagar — ela pediu a Jacob quando estavam a mais ou menos vinte minutos de distância. Jacob achou que ela queria ouvir o resto do *podcast*, e ficou comovido, mas Julia queria proporcionar ao marido a mesma chegada de uma década atrás, e ele teria ficado comovido com isso se soubesse.

Jacob dirigiu o carro quase até a ponta do estacionamento e o deixou em ponto morto. Desligou o som e olhou para Julia, sua esposa, por um bom tempo. A rotação da Terra empurrou o sol para baixo do horizonte, e o espaço inteiramente para baixo do carro. Estava escuro: uma década de pôr do sol.

— Nada mudou — disse Jacob, passando a mão pelo muro de pedra enquanto caminhavam pela trilha coberta de limo que conduzia à entrada. Jacob se perguntou, assim como tinha feito dez anos antes, como diabos tinham feito um muro daqueles.

— Eu me lembro de tudo, menos de nós dois — disse Julia rindo alto.

Fizeram o ckeck-in, mas, antes de levarem a sacola de viagem para o quarto, se estatelaram nas poltronas de couro em frente à lareira, tão confortáveis que seriam capazes de produzir um coma, das quais não se lembravam, mas que logo não conseguiam parar de relembrar.

— O que a gente bebeu quando sentou aqui da última vez? — perguntou Jacob.

— Eu me lembro, na verdade — Julia respondeu —, porque fiquei surpresa com o seu pedido. Vinho rosé.

Jacob gargalhou e quis saber: — O que vinho rosé tem de errado?

— Nada. — Julia riu. — Eu só não esperava.

Pediram duas taças de rosé.

Tentaram relembrar tudo da primeira visita, até os menores detalhes: o que vestiam (que roupas, que acessórios), o que foi dito e quando, que música estava tocando (se fosse o caso), o que estava passando na TV sobre o frigobar, que petiscos foram oferecidos por conta da casa, que piadas Jacob contou para impressionar Julia, que piadas Jacob contou para fugir de uma conversa que não queria ter, o que cada um estava pensando, quem teve a coragem de dar um empurrãozinho no casamento ainda recente até que ele começasse a cruzar a ponte invisível entre onde eles estavam (um lugar emocionante, porém inseguro) e onde queriam estar (um lugar que seria emocionante e seguro), suspensa por sobre um abismo de inúmeras mágoas em potencial.

Passaram as mãos pelo corrimão rústico das escadas que davam para o restaurante e fizeram um jantar à luz de velas em que quase todos os alimentos eram provenientes do local.

— Acho que foi naquela viagem que expliquei por que não fecho os óculos antes de colocar na mesa de cabeceira.

— Acho que foi mesmo.

Outra taça de rosé.

— Lembra quando você voltou do banheiro e levou vinte minutos para notar o recado que eu tinha escrito com gema de ovo estrelado no seu prato?

— Você é minha alma gema.

— Isso. Eu entrei em pânico. Desculpa.

— Se eles tivessem errado o ponto da gema, talvez você se safasse.

— Da próxima vez o desafio vai ser escrever que você é minha clara-metade.

— A próxima vez é agora mesmo — Julia anunciou. Uma oferta e uma provocação.

— Está achando que sou a galinha dos ovos de ouro? — Jacob respondeu, com uma piscadela. —Ovos.

— Sim, eu entendi.

— Não venha me descascar com seu estoicismo.

— Então capricha mais.

— Sei o que você está pensando: *ele quer que eu babe o ovo dele por causa* desses *trocadilhos?*

Julia finalmente deu uma risadinha. Por reflexo, tentou esconder a risada (não dele, mas de si mesma) e sentiu uma vontade inesperada de estender a mão sobre a mesa e tocar no marido.

— Que foi? Essa foi ovo duro de roer?

Outra risadinha.

— Não tenho como voltar e recomeçar tudo *ab ovo*.

— Essa eu não entendi. E se a gente passar para trocadilhos com pão, por exemplo, ou até mesmo para um diálogo?

— Você ficou muito chocada?

— Joga a toalha, Jacob.

— Uma ova!

— Esse foi o melhor de todos. *Perfeito* para fechar a sequência com chave de ouro.

— Só para eu não ficar pisando em ovos: sou ou não sou o homem mais engraçado que você já conheceu?

— Sim, mas só porque o Benjy ainda não é um homem — ela respondeu, mas a perspicácia avassaladora de Jacob, aliada à sua necessidade avassaladora de ser amado, formaram ondas de amor que puxaram Julia para dentro daquele oceano.

— Armas não matam gente, gente mata gente. Torradeiras não torram torrada, torrar torra torrada.

— Torradeiras torram pão.

— Você está procurando pelo em ovo!

E se ela tivesse dado a Jacob o amor de que ele tanto necessitava, e que ela precisava dar? E se ela tivesse dito "sua mente está me dando vontade de tocar em você"?

E se ele tivesse conseguido fazer a piada certa na hora certa ou, melhor ainda, ficado quieto?

Outra taça de rosé.

— Você roubou um relógio da mesinha! Acabei de me lembrar!

— Eu não roubei relógio nenhum.

— Roubou sim — Julia insistiu. — Tenho certeza de que roubou.

A única vez na vida em que Jacob imitou Nixon: —Eu não sou um vigarista!

— Bom, você definitivamente *foi* um vigarista. Era um negocinho pequeno, dobrável, barato. Depois que a gente transou. Você chegou perto da mesinha, parou o relógio e colocou no bolso do casaco.

— Por que eu faria isso?

— Acho que a ideia era ser um gesto romântico. Ou engraçado, talvez. Ou quem sabe era você tentando mostrar credenciais de espontaneidade? Não faço ideia. Melhor voltar no tempo e perguntar a si mesmo.

— Tem certeza de que fui eu? E não algum outro cara? Alguma outra noite romântica numa pousada?

— Nunca passei uma noite romântica em uma pousada com outra pessoa — disse Julia, embora não devesse precisar dizer, e não fosse verdade, mas ela queria cuidar de Jacob, especialmente naquele momento. Nenhum dos dois tinha como saber, quando estavam ainda no início da ponte invisível, que ela era interminável, que o resto de sua vida juntos envolveria conquistar segurança em pequenos passos que levavam apenas ao passo seguinte. Julia quis cuidar dele então, mas nem sempre quereria.

Continuaram na mesa, até que o garçom, entre pedidos hiperbólicos de desculpas, explicou que o restaurante estava fechando.

— Qual era o nome do filme que a gente não assistiu?

Teriam de ir para o quarto.

Jacob colocou a sacola de viagem em cima da cama, como tinha feito antes. Julia passou a sacola para o banco ao pé da cama, como fizera antes. Jacob tirou a nécessaire de dentro da sacola.

Julia disse: — Sei que não devia estar pensando nisso, mas o que será que as crianças estão fazendo?

Jacob deu uma risadinha. Julia vestiu seu pijama "chique". Jacob ficou assistindo, alheio a qualquer mudança no corpo da esposa durante a década em que estiveram juntos, porque tinha visto esse corpo praticamente todo dia. Ainda olhava de soslaio, como um adolescente, para os peitos e a bunda de Julia, ainda fantasiava algo que não apenas era real, mas também era dele. Julia se sentiu observada e gostou, por isso se vestiu devagar. Jacob colocou uma cueca boxer e uma camiseta. Julia foi até a pia e inclinou o pescoço para trás de forma ritual, um velho hábito, se examinando ao puxar delicadamente a pálpebra inferior — como se estivesse prestes a colocar uma lente de contato. Jacob pegou as duas escovas de dentes, apoiando a escova de Julia na pia com as cerdas para cima.

— Obrigada — disse Julia.

— Não. Há. De. Quê — respondeu Jacob imitando uma voz de robô cujo surgimento aleatório só poderia ser uma expressão da ansiedade com relação às emoções e ações esperadas de ambos naquele momento. Ou pelo menos foi isso que Julia pensou.

Jacob pensava *E se meu pau não ficar duro?* enquanto escovava os dentes e Julia procurava no espelho algo que não queria ver enquanto escovava os dentes. Jacob aplicou cinco segundos de desodorante Old Spice em cada axila (apesar de ter um sono inerte e sem suor), lavou o rosto com o Sabonete Líquido Facial Diário Cetaphil para Peles Normais a Oleosas (apesar de ter uma Pele Normal a Seca), e em seguida aplicou Loção Hidratante de Proteção Diária Eucerin com FPS 30 (apesar de o sol ter desaparecido horas antes, e apesar de estar prestes a dormir debaixo de um teto). Passou um pouco mais de Eucerin nos lugares problemáticos: em volta das alas nasais (uma palavra que só conhecia graças a buscas neuróticas no Google) e entre as sobrancelhas e as partes de cima da pálpebra superior. A rotina de Julia era mais complexa: limpar o rosto com Creme de Limpeza Básico da S. W., aplicar Creme Anti-Idade Noturno Retinol 1.0 Força Máxima da SkinCeuticals, aplicar Creme Hidratante Water Bank da

Laneige, aplicar gentilmente com tapinhas o Creme Rénergie Multiação Noturno da Lancôme em volta dos olhos. Jacob foi para o quarto e fez os alongamentos que inspiravam chacotas de toda a família, apesar da insistência do quiroprata de que eram muito necessários para alguém com um estilo de vida tão sedentário, e o fato de que realmente ajudavam. Julia usou o Fio Dental com Hastes Oral-B Glide 3D, que, apesar de ser ao mesmo tempo um desastre ecológico e absurdamente caro, impedia que ela sentisse vontade de vomitar. Jacob voltou ao quarto e usou o fio dental mais barato que encontrou na farmácia, já que um fio é apenas um fio.

— Já escovou os dentes? — Julia quis saber.

Jacob respondeu: — Do seu lado, faz um minuto.

Julia fez um bolinho de creme para mãos desaparecer em suas palmas.

Foram para o quarto e Jacob anunciou "Preciso fazer xixi", como sempre fazia naquele momento. Voltou para o banheiro, trancou a porta, cumpriu o ritual solitário de todas as noites e deu descarga na privada não utilizada para completar a farsa. Quando voltou para o quarto, Julia estava encostada na cabeceira da cama, passando Creme Noturno Revigorante de Colágeno da L'Oreal Collagen na coxa. Muitas vezes Jacob tinha vontade de dizer que ela não precisava daquilo, que ele sempre a amaria como ela era, assim como ela também o amaria; mas Julia queria ser atraente, e isso também era algo que ele precisava amar. Julia fez um rabo de cavalo.

Jacob tocou em um quadro de tapeçaria, uma ilustração de uma batalha naval debaixo de um emblema com as palavras "A Situação Americana: Guerra de 1812", e disse: — Bonito. — Será que ela se lembrava?

Julia disse: — Por favor, me manda não telefonar pras crianças.

— Não telefona pras crianças.

— Sim, eu não devo fazer isso.

— Ou telefona. Não somos fundamentalistas das férias.

Julia riu.

Jacob nunca ficava imune às risadas dela.

— Vem cá — ela disse, dando tapinhas ao seu lado na cama.

Jacob disse "Temos um dia cheio amanhã", o que revelava várias saídas de emergência ao mesmo tempo: eles precisavam descansar; amanhã seria um dia mais importante do que aquela noite; ele não ficaria decepcionado se ela admitisse que estava cansada.

— Você deve estar exausto — disse Julia, redirecionando as coisas ligeiramente ao passar o ônus para ele.

— Tô mesmo — ele disse, quase como se perguntasse, quase aceitando seu papel. — E você também deve estar — pedindo que Julia aceitasse o dela.

— Vem cá — ela disse —, me abraça.

Jacob apagou as luzes, colocou os óculos sobre a mesinha de cabeceira sem dobrá-los e se deitou na cama, ao lado da esposa de uma década. Julia se virou de lado, colocando a cabeça na axila do marido. Jacob beijou o polo norte da cabeça da esposa. Agora estavam sozinhos, sem história, sem estrelas mortas para ajudar na navegação.

Se tivessem dito o que estavam pensando, Jacob teria dito: — Para ser sincero, não é tão legal quanto eu me lembrava.

E ela teria respondido: — Não poderia ser.

— Quando eu era garoto, descia de bicicleta um morro que ficava atrás da minha casa. Narrava cada corrida, sabe? Tipo "Jacob Bloch está pronto para tentar um novo recorde de velocidade. Ele segura firme no guidão. Será que vai conseguir?". Eu chamava essa colina de "O Morro Gigante". Mais do que qualquer outra coisa da minha infância, isso me fazia eu me sentir corajoso. Voltei lá dia desses. Ficava no caminho para uma reunião e eu tinha uns minutos livres. Não consegui achar. Descobri onde era, ou onde devia ser, mas ele não estava lá. Só encontrei uma inclinaçãozinha bem suave.

— Você cresceu — ela teria dito.

Se tivessem dito o que estavam pensando, Jacob teria dito: — Estou pensando em como não estamos transando. Você também?

E sem ficar na defensiva e nem ofendida, Julia teria dito: — Sim, eu também.

— Não estou pedindo que você diga nada. Juro. Só quero contar como estou. Tudo bem?

— Tudo bem.

E, arriscando dar mais um passo na ponte invisível, Jacob teria dito: — Estou preocupado que você talvez não queira mais transar comigo. Que talvez não me deseje mais.

— Não precisa ficar preocupado com isso — Julia teria dito ao encostar a mão no rosto dele.

— Eu sempre desejo você — ele teria dito. — Estava olhando você tirar a roupa...

— Eu sei. Eu percebi.

— Você continua exatamente tão bonita quanto dez anos atrás.

— Isso não tem como ser verdade. Mas obrigada.

— Pra mim é verdade.
— Obrigada.

E Jacob se veria no meio da ponte invisível, acima do abismo de mágoas em potencial, tão distante quanto possível de qualquer segurança: — Por que você acha que não estamos transando?

E Julia teria ficado ao lado dele, e sem se abalar, teria dito: — Talvez porque a expectativa seja grande demais?

— Pode ser. E estamos mesmo cansados.
— Garanto que estou.
— Vou dizer uma coisa que não é fácil de dizer.
— Tudo bem, pode falar — ela teria prometido.

Jacob teria se virado para Julia e dito: — A gente nunca conversa sobre como eu às vezes não consigo ficar de pau duro. Alguma vez você acha que é por sua causa?

— Sim.
— Não é.
— Obrigada por dizer isso.
— Julia — ele teria dito —, não é por sua causa.

Mas ele não disse nada, e nem ela. Não porque as palavras estivessem sendo omitidas de propósito, mas porque o conduto entre eles estava obstruído demais para permitir esse tipo de comunicação. Muitos pequenos acúmulos: palavras erradas, ausências de palavras, silêncios impostos, ataques com margem aceitável de negação a vulnerabilidades conhecidas, menções de coisas que não precisam ser mencionadas, mal-entendidos e acidentes, momentos de fraqueza, gestinhos sórdidos de vingança por gestinhos sórdidos de vingança por gestinhos sórdidos de vingança por conta de algum delito original do qual ninguém se lembrava. Ou por conta de nenhum delito.

Ninguém recuou dos braços do outro naquela noite. Ninguém rolou para lados opostos da cama nem se recolheu ao próprio silêncio. Ficaram abraçados e compartilharam o silêncio na escuridão. Mas era um silêncio. Ninguém sugeriu que explorassem o ambiente com os olhos fechados, como tinham feito da última vez. Exploraram o ambiente cada um por si, dentro da cabeça, um ao lado do outro. E, no bolso do casaco de Jacob, estava o relógio parado — uma década de 1:43 — que ele estava esperando o momento certo para revelar.

vou fazer você continuar gozando mesmo que me mande parar

No estacionamento do showroom de ferragens, Julia sentou dentro do carro — um Volvo como o de todos os outros, de uma cor que ela sabia ser a cor errada um segundo após mudar de ideia se tornar impossível — sem saber onde pôr as mãos, sabendo apenas que tinha de fazer alguma coisa. Não dominava o celular o suficiente para matar a quantidade de tempo que precisava matar. Mas tinha como esbanjar pelo menos um pouco. Descobriu a empresa que fazia suas árvores de maquete favoritas. Não eram as mais realistas, nem mesmo eram bem-feitas. Julia não gostava delas por lembrarem árvores, mas por lembrarem a tristeza que as árvores evocam — da mesma maneira que uma fotografia desfocada pode ser melhor para captar a essência do retratado. Era extremamente improvável que essa tivesse sido a intenção do fabricante, mas era possível, e isso não importava.

Estavam com uma nova linha de árvores outonais. Quem poderia estar procurando esse tipo de coisa? Bordo Laranja, Bordo Vermelho, Bordo Amarelo, Plátano de Outono, Faia Laranja-Claro, Faia Amarelada, Bordo Matizado, Plátano Matizado. Ela imaginou um Jacob em miniatura e mais jovem e uma Julia em miniatura e mais jovem dirigindo um Saab em miniatura arranhado e amassado por estradas tortuosas ladeadas por infinitas árvores matizadas em miniatura sob infinitas estrelas gigantescas em miniatura e, como as árvores, o casal jovem em miniatura não era realista, nem bem-feito, e não se parecia com eles mesmos maiores e mais velhos, mas evocavam a tristeza que eles evocariam com o passar do tempo.

Mark deu uma batidinha na janela. Julia tentou baixar o vidro e percebeu que teria de ligar o carro, mas como a chave não estava na ignição e nem na mão dela, e como não daria conta de ficar fuçando na bolsa, abriu a porta desajeitadamente.

— A gente se vê na viagem de Simulação da ONU.
— Hein?
— Faltam umas semanas. Eu sou o pai responsável.
— Ah, eu não sabia.
— A gente continua a conversa por lá.
— Não sei o que mais a gente tem pra dizer.
— Sempre tem mais coisas.
— Nem sempre.

E então, em seu dia de folga, querendo apenas ficar o mais longe possível de sua vida, Julia se viu percorrendo uma trilha do desejo a caminho de casa.

eu paro quando eu disser que vou parar

NÃO ESTOU AQUI

> Alguém sabe tirar foto de estrela?
> Estrela do céu ou da calçada da fama?
> O flash do meu celular deixa tudo branco. Eu desliguei, mas o obturador fica aberto tanto tempo que qualquer mexidinha borra tudo. Tentei segurar meu braço com a outra mão, mas ficou borrado mesmo assim.
> Celular não serve pra nada à noite.
> Só se você tiver que andar num beco escuro.
> Meu celular tá morrendo.
> Ou telefonar pra alguém.
> Que descanse em paz.
> Samanta, aqui tem luz pra caralho!
> Que loucura.
> Onde você tá, pra ter estrela?
> O cara me disse que não tinha nada de errado com o celular. Eu falei "Se não tem nada de errado, por que não funciona?". E ele disse "Por que não funciona se não tem nada de errado?". E eu tentei mostrar de novo pra ele, mas aí claro que voltou a funcionar. Eu quase chorei, ou matei ele.
> O que acontece num bat-mitzvá, afinal de contas?

A qualquer dado momento, existem quarentas horários no mundo. Outro fato interessante: a China tinha cinco fusos, mas agora só tem um, e para alguns chineses o sol não nasce antes das dez da manhã. Outro: muito antes de o homem ir ao espaço, rabinos discutiam sobre como o

Shabat seria observado por lá — não porque tivessem antecipado as viagens espaciais, mas porque enquanto os budistas se esforçam para viver com perguntas, os judeus preferem morrer a fazer isso. Na Terra, o sol nasce e se põe uma vez por dia. Uma nave espacial orbita a Terra uma vez a cada noventa minutos, o que significa que teria de haver um *Shabat* a cada nove horas. Segundo uma linha de pensamento, nenhum judeu deveria estar em lugares que inspiram dúvidas sobre orações e observância dos costumes. Outra afirma que as obrigações terrenas das pessoas estão restritas à Terra — o que acontece no espaço permanece no espaço. Alguns dizem que um astronauta judeu deveria observar a mesma rotina que seguia na Terra. Outros, que o *Shabat* deveria ser observado conforme o tempo indicado nos instrumentos, apesar de a cidade de Houston ser tão judia quanto o vestiário dos Rockets. Dois astronautas judeus morreram no espaço. Nenhum astronauta judeu jamais observou o *Shabat*.

O pai de Sam mostrou ao filho um artigo sobre Ilan Ramon, o único israelense a ir para o espaço. Antes de partir, Ramon foi ao Museu do Holocausto procurar um objeto para levar na viagem. Escolheu um desenho da Terra feito por algum menininho anônimo que morreu na guerra.

— Imagine essa criancinha rabiscando — disse o pai de Sam. — Se um anjo tivesse pousado no ombro dele e falado "Você vai ser morto antes do seu próximo aniversário, e em sessenta anos um representante do Estado judaico vai levar seu desenho da Terra vista do espaço *para o espaço*...".

— Se anjos existissem — disse Sam —, ele não teria morrido.

— Se os anjos fossem anjos bons.

— A gente acredita em anjos maus?

— A gente provavelmente não acredita em anjo nenhum.

Sam gostava de conhecimento. Acumulação e distribuição de fatos davam a ele uma sensação de controle, de utilidade, o contrário da impotência natural a um corpo miúdo, incipiente, que não reage de forma confiável aos comandos mentais de um cérebro relativamente grande e superestimulado.

Como era sempre pôr do sol no *Other Life*, uma vez por dia o "outro horário" correspondia ao "horário real" dos cidadãos daquele mundo virtual. Alguns se referiam a esse momento como "A Harmonia". Alguns não o perdiam por nada. Alguns não gostavam de estar na frente da tela quando ele acontecia. Ainda faltava muito tempo para o bar-mitzvá de Sam. O bat-mitzvá de Samanta aconteceria naquele dia. Será que o desenho foi simplesmente imolado quando a nave espacial explodiu? Será que ainda existe algum pedacinho dele orbitando? Será que os pedacinhos caíram na água, despencando por horas até o leito do oceano, e cobriram como um véu alguma daquelas criaturas marinhas tão alienígenas que parecem vindas do espaço sideral?

Os bancos estavam tomados de pessoas conhecidas de Samanta, pessoas que Sam nunca vira. Tinham vindo de Quioto, Lisboa, Sacramento, Lagos, Toronto, Oklahoma City e Beirute. Vinte e sete crepúsculos. Estavam reunidos no santuário virtual criado por Sam — todos viam sua beleza; Sam enxerga apenas tudo o que havia de errado no templo, tudo o que havia de errado com ele. Tinham vindo por causa de Samanta, uma comunidade de suas comunidades. Na cabeça deles era um momento feliz.

> Leva logo em outro lugar. Manda abrirem.
> Joga essa merda de celular de uma ponte.
> Alguém pode me explicar o que vai rolar aqui?
> O engraçado é que agora mesmo tô passando por uma ponte, mas como tô num trem da Amtrak não dá pra abrir a janela.
> Manda uma foto da água.
> Hoje Samanta se torna uma mulher.
> Tem mais de um jeito de abrir a janela.
> Ela vai menstruar?
> Imagina milhares de celulares aparecendo na praia.
> Cartas de amor em garrafas digitais.
> Pra que imaginar? É só ir pra Índia.
> Hoje ela se torna uma mulher judia.
> Eu também tô num trem da Amtrak!
> Como assim uma mulher judia?
> Acho que seria mais umas mensagens com xingamentos.
> Nem vamos tentar descobrir se a gente tá no mesmo trem, tá bom?
> Israel é uma bosta.
> Wiki: "Quando uma menina faz 12 anos ela se torna 'bat-mitzvá' — filha do mandamento — e a tradição judaica reconhece que ela tem os mesmos direitos de um adulto. A partir de então ela será moral e eticamente responsável pelas próprias decisões e ações."
> Liga o timer da câmera do celular e depois coloca no chão, virado pra cima.
> Judeus são uma bosta.

> Toc-toc!
> Por que você quer ficar tirando foto de estrela?
> Quem bate?
> Pra me lembrar delas.
> Seis milhões de judeus é que não são!
> ?
> Morrendo de rir.
> Antissemita!
> Morrendo mesmo assim.
> Eu sou judia!

Ninguém nunca perguntou a Sam por que ele escolheu uma mulher latina como avatar, porque fora Max, mas ninguém sabia disso. Poderia parecer uma escolha estranha. Algumas pessoas poderiam até achar ofensivo. Estariam erradas. Ser Sam é que era estranho e ofensivo. Ter glândulas salivares e sudoríparas tão prolíficas. Não conseguir deixar de pensar sobre andar enquanto se anda. Acne nas costas e na bunda. Não havia experiência mais humilhante ou existencialmente desencorajadora do que sair para comprar roupas. Mas como explicar para a mãe que ele preferia não ter nenhuma roupa que coubesse direito do que ter a confirmação, em uma câmara de tortura com espelhos, de que nada jamais *caberia* direito? As mangas nunca batiam no lugar certo. Os colarinhos nunca deixavam de ficar pontudos demais, ou levantados demais, ou na inclinação errada. Os botões de todas as camisas sempre ficavam espaçados de tal maneira que o penúltimo botão de cima para baixo deixava a abertura do pescoço ou apertada demais ou decotada demais. Havia um ponto — literalmente apenas um lugar no espaço — em que se poderia colocar um botão para criar o efeito e o caimento natural. Mas uma camisa com o tal posicionamento do botão jamais tinha sido confeccionada, provavelmente porque não existia mais ninguém com as proporções do tronco tão desproporcionais quanto as dele.

Por ser filho de retardados tecnológicos, Sam sabia que os pais periodicamente conferiam seu histórico de busca, cujo apagamento constante só esfregava seu nariz preto de cravos na condição patética de ser um pré–adolescente com um cromossomo Y que assistia a tutoriais de como pregar botões no YouTube. E nessas noites, detrás da porta trancada do quarto, quando seus pais estavam preocupados achando que ele estava fazendo pesquisas sobre armas de fogo, ou bissexualidade, ou o Islã, ele começou a trocar o lugar dos penúltimos botões e das casas dos botões das suas camisas deploráveis para a única posição tolerável. Metade das coisas que ele fazia era estereotipicamente gay. Na verdade essa proporção talvez fosse bem maior, caso fossem removidas atividades como dormir e levar um cachorro de porte médio para passear, que não tinham qualidade alguma de hétero ou homossexualidade. Sam não ligava. Não se incomodava com gays, nem mesmo esteticamente. Mas gostaria de corrigir esse registro, porque acima de tudo se incomodava com todas as questões envolvendo ser mal interpretado.

Certo dia, durante o café da manhã, sua mãe perguntou se ele andava tirando e recosturando os botões das camisas. Ele negou com uma veemência impassível.

Ela comentou: — Eu acho legal.

E dali em diante a parte superior de seu uniforme diário para todas as estações passou a ser composta por camisetas da American Apparel, embora ressaltassem os peitinhos que brotavam misteriosos de seu torso predominantemente murcho.

Era estranho ter cabelos que nunca, nem uma só vez, apesar de aplicações repetidas e generosas de produto, ficavam nivelados. Era estranho caminhar, e ele sempre se via recaindo em um andar hiper (ou sub-) estilizado de passarela, em que ele balançava o traseiro para os dois lados e martelava os pés no chão como se estivesse tentando não apenas matar insetos, mas cometer um genocídio. Por que andava desse jeito? Porque ele queria andar como se aquilo não fosse nada, e o esforço extremo que empreendia para alcançar esse objetivo produzia um espetáculo horrível de uma horrível perambulação feita por alguém que era um fracasso humano tão imenso que inclusive usava a palavra *perambulação*. Era estranho ter de sentar em cadeiras, fazer contato visual, falar com uma voz que ele sabia ser a sua, mas que não reconhecia, ou que somente reconhecia como pertencente a mais um dos inúmeros xerifes autodesignados da Wikipedia, cuja página biográfica jamais seria visitada, muito menos editada, por ninguém além de si mesmo.

Presumiu que havia momentos, além de quando se masturbava, em que se sentia em casa no próprio corpo, mas não se lembrava de nenhum — talvez antes de ter esmagado os dedos? Samanta não era seu primeiro avatar do *Other Life*, mas era a primeira cuja pele logarítmica cabia direito. Nunca teve de explicar a escolha para ninguém — Max era ingênuo demais ou correto o suficiente para não dar a mínima —, mas como explicava aquilo para si mesmo? Não tinha vontade de ser uma garota. Não tinha vontade de ser uma latina. Mas, por outro lado, também não tinha nada contra a ideia de ser uma garota latina. Apesar do desgosto quase constante que sentia por ser quem era, nunca confundia a si mesmo com o problema. O problema era o mundo. Era o mundo que não cabia direito. Mas quanta felicidade já foi obtida mediante o registro da culpabilidade do mundo?

> Fiquei acordado até as três da manhã fuçando no Google Street View do meu bairro, até me encontrar.
> Vai ter alguma festa depois desse negócio?
> Alguém sabe mexer em PDF? Tenho preguiça de aprender sozinha.
> O título da minha biografia de celebridade: *Foi o pior dos tempos, foi o pior dos tempos*.
> Que tipo de PDF?
> Daqui a três anos não vai existir mais xarope de bordo?
> Vai ser tudo em hebraico? Se for, será que alguém menos preguiçoso do que eu pode fazer um script pra rodar tudo em um tradutor?
> Eu li sobre isso também.
> Por que eu acho isso tão, tão triste?
> Alguém tem um pendrive NexTek?
> Porque você ama waffles.
> O título da minha biografia de celebridade: *Você ama muito tudo isso*.
> Pulei o artigo sobre refugiados sírios. Sei que essa parada é horrível, e sei que em teoria eu fico triste, mas não consigo sentir nenhuma emoção de verdade. Mas a história do xarope me deu vontade de me esconder debaixo da cama.
> Eles só funcionam por algumas semanas.
> Então vai se esconder e chorar suas lágrimas de bordo.
> Samanta, comprei um presente que você vai amar, se você já não tiver, e provavelmente já tem. Enfim, transferindo agora.
> Tô ouvindo a música mais linda do mundo tocando no fone de ouvido da garota sentada no banco da frente.
> Vídeos mais assistidos de hoje: umas crianças na Rússia fazendo um *bungee jump* caseiro, um jacaré mordendo uma enguia elétrica, um verdureiro coreano cobrindo um ladrão de porrada,

gêmeos quíntuplos morrendo de rir, duas meninas negras se estapeando em um parquinho...
\> Que música?
\> Quero fazer alguma coisa bem grande, mas o quê?
\> Esquece, já resolvi.
\> Merda, não sabia que tinha de levar presente em bat-mitzvá.
\> Tá demorando muito pra transferir.

Sam pensou em mandar uma mensagem para Billie, ver se ela queria ir em uma performance de dança moderna com ele (ou espetáculo, seja lá como se chama isso) no sábado. Parecia legal, ou pelo menos era o que ela tinha escrito no diário que Sam tirou da mochila que Billie tinha abandonado no chão durante a aula de educação física, e que ele sondou — um verbo que nem todos entendem o que significa exatamente — escondido atrás do livro de química, muito maior e bem menos interessante. Sam não gostava de trocar mensagens, porque precisava ficar encarando o próprio polegar — o dedo que sofreu o maior impacto, ou que teve a pior recuperação. O dedo que as pessoas tentavam não notar. Semanas depois de os outros dedos terem recobrado a cor e o formato aproximado, o polegar continuava preto e deslocado na junta. Segundo o médico, o polegar não estava vingando e teria de ser amputado para prevenir infecções no resto da mão. Disse isso na frente de Sam. O pai de Sam perguntou: "Tem certeza?" A mãe insistiu em ouvir outra opinião. A segunda opinião foi a mesma, e o pai dele só suspirou, e a mãe insistiu em ouvir mais uma. O terceiro médico disse que não havia nenhum risco imediato de infecção, que as crianças têm uma resiliência sobre-humana e que "quase sempre essas coisas arranjam um jeito de se curarem sozinhas". O pai não levou muita fé nisso, mas a mãe sim e, em duas semanas, a parte escurecida estava recuando em direção à ponta do polegar. Sam estava com quase oito anos. Não se lembra de nenhum dos médicos, nem da fisioterapia. Mal se lembra do próprio acidente, e às vezes se pergunta se não está apenas se lembrando das lembranças dos pais.

Sam não se lembra de ter gritado "Por que isso aconteceu?" o mais alto que conseguiu, não por terror, raiva, ou confusão, mas por causa do tamanho da pergunta. Existem histórias sobre mães que levantaram carros para libertar os filhos presos, Sam se lembra disso, mas não se lembra da compostura sobre-humana da própria mãe quando ela olhou dentro dos olhos assombrados do filho e os acalmou, prometendo: "Eu te amo, e estou aqui." Sam não se lembra de ter sido amarrado enquanto o médico costurava as pontas dos dedos de volta na mão. Não se lembra de acordar do cochilo de cinco horas após a cirurgia e descobrir que seu pai tinha enchido o quarto do hospital com brinquedos e jogos do programa *Child's Play*. Mas se lembra da brincadeira que faziam quando ele era criança: *Polega-ar, Polega-ar, Tá a-í? Estou a-qui!* Nunca fizeram essa brincadeira com Benjy depois do acidente, nem uma única vez, e jamais admitiram que tinham parado. Era uma tentativa de poupar Sam, pois os pais não entendiam que seria bem melhor ter sido poupado da vergonha sugerida por aquele silêncio.

> Sabe que *app* seria legal? Um em que você aponta o celular pra alguma coisa e ele faz *streaming* de uma filmagem de como a coisa estava uns segundos antes (claro que pra isso todo mundo teria de ficar filmando tudo o tempo todo e fazendo *upload* o tempo todo, mas a gente já tá bem perto disso). Aí daria pra ter a experiência de ver o mundo do jeito que ele tinha acabado de ser.
> Que ideia maneira. E seria legal poder mudar as configurações pra aumentar o *lag*.
> ?
> Daria pra ver o mundo de ontem, ou de um mês atrás, ou do seu aniversário, ou — e isso não ia ser possível até o futuro, quando tivesse filmagem suficiente — as pessoas poderiam ficar visitando a época em que eram crianças.
> Imagine uma pessoa à beira da morte, que ainda não nasceu, um dia andar pela casa em que morou quando era criança.
> E se ela tivesse sido demolida?
> E ia ter fantasmas também.
> Como assim fantasmas?
> "Uma pessoa à beira da morte que ainda não nasceu."
> Quando esse troço vai começar?

Sam foi puxado para o outro lado da tela por uma batida na porta.
— Sai daqui.
— Tá bom.
— Que foi? — ele perguntou, abrindo a porta para Max.
— Já tô saindo.
— Que é isso?

— Um prato de comida.
— Não é não.
— Torrada é comida.
— E pra que eu iria querer torrada?
— Pra tapar os ouvidos?
Sam convidou Max a entrar no quarto com um aceno.
— Tão falando de mim?
— Ô se tão.
— Coisa ruim?
— Com certeza não tão cantando "Sam é bom companheiro" ou nada assim.
— O pai tá decepcionado?
— Eu diria que sim.
Sam voltou para a tela enquanto Max tentava, sem alarde, absorver os detalhes do quarto do irmão.
— Comigo? — perguntou Sam, sem olhar para o irmão.
— Hein?
— Decepcionado comigo?
— Achei que você já tinha perguntado isso.
— Ele às vezes é tão mocinha.
— É, mas e a mãe que às vezes dá uma de macho?
Sam riu. — Totalmente verdade. — Saiu do jogo e girou a cadeira, olhando para Max. — Tão tirando o band-aid tão devagar que dá tempo de crescer cabelinho novo e ficar tudo grudado.
— Hein?
— Eu queria que eles se divorciassem de uma vez.
— Divorciassem? — Max perguntou enquanto seu corpo redirecionava o sangue para a parte do cérebro que escondia o pânico.
— Claro.
— Sério?
— Você é néscio?
— O que isso quer dizer? É tipo burro?
— Que não sabe de nada.
— Eu não.
— Mas e aí — Sam perguntou, passando o dedo pela moldura do iPad, em volta dessa fenda retangular no mundo físico —, quem você escolheria?
— Pra quê?

— *Quem* você escolheria. Pra morar.

Max não estava gostando daquilo.

— Os filhos não ficam tipo um pouco com um e um pouco com outro?

— É, no começo ia ser assim, mas sabe como é, sempre acaba sendo uma escolha.

Max estava odiando aquilo.

— Acho que o pai é mais divertido — respondeu. — E ia brigar bem menos comigo. E acho que teria mais coisas legais e me deixaria ver mais TV...

— E você teria que aproveitar bem tudo isso antes de morrer de escorbuto ou de melanoma, porque nunca ia usar protetor solar, ou de acabar indo pra cadeia porque chegou atrasado na escola todo santo dia.

— Mandam gente pra cadeia por causa disso?

— Com certeza a gente é obrigado por lei a ir pra escola.

— Eu também ia sentir saudade da mãe.

— Saudade do quê?

— De ela ser ela.

Sam não estava gostando daquilo.

— Mas eu ia sentir saudade do pai se escolhesse a mãe — disse Max —, daí acho que não sei. Quem você ia escolher?

— Pra você?

— Pra você mesmo. Eu só quero ir pra onde você for.

Sam estava odiando aquilo.

Max virou a cabeça para cima e olhou para o teto, para que as lágrimas voltassem para os olhos. Parecia algo quase robótico, mas essa incapacidade de encarar diretamente uma emoção tão diretamente humana era o que o tornava humano. Ou pelo menos filho do pai dele.

Max enfiou as mãos nos bolsos — tinha um papel de bala, um toco de lápis de um jogo de minigolfe, um recibo apagado — e disse:

— Eu fui pro zoológico uma vez...

— Você já foi um monte de vezes pro zoológico.

— É uma piada.

— Ah.

— Então, eu fui pro zoológico uma vez, porque ouvi dizer que era tipo o maior zoológico do mundo. E eu quis, tipo, ver com meus próprios olhos.

— Devia ser bem espetacular.

— Bom, o estranho é que só tinha um animal no zoológico.
— Não brinca.
— Sim. E ele tinha casco.
— Uma tartaruga?
— Você estragou o ritmo.
Repete a última frase.
— Vou é voltar pro começo.
— OK.
— Então, eu fui pro zoológico uma vez, porque ouvi falar que era o maior zoológico do mundo. Mas o estranho é que só tinha um animal no zoológico. E ele tinha casco.
— Caramba!
— Sim, e ainda por cima era um cágado. Entendeu?
— Muito engraçado — disse Sam, incapaz de dar risada, apesar de ter achado a piada muito engraçada de verdade.
— Você entendeu, né? Cágado?
— Sim.
— Ca. Gado.
— Valeu, Max.
— Tô irritando você?
— De jeito nenhum.
— Tô sim.
— Pelo contrário.
Sam virou a cabeça para cima, correndo os olhos pelo teto, e disse: — Obrigado por não perguntar se fui eu.
— Ah — Max disse, esfregando o recibo apagado entre o polegar e o indicador. — É que eu nem ligo.
— Eu sei. Você é o único que não liga.
— No fim das contas era uma família de cágados — disse Max, sem saber para onde iria depois de sair do quarto.
— Não teve graça.
— Vai ver você não entendeu.

EPÍTOME

— Pai? — disse Benjy, entrando na cozinha mais uma vez, com a avó atrás. Sempre dizia *pai* com um ponto de interrogação, como se estivesse perguntando onde o pai estava.

— Fala, carinha.

— Ontem na janta meu brócolis tava tocando no meu frango.

— E você pensou nisso agora?

— Não. O dia inteiro.

— Eles se misturam dentro da barriga mesmo — Max comentou na entrada da cozinha.

— De onde você saiu? — perguntou Jacob.

— Do buraco da vagina da mamãe — Benjy respondeu.

— E você vai morrer mesmo — Max continuou. — Daí, qual o problema se qualquer coisa encosta no frango, que ainda por cima tá morto.

Benjy se virou para Jacob. — É verdade, pai?

— Qual parte?

— Que eu vou morrer?

— Pra que isso, Max? Falar uma coisa dessas ajuda em alguma coisa?

— Eu vou morrer!

— Daqui a muito, muito tempo.

— E faz tanta diferença assim? — perguntou Max.

— Poderia ser pior — disse Irv. — Você poderia ser o Argos.

— Por que seria pior ser o Argos?

— Sabe como é, uma pata na cova.

Benjy soltou um berro sentido e, como se fosse carregada por um raio de luz de onde estava, Julia abriu a porta e apareceu correndo.

— O que foi?
— O que você está fazendo de volta? — perguntou Jacob, odiando tudo naquele momento.
— O pai disse que eu vou morrer.
— Na verdade — Jacob forçou um sorriso —, o que eu *disse* foi que você vai viver uma vida muito, muito longa.
Julia colocou Benjy no colo e disse: — Claro que você não vai morrer.
— Então vamos ter *dois* burritos congelados — disse Irv.
— Oi, querida — Deborah cumprimentou Julia. — Estava começando a sentir a falta de estrogênio por aqui.
— Mãe, por que eu tô com dodói?
— Você não tá com dodói — Jacob respondeu.
— No joelho — disse Benjy, apontando para coisa nenhuma. — *Ali*.
— Você deve ter caído — disse Julia.
— Por quê?
— Literalmente não tem dodói nenhum.
— Porque cair é parte da vida — Julia respondeu.
— É a epítome da vida — disse Max.
— Que belo vocabulário, Max.
— *Epítome?* — perguntou Benjy.
— O resumo de alguma coisa — disse Deborah.
— Por que cair é a epítome da vida?
— Não é — disse Jacob.
— A Terra está sempre caindo em direção ao sol — disse Max.
— Por quê? — perguntou Benjy.
— Por causa da gravidade — Max prosseguiu.
— Não — disse Benjy, dirigindo a pergunta a Jacob. — Por que cair não é a epítome da vida?
— Por que *não é?*
— Sim.
— Não sei se entendi a pergunta.
— Por quê?
— Por que eu não sei se entendi a sua pergunta?
— É, isso.
— Porque essa conversa já ficou muito confusa, e porque eu sou apenas um ser humano com uma inteligência terrivelmente limitada.
— *Jacob*.
— Eu tô morrendo!

— Não exagera.
— Num tô!
— Não está.
— Num tô.
— Não está, Benjy.
Deborah: — *Dá um beijinho*, Jacob.
Jacob beijou o dodói inexistente de Benjy.
— Consigo carregar a geladeira — disse Benjy, sem muita certeza de que já podia parar de chorar.
— Que maravilha — disse Deborah.
— Claro que não consegue — Max desdenhou.
— O Max tá dizendo que eu não consigo.
— Dá um refresco pro menino — Jacob cochichou no ouvido do Max sem baixar a voz. — Se ele diz que consegue levantar a geladeira, então ele consegue levantar a geladeira.
— Consigo carregá-la pra bem longe.
— Agora pode deixar comigo — pediu Julia.
— Eu consigo controlar o micro-ondas com a mente — disse Max.
— De *jeito* nenhum — Jacob disse a Julia, casual demais para ser convincente. — A gente está numa boa. A gente está se divertindo. Você chegou numa hora ruim. Não representa o dia inteiro. Mas está tudo tranquilo, e hoje é o seu dia.
— Folga do *quê*? — Benjy perguntou à mãe.
— Hein?
— Do que você precisa tirar um dia de folga?
— Quem disse que eu precisava de um dia de folga?
— O pai acabou de dizer.
— Eu falei que a gente estava dando uma folga pra você.
— Folga do *quê*? — Benjy insistiu.
— Exatamente — disse Irv.
— Da gente, claro — Max respondeu.
Tanta sublimação: intimidade doméstica tinha virado distância íntima, distância íntima tinha virado vergonha, vergonha tinha virado resignação, resignação tinha virado medo, medo tinha virado ressentimento, ressentimento tinha virado autoproteção. Julia vivia pensando que se eles conseguissem seguir o fio da meada até a origem de tanta omissão até seriam capazes de encontrar enfim a abertura. Será que tinha sido o acidente de Sam? A pergunta jamais feita sobre como aquilo tinha acontecido? Julia tinha sempre presumido que estavam protegendo um ao outro com

aquele silêncio, mas e se estivessem tentando machucar, transferir a ferida de Sam para eles mesmos? Ou seria algo mais antigo? Será que a omissão vinha desde antes de se conhecerem? Acreditar nisso mudaria tudo.

O ressentimento que era medo, que era resignação, que era humilhação, que era distância, que era intimidade era pesado demais para se carregar o dia inteiro, todos os dias. Mas onde aliviar a carga? Nas crianças, é claro. Jacob e Julia eram ambos culpados, mas Jacob era mais culpado. Tinha ficado cada vez mais ríspido com os filhos, sabendo que eles aceitariam. Cutucava porque eles não cutucavam de volta. Tinha medo de Julia, mas não tinha medo dos filhos, então dava a eles o que era dela.

— Chega! — rosnou para Max. — Chega.

— Chega você — Max retrucou.

Jacob e Julia se entreolharam, registrando aquela primeira resposta atravessada.

— Como é?

— Nada.

Jacob mandou ver: — Não vou ficar discutindo com você, Max. Estou cansado de discussão. A gente discute *demais* nessa família.

— Quem está discutindo? — Max perguntou.

Deborah se aproximou do filho e sugeriu: — Respira fundo, Jacob.

— Eu respiro fundo até demais.

— Vamos subir um minuto — disse Julia.

— Não. Isso é o que *a gente* faz com *eles*. Não o que *você* faz *comigo*. — E, se virando para Max: — Às vezes, na vida, numa família, você simplesmente tem que fazer a coisa certa sem ficar analisando e negociando. Você segue o programa.

— É, segue o pogrom — disse Irv, imitando o filho.

— Pai, para com isso. OK?

— Eu consigo levantar a cozinha inteira — disse Benjy, pegando no braço do pai.

— É impossível levantar cozinhas — Jacob respondeu.

— Não é.

— É, Benjy. Não tem como.

— Você é tão *forte* — disse Julia, enroscando os dedos nos pulsos de Benjy.

— Imolado — disse Benjy. E então, sussurrando: — *Eu consigo levantar nossa cozinha*.

Max olhou para a mãe. Julia fechou os olhos, sem querer ou sem conseguir proteger o filho do meio como havia feito com o caçula.

* * *

Uma briga de cachorros na rua foi a deixa para que todos corressem até a janela. Não era uma briga de verdade, apenas dois cachorros latindo para um esquilo presunçoso empoleirado em um galho. Ainda assim foi oportuna. Quando a família retomou as posições na cozinha, os dez minutos anteriores pareciam ter dez anos de idade.

Julia pediu licença e subiu para tomar banho. Nunca tomava banho no meio do dia, e ficou surpresa com a força da mão que a conduzia. Ouviu efeitos sonoros vindos do quarto de Sam — que estava obviamente ignorando o primeiro mandamento de seu exílio —, mas não parou.

Fechou e trancou a porta do banheiro, largou a bolsa no chão, tirou a roupa e examinou sua imagem no espelho. Levantando bem o braço, conseguia seguir uma veia que atravessava a parte de baixo do seio direito. O peito tinha murchado, a barriga tinha inchado. Essas coisas tinham acontecido em incrementos minúsculos, imperceptíveis. Os fiapos de pelos pubianos que subiam pela barriga tinham escurecido — até mesmo a pele parecia mais escura. Nada disso era novidade, apenas processo. Ela havia observado, e sentido, a malquista renovação do próprio corpo no mínimo desde o nascimento de Sam: a expansão e derradeira deflação dos seios, a estabilização das coxas e a invasão da celulite, o afrouxamento de tudo o que era firme. Jacob tinha dito, na segunda visita à pousada e em outras ocasiões, que amava o corpo dela exatamente como era. Mas, apesar de acreditar nele, em algumas noites Julia sentia a necessidade de pedir desculpas.

E então ela se lembrou. Claro que se lembrou: estava ali justamente para que se lembrasse desse momento. Na hora não teve consciência. Não sabia por que ela, que nunca tinha furtado nada na vida, estava furtando. Ali estava o porquê.

Ergueu um pé, que apoiou na pia, e segurou a maçaneta com a boca, esquentando e umedecendo a superfície com o próprio hálito. Abriu os lábios da vulva e pressionou a maçaneta ali no meio, primeiro com delicadeza, depois um pouco menos, começando a girar. Sentiu a primeira onda de alguma coisa boa passar por ela e sentiu as pernas bambearem. Julia se agachou, puxou o colarinho da camisa e descobriu um dos seios. Em seguida voltou a umedecer a maçaneta com a língua e achou de novo o lugar certo entre os lábios, fazendo pressão no clitóris com pequenos círculos, e depois só dando batidinhas, apreciando o metal morno começando a grudar na pele, puxando um pouco a cada toque.

Estava de quatro. Não. Estava de pé. Onde estava? Fora de casa. Isso. Encostada no carro. Em um estacionamento. Em um descampado. Não. Arqueada, com a parte superior do corpo apoiada no banco de trás e os pés no chão. As calças e a calcinha arriadas o bastante para deixar a bunda descoberta. Pressionou o rosto contra o banco e empinou a bunda. Abriu as pernas o máximo que as calças permitiam. Queria ficar com as pernas fechadas. Queria que fosse difícil. Eles podiam ser surpreendidos a qualquer momento. Vai ter de ser rápido, disse para ele. Ele? Só me fode com força. Era Jacob. Só me faz gozar. Só me fode como você quiser, Jacob, e depois vai embora. Só me larga aqui com sua porra escorrendo pelas coxas. Me fode e vai embora. Não. Mudou. Agora ela estava no showroom de maçanetas personalizadas. Sem homem nenhum. Só as maçanetas. Amassou a maçaneta contra o clitóris, lambeu três dedos e enfiou lá dentro para sentir as contrações enquanto gozava.

Sentiu um impacto repentino, como o solavanco violento que às vezes a arrancava do começo do sono. Mas não era isso — não estava despencando; alguma coisa despencava sobre ela. O que diabos estava acontecendo? Será que o sangue tinha descido rápido demais e causado algum tipo de reação neurológica? A masturbação era um esforço mental, mas Julia se viu de uma hora para a outra à mercê da própria mente.

Através da tampa do caixão de pinho enxergava Sam parado acima dela, tão bonito de terno, com uma pá na mão. Ela não tinha escolhido aquilo. Aquilo não dava prazer. Que menino bonito. Que homem bonito. Está tudo bem, meu amor. Tudo bem, tudo bem, tudo bem. Julia gemeu e Sam uivou um lamento. Animais, os dois. Sam pegou mais uma pá de terra e jogou sobre ela. Então é assim. Agora eu sei, e nada vai ser diferente.

E em seguida Sam foi embora.

E Jacob e Max e Benjy foram embora.

Todos os seus homens foram embora.

E depois mais terra, agora caindo das pás de estranhos, quatro de cada vez.

E então eles foram embora.

E ela estava sozinha, dentro da menor casa de sua vida.

Julia foi trazida de volta ao mundo, de volta à vida, por uma campainha — que a arrancou daquela fantasia involuntária, e ela sentiu o peso do total absurdo do que estava fazendo. Quem ela pensou que era? Os sogros no andar de baixo, o filho no outro quarto, o fundo de previdência maior do que a caderneta de poupança. Não sentiu vergonha; se sentiu estúpida.

Outra campainha.

Ela não conseguia identificar de onde vinha.

Era um celular, mas Julia não conhecia aquele toque.

Será que Jacob tinha dado um smartphone a Sam para substituir o celular simples, usado, com o qual ele tinha passado o último ano inteiro enviando mensagens com a mesma velocidade de Joseph Mitchell escrevendo livros? Eles tinham debatido a possibilidade de dar esse presente de bar-mitzvá, mas ainda faltavam semanas, e isso tinha sido antes de Sam se meter em encrenca e, de qualquer maneira, eles tinham descartado a ideia. Já havia coisas demais empurrando a todos para o ruído daquele outro mundo. A experiência com o *Other Life* já tinha praticamente sequestrado a consciência de Sam.

Julia ouviu o toque.

Vasculhou o cesto de vime cheio de quinquilharias de higiene pessoal: frascos pequenos e enormes de Advil, removedor de esmalte, absorventes internos orgânicos, pomada cicatrizante, água oxigenada, álcool, anti-histamínico, pomada anti-inflamatória, pomada antibiótica, ibuprofeno infantil, descongestionante nasal, álcool gel, antidiarreico, laxante, amoxicilina, aspirina, creme corticosteroide, pomada de lidocaína, spray de benzocaína, antisséptico bucal, soro fisiológico, antibóticos, fio dental, loção de vitamina E... todas as coisas de que corpos podem acabar precisando. Quando foi que corpos desenvolveram tantas necessidades? Por muitos anos Julia não tinha precisado de nada.

Julia ouviu o toque.

De onde vinha? Poderia ter se convencido de que vinha da casa dos vizinhos, do outro lado da parede, ou até mesmo que tinha imaginado coisas, mas a campainha tocou de novo, e dessa vez ela conseguiu localizar o som bem no canto, perto do chão.

Julia se ajoelhou. Na cesta de revistas? Atrás da privada? Esticou a mão por trás do vaso e assim que pegou o celular ele tocou de novo, como se estivesse reagindo. De quem seria? Mais um toque: chamada perdida de JULIA.

Julia?

Mas *ela* era Julia.

o que aconteceu com você?

I-S-T-O-T-B-N-A-O-P-A-S-S-A-R-A

Sam sabia que tudo viria abaixo, só não sabia exatamente como ou quando. Seus pais se divorciariam e acabariam odiando um ao outro e espalhariam a destruição como aquele reator japonês. Isso estava claro, embora talvez não para os dois. Sam tentava não prestar atenção na vida deles, mas era impossível ignorar a frequência com que o pai dormia em frente à ausência de notícias, com que a mãe ficava imersa na poda das árvores de maquetes arquitetônicas, como o pai tinha começado a servir sobremesa todas as noites, como a mãe dizia para Argos que ela "precisava de espaço" sempre que o cachorro a lambia, o quanto a mãe tinha se envolvido com a seção de Viagens, como o histórico de busca do pai só tinha imobiliárias, como a mãe colocava Benjy no colo toda vez que o pai estava no recinto, a violência com que o pai tinha começado a odiar atletas *mimados* que *nem sequer tentam*, como a mãe havia doado três mil dólares para a campanha de outono da rádio NPR, como o pai havia comprado uma Vespa como vingança, o fim das entradas em restaurantes, o fim da terceira história na hora de Benjy dormir, o fim do contato visual.

Sam enxergou aquilo que os pais não conseguiam enxergar, ou que não conseguiam se permitir enxergar, e isso só o deixava mais irritado, porque ser menos estúpido do que os próprios pais é tão repulsivo quanto tomar um gole de leite quando você acha que o copo tem suco de laranja. Por ser menos estúpido do que os pais, Sam sabia que um dia os dois sugeririam que ele não precisaria escolher, mas ele escolheria. Sabia que começaria a perder a vontade ou a capacidade de fingir na escola, e as notas desceriam plano inclinado abaixo de acordo com alguma fórmula que ele deveria dominar completamente, e que as expressões de amor vindas dos pais aumentariam em reação à tristeza deles por causa da tristeza dele, e ele seria recompensado por entrar em colapso. A culpa que os pais sentiriam por fazer Sam se sentir assim o livraria dos esportes coletivos e ele conseguiria renegociar favoravelmente seu tempo de televisão, e os jantares começariam a ficar cada vez menos orgânicos, e sem demora ele estaria navegando de encontro ao iceberg enquanto os pais estariam combatendo um duelo de violinos.

Sam amava fatos interessantes, mas quase sempre ficava atormentado por seus estranhos pensamentos recorrentes. Como este: E se ele testemunhasse um milagre? Como convenceria os outros de que estava falando sério? E se um recém-nascido contasse um segredo para ele? E se uma árvore andasse? E se encontrasse a si mesmo mais velho e descobrisse todos os erros catastróficos e evitáveis que não conseguiria evitar? Ele se imaginou conversando com a mãe, com o pai, com amigos falsos na escola, com amigos de verdade no *Other Life*. Quase todos só dariam risada. Talvez de um ou dois ele conseguisse espremer um gesto de convencimento. Max iria ao menos querer acreditar nele. Benjy acreditaria nele, mas somente porque acreditava em tudo. Billie? Não. Sam ficaria a sós com um milagre.

Alguém bateu na porta. Não na porta do santuário, mas na porta do quarto.

— Cai fora, seu corno.

— Como é? — disse sua mãe, abrindo a porta e entrando.

— Desculpa — disse Sam, virando a tela do iPad para baixo. — Achei que fosse o Max.

— E você acha que isso é jeito de falar com seu irmão?

— Não.

— Ou com qualquer pessoa?

— Não.

— Por que fez isso, então?

— Não sei.

— Quem sabe você tira um momento pra se perguntar.

Sam não sabia se era uma sugestão retórica, mas sabia que não era hora de interpretar qualquer coisa que a mãe dizia menos do que literalmente.

Depois de um momento se questionando, a melhor coisa que conseguiu elaborar foi "Acho que sou uma pessoa que fala coisas que sabe que não deveria falar".

— Acho que sim.

— Mas vou melhorar.

Julia varreu o ambiente com os olhos. Meu Deus, como ele odiava aquelas inspeções furtivas: do dever de casa, das coisas dele, da aparência dele. O julgamento constante o dividia como um rio, criando duas margens.

— O que você andou fazendo aqui dentro?
— Não mandei e-mails, nem mensagens, nem joguei *Other Life*.
— Certo, mas então o *que* você andou fazendo?
— Na verdade não sei.
— Não sei como isso seria possível.
— Hoje não é o seu dia de folga?
— Não é o meu dia de *folga*. É o meu dia de enfim resolver umas coisas que estava *adiando*. Como respirar e pensar. Mas aí a gente precisou fazer uma visita inesperada à Adas Israel hoje de manhã, como você deve se lembrar, e então tive de me encontrar com um cliente...
— Teve? Por quê?
— Porque faz parte do meu trabalho.
— Mas por que hoje?
— Eu senti que precisava ir, tá bom?
— Tá bom.
— E aí no carro eu me dei conta de que, apesar de você quase com certeza ter estragado tudo, a gente deveria continuar a agir como se o seu bar-mitzvá fosse acontecer. E entre as inúmeras coisas que só eu me lembraria de lembrar está o seu terno.
— Que terno?
— Exatamente.
— É verdade. Eu não tenho um terno.
— Parece óbvio quando você fala em voz alta, né?
— É.
— Vivo me surpreendendo com a quantidade de coisas que são assim.
— Desculpa.
— Por que você está pedindo desculpas?
— Não sei.
— Então precisamos arranjar um terno pra você.
— Hoje?
— Sim.
— Sério?
— Os primeiros três lugares em que a gente for não vão ter o que a gente precisa, e se a gente achar algo razoável, não vai servir, e o alfaiate vai errar duas vezes.
— Eu preciso ir?

— Pra onde?
— Pra loja de ternos.
— Não, não, claro que você não precisa ir. Vamos facilitar as coisas e construir uma impressora 3D usando palitos de picolé e macarrão e criar um manequim seu com absoluta precisão anatômica que eu possa arrastar para a *loja de ternos* sozinha no meu dia de folga.
— A gente pode ensinar minha haftará pra ele?
— Estou de folga de rir das suas piadas no momento.
— Não precisava dizer isso.
— Como é?
— Você não precisa dizer que não está rindo para a pessoa perceber que você não está rindo.
— Também não precisava dizer isso, Sam.
— Tá bom. Desculpa.
— Vamos ter que conversar quando seu pai chegar em casa da reunião, mas eu tenho que dizer uma coisa. É *preciso*.
— Tá.
— Para de dizer "tá".
— Desculpa.
— Para de pedir desculpa.
— Achei que vocês queriam que eu pedisse desculpa?
— Pelo que você fez.
— Mas eu não...
— Estou muito decepcionada com você.
— Eu sei.
— É isso? Não quer dizer mais nada? Sei lá, talvez "Eu fiz aquilo e peço desculpas"?
— Não fui eu.
Julia pôs as mãos na cintura, com os indicadores nos passadores de cinto.
— Limpa essa bagunça. Tá um nojo.
— O quarto é meu.
— Mas a casa é nossa.
— Não dá pra mexer naquele tabuleiro. A gente ainda está na metade do jogo. O pai disse que a gente podia terminar depois, quando eu não estiver mais de castigo.
— Sabe por que você sempre ganha dele?
— Porque ele me deixa ganhar.
— Faz anos que ele não deixa você ganhar.
— Ele pega leve.

— Pega nada. Você ganha porque ele fica todo animado de capturar as peças, mas você está sempre pensando em quatro jogadas adiante. Por isso você se dá bem no xadrez e por isso você se dá bem na vida.

— Eu não me dou bem na vida.

— Dá sim, quando usa a cabeça.

— O pai se dá mal na vida?

— Essa não é a conversa que estamos tendo agora.

Se ele se concentrasse, conseguiria ganhar.

— Talvez seja verdade, mas a gente nunca vai saber.

— Qual é a conversa que a gente *está* tendo?

Julia tirou o celular do bolso. — O que é isso?

— É um telefone celular.

— É seu?

— Eu não posso ter um smartphone.

— Por isso mesmo eu ficaria decepcionada se fosse seu.

— Então não precisa ficar decepcionada.

— De quem é?

— Não faço ideia.

— Celulares não são ossos de dinossauro. Não aparecem do nada.

— Ossos de dinossauro também não aparecem do nada.

— Se eu fosse você, tentaria ser menos espertinho. — Julia virou o telefone pra cima e pra baixo. — Como eu faço pra ver o que tem nele?

— Imagino que tenha uma senha.

— Tem.

— Então você não está com sorte.

— Posso pelo menos tentar *istotbpassara*, certo?

— Acho que pode, uć.

Todos os membros adultos da família Bloch usavam aquela senha ridícula para tudo — da Amazon ao Netflix, até no sistema de alarme da casa e nos celulares.

— Não deu — disse Julia, mostrando a tela para Sam.

— Valia a pena tentar.

— Será que levo para uma loja ou algo assim?

— Eles não entram nem em celular de terrorista.

— Talvez eu possa tentar a mesma senha, só que em maiúsculas.

— Sim.

— Como eu faço maiúsculas?

Sam pegou o celular. Digitava como um raio atingindo uma claraboia, mas Julia só enxergava o polegar desfigurado, e em câmera lenta.

— Não deu — ele disse.
— Tenta soletrar.
— Hein?
— t-a-m-b-e-m.
— Seria muito idiota.
— Seria brilhante comparado a usar a mesma senha que se usa pra tudo.
— i-s-t-o-t-a-m-b-e-m-p-a-s-s-a-r-a... Não. Desculpa. Opa, faz de conta que não desculpa.
— Tenta soletrar e colocar a primeira letra em maiúscula.
— Hein?
— Com I maiúsculo e t-a-m-b-e-m em vez de t-b.
Isso ele digitou mais devagar, com cuidado. — Hm.
— Abriu?
Julia estendeu a mão para pegar o celular, mas Sam segurou o aparelho por uma fração de segundo, o suficiente para criar uma hesitação desconfortável. Olhou para a mãe. O dedo dela, gigante e ancião, fazia palavras subirem pela minúscula montanha de vidro. Ela olhou para Sam.
— Que foi? — ele perguntou.
— Que foi o quê?
— Por que você tá me olhando?
— Por que eu tô olhando pra você?
— Desse jeito?
Jacob não conseguia dormir sem um *podcast*. Alegava que as informações o acalentavam, mas Julia sabia que o verdadeiro motivo era a companhia. Geralmente já estava dormindo quando ele ia para a cama — uma coreografia não reconhecida —, mas de vez em quando ela se via escutando sozinha. Uma noite, com o marido roncando ao seu lado, ouviu um cientista do sono explicando sonhos lúcidos — um sonho em que a pessoa sabe que está sonhando. A técnica mais comum para atrair um sonho lúcido é criar o hábito, na vigília, de olhar para textos — uma página de um livro ou uma revista, um outdoor, uma tela — e depois desviar o olhar e então olhar de novo. Nos sonhos, os textos não permanecem constantes. Se você fizer o exercício, ele se torna um reflexo. E se você exercita esse reflexo, ele passa para os sonhos. A descontinuidade do texto vai indicar que você está dormindo, e então você não apenas estará consciente, mas será capaz de controlar o sonho.
Julia desviou o olhar do telefone e olhou de novo.
— Eu sei que você não *joga* o *Other Life*. O que você faz, então?

— Hein?
— Qual é a palavra para o que você faz?
— Vivo? — ele respondeu, tentando entender a mudança que tomava conta do rosto da mãe.
— Estou falando do *Other Life*.
— Sim, eu sei.
— Você *vive* o *Other Life*?
— Nunca tenho que descrever o que eu faço por lá, mas sim, é isso.
— Você pode viver outra vida no *Other Life*.
— Isso.
— Não, estou dizendo que você está autorizado a fazer isso.
— Agora?
— Sim.
— Achei que eu tava de castigo.
— Você está — ela respondeu, colocando o celular no bolso. — Mas pode viver isso agora, se quiser.
— Podemos ir comprar o terno.
— Outro dia. Ainda dá tempo.
Sam desviou o olhar da mãe, e olhou de novo.

Tinha conferido todos os dispositivos. Não estava com raiva, só queria dizer o que precisava ser dito, e depois reduzir a sinagoga a pó. Ela não cabia, não era confortável como um lar. Tinha instalado o dobro da fiação e colocado três vezes mais explosivos do que o necessário: debaixo de cada banco, fora do campo de visão, em cima da prateleira onde ficava o sidur, enterrado debaixo de milhares de solidéus em sua caixa de madeira octogonal que batia na cintura.

Samanta removeu a Torá da arca. Entoou alguma baboseira decorada, desembrulhou a Torá e a desenrolou diante de si, sobre a bimá. Aquelas letras todas, tão pretas e belas. Aquelas frases todas, tão minimalistas e belas, se combinando para contar histórias infinitamente ressonantes e belas que deveriam ter se perdido nas areias do tempo, o que ainda podia acontecer. O detonador estava dentro da mão de leitura da Torá. Samanta pegou a mão de leitura, encontrou o ponto correto no pergaminho e começou a entoar.

> *Bar'chu et Adonai Ham'vorach.*
> Como é que é?

> Levei meu irmão mais novo pro zoológico e os rinocerontes começaram a transar e foi bizarro. Ele ficou ali parado olhando. Ele nem sabia que era engraçado, e isso foi a coisa mais engraçada de todas.
> Prestem atenção!
> É engraçado quando alguém não sabe que uma coisa é engraçada.
> Como eu posso sentir saudade de alguém que nem conheci?
> *Baruch Adonai Ham'vorach l'olam va'ed.*
> Sempre, sempre, sempre vou preferir a desonestidade à honestidade fingida.
> App: Tudo que você disser um dia será usado contra você.
> *Baruch Atah, Adonai...*
> Entendi: Nós O louvamos...
> Tem acontecido uma coisa estranha, não consigo me lembrar da cara das pessoas. Ou pelo menos eu me convenço de que não consigo. Eu me pego tentando imaginar o rosto do meu irmão e não consigo. Não que eu não reconheceria o rosto dele numa multidão, nem que eu não saiba quem ele é. Mas quando eu tento pensar nele, não consigo.
> *Eloheynu melech ha'olam...*
> Baixa um programa chamado VeryPDF. É bem simples.
> Deus Eterno, Rei do Universo...
> Desculpa, eu tava jantando. Tô em Quioto. Faz horas que já tem estrelas no céu.
> Alguém viu o vídeo daquele repórter judeu sendo decapitado?
> *asher bachar banu mikol ha'amim...*
> VeryPDF tem um milhão de bugs.
> Nos chamaste a Teu serviço...
> Meu iPhone tá me deixando enjoada.
> *v'natan lanu et Torato...*
> Você precisa travar a rotação. Clica duas vezes no botão Home pra barra de funções aparecer. Desliza pra direita até chegar numa coisa que parece uma seta circular — ela ativa e desativa a trava de rotação.
> Se eu ficar olhando pra uma filmagem do sol eu fico cego?
> Alguém sabe alguma coisa sobre esse novo telescópio que os chineses estão falando em construir? Vai ter a capacidade de enxergar duas vezes mais longe no passado do que qualquer outro telescópio.

> *Baruch Atah, Adonai...*
> Sei que vai parecer que eu tô chapado, mas posso apontar a bizarrice do que você acabou de falar? O telescópio vai enxergar duas vezes mais longe no passado?
> Todas as palavras que eu já escrevi na vida cabem num pendrive.
> E o que isso significa?
> Nós O louvamos...
> Imagina se eles colocam um espelho gigantesco no espaço, bem longe da gente. Se a gente apontasse um telescópio pra ele, será que ia dar pra gente se ver no passado?
> Como é?
> Quanto mais longe o espelho, mais longe no passado a gente ia ver: nascimentos, o primeiro beijo dos nossos pais, os homens das cavernas.
> Os dinossauros.
> Meus pais nunca se beijaram, e transaram exatamente uma vez.
> A vida saindo do oceano.
> *notein haTorah.*
> E se ele ficasse alinhado bem reto, ia dar pra gente se ver mesmo não estando lá.
> Doador da Torá.

Samanta olhou para cima.

O que seria preciso para que um ser humano essencialmente bom fosse visto? Não notado, mas visto. Não valorizado, não querido, nem mesmo amado. Mas visto por inteiro.

Ela observou a congregação de avatares. Eram pessoas irreais confiáveis, generosas, essencialmente gentis. As pessoas mais essencialmente gentis que ela jamais conheceria eram pessoas que ela nunca conheceria.

Olhou simultaneamente para e através do vitral com o Presente Judeu.

Sam tinha ouvido cada uma das palavras ditas do outro lado da porta da sala do rabino Singer. Sabia que seu pai acreditava nele, e sua mãe não. Sabia que sua mãe estava tentando fazer o que achava melhor, e que seu pai estava fazendo o que achava melhor. Mas melhor para quem?

Sam tinha encontrado o celular um dia inteiro antes da mãe.

Havia muitas desculpas pendentes, mas ele não devia desculpas a ninguém.

Sem garganta para limpar o pigarro, Samanta começou a falar, falar o que precisava ser dito.

EPÍTOME

Quanto mais velho se fica, mais difícil se torna dar conta do tempo. As crianças perguntam "A gente já chegou?". Adultos: "Como a gente veio parar aqui tão rápido?"

De algum modo, estava tarde. De algum modo, as horas tinham escorrido. Irv e Deborah tinham voltado para casa. Os meninos tinham feito um jantar mais cedo, tomado banho mais cedo. Jacob e Julia tinham conseguido colaborar para evitar um ao outro: Você passeia com o Argos enquanto ajudo Max com a matemática, enquanto você dobra as roupas, enquanto procuro a peça de Lego da qual tudo depende, enquanto você finge que sabe consertar um vazamento na privada, e, de algum modo, o dia que tinha começado pertencendo apenas a Julia terminava, ao que parecia, com Jacob saindo para beber com fulano ou sicrano da HBO e Julia, sem a menor dúvida, limpando a bagunça do dia. Tanta bagunça feita por tão pouca gente em tão pouco tempo. Estava lavando a louça quando Jacob entrou na cozinha.

— Durou mais do que eu imaginava — ele disse, se prevenindo. E para compactar ainda mais a própria culpa: — Foi um tédio.

— Você deve estar bêbado.

— Não.

— Como você consegue passar quatro horas bebendo sem ficar bêbado?

— Foi só um drinque — ele respondeu, pendurando o casaco na banqueta —, eu não "bebi". E foram só três horas e meia.

— Mas que goles mais lentos. — O tom dela foi incisivo, mas poderia ter sido afiado por uma série de coisas: o dia de folga perdido, o estresse da manhã, o bar-mitzvá.

Julia limpou a testa com a primeira seção de braço que não tinha espuma e disse: — A gente ia conversar com o Sam.

Bem, Jacob pensou. Entre todos os conflitos disponíveis, aquele era o menos aterrorizante. Ele poderia pedir desculpas, consertar tudo, ter a felicidade de volta.

— Eu sei — ele respondeu, sentindo o gosto de álcool nos dentes.

— Você diz "eu sei", mas já anoiteceu e não estamos conversando com ele.

— Acabei de entrar. Eu ia tomar um copo d'água e depois falar com ele.

— E o plano era nós dois conversarmos com ele.

— Bem, posso poupar você de ser a policial malvada.

— Poupar o Sam de ter de lidar com uma policial malvada, você quer dizer.

— Eu posso ser os dois policiais.

— Não, você vai ser o paramédico.

— Eu nem sei o que você quer dizer com isso.

— Você vai pedir desculpas por ter que impor algum castigo a ele, vocês dois vão terminar rindo e eu vou continuar sendo a mãe chata e implicante. Você vai curtir uns minutos de risada e eu vou curtir um mês de ressentimento.

— Nada do que você disse é verdade.

— Certo.

Julia esfregou os resíduos torrados de uma panela queimada.

— O Max está dormindo? — Jacob perguntou, direcionando os lábios para ela e os olhos para o lado.

— São *dez e meia*.

— O Sam está no quarto dele?

— Um drinque em quatro horas?

— Três horas e meia. Apareceu mais gente no meio da função e aí...

— Sim, o Sam está dentro do abrigo antiaéreo emocional.

— Jogando *Other Life*?

— Vivendo outra vida.

Tinham gestado um medo imenso de não ter as crianças por perto para preencher o vazio. Às vezes Julia se perguntava se tinha deixado que eles dormissem tarde simplesmente para se proteger contra o silêncio, se chamava Benjy para seu colo para servir de escudo humano.

— Como foi a noite do Max?

— Ele está deprimido.
— Deprimido? Que nada.
— Tem razão. Deve ser mononucleose.
— Ele tem só *onze* anos.
— Ele tem só *dez* anos.
— *Deprimido* é uma palavra forte.
— É ótima para descrever uma experiência forte.
— E o Benjy? — Jacob perguntou enquanto vasculhava uma gaveta.
— Você perdeu alguma coisa?
— Hein?
— Parece que está procurando algo.
— Vou dar um beijinho no Benjy.
— Ele vai acordar.
— Vou ser ninja.
— Ele levou uma hora pra dormir.
— Literalmente? Ou só pareceu uma hora?
— Literalmente sessenta minutos pensando na morte.
— Que menino incrível.
— Por estar obcecado pela morte?
— Por ser tão sensível.

Jacob conferiu a correspondência enquanto Julia organizava a máquina de lavar louça: as Páginas Amarelas mensais da *Restoration Hardware* com anúncios de mobília cinza, a invasão de privacidade semanal da União Americana pelas Liberdades Civis, um pedido de dinheiro do Colégio Georgetown para jamais ser aberto, um panfleto de algum corretor com um sorriso que exibia seus tratamentos dentários anunciando por quanto ele havia vendido a casa do vizinho, várias confirmações impressas de pagamentos de contas em débito automático, um catálogo de um fabricante de roupas infantis cujo algoritmo de marketing não era sofisticado o suficiente para se dar conta de que a primeira infância é um estado temporário.

Julia mostrou o celular.

Jacob conseguiu se manter de pé, mas dentro dele tudo caiu — como se ele fosse um daqueles palhaços infláveis com peso na parte de baixo, que se levantam para levar mais pancadas.

— Sabe de quem é?
— É meu — ele disse, pegando o celular. — Comprei um novo.
— Quando?

— Faz algumas semanas.
— Por quê?
— Porque... as pessoas compram celulares novos.

Ela colocou mais sabão do que o necessário na máquina, e a fechou com mais força do que o necessário.

— Está com senha.
— Sim.
— Seu celular antigo não tinha senha.
— Tinha sim.
— Não tinha não.
— Como você sabe?
— Por que eu não saberia?
— Entendi.
— Você está precisando me contar alguma coisa?

Jacob tinha sido pego por plágio na faculdade. Isso foi antes dos programas de computador que procuram trechos copiados, então para ser pego era preciso trapacear de forma escandalosa, e foi o caso. Mas ele não foi pego; ele confessou sem querer. Tinha sido chamado ao gabinete do professor de "Épica Americana", convidado a se sentar, forçado a fermentar em halitose enquanto esperava que o professor terminasse de ler as três últimas páginas de um livro e depois folheasse papéis sobre a mesa procurando o trabalho de Jacob.

— Sr. Bloch.

Será que aquilo era uma afirmação? Será que estava tentando confirmar que tinha chamado o cara certo?

— Sim?
— Sr. Bloch — balançando as páginas como um ramo de *lulav* —, de onde vêm estas ideias?

Mas antes que o professor pudesse ter chance de falar "porque são sofisticadas demais para a sua idade", Jacob respondeu: — Harold Bloom.

Apesar de ter sido reprovado e recebido uma advertência acadêmica, Jacob sentiu alívio por ter confessado — não porque a honestidade fosse muito importante para ele nesse caso, mas porque a coisa que mais odiava no mundo era ter exposta a sua culpa. Tinha vivido uma infância aterrorizada por causa disso, e faria qualquer coisa para ficar longe dessa situação.

— Os celulares novos pedem uma senha — disse Jacob. — Acho que isso é obrigatório.

— Que jeito curioso de dizer não.

— Qual era a pergunta?
— Você está precisando me contar alguma coisa?
— Sempre quero contar muitas coisas pra você.
— Eu disse *precisando*.

Argos gemeu.

— Não estou entendendo essa conversa — disse Jacob. — E que diabo de cheiro é esse?

Tantos dias de vida compartilhada. Tantas experiências. Como tinham conseguido passar os dezesseis anos anteriores desaprendendo um ao outro? Como pôde a soma de tanta presença resultar em desaparecimento?

E naquele momento, com o primeiro bebê em vias de se tornar homem e o último fazendo perguntas sobre a morte, os dois se viam na cozinha, enfim lidando com coisas dignas de não serem mencionadas.

Julia notou uma manchinha na camisa e começou a esfregá-la, apesar de saber que era uma mancha antiga e permanente.

— Aposto que você não buscou as roupas na lavanderia.

A única coisa que ela detestava mais do que se sentir como estava se sentindo era falar como estava falando. Como Irv havia lhe dito que Golda Meir havia dito para Anwar Sadat: "Podemos perdoar vocês por matar nossos filhos, mas nunca perdoaremos vocês por nos obrigarem a matar os seus." Julia odiava a pessoa que Jacob a obrigava a ser: irritadiça e ressentida, chata, a esposa cheia de cobranças que ela preferia se matar a se tornar.

— Minha memória é ruim — ele disse —, desculpa.

— Eu também tenho memória ruim, mas não saio esquecendo as coisas por aí.

— Desculpa, tá?

— Seria mais fácil aceitar o pedido de desculpas sem o "tá".

— Você age como se eu fosse a única pessoa que comete erros.

— Então me ajuda nessa — ela respondeu. — Você acha que faz bem as coisas da casa?

— Está falando sério?

Argos soltou um gemido longo.

Jacob se virou para o cachorro e ofereceu um pouco daquilo que não era capaz de oferecer a Julia: — Baixa essa bola, caralho! — E em seguida, sem se dar conta da piada que estava fazendo à própria custa: — Eu nunca grito com ninguém.

Ela adorou: — Não é mesmo, Argos?

— Não com você ou com as crianças.
— Não levantar sua voz, ou não me espancar nem abusar sexualmente das crianças, já que é assim, não se classificam como coisas que você *faz bem*. Isso se classifica como um mínimo de decência. E, mesmo assim, você só não grita com ninguém porque é reprimido.
— Não sou não.
— Se você diz que não.
— Mesmo se *for* por isso que eu não grito com ninguém, e não acho mesmo que seja o caso, ainda é uma coisa boa. Muitos homens fazem isso.
— Tenho inveja das esposas deles.
— Você quer que eu seja um babaca?
— Eu quero que você seja uma pessoa.
— E o que isso significa?
— Tem certeza de que não precisa me contar alguma coisa?
— Não estou entendendo por que você fica me perguntando isso.
— Vou reformular a pergunta: Qual é a senha?
— Que senha?
— Do celular que você está agarrando com força.
— É o meu celular novo. Qual é o problema?
— Eu sou a sua esposa. *Eu* sou o problema.
— Você não está dizendo nada com nada.
— Não preciso fazer sentido.
— O que você quer, Julia?
— A senha.
— Por quê?
— Porque eu quero saber o que você não pode me contar.
— Julia.
— Mais uma vez você acertou o meu nome.

Jacob tinha passado mais horas acordado naquela cozinha do que em qualquer outro ambiente. Nenhum bebê sabe que aquela é a última vez que o mamilo será retirado de sua boca. Nenhuma criança sabe que aquela é a última vez que chamará a mãe de "mamá". Nenhum menininho sabe que aquela é a última vez em que fecharam seu livro de histórias para dormir. Nenhum garoto tem consciência de que aquela é a última vez que vai ver a água da banheira escoar depois de um banho com o irmão. Nenhum rapaz sabe, ao sentir um prazer imenso pela primeira vez, que nunca mais deixará de considerar sexo como parte da vida. Nenhuma mulher prestes a passar pela menarca sabe, ao encostar a cabeça no travesseiro, que quatro décadas se passarão até que ela volte a acordar infértil. Nenhuma mãe sabe que aquela é a última vez que ouvirá a palavra *mamã*. Nenhum pai sabe quando o livro de histórias para fazer o filho dormir se fechou pela última vez: *Daquele dia em diante, e por muitos anos vindouros, a paz reinou na ilha de Ítaca e os deuses olharam com benevolência para Odisseu, sua esposa e seu filho.* Jacob sabia que, não importava o que acontecesse, ele veria aquela cozinha de novo. E, mesmo assim, seus olhos se tornaram esponjas para os detalhes — o puxador envelhecido da gaveta de guloseimas; a junta onde as placas de pedra-sabão se encontravam; o adesivo de Prêmio Especial por Coragem no lado inferior da parte de baixo do balcão, concedido a Max para comemorar o que ninguém sabia ainda que seria seu último dente a ser arrancado, um adesivo que Argos, e apenas Argos, enxergava muitas vezes todos os dias — porque Jacob sabia que um dia eles seriam espremidos para tirar as últimas gotas desses últimos momentos; eles viriam em forma de lágrimas.

— Tá bom.
— Tá bom o quê?
— Tá bom, eu digo a senha.

Jacob pôs o celular sobre o balcão com um ímpeto de retidão moral que *talvez, talvez,* quem sabe, pudesse ter desconjuntado as entranhas do aparelho, e disse: — Mas saiba que essa desconfiança vai pairar entre nós pra sempre.

— Posso arcar com isso.

Jacob olhou para o celular.

— Só estou tentando me lembrar qual é a senha, afinal. Perdi o celular logo depois que comprei. Acho que ainda nem cheguei a *usar*.

Pegou o celular e ficou olhando para o aparelho.

— Quem sabe a senha que a família usa para tudo? — Julia sugeriu.
— Certo — ele respondeu. — Com certeza é o que eu teria usado: *i-s-t-o-t-b-p-a-s-s-a-r-a*. E... não deu.
— Hm. Parece que não.
— Talvez eu consiga desbloquear na loja.
— Talvez, mas isso é só um tiro no escuro, se você começar com i maiúsculo e soletrar...
— Eu não colocaria a senha desse jeito — Jacob protestou.
— Não?
— Não. A gente sempre faz do mesmo jeito.

— Tenta, quem sabe.

Jacob queria escapar daquele terror infantil, mas queria ser uma criança.

— Mas eu não colocaria a senha desse jeito.

— Quem realmente sabe o que é capaz fazer? Tenta assim.

Jacob examinou o celular, e seus dedos em volta do aparelho, e a casa em volta deles, e num impulso sem intermediários — tão reflexo quanto chutar ao receber a martelada no joelho — jogou o aparelho pela janela, quebrando o vidro.

— Achei que estava aberta.

E se fez um silêncio fundamental.

Julia perguntou: — Você acha que eu não sei chegar no quintal?

— Eu...

— E por que você não criou uma senha mais complicada? Uma senha que o Sam não conseguisse adivinhar?

— O Sam viu o celular?

— Não. Mas só porque você é muito sortudo.

— Tem certeza?

— Como você conseguiu *escrever* aquelas coisas?

— Que coisas?

— A conversa já avançou *demais* pra isso.

Jacob sabia que era tarde demais, e absorveu os arranhões na tábua de cortar pão, as suculentas entre a pia e a janela, os desenhos das crianças pregados na parede com fita adesiva de pintura.

— Elas não significam nada — disse Jacob.

— Tenho pena de uma pessoa capaz de dizer tanta coisa sem significar nada.

— Julia, me dá uma chance de explicar.

— Por que você não consegue significar nada pra *mim*?

— Hein?

— Você diz pra uma pessoa que não é a mãe dos seus filhos que quer lamber sua porra pingando do cu dela, e a única pessoa que faz eu me sentir bonita é a porra do floricultor coreano do mercadinho, que nem é um *floricultor* de verdade.

— Eu sou asqueroso.

— Não se atreva a fazer isso.

— Julia, pode ser difícil de acreditar, mas foram só mensagens. Foi só isso que aconteceu.

— Em primeiro lugar, é fácil acreditar nisso. Ninguém sabe mais do que eu o quanto você é incapaz de ter a coragem de cometer alguma transgressão genuína. Eu sei que você é cagão demais pra lamber o cu de qualquer pessoa, com ou sem porra.

— Julia.

— Mas o mais importante é: o que *precisa* acontecer de fato? Você acha que pode sair falando e escrevendo o que quiser sem sofrer nenhuma consequência? Talvez seu pai possa. Talvez sua mãe seja fraca o suficiente pra tolerar esse tipo de escrotidão. Mas eu não sou. Existe decência e existe indecência, e são *duas coisas diferentes*. Bom e ruim são coisas *diferentes*. Sabia?

— Claro que...

— Não, claro que você *não* sabe. Você escreveu pra uma mulher que não é a sua esposa que a buceta apertada dela não merece você?

— Não foi bem isso que eu escrevi. E foi no contexto de...

— E você não é uma pessoa boa de fato, e nenhum contexto tornaria aceitável dizer uma coisa dessas.

— Foi um momento de fraqueza, Julia.

— E você está se esquecendo de que nunca chegou a deletar nenhuma mensagem? Que tem um histórico ali? Não foi um *momento* de fraqueza, foi uma *pessoa* de fraqueza. E por favor *para* de repetir o meu nome.

— Já acabou.

— Quer saber a pior parte? Eu nem *ligo*. O mais triste de tudo isso foi encarar minha falta de tristeza.

Jacob não acreditou, mas também não conseguia acreditar que ela diria uma coisa dessas. A farsa de um relacionamento afetuoso havia tornado suportável a ausência de um relacionamento afetuoso. Mas Julia estava deixando de se importar com as aparências.

— Escuta, eu acho...

— *Lamber a porra do cu dela?* — Julia gargalhou. — *Você?* Você é um covarde e tem fobia de germes. Você só queria escrever isso. E tudo bem. Ótimo até. Mas admita o faz de conta. Você *quer* querer alguma espécie turbinada de vida sexual, mas *na verdade* você quer o carrinho de bebê despachado no embarque, e o Aquaphor, e até mesmo a sua existência desidratada e desprovida de boquetes, porque isso poupa você de ter de se preocupar com ereções. Jesus Cristo, Jacob, você sempre carrega um pacote de lencinhos pra jamais ter que usar papel higiênico.

Não é assim que se comporta um homem que quer lamber a porra do cu de alguém.

— Julia, para.

— Aliás, se você se visse numa situação dessas, com um cu *de verdade* de uma mulher *de verdade* cheio da sua porra *de verdade* clamando pela sua língua? Sabe o que você faria? Você ia ter aqueles tremores ridículos nas mãos, ia suar a camisa inteira, perder a ereção meia bomba de gelatina que teria sorte de conseguir pra começo de conversa, e provavelmente se arrastaria até o banheiro pra conferir as últimas do *Huffington Post* e assistir a vídeos infantiloides e nada engraçados ou ouvir de novo o Radiolab celebrando as tartarugas. *Isso* é o que aconteceria. E ela ficaria sabendo que você é uma piada.

— Eu não estaria de camisa.

— Hein?

— Eu não suaria a camisa inteira porque não estaria de camisa.

— Que coisa mais escrota de se dizer.

— Então para de me provocar.

— Você está falando sério? Não pode ser. Você não pode estar falando sério. — Julia abriu a torneira da pia, sem nenhuma razão aparente. — E você acha que é o único que sente vontade de fazer coisas por impulso?

— Você quer ter um caso?

— Quero deixar que as coisas desmoronem.

— Não estou tendo um caso e não estou deixando que as coisas desmoronem.

— Hoje eu encontrei o Mark. Ele e a Jennifer estão se separando.

— Que ótimo. Ou que horrível. O que você quer que eu diga?

— E o Mark flertou comigo.

— O que você está fazendo?

— Eu protegi tanto você. Cuidei da sua insegurança patética de filhote de passarinho. Poupei você de coisas inocentes que teriam te deixado arrasado, mas que você não tinha o direito de deixar que a chateassem. E você acha que eu nunca tive fantasias? Você acha que toda vez que me masturbo eu imagino você? Acha mesmo?

— Isso não vai dar em nada.

— Uma parte de mim quis transar com o Mark hoje? Sim. Aliás, todas as partes abaixo do meu cérebro. Mas eu não transei, porque não faria isso, porque não sou igual a você...

— Eu não transei com ninguém, Julia.

— ... mas eu quis.

Jacob elevou o tom de voz pela segunda vez na conversa: — Mas que *merda* de cheiro é esse?

— Seu cachorro cagou de novo dentro de casa.

— *Meu* cachorro?

— Sim, o cachorro que *você* trouxe pra dentro de casa, apesar de a gente ter concordado explicitamente em não ter um cachorro.

— As crianças queriam um cachorro.

— As crianças querem um cateter intravenoso no braço conectado a uma bolsa de sorvete Ben & Jerry's derretido, as crianças querem ter o cérebro dentro de tanques cheios de porra do Steve Jobs. Ser uma boa mãe ou ser um bom pai não tem nada a ver com satisfazer todos os desejos dos filhos.

— Eles estavam tristes com alguma coisa.

— *Todo mundo* vive triste com alguma coisa. Para de pôr a culpa nos meninos, Jacob. Você precisava ser o herói e precisava me fazer de vilã...

— Isso não é justo.

— Nem de longe é justo. Você trouxe um cachorro pra dentro de casa depois que a gente *concordou* que ter um cachorro seria um erro, e você se tornou o super-herói e eu a supervilã, e agora tem um toletão de bosta seca no piso da sala de estar.

— E você não pensou em limpar a sujeira?

— Não. Assim como você não pensou em adestrar o bicho.

— *Argos*. O nome dele é Argos. E o coitadinho não se aguenta. Ele...

— Ou em passear com ele, ou em levar pro veterinário, ou em lembrar do remédio da parasitose, ou em catar carrapato, ou em comprar a comida dele, ou em dar comida pra ele. Eu saio catando a merda dele todo santo dia. Duas vezes por dia. Ou mais. Jesus Cristo, Jacob, eu *odeio* cachorro, e odeio *esse* cachorro e não quis e não quero esse cachorro, mas se não fosse por mim esse cachorro teria morrido há muitos anos.

— Ele entende quando você fala desse jeito.

— Mas *você* não entende. O seu cachorro...

— *Nosso* cachorro.

— ... é mais inteligente que o meu marido.

E então Jacob gritou. Foi a primeira vez que ele elevou o tom de voz com Julia. Foi um grito que estava em construção dentro dele por dezesseis anos de casamento e quatro décadas de vida e cinco milênios de história — um grito dirigido a ela, mas também a todos os vivos e os mortos, mas principalmente a ele mesmo. Por muitos anos ele sempre tinha estado em outro lugar, sempre enterrado detrás de uma portinha, sempre se refugiando em um monólogo interior ao qual ninguém — nem ele mesmo — tinha acesso, ou em diálogos trancados dentro de uma gaveta. Mas aquilo era *ele*.

Jacob deu quatro passos na direção de Julia, deixando as lentes dos óculos tão próximas dos olhos dela quanto estavam dos olhos dele, e gritou: — *Você é minha inimiga!*

Alguns minutos antes, Julia tinha revelado a Jacob que a coisa mais triste tinha sido encarar a própria falta de tristeza. Era verdade quando ela falou, mas não mais. Pelo prisma das lágrimas, ela enxergou a cozinha: a arruela de borracha rachada da torneira, as janelas com caixilhos que ainda tinham boa aparência, apesar de as molduras se esfarelarem quando pressionadas. Viu sua sala de jantar e sua sala de estar: ainda tinham boa aparência, mas havia duas camadas de tinta sobre uma camada de cor primária sobre uma década e meia de deterioração lenta. Seu marido, não seu parceiro.

Um dia, quando estava na terceira série, Sam voltou para casa animado e contou para Julia: — Se a Terra fosse do tamanho de uma maçã, a atmosfera seria mais fina do que a casca da maçã.

— Hein?

— Se a Terra fosse do tamanho de uma maçã, a atmosfera seria mais fina do que a casca da maçã.

— Talvez eu não seja inteligente o bastante para entender por que isso é interessante. Me explica?

— Olha pra cima. Parece fina?

— A camada de tinta no teto?

— Faz de conta que a gente está no lado de fora.

A casca era tão fina, mas ela sempre tinha se sentido segura.

Tinham comprado um jogo de dardos em um bota-fora, muitos domingos antes, e dependurado na porta no final do corredor. Os meninos erravam o alvo com a mesma frequência que acertavam, e cada dardo arrancado da porta retinha a cor anterior da porta na ponta. Julia tirou o alvo dali depois de Max ter entrado na sala de estar com sangue escorrendo do ombro, dizendo: "Não foi culpa de ninguém." Sobrou apenas um círculo, definido e rodeado por centenas de buracos.

Enquanto contemplava a casca de sua cozinha, a coisa mais triste era saber o que estava por baixo, o que acabaria revelado por um mero arranhão em um lugar vulnerável.

— Mãe?

Julia e Jacob se viraram e viram Benjy parado na porta, encostado nas marcas de altura das crianças, as mãos procurando bolsos que não existiam no pijama. Por quanto tempo ele tinha estado ali?

— Sua mãe e eu só estávamos...
— É *epítome* que você quer dizer.
— Como assim, meu amor?
— Você falou *inimiga*, mas quis dizer *epítome*.
— Agora você pode dar um beijinho nele — Julia disse a Jacob enquanto enxugava o rosto, trocando lágrimas por restos de sabão.

Jacob ficou de joelhos, pegou Benjy pelas mãos.
— Teve um pesadelo, carinha?
— Tudo bem morrer — Benjy anunciou.
— Hein?
— Tudo bem morrer.
— Sério?
— Se todo mundo morrer comigo, aí tudo bem morrer. Só fico com medo se todo mundo não morrer também.
— Você teve um pesadelo?
— Não. Vocês tavam brigando.
— A gente não estava brigando. A gente...
— E ouvi um vidro quebrando.
— A gente estava brigando — Julia admitiu. — Seres humanos têm sentimentos, e às vezes são muito difíceis. Mas tudo bem. Agora volta pra cama.

Jacob carregou o filho, com a bochecha de Benjy pousada sobre seu ombro. Ele ainda era tão leve. Estava ficando pesado. Nenhum pai sabe quando está carregando o filho escada acima pela última vez.

Jacob devolveu Benjy para baixo das cobertas e acariciou os cabelos do filho.
— Pai?
— Diga.
— Eu concordo com você, acho que o céu não existe.
— Eu não disse isso. Eu disse que a gente não tem como ter certeza, e por esse motivo não parece uma boa ideia organizar a vida em torno disso.
— Isso, é com isso que eu concordo.

Jacob conseguiria se perdoar por negar consolações a si mesmo, mas por que precisava também negar consolações a todos os outros? Por que não podia simplesmente deixar seu filhinho se sentir feliz e seguro em um mundo justo, belo e irreal?

— Então você acha que a gente devia organizar a vida em torno do quê? — Benjy perguntou.

— Nossa família, acho.

— Também acho.

— Boa noite, carinha.

Jacob caminhou até a porta, mas não arredou pé.

Depois de longos minutos naquele silêncio, Benjy chamou: — Pai? Preciso de você!

— Estou aqui.

— Os esquilos evoluíram pra ter rabo peludo. Por quê?

— Talvez pra se equilibrar? Ou pra ficarem quentinhos? Hora de dormir.

— A gente olha no Google de manhã.

— Tá bom. Mas agora dorme.

— Pai?

— Tô aqui.

— Se o mundo continuar existindo por muito tempo, será que vai existir fóssil de fóssil?

— Poxa, Benjy. Que ótima pergunta. A gente conversa sobre isso de manhã.

— Tá bom. Preciso dormir.

— Isso.

— Pai?

Jacob estava perdendo a paciência: — *Benjy*.

— Pai?

— Tô aqui.

Ficou parado na porta até ouvir a respiração do caçula ficar pesada. Jacob era um homem que se negava consolações, mas ficava de guarda em umbrais por muito mais tempo do que outras pessoas aguentariam. Sempre ficava parado na porta da frente até que a carona saísse. Assim como ficava postado na janela até que a roda de trás da bicicleta de Sam desaparecesse virando a esquina. Assim como assistia ao próprio desaparecimento.

NÃO ESTOU AQUI

> É movida por um senso de história e irritação extrema que me coloco perante esta bimá, preparada para cumprir o assim chamado rito de passagem para a vida adulta, seja lá o que for. Gostaria de agradecer ao precentor Fleischman por ajudar a me transformar, ao longo dos últimos seis meses, em um robô judaico. Se por acaso eu me lembrar de qualquer parte disso tudo daqui a um ano, ainda não vou ter a menor ideia do que significa, e sou grata por isso. Também gostaria de agradecer ao rabino Singer, que é um enema de ácido sulfúrico. Meu único bisavô vivo é Isaac Bloch. Meu pai me disse que eu tinha que fazer isto por ele, ainda que meu bisavô nunca tenha me pedido isso. Ele *pediu* algumas coisas, como, por exemplo, não ser forçado a se mudar para o Asilo Judaico. Minha família se preocupa muito com ele, mas não o suficiente pra realmente se importar, e ainda que eu não tenha entendido nem sequer uma palavra do que entoei hoje, isso eu entendo. Quero agradecer aos meus avós, Irv e Deborah Bloch, por serem inspirações na minha vida e sempre me motivarem a tentar com mais afinco, cavar mais fundo, enriquecer e dizer o que eu quiser quando eu quiser. E também aos meus avós Allen e Leah Selman, que moram na Flórida, e que só sei que estão vivos graças aos cheques de aniversário e chanucá que nunca foram reajustados em relação à inflação desde o meu nascimento. Gostaria de agradecer aos meus irmãos, Benjy e Max, por demandarem grande parte da atenção dos meus pais. Não consigo me imaginar sobrevivendo a uma existência em que

eu tivesse de carregar o peso completo do amor dos meus pais. Além disso, quando vomitei em Benjy num avião, ele falou "Eu sei que vomitar é bem ruim". E Max uma vez se ofereceu para fazer um exame de sangue para que eu não precisasse fazer. O que me leva aos meus pais, Jacob e Julia Bloch. A verdade é que eu não queria fazer bat-mitzvá. Nenhuma parte de mim queria, nem mesmo um pouquinho só. Nem por todas as aplicações financeiras do mundo. A gente conversou sobre isso, como se a minha opinião fizesse alguma diferença. Foi tudo uma farsa, uma farsa para impulsionar esta farsa, em si mesma nada mais do que um tijolinho na farsa da minha identidade judaica. O que quer dizer, no sentido mais literal, que sem eles isto não teria sido possível. Eu não culpo os dois por serem quem são. Mas culpo eles por me culparem por eu ser quem sou. Mas chega de agradecimentos. Bem, a minha parashá é a *Vayeira*. É uma das parashás mais conhecidas e estudadas da Torá, e me disseram que é uma grande honra efetuar essa leitura. Dada minha total falta de interesse na Torá, teria sido melhor dar essa honra a algum outro pré-adolescente que liga pra essa porra de judaísmo, se é que essa pessoa existe, e me dar uma das parashás aleatórias sobre as regras que se aplicam a leprosas menstruadas. O azar é de todo mundo, acho. Mais uma coisa: partes da interpretação que vêm depois da leitura foram descaradamente plagiadas. Ainda bem que judeus só acreditam em punição coletiva. OK... O teste que Deus impôs a Abraão foi escrito assim: "Depois desses acontecimentos, sucedeu que Deus pôs Abraão à prova e lhe disse: 'Abraão! Abraão!' Ele respondeu: 'Aqui estou!'" A maioria das pessoas presume que o teste foi assim: Deus pediu a Abraão para sacrificar o próprio filho, Isaac. Mas acho que uma leitura possível é que o teste tenha acontecido com o próprio chamado. Abraão não disse "o que você quer?". Não disse "pois não?". Respondeu de forma assertiva: "Aqui estou." Seja lá o que Deus precise ou queira, Abraão está totalmente disponível para Ele, sem condições, reservas nem necessidade de explicações. Aquela palavra, *hineni* — aqui estou —, aparece duas outras vezes nessa parashá. Quando Abraão está levando Isaac para o topo do Monte Moriá, Isaac se dá conta do que estão fazendo, e do quanto aquilo é escroto. Sabe que está prestes a ser sacrificado, como todas as crianças sabem quando algo assim está prestes a acontecer. O texto diz: "Isaac dirigiu-se a seu pai Abraão e disse: 'Meu pai!' Ele respondeu: 'Aqui estou, meu filho!' — 'Eis o fogo e a lenha', retomou ele, 'mas onde está o cordeiro para o holocausto?' Abraão respondeu: 'É Deus quem proverá o cordeiro para o holocausto, meu filho.'" Isaac não diz "Pai", ele diz "Meu pai". Abraão é o pai do povo judeu, mas é também o pai de Isaac, seu próprio pai. E Abraão não pergunta: "O que você quer?" Ele diz: "Aqui estou." Quando Deus chama Abraão, Abraão está totalmente disponível para Deus. Quando Isaac chama Abraão, Abraão está totalmente disponível para o filho. Mas como isso é possível? Deus está pedindo a Abraão que mate Isaac, e Isaac está pedindo ao seu pai que o proteja. Como Abraão pode ser duas coisas opostas ao mesmo tempo? *Hineni* é usada mais uma vez na história, no momento mais dramático. "Quando chegaram ao lugar que Deus lhe indicara, Abraão construiu o altar, dispôs a lenha, depois amarrou seu filho e o colocou sobre o altar, em cima da lenha. Abraão estendeu a mão e apanhou o cutelo para imolar seu filho. Mas o anjo de Iahweh o chamou do céu e disse: 'Abraão! Abraão!' Ele respondeu: 'Aqui estou!' O anjo disse: 'Não estendas a mão contra o menino! Não lhe faças nenhum mal! Agora sei que temes a Deus: tu não me recusaste teu filho, teu único.'" Abraão não pergunta "O que você quer?", diz "Aqui estou". A parashá do meu bat-mitzvá fala sobre muitas coisas, mas acho que a questão principal é pensar em para quem estamos totalmente disponíveis, e em como isso, mais do que qualquer outra coisa, define nossa identidade. Meu bisavô, já mencionado, pediu ajuda. Ele não quer ir para o Asilo Judaico. Mas ninguém da família respondeu dizendo "Aqui estou". Em vez disso, tentaram convencer meu bisavô de que ele não sabe o que é melhor para si mesmo, e que não sabe nem mesmo o que quer. Na verdade, não tentaram sequer convencer meu bisavô; só informaram a ele o que teria de ser feito. Fui acusada de ter usado umas palavras erradas na escola hebraica hoje cedo. Nem sei se *usar* é o verbo certo — fazer uma lista de palavras nem chega a ser *usar* alguma coisa. De qualquer jeito, quando meus pais foram falar com o rabino Singer, não me disseram "Aqui estamos". Perguntaram: "O que você fez?" Queria que tivessem me dado o benefício da dúvida, porque eu mereço. Todo mundo que me

conhece sabe que cometo uma caralhada de erros, mas que também sou uma boa pessoa. Mas não é por ser uma boa pessoa que eu mereço o benefício da dúvida, é por ser filho deles. Mesmo sem acreditar em mim, deveriam ter agido como se acreditassem. Meu pai me contou que antes do meu nascimento, quando a única prova de que eu estava vivo era a ultrassonografia, ele tinha de acreditar em mim. Em outras palavras, nascer permite que seus pais parem de acreditar em você. Certo, obrigada por terem vindo, agora caiam fora.
> É só isso?
> Não. Não exatamente. Vou explodir este lugar.
> Que porra…?
> Preparei uma festa no topo do prédio da antiga fábrica de filme colorido do outro lado da rua. A gente vai assistir de lá.
> Corre!
> Filme colorido?
> Não precisa correr. Ninguém vai se machucar.
> Confia nela.
> Filme pra câmeras antiquadas.
> Nem precisa confiar em mim. Pensa bem: se você precisasse correr, já estaria morto.
> Que lógica bem escrota.
> Última coisa, antes da gente ir: Alguém sabe por que aviões reduzem as luzes internas da cabine na decolagem e na aterrissagem?
> Mas que porra é essa?
> Pro piloto enxergar melhor?
> Bora.
> Pra economizar energia?
> Não quero morrer.
> Bons palpites, mas não. É porque esses são os momentos críticos do voo. Mais de oitenta por cento dos acidentes acontecem durante a decolagem ou a aterrissagem. Eles reduzem as luzes pros olhos se acostumarem à escuridão de uma cabine cheia de fumaça.
> Deveria existir uma palavra pra essas coisas.
> Sigam o caminho iluminado para sair da sinagoga. Ele vai guiar vocês. Ou podem me seguir.

ALGUÉM! ALGUÉM!

Julia estava em frente à sua pia, Jacob em frente à dele. Pias duplas: uma característica muito valorizada nas casas do antigo Cleveland Park, assim como molduras intrincadas em volta dos pisos de parquê, lareiras originais e luminárias a gás convertidas. Havia tão pouca diferença entre as casas que as pequenas diferenças tinham de ser celebradas, pois se não fosse por isso todo mundo estaria fazendo muito esforço por pouco. Por outro lado, quem realmente quer ter pias duplas?

— Sabe o que o Benjy acabou de me perguntar? — disse Jacob, olhando para o espelho acima de sua pia.

— Se o mundo continuar existindo por muito tempo, vai existir fóssil de fóssil?

— Como você...

— A babá eletrônica é onisciente.

— Certo.

Jacob quase sempre usava fio dental na presença de testemunhas. Quarenta anos usando fio dental somente às vezes e ele só tinha tido três cáries — tudo isso economizava tempo. Naquela noite, com a esposa por testemunha, usou fio dental. Queria passar um pouco mais de tempo naquelas pias duplas. Ou evitar mais um pouco de tempo naquela cama.

— Quando eu era pequeno, criei meu próprio sistema postal. Montei uma agência de correios com uma caixa de geladeira. Minha mãe costurou um uniforme pra mim. Tinha até selos com o rosto do meu avô.

— Por que está me contando isso? — Julia quis saber.

— Não sei — ele respondeu, com um fio entre os dois incisivos. — Acabei de pensar nisso.

— *Por que* você acabou de pensar nisso?

Jacob deu um risinho. — Você está parecendo o dr. Silvers.

Julia não deu um risinho. — Você ama o dr. Silvers.

— Como eu não tinha nada pra entregar — ele prosseguiu —, comecei a escrever cartas pra minha mãe. O que me atraía era o sistema; eu não ligava pras mensagens. Mas, enfim, a primeira carta dizia o seguinte: "Se você está lendo isto, nosso sistema postal funciona!" Lembro bem disso.

— *Nosso* — ela disse.

— Hein?

— *Nosso*. *Nosso* sistema postal. Não *meu* sistema postal.

— Talvez eu tenha escrito *meu* — disse Jacob, desenroscando o fio dental dos dedos, deixando à mostra marcas aneladas. — Não consigo me lembrar.

— *Consegue* sim.

— Não sei.

— *Consegue*. E por isso está me contando.

— Ela era uma ótima mãe — disse Jacob.

— Eu sei disso. Sempre soube disso. Ela consegue fazer os meninos se sentirem como se ninguém no mundo fosse melhor do que eles, e ao mesmo tempo que eles não são melhores do que ninguém. É um equilíbrio bem difícil.

— Meu pai não consegue.

— Ele não consegue alcançar equilíbrio algum.

As marcas aneladas já tinham sumido.

Julia pegou uma escova de dentes e entregou para o marido.

Jacob tentou forçar alguma coisa que não vinha, e disse: — Acabou a pasta de dentes.

— Tem outra no armário.

Um momento de silêncio enquanto escovavam os dentes. Se passassem dez minutos se arrumando para se deitarem — e certamente passavam no mínimo dez minutos —, em um ano isso daria sessenta horas. Mais horas se arrumando para dormir juntos do que horas acordados em uma viagem juntos. Estavam casados havia dezesseis anos. Durante esse tempo todo, tinham passado o equivalente a quarenta dias inteiros se arrumando para dormir, quase sempre em frente às valorizadas e solitárias pias duplas, quase sempre em silêncio.

Alguns meses depois de se mudar, Jacob criaria um sistema postal com os meninos. Max estava se retraindo. Ria menos, ficava mais carrancudo, sempre escolhia o lugar mais perto da janela. Jacob conseguiria se forçar a não perceber, mas as outras pessoas começaram a notar e mencionar a situação. — Deborah chamou o filho de lado durante um brunch e perguntou: — O que você está achando do Max?

Jacob encontrou caixas de correio antigas no Etsy, colocou uma na porta do quarto dos meninos e outra no dele. Disse a eles que teriam seu próprio sistema postal secreto, a ser usado para enviar mensagens que pareciam impossíveis de ser ditas em voz alta.

— Que nem as pessoas deixavam bilhetes no Muro das Lamentações — sugeriu Benjy.

Não, Jacob pensou, mas respondeu: — Sim. Tipo isso.

— Só que você não é Deus — comentou Max, e ainda que aquilo fosse óbvio, e a opinião que ele gostaria que os filhos tivessem (como ateus e como pessoas que não têm medo dos próprios pais), doeu.

Jacob conferia sua caixa de correio todos os dias. Benjy era o único que escrevia: "paz mundial"; "neve"; "TV maior".

Tanta coisa era difícil na tarefa de ser pai: a logística de arrumar três meninos para ir à escola contando com apenas duas mãos, o volume de transporte a ser coordenado, digno da torre de controle do Aeroporto de Heathrow, ter de fazer ao mesmo tempo mais de uma tarefa que envolvia fazer coisas ao mesmo tempo. Mas o mais desafiador de tudo era encontrar tempo para ter conversas íntimas com os filhos. Eles estavam sempre juntos, sempre havia alguma comoção, sempre havia algo a ser feito, e não havia ninguém com quem dividir a carga. Então, quando surgia alguma situação a sós, Jacob sentia ao mesmo tempo uma necessidade de aproveitá-la (não importando o quão antinatural pudesse parecer no momento) e uma dose concentrada do velho medo de falar demais ou menos do que o necessário.

Certa noite, algumas semanas depois da criação do sistema postal, Sam estava lendo para Benjy dormir e Max e Jacob acabaram fazendo xixi no mesmo vaso.

— Não cruze os raios, Ray.
— Hein?
— Dos *Caça-Fantasmas*.
— Eu sei que isso é um filme, mas nunca assisti.
— Tá brincando.
— Não.
— Mas eu me lembro de ter assistido com...

— Não assisti.

— OK. Bom, tem uma cena muito legal em que eles atiram com as seilaquê de prótons pela primeira vez e o Egon diz: "Não cruze os raios, Ray", porque isso causaria algum tipo de momento apocalíptico e aí, desde que assisti ao filme, sempre pensei nisso quando fiz xixi no mesmo vaso que alguém. Mas parece que a gente já terminou, então nem faz sentido.

— Pois é.

— Percebi que você não pôs nada na minha caixa de correio.

— É. Mas vou botar.

— Não é uma obrigação. Só achei que seria um jeito bom de desabafar.

— Tá bom.

— Todo mundo guarda algumas coisas pra si. Seus irmãos guardam. Eu guardo. Sua mãe guarda. Mas isso pode tornar a vida mais difícil.

— Desculpa.

— Não é isso, estou querendo dizer que torna a vida mais difícil pra você. Passei a vida inteira fazendo muito esforço pra me proteger das coisas que mais me davam medo, e no fim não seria correto dizer que não havia nada a temer, mas talvez não fosse tão ruim se meus piores medos se realizassem. Talvez tenha sido pior fazer esse esforço todo. Lembro da noite em que saí pro aeroporto. Dei um beijinho em vocês como se fosse qualquer outra viagem, e disse alguma coisa do tipo "Vejo vocês daqui a uma ou duas semanas". Quando eu estava quase saindo, sua mãe me perguntou o que eu estava esperando. Falou que a situação era importante e que eu devia estar sentindo coisas importantes, e vocês também.

— Mas você não voltou, não disse mais nada.

— Eu fiquei com medo.

— Com medo de quê?

— Nem precisava ter sentido medo de nada. É disso que estou falando.

— Sei que na verdade não tinha que ter sentido medo de nada. Mas você estava com medo de quê?

— De tornar tudo realidade.

— Sua ida?

— Não. O que a gente tinha. O que a gente tem.

Julia enfiou a escova de dentes na bochecha e levou as mãos em concha à pia. Jacob cuspiu e disse: — Fracassei com a minha família, assim como meu pai fracassou com a gente.

— Não é a mesma coisa — Julia disse. — Mas não basta evitar os erros do seu pai.

— Hein?

Julia tirou a escova da boca e disse: — Não é a mesma coisa. Mas não basta evitar os erros do seu pai.

— Você é uma ótima mãe.

— Por que você disse isso?

— Estava pensando sobre como a minha mãe foi uma ótima mãe.

Julia fechou o armário, fez uma pausa, como se estivesse decidindo se falaria alguma coisa, e disse: — Você não é feliz.

— Por que você disse *isso*?

— É a verdade. Você parece feliz. Talvez você até pense que é feliz. Mas não é.

— Você acha que estou deprimido?

— Não. Acho que você coloca tanta ênfase na felicidade, a sua e a dos outros, e acha a infelicidade tão aterrorizante que prefere afundar com o navio do que reconhecer que ele está fazendo água.

— Não acho que isso seja verdade.

— E sim, eu acho que você está deprimido.

— Deve ser mononucleose.

— Você está cansado de escrever um programa de TV que não é seu e que todo mundo ama, menos você.

— Nem todo mundo ama.

— Bem, *você* certamente não ama.

— Eu gosto.

— E você detesta só gostar daquilo que faz.

— Não sei.

— Mas você *sabe* — ela insistiu. — Você sabe que tem alguma coisa aí dentro de você, um livro, um programa, um filme, seja o que for, e que se pelo menos isso viesse à tona, todos os sacrifícios que você acha que fez não pareceriam mais sacrifícios.

— Eu não acho que tive de fazer...

— Está vendo como você mudou a frase? Eu mencionei os sacrifícios que você acha que *fez*. Você disse *tive de fazer*. Percebe a diferença?

— Meu Deus, você devia se credenciar de uma vez e arranjar um divã.

— Não estou brincando.

— Eu sei.

— E você está cansado de fingir que tem um casamento feliz...

— Julia.

— ... e odeia apenas gostar do relacionamento mais importante da sua vida.

Jacob se ressentia de Julia com frequência, às vezes até a odiava, mas não havia nenhum momento em que quisesse magoá-la.

— Não é verdade — protestou.

— Você é bonzinho ou covarde demais pra admitir, mas é verdade.

— Não é.

— E você está cansado de ser um pai e um filho.

— Por que você está tentando me magoar?

— Não estou tentando. E existem coisas piores do que magoar um ao outro. — Julia organizou os vários produtos antienvelhecimento e antimorte na prateleira e disse: — Vamos pra cama.

Vamos pra cama. Essas três palavras diferenciam um casamento de todos os outros tipos de relacionamento. Não vamos nos entender, mas vamos pra cama. Não porque queremos, mas porque precisamos. Estamos nos odiando, mas vamos pra cama. É a única cama que temos. Vamos para lados diferentes, mas lados da mesma cama. Vamos nos recolher dentro de nós mesmos, porém juntos. Quantas conversas já terminaram com essas três palavras? Quantas brigas?

Às vezes iam para a cama e faziam mais um esforço, horizontal, para resolver as coisas. Às vezes ir para a cama tornava possíveis coisas impossíveis no quarto infinitamente grande. A intimidade de estar debaixo do mesmo lençol, duas fornalhas contribuindo com o calor compartilhado, mas ao mesmo tempo sem ter de enxergar uma à outra. A vista do teto e de todas as coisas nas quais os tetos nos fazem pensar. Ou talvez o fundo do cérebro, onde todo o sangue se empoça quando o corpo se deita, seja a localização do lobo da generosidade.

Às vezes iam para a cama e rolavam para as beiradas do colchão que ambos desejavam a sós que fosse king size, e a sós desejavam que tudo desaparecesse, sem terem ossos suficientes nos indicadores para apontar a palavra *tudo*. Seria *tudo* a noite? Seria *tudo* o casamento? Seria *tudo* toda a situação difícil da vida em família daquela família? Iam juntos para a cama não porque não tivessem escolha — *kein briere iz oich a breire*, como diria o rabino no funeral dali a três semanas; *não ter escolha também é uma escolha*. O casamento é o oposto do suicídio, mas também é seu único igual enquanto ato de vontade definitivo.

Vamos pra cama...

Logo antes de se deitar, Jacob fez uma expressão confusa, deu tapinhas nos bolsos inexistentes da cueca boxer, como se percebesse de repente que não sabia onde estavam as chaves do carro, e disse "Só vou fazer xixi". Exatamente como fazia todas as noites naquele momento.

Fechou e trancou a porta, abriu a gaveta do meio do móvel do banheiro, levantou a pilha de *New Yorkers* e retirou a caixa de supositórios de acetato de hidrocortisona. Estendeu uma toalha de banho no chão, que enrolou como um travesseiro, se deitou de lado apoiado no flanco esquerdo com o joelho direito dobrado, pensou em Terri Schiavo ou Bill Buckner ou Nicole Brown Simpson e gentilmente inseriu o supositório. Suspeitava que Julia sabia que ele fazia isso todas as noites, mas não conseguia perguntar a ela, porque para isso teria primeiro de admitir que possuía um corpo humano. Quase todas as partes de seu corpo eram compartilháveis na maior parte do tempo, assim como quase todas as partes do corpo dela, quase sempre, mas às vezes algumas partes tinham de ser escondidas. Tinham passado horas incontáveis analisando os movimentos dos esfíncteres dos filhos; diretamente aplicado pomadas de óxido de zinco com os indicadores desprotegidos; girado termômetros retais, de acordo com as instruções do dr. Donowitz, para estimular o esfíncter buscando aliviar a prisão de ventre do bebê. Mas quando quem estava em questão era eles era preciso alguma dose de negação.

você não merece levar no cu

O cu, uma obsessão comum de todos os membros da família Bloch, cada qual à sua maneira, era o epicentro da negação de Julia e Jacob. Apesar de se tratar de algo necessário à vida, nenhum dos dois o mencionava. Era uma coisa que ambos possuíam, mas que precisava ficar oculta. Era para o cu que tudo confluía — a cilha do corpo humano — e era no cu que nada, especialmente atenção, e *especialmente* um dedo ou um pau, e *especialmente, especialmente* uma língua, deveria estar. Ao lado da privada havia fósforos suficientes para acender uma fogueira gigantesca e manter o fogo queimando.

Todas as noites Jacob se retirava para fazer xixi, e todas as noites Julia esperava por ele, e sabia que ele escondia os invólucros dos supositórios dentro de bolas de papel higiênico no fundo da lixeirinha com tampa, e sabia que quando ele dava a descarga não havia nada na privada. Aqueles minutos de ocultação, de vergonha silenciosa, tinham paredes e um teto.

Assim como tinham feito com os *Shabats* e as confissões de orgulho sussurradas, tinham produzido arquitetura a partir do tempo. Sem precisar contratar uma equipe com protetores de lombar ou enviar cartões de mudança de endereço ou nem mesmo trocar uma chave no chaveiro, tinham se mudado de uma casa para outra.

Antigamente Max adorava brincar de esconde-esconde, e ninguém, nem mesmo Benjy, tolerava a brincadeira. A casa era conhecida demais, tinha sido explorada demais, e a brincadeira estava tão esgotada quanto o jogo de damas. Por isso, somente em ocasiões especiais (aniversário, recompensa por algum ato digno de um *mensch*) Max conseguia forçar uma partida. E eram sempre tão entediantes quanto todos esperavam que fossem: alguém prendendo a respiração por detrás das blusas de Julia no armário, alguém deitado na banheira ou agachado debaixo da pia, alguém escondido de olhos fechados, incapaz de superar a sensação instintiva de que isso o faria menos visível.

Mesmo quando os meninos não estavam se escondendo, Jacob e Julia procuravam por eles — por medo, por amor. Mas muitas horas poderiam se passar sem que a ausência de Argos fosse notada. O cachorro sempre aparecia quando a porta da frente se abria, ou quando alguém enchia a banheira, ou quando comida era posta à mesa. A volta de Argos era dada como certa. Jacob tentava estimular debates acirrados durante o jantar, para ajudar os meninos a se tornarem pensadores eloquentes e críticos. No meio de um desses debates — qual deveria ser a capital de Israel, Tel Aviv ou Jerusalém? — Julia perguntou se alguém tinha visto Argos. — Ele ainda não apareceu para jantar.

Depois de uns poucos minutos chamando pelo cachorro sem alarde e procurando sem muito afinco, os meninos começaram a entrar em pânico. Tocaram a campainha da porta. Colocaram comida de humanos na vasilha. Max tocou as lições de violino do Livro I da Escola Suzuki, que sempre faziam Argos uivar. Mas nada.

A porta de tela estava fechada, mas a porta da frente estava aberta, então era concebível que ele tivesse saído (*Quem deixou a porta aberta?*, Jacob perguntou – com raiva, mas para ninguém.) Procuraram pela vizinhança, chamando Argos, primeiro com carinho e depois com desespero. Alguns vizinhos se juntaram à busca. Jacob não conseguiu deixar de se perguntar — guardou para si, é claro — se Argos havia se retirado para morrer, como, ao que parece, alguns cachorros fazem. Escureceu e ficou difícil de enxergar.

No fim das contas, Argos estava o tempo todo dentro do banheiro de visitas do andar de cima. Tinha se fechado ali de algum jeito, e estava velho demais, ou era bonzinho demais, para latir. Ou talvez, pelo menos até a fome bater, preferia ficar ali. Deixaram que ele dormisse na cama naquela noite. E os meninos também. Porque acharam que tinham perdido o cachorro, e porque ele tinha estado tão perto o tempo todo.

No jantar da noite seguinte, Jacob disse: — Resolvido: o Argos deveria poder dormir na cama todas as noites. — Os meninos comemoraram. Sorrindo, Jacob disse: — Presumo que você vá contestar essa afirmação.

Sem sorrir, Julia protestou: — Peraí, peraí, peraí.

Foi a última vez em que aqueles seis animais dormiram sob a mesma coberta.

Jacob e Julia se escondiam dentro do trabalho que escondiam um do outro.

Procuravam uma felicidade que não teria de vir à custa da felicidade de mais ninguém.

Eles se escondiam por trás da administração da vida familiar.

A busca mais pura que empreendiam era no *Shabat*, quando fechavam os olhos e transformavam a casa, e a si mesmos, em algo novo.

Aquela arquitetura dos minutos, quando Jacob se retirava para ir ao banheiro e Julia não lia o livro que segurava nas mãos, era seu esconderijo mais puro.

agora você merece levar no cu

Foram para a cama, Julia de camisola, Jacob de camiseta e cueca boxer. Julia dormia de sutiã. Dizia que o suporte fazia com que ela se sentisse mais confortável, e talvez fosse mesmo verdade. Jacob dizia que o calor da camiseta facilitava o sono, e talvez isso também fosse mesmo verdade. Apagaram as luzes, tiraram os óculos e contemplaram o mesmo teto, o mesmo telhado, com dois pares de olhos defeituosos que podiam ser compensados com lentes, mas nunca melhorariam sozinhos.

— Queria que você tivesse me conhecido quando eu era pequeno — Jacob disse.

— Pequeno?

— Ou quem sabe... *antes*. Antes de eu virar *isso*.

— Você queria que eu tivesse conhecido você antes de você me conhecer.

— Não. Você não está entendendo.
— Tenta dizer de outro jeito.
— Julia, eu não sou... eu mesmo.
— Então quem você é?

Jacob quis chorar, mas não conseguiu. Mas ele também não conseguiu esconder que estava escondendo. Julia fez cafuné no marido. Não o perdoava por nada. Nada mesmo. Nem pelas mensagens, nem por todos aqueles anos. Mas não conseguia deixar de reagir à necessidade dele. Não queria, mas tampouco conseguia deixar de agir. Era um tipo de amor. Mas advérbios de negação nunca sustentaram religião nenhuma.

Jacob disse: — Eu nunca falei o que sinto.
— Nunca?
— Nunca.
— É uma senhora confissão.
— É verdade.
— Bem — ela disse, soltando a primeira risadinha desde que tinha encontrado o celular —, você faz muitas outras coisas muito bem.
— O som de que nem tudo está perdido.
— Hein?
— Sua risadinha.
— Hein? Não, esse foi o som de uma ironia sendo percebida.

Dorme, Jacob implorou a si mesmo. *Dorme*.

— O que mais eu faço muito bem? — ele perguntou.
— Você está falando sério?
— Uma coisa só.

Jacob estava magoado. E por mais que Julia achasse que ele merecia, não conseguia tolerar. Tinha devotado tanto de si mesma — negligenciado tanto de si mesma — para proteger Jacob. Quantas experiências, quantos assuntos de conversas, quantas palavras foram sacrificadas para mitigar a profunda vulnerabilidade de Jacob? Não podiam ir até uma cidade em que ela tinha estado na companhia de um namorado vinte anos antes. Julia não podia fazer comentários delicados sobre a falta de limites na casa dos pais dele, muito menos sobre as próprias escolhas dele enquanto pai, que muitas vezes pareciam ausência de escolha. Ela catava o cocô do Argos porque o cachorro não podia fazer isso sozinho e porque, mesmo que ela não tivesse escolhido ou desejado ter um cão, e mesmo que ele fosse um peso injusto, Argos era o cachorro dela.

— Você é gentil — ela disse ao marido.

— Não. Na verdade não sou não.
— Eu poderia dar mil exemplos...
— Três ou quatro ajudariam muito agora.

Julia não queria dar exemplos, mas não tinha como deixar de fazer isso. — Você sempre deixa o carrinho de compras no lugar certo. Você dobra o jornal e deixa no banco do metrô para outra pessoa ler. Você desenha mapas para turistas perdidos...

— Isso é *gentileza* ou *consciência*?
— Então você é consciencioso.

Jacob conseguiria tolerar Julia se magoando? Ela queria saber, mas não acreditava que ele responderia a verdade se fosse perguntado.

Perguntou: — Você fica triste por a gente amar os meninos mais do que ama um ao outro?

— Eu não colocaria as coisas nesses termos.
— Não, você diria que eu sou sua inimiga.
— Eu estava exaltado.
— Eu sei.
— Eu não quis dizer isso.
— Eu sei — ela respondeu. — Mas disse.
— Não acredito que a raiva revele a verdade. Às vezes a gente só fala por falar.
— Eu sei. Mas eu não acredito que as coisas venham do nada.
— Eu não amo as crianças mais do que amo você.
— Ama sim — ela disse. — *Eu* amo. Talvez isso seja o certo. Talvez a evolução force a gente a ser assim.
— Eu te amo — ele disse, e olhou para a esposa.
— Eu sei que você me ama. Nunca duvidei disso, e não duvido agora. Mas é um tipo de amor diferente do tipo de amor que eu preciso.
— O que isso significa pra gente?
— Não sei.

Dorme, Jacob.

Ele disse: — Sabe como lidocaína faz a gente sentir que não sabe direito onde a boca termina e o mundo começa?

— Acho que sim.
— Ou como às vezes a gente acha que vai ter outro degrau e não tem, e o pé pisa em falso num degrau imaginário?
— Claro.

Por que era tão difícil para cruzar o espaço físico? Não deveria ser, mas era.

— Nem sei o que estava querendo dizer.

Julia sentia que ele estava em conflito.

— Hein?

— Não sei.

Jacob colocou a mão na nuca da esposa, por baixo do cabelo.

— Você está cansada — disse.

— Exausta, na verdade.

— Nós dois estamos. A gente se nocauteou. A gente precisa achar um jeito de descansar.

— Se você estivesse tendo um caso, eu entenderia. Eu ficaria com raiva, e magoada, e talvez sentisse vontade de fazer alguma coisa que nem quero fazer...

— Tipo o quê?

— Eu odiaria você, Jacob, mas pelo menos entenderia. Sempre entendi você. Lembra que eu dizia isso? Que você era a única pessoa que fazia sentido pra mim? Agora tudo que você faz me deixa confusa.

— Confusa?

— Essa obsessão por imóveis.

— Não estou obcecado por imóveis.

— Toda vez que passo pelo seu computador a tela está mostrando algum anúncio de casa.

— Só curiosidade.

— Mas por quê? E por que não diz pro Sam que ele é melhor que você no xadrez?

— Mas eu digo.

— Diz nada. Você deixa ele acreditar que você deixou ele ganhar. E por que você é uma pessoa completamente diferente em situações diferentes? Comigo você fica num silêncio passivo-agressivo, mas dá patadas nos meninos, deixa seu pai passar por cima de você. Faz uma década que você não me escreve uma carta de sexta-feira, mas passa todo seu tempo livre trabalhando numa coisa que ama, mas não divide com ninguém, e aí escreve aquelas mensagens que, segundo você, não significam nada. Quando a gente se casou, eu andei sete círculos em volta de você. Agora nem sequer consigo te encontrar.

— Não estou tendo um caso.

— Não?

— Não estou.
Julia começou a chorar.
— Troquei mensagens horrivelmente inadequadas com uma pessoa do trabalho.
— Uma atriz.
— Não.
— Quem?
— Faz diferença?
— Se faz diferença pra mim, faz diferença.
— Uma das diretoras.
— Aquela que tem o mesmo nome que eu?
— Não.
— Aquela de cabelo vermelho?
— Não.
— Quer saber, eu nem me importo.
— Que bom. Pois não deveria mesmo se importar. Não tem por...
— Como isso começou?
— Simplesmente... evoluiu. Como acontece com as coisas. Acabou que...
— Nem me importo.
— Nunca passou das palavras.
— Quanto tempo durou?
— Não sei.
— Claro que sabe.
— Uns quatro meses.
— Você está pedindo pra eu acreditar que por quatro meses você ficou trocando mensagens pornográficas com alguém que você encontra todos os dias no trabalho e que a coisa nunca passou pras vias de fato?
— Não estou pedindo que você acredite. Estou contando a verdade.
— A maior tristeza é que eu acredito em você.
— Não é tristeza. É esperança.
— Não, é tristeza. Você é a única pessoa que eu conheço, ou mesmo que eu poderia imaginar, que seria capaz de escrever frases como aquelas e ao mesmo tempo viver desse jeito tão submisso. Eu acredito que seria possível você escrever que quer lamber o cu de alguém, e a pessoa entrar no seu jogo, e depois você ficar sentado ao lado dela por quatro meses inteirinhos sem nem deixar sua mão percorrer poucos centímetros pra alcançar a coxa dela. Sem tomar coragem. Sem dar o menor sinal de que

não seria um problema ela carregar o fardo da sua covardia e colocar a mão na sua coxa. Pense nos sinais que você devia estar mandando pra ela ficar ao mesmo tempo com a buceta molhada e a mão afastada.

— Agora você foi longe demais, Julia.

— *Longe demais?* Você está falando sério? Aqui neste quarto, quem não sabe o que *longe demais* significa é *você.*

— Sei que fui longe demais com as mensagens.

— Estou dizendo que você não foi longe demais na vida.

— O que você está querendo dizer com isso? Quer que eu tenha um caso?

— Não, quero que você me escreva cartas de *Shabat.* Mas se você vai ficar escrevendo mensagens pornográficas pra outra mulher, então sim, quero que você tenha um caso. Porque aí eu respeitaria você.

— Isso não faz sentido.

— Faz todo o sentido. Eu teria respeitado muito mais se você tivesse transado com ela. Se tivesse me provado uma coisa na qual acho cada vez mais difícil acreditar.

— Que coisa?

— Que você é um ser humano.

— Você não acredita que eu sou humano?

— Não acredito mesmo que você está por aí.

Jacob abriu a boca, sem saber o que sairia. Queria retribuir tudo aquilo, catalogar as neuroses de Julia, e as irracionalidades, as fraquezas, as hipocrisias, as maldades. Queria também reconhecer que tudo que ela tinha dito era verdade, mas dando um contexto para a própria monstruosidade — nem tudo era culpa dele. Queria passar argamassa nos tijolos com uma das mãos e com a outra segurar um martelo para destruir os mesmos tijolos.

Mas, em vez da própria voz, ouviu a voz de Benjy: — Eu preciso de você! Eu preciso mesmo de você!

Julia explodiu em gargalhadas.

— Por que você está rindo?

— Não tem nada a ver com não perder coisas.

Foi a risada nervosa dos opostos. A risada sombria do reconhecimento do fim. A risada religiosa da escala.

Benjy chamou de novo pela babá eletrônica: — *Alguém! Alguém!*

Os dois ficaram em silêncio.

Julia examinou a escuridão tentando achar os olhos de Jacob, querendo examiná-los.

— *Alguém!*

O ANIMAL QUE COME BANANA

Quando Jacob voltou depois de acalmar Benjy, Julia tinha dormido. Ou pelo menos feito uma imitação perfeita de uma pessoa dormindo. Jacob estava agitado. Não queria ler — nem um livro, nem uma revista, nem mesmo um blog sobre imóveis. Não queria assistir à TV. Escrever seria impossível. Masturbação também. Nenhuma atividade o atraía, tudo pareceria uma farsa, uma imitação de uma pessoa.

Foi até o quarto de Sam em busca de alguns momentos de paz, observando o corpo adormecido de seu primogênito. Uma luz cambiante se espraiava pelo corredor, escapando por baixo da porta, e então se retraía: ondas do oceano digital do outro lado. Sam, sempre vigiando a própria privacidade, ouviu os passos pesados do pai.

— Pai?
— O próprio, o único.
— Tá... você vai ficar parado aí? Quer alguma coisa?
— Posso entrar?

Sem esperar por uma resposta, abriu a porta.

— Era uma pergunta retórica? — Sam perguntou, sem desviar os olhos da tela.
— O que você está fazendo?
— Vendo TV.
— Você não tem TV.
— No computador.
— Então não seria melhor dizer que está usando o computador?
— Pode ser.
— O que está passando?

— Tudo.
— O que você está vendo?
— Nada.
— Você tem um segundinho?
— Sim: um...
— Era uma pergunta retórica.
— *Ah*.
— Tudo bem com você?
— Isso é uma conversa?
— Só estou checando.
— Tô legal.
— É muito bom estar legal?
— Hein?
— Não sei. Acho que ouvi isso em algum lugar. Então... Sam.
— O parco, o único.
— Boa. Mas, enfim, olha. Desculpa tocar no assunto. Mas. O negócio na escola hebraica hoje de manhã.
— Não fui eu.
— Certo. É que.
— Você não acredita em mim?
— Nem é uma questão de acreditar.
— É sim.
— Seria muito mais fácil tirar você dessa se tivesse alguma outra explicação.
— Mas eu não tenho.
— Algumas daquelas palavras nem são nada demais. Cá entre nós, eu não daria a mínima nem se você *tivesse* mesmo escrito aquilo.
— Não escrevi.
— Exceto pelo nome do animal que come banana.
Sam enfim deu atenção ao pai.
— *Divórcio*, então?
— Hein?
— Esquece.
— Por que você disse isso?
— Eu não disse nada.
— Você está falando de mim e da sua mãe?
— Não sei. Não consigo nem ouvir meus próprios pensamentos por causa das brigas e do vidro quebrado.

— Hoje mais cedo? Não, o que você ouviu...
— Tudo bem. A mãe subiu aqui e a gente conversou.

Jacob olhou para a TV no computador. Pensou em Guy de Maupassant almoçando todos os dias no restaurante da Torre Eiffel porque era o único lugar em Paris sem vista para a torre. Os Nats estavam jogando conta os Dodgers, prorrogações. Com uma explosão súbita de entusiasmo, bateu palmas. — Vamos ver o jogo amanhã!

— Hein?

— Vai ser divertido! A gente pode chegar cedo pra ver o treino. Comer um monte de porcarias.

— Comer um monte de porcarias?

— Comida nada saudável.

— Tudo bem se eu só ficar assistindo isso aqui?

— Mas estou tendo uma ideia incrível.

— É?

— Não estou?

— Eu tenho aula de futebol, e de violoncelo, e lições do bar-mitzvá, partindo do princípio de que ele ainda vai acontecer, Deus me livre.

— Posso livrar você disso.

— Da minha vida?

— Isso eu só posso conceder.

— E o jogo vai ser em Los Angeles.

— Certo — disse Jacob, e mais baixo: — Eu devia ter pensado nisso.

O tom de voz mais baixo fez Sam se perguntar se tinha magoado o pai. Sentiu um tremor de uma sensação que, apesar de saber que era totalmente estúpida, ele viria a sentir com mais frequência e mais força no ano seguinte: a sensação de que talvez tudo fosse pelo menos um pouco culpa dele.

— Quer terminar o jogo de xadrez?

— Nah.

— Como você está de grana?

— Bem.

— E essa coisa na escola hebraica. Claro que não é por causa do vovô, certo?

— Não, a não ser que ele também seja o avô da pessoa que escreveu aquilo.

— Foi o que imaginei. Enfim...

— Pai, a Billie é negra. Como eu poderia ser racista?

— Billie?

— A menina por quem estou apaixonado.
— Você tem uma namorada?
— Não.
— Estou confuso.
— Ela é a menina por quem *estou apaixonado*.
— OK. *Billie*, é isso? É uma menina, né?
— Sim. E ela é negra. Então como eu poderia ser racista?
— Não sei se essa lógica se sustenta.
— Garanto que sim.
— Sabe quem vive dizendo que alguns dos melhores amigos são negros? Uma pessoa que não se sente à vontade com negros.
— Nenhum dos meus melhores amigos é negro.
— E, de qualquer modo, tenho certeza de que a nomenclatura preferencial é *afro-americano*.
— Nomenclatura?
— Terminologia.
— Será que a nomenclatura não deveria ser definida por quem está apaixonado por uma menina negra?
— No seu caso, fazer isso não seria meio hipócrita?
— Como assim?
— Tô brincando. É uma questão interessante, só isso. Não estou julgando ninguém. Como você sabe, seu nome veio de um tio-bisavô que morreu em Birkenau. Judeus sempre precisam que tudo signifique alguma coisa.
— Signifique algum sofrimento, você quer dizer.
— Gentios escolhem nomes bonitos. Ou inventam.
— O nome da Billie vem da Billie Holiday.
— Então ela é a exceção que prova a regra.
— Seu nome é uma homenagem a quem? — perguntou Sam, cujo interesse era uma pequena concessão reativa à culpa por ter forçado a voz do pai a um tom baixo de tristeza.
— Um parente distante chamado Yakov. Dizem que era um cara incrível, uma figura sem igual. Reza a lenda que ele esmagou a cabeça de um cossaco com as mãos.
— Legal.
— Eu não sou tão forte.
— A gente nem *conhece* cossaco nenhum.
— Sou, no máximo, uma figurinha repetida.

Uma das barrigas roncou, mas ninguém soube ao certo qual.
— Bom, em suma, acho ótimo você estar namorando.
— Ela não é minha namorada.
— Nomenclatura, mais uma vez. Acho ótimo você estar apaixonado.
— Não estou apaixonado. Eu amo a Billie.
— Seja o que for, claro que isso fica entre nós. Pode contar comigo.
— Já conversei com a mãe sobre isso.
— Ah, é? Quando?
— Não sei. Faz umas duas semanas.
— Então nem é mais novidade?
— Tudo é relativo.

Jacob observou a tela de Sam. O que deixava Sam tão atraído? Não a possibilidade de estar em outro lugar, mas a de estar em lugar nenhum?
— O que você contou pra ela? — Jacob quis saber.
— Pra quem?
— Pra mãe.
— Pra *minha* mãe?
— A própria.
— Sei lá.
— Não está com vontade de falar sobre isso comigo agora?
— Isso.
— Estranho, porque sua mãe está convicta de que você escreveu aquelas palavras.
— Não fui eu.
— OK. Estou ficando chato. Vou embora.
— Não falei que você está chato.

Jacob se dirigiu até a porta, mas parou. — Quer ouvir uma piada?
— Não.
— É de sacanagem.
— Então *com certeza* não quero.
— Qual a diferença entre um Subaru e uma ereção?
— *Não* significa não.
— Sério, qual a diferença?
— Sério, não estou interessado.

Jacob se inclinou e sussurrou: — Eu não tenho um Subaru.

Sem conseguir se segurar, Sam soltou uma gargalhada enorme, daquelas que envolvem resfolegos e saliva. Jacob riu, não da própria piada, mas da risada do filho. Riram juntos, vigorosamente, histericamente.

Sam lutou, sem sucesso, para se recompor, e disse: — O mais engraçado... o que é engraçado de verdade... engraçado de verdade... é que... você *tem* um Subaru.

E então eles riram mais ainda, e Jacob babou um pouco, e lacrimejou, e se lembrou de como era horrível ter a idade de Sam, do quanto era doloroso e injusto.

— É verdade — disse Jacob. — Pior que eu tenho um Subaru. Devia ter dito Toyota. O que me deu na cabeça?

— O que te deu na cabeça?

De fato.

Eles se acalmaram.

Jacob enrolou de novo as mangas da camisa — um pouco apertado demais, mas ele queria que ficassem acima do cotovelo.

— Sua mãe acha que você deveria pedir desculpas.

— E *você*?

Dentro do bolso, Jacob fechou a mão em volta do nada, em volta de uma faca, e disse: — Eu também.

O falso, o único.

— Então tá — disse Sam.

— Não vai ser tão ruim.

— Vai sim.

— É — disse Jacob, dando um beijo no alto da cabeça de Sam, o último lugar beijável. — Vai ser uma bosta.

Já na porta, Jacob se virou.

— Como vai o *Other Life*?

— Mais ou menos.

— O que você anda construindo?

— Uma nova sinagoga.

— Jura?

— Pois é.

— Posso saber o porquê?

— Porque destruí a antiga.

— Destruiu? Usando tipo uma bola de demolição?

— Tipo isso.

— Aí agora vai construir uma pra você?

— Eu também construí a outra.

— Sua mãe adoraria saber disso — disse Jacob, compreendendo a genialidade e a beleza das coisas que Sam nunca compartilhava. — E acho que teria um milhão de sugestões.

— Por favor, não conta pra ela.

Isso proporcionou a Jacob um pico de prazer que ele não queria sentir. Assentiu e disse "Claro", depois sacudiu a cabeça e completou: — Eu nunca faria isso.

— Legal — disse Sam. — E aí... mais alguma coisa?

— E a sinagoga antiga? Por que você construiu?

— Pra explodir.

— Explodir? Olha, se eu fosse outro pai e você fosse outro garoto acho que me sentiria obrigado a fazer uma denúncia pro FBI.

— Mas se você fosse outro pai e eu fosse outro garoto eu não precisaria explodir uma sinagoga virtual.

— *Touché* — disse Jacob. — Mas não seria possível que você não tenha construído a sinagoga pra explodir depois? Ou pelo menos não *só* pra explodir?

— Não, não seria.

— Tipo, talvez você estivesse tentando fazer uma coisa da maneira mais perfeita possível, e quando não ficou assim, você sentiu vontade de destruir.

— Ninguém acredita em mim.

— Eu acredito. Acredito que você quer que tudo fique bem.

— Você não entende mesmo — disse Sam, porque jamais conseguiria admitir que o próprio pai entendesse alguma coisa. Mas o pai dele entendia. Sam não tinha construído a sinagoga para destruir em seguida. Não era uma daquelas mandalas de areia tibetanas ou sei lá o quê sobre as quais ele tinha sido forçado a ouvir em uma viagem — cinco caras silenciosos trabalhando por milhares de horas em um trabalho de educação artística cuja função era não ter função alguma. ("E eu achava que o oposto de judeu era *nazista*", o pai dele tinha dito, desconectando o celular do som do carro.) Não, ele construiu a sinagoga com a esperança de enfim se sentir à vontade em algum lugar. Não era um mero caso de poder criar a sinagoga de acordo com suas próprias especificações esotéricas; ele podia ficar lá sem ficar lá. Não era tão diferente de se masturbar. Mas, assim como a masturbação, se não estivesse totalmente correta estava completa e irreversivelmente errada. Algumas vezes, no pior momento possível, seu *id* embriagado dava uma guinada repentina e sua tela mental iluminada mostrava o rabino Singer, ou o cantor Seal, ou sua mãe. E depois disso não tinha mais volta. Com a sinagoga era igual, a menor imperfeição, uma rotunda infinitesimalmente assimétrica, escadas com espelhos altos demais para meninos mais baixos, uma estrela judaica de cabeça pra baixo — e tudo tinha de vir abaixo. Não estava sendo impulsivo. Estava sendo cuidadoso. Será que não podia apenas consertar o que estava errado? Não. Porque sempre saberia que tinha estado errado: "Essa é a estrela que antes estava de cabeça pra baixo." Para outra pessoa, a correção teria deixado tudo mais perfeito do que se estivesse correto desde o início. Sam não era essa outra pessoa. E nem Samanta.

Jacob se sentou na cama do filho e disse: — Quando eu era mais novo, acho que no ensino médio, eu costumava escrever as letras de todas as minhas músicas favoritas. Não sei por quê. Acho que me dava a sensação das coisas estarem no lugar certo. Enfim, isso foi bem antes da internet. Daí eu sentava na frente do *boom box*...

— *Boom box*?

— Um toca-fitas com caixas de som.

— Estava pegando no seu pé.

— Ah, tá... bom... eu me sentava na frente do *boom box* e tocava um segundo ou dois da música, depois escrevia o que tinha ouvido, daí rebobinava e tocava de novo pra ter certeza de que tinha ouvido certo, e deixava tocar mais um pouquinho, e escrevia mais um pouquinho, daí rebobinava pra conferir as partes que não tinha ouvido, ou que não tinha certeza se tinha ouvido, e escrevia tudo. Rebobinar uma fita é uma coisa imprecisa, aí claro que eu rebobinava demais, ou muito pouco. Era bem trabalhoso. Mas eu adorava. Eu adorava sentir que aquilo era uma tarefa cuidadosa. Adorava a sensação de acertar. Passava sei lá quantas milhares de horas fazendo isso. Às vezes uma letra me deixava empacado, ainda mais depois do grunge e do hip-hop. E eu não aceitava chutar, porque isso arruinaria toda a ideia de escrever as letras — que era acertar. Às vezes eu tinha ouvido o mesmo trecho muitas e muitas e muitas vezes, dúzias, milhares. Eu gastava aquele trecho da fita, literalmente, daí, quando ouvia a música de novo mais tarde, a parte que eu mais queria acertar não estava mais lá. Lembro uma frase de "*All Apologies*" — você conhece essa música, né?

— Não.

— Do Nirvana? É muito, muito, *muito* boa. Enfim, nessa música parece que os ovos do Kurt Cobain migraram pra boca, e tinha uma frase bem mais difícil de entender que as outras. Meu melhor palpite, depois de ouvir centenas de vezes, era "*I can see from shame*". Não tinha percebido que estava errado até muitos anos mais tarde, quando cantei essa parte da

música, quase gritando que nem um idiota, do lado da sua mãe. Foi logo depois que a gente se casou.
— Ela comentou que você tinha errado?
— Sim.
— Típico da minha mãe.
— Fiquei agradecido.
— Mas você estava cantando.
— Cantando errado.
— Mesmo assim. Ela devia ter deixado passar.
— Não, ela fez a coisa certa.
— E qual era a letra certa?
— Melhor apertar os cintos. Era o seguinte: *"aqua seafoam shame"*.
— Não pode ser.
— Né?
— O que diabos isso *significa*?
— Não significa nada. Meu erro foi esse. Eu achei que precisava significar alguma coisa.

II

APRENDENDO IMPERMANÊNCIA

ANTIETAM

Nem Jacob nem Julia sabiam ao certo o que estava acontecendo naquelas primeiras duas semanas depois que Julia descobriu o celular: que acordo tinha sido feito, o que foi deixado implícito, o que foi abordado hipoteticamente, o que foi requisitado. Nenhum dos dois sabia o que era real. Era como se houvesse um imenso campo minado emocional; eles se moviam pelas horas e pela casa com o coração na ponta dos pés, com enormes fones de ouvido conectados a detectores de metal ultrassensíveis que conseguiam captar vestígios de sentimentos enterrados — ainda que à custa de bloquear o resto da vida.

Durante um café da manhã que talvez, para um público televisivo, parecesse perfeitamente feliz, Julia disse diante da geladeira aberta "o leite vive acabando nesta casa", e com seus fones de ouvido Jacob escutou "você nunca cuidou direito da gente", mas não ouviu Max dizer "não apareçam no show de talentos amanhã".

E no dia seguinte, na escola de Max, forçados a dividir sozinhos o espaço limitado do elevador, Jacob disse "o botão de fechar as portas não está ligado a nada, é puramente psicológico" e com seus fones de ouvido Julia escutou "vamos resolver isso de uma vez". Mas ela não se ouviu dizendo "achei que tudo fosse puramente psicológico", o que pelos fones de Jacob soava como "tantos anos de terapia e é a pessoa que menos entende de felicidade no mundo". E ele não se ouviu dizendo "existem vários tipos de pureza". Um pai talvez satisfeito de uma família talvez intacta entrou no elevador e perguntou se Jacob estava segurando de propósito o botão de abrir as portas.

Todo esse pisar em ovos, todas essas interpretações e evasões descontroladas, e no fim das contas não era um campo minado. Era um campo de batalha da Guerra Civil. Jacob tinha levado Sam para Antietam, assim como Irv tinha levado Jacob. E tinha feito um discurso parecido sobre o privilégio de ser americano. Sam encontrou uma bala semienterrada. As armas enterradas no solo de Jacob e Julia eram tão inofensivas quanto aquela bala — artefatos de velhas batalhas, que podiam ser examinadas e exploradas em segurança, até mesmo valorizadas. Isso se eles soubessem que não precisavam ter medo.

Os rituais domésticos estavam arraigados o bastante para que a evasão se tornasse até bem fácil e discreta. Julia tomava banho, Jacob fazia o café da manhã. Julia servia o café da manhã, Jacob tomava banho. Jacob supervisionava a escovação de dentes, Julia colocava as roupas em cima das camas, Jacob conferia o conteúdo das mochilas, Julia checava a previsão do tempo e reagia com roupas adequadas, Jacob preparava Ed Hiena (esquentar o motor nos seis meses de frio, esfriar o interior do carro nos seis meses de calor), Julia saía com os meninos e verificava se tinha algum carro descendo a ladeira da rua Newark, Jacob dava ré.

Encontraram dois assentos perto da primeira fila do auditório, mas depois de colocar a mochila sobre um deles Jacob anunciou: — Vou pegar café pra gente. — E fez isso. E em seguida esperou com eles na entrada da escola com até o sinal de três minutos para baixar a cortina. No meio da apresentação de uma garota desafinando "Livre estou", Jacob sussurrou no ouvido de Julia: — Adoraria ficar livre disso. — Não houve resposta. Um grupo de meninos encenou uma cena de *Avatar*. Alguém que provavelmente era menina usou tipos diferentes de macarrão para explicar o funcionamento do euro. Nem Jacob nem Julia queriam admitir não saber o que Max faria. Nenhum conseguia suportar a vergonha de ter estado preocupado demais com mágoas particulares para se fazer presente na vida do filho. E nenhum conseguia suportar a vergonha de sentir que o outro tinha sido melhor em seu papel. Cada um adivinhou a sós que Max faria o truque de cartas ensinado pelo mágico depois do aniversário de quarenta anos de Julia. Duas meninas fizeram aquele negócio com copos cantando "When I'm Gone" e Jacob sussurrou "Vai embora de uma vez".

— *Hein?*
— Não. Ela. A cantora.
— Comporte-se.

Para o encerramento triunfal, os professores de teatro e de música se reuniram para uma versão esterilizada da abertura do musical *The Book of Mormon* — realizando os próprios sonhos e ao mesmo tempo demonstrando o porquê de nunca terem passado disso. Muitos aplausos, um breve agradecimento do diretor e as crianças fizeram fila e voltaram para a aula.

Jacob e Julia voltaram em silêncio, cada um para o próprio carro. E o show de talentos não foi mencionado em casa naquela noite. Será que Max tinha ficado com vergonha? Será que se considerava desprovido de talento? Será que sua ausência tinha sido um ato de agressão ou um pedido de ajuda? Se tivessem feito essas perguntas ao filho, ele teria respondido que pediu para eles não aparecerem.

Três noites mais tarde, quando Jacob foi para a cama depois do intervalo obrigatório de uma hora, Julia ainda estava lendo. — Ah, me esqueci de uma coisa — ele disse, e voltou para o térreo para não ler o jornal enquanto não assistia a outro episódio de *Homeland* lamentando para si mesmo, como sempre fazia, por Mandy Patinkin não ser dez anos mais velho, ele seria um excelente Irv.

Dois dias mais tarde, Julia entrou na despensa, onde Jacob estava conferindo se umas centenas de bilhões de átomos tinham se organizado de forma espontânea para formar algum petisco insalubre durante o intervalo de dez minutos desde sua última conferência. Julia deu meia-volta (ao contrário de Jacob, nunca dava qualquer explicação para sair da presença dele, nunca "esquecia uma coisa"). A despensa não estava entre os espaços reivindicados tacitamente — como a salinha de TV, que pertencia a Jacob, e a saleta de visitas, que pertencia a Julia —, mas era pequena demais para ser compartilhada.

No décimo dia, Jacob abriu a porta do banheiro e topou com Julia se enxugando depois de um banho. Ela se cobriu. Jacob a tinha visto saindo de centenas de banhos, tinha visto três crianças saindo do corpo dela. Jacob a tinha observado enquanto ela se vestia e se despia centenas e centenas de vezes, e duas vezes na pousada da Pensilvânia. Tinham transado em todas as posições, com todas as vistas para todas as partes do corpo. "Desculpa", ele disse, sem saber a que a palavra se referia, mas sentindo que seu pé havia pressionado até a metade o gatilho de uma mina.

Ou tropeçado em um artefato de uma antiga batalha, que poderia ser examinado e explorado com segurança, e até mesmo valorizado.

E se, em vez de se desculpar e se virar, tivesse perguntado a Julia se a necessidade de se esconder era uma coisa nova ou uma coisa antiga com uma nova justificativa?

Quando a linha defensiva de Robert E. Lee em Petersburg foi rompida e a evacuação de Richmond era iminente, Jefferson Davis ordenou a transferência do tesouro da Confederação. Foi transportado por trens e depois por carroças, sob muitos olhos, passando por muitas mãos. A União seguiu avançando, a Confederação ruiu e o paradeiro das cerca de cinco toneladas de barras de ouro continua um mistério, embora se presuma que estejam enterradas em algum lugar.

E se, em vez de pedir desculpas e se virar, Jacob tivesse se aproximado dela e a tocado, mostrado a ela que ele não apenas ainda queria transar com ela, mas que ainda era capaz de correr o risco de ser rejeitado?

Na primeira visita de Jacob a Israel, seu primo Shlomo levou a família até a Cúpula da Rocha, que na época permitia a entrada de não muçulmanos. Jacob ficou tão profundamente comovido com a devoção dos homens nos tapetes de oração quanto com os judeus lá embaixo. Ficou até mais comovido, porque a devoção era menos acanhada: no Muro das Lamentações os homens simplesmente se balançam para a frente e para trás; ali, uivavam lamentos. Shlomo explicou que eles estavam em cima de uma caverna escavada na Pedra Fundamental. E no chão dessa caverna havia uma depressão leve, que se acreditava que estivesse sobre outra caverna, à qual frequentemente se referiam como o Poço das Almas. Tinha sido ali que Abraão havia respondido ao chamado de Deus e preparado o sacrifício de seu filho amado; tinha sido ali que Maomé havia ascendido aos céus; tinha sido ali que a Arca da Aliança havia sido enterrada, repleta de tábuas quebradas e inteiras. De acordo com o Talmude, a pedra marca o centro do mundo, servindo de tampa para o abismo em que as águas do Dilúvio ainda se revolvem furiosas.

— Estamos em cima do maior sítio arqueológico que nunca vai existir — Shlomo afirmou —, repleto dos objetos mais valiosos do mundo, o lugar onde história e religião se encontram. Tudo subterrâneo, para jamais ser tocado.

Irv defendia com intransigência que Israel deveria fazer escavações, sem se importar com as consequências. Era uma obrigação cultural, histórica e intelectual. Mas para Jacob, até que essas coisas fossem encontradas — até que pudessem ser vistas e tocadas —, continuariam sendo irreais. Então era melhor mantê-las longe dos olhos.

E se, em vez de pedir desculpas e se virar, Jacob tivesse se aproximado de Julia e levantado a toalha, como tinha levantado o véu antes do casamento, confirmando que ela ainda era a mulher que dizia ser, a mulher que ele ainda desejava?

Jacob tentava manter as conversas com Julia no subterrâneo, mas ela precisava que o fim da família fosse visto e tocado. Ela manifestou seu respeito constante por Jacob, seu desejo de que os dois continuassem amigos, *melhores* amigos, e bons pais, os *melhores*, e de usar um mediador e não se perder em tudo que não merecia atenção, e de morarem perto um do outro e saírem juntos de férias, e dançarem nos segundos casamentos um do outro — embora ela tenha jurado que nunca se casaria de novo. Jacob concordou, sem acreditar que nada do que ela dizia estava acontecendo ou aconteceria. Tinham vivido tantas transições necessárias — acostumar os meninos à hora de dormir, nascimentos de dentes, quedas de bicicletinhas, a fisioterapia de Sam. Aquilo também provavelmente passaria.

Podiam manobrar pela casa de modo a se evitarem, e podiam manobrar conversas para manter a ilusão de segurança, mas não havia subterrâneo possível quando uma criança estava presente no recinto ou na conversa. Muitas vezes, Julia notava algum dos meninos — Benjy olhando para cima, pensativo, diante de um desenho de Odisseu enfrentando o Ciclope, Max examinando os pelos do antebraço, Sam reforçando seu fichário com cuidado — e pensava *eu não posso*.

E Jacob pensava *não vamos*.

DAMASCO

Um dia antes do começo da destruição de Israel, Julia e Sam estavam correndo para arrumar as coisas antes que o motorista do Uber, Mohammed, se visse forçado a avaliá-los com uma estrela, selando seu destino como passageiros *haram*. Jacob estava arrumando Benjy, que estava vestido de pirata, para passar o dia com os avós.

— Pegou tudo? — Julia perguntou a Sam.

— *Sim* — ele respondeu, incapaz de fazer o esforço hercúleo de esconder sua irritação com coisa nenhuma.

— Não fale assim com a sua mãe — disse Jacob, por Julia e por si mesmo. Estava sendo difícil agir com camaradagem nas últimas duas semanas, não que houvesse crueldade no ar, somente uma ausência de interação direta. Em alguns momentos, geralmente detonados por algum espanto em comum com algo dito ou feito por algum dos meninos, Jacob e Julia sentiam que tinham voltado a vestir o mesmo uniforme. No dia em que Oliver Sacks morreu, Jacob compartilhou um pouco da vida de seu herói com os meninos, mencionando sua extensa gama de interesses, sua homossexualidade secreta, seu famoso uso de levodopa em humanos, e comentando como a pessoa talvez mais curiosa e engajada dos últimos cinquenta anos tinha passado mais de trinta deles como celibatário.

— Celibatário? — perguntou Max.

— Sem fazer sexo.

— E daí?

— E daí que ele tinha fome de absorver tudo que o mundo tinha a oferecer, mas não quis, ou não conseguiu, compartilhar a si mesmo.

— Talvez ele fosse impotente — sugeriu Julia.

— Não — disse Jacob, sentindo a ferida se abrir —, ele só...
— Ou talvez ele fosse muito paciente.
— Eu sou celibatário — disse Benjy.
— *Você?* — disse Sam. — Você é Wilt Chamberlain.
— Eu não sou esse daí e nem enfiei o pênis no buraco da vagina de outra pessoa.

Benjy defendendo o próprio celibato era meio engraçado. Se referir ao "buraco da vagina de outra pessoa" era meio engraçado. Mas ele dizia coisas ainda mais engraçadas e mais precoces a todo momento. Não pareciam metáforas e nem sabedoria acidental. Não tocavam nenhum nervo à flor da pele. Mas, pela primeira vez desde que Julia tinha descoberto o celular, aquilo forçou seus olhos a encontrarem os olhos de Jacob. E, naquele momento, ele teve certeza de que eles encontrariam o caminho de volta.

Mas naquele momento não havia espaço para muita camaradagem.

— *O que foi que eu disse?* — Sam quis saber.
— Foi o jeito que você falou — explicou Jacob.
— Com que jeito eu disse o que eu disse?
— Assim — disse Jacob, imitando o *sim* de Sam.
— Dou conta de conversar com meu filho — disse Julia. Então perguntou a Sam: —Você se lembrou da escova de dentes?
— Claro que ele está com a escova de dentes — disse Jacob, fazendo um pequeno ajuste de lealdade.
— Merda — disse Sam, dando a volta e correndo para o andar de cima.
— Ele queria que você fosse — disse Julia.
— Não. Não acho que seja o caso.

Julia pegou Benjy no colo e disse "vou ficar com saudade de você, meu homenzinho".

— O *Opi* disse que eu posso falar palavrão na casa dele.
— Na casa dele valem as regras dele — disse Jacob.
— Na verdade, não — corrigiu Julia.
— *Merda* ou *pênis*...
— *Pênis* não é palavrão — disse Jacob.
— Duvido que a *omi* gostaria de ouvir você falando essas coisas.
— O *Opi* disse que não se importa.
— Você ouviu errado.
— Ele disse assim: "A *Omi* não se importa."
— Ele estava *brincando* — disse Jacob.

— *Cu* é palavrão.
Sam desceu a escada com a escova de dentes.
— Sapatos sociais? — Julia perguntou.
— *Poooooorra*.
— *Porra* também é palavrão — disse Benjy.
Sam subiu correndo de novo.
— Talvez seja bom dar uma folga pra ele? — Jacob sugeriu na forma de uma pergunta ostensivamente dirigida ao consciente coletivo.
— Não acho que estou pegando no pé dele.
— Claro que não. Só quis dizer que o Mark pode ser o cara chato da viagem. Se isso for necessário.
— Espero que não seja.
— Quarenta púberes longe de casa?
— Eu não descreveria Sam como *púbere*.
— Púbere? — perguntou Benjy.
— Ainda bem que o Mark vai estar por lá — disse Jacob. — Talvez você nem lembre, sei lá, mas você falou uma coisa sobre ele umas semanas atrás, no contexto...
— Eu lembro.
— A gente falou um monte de coisas.
— Sim.
— Eu só queria dizer isso.
— Não sei se entendi o que você disse.
— Só isso mesmo.
— Aproveite essa oportunidade para conhecê-lo melhor — disse Julia, sem perder tempo.
— Conhecer o Max?
— Só não fiquem cada um no seu mundinho.
— Eu não tenho mundinho nenhum, então isso não vai ser um problema.
— Vai ser divertido buscar os israelenses amanhã.
— É mesmo?
— Você e Max podem ser o *Team America*.
Max desceu a escada. — Por que vocês estavam falando de mim?
— A gente não estava falando de você — disse Jacob.
— Eu só estava falando pro seu pai que vocês deveriam tentar descobrir coisas pra fazer juntos enquanto todo mundo estiver fora.
A campainha tocou.

— Meus velhos — disse Jacob.
— *Juntos* juntos? — Max cochichou para Julia.
Jacob abriu a porta. Benjy se desvencilhou dos braços da mãe e correu para Deborah.
— *Omi!*
— Oi, *Omi* — disse Max.
— Eu tô com Ebola? — perguntou Irv.
— Ebola?
— Oi, *Opi.*
— Legal sua fantasia de Moshe Dayan.
— Eu sou um *pirata.*
Irv se abaixou até a altura de Benjy e fez uma imitação de Dayan que poderia até ser reconhecida como perfeita caso alguém ali soubesse como Dayan falava: — Os sírios vão descobrir em breve que a estrada de Damasco para Jerusalém também vai de Jerusalém a Damasco!
— *Arrrgggg!*
— Anotei os horários dele — Julia explicou para Deborah. — E fiz uma sacola com algumas refeições prontas.
— Já preparei alguns milhões de refeições nesta vida.
— Eu sei — disse Julia, tentando corresponder ao afeto evidente de Deborah. — Só quero facilitar as coisas.
— Tenho um freezer cheio de comidas bem congeladas — disse Deborah a Benjy.
— Tirinhas de bacon vegetariano da Morningstar Farms?
— Hmm.
— *Poooorrra.*
— Benjy!
Sam desceu correndo a escada com os sapatos na mão, parou, disse "Puta que o pariu!" e voltou para cima.
— *Olha o palavreado* — Julia repreendeu.
— O pai disse que não existe palavra errada.
— Eu disse que existem *jeitos* errados de usar as palavras. E o que você fez foi usar palavras de um jeito errado.
— A gente vai fazer sessão corujão? — Irv perguntou a Benjy.
— Não sei.
— Não deixa ele dormir *muito* tarde — Julia pediu a Deborah.
— E amanhã a gente vai buscar os israelenses?

— Amanhã eu vou levar o Benjy ao zoológico — disse Deborah. — Lembra?

Irv levantou o telefone. — Siri, você lembra do que essa mulher está falando?

Sam desceu correndo a escada de novo com um cinto na mão.

— Oi, guri — disse Irv.

— Oi, *Opi*. Oi, *Omi*.

— Tudo nos conformes com seu discurso preconceituoso?

— Não fui eu.

— Sabe, uma vez eu acompanhei a turma do seu pai numa viagem de Simulação da ONU.

— Que nada — Jacob protestou.

— Claro que sim.

— Acredite em mim, você não foi.

— Tem razão — disse Irv, piscando para Sam. — Estou confundindo com a vez em que levei você pra ONU *de verdade*. — E em seguida, dando um tapinha na própria mão: — Papai malvado.

— Você me *esqueceu* por lá.

— Não em caráter permanente, é claro. — E então, para Sam: — Pronto pra massacrar geral?

— Acho que sim.

— Lembra que se eles tiverem algum delegado da suposta Palestina você precisa dar a real e depois se levantar e sair. Tá me ouvindo? Bata com a boca e fale com os pés.

— A gente vai representar a Micronésia...

— Siri, o que é Micronésia?

— E a gente vai, tipo, debater resoluções e reagir à crise que eles inventarem.

— *Eles* quem, os árabes?

— Os facilitadores.

— Ele sabe o que está fazendo, pai.

Três buzinadas longas, seguidas de nove curtas — *Shevarim, Teruah*.

— Mohammed está perdendo a paciência — disse Julia.

— Maomé nunca foi bom nisso — disse Irv.

— Também estamos indo — disse Deborah. — Temos um dia longo pela frente: historinhas, artesanato, passeios na natureza...

— ... comer jujubas, rir da cara do Charlie Rose...

— Vem, Argos! — Jacob chamou.

— Quero casar com jujubas.

— A gente vai pro veterinário — Max explicou a Deborah.

— Está tudo bem — disse Jacob, para aliviar uma preocupação que ninguém sentia.

— Exceto ele fazer cocô dentro de casa duas vezes por dia — disse Max.

— Ele está velho. É uma convenção.

— O biso faz cocô dentro de casa duas vezes por dia? — Benjy quis saber.

Silêncio enquanto todos reconheciam que, como as visitas tinham ficado tão raras, era impossível descartar a possibilidade de que Isaac fizesse cocô dentro de casa duas vezes ao dia.

— Mas *todo mundo* não faz cocô dentro de casa duas vezes por dia? — perguntou Benjy.

— Seu irmão quis dizer dentro de casa, mas não no banheiro.

— Ele tem uma sonda de colostomia — disse Irv. — Aonde ele for, ali estará o cocô dele.

— O que é sonda de não sei o quê? — Benjy perguntou.

Jacob pigarreou e começou a explicação: — O intestino do biso...

— É tipo um saquinho de comida pra cachorro com o cocô dele dentro — Irv completou.

— Mas ele come o cocô depois? — Benjy quis saber.

— Seria legal alguém fazer uma visita enquanto a gente estiver fora — Julia sugeriu. — Quem sabe vocês levam os israelenses até lá no caminho de casa.

— Era isso que eu estava planejando — mentiu Jacob.

Mohammed buzinou de novo, dessa vez de forma prolongada.

Todos saíram juntos: Deborah, Irv e Benjy para assistir a um *Pinóquio* com marionetes no parque Glen Echo; Julia e Sam para pegar o ônibus da escola; Jacob, Max e Argos para o veterinário. Julia abraçou Max e Benjy e não abraçou Jacob, mas pediu: — Não se esqueça de...

— *Vai* — ele disse. — Divirta-se. Alcance a paz mundial.

— Uma paz duradoura — disse Julia, as palavras se organizando sozinhas.

— E manda um abraço pro Mark. Mesmo.

— Agora não, tá bom?

— Você está ouvindo coisas que eu não disse.

Um "tchau" atravessado.

A meio caminho da rua, Benjy disse: — E se eu não ficar com saudade?

— Você pode telefonar — disse Jacob. — Meu celular vai ficar ligado o tempo todo, e nunca vou estar muito longe.

— Eu perguntei: e se eu *não* ficar com saudade?

— Hein?

— Tudo bem?

— Claro que tudo bem — disse Julia, dando um último beijo em Benjy. — Nada me deixaria mais feliz do que se você se divertisse tanto que nem pensasse na gente.

Jacob desceu a escadinha para dar um último, derradeiro beijo em Benjy.

— E, seja como for — ele disse —, você vai ficar com saudade.

E então, pela primeira vez na vida, Benjy escolheu não contar o que pensou.

O LADO QUE DÁ AS COSTAS

Pararam no McDonald's no caminho. Era um ritual de visita ao veterinário iniciado por Jacob depois de ouvir um *podcast* sobre um abrigo em Los Angeles que sacrificava mais cachorros do que qualquer outro nos Estados Unidos. A diretora sacrificava pessoalmente cada um dos cachorros, às vezes uma dúzia em um único dia. Chamava cada um pelo nome, passeava com o cachorro na medida do possível, conversava com ele, fazia carinho e, como gesto final antes da agulha, dava McNuggets para o bicho comer. Explicou que "essa seria a última refeição que eles pediriam, se pudessem".

As consultas de Argos nos últimos dois anos haviam sido para dor nas juntas, olhos turvos, cistos de gordura na barriga e incontinência. Não previam um fim iminente, mas Jacob sabia o quanto Argos ficava nervoso no consultório e se sentia no dever de recompensar o amigão, o que também poderia servir como associação positiva. Sendo ou não a escolha que Argos faria como sua última refeição, os McNuggets foram devorados, quase todos engolidos inteiros. Durante todo o tempo em que tinha sido membro da família Bloch, tinha comido ração da Newman's Own duas vezes por dia sem variação alguma (Julia tinha sido combativa ao proibir que ele ingerisse restos de comida, porque "forçariam Argos a se tornar um mendigo"). Os McNuggets sempre resultavam em diarreia, às vezes em vômito. Mas isso em geral demorava algumas horas, o que podia ser calculado para coincidir com um passeio no parque. E valia a pena.

Jacob e Max compraram McNuggets para eles também. Quase nunca comiam carne em casa — mais uma decisão de Julia — e fast-food vinha logo depois de canibalismo na lista de coisas proibidas. Nem Jacob nem

Max sentiam falta de comer McNuggets, mas compartilhar algo condenado por Julia era uma maneira de ficarem mais próximos. Desceram no parque Fort Reno e fizeram um piquenique improvisado. Argos era leal o suficiente, e letárgico o suficiente, para que confiassem nele sem a guia. Max fazia carinho em Argos enquanto ele engolia um McNugget atrás do outro, dizendo "Que cachorro bonzinho. Bonzinho. Bonzinho".

Ainda que isso fosse patético, Jacob sentia ciúmes. Os comentários cruéis de Julia — ainda que corretos, ainda que merecidos — pairavam dolorosos em sua mente. Ficava voltando à frase "não acredito mesmo que você está por aí". Era uma das coisas menos específicas, menos propositais que ela havia dito durante a primeira briga sobre o celular, e era bem provável que a mente de uma outra pessoa teria se apegado a outra coisa. Mas era isso que ecoava: "Não acredito mesmo que você está por aí."

— Eu vinha muito aqui quando era mais novo — Jacob disse a Max. — A gente descia aquele morrinho de trenó.

— A *gente* quem?

— Amigos, quase sempre. Seu avô deve ter me trazido algumas vezes, mas não me lembro. Quando estava quente, eu vinha jogar beisebol.

— Partidas a sério? Ou só de brincadeira?

— Na maioria das vezes só de brincadeira. Nunca era fácil obter o *minian*. Só acontecia às vezes. Talvez no último dia de aula, antes das férias.

— Você é bonzinho, Argos. Muito bonzinho.

— Quando fiquei mais velho, a gente ia comprar cerveja no mercadinho Tenleytown, bem ali. Nunca pediam um documento.

— Como assim?

— Como é preciso ter vinte e um anos pra comprar cerveja legalmente, em geral os lugares pedem algum documento, tipo uma carteira de motorista, pra saber a sua idade. Nunca faziam isso no Tenleytown. Daí todo mundo comprava cerveja por lá.

— Você desobedeceu a lei.

— Era outra época. E você sabe o que Martin Luther King falou sobre leis justas e injustas.

— Não sei.

— Basicamente, era nossa responsabilidade moral comprar a cerveja.

— Argos bonzinho.

— Tô brincando, claro. Não é legal comprar cerveja se você é menor de idade, e por favor não conte pra sua mãe que eu contei essa história.

— Tá.

— E você sabe o que é *minian*?
— Não.
— E por que não perguntou?
— Não sei.
— São dez homens com mais de treze anos. É o quórum mínimo para que as orações na sinagoga tenham validade.
— Parece machista e etarista.
— As duas coisas, com certeza — disse Jacob, arrancando uma flor do matinho. —Todo ano, no verão, o Fugazi fazia um show de graça aqui no parque.
— O que é *Fugazi*?
— Apenas a banda mais perfeita que já existiu, segundo qualquer definição de perfeição. A música era perfeita. O etos era perfeito. Eles eram simplesmente perfeitos.
— O que é etos?
— É uma crença que serve de orientação.
— E qual era o etos deles?
— Não levar os fãs à falência, não tolerar violência nos shows, não fazer clipes nem vender mercadorias da banda. Fazer letras com mensagens contra corporações, contra a misoginia, com consciência de classe, e tudo isso com uma música incrível.
— Cachorro bonzinho.
— A gente precisa ir.
— Meu etos é "Encontre a luz na beleza do mar, eu escolho ser feliz".
— Excelente etos, Max.
— Tirei de uma música da Rihanna.
— Bem, a Rihanna é sábia.
— Ela não compôs essa música.
— Quem foi, então?
— A Sia.
— Então a Sia é sábia.
— E eu estava brincando.
— Tá bom.
— E qual é o seu?
— Hein?
— Seu etos.
— Não levar os fãs à falência, não tolerar violência nos shows...
— Não, sério.

Jacob riu.
— Sério — disse Max.
— Vou pensar nisso.
— Acho que é esse o seu etos.
— Esse é o etos do Hamlet. Sabe o Hamlet, né?
— Eu tenho dez anos, não sou um feto.
— Desculpa.
— E além disso, o Sam está lendo *Hamlet* pra aula.
— O que será que o pessoal do Fugazi anda fazendo? Às vezes eu me pergunto se eles ainda são idealistas, seja lá o que estiverem fazendo.
— Você é bonzinho, Argos.

Quando chegaram à clínica veterinária, foram conduzidos até uma sala de exames na parte dos fundos.
— Que estranho, aqui parece a casa do biso.
— É estranho *mesmo*.
— Todas as fotos dos cachorros são tipo as minhas fotos com o Sam e o Benjy. E o pote com biscoitinhos de cachorro é tipo o pote de balinhas.
— E tem cheiro de…
— Do quê?
— Nada.
— *Do quê?*
— Eu ia dizer morte, mas percebi que não seria legal, então tentei guardar pra mim.
— Qual é o cheiro da morte?
— Este aqui.
— Como você sabe?

Jacob nunca tinha cheirado uma pessoa morta. Seus três avós falecidos ou tinham morrido antes de ele nascer ou quando ele era novo o suficiente para ser protegido da morte de parentes. Nenhum de seus amigos ou colegas, ou ex-amigos e ex-colegas, tinha morrido. Às vezes ele ficava impressionado com o fato de ter conseguido viver quarenta e dois anos longe da mortalidade. E essa sensação sempre vinha seguida de um medo de que as estatísticas resolvessem compensar esse tempo todo com várias mortes de uma vez. E ele não estaria pronto.

Já estavam esperando atendimento havia meia hora, e Max dava a Argos um biscoitinho atrás do outro.

— Talvez eles não caiam muito bem com os McNuggets — Jacob avisou.

— Você é bonzinho. É muito bonzinho.

Argos despertava um lado diferente de Max, uma doçura, ou vulnerabilidade, que em geral dava as costas. Jacob relembrou um dia passado com o pai no Museu Nacional de História Natural, quando tinha a idade de Max. Tinha tão poucas lembranças de passar algum tempo sozinho com o pai — Irv trabalhava por longos períodos corridos na revista, e quando não estava escrevendo estava dando aulas, e quando não estava dando aulas estava socializando com pessoas importantes para confirmar que ele era uma pessoa importante —, mas Jacob se lembrava daquele dia.

Estavam observando um diorama. Um bisão.

— Legal, né? — disse Irv.

— Muito legal — disse Jacob, emocionado, até abalado, pela presença radical de um bicho tão soberano.

— Nada disso é acidental — disse Irv.

— Como assim?

— Eles fazem um esforço enorme para recriar cenas da natureza com precisão. Esse é o ponto. Mas poderiam ter recriado muitas outras cenas com precisão, certo? O bisão poderia estar galopando em vez de parado. Poderia estar lutando, ou caçando, ou se alimentando. Poderiam ter colocado dois bisões em vez de um. Poderiam ter colocado um passarinho nas costas dele. São muitas escolhas.

Jacob adorava quando seu pai lhe ensinava coisas. Eram momentos inebriantes, que inspiravam segurança. E confirmavam que Jacob era uma pessoa importante na vida do pai.

— Mas essas escolhas nem sempre são feitas com franqueza — Irv prosseguiu.

— Por que não?

— Porque eles têm que esconder como os animais vieram parar aqui.

— Como assim?

— De onde você acha que saíram esses animais?

— Da África, sei lá.

— Mas como vieram parar em dioramas? Você acha que foram empalhados por escolha própria? Que são carcaças que cientistas sortudos encontraram por acaso?

— Acho que não sei.

— Eles foram caçados.

— Sério?
— E caçadas não são uma coisa limpinha.
— Ah, é?
— Ninguém jamais conseguiu uma coisa que não queria ser conseguida sem fazer uma sujeirada.
— Ah.
— Balas deixam buracos, às vezes bem grandes. Flechas também. E você não abate um bisão fazendo um buraquinho nele.
— É, acho que não.
— Por isso, quando eles posicionam os animais nos dioramas, deixam os buracos, os talhos e os rasgos fora do campo de visão do espectador. Só os animais pintados na paisagem conseguem enxergar. Mas quando você lembra que eles existem, tudo muda.

Uma vez, depois de ouvir Jacob relatar um episódio de menosprezo sutil por parte de Julia, o dr. Silvers comentou: — A maioria das pessoas reage mal quando está magoada. Se você consegue se lembrar dessas feridas, aumenta a possibilidade de conseguir perdoar a reação.

Julia estava na banheira quando Jacob voltou para casa naquela noite. Ele tentou — com batidas leves, chamando por ela, e dando passos desnecessariamente mais fortes — deixar a esposa ciente de sua presença, mas o ruído da água era alto demais, e quando ele abriu a porta ela levou um susto. Depois de recobrar o fôlego e rir do próprio medo, Julia apoiou o queixo na beirada da banheira. Ficaram ouvindo juntos o barulho da água. Uma concha posicionada no ouvido se torna uma câmara de eco do nosso sistema circulatório. O oceano que ouvimos é o nosso próprio sangue. O banheiro, naquela noite, era uma câmara de eco da vida compartilhada por Jacob e Julia. E atrás dela, onde deveriam estar as toalhas e o roupão, Jacob enxergou uma paisagem pintada, um plano eternamente ocupado por uma escola, um campo de futebol, a seção de alimentos a granel da Whole Foods (uma grade de recipientes plásticos cheios de ervilhas partidas e arroz integral, mangas desidratadas e castanhas de caju), um Subaru e um Volvo, uma casa, a casa deles, e através de uma janela de segundo andar havia um quarto, tão minúsculo e pintado com tanta precisão que só poderia ter sido obra de um mestre, e sobre uma mesa daquele quarto, que se tornou o escritório de Julia assim que não havia mais a necessidade de existir um quarto de bebê, havia uma maquete arquitetônica, uma casa, e naquela casa, naquela casa, na casa em que a vida acontecia havia uma mulher, posicionada com muito cuidado.

* * *

Enfim a veterinária apareceu. Não era bem o que Jacob estava esperando, ou torcendo para que fosse: uma figura de avô gentil e gentio. Para começo de conversa, era *mulher*. Na experiência de Jacob, veterinários eram como pilotos de avião: quase sempre homens, grisalhos (ou perto disso), transmitindo calma. A dra. Shelling parecia jovem o suficiente para pagar um drinque a Jacob — não que essa oportunidade fosse surgir algum dia — e estava com tudo em cima, com tudo firme, e usava o que parecia um jaleco acinturado.

— Qual o motivo da consulta? — ela quis saber, folheando o prontuário de Argos.

Será que Max enxergou a mesma coisa que Jacob? Será que tinha idade suficiente para prestar atenção? Para ficar sem graça?

— Ele anda com uns problemas — Jacob explicou —, que devem ser normais num cachorro dessa idade: incontinência, umas coisas nas juntas. Nosso veterinário anterior, o dr. Hazel, da Animal Kind, prescreveu Rimadyl e Cosequin e disse que a gente poderia pensar em ajustar a dose se ele não melhorasse. Como ele não melhorou, a gente dobrou a dose e passou também a dar um comprimido pra demência, mas não aconteceu nada. Aí resolvemos procurar uma segunda opinião.

— Certo — ela respondeu, baixando a prancheta. — E este cachorro tem nome?

— Argos — disse Max.

— Ótimo nome — ela disse, se apoiando sobre um dos joelhos.

Segurou os lados do rosto de Argos e olhou nos olhos do cachorro enquanto acariciava sua cabeça.

— Ele está sentindo dor — disse Max.

— É um desconforto ocasional — Jacob esclareceu. — Mas não é constante, e não é dor.

— Você está sentindo dor? — a dra. Shelling perguntou a Argos.

— Ele chora quando se levanta e quando se deita — disse Max.

— Isso não é bom.

— Mas também chora quando a gente assiste a um filme e não deixa muita pipoca cair no chão — disse Jacob. — Ele chora por tudo.

— Vocês se lembram de outras situações em que ele reclama de desconforto?

— A maior parte dos ganidos do Argos são por causa de comida ou pra sair de casa e passear. Mas isso não é dor, nem mesmo desconforto. É só vontade.

— Ele chora quando você e a minha mãe brigam.

— Aí é a sua mãe choramingando — disse Jacob, tentando aliviar a vergonha que sentia na frente da veterinária.

— Ele passeia todo dia? — ela quis saber. — Ele não deveria ter que chorar pra passear.

— Ele passeia bastante — Jacob respondeu.

— Três vezes — disse Max.

— Um cachorro da idade do Argos precisa de cinco passeios. No mínimo.

— Cinco passeios por dia? — perguntou Jacob.

— E a dor que vocês notaram tem acontecido faz quanto tempo?

— Desconforto — corrigiu Jacob. — *Dor* é uma palavra forte demais.

— Faz muito tempo — disse Max.

— Não faz tanto tempo. Meio ano, talvez?

— Piorou faz meio ano — disse Max —, mas ele choraminga desde que o Benjy tinha três anos.

— Igualzinho ao Benjy.

A veterinária olhou nos olhos de Argos por mais alguns momentos, agora em silêncio. Jacob sentiu vontade de ser olhado daquele jeito.

— Certo — ela disse. — Vamos tirar a temperatura, ver os sinais vitais, e se eu achar necessário, podemos fazer uns exames de sangue.

Ela tirou um termômetro de uma garrafa de vidro no balcão, aplicou um pouco de lubrificante e se posicionou atrás de Argos. Será que Jacob ficou empolgado? Será que Jacob ficou deprimido? Ficou deprimido. Mas por quê? Por causa do estoicismo de Argos sempre que aquilo acontecia? De como aquilo o fazia se lembrar da própria relutância, ou incapacidade, em demonstrar desconforto? Não, tinha a ver com a veterinária — sua beleza cheia de juventude (ela parecia estar envelhecendo ao contrário ao longo da consulta) e, mais do que isso, seus cuidados carinhosos. Ela inspirou fantasias em Jacob, mas sem nenhuma relação com sexo. Nem mesmo com supositórios. Jacob imaginou a dra. Scheeling encostando um estetoscópio em seu coração; os dedos dela explorando gentilmente seus gânglios do pescoço; como ela estenderia e dobraria seus braços e pernas, tentando detectar a diferença entre desconforto e dor com a proximidade, o silêncio e o cuidado de alguém tentando descobrir o segredo de um cofre.

Max ficou de joelhos, colocou o rosto em frente ao focinho de Argos e disse: — Meu garoto. Olha pra mim. Isso, rapaz.

— Certo — ela disse, retirando o termômetro. — Um pouco alta, mas dentro da média saudável.

Em seguida ela passou as mãos pelo corpo de Argos, examinando a parte interna das orelhas, afastando os lábios para conferir dentes e gengivas, pressionando a barriga de Argos, girando sua coxa até ele soltar um ganido.

— Sensibilidade naquela pata.

— Ele fez cirurgia de substituição dos quadris — Max informou.

— Substituição total?

Jacob encolheu os ombros.

— O esquerdo foi uma osteotomia da cabeça femoral — disse Max.

— Uma decisão peculiar.

— Pois é — Max continuou —, o Argos estava no limite de peso, e o veterinário achou que podia poupar o bichinho de uma substituição total. Mas foi um erro.

— Parece que você estava prestando bastante atenção em tudo.

— É o meu cachorro — disse Max.

— Certo — ela disse —, ele obviamente tem uma sensibilidade. Talvez um pouco de artrite.

— Ele tem feito cocô pela casa há mais ou menos um ano — disse Max.

— Não faz um ano — corrigiu Jacob.

— Não lembra da festa do pijama do Sam?

— Sim, mas aquilo foi extraordinário. Só virou um problema recorrente meses depois daquilo.

— E ele também anda urinando pela casa?

— Na maioria das vezes, apenas defecando — disse Jacob —; nos últimos tempos, um pouco de xixi.

— Ele ainda se agacha pra fazer cocô? Muitas vezes é um problema de artrite, e não intestinal ou retal; o cachorro não consegue mais ficar na posição certa e acaba fazendo cocô enquanto anda.

— Ele faz cocô andando várias vezes — disse Jacob.

— Mas às vezes faz cocô na cama dele — disse Max.

— Como se não percebesse que está fazendo cocô — a veterinária sugeriu. — Ou como se simplesmente não conseguisse controlar.

— Isso — disse Max. — Não sei se os cachorros ficam com vergonha, ou tristes, mas sei lá.

Jacob recebeu uma mensagem de Julia: *chegamos no hotel.*

— A gente nunca vai saber — disse a veterinária —, mas com certeza não parece agradável.

Só isso?, pensou Jacob. *Chegamos no hotel?* Como se fosse uma mensagem para um colega que ela apenas tolera, ou a mínima comunicação necessária para satisfazer uma obrigação legal. E então pensou: *por que ela sempre me dá* tão pouco? E esse pensamento o surpreendeu, não apenas por causa da enxurrada de raiva que o acompanhou, mas por ter surgido sem esforço — e com aquela palavra, *sempre* —, apesar de ele nunca ter conscientemente pensado aquilo antes. *Por que ela sempre me dá tão pouco?* Tão pouco benefício da dúvida. Elogios tão raros. Quase nenhuma valorização. Quando tinha sido a última vez em que ela não segurou o riso ao ouvir uma de suas piadas? Quando tinha sido a última vez em que ela pediu para ler alguma coisa que ele estava escrevendo? Quando tinha sido a última vez em que ela tomou a iniciativa de transar? Difícil viver à custa de tão pouco. Jacob tinha se comportado mal, mas somente após uma década de feridas causadas por flechas rombudas demais para fazer o serviço completo.

Jacob costumava pensar naquela performance de Andy Goldsworthy em que o artista se deitava no chão no início de uma tempestade e ficava ali até ela passar. Ao se levantar, deixava uma silhueta seca. Como o contorno de giz de uma vítima. Como o círculo sem furos na porta, bem onde ficava o alvo dos dardos.

— Ele ainda se diverte no parque — disse Jacob para a veterinária.

— Como assim?

— Só estava dizendo que ele ainda se diverte no parque.

E com esse aparente *non sequitur* a conversa deu um giro de 180 graus, de forma que o outro lado ficou exposto.

— Às vezes ele se diverte — disse Max. — Mas quase sempre ele só fica deitado. E ele tem muita dificuldade com as escadas lá em casa.

— Dia desses ele correu.

— E depois ficou três dias mancando.

— Olha — disse Jacob —, a qualidade de vida do Argos está diminuindo, é claro. Ele não é mais o mesmo, é claro. Mas ele tem uma vida que vale a pena ser vivida.

— Quem disse?

— Os cachorros não querem morrer.
— O biso quer.
— Opa, peraí. O que foi que você disse?
— O biso quer morrer — Max afirmou, sem rodeios.
— O biso não é um cachorro. — A completa estranheza daquele comentário começou a subir pelas paredes da sala. Jacob tentou remediar com uma emenda óbvia: — E ele não quer morrer.
— Quem disse?
— Vocês precisam de um tempo? — perguntou a veterinária, cruzando os braços e dando um passo comprido para trás, em direção à porta.
— O biso tem esperanças no futuro — disse Jacob. — Como viver pra ver o bar-mitzvá do Sam. E ele tem prazer com as próprias lembranças.
— Que nem o Argos.
— Você acha que o Argos está louco para ver o bar-mitzvá do Sam?
— Ninguém tá louco pra ver o bar-mitzvá do Sam.
— O biso está.
— Quem disse?
— Um cachorro aproveita a vida de muitas formas sutis — disse a veterinária. — Ficar deitado onde bate sol. Um pedacinho ocasional de comida humana gostosa. É difícil dizer o quanto a experiência mental deles vai além disso. A gente só pode especular.
— Pro Argos é como se a gente tivesse se esquecido dele — disse Max, deixando clara qual era sua especulação.
— Esquecido dele?
— Igualzinho ao biso.
Jacob sorriu para a veterinária, encabulado, e disse: — Quem disse que o biso se sente esquecido?
— Ele.
— Quando?
— Quando a gente conversa.
— E quando isso acontece?
— Quando a gente fala pelo Skype.
— Ele não estava falando sério.
— Então como você sabe que o Argos está falando sério quando chora?
— Um cachorro só consegue falar sério.
— Fala pra ele — Max pediu à veterinária.
— Falar o quê?
— Fala que o Argos vai ter que ser sacrificado.

— Ah. Mas quem precisa falar isso não sou eu. É uma decisão muito pessoal.

— Tá, mas se você achasse que ele não precisa ser sacrificado, teria falado que ele não precisa ser sacrificado.

— Ele corre no parque, Max. Ele assiste a filmes no sofá.

— Fala pra ele — Max pediu à veterinária.

— Meu trabalho como veterinária é cuidar do Argos, ajudá-lo a ficar saudável. Não posso tomar decisões sobre o fim da vida dele.

— Ou seja, em outras palavras, você concorda comigo.

— Não foi isso que ela disse, Max.

— Eu não disse isso.

— Você acha que o meu bisavô precisa ser sacrificado?

— Não — disse a veterinária, se arrependendo na mesma hora do crédito que emprestou à pergunta ao responder.

— Fala pra ele.

— Falar o quê?

— Fala que você acha que o Argos precisa ser sacrificado.

— Isso não sou eu quem decide.

— Viu? — Max disse para o pai.

— Você está se dando conta de que o Argos está aqui com a gente, Max?

— Ele não entende.

— Claro que entende.

— Então, peraí. Você acha que o Argos entende, mas o biso não?

— O biso entende.

— Ah, é?

— Sim.

— Então você é um monstro.

— *Max*.

— *Fala pra ele*.

Argos vomitou uma dúzia de McNuggets perfeitamente intactos nos pés da veterinária.

— Como eles conseguem manter o vidro limpo? — Jacob tinha perguntado ao pai três décadas antes.

Irv olhou confuso para o filho e respondeu: — Limpa-vidro.

— Estou falando do *outro* lado. Não dá pra andar ali dentro. Estragariam tudo que está no chão.

— Mas se ninguém nunca entra, sempre fica limpo.

— Não fica não — disse Jacob. — Lembra quando a gente voltou de Israel e a casa inteira estava suja? Mesmo depois de ter ficado vazia por três semanas? Lembra que a gente escreveu nossos nomes em hebraico na poeira das janelas?
— Uma casa não é um ambiente fechado.
— É sim.
— Não tão fechado quanto um diorama.
— É sim.

A única coisa que Irv gostava mais do que ensinar Jacob era ser desafiado por ele: o indício de que um dia seria ultrapassado pelo filho.

— Talvez por isso eles deixam essa parte do vidro virada pro outro lado — ele disse, sorrindo, mas escondendo os dedos nos cabelos do filho, que com o tempo os cobriria.
— Acho que vidro não é assim.
— Não?
— Não dá pra esconder o outro lado.
— E animais são assim?
— Assim como?
— Olha pro focinho desse bisão.
— Hein?
— Olha bem.

AINDA NÃO

Sam e Billie se sentaram no fundo do ônibus, várias fileiras atrás dos outros.
— Quero mostrar uma coisa — ela disse.
— Tá.
— No seu iPad.
— Deixei em casa.
— Sério?
— Minha mãe me obrigou — disse Sam, se arrependendo por não ter dado uma explicação menos infantilizante.
— Ela leu um artigo contra iPads ou algo assim?
— Quer que eu "esteja presente" na viagem.
— O que gasta quarenta litros de gasolina, mas não se mexe?
— Não sei.
— Um monge budista.
Sam riu, sem entender.
— Viu aquele do jacaré que morde uma enguia elétrica? — ela quis saber.
— Sim, que coisa demente aquilo.
Billie pegou o tablet genérico, mais patético do que um adulto andando de patinete, que ganhara dos pais de Natal, e começou a digitar. — Viu o cara da previsão do tempo que ficou de pau duro?
Assistiram juntos e riram.
— A melhor parte é quando ele diz "Aqui temos uma zona de calor".
Ela carregou outro vídeo e disse: — Olha esse porquinho-da-índia com sífilis.
— Acho que é um hamster.
— Você está confundindo as feridas genitais com as calças.

— Odeio falar que nem o meu pai, mas não é louco que a gente tenha acesso a essas merdas?

— Não é louco. O mundo é assim.

— Bem, então o mundo não é louco?

— Por definição, não tem como. Só gente pode ser louca.

— Adoro demais o jeito que você pensa.

— Adorei demais ouvir isso de você.

— Não tô falando por falar, é verdade mesmo.

— E outra coisa que eu adoro demais é que você não dá conta de falar aquela palavrinha que rima com dor, porque não quer que eu pense que você está dizendo outra coisa.

— Hein?

— Adoro, adoro, *adoro* demais.

Ele a amava.

Ela colocou o tablet em coma e disse: — *Emet hi hasheker hatov beyoter.*

— Que é isso?

— Hebraico.

— Você fala hebraico?

— Como Franz Rosenzweig respondeu quando perguntaram se ele era religioso: "Ainda não." Mas pensei que um de nós dois deveria aprender um pouquinho, em respeito ao seu bar-mitzvá.

— Franz *quem*? E peraí, o que isso quer dizer?

— A verdade é a mentira mais segura.

— Ah. Bom: *Anata wa subete o rikai shite iru baai wa, gokai suru hitsuyo ga arimasu.*

— E o que *isso* quer dizer?

— "Se você entende tudo, deve estar mal-informado." É japonês, acho. Era a epígrafe de *Call of Duty: Black Ops*.

— Eu tenho aula de japonês toda quinta. Só não tinha entendido seu jeito de falar.

Sam queria mostrar para Billie a nova sinagoga que estava construindo havia duas semanas. Tinha dúvidas se aquilo era a melhor tradução do que ele tinha de melhor, e tinha dúvidas se Billie gostaria da sinagoga.

O ônibus parou no Washington Hilton — o hotel onde, em tese, aconteceria a festa de bar-mitzvá de Sam duas semanas mais tarde, se conseguissem arrancar dele um pedido de desculpas — e as crianças desceram e se espalharam. Havia uma faixa enorme no saguão: BEM-VINDOS, SIMULAÇÃO ONU 2016. Algumas dezenas de malas e sacolas de viagem estavam empilhadas num canto, quase todas contendo alguma coisa que não deveria estar ali. Enquanto Mark se descabelava para conseguir fazer a contagem das crianças, Sam chamou a mãe para uma conversa particular.

— Não faz fiasco na frente de ninguém, tá bom?
— Como assim?
— Só isso. Não faz fiasco.
— Está com medo de que eu deixe você constrangido?
— Sim. Você que me fez falar.
— Sam, essa viagem vai ser chocante...
— Não fala *chocante*.
— ... e eu não tenho a menor intenção de ficar sendo careta.
— Nem *careta*.

Mark fez sinal de positivo para Julia, que se dirigiu ao grupo: — Todo mundo prestando atenção?

Todo mundo ignorou.

— Pesso-a-aaal!
— Não fala assim — Sam sussurrou sem ninguém ouvir.

Mark rugiu com um barítono que chegou a sacudir pulseirinhas: — Boca fechada, olhando pra cá, *agora*!

Os jovens ficaram em silêncio.

— Legal — disse Julia. — Bom, como acho que vocês sabem, eu sou a mãe do Sam. Ele me pediu pra não fazer fiasco, então vou falar só o básico. Primeiro, quero que saibam que tô animada à beça de estar aqui com vocês.

Sam fechou os olhos, se forçando a desaprender a permanência de objeto.

— Vai ser uma experiência interessante, desafiadora e muito *irada*.

Julia viu os olhos fechados de Sam, sem entender o que tinha feito.

— Certo... só um pouco de organização antes de dar as chaves dos quartos de vocês, que eu acho que são cartões e não chaves, mas vamos chamar de chaves. Vocês vão notar que eu sou bem de boa. Mas ser de boa é uma coisa que precisa ser recíproca. Sei que a galera veio se divertir, mas não esqueçam que vocês também estão representando o Colégio Georgetown, isso sem contar nossa nação arquipélago, os Estados Federados da Micronésia!

Julia esperou pelos aplausos. Ou por qualquer coisa. Billie preencheu o silêncio batendo palmas uma única vez, e com isso passou a segurar a batata quente do constrangimento.

Julia continuou: — Então, sei que nem precisava dizer isso, mas sobre o uso de drogas recreativas: nem pensar.

Sam perdeu o controle dos músculos do pescoço e a cabeça pendeu para a frente.

— Se você tem receita médica, claro que tudo bem, desde que o medicamento não seja usado recreativamente ou abusado de alguma forma. E tem mais. Sei que a maioria de vocês não tem nem treze anos, mas também gostaria de tocar no assunto relações sexuais.

Sam começou a se afastar. Billie foi atrás.

Mark viu o que estava acontecendo e interferiu: — Acho que a sra. Bloch está querendo dizer o seguinte: não façam nada que não gostariam que a gente contasse pros seus pais. Porque *vamos* contar pros seus pais, e vocês vão se meter numa merda das grandes. Entendido?

Os alunos assentiram coletivamente.

— Kurt Cobain se matou por causa da minha mãe — Sam cochichou para Billie.

— Dá uma folga pra ela.

— Por quê?

Mark começou a distribuir os cartões dos quartos e orientou: — Levem as coisas pros quartos, desfaçam as malas, não liguem a TV e não cheguem nem perto do frigobar. A gente vai se encontrar no meu quarto, o onze vinte e quatro, às duas da tarde. Se você tem um aparelhinho qualquer, registre: onze vinte e quatro, às duas. Se você não tem um aparelhinho, experimente usar o cérebro. Como vocês são jovens inteligentes e motivados, vão usar esse tempo para revisar os textos de posicionamento e ficarem afiados para a sessão desta tarde. Vocês têm meu número de celular e podem me ligar se, e somente se, acontecer alguma coisa. Saibam que eu sou onisciente. Isso significa que, mesmo que eu não esteja fisicamente presente, vejo e ouço tudo. Tchau.

Os alunos pegaram os cartões e se dispersaram.

— E para você — disse Mark, estendendo o cartão para Julia.

— Suíte presidencial, certo?

— Certíssima. Mas de presidente da Micronésia.

— Obrigada por me salvar naquela hora.

— Obrigada por me transformar em ícone descolado.

Julia riu.

— Quer tomar alguma coisa? — ele perguntou.

— Sério? Estamos falando de *drinques*?

— De relaxantes bebíveis. Isso mesmo.

— Preciso falar com os pais do Jacob. O Benjy foi passar o fim de semana com eles.

— Que fofo.
— Sim, isso até ele voltar um Meir Kahane em incubação.
— Hein?
— Era um direitista maluco que...
— Você precisa *mesmo* de um drinque.

E então, de repente, não havia mais nenhuma logística a ser ajustada, nenhuma conversa sobre amenidades para ganhar tempo, apenas a sombra crescente da conversa que tiveram no showroom de ferragens sob medida, além de tudo que Julia sabia, mas guardaria para si.

— Vá dar o seu telefonema.
— Só cinco minutinhos.
— O que tiver de ser, será. Manda uma mensagem quando estiver pronta, a gente se encontra no bar. Tempo não falta.
— Não está muito cedo pra beber?
— Neste milênio?
— Neste dia.
— Na sua vida?
— Neste *dia*, Mark. Você já está embriagado de solteirice.
— Uma pessoa sob efeito de álcool não comentaria que solteiro é uma pessoa que nunca se casou.
— Então você está embriagado de liberdade.
— Você quis dizer solidão?
— Estava imaginando o que você iria dizer.
— Estou embriagado da minha nova sobriedade.

Julia se considerava dotada de uma astúcia incomum quanto às motivações dos outros, mas não estava conseguindo entender o que Mark estava fazendo. Flertando com uma pessoa por quem sentia atração? Motivando uma pessoa de quem sentia pena? Tendo uma conversa inocente? E o que *ela* estava fazendo? Qualquer culpa que pudesse sentir por flertar já tinha se tornado uma lembrança tão distante que mais pareceria uma ilusão. No fundo, gostaria que Jacob estivesse por ali para ver aquilo.

No passado os dois tinham as próprias linhas de comunicação, jeitos de trocar mensagens clandestinas: soletrando na frente das crianças quando eram pequenas; sussurrando na frente do Isaac; escrevendo bilhetes um para o outro sobre algum telefonema em andamento; gestos e expressões faciais desenvolvidos ao longo dos anos, como quando, no escritório do rabino Singer, Julia tocou na própria testa com dois dedos, balançou a cabeça devagar e abriu as ventas, o que queria dizer: *Deixa pra lá*. Encontravam maneiras de chegar ao outro, contornando qualquer obstáculo. Mas precisavam do obstáculo.

A mente de Julia deu um salto: Jacob tinha obrigado Sam a ouvir um *podcast* sobre pássaros mensageiros na Primeira Guerra Mundial, e isso havia despertado a imaginação do menino — ele pediu um pombo-correio como presente de aniversário de onze anos. Encantada com a originalidade do pedido e, como sempre, interessada em não somente fazer qualquer coisa pelos filhos, mas também em ser vista como alguém que faz qualquer coisa pelos filhos, Julia o levou a sério.

— São ótimos bichos pra se ter dentro de casa — ele prometeu. — Tem um...

— Dentro de casa?

— Sim. Precisa ter uma gaiola grande, mas...

— E o Argos?

— Com um pouco de adestramento...

— Ótima palavra.

— *Mãe*, para. Com um pouco de adestramento, tenho certeza de que os dois ficariam amigos. E depois...

— E o cocô?

— Eles usam calças de pombo. É tipo uma fralda. Tem de trocar de três em três horas.

— Nem dá trabalho.

— Posso cuidar disso.

— Você passa mais de três horas na escola.

— Mãe, seria *tão legal* — ele implorou, balançando os braços de um modo que já tinha feito Jacob se perguntar se ele não teria uma pitadinha de Asperger. — A gente pode levar ele pro parque, ou pra escola, ou pra casa do *omi* e da *opi*, ou sei lá, colocar uma mensagem na coleira, e ele voltaria direto pra casa com ela.

— Posso perguntar o que isso tem de tão divertido?

— Sério?

— Quero ouvir com suas próprias palavras.

— Se não ficou óbvio, não sei explicar.

— E não é difícil adestrar?

— É superfácil. É só dar uma casinha legal que eles sempre vão querer voltar.

— E como é uma casinha legal?

— Espaçosa, cheia de luz e com a grade bem estreitinha pra ele não prender a cabeça sem querer.

— Parece legal mesmo.
— E o chão é forrado com torrões de grama, que precisa ser trocada com frequência. E tem também uma banheira, que precisa ser limpa com frequência.
— Certo.
— E um monte de guloseimas, tipo endívia, frutinhas, triguilho, linhaça, brotos de feijão, ervilhaca.
— Ervilhaca?
— Sei lá, foi o que eu li.
— E qual o tamanho dessa gaiola?
— Dois por três seria ótimo.
— Dois por três *o quê*?
— Metros. Dois metros de largura e de comprimento, três metros de altura.
— E onde a gente colocaria uma gaiola tão espaçosa?
— No meu quarto.
— A gente teria de aumentar o pé-direito.
— E dá pra fazer isso?
— Não.
— Então dá pra ser menos alta e mesmo assim legal.
— E se ele não gostar da casinha?
— Ele vai gostar.
— Mas e se ele não gostar?
— Mãe, mas ele *vai* gostar, porque vou fazer tudo que precisa ser feito pra criar uma casinha legal que ele vai amar.
— É só uma hipótese.
— *Mãe*.
— Não posso especular?
— Aí eu acho que ele não volta mais. Tá bom? Ele sai voando e não para mais.

Levou apenas uma semana para Sam se esquecer da existência dos pombos-correio — descobriu a existência de arminhas Nerf —, mas Julia nunca se esqueceu do que ele disse: *Ele sai voando e não para mais*.

— Bem, por que não? — ela disse a Mark, com vontade de ter uma superfície em que pudesse bater os nós dos dedos. — Vamos tomar um drinque.
— Um só?
— Tem razão — ela admitiu, alisando a parte inferior da asa antes de um voo que revelaria o nível de conforto da sua gaiola. — Já deve ser tarde demais pra isso.

A OUTRA VIDA DE OUTRA PESSOA

Fazia mais de oito horas que tinham voltado para casa em silêncio depois do consultório da veterinária, quatrocentos e noventa minutos se evitando dentro de casa. Havia ingredientes, mas como faltava disposição, Jacob colocou burritos no micro-ondas. Arrumou uma dezena de minicenouras que não corriam o menor risco de serem comidas, e uma porção generosa de *homus* para que Julia, ao voltar para casa, percebesse que o nível na vasilha tinha baixado. Levou a comida até o quarto de Max, bateu na porta e entrou.

— Não falei que você podia entrar.
— Não pedi permissão. Só dei tempo pra você tirar o dedo do nariz.
Max pôs o dedo no nariz. Jacob pôs o prato na escrivaninha.
— O que tá pegando?
— Não tá pegando nada — disse Max, virando o iPad com a tela para baixo.
— Sério, o quê?
— Sério, nada.
— É um pornô? Está comprando coisas com o meu cartão?
— Não.
— Pesquisando receitas caseiras de eutanásia?
— Não tem graça.
— Então o quê?
— *Other Life*.
— Nem sabia que você jogava.
— Ninguém *joga*.
— Certo. Nem sabia que você *entrava* no *Other Life*.
— Na verdade, nem entro mesmo. O Sam não deixa.

— Mas hoje ele não está por perto.
— Pois é.
— Não vou dedurar você.
— Obrigado.
— Qual é a desse negócio, hein? É um jogo?
— Não é um jogo.
— Não?
— É uma comunidade.
— Bem, *isso* eu não sei — disse Jacob, sem resistir a usar seu tom de voz mais condescendente.
— É — disse Max. — Não sabe mesmo.
— Mas não é tipo, no meu entender, pelo menos, um monte de gente que paga uma mensalidade pra se juntar e explorarem juntos, sei lá, uma *paisagem imaginária*?
— Não, não é igual à sinagoga.
— Boa.
— Obrigado pela comida. Até mais.
— Seja lá o que for — disse Jacob, tentando mais uma vez —, parece legal. Pelo que eu consegui ver. De longe.

Max tapou seu orifício de discurso com um burrito.

— Sério — disse Jacob, chegando mais perto. — Eu tenho curiosidade. Sei que o Sam joga, quer dizer, *entra* nisso o tempo todo, e eu queria saber como é.
— Você não ia entender.
— Deixa eu tentar.
— Você não ia entender.
— Lembra que eu ganhei um Prêmio Nacional do Livro Judaico aos vinte e quatro anos de idade?

Max virou a tela do iPad para cima, deslizou o dedo por ela para que ligasse e disse: — Agora estou recrutando valências de trabalho para subir de ressonância. Depois posso trocar por um pouco de estofamento psíquico e...

— *Estofamento psíquico?*
— Será que o ganhador do *verdadeiro* Prêmio Nacional do Livro precisaria perguntar uma coisa dessas?
— E esse é você? — Jacob quis saber, tocando em uma criatura de aparência élfica.
— Não. E não encosta na tela.

— Qual desses é você?
— Nenhum deles sou eu.
— Qual é o Sam?
— Nenhum.
— Quem é a pessoa do Sam?
— O avatar dele?
— Isso.
— Ali, ó. Do lado da máquina de vender salgadinhos.
— Hein? Aquela menina morena?
— É uma latina.
— Por que o Sam é uma latina?
— Por que você é um homem branco?
— Porque eu não tive escolha.
— Bem, ele teve.
— Posso dar uma volta com ela?

Max odiava sentir a mão do pai em seu ombro. Era repulsivo — uma experiência que ocupava mais ou menos o centro de um espectro cujos extremos eram, de um lado, ovo com gema mole, e do outro, trinta mil pessoas exigindo uma beijoca quando ele e sua mãe se viram aprisionados no telão Jumbotron do estádio dos Nationals.

— Não — respondeu, encolhendo os ombros para se livrar daquilo.
— Não pode.
— Qual a pior coisa que poderia acontecer?
— Matar ela.
— Óbvio que não vou matar ninguém. Mas mesmo que *matasse*, o que eu não vou fazer, não dá pra só colocar mais umas moedinhas e continuar?
— O Sam levou quatro meses pra desenvolver o conjunto de habilidades dela, o inventário de armamentos e os recursos psíquicos.
— E eu levei quarenta e dois anos.
— E por isso mesmo você não deveria deixar ninguém assumir o controle.
— Maxy...
— *Max* serve.
— Max. A pessoa que deu a vida a você está implorando.
— Não.
— Ordeno que me deixe compartilhar da comunidade de Sam.
Max deu um suspiro longo e dramático.
— Dois minutos — disse. — E só pode andar a esmo.

— Andar a Esmo é meu nome de guerra.

Com muita relutância, Max entregou o iPad a Jacob.

— Para andar, você desliza o polegar na direção que quiser seguir. Pra pegar alguma coisa...

— O polegar é o que tem a ponta atarracada, né?

Max não respondeu.

— Tô *brincando*, cara.

— Presta atenção.

Quando Jacob era criança, os jogos tinham só um botão. Eram simples e divertidos, e ninguém achava que tinha alguma coisa faltando. Ninguém sentia necessidade de se agachar, de girar nos calcanhares, de trocar de armas. Você tinha uma arma, atirava nos bandidos, dizia "toca aqui" para os amigos. Jacob não queria ter tantas opções — quanto mais controles estavam disponíveis, menos controle ele sentia ter.

— Você é meio horrível nisso — Max comentou.

— Talvez esse jogo seja horrível.

— Não é um jogo, e rendeu mais dinheiro em um único dia do que todos os livros publicados nos Estados Unidos naquele mesmo ano. Juntos.

— Tenho certeza de que isso não é verdade.

— Tenho certeza de que é, porque escreveram um artigo a respeito.

— Onde?

— Na seção de artes.

— Na seção de *artes*? Desde quando você lê a seção de artes, e desde quando videogames viraram arte?

— Não é um game.

— E mesmo que tenha rendido esse dinheiro todo — disse Jacob, começando a escalar o próprio pedestal —, e daí? Isso é uma medida do quê?

— De quanto dinheiro ele rendeu.

— Que é uma medida do quê?

— Sei lá, da importância?

— Sei que você sabe que existe uma diferença entre *prevalência* e *importância*.

— Tenho certeza de que você sabe que eu faço ideia do significado de *prevalência*.

— Em termos de importância cultural, Kanye West não é maior que...

— É sim.

— ... que Philip Roth.

— Pra começo de conversa, eu nunca nem ouvi falar dessa pessoa. Em segundo lugar, pra você o Kanye pode não valer nada, mas eu tenho certeza de que pro mundo ele é muito mais importante do que esse outro cara.

Jacob se lembrou da época em que Max estava obcecado por valores relativos — *Você prefere uma mão cheia de diamantes ou uma casa cheia de prata?* Por um momento, que sumiu tão rápido quanto apareceu, ele enxergou o Max mais novinho.

— Acho que a gente vê as coisas de forma diferente — disse Jacob.

— Sim — Max concordou. — Eu vejo as coisas do jeito certo. Você não. Taí uma diferença. Quantas pessoas por semana assistem a sua série de TV?

— A série não é minha.

— A série que você escreve.

— Não é uma pergunta tão simples. Tem gente que assiste quando está passando, tem gente que assiste às reprises, tem gente que grava...

— Alguns milhões?

— Quatro.

— Setenta milhões de pessoas estão no *Other Life*. E elas tiveram que *comprar*, não apenas ligar a TV quando estavam sem vontade de ficar com os filhos ou se agarrar com a esposa.

— Quantos anos você tem?

— Onze, basicamente.

— Quando eu tinha a sua idade...

Max apontou para a tela.

— Pai, presta atenção no que está fazendo.

— Eu tô prestando atenção.

— Só não...

— Tudo sob controle.

— Pai...

— Tá, tá, tá — disse Jacob, e então olhou do iPad para Max. — Parece o barulho de uma máquina de escrever.

— Pai!

— Parece que você herdou mesmo o talento da sua mãe pra se preocupar demais.

E então se ouviu um som que Max nunca tinha escutado — um híbrido entre pneus cantando e o guincho do animal moribundo que tinha acabado de ser esmagado por ele.

— Puta merda! — gritou Max.
— Que foi?
— *Puta* merda!
— Peraí, esse sangue é meu?
— Esse sangue é do *Sam*. Você matou ele!
— Não matei não. Só cheirei umas flores.
— Você aspirou um Buquê da Fatalidade!
— Por que existiria um *buquê da fatalidade*?
— Pra idiotas morrerem de um jeito bem estúpido!
— *Calma*, Max. Não foi intencional.
— E daí que não foi intencional?
— E com todo o respeito...
— Ah, bosta, bosta, bosta!
— ... é só um jogo.

Jacob não deveria ter dito aquilo. Isso ficou bem claro.

— Com todo o respeito — disse Max, com uma compostura assustadora —, vai se foder.

— O que foi que você disse?

— Eu disse – Max não conseguia encarar o pai, mas não teve nenhuma dificuldade em repetir – *vai se foder*.

— *Nunca mais* fale assim comigo.

— Pena que não herdei o talento da minha mãe pra engolir merda.

— O que você está querendo dizer?

— Nada.

— Não parece.

— Nada, *tá bom*?

— Não, *não* tá bom. Sua mãe faz várias coisas, mas engolir merda não é uma delas. E sim, eu sei que você não estava sendo literal.

Será que Max tinha ouvido as brigas? O vidro quebrado? Ou será que só estava testando as águas, vendo que tipo de resposta conseguia provocar? Que tipo de resposta ele queria? E que resposta Jacob estava preparado para dar?

Jacob começou a sair do quarto com passos pesados, até que se virou e disse: — Quando você estiver pronto para pedir desculpas, eu vou...

— Eu estou *morto* — Max respondeu. — Mortos não pedem desculpas.

— Você não está *morto*, Max. No mundo existem pessoas mortas *de verdade*, e você não é uma delas. Você está chateado. Chateado e morto são duas coisas diferentes.

O telefone tocou — uma reprimenda. Jacob torceu para que fosse Julia; quando estava fora, ela sempre ligava perto do horário de as crianças dormirem.
— Alô?
— Oi.
— Benjy?
— Oi, pai.
— Tudo bem?
— Sim.
— Está bem tarde.
— Tô de pijama.
— Precisa de alguma coisa, carinha?
— Não. E você?
— Tô legal.
— Você só queria dar um oi antes de dormir?
— *Você* ligou pra *mim*.
— Eu queria falar com o Max.
— Agora? No telefone?
— Sim.
— O Benjy quer falar com você — disse Jacob, dando o celular para Max.
— Será que a gente pode ter um pouco de privacidade? — Max pediu.

O absurdo daquela situação, sua agonia e sua beleza quase fizeram Jacob cair de joelhos: aquelas duas consciências independentes, nenhuma das quais existia dez anos e meio atrás e que tinham passado a existir por causa dele, agora conseguiam não apenas operar sem ele (disso Jacob já sabia havia tempos), mas também exigir liberdade.

Jacob pegou o iPad e deixou os filhos conversarem. Enquanto mexia na tela, sem querer maximizou a janela por trás do *Other Life*. Era um fórum de discussão, com o cabeçalho "Eutanásia de cachorros sem sofrimento: dá para fazer em casa?". O primeiro comentário em que Jacob bateu o olho dizia: "Tive o mesmo problema, mas com um cachorro adulto. É tão triste. Minha mãe levou o Charlie pro nosso amigo, um fazendeiro vizinho, que disse que poderia dar um tiro nele. Foi bem mais fácil pra gente. Ele levou o cachorro pra passear, conversou com ele e atirou enquanto estavam conversando."

A EMERGÊNCIA ARTIFICIAL

Em vez de telefonar para ter notícias do Benjy, que sem dúvida nenhuma estava muito bem, Julia ajeitou o cabelo, esticou as rugas, arrumou a blusa, examinou a maquiagem, encolheu a barriga, apertou os olhos. Mandou uma mensagem para Mark, apenas para dar um ponto final na própria falta de amor-próprio: *filho vivo confirmado. to pronta. quando vc quiser.* Quando chegou ao bar do hotel, Mark já estava em uma mesa.

— Amplas acomodações? — ele perguntou enquanto Julia se sentava diante dele.

— Um quarto inteirinho pra mim? Até um *forno* pareceria espaçoso.

— Parece que você nasceu setenta e cinco anos mais tarde do que deveria. — E depois, forçando uma careta: — Mau gosto?

— Vamos ver. Meu sogro diria que não tem nada de errado com sua piada, desde que tenha sido contada por alguém sem nenhuma célula de sangue gói. Jacob discordaria. E aí eles inverteriam as coisas e brigariam com o dobro de afinco.

O garçom se aproximou.

— Duas taças de vinho branco? — Mark sugeriu.

— Acho ótimo — Julia respondeu. — Você também vai querer uma?

Mark riu e levantou dois dedos.

— Como é o Irv? Parece que ele já jogou muita merda no ventilador.

— Ele é um atirador de merda profissional. Mas prefere isso a ser ignorado.

— Ser odiado por todos?

— Falar sobre ele é exatamente o que o Irv gostaria que a gente fizesse agora. Não vamos dar essa satisfação a ele.

— Sigamos em frente.
— Como vão as coisas?
— O quê? O divórcio?
— O divórcio, seu monólogo interior redescoberto, a coisa toda.
— É um processo.
— Não foi assim que Cheney descreveu a tortura?
— Sabe aquela velha piada? "Por que divórcios são tão caros?"
— Por quê?
— Porque valem cada centavo.
— Achei que falavam isso de quimioterapia.
— Bem, as duas coisas causam calvície — disse Mark, puxando o cabelo para trás.
— Você não tem entradas.
— Por favor, meu Deus, não diga que meu cabelo está *ralo*.
— Nem *ralo*.
— Está apenas desaparecendo.
— Vocês são todos iguais: experiências infinitas com os pelos faciais, obsessão por entradas que não existem. E ao mesmo tempo não ligam pra pança caindo por cima do cinto.
— Sou um homem muito calvo. Mas a questão nem é essa. A questão é que um divórcio é caríssimo, emocional, logística e financeiramente, mas vale cada centavo gasto. E nenhum centavo a mais.
— Nenhum?
— Não é uma pechincha. É o preço exato.
— Mas você paga com a própria vida, não?
— Melhor escapar do prédio com noventa por cento do corpo queimados do que morrer lá dentro. Mas melhor ainda seria ter saído antes do incêndio.
— É, mas está frio no lado de fora.
— Onde fica a sua casa em chamas? No extremo norte do Canadá?
— Sempre imagino casas pegando fogo no inverno.
— E você? — Mark quis saber. — Quais as novidades na rua Newark?
— Você não é o único a estar em processo.
— O que está acontecendo?
— Nada — ela desconversou, desdobrando o guardanapo.
— Mesmo?
— Hein?
— Nada mesmo? Você não vai contar nada?

— Não tenho mesmo o que contar — ela disse, dobrando o guardanapo.

— Então tá.

— Eu não deveria ficar falando sobre isso.

— Acho que não.

— Mas mesmo que a gente ainda não tenha começado a beber, já estou sentindo uma leve embriaguez psicossomática.

— Parece que isso vai ser bombástico.

— Posso confiar em você, né?

— Acho que depende.

— Sério?

— Só uma pessoa confiável admitiria não ser totalmente confiável.

— Esquece.

— Soneguei imposto de renda do ano passado. Soneguei bastante. Incluí como dedução um escritório que eu nem tenho. Agora você tem como me chantagear, se for preciso.

— Por que você sonegou imposto de renda?

— Porque é uma honra contribuir para o funcionamento da sociedade, mas só até certo ponto. Porque sou um babaca. Porque meu contador é um babaca e me disse que dava pra fazer isso. Sei lá por quê.

— Outro dia eu estava em casa e ouvi um zumbido. Era um celular vibrando no chão.

— Puta merda.

— Hein?

— Nenhuma história que começa com um celular acaba bem.

— Consegui desbloquear e tinha umas mensagens bem pornográficas.

— Textos ou imagens?

— Faz diferença?

— Uma imagem é o que é. Um texto pode ser qualquer coisa.

— Porra escorrendo do cu e sendo lambida. Esse tipo de coisa.

— Imagem?

— Palavras — disse Julia. — Mas se você me perguntar o contexto eu telefono pra Receita Federal.

Os vinhos chegaram e a garçonete saiu às pressas. Julia se perguntou o quanto ela teria ouvido da conversa, se é que tinha ouvido alguma coisa, e o que poderia dizer à *hostess*, e que mulheres jovens e descompromissadas poderiam rir bastante naquela noite à custa da família Bloch.

— Confrontei Jacob e ele disse que era só conversa. Apenas um flerte bastante fogoso.
— Fogoso? Lamber porra escorrendo do cu é Dresden em chamas.
— A coisa é séria.
— E quem estava recebendo as mensagens?
— Uma pessoa do trabalho.
— Não é o Scorsese, né?
— *Essa* foi de mau gosto.
— Agora falando sério, Julia, eu sinto muito. Estou chocado.
— Talvez seja melhor assim. Como você mesmo disse, a porta precisa se abrir para iluminar o quarto escuro.
— Eu não disse isso.
— Não?
— Você acredita nele?
— Em que sentido?
— Ter sido só conversa.
— Acredito.
— E faz diferença pra você?
— Sim, falar e fazer são coisas diferentes.
— Faz muita diferença?
— Não sei.
— Ele traiu você, Julia.
— Ele não me *traiu*.
— Um termo forte demais para transar com outra mulher?
— Ele não transou com outra mulher.
— Claro que transou. E mesmo que não tenha transado, transou. E você sabe disso.
— Não estou desculpando nada, nem minimizando o que ele fez. Mas é diferente.
— Escrever essas coisas pra outra mulher é traição, não tem desculpa. Foi mal, mas não vou deixar você acreditar que não merece alguém melhor.
— Foram só palavras.
— E se você tivesse escrito essas palavras? Como você acha que ele teria reagido?
— Se ele soubesse que estou bebendo com você, teria um ataque epiléptico.
— Por quê?

— Porque ele é inseguro demais.
— Mesmo casado e com três filhos?
— Ele é a quarta criança.
— Não entendo.
— O quê?
— Se fosse apenas insegurança patológica, tudo bem. Tem coisas que a gente não consegue evitar. E se ele só tivesse traído você, até que isso poderia ser superado. Mas as duas coisas? Como você aceita isso?
— Por causa dos meninos. Porque eu tenho quarenta e três anos. Porque eu tenho quase vinte anos de história com ele, quase todos de uma história boa. Porque, apesar de ter cometido um erro estúpido ou perverso, em essência ele é bom. Não tenho dúvidas. Porque eu nunca troquei mensagens eróticas com ninguém, mas já fantasiei e flertei bastante. Porque muitas vezes não sou uma boa esposa, muitas vezes de propósito. Porque eu sou fraca.
— Só a fraqueza é convincente.
Um pensamento se apresentou, uma lembrança: conferindo se as crianças estavam com carrapatos na varanda da casa alugada em Connecticut. Os meninos passavam de um para o outro — conferindo axilas, cabelos, entre os dedos —, Julia e Jacob revisando o trabalho do outro, sempre encontrando os carrapatos que o outro não tinha visto. Ela era boa em remover os bichos inteiros e ele era bom em distrair os meninos com imitações engraçadas da mãe deles fazendo compras no supermercado. Por que aquela lembrança apareceu naquele momento?
— Sobre o que você fantasia? — Mark quis saber.
— Hein?
— Você disse que já fantasiou bastante. Com o quê?
— Sei lá — ela desconversou, tomando um gole. — Falei por falar.
— Eu sei. E estou perguntando por perguntar. Com o que você fantasia?
— Não é na sua conta.
— Não é *na* minha conta?
— *Da*.
— Embriagada de fraqueza?
— Eu não acho você bonito.
— Claro que não.
— Nem charmoso. Apesar de todo o esforço.
— Não é esforço algum ter tão pouco charme.

— Nem gostoso.

Mark tomou um gole longo, secando a metade restante da taça, e disse: — Termina com ele.

— Não vou *terminar* com ele.

— Por que não?

— Porque desistir do casamento é errado.

— Não, errado é desistir da vida.

— E porque eu não sou você.

— Não é. Mas você é *você*.

— Nenhuma parte de mim gostaria de ficar sozinha.

Mas tão logo aquelas palavras adentraram a realidade, Julia percebeu que eram falsas. Pensou em suas casas de sonho com um quarto só, seus planos de fuga subconscientes. E aquilo tinha surgido anos antes das mensagens pornográficas.

— E não vou destruir minha família — completou, ao mesmo tempo um *non sequitur* e a conclusão lógica daquela linha de raciocínio.

— Consertando sua família?

— Acabando com ela.

E então, no melhor, ou pior, momento possível, Billie entrou correndo, empolgada ou asmática.

— Desculpa interromper...

— Tá tudo bem?

— A Micronésia conseguiu uma...

— Calma.

— A Micronésia conseguiu uma bo...

— Respira.

Billie pegou uma das taças e tomou um gole.

— Isso não é água — comentou, com a mão no peito.

— É chardonnay.

— Acabei de desobedecer a lei.

— A gente defende o seu caráter — disse Mark.

— A Micronésia conseguiu uma bomba nuclear!

— Hein?

— Ano passado a Rússia invadiu a Mongólia. No ano anterior foi gripe aviária. Em geral eles esperam até a segunda tarde, mas. A gente conseguiu uma arma nuclear! Que demais, né? Que sorte!

— Como assim a gente conseguiu uma arma nuclear? — perguntou Mark.

— Precisamos reunir a delegação.
— Hein?
— Paguem o vinho e vamos lá.

Mark colocou algumas cédulas sobre a mesa e os três andaram quase correndo em direção aos elevadores.

— Segundo a declaração dos facilitadores do programa, um traficante de armas foi pego tentando contrabandear uma mala-bomba através do aeroporto de Yap.

— Aeroporto de Yap?
— É, eu sei lá que nome é esse.
— Por que pela Micronésia? — Mark quis saber.
— *Exato* — respondeu Billie, embora nenhum dos três tivesse a menor ideia do que isso significava. — Já recebemos ofertas do Paquistão, do Irã e, o mais esquisito, de Luxemburgo.
— Ofertas? — Mark perguntou.
— Querem que a gente venda a bomba pra eles. — E então, se dirigindo a Julia: — Você entendeu, né?

Julia assentiu, incerta.

— Então explica pra ele depois. O cenário mudou completamente!
— Vamos reunir a criançada — Julia anunciou para Mark.
— Eu pego os do décimo primeiro andar e você fica com os do décimo segundo. A gente se encontra no seu quarto?
— Por que no meu?
— Tá bom, no meu.
— Pode ser no meu, eu só…
— No quarto do Mark — disse Billie.

Mark entrou no elevador. Billie segurou Julia por um momento.

— Tá tudo bem? — Billie perguntou quando as portas do elevador fecharam.
— É meio confuso ter uma arma nuclear.
— Com *você*.
— Comigo o quê?
— Você tá bem?
— Por que essa pergunta?
— Você tá com cara de choro.
— Eu? Não.
— Tá bom.
— Acho que não.

Mas talvez estivesse. Talvez a emergência artificial tivesse libertado sentimentos sufocados a respeito da emergência real. O cérebro de Julia tinha um cerne traumático — e ela não contava com um dr. Silvers para explicar melhor, mas podia apelar para a internet. O cerne era acionado pelas situações mais inesperadas, e em seguida todos os pensamentos e percepções corriam para lá. No centro dele estava o acidente de Sam. E no centro disso — o vórtice que atraía todos os pensamentos e percepções — estava o momento em que Jacob havia carregado Sam para dentro de casa, dizendo "aconteceu uma coisa", e ela enxergou mais sangue do que havia na realidade, mas não conseguia ouvir os gritos de Sam, e por um momento, não mais do que um momento, tinha perdido o controle. Por um momento tinha se descolado da racionalidade, da realidade, de si mesma. A alma deixa o corpo no momento da morte, mas existe um abandono ainda mais completo: *tudo* tinha abandonado o corpo dela no momento em que viu o sangue do filho jorrando.

Jacob olhou para ela, severo, com o coração endurecido, divino, e transformou cada palavra em uma frase: "Segura. A. Onda. *Agora*." A soma de todos os motivos pelos quais ela odiava Jacob nunca superaria o amor que sentiu por ele naquele momento.

Jacob colocou Sam nos braços dela e disse: — Vamos ligar pro dr. Kaisen no caminho pro pronto-socorro.

Sam olhou para Julia com um terror primordial e gritou: — Por que isso aconteceu? Por que isso aconteceu? — E implorou: — É engraçado. É engraçado, né?

Julia agarrou os olhos de Sam com os seus, agarrou com força, e não disse "vai ficar tudo bem", e não deixou de dizer alguma coisa. Disse "eu te amo e estou aqui".

A soma de tudo o que Julia odiava em si mesma nunca superaria o fato de ela saber que, no momento mais importante da vida do filho, tinha sido uma boa mãe.

E então, com a mesma rapidez com que havia assumido o controle, o cerne traumático de Julia cedeu. Talvez estivesse cansado. Talvez fosse misericordioso. Talvez ela tivesse desviado o olhar e olhado para trás, e se lembrado de que estava no mundo. Mas o que tinha acontecido nos últimos trinta minutos? Tinha tomado o elevador ou subido as escadas? Tinha batido na porta do quarto de Mark ou ela já estava aberta?

O debate estava instaurado, e turbuluento. Será que alguém tinha notado a ausência dela? E a presença?

— Uma arma nuclear roubada não é moeda de troca — Billie afirmou. — Queremos esse negócio desarmado, agora mesmo, e ponto final.

— Não foi *a gente* que roubou. Mas concordo totalmente com o que você disse.

— Quem sabe a gente enterra.

— Será que tem algum jeito de transformar em energia?

— Quem sabe a gente dá pros israelenses? — sugeriu um garoto de quipá.

— Que nada, vamos *enterrar* a bomba em Israel.

— Se permitem que eu me intrometa por um minuto — disse Mark. — Meu papel aqui não é sugerir conclusões, mas ajudar vocês a fazerem perguntas estimulantes, então vamos ver o que vocês acham: será que existe alguma opção importante que ainda não foi considerada? E se a gente ficar com a bomba?

— *Ficar com a bomba?* — disse Julia, tornando sua presença impossível de ser ignorada. — Não, a gente não pode *ficar com a bomba*.

— Por que não? — Mark quis saber.

— Porque somos pessoas responsáveis.

— Vamos entrar na brincadeira.

— *Brincadeira* não é a palavra certa para um debate sobre uma bomba *nuclear*.

— Deixa ele falar — Sam pediu.

Mark falou: — Talvez seja uma chance da Micronésia enfim controlar o próprio destino. Por toda a nossa história estivemos à mercê dos outros: assolados pelos mastodontes mercantis portugueses e espanhóis, vendidos para a Alemanha, conquistados pelo Japão e pelos Estados Unidos...

— Acho que tem um cisco no meu olho — disse Julia. Ninguém riu.

Mark baixou o tom de voz, afirmando com calma: — Só estou dizendo que nunca fomos totalmente autossuficientes.

— Nunca existiu um país totalmente autossuficiente na história do mundo — disse Julia.

— Putz, agora você foi *aniquilado* — um garoto comentou.

— A Islândia é totalmente autossuficiente — disse Mark.

— Putz, agora *você* foi aniquilada! — comentou o mesmo garoto.

— Ninguém está sendo aniquilado — disse Mark. — Estamos pensando no que fazer em uma situação muito complicada.

— A Islândia é uma roça — disse Julia.

— Olha — disse Mark —, mesmo que eu esteja sendo um idiota, a única coisa que vamos perder por causa da minha tagarelice são três minutos.

— Acabei de receber uma mensagem de Liechtenstein — Billie avisou, segurando o celular como se fosse a tocha e ela fosse a Estátua da Liberdade. — Estão oferecendo um acordo.

— Bem, é óbvio que não temos um programa nuclear...

— Liechtenstein é um país?

— ... logo não temos motivo nenhum para comprar uma arma nuclear no mercado negro, nem condições de fazer isso.

— A Jamaica apareceu — disse Billie, levantando outra mensagem no celular. — Estão oferecendo trezentos bilhões de dólares.

— Eles sabem que a gente tá falando de uma *bomba* nuclear, né? E não de um *bong* nuclear.

— Xenofóbico — alguém comentou, baixinho.

— E assim mesmo — Mark continuou —, de repente nos vemos com poder nuclear, com a capacidade, se quisermos exercer, de entrar para a liga das nações funcionalmente autônomas, nações capazes de ditar seus próprios termos, nações que não são subservientes a outras nações nem aos apuros da própria história.

— Certo — disse Julia, atirando longe sua famosa compostura. — A gente passa por alguns perrengues, a vida não é bem um parque de diversões, e opa, opa, olha só, agora basta a gente bater nossos calcanhares de urânio e *bum*, o leão de chácara da vida deixa a gente entrar na maior festa que existe.

— Não foi isso que ele sugeriu — disse Sam.

— Ele é um sugeridor atônito. — E em seguida, para Mark: — Você é uma bomba a-tô-ni-ta, é isso que você é.

— Eu estava *tentando* sugerir que a gente explorasse, ainda que a ideia acabasse descartada, os possíveis lados bons de ter uma bomba.

— Vamos bombardear alguém! — disse alguém.

— Vamos! — Julia ecoou. — Quem? Ou isso não importa?

— Claro que importa — respondeu Billie, confusa e decepcionada com o comportamento de Julia.

— O México? — uma menina sugeriu.

— O Irã, obviamente — disse o Garoto de Quipá.

— *Talvez* — disse Julia — fosse melhor bombardear algum país da África, destruído pela guerra na África, devastado pela fome, onde os órfãos são tão magros que parecem gordos??

Isso acabou com toda a animação.
— Por que a gente faria isso? — Billie quis saber.
— Porque a gente pode.
— *Deus do céu*, mãe.
— Não vem com *Deus do céu, mãe* pra cima de mim.
— A gente não vai bombardear ninguém — disse Mark.
— Mas, peraí, *vamos* sim — Julia retrucou. — É assim que a história sempre acaba. Ou você é um país que *nunca* bombardeia, ou um país aberto a bombardear. E uma vez que você se dispõe a bombardear, acaba bombardeando.
— Isso não faz o menor sentido, Julia.
— Só porque você é homem, Mark.
Os jovens se entreolharam. Alguns trocaram risadinhas nervosas, e Sam não estava entre eles.
— Tá bom — disse Mark, percebendo o blefe de Julia e pagando para ver: — Aqui vai outra ideia: vamos bombardear a nós mesmos.
— Por quê? — perguntou Billie, confusa a ponto de ficar angustiada.
— Porque a Julia...
— Sra. Bloch.
— ... prefere morrer a salvar a própria vida. Sendo assim, por que ficar enrolando?
— Viu o que você fez? — Sam admoestou a mãe.
— A Jamaica aumentou pra quatrocentos bilhões — disse Billie, levantando o celular.
Alguém disse: — *Yah, mon.*
Alguém disse: — A Jamaica não tem nem *quatrocentos* dólares.
Alguém disse: — A gente devia pedir dinheiro de verdade. Que a gente possa levar pra casa e comprar coisas de verdade.
Sam puxou a mãe pelo pulso até o corredor, como ela tinha feito tantas vezes com ele.
— O que você está *fazendo*? — perguntou.
— O que *eu* estou fazendo?
— Eu *falei* pro meu pai que não queria que você viesse, e você fez fiasco mesmo depois que eu pedi para não fazer fiasco, e você está mais preocupada em ser a mãe legal do que em ser uma boa mãe.
— Como é?
— *Você* sempre precisa chamar atenção. Sempre precisa se meter em *tudo*.

— Não faço a menor ideia do que você está falando, e você também não sabe.

— Você está me forçando a pedir desculpas por palavras que eu não escrevi, pra que eu possa ter um bar-mitzvá que só você quer. Você não só vasculha o meu histórico de busca, mas ainda por cima tenta esconder o fato de que não confia em mim. E você acha que eu acho que meus lápis se apontam sozinhos?

— Eu cuido de você, Sam. Pode acreditar, não sinto prazer nenhum passando vergonha na frente do rabino ou arrumando aquele chiqueiro que você chama de mesa.

— Você é um *pé no saco*. E sente prazer *sim*. Você só fica feliz controlando cada mínimo detalhe das nossas vidas, porque não consegue controlar a sua.

— Onde você aprendeu esse termo?

— Que termo?

— *Pé no saco*.

— Todo mundo conhece esse termo.

— Crianças não usam esse termo.

— Eu não sou criança.

— Você é criança pra *mim*.

— Quando você trata seus filhos como crianças já é muito chato, mas quando faz isso com o meu pai...

— Cuidado, Sam.

— Ele diz que você não consegue se controlar, mas não entendo que diferença isso faz.

— *Cuidado*.

— Cuidado com o quê? Vou descobrir que existe pornografia na internet ou quebrar a ponta de um lápis e morrer?

— Para *agora*.

— Ou vou falar sem querer alguma coisa que todo mundo já sabe?

— E que coisa seria essa?

— *Cuidado*, mãe.

— Todo mundo já sabe o quê?

— Nada.

— Você não sabe tanto quanto acha que sabe.

— Que todo mundo na verdade tem medo de você. A gente é infeliz porque não consegue viver nossas próprias vidas, porque você é um pé no saco e a gente tem medo de você.

— A *gente*?
Billie apareceu no corredor e chegou perto de Sam.
— Você tá bem?
— Vai embora, Billie.
— O que foi que eu fiz?
— Você não fez nada — disse Julia. Sam continuou a atacar a mãe, agora por meio de Billie: — Poderia, por favor, cuidar da própria vida por três segundos?
— Falei alguma coisa errada? — Billie perguntou a Julia.
— Ninguém quer você aqui — Sam respondeu. — Vai embora.
— Sam?
Com os olhos marejados, Sam saiu correndo. Julia ficou ali parada, uma escultura de gelo feita de lágrimas congeladas.
— É meio engraçado, né? — Billie comentou, os olhos transbordando com as lágrimas que nem mãe nem filho conseguiam deixar rolar.
Julia pensou em seu bebê machucado implorando: *É engraçado. É engraçado.*
— O que é engraçado?
— Os bebês chutam você de dentro da barriga, depois saem e chutam mais um pouco.
— Essa tem sido minha experiência — disse Julia, aproximando a mão da barriga.
— Eu li essa frase num dos manuais de criação de filhos que os meus pais têm.
— Por que diabos você lê essas coisas?
— Pra tentar entender os dois.

A OUTRA MORTE DE OUTRA PESSOA

Jacob entrou na internet e não procurou as últimas notícias dos universos da pornografia imobiliária, da pornografia de design nem de pornografia mesmo, e não vasculhou a rede em busca da boa sorte das pessoas que invejava e preferia que estivessem mortas, e não passou meia hora relaxante dentro do útero feliz de Bob Ross. Encontrou o número do atendimento ao usuário do *Other Life*. Não foi nenhuma surpresa ter de navegar por um serviço automatizado — um Teseu sedentário que tinha apenas um fio de telefone.

— *Other Life*... iPad... Não sei... Não sei mesmo... Não sei... Ajuda... Ajuda...

Depois de alguns minutos dizendo "Não sei" e "Ajuda" como se fosse um extraterrestre imitando um humano, foi transferido para alguém com um sotaque quase impenetrável que fazia de tudo para esconder o fato de ser um indiano se fazendo passar por americano.

— Alô, oi, meu nome é Jacob Bloch e estou ligando em nome do meu filho. A gente teve um acidente com o avatar dele...

— Boa noite, sr. Bloch. Estou vendo que o senhor está ligando de Washington, D.C. Está aproveitando o tempo bom fora de época neste fim de noite?

— Não. — Jacob não tinha paciência para perder, mas pedir que ele fingisse que a chamada não era internacional era demais.

— Sinto muito, sr. Bloch. Boa noite. Meu nome é John Williams.

— Jura?! Adorei seu trabalho em *A lista de Schindler*.

— Obrigado, sr. Bloch.

— Em *Jurassic World*, nem tanto.

— Como posso ajudá-lo?
— Como eu disse, aconteceu um acidente com o avatar do meu filho.
— Que tipo de acidente?
— Cheirei sem querer um Buquê Mortal.
— Fatal?
— Sei lá. Só sei que cheirei.
— E posso saber o motivo?
— Não sei. Por que as pessoas gostam de cheirar as coisas?
— Eu sei, mas um Buquê da Fatalidade causa morte instantânea.
— Verdade, sim, eu sei — *agora* eu sei. Mas eu era novo no jogo.
— Não é um jogo.
— Legal. Como a gente conserta isso?
— O senhor estava tentando se matar?
— Claro que não. E não sou eu. É o meu filho.
— Seu filho cheirou o buquê?
— Eu cheirei no lugar do meu filho.
— Entendi.
— Não existe algum tipo de colher de chá no *Other Life*?
— *Colher de chá*, meu senhor?
— Uma segunda chance.
— Se não houvesse consequências, seria apenas um jogo.
— Eu sou escritor, então compreendo mesmo o quão grave é a mortalidade, mas...
— O senhor pode reencarnar, mas sem nenhum estofamento psíquico. Então vai ser como se estivesse começando de novo.
— Então o que você sugere que eu faça?
— O senhor pode readquirir estofamento psíquico no lugar do seu filho.
— Mas eu não sei jogar.
— Não é um jogo.
— Eu não sei como *fazer* isso.
— É só catar frutas de resiliência dos galhos mais baixos.
— Catar o que *onde*?
— Nos vinhedos boticários.
— Eu não saberia como fazer isso.
— Leva bastante tempo, mas não é difícil.
— Quanto tempo?

— Presumindo que o senhor aprenda bem rápido, acho que uns seis meses.

— Só seis meses? Nossa, que ótima notícia, porque eu estava aqui me preocupando que talvez fosse algo *realmente* demorado. Mas que ótimo, porque eu não tenho tempo pra ir ao médico examinar a pinta agourenta que apareceu no meu peito, mas com certeza tenho mil horas sobrando pra arruinar meus túneis carpais enquanto cometo genocídio de neurônios escarafunchando vinhedos boticários atrás de frutas da resiliência dos galhos mais baixos, seja lá que porra isso significa.

— Ou o senhor pode comprar um renascimento completo.

— Um o quê?

— É possível reverter o perfil do seu avatar até um momento específico. No seu caso, até logo antes de cheirar o Buquê da Fatalidade.

— Por que diabos você não começou oferecendo logo essa opção?

— Algumas pessoas se ofendem.

— *Ofendem?*

— Tem gente quem ache que isso sabota o espírito do *Other Life*.

— Bom, duvido que muitos pais na minha situação achariam isso. E dá pra gente fazer isso agora? Pelo telefone?

— Sim, posso processar o seu pagamento e dar início ao renascimento completo de forma remota.

— Bom, essa é a melhor notícia que eu já recebi... talvez em toda a minha vida. Obrigado. Obrigado. E, sinceramente, peço desculpas por ter sido tão babaca antes. Tem muita coisa em jogo.

— Sim, sr. Bloch, eu entendo.

— Pode me chamar de Jacob.

— Obrigado, Jacob. Vou pegar algumas informações sobre o avatar e a data e horário da reversão. Mas antes vamos confirmar, você está comprando o renascimento completo, de mil e duzentos dólares.

— Desculpa, você falou mil e duzentos dólares?

— Sim.

— Tipo: um, depois dois, depois dois zeros consecutivos, sem decimal?

— Mais impostos. Isso mesmo.

— Quanto custou o jogo?

— Não é um jogo.

— Para com essa merda, Williams.

— *Other Life* é grátis.

— Você está brincando. Mil e duzentos dólares?

— Não estou brincando, Jacob.

— Você sabe que a gente vive num mundo que tem crianças famintas e lábios leporinos, certo?

— Sei, sim.

— E mesmo assim continua achando que é ético cobrar mil e duzentos dólares pra corrigir um acidente em um jogo eletrônico?

— Não é um jogo, senhor.

— Você sabe que para eu pagar mil e duzentos dólares eu preciso ganhar dois mil e quatrocentos, né?

— Quem decide os preços não sou eu.

— Posso falar com alguém que *não* é apenas um intermediário?

— Você ainda gostaria de comprar o renascimento completo, ou o preço tornou essa opção desagradável?

— Desagradável? *Leucemia* é desagradável. Isso é um crime. E você deveria ter vergonha.

— Pelo que estou vendo, você não quer mais comprar um renascimento completo.

— Vou é entrar com uma ação popular coletiva contra a sua empresa depravada. Conheço gente de quem a sua gente deveria ter muito medo. Conheço advogados sérios que fariam isso pra mim como um favor. E vou escrever a respeito para o *Washington Post* — na seção de Estilo de Vida, ou talvez em Opinião — e eles vão publicar, você vai ver, e vai se arrepender. Você mexeu com o cara errado!

Jacob sentiu cheiro de merda do Argos, mas sempre sentia cheiro de merda do Argos quando estava com raiva.

— Jacob, antes de encerrar esta ligação: você diria que atendi as suas necessidades de maneira satisfatória?

O sr. Bloch desligou o telefone e rosnou: — Minhas necessidades que se fodam.

Respirou fundo de um jeito que odiava fazer, pegou de novo o telefone, mas não teclou número algum.

— Ajuda — disse para o nada. — Ajuda...

UM RENASCIMENTO COMPLETO

Julia estava sentada na beira da cama. Na TV, a imagem congelada de uma propaganda do hotel do qual ela já era prisioneira. A litogravura na parede fazia parte de uma tiragem de cinco mil — cinco mil flocos de neve perfeitamente únicos, perfeitamente idênticos, totalmente cafonas. Começou a ligar para Jacob. Pensou em procurar Sam. Sempre havia coisas demais a fazer quando ela não tinha tempo. Mas quando precisava matar o tempo de alguma forma, nunca sabia como.

A confusão foi interrompida por uma batida.

— Obrigado por abrir a porta — disse Mark quando ela abriu uma fresta.

— O olho mágico estava embaçado — ela disse, abrindo mais a porta.

— Passei dos limites.

— Você saiu do mapa.

— Estou tentando pedir desculpas.

— Você encontrou seu monólogo interior e ele disse que você estava sendo um babaca?

— Foi exatamente o que aconteceu.

— Bem, permita que meu monólogo exterior compartilhe dessa opinião.

— Registrado.

— Não é uma boa hora.

— Eu sei.

— Acabei de brigar feio com o Sam.

— Eu sei.

— Você sabe de tudo.

— Não estava mentindo quando falei pra garotada que sou onisciente.

Julia esfregou os dedos nas têmporas e deu as costas, criando espaço para Mark entrar.

— Sempre que Sam chorava quando era bebê a gente dizia "passou, passou" e dava a chupeta pra ele. Depois ele começou a chamar a chupeta de "passô". Sua onisciência me lembrou disso. Não pensava nisso há anos. — E, sacudindo a cabeça como se não acreditasse: — Será que isso aconteceu mesmo nesta vida?

— Mesma vida, outra pessoa.

Com uma voz que parecia uma janela consciente de que está prestes a ser quebrada, ela disse: — Eu sou boa mãe, Mark.

— É sim. Eu sei.

— Sou uma mãe muito boa. Não apenas me esforço, eu *sou* boa.

A distância entre eles diminuiu por um passo, e Mark disse: — Você é boa esposa, boa mãe e boa amiga.

— Eu me esforço tanto.

Quando Jacob levou Argos para casa, Julia se sentiu traída — demonstrou fúria para Jacob e entusiasmo para os meninos. E ainda assim quem se preocupou em ler um livro sobre como treinar e cuidar de cachorros foi ela. A maior parte das coisas era intuitiva e óbvia, mas o que ficou na cabeça dela foi a recomendação de nunca dizer *não* a um cachorro, pois ele processaria o *não* como uma avaliação existencial — uma negação do seu próprio valor. Ouviria o *não* como se fosse seu nome: "Você é Não." Em vez disso, o certo era fazer algo, como estalar a língua, dizer "oh-oh" ou bater palmas. Julia não conseguia entender como alguém podia saber tanto sobre a vida interior de um cachorro, ou por que seria muito melhor ser chamado de "oh-oh", mas algo naquele conselho parecia plausível, até mesmo significativo.

Julia precisava de uma avaliação existencial de bondade. Precisava receber um novo nome, ouvir "Você é Boa".

Mark encostou a mão no rosto dela.

Julia recuou meio passo.

— O que você está fazendo?

— Desculpa. Foi um erro?

— Claro que foi. Você *conhece* o Jacob.

— Sim.

— E conhece meus filhos.

— Conheço.

— E sabe que estou passando por um momento muito difícil. E sabe que eu e o Sam acabamos de ter uma briga feia.
— Sei.
— E sua reação é tentar me beijar?
— Não tentei beijar você.

Será que ela tinha interpretado errado? Não tinha como. Mas ela também não tinha como provar que ele estava tentando beijá-la. E isso tudo fez com que ela se sentisse minúscula o suficiente para se esconder dentro do armário passando por baixo da porta fechada.

— OK, então o que você *estava* tentando fazer?
— Não estava tentando fazer nada. Parecia claro que você estava precisando ser consolada, e estender a mão foi um gesto natural.
— Natural pra *você*.
— Desculpa.
— E não preciso ser consolada.
— Achei que seria algo bem-vindo. Todo mundo precisa ser consolado.
— Você achou que tocar no meu rosto seria um gesto bem-vindo?
— Achei. Pelo jeito que você inclinou o corpo para sugerir que eu entrasse no quarto. Pelo jeito que você olhou para mim. Quando você disse "eu sou boa" e deu um passo para a frente.

Ela tinha mesmo feito aquilo? Lembrava do momento, mas tinha certeza de que *ele* havia se aproximado *dela*.

— Caramba, eu estava mesmo pedindo.

Será que ela tinha sido dura demais com Jacob simplesmente porque ele tinha sido o primeiro a expressar algo que ela sabia que tinha sido a primeira a sentir? Crueldade não ofereceria equilíbrio algum — apenas se ela o traísse, o que não iria fazer.

— Não estou sacaneando você, Julia. Você acha que estou de sacanagem.
— Acho.
— Mas não estou. Desculpa se isso te deixa sem graça. Não era o que eu tinha em mente.
— Você está se sentindo sozinho e eu pareço um band-aid.
— Não estou me sentindo sozinho e você não...
— Quem estava precisando ser consolado era *você*.
— Nós dois estávamos. Estamos.
— Você precisa é sair deste quarto.
— OK.

— Então por que não está saindo?
— Porque acho que você não quer que eu saia.
— Como posso provar o contrário?
— Pode me empurrar.
— Não vou empurrar você, Mark.
— Por que acha que acabou de usar meu nome?
— Porque é o seu nome.
— Que ênfase foi essa? Você não usou meu nome quando me mandou ir embora. Só quando me disse o que não ia fazer.
— Jesus Cristo. Sai logo, Mark.
— OK — ele disse, e deu as costas a Julia, tomando o rumo da porta.

Julia não sabia qual era a emergência, apenas que o cerne traumático do cérebro estava consumindo tudo. À margem, ainda a salvo, permanecia a estranha alegria de encontrar e remover carrapatos em Connecticut. Mas o trauma farejou prazer e caiu matando. Ao final de cada noite, Julia se sentava dentro de uma banheira vazia e catava carrapatos em si mesma, porque se não fizesse isso, ninguém faria por ela.

— Não, peraí — disse Julia. Mark ficou de frente para ela mais uma vez. — Eu precisava ser consolada, sim.
— Mesmo assim, eu...
— Não terminei de falar. Eu precisava ser consolada e devo mesmo ter comunicado isso, ainda que não tivesse essa intenção ou que nem tenha percebido.
— Obrigado por me dizer isso. E como estamos sendo totalmente honestos: quem deu um passo na sua direção fui eu.
— Você mentiu pra mim.
— Não, só não encontrei um jeito de...
— Você mentiu pra mim e me fez duvidar de mim mesma.
— Não encontrei um jeito de...
— Eu sabia que estava certa. — Julia fez uma pausa. Uma lembrança ínfima deslocou uma risada ínfima: — Beijos. Acabei de me lembrar do nome que Sam usava pra beijos.
— Qual?
— Ele usava vários nomes diferentes pra beijos, dependendo da situação. "Vai-passá" era um beijo pra sarar machucado. Um *"sheyna boychick"* era um beijo do bisavô. Um "essa-carinha" era o beijo da avó. "Você" era um desses beijos espontâneos, tipo preciso-te-beijar-agora. Acho que a gente sempre diz "você" quando vai dar um desses.

— Crianças são incríveis.
— Antes de saberem alguma coisa, são mesmo.
Mark cruzou os braços e disse: — Bem, Julia, o negócio é que...
— Oh-oh, ênfase.
— Eu *estava* tentando beijar você.
— Estava? — Julia se sentiu não apenas livre da vergonha anterior, como também, pela primeira vez em sua memória seletivamente editada, desejada.
— Verdade verdadeira.
— Por que você estava tentando me beijar?
— *Por quê?*
— Era *vai-passá*?
— Não, era *você*.
— Deu pra ver.
— Então você escolheu não fechar os olhos?
— Hein?
— Se deu pra ver.
Julia deu um passo em direção a ele, de olhos abertos, e perguntou: — Será que as coisas estão prestes a ficar feias?
— Não.
Deu mais um passo em direção a ele e perguntou: — Promete?
— Não.
Não havia mais distância a percorrer.
Julia perguntou: — O que você pode prometer?
Mark prometeu: — As coisas estão prestes a ficar diferentes.

III

SERVENTIAS DE UM PUNHO JUDEU

SEGURAR UMA CANETA, DAR SOCOS, SE AMAR

— Isso é uma *piada*? — Irv perguntou a caminho do Aeroporto Nacional de Washington, seria mais fácil a família Bloch renunciar a viagens de avião do que se referir a ele como Aeroporto Ronald Reagan. Como Irv sempre buscava o conflito com o que abominava, o rádio estava sintonizado na NPR, e, para sua extrema repulsa, tinham acabado de transmitir um segmento com opiniões ponderadas sobre a construção de novos assentamentos na Cisjordânia. Irv odiava a NPR. Não apenas pelas opiniões políticas cretinas, mas também pela afetação extravagante que chegava às raias da frescura, pelo deslumbre pueril detectável nas vozes que pareciam pertencer a um fracote covardão de óculos (e todas essas vozes — de homens e mulheres, de jovens e velhos — pareciam a mesma, que passava de uma garganta a outra conforme necessário). As virtudes de uma "rádio sustentada pelos ouvintes" não mudavam o fato de que ninguém com senso de dignidade usaria a palavra *pochete*, e muito menos *usaria* uma pochete, e além disso, de quantas assinaturas de *The New Yorker* uma pessoa precisa?

— Bom, agora vou ter uma resposta — disse Irv, com um aceno satisfeito de cabeça que lembrava ao mesmo tempo uma prece judaica e alguém com Parkinson.

— Resposta pra quê? — perguntou Jacob, incapaz de driblar a isca.

— Pra quando alguém me perguntar qual foi o segmento radiofônico mais tedioso, moralmente repugnante e repleto de erros factuais que eu já ouvi na vida.

A reação impulsiva de Irv desencadeou um reflexo no joelho cerebral de Jacob, e bastou que trocassem algumas palavras para se tornarem a encarnação retórica de dançarinos em um casamento russo — braços cruzados, chutando o nada sem parar.

— E de qualquer modo — disse Jacob, detectando que já tinham ido longe demais — eles mesmos mencionaram que era um segmento de *opinião*.

— Bem, a opinião daquele imbecil retardado está *errada*...

Sem tirar os olhos do iPad, Max defendeu a National Public Radio, ou pelo menos a semântica, do banco de trás: — Opiniões não têm como estar erradas.

— Vou explicar a idiotice da opinião daquele idiota... — Irv segurou a ponta de cada dedo da mão esquerda ao enumerar os porquês: — Porque somente um antissemita pode ser *instigado a agir de forma antissemita*, que frase horrorosa; a mera *sugestão* de se dispor a falar com esses malucos já equivale a tentar apagar um incêndio em uma refinaria usando vinho *kosher*; porque, não é por nada, os hospitais *deles* estão cheios de foguetes cujos alvos são os *nossos* hospitais, que estão cheios *deles*; porque, no fim das contas, *nós* amamos frango kung po e *eles* amam a morte; porque, e eu devia ter começado por isto, o fato simples e inegável é que... nós temos razão!

— Jesus Cristo, fica na sua faixa!

Irv tirou a outra mão do volante, que passou a equilibrar nos joelhos, para adquirir mais um dedo retórico: — E porque, de qualquer modo, deveríamos esquentar os *nossos* quipás com uma tropa de esgóiteiros que ficam colecionando medalhinhas de protesto na frente da cooperativa hippie de Berkeley, ou com símios de *keffiyeh* brincando de atirar pedras na suposta Cidade de Gaza?

— Deixa pelo menos *uma* das mãos no volante, pai.

— Estou batendo o carro?

— E vê se encontra uma palavra melhor do que *símios*.

Irv virou o rosto para o neto, sem parar de dirigir com os joelhos.

— Essa você precisa ouvir. Se a gente colocar um milhão de macacos diante de um milhão de máquinas de escrever, *Hamlet* acaba saindo. Com dois bilhões de macacos diante de dois bilhões de máquinas de escrever, o que sai...

— Presta atenção na *estrada*!

— ... é o Alcorão. Boa essa, hein?

— Achei racista — Max resmungou.

— Árabes não são uma raça, *bubeleh*. São uma *etnia*.

— O que é uma máquina de escrever?

— Também preciso dizer o seguinte — disse Irv, se virando para Jacob e apontando o indicador restante ao mesmo tempo que continuava segurando os outros seis dedos. — Quem mora em casa de vidro não deveria ficar jogando pedras, mas quem não tem pátria não deveria *mesmo* ficar jogando pedras. Porque quando as pedras deles começarem a quebrar os vitrais do Chagall no Hadassah, não pensem que a gente vai ficar de joelhos catando os caquinhos. Somos mais inteligentes do que esses lunáticos, mas isso não significa que eles têm o monopólio da loucura. Os árabes precisam entender que a gente também tem pedras, mas que o *nosso* estilingue fica em Dimona, e o dedo no botão está ligado a um braço que tem números tatuados!

— Já acabou? — Jacob quis saber.

— Acabei o quê?

— Vou ser seu anfitrião no retorno ao Planeta Azul por um segundo e dizer que eu estava pensando em levar o Tamir para visitar o Isaac na volta.

— Por quê?

— Porque está bem claro que ele está deprimido por causa da mudança e...

— Se ele fosse suscetível à depressão, teria se matado setenta anos atrás.

— Puta que caralho! — Max exclamou, chacoalhando o iPad como se fosse um Traço Mágico.

— Ele não está *deprimido* — Irv garantiu. — Está *velho*. Velhice até parece depressão, mas não é.

— Desculpa — disse Jacob —, eu me esqueci que ninguém fica deprimido.

— Não, *me* desculpa, *eu* esqueci: *todo mundo* está deprimido.

— Isso foi uma alfinetada na minha terapia?

— Em que faixa você está mesmo? Marrom? Preta? E você ganha quando ela se enrolar no seu pescoço?

Jacob ficou se decidindo entre dar o troco ou deixar passar. O dr. Silvers chamaria isso de pensamento binário, mas o recurso do dr. Silvers à crítica binária era, em si, binário. E aquela manhã já estava complicada o bastante, com a presença de seu pai, para permitir qualquer nuance. Então, como sempre, Jacob deixou passar. Ou melhor, absorveu tudo.

— É uma mudança difícil pra ele — Jacob afirmou. — É definitiva. Só estou dizendo que a gente deveria ter mais sensibilidade...

— Ele é um calo humano.
— Ele tem hemorragia.
Max apontou para o semáforo. — Verde quer dizer *siga em frente*.
Mas, em vez de dirigir, Irv se virou para trás para repisar a questão da qual tinha se distraído: — O negócio é o seguinte: o número de judeus no mundo inteiro equivale à margem de erro do censo chinês, e todo mundo odeia a gente. — Ignorando as buzinas dos carros de trás, ele continuou: — A Europa... esse *sim* é um continente que odeia judeus. Os franceses, aquelas vaginas invertebradas, não derramariam nem sequer *uma* lágrima se a gente desaparecesse.
— Do que você está falando? Lembra do que o primeiro-ministro francês disse depois do ataque ao mercado *kosher*? "Cada judeu que vai embora da França é um pedaço da França que se vai." Ou algo parecido.
— Não fala *merde*. Você sabe muito bem que por baixo dos panos ele estava decantando uma garrafa de Château Sang de Juif 1942 para brindar ao pedaço faltante da França. Os ingleses, os espanhóis, os italianos. Essa gente vive pra fazer a gente morrer. — Enfiou a cabeça para fora da janela e gritou para o motorista que estava buzinando: — Eu sou *babaca*, seu babaca! Mas surdo eu não sou! — E voltou a falar com Jacob: — Nossos únicos amigos confiáveis na Europa são os alemães, e alguém duvida de que algum dia eles vão parar de sentir culpa e ficar sem abajures? E alguém realmente duvida de que um dia, quando as condições estiverem favoráveis, os Estados Unidos vão decidir que somos barulhentos, fedidos, mandões e inteligentes demais pra eles?
— Eu duvido — disse Max, fazendo um movimento de pinça na tela para aproximar alguma imagem.
— Ei, Maxy — disse Irv, tentando encontrar os olhos do neto pelo retrovisor. — Sabe por que os paleontólogos procuram ossos e não antissemitismo?
— Porque eles são paleontólogos e não a Liga Antidifamação? — sugeriu Jacob.
— Porque eles gostam de procurar coisas escondidas. Entendeu?
— Não.
— Mesmo que tudo isso seja verdade — disse Jacob —, e *não* é...
— Pode apostar que é.
— *Não é*...
— É.
— Mas mesmo que *fosse*...

— O mundo odeia os judeus. Sei que você acha que a prevalência de judeus no mundo da cultura é algum tipo de contra-argumento, mas isso é a mesma coisa que dizer que o mundo ama os pandas porque eles levam multidões para os zoológicos. O mundo *odeia* os pandas. Quer que eles morram. Até os filhotes. E o mundo odeia os judeus. Sempre odiou. Sempre vai odiar. Sim, eu poderia usar palavras mais educadas e citar contextos políticos, mas esse ódio é sempre ódio, e é sempre porque somos judeus.

— Eu gosto de pandas — Max contribuiu.

— Não gosta não — corrigiu Irv.

— Eu ia achar demais ter um panda de estimação.

— Ele devoraria o seu rosto, Maxy.

— Que irado.

— Ou ao menos ocupar a nossa casa e nos sujeitar à sua sensação de merecimento — acrescentou Jacob.

— Os alemães assassinaram um milhão e meio de crianças judias por serem crianças judias, e trinta anos mais tarde conseguiram sediar uma Olimpíada. E que belo trabalho eles fizeram! Os judeus vencem *por um fio* uma guerra pela nossa *sobrevivência* e são eternamente considerados um Estado pária. *Por quê?* Por que, uma única geração depois de quase termos sido destruídos, a vontade de sobreviver dos judeus passou a ser considerada uma vontade de conquista? Faça essa pergunta a si mesmo: *Por quê?*

Aquilo não era uma pergunta, nem mesmo uma pergunta retórica. Era um empurrão. Um braço rígido em uma época de mãos pesadas. Tudo tinha um aspecto de coerção. Isaac não queria se mudar; estava sendo obrigado. A maneira singular pela qual Sam gostaria de se tornar um homem era por meio de relações sexuais com uma pessoa que não fosse ele mesmo, mas estava sendo forçado a pedir desculpas por palavras que ele dizia não ter escrito, para que então pudesse ser forçado a entoar palavras decoradas de significado desconhecido diante de uma família na qual ele não acreditava, e de amigos nos quais ele não acreditava, e de Deus. Julia estava sendo forçada a trocar seu foco de construções ambiciosas que nunca seriam construídas para reformas de banheiros e cozinhas de pessoas frustradas com dinheiro sobrando. E o incidente do celular estava forçando um exame de consciência ao qual o casamento talvez não sobreviveria — o relacionamento de Jacob e Julia, como todos os relacionamentos, dependia de cegueira intencional e de esquecimento.

Até mesmo a derrocada de Irv em direção ao fanatismo intolerante estava sendo guiada por uma mão invisível.

Ninguém quer ser uma caricatura. Ninguém quer ser uma versão atrofiada de si. Ninguém quer ser um homem judeu, nem um homem à beira da morte.

Jacob não queria coagir nem ser coagido, mas o que podia fazer? Ficar quieto esperando o avô fraturar o quadril e morrer dentro de um quarto de hospital, como acontecia fatalmente com todos os idosos abandonados? Deixar que Sam cortasse uma meada ritualística que o ligava a reis e profetas do passado, simplesmente porque o judaísmo que eles praticavam era chato demais e tomado de hipocrisia? Talvez. No gabinete do rabino, Jacob se sentiu disposto a usar a tesoura.

Jacob e Julia tinham aventado a possibilidade de um bar-mitzvá em Israel — o rito de passagem judaico ganhando ares de casamento às escondidas. Talvez fosse um jeito de fazer o bar-mitzvá sem fazer. Sam discordou, argumentando que era uma ideia terrível.

— Terrível por quê? — perguntou Jacob, sabendo exatamente o porquê.

— Jura que não percebe a ironia? — Sam duvidou. Jacob percebia inúmeras ironias, e estava curioso para saber de qual Sam estava falando. — Israel foi criado como um lugar para os judeus escaparem da perseguição. A gente estaria indo até lá para escapar do judaísmo. — Bem colocado.

Assim sendo, o bar-mitzvá aconteceria na sinagoga à qual pagavam dois mil e quinhentos dólares por visita para se manterem membros, e celebrado pelo rabino jovem e descolado que não era, sob qualquer perspectiva sensata, descolado, jovem ou rabino. A festa aconteceria no Hilton, onde Reagan estivera *a um passo* de ser sacrificado para o nosso bem, e onde Julia e Sam estavam representando a Micronésia. A banda seria capaz de tocar tanto uma boa *horah* quanto um bom rock. Claro, uma banda dessas nunca existiu na história da música ao vivo, mas Jacob sabia que a partir de certo momento você só morde a cápsula escondida dentro da bochecha e torce para não sentir muita coisa. O tema — abordado com delicadeza e bom gosto — seria a Diáspora da Família de Sam (uma ideia de Julia, e, até onde um tema de bar-mitzvá podia ser decente, até que era decente o bastante). Teriam mesas representando cada um dos países para onde a família tinha se dispersado — Estados Unidos, Brasil, Argentina, Espanha, Austrália, África do Sul, Israel, Canadá — e, em vez de marcar os lugares com nomes, cada convidado receberia um "passaporte" para uma dessas nações. As mesas seriam decoradas de acordo com a cultura regional e marcos de referência locais — este seria o maior desafio para a delicadeza e o bom gosto —, e as decorações incluiriam uma árvore genealógica e fotografias de parentes que moravam nesses lugares. O bufê teria ilhas com comidas regionais específicas: feijoada brasileira, tapas espanholas, falafel israelense, seja lá o que for que comem no Canadá e assim por diante. As lembrancinhas seriam globos de neve dos diversos países. Havia mais guerra do que neve em Israel, mas os chineses são espertos o suficiente para saber que americanos são tapados o suficiente para comprarem qualquer coisa. Especialmente judeus-americanos, que fazem qualquer coisa, menos praticar o judaísmo, para inculcar um senso de identidade judaica nos filhos.

— Eu fiz uma pergunta — disse Irv, puxando Jacob de volta para uma discussão da qual apenas Irv estava participando.

— Foi?

— Sim: *por quê?*

— Por que o *quê?*

— O *que* não importa. A resposta é sempre a mesma para qualquer pergunta sobre a gente: *Porque o mundo odeia os judeus.*

Jacob se virou para Max. — Você sabe que genética não é destino, certo?

— Se você está dizendo...

— Assim como eu escapei da calvície que devastou a cabeça do seu avô, você tem uma chance de escapar da insanidade que transformou um ser humano aceitável no homem que se casou com a minha mãe.

Irv bufou de forma profunda e dramática, e então, com toda a força de sua sinceridade fingida, perguntou: — Tudo bem se eu der uma opinião?

Tanto Jacob quanto Max riram daquilo. Jacob gostava dessa sensação de camaradagem espontânea entre pai e filho.

— Leve a sério, não leve, você que sabe. Mas eu preciso desabafar. Acho que você está desperdiçando a sua vida.

— Ah, é *só* isso? — brincou Jacob. — Eu me preparei pruma bomba.

— Acho você uma pessoa incrivelmente talentosa, profundamente sensível e imensamente inteligente.

— Creio que o *zaide* protesta demasiado.

— E você fez escolhas péssimas.

— Suspeito que esteja pensando em alguma escolha específica.

— Sim, escrever roteiros para aquela série de TV idiota.
— Quatro milhões de pessoas assistem àquela série de TV idiota.
— A: E daí? B: *Quais* quatro milhões?
— E é uma série consagrada pela crítica.
— Quem não sabe ensinar, consagra.
— E é o meu *emprego*. É como eu sustento a minha família.
— É assim que você ganha dinheiro. Existem outras maneiras de sustentar uma família.
— Talvez fosse melhor eu ser dermatologista? Seria uma boa maneira de usar meu talento, minha sensibilidade e meu intelecto?
— Você deveria fazer alguma coisa adequada às suas habilidades e que expresse seja lá o que você entende como sua essência.
— Eu *estou* fazendo isso.
— Não, você está pondo pingos nos *is* e cruzando os *ts* de uma fantasia épica de dragões criada por alguém que não merecia nem lustrar as suas hemorroidas. Você não foi colocado neste planeta pra fazer isso.
— E agora você vai me contar pra que eu fui colocado neste planeta?
— É exatamente isso que eu vou fazer.
Jacob cantarolou: — *Em algum lugar do meu passado, da minha infância nada feliz, bem sei, que alguma coisa errada eu fiz.*
— Como eu ia dizendo...
— *Meu pai, Irv, tão sozinho, montado em seu cavalinho, lay ee odl lay ee odl lay hee hoo.*
— Muito espirituoso; já deu pra entender, Noviço Rebelde.
— É demais, é demais, abençoar nossa terra para jamais.
Dessa vez Irv não deixou espaço para intervenções: — Jacob, você deveria moldar na forja da sua alma a consciência incriada da sua raça.
Um "Uau" nem um pouco impressionado.
— Sim: uau.
— Poderia repetir, desta vez empostando a voz para chegar até os assentos baratos do meu cérebro?
— Você deveria moldar na forja da sua alma a consciência incriada da sua raça.
— Não era isso que faziam os fornos de Auschwitz?
— Eles destruíam. Estou falando de forjar.
— Aprecio esse voto de confiança repentino...
— Acabei de encher a urna.
— ... mas a forja da minha alma não fica assim tão quente.

— Porque você quer desesperadamente ser amado. Atrito gera calor.
— Nem sei o que isso significa.
— Vale o mesmo para a história do animal que come banana na escola do Sam.
— Acho melhor a gente deixar o Sam de fora — Max sugeriu.
— É assim em tudo na sua vida, não importa o que seja — disse Irv. — Você comete o mesmo erro que nós temos cometido por milhares de anos...
— *Nós?*
— ... acreditar que basta nos amarem para ficarmos a salvo.
— O meu GPS de conversa está pifando. Voltamos a falar do ódio aos judeus?
— *Voltamos?* Não. Não se pode voltar ao local de onde você nunca saiu.
— É uma série de *entretenimento*.
— Não acredito que você acredite nisso.
— Bem, então acho que chegamos ao fim do caminho.
— Porque estou disposto a valorizar você mais do que você se valoriza?
— Porque, como você mesmo é sempre o primeiro a indicar, é impossível negociar sem um parceiro de negociação.
— Quem está *negociando*?
— Você é incapaz de *conversar*.
— Sério, Jacob. Baixa a guarda por um segundo e pergunte a si mesmo: pra que tanta fome de ser amado? Antes você escrevia uns livros tão sinceros. Sinceros e com ambição emocional. Talvez não atraíssem milhões de leitores. Talvez não estivessem enriquecendo você. Mas enriqueciam o *mundo*.
— E você odiava os livros.
— Sim, tem razão — Irv admitiu, mudando de faixa sem olhar nos retrovisores. — Eu odiava esses livros. Deus me livre de você ler minhas anotações nas margens das páginas. Mas sabe quem odeia a sua série?
— Não é *minha* série.
— Ninguém. Você ajudou um monte de zumbis agradecidos a perderem tempo.
— Então esse discurso todo é contra a televisão?
— É outro discurso que eu poderia fazer — disse Irv, pegando a saída para o aeroporto. — Mas meu discurso é contra a sua série.
— Não é *minha* série.

— Então arranje uma série.
— Mas não tenho mais nada pra dar em troca pra fadinha do dente.
— Já tentou?
— Se eu já *tentei*?

Ninguém tinha tentado tanto. Não *arranjar* uma série — ainda não era a hora certa para isso —, mas escrever os roteiros. Jacob tinha passado mais de uma década suando a alma diante da forja, à qual nunca deixou faltar carvão. Tinha se dedicado à tarefa secreta e completamente inútil de redimir seu povo através da linguagem. Seu povo? Sua família. Sua família? A si mesmo. Qual parte de si? E *redimir* talvez não fosse a palavra exata.

Povo fenecente era exatamente aquilo que Irv imaginava esperar do filho — um sopro de *shofar* vindo do alto de uma montanha. Ou ao menos um choro silencioso vindo de um porão. Mas caso tivesse a chance de ler os roteiros, teria odiado — com um ódio bem maior do que aquele que sentia pelos romances. Aquilo que Jacob entendia como sua essência de Jacob podia ser bem repugnante, mas além disso havia algumas discordâncias essenciais sobre para quem a ponta aguda da consciência forjada deveria ser apontada.

E havia um problema muito maior: essa série mataria o avô de Jacob. Não metaforicamente. Seria um parricídio literal, um patriarcacídio. Isaac, que sobrevivia a tudo, jamais sobreviveria a um espelho. Assim sendo, Jacob escondia tudo em uma gaveta trancada. E quanto menos se sentia capaz de compartilhar a série, mais se sentia dedicado a escrever os roteiros.

A série começava mostrando como a série começou a ser escrita. Os personagens eram os mesmos da vida real de Jacob: uma esposa infeliz (que não queria ser descrita assim); três filhos: um prestes a se tornar um homem, um prestes a atingir o ápice da consciência de si, um prestes a conquistar independência mental; um pai xenofóbico e apavorado; uma mãe dedicada a fiar e desfiar em silêncio; um avô deprimido. Se algum dia compartilhasse seu trabalho e perguntassem o quanto aquilo tinha de autobiográfico, Jacob responderia: "Não é a minha vida, mas sou eu." E se alguém — quem, senão o dr. Silvers? — perguntasse o quanto sua vida tinha de autobiográfica, ele responderia: "É a minha vida, mas não sou eu."

Escrevia os roteiros em paralelo com os eventos que se desenrolavam em sua vida. Ou era sua vida que se desenrolava em paralelo com a escrita. Às vezes era difícil distinguir. Jacob tinha escrito sobre a descoberta do celular meses antes de comprar um segundo celular — uma psicologia tão duplamente ambígua que não merecia nem sequer um minuto a seis dólares com o dr. Silvers, mas acabou ocupando dezenas de horas. Não era, porém, apenas uma questão psicológica. Às vezes Julia dizia ou fazia coisas tão sinistramente parecidas com o que Jacob havia escrito que ele se via forçado a desconfiar que ela andava lendo os roteiros. Na noite em que descobriu o celular, ela perguntou: — Você fica triste por a gente amar os meninos mais do que ama um ao outro? — Essa frase, aquelas mesmas palavras, naquela mesma ordem, já estava no roteiro havia meses. Mas era dita por Jacob.

Exceto pelos momentos que quase todo mundo faria de tudo para evitar, a vida é bem lenta e desinteressante, e bem pouco dramática e inspiradora. Para solucionar esse problema, ou essa bênção, Jacob não deixou a série mais dramática — a autenticidade de seu trabalho era o único antídoto para a falta de autenticidade de sua vida —, mas adicionou cada vez mais ingredientes.

Vinte e quatro anos antes, mais ou menos na época em que a falta de paciência tinha vencido sua paixão pela guitarra, Jacob começou a criar capas de discos para uma banda imaginária. Escrevia listas de músicas, letras e informações sobre a gravação. Agradecia a pessoas que não existiam: engenheiros de som, produtores, agentes. Copiava os textos sobre direitos autorais do disco *Steady Diet of Nothing,* do Fugazi. Com um atlas ao lado, criou uma turnê pelos Estados Unidos, e depois uma turnê mundial, levando em consideração os limites da sua resistência física e emocional: será que Paris, Estocolmo, Bruxelas, Copenhague, Barcelona e Madri seriam demais para uma única semana? Especialmente depois de oito meses na estrada? E mesmo que fosse possível aguentar o tranco, qual seria a vantagem de arrastar a banda até um estado de nervos que serviria apenas para colocar em perigo tudo aquilo em que acreditavam e haviam trabalhado tão duro para conquistar? Imprimia as datas dos shows nas costas das camisetas que criava, e produzia de fato, e usava de fato. Mas não conseguia nem tocar acordes com pestana.

A relação de Jacob com a série era parecida — quanto mais atrofiada a realidade, mais amplo o material relacionado.

Criou uma "bíblia" para a série, à qual adicionava itens continuamente — uma espécie de manual do usuário para os que um dia fossem trabalhar na produção. Gerava um dossiê em constante atualização com informações sobre cada personagem —

SAM BLOCH

Quase 13 anos. O mais velho dos irmãos Bloch. Passa virtualmente todo seu tempo livre no mundo virtual do Other Life. Odeia como todas as roupas lhe caem. Ama assistir a vídeos de bullies sendo nocauteados. Incapaz de ignorar, ou mesmo de não perceber, duplos sentidos sexuais. Trocaria um corpo coberto por cicatrizes de acne no futuro por uma testa sem acne no presente. Anseia que suas qualidades positivas sejam universalmente reconhecidas, mas jamais mencionadas.

GERSHOM BLUMENBERG

Falecido há muito tempo. Filho de Anshel, pai de Isaac, avô de Irving. Neto de alguém cujo nome se perdeu para sempre. Grão-rabino de Drohobycz. Morreu no incêndio de uma sinagoga. Homônimo de um pequeno parque com bancos de mármore frio em Jerusalém. Só aparece em pesadelos.

JULIA BLOCH

43. Esposa de Jacob. Arquiteta, embora em segredo tenha vergonha de se chamar assim, já que nunca construiu um prédio. Imensamente talentosa, tragicamente sobrecarregada, perpetuamente desvalorizada, sazonalmente otimista. Sempre se pergunta se para mudar sua vida totalmente não bastaria uma mudança total de contexto.

— e um catálogo de cenários, incluindo descrições breves (embora em constante expansão) de lugares, centenas de fotografias para um futuro departamento de cenografia, mapas, plantas baixas, anúncios de imóveis, anedotas —

RUA NEWARK, 2.294

Casa dos Bloch. Mais bonita do que muitas, mas não a mais bonita. Porém bonita. Apesar de não tão bonita quanto poderia ser. Interiores bem pensados, dentro do limite do possível. Alguns móveis bons dos anos 1950, a maior parte adquirida através do eBay e do Etsy. Alguns móveis da IKEA com customizações ao estilo faça-você-mesmo (puxadores de couro, gavetas de cômoda facetadas). Retratos pendurados em grupos (distribuídos de forma equânime entre as famílias de Jacob e de Julia). Farinha de amêndoas em um pote de vidro reciclado e fundido sobre um balcão de pedra-sabão. Uma panela de convecção de ferro fundido da Le Creuset em Azul Mineral, bonita demais para ser usada, no queimador do fundo, à direita, de um fogão Lacanche de largura dupla cujo potencial era desperdiçado em chili vegetariano. Alguns livros comprados para serem lidos (ou ao menos folheados); outros para dar a impressão de um tipo muito específico de curiosidade abrangente; outros, como a edição de luxo em dois volumes de O homem sem qualidades, *por causa das belas lombadas. Supositórios de acetato de hidrocortisona embaixo de uma pilha de* New Yorkers *na gaveta do meio do móvel do banheiro. Um vibrador dentro de um dos pés de um sapato em uma prateleira alta. Livros sobre o Holocausto por trás de livros que não falam sobre o Holocausto. E, escalando a moldura da porta da cozinha, medições da altura dos meninos da família Bloch.*

Quando chegou minha hora de sair da casa, me demorei nessa porta. A moldura da porta era a única coisa da qual eu não conseguia me desapegar. Que se dane a poltrona Papa Bear e que se dane o seu pufe. Que se danem os castiçais e as lâmpadas. Que se dane Blind Botanist, *a gravura que compramos juntos, atribuída a um de meus heróis, Ben Shahn, sem nenhum atestado de proveniência. Que se dane a orquídea temperamental. Em uma tarde em que Julia não estava em casa, soltei a moldura da porta com a ajuda de uma chave de fenda, a coloquei de comprido no Subaru (uma ponta encostada no vidro de trás e a outra no vidro da frente) e levei o registro do crescimento dos meus filhos para uma nova casa. Duas semanas mais tarde, um pintor cobriu tudo com tinta. Refiz as linhas como pude com a ajuda da minha memória lamentável.*

— e o mais ambicioso (ou neurótico, ou patético) de tudo: as anotações para os atores, um esforço de tentar passar aquilo que os roteiros não conseguiriam fazer sozinhos, porque era preciso usar mais palavras: COMO ENCENAR RISO ATRASADO; COMO ENCENAR "QUAL É O SEU NOME?". COMO ENCENAR ANÉIS DE CRESCIMENTO SUICIDAS... Cada episódio tinha apenas cerca de vinte e sete páginas. Cada temporada, apenas dez episódios. Havia espaço para introduzir um pouco de contexto, alguns flashbacks e tangentes e inserções desajeitadas de informações que não avançavam a trama mas explicavam motivações. Era preciso usar bem mais palavras:

COMO ENCENAR A NECESSIDADE DE FICAR INSATISFEITO; COMO ENCENAR AMOR; COMO ENCENAR A MORTE DA LINGUAGEM... As anotações eram dignas de uma mãe judia em seu didatismo castrador irreprimível, e de um pai judeu em sua necessidade de mascarar qualquer emoção usando metáforas e desvios. COMO ENCENAR UM AMERICANO; COMO ENCENAR UM BOM MENINO; COMO ENCENAR O SOM DO TEMPO... A bíblia logo ultrapassou os próprios roteiros em extensão e profundidade — o material explicativo ultrapassou aquilo que tentava explicar. Isso era tão judaico. Jacob queria fazer algo que redimiria todo o resto e, em vez disso, ficava explicando, explicando, explicando...

COMO ENCENAR O SOM DO TEMPO

Na manhã em que Julia encontrou o celular, meus pais estavam em casa para um brunch. Tudo desmoranava em torno de Benjy, ainda que eu jamais vá saber o que ele já sabia na época, e ele também não. Os adultos estavam conversando quando ele entrou de novo na cozinha e disse: — O som do tempo. Cadê?

— Como assim?

— Ah — ele disse, balançando as mãozinhas —, o som do tempo.

Foi preciso algum tempo, talvez cinco minutos de frustração, para entender do que ele estava falando. Como nossa geladeira estava no conserto, a cozinha estava sem seu zumbido onipresente e quase imperceptível. Como a vida doméstica de Benjy tinha acontecido quase inteira no raio daquele zumbido, ele tinha associado o ruído com a vida acontecendo.

Adorei aquela confusão, porque não era uma confusão.

Meu avô ouvia os gritos dos seus irmãos mortos. Era o som do tempo dele.

Meu pai ouvia ataques.

Julia ouvia as vozes dos meninos.

Eu ouvia silêncios.

Sam ouvia traições e sons de produtos da Apple sendo ligados.

Max ouvia os choros do Argos.

Benjy era o único ainda jovem o suficiente para ouvir o lar.

Irv baixou todas as quatro janelas e disse a Jacob: — Você não tem força.

— E você não tem inteligência. Juntos, formamos uma pessoa inteiramente incompleta.

— Estou falando sério, Jacob. De onde vem essa carência voraz por amor?

— Estou falando sério, pai. De onde vem essa carência voraz por um diagnóstico?

— Não é um diagnóstico. Estou explicando você pra você.

— E *você* não precisa ser amado?

— Como avô, sim. Como pai e filho, sim. Como judeu? Não. E daí que uma universidade britânica de quinto escalão não quer que a gente participe da conferência ridícula que estão promovendo sobre avanços recentes em biologia marinha? Quem *se importa*? Stephen Hawking não quer ir pra Israel? Não sou o tipo de gente que bateria em um tetraplégico de óculos, mas acho que ele não vai se importar se a gente pedir que ele devolva a voz — aquela, sabe, que foi criada por engenheiros *israelenses*. E já que estamos falando disso, eu também abdicaria da cadeira nas Nações Unidas contra Israel em um piscar de olhos se isso significasse que iriam nos deixar em paz. Os judeus se tornaram o povo mais inteligente mais frágil da história do mundo. Quer saber, nem sempre eu tenho razão. Sei disso. Mas sempre sou forte. E se a nossa história nos ensinou alguma coisa, foi que é mais importante ser forte do que ter razão. Ou do que ser *bom*, a propósito. Eu preferiria estar vivo e errado e ser mau. Não preciso do Bispo Usa-Tutu e nem daquele presidente caipira hidrocéfalo, nem dos eunucos metidos a sabichões da seção de opinião do *New York Times* e nem de *ninguém* que me apoie. Não preciso ser a Luz das Nações; preciso não pegar fogo. A vida é longa quando você está vivo, e a história tem memória curta. Os americanos se livraram dos índios. A Austrália, a Alemanha e a Espanha... fizeram *o que tinha de ser feito*. E qual foi o grande problema? Os livros de história deles ganharam algumas páginas lamentáveis? Precisam emitir pedidos de desculpas genéricos uma vez por ano e pagar reparações para quem sobreviveu ao serviço? Eles fizeram o que tinha de ser feito, e a vida seguiu em frente.

— O que você está dizendo?

— Nada. Só estou *dizendo*.

— Dizendo o quê? Que Israel deveria cometer genocídio?

— Quem usou essa palavra foi você.

— Foi o que você quis dizer.

— Eu disse, e *quis dizer*, que Israel deveria ser um país que se respeita e se defende, como qualquer outro.

— Como a Alemanha nazista.
— Como a Alemanha. Como a Islândia. Como os Estados Unidos. Como todo país que já existiu e não deixou de existir.
— Parece inspirador.
— Na hora não seria bonito de se ver, mas daqui a vinte anos, com cinquenta milhões de judeus preenchendo a Terra de Israel, do Canal de Suez até os campos de petróleo, com a economia entre a Alemanha e a China na lista das maiores...
— Israel não fica entre a Alemanha e a China.
— ... com Olimpíadas em Tel Aviv e mais turistas em Jerusalém do que em Paris, você acha que alguém ainda vai estar querendo falar de como a salsicha *kosher* foi feita?

Irv respirou fundo e meneou a cabeça, como se estivesse concordando com alguma coisa à qual somente ele tinha acesso.

— O mundo sempre vai odiar os judeus. Então precisamos dar o passo seguinte: o que fazer com esse ódio? Podemos negar que ele existe, ou tentar vencer o ódio. Podemos até escolher fazer parte do clube e odiar a nós mesmos.
— Do *clube*?
— Você sabe quem são os membros do clube: judeus que prefeririam consertar os supostos desvios de septo a quebrar um nariz lutando pela sobrevivência; judeus que se recusam a aceitar que Tina Fey não é judia e que as Forças de Defesa de Israel são; judeus fajutos como Ralph Lauren (nascido Lifshitz), Winona Ryder (nascida Horowitz), George Soros, Mike Wallace, basicamente todos os judeus do Reino Unido, Billy Joel, Tony Judt, Bob Silvers...
— Billy Joel não é judeu.
— Claro que é.
— *"Scenes From an Italian Restaurant"*?
— Não era *"Chinese"*?
— Não.
— A questão é que um punho judeu consegue mais que se masturbar e segurar uma caneta. Tire o instrumento de escrita e o que sobra é uma ferramenta de socar. Entendeu? A gente não precisa de outro Einstein. Precisa de um Koufax que mire na cabeça.
— Será que já passou pela sua cabeça... — começou Jacob.
— Provavelmente sim.
— ... que eu não me incluo nesse seu *a gente*?

— Será que já passou pela sua cabeça que um mulá maluco com códigos nucleares *incluiria* você no grupo?

— Então nossa identidade está à mercê de loucos desconhecidos?

— Se você não for capaz de gerar uma identidade sozinho.

— O que você quer de mim? Que eu seja um espião de Israel? Que eu me exploda dentro de uma mesquita?

— Quero que você escreva alguma coisa que faça diferença.

— Pra começo de conversa, o que eu escrevo faz diferença pra muita gente.

— Não, eles só se divertem.

Jacob lembrou da conversa com Max na noite anterior e cogitou argumentar que sua série rendia mais do que todos os livros lançados nos Estados Unidos naquele ano, juntos. Talvez não fosse verdade, mas ele saberia encenar falsa autoridade.

— Vou interpretar o seu silêncio como um sinal de que você me entende — disse Irv.

— E que tal se *você* cuidar dos seus posts reacionários enquanto *eu* cuido da minha série de TV multipremiada?

— Ei, Maxy, por acaso você sabe quem produzia o entretenimento mais premiado da época dos macabeus?

— Diga lá — ele respondeu, soprando a poeira da tela do iPad.

— Não faço ideia, porque a gente só se lembra dos macabeus.

O que Jacob realmente pensava: seu pai era um porco ignorante, narcisista e dono da verdade, tão anal-retentivo e pau-mandado que não conseguia perceber a vastidão extrema da própria hipocrisia, impotência emocional e infância mental.

— Então chegamos a um acordo?

— Não.

— Então concordamos?

— Não.

— Que bom que você concorda comigo.

Mas também havia argumentos em favor de perdoar seu pai. Havia sim. Bons argumentos. Intenções bonitas. Feridas.

O celular de Jacob tocou. O celular de verdade. Era Julia. A Julia de verdade. Jacob teria pulado de qualquer janela, aberta ou fechada, para fugir daquela conversa com o pai, mas estava com medo de atender.

— Oi?

— ...

— Aposto que sim.

— ...
— E eles pelo menos têm onde colocar?
— ...
— Imaginei. Não a parte da bomba, mas...
— ...
— Estou dentro do carro.
— ...
— O voo está adiantado.
— ...
— O Max.
— ...
— Max, quer dar um oi pra sua mãe?
— ...
— Você está no hotel? Estou ouvindo sons de natureza.
— ...
— Manda um oi pra ela.
— Meu pai mandou um oi.
— ...
— Ela disse oi.
— E conta pra ela que o Benjy se divertiu muito lá em casa, e não morreu.
— Ele pediu pra eu contar que o Benjy se divertiu muito na casa dele.
— ...
— Ela agradeceu.
— Manda um oi.
— O Max mandou um oi.
— ...
— Ela disse oi.
— ...
— Vamos ver. O Argos está muito velho. Isso voltou a ser confirmado. Compramos um remédio novo pra dor nas juntas, e aumentaram a dose do outro. Ele ainda tem uns latidos pela frente.
— ...
— Não tem o que fazer. A veterinária veio com aquela conversa sobre a honra de cuidar dos entes queridos, e como isso é uma coisa única.
— Ela não falou nada disso — Max protestou.
Jacob deu de ombros.
— E diz pra ela que a veterinária falou que a gente devia sacrificar o Argos.

Jacob disse "peraí" para Julia e pôs o celular no mudo.
— Não foi isso que a veterinária falou, Max.
— *Diz pra ela*.
Jacob tirou o celular do mudo e disse: — O Max quer que eu comunique a você que a veterinária acha que a gente deveria sacrificar o Argos, ainda que isso não tenha sido dito pela veterinária.
— Disse sim, mãe!
— ...
— Disse.
— ...
— A gente teve uma boa conversa sobre qualidade de vida, essas coisas.
— ...
— Levei ele pro Fort Reno no caminho e contei umas histórias de quando eu era moleque.
— ...
— Comeu no McDonald's.
— ...
— Burritos.
— ...
— Não, no micro-ondas.
— ...
— Claro. Cenoura. *Homus* também.
Com uns poucos gestos, Jacob comunicou a Max que Julia tinha perguntado se ele tinha comido verduras.
— ...
— Pode deixar.
— Ontem à noite a gente também teve um probleminha com o avatar do Sam.
— ...
— No *Other Life*. O avatar do Sam. A gente estava fuçando.
— *Você* estava — Max corrigiu.
— ...
— Não, acho que não. O Max estava mexendo...
— Hein? Pai, isso não é verdade. Mãe, não é verdade!
— E eu queria, sabe como é, mostrar interesse, e a gente acabou mexendo juntos. Nada muito dramático. A gente só deu umas voltas e explorou. Mas, enfim, a gente a matou.

— A gente não matou. Você matou. Mãe: quem a matou foi meu pai!
— ...
— O avatar dele. Sim.
— ...
— Sem querer.
— ...
— A morte não tem conserto, Julia.
— ...
— Passei uns meses no telefone com o suporte técnico ontem à noite. Talvez dê pra voltar mais ou menos até onde estava, mas pra isso eu vou ter de ficar sentado na frente do computador dele até ser convocado pelo Messias.
— ...
— Faz pelo menos um ano que eu não falo com o Cory.
— ...
— Seria meio escroto ligar depois de ter ignorado as ligações dele.
— ...
— E acho que não precisamos de um gênio da computação. Eu vou dar um jeito. Mas chega de doença e morte. Como vocês estão? Se divertindo?
— ...
— Conheceu a famosa Billie?
— Que famosa Billie? — Irv perguntou a Max pelo retrovisor.
— A namorada do Sam — Max respondeu.
— ...
— E?
— ...
— Como ele se comporta perto dela?
— ...
— Eu não levaria pro lado pessoal.
— ...
— E o Mark?
— ...
— A presença dele está sendo boa?
— ...
— Ele teve que dar descarga em maconha ou separar algum amasso?
— Amasso é quando as pessoas se agarram e dão beijo de língua, né? — Max perguntou ao avô.

— Isso aí.
— ...
— O que foi isso?
— ...
— Hein?
— ...
— Tem algo errado. Dá pra ouvir.
— ...
— Agora eu *sei* que tem algo errado.
— O que foi? — Max quis saber.
— ...
— Certo, mas quem sabe você me dá pelo menos um *resumo*, pra minha cabeça não ficar criando minhocas pelas próximas seis horas?
— ...
— Não foi isso que eu quis dizer.
— ...
— Julia. O que foi?
— Sério, o *que* foi? — perguntou Irv, enfim interessado.
— ...
— Se não fosse nada, a gente não estaria falando nisso até agora.
— ...
— Tá bom.
— ...
— Peraí, o quê?
— ...
— Julia?
— ...
— O Mark?
— ...
— Por que caralhos ele fez isso?
— Olha o palavrão — disse Max.
— ...
— Mas ele é *casado*.
— ...
— Mas ele *era*.
— ...
— O que você quer que eu faça? Apunhale um boneco de vodu de mim mesmo?

Jacob aumentou o som do rádio para que o pai e o filho tivessem dificuldade de ouvir o que ele estava dizendo. Uma gramática especializada na língua inglesa estava falando sobre sua paixão por contrônimos: palavras que são os próprios opostos. *Oversight* significa tanto "supervisionar", que presume atenção, quanto "deixar de ver", que presume desatenção. Podemos *dust*, polvilhar, um bolo com açúcar, ou *dust*, pulverizar uma plantação com pesticidas, mas quando um móvel é *dusted*, espanado, estamos retirando alguma coisa. Uma casa pode *weather*, resistir, a uma tempestade, enquanto suas telhas ficam *weathered*, desgastadas.

— ...
— Não é justo.
— ...
— Pode ser. Mas isso também é o que dizem quando algo não é justo.
— ...
— Claro que sim.
— ...
— Então é a sincronia mais absurdamente inacreditável desde...
— ...
— Ah.
— ...
— Se não é uma questão de equilíbrio, poderia por favor me dizer do que se trata?
— ...
— Excelente.
— ...
— Excelente.
— ...
— Do jeito que eu faço, sim.
— ...
— As duas coisas.
— O que foi? — perguntou Max.
— Nada — disse Jacob. E depois, para Julia: — O Max quer saber o que houve.
— ...
— Mas você está irritado — disse Max.
— A vida é irritante — disse Irv. — Sangue é molhado.
— Casca de ferida — lembrou Max.

Jacob aumentou ainda mais o volume, quase ao ponto da agressão. Ele era *fast*, rápido, até que seus pés fossem *held fast*, retidos, no concreto fresco. A terra era *held up*, sustentada, por Atlas, e a terra *held* Atlas *up*, fez com que ele se atrasasse para chegar em outro lugar. Depois que ela *left*, saiu, ninguém mais *was left*, sobrou.

— ...

— Não existe mais *é claro*.

— ...

— Você vai voltar pra casa?

— ...

— Não consigo entender, Julia. Mesmo.

— ...

— Mas naquele dia, na cama, você disse que isso *era*...

— ...

— Você acabou de dizer que não impediu nada. Não consigo acreditar. Não acredito no que você está dizendo.

— Quem sabe vocês arranjam um quarto? — Irv cochichou para Jacob.

— ...

— Agora entendi por que você não ligou ontem à noite.

— ...

— E a Micronésia tem *mesmo* uma bomba?

— ...

Jacob desligou.

Estavam *in battle*, em guerra um contra o outro, e tinham servido juntos *in battle*, na guerra.

— Jesus Cristo — disse Irv. — Que diabo foi isso?

— Isso foi...

— Pai?

Por um tempo que bastou apenas para que ele desistisse da ideia, Jacob considerou contar tudo para seu pai e seu filho. Ficaria se sentindo bem, mas perderia sua bondade.

— Foi aquela coisa. Uma barafunda de logística relacionada com a volta deles pra casa, e onde os israelenses vão dormir, e o que eles vão comer e por aí vai.

Irv não acreditou nele, claro. E Max também não, claro. Mas Jacob quase acreditou em si mesmo.

Ele *cleaved to*, se apegava, à vida da qual tinha *cleaved himself*, se removido.

A PALAVRA QUE RIMA COM DOR

Billie estava preparando suas falas para a Assembleia Geral — depois da reunião improdutiva do Fórum das Ilhas do Pacífico, a delegação da Micronésia voltou a se reunir no quarto de Mark e ficou debatendo até bem depois da hora de dormir, votando com margem apertada a favor de entregar a bomba nuclear a qualquer entidade externa competente e confiável o bastante para desarmar a bomba em segurança e descartar o material nuclear — quando seu celular cantou as duas primeiras palavras de "Someone Like You", de Adele, o suficiente para desencadear uma verdadeira Caríbdis de sentimentos sem revelar aos outros que ela não achava aquela música totalmente cafona. Era seu toque especial para as mensagens de Sam; ela estava com o celular na mão desde a noite anterior, querendo e não querendo ouvir *I heard*.

   tá revisando o discurso?

       por que você acha que eu quero falar com você?

   porque você acaba de escrever isso daí

       alguém tinha que inventar um emoticon
      pra palavra que alguém tinha que inventar
      pra expressar o quanto você me destruiu

   desculpa

       na verdade essa palavra existe: guernica

...

                                                          cadê você?

procurando guernica no google
era só ter perguntado

ninguém é que nem você e você nunca
é que nem ninguém

                você tirou isso da lateral de uma caixa de OB?
???

                          tenta de novo, mas capricha

emet hi hasheker hatov beyoter

                              que verdade? e que mentira?

adoro adoro demais...
essa é a mentira

                                            e a verdade?

amo

                      você acabou de dizer a coisa mais difícil?

não, essa foi a mais fácil

                          por que você foi tão ruim comigo?

posso contar uma coisa?

                                              pode

quando eu tinha oito anos, minha mão foi esmagada
na dobradiça de uma porta pesada de ferro
três dedos foram decepados
e tiveram que ser colocados de volta

as unhas são todas deformadas
quando minha mão parar de crescer vou implantar
unhas falsas
enfim, eu vivo com a mão no bolso
e quando sento a coloco
embaixo da perna

                                                                           eu sei

algumas vezes eu quis
tocar no seu rosto

                                                                           sério?

muitas muitas vezes

                                              e por que não tocou?

minha mão

                                              ficou com medo que eu visse?

sim
e de eu ver também

                                         era só ter usado a outra mão

mas eu quero tocar em você com essa mão
a questão é essa

              quero que você use essa mão pra tocar em mim

sério?

                                                         ...

cadê você?

                           apertando o celular no meu peito

ouvi seu coração batendo

                  mesmo só trocando mensagem de texto?

sim

                  pode tocar no meu rosto, se quiser

mando mensagem que nem aquiles
mas na vida real eu sou mulherzinha

                  na vida real eu sou feminista

você entendeu, é só uma expressão

            sim, eu sei que você não é uma mulher pequena

então preciso contar a verdade

                  nunca vou escrever rs na vida

desculpa ter machucado você
por que você fez isso?

            foi um jeito covarde de machucar a mim mesmo
                o pior de tudo foi que eu sempre
                  sinto que consigo entender você
        mas ontem à noite eu não entendi e fiquei com medo

aceita meu pedido de desculpas?

                como franz rosenzweig respondeu
        quando perguntaram se ele era um cara religioso...

"ainda não"

                    que memória excelente

ainda não?

                          ainda não

mas depois vai

                    você já pensou por que era importante
                    aquiles não ser ferido no calcanhar?

era a única parte dele que não era imortal
e daí? ele viraria um imortal manco

                         acho que você sabe o porquê
                                                    sei

eu adoraria demais demais demais saber

                    demais demais demais demais demais
                         mas usou de novo "adorar"

adorar tanto assim só pode ser uma coisa

                                                   amar

então me conta

                    não era só porque o calcanhar
                    era a única parte mortal
                    TODA a mortalidade dele tava no calcanhar
                    — tipo mandar todo mundo que tá num arranha-céu
                    descer até o porão e depois inundar o porão

e pessoas que trabalham em andares diferentes,
e nunca se encontrariam se não fosse isso,
conversam e decidem ir jantar
aí continuam indo jantar
e depois as famílias se conhecem
e todos passam juntos os feriados
e aí se casam e têm filhos, que têm filhos, que têm filhos

                              mas eles se afogaram

e daí?

PODE TER SIDO A DISTÂNCIA

Jacob era o único que se referia aos primos israelenses como *nossos* primos israelenses. Para todos os outros moradores da casa, eles eram *os* primos israelenses. Jacob não tinha vontade alguma de se apossar deles, e sentia coceira só de pensar em excesso de proximidade, mas sentia também que eles mereciam uma cordialidade familiar proporcional aos laços de sangue. Ou sentia que deveria sentir isso. Teria sido mais fácil se eles fossem mais fáceis.

Conhecia Tamir desde que os dois eram crianças. O avô de Jacob e o de Tamir eram irmãos que moravam em um *shtetl* na Galícia, de tamanho e importância tão ínfimos que os alemães só foram chegar ali depois da segunda passada pela zona de assentamento para limpar as migalhas judaicas. Eram sete irmãos. Isaac e Benny escaparam do mesmo destino dos outros se escondendo juntos dentro de um buraco por mais de duzentos dias, e depois vivendo em florestas. Cada história que Jacob ouviu sobre essa época nas conversas dos adultos — Benny teria matado um nazista; Isaac teria salvado um menino judeu — sugeria uma dúzia de outras histórias que ele nunca ouviria.

Os irmãos passaram um ano em um acampamento de refugiados, onde conheceram as esposas, que eram irmãs. Cada casal havia tido um filho, ambos meninos: Irv e Shlomo. Benny se mudou com a família para Israel e Isaac se mudou com a família para os Estados Unidos. Isaac nunca entendeu Benny. Benny entendeu Isaac, mas nunca o perdoou.

Em dois anos Isaac e a esposa, Sarah, tinham aberto uma lojinha de produtos judaicos em um bairro negro, aprendido inglês o suficiente para começarem a manipular o sistema e começaram a guardar dinheiro. Irv aprendeu as regras da bola em voo no beisebol, aprendeu a lógica alfabética/silábica dos nomes das ruas de Washington, aprendeu a sentir vergonha da aparência e do cheiro de sua casa, e certa manhã sua mãe, de quarenta e dois anos, desceu a escada para abrir a loja, mas em vez disso teve um colapso e morreu. Causa da morte? Ataque cardíaco. Derrame. Sobrevivência. Um silêncio tão alto e espesso foi erguido em torno da morte de Sarah que não apenas ninguém sabia de nenhum detalhe significativo, como ninguém nem mesmo sabia o que os outros sabiam. Muitas décadas mais tarde, no funeral do pai, Irv se permitiria especular se a mãe teria se matado.

Tudo era algo a nunca ser lembrado, ou a nunca ser esquecido, e o que os Estados Unidos tinham feito por eles era sempre repetido. Enquanto crescia, Jacob ouvia o avô contando histórias sobre a glória dos Estados Unidos: como tinha recebido roupas e comida dos militares depois da guerra; como nunca pediram que trocasse de nome na ilha Ellis (foi uma escolha dele); como a única limitação possível era a própria disposição para trabalhar; como ele nunca tinha passado por qualquer experiência que tivesse qualquer cheiro de antissemitismo — apenas de indiferença, que é ainda maior que o amor por ser algo com o que se pode sempre contar.

Os irmãos se visitavam em intervalos de alguns anos, como se a encenação de uma intimidade familiar tivesse o poder retroativo de derrotar o povo alemão e salvar a todos. Isaac enchia Benny e sua família de bugigangas que pareciam caras, levava todos aos "melhores" restaurantes de segundo escalão, fechava a loja por uma semana inteira para mostrar a eles todas as atrações de Washington. E depois que iam embora, ele passava o dobro da duração da visita reclamando que os parentes eram cabeçudos mas tinham cabecinhas, e comentando que enquanto os judeus americanos eram judeus aqueles israelenses malucos eram hebreus — pessoas que, se pudessem fazer as coisas a seu modo, sacrificariam animais e serviriam a reis. Depois reiterava a importância de se manter a proximidade com a família.

Jacob achava os primos israelenses — *seus* primos israelenses — curiosos, ao mesmo tempo alienígenas e familiares. Enxergava os rostos de sua família nos rostos deles, mas também algo diferente, que poderia ser descrito tanto como ignorância quanto como ausência de constrangimento, impostura ou liberdade — centenas de milhares de anos de evolução enfiados em uma única geração. Talvez fosse uma espécie de alheamento existencial, mas os israelenses não pareciam se incomodar com nada.

O que a família de Jacob mais fazia, no entanto, era se incomodar. Eram pessoas incomodadas.

Jacob visitou Israel pela primeira vez aos catorze anos — um presente atrasado que ele não queria por um bar-mitzvá ao qual não compareceu. A geração seguinte de Blumenbergs levou a geração seguinte de Blochs ao Muro das Lamentações, em cujas fendas Jacob enfiou orações para coisas às quais não dava importância, mas sabia que eram importantes, como a cura da Aids e uma camada de ozônio intacta. Boiaram juntos no Mar Morto, entre judeus antiquíssimos, paquidérmicos, lendo jornais semissubmersos que escorriam cirílico. Subiram Massada de manhã bem cedo e encheram os bolsos com pedras que podiam ter sido seguradas pelas mãos de suicidas judeus. Assistiram ao moinho de vento rompendo o pôr do sol em Mishkenot Sha'ananim. Foram ao pequeno parque batizado com o nome do bisavô de Jacob, Gershom Blumenberg. Tinha sido um rabino querido, e os discípulos que sobreviveram permaneceram leais à sua memória, escolhendo nunca mais ter outro rabino, escolhendo o próprio fim. Fazia 40 graus. O banco de mármore estava frio, mas a placa de metal com o nome dele estava quente demais para ser tocada.

Certa manhã, enquanto dirigiam rumo ao litoral para fazer uma caminhada, uma sirene de ataque aéreo soou. Os olhos de Jacob se esbugalharam e encontraram os de Irv. Shlomo parou o carro. Ali mesmo, onde estava, em plena rodovia. — O carro quebrou? — Irv quis saber, como se a sirene pudesse estar indicando um conversor com problemas. Shlomo e Tamir saíram do carro com a determinação inexpressiva de zumbis. Todos os que estavam na rodovia saíram de carros e caminhões, de motocicletas. Ficaram parados, milhares de judeus mortos-vivos, em perfeito silêncio. Jacob não sabia se aquilo era o fim do mundo, algum tipo de saudação altiva a um inverno nuclear, ou uma simulação, ou algum costume do país. Como em um experimento de psicologia, Jacob e os pais acataram o comportamento da massa e ficaram parados em silêncio ao lado do carro. Quando a sirene parou, a vida foi retomada. Todos voltaram para dentro do carro e seguiram seu caminho.

Como Irv parecia relutante demais em demonstrar ignorância para sanar a própria ignorância, sobrou para Deborah perguntar o que tinha acabado de acontecer.

— *Yom HaShoá* — Shlomo respondeu.

— Esse é aquele dia das árvores? — perguntou Jacob.

— Dos judeus — Shlomo respondeu — que foram cortados.

— *Shoá* — disse Irv a Jacob, como se desde o início tivesse entendido o que aconteceu — significa "Holocausto".

— Mas por que todo mundo para e fica em silêncio?

Shlomo explicou: — Porque parece menos errado do que qualquer outra coisa que a gente poderia fazer.

— E fica todo mundo encarando o quê? — perguntou Jacob.

Shlomo respondeu: — A si mesmo.

Jacob ficou ao mesmo tempo hipnotizado e enojado pelo ritual. A reação americana ao Holocausto era "Jamais esquecer", porque existia uma possibilidade de esquecer. Em Israel, soavam a sirene de ataque aéreo por dois minutos, porque do contrário ela nunca pararia de soar.

Shlomo foi um anfitrião tão exagerado quanto Benny. Era ainda mais excessivo, já que não estava preso à dignidade da sobrevivência. E dignidade nunca tinha sido o problema de Irv. Assim sendo, não faltaram cenas lamentáveis, especialmente quando chegava a conta ao final de cada refeição.

— Eu pago!

— Não, eu pago!

— Seria uma ofensa!

— *Ofensa?*

— Vocês são nossos convidados!

— Vocês são nossos anfitriões!

— Nunca mais vou comer com você.

— Ah, vai.

Mais de uma vez essa generosidade competitiva tinha descambado para insultos genuínos. Mais de uma vez — duas vezes — dinheiro foi literalmente rasgado. Todo mundo ganhava *ou* todo mundo perdia? Por que esse binarismo?

A lembrança mais clara e terna de Jacob era o tempo passado na casa dos Blumenberg, uma construção em estilo art déco empoleirada sobre uma colina de Haifa. Todas as superfícies eram feitas de pedra e tão frescas que era possível sentir isso andando de meias a qualquer hora do dia — uma casa inteira como o banco do parque Blumenberg. No café da manhã, pepinos fatiados na diagonal e cubos de queijo. Passeios em "zoológicos" com dois ambientes, de uma especificidade esquisitíssima: um zoo de serpentes e um zoo de pequenos mamíferos. Para o almoço, a mãe de Tamir preparava uma variedade enorme de acompanhamentos — meia dúzia de saladas, meia dúzia de pastinhas. Em casa, os Bloch se esforçavam por manter a televisão desligada. Os Blumenberg se esforçavam por jamais desligar o aparelho.

Tamir era obcecado por computadores, e já contava com uma biblioteca pornô em RGB antes de Jacob ter sequer usado um processador de texto. Naquela época, Jacob escondia revistas de pornografia dentro de livros de consulta na Barnes & Noble, procurava mamilos e pelos pubianos em catálogos de lingerie com a dedicação de um talmudista procurando pela vontade de Deus, e ouvia os gemidos do canal Spice, que ficava bloqueado visualmente, mas exposto auditivamente. O melhor brinde lascivo possível eram os três minutos de prévia oferecidos pelos hotéis da época para todos os filmes: para toda a família, pornografia, *pornografia*. Mesmo adolescente, Jacob reconheceu a tautologia masturbatória: se três minutos de um filme pornográfico o convencessem de que era um filme pornográfico que valia a pena, você não precisaria mais dele. O computador de Tamir levava metade de um dia para baixar uma única cena de espanhola, mas não era para isso mesmo que o tempo servia?

Uma vez, enquanto assistiam a uma mulher pixelada abrir e fechar as pernas com movimentos robóticos — uma animação composta por seis *frames* —, Tamir perguntou a Jacob se ele estava com vontade de bater punheta.

Jacob respondeu "Não" com uma voz irônica de âncora de telejornal, presumindo que o primo estava de brincadeira.

— Capricha — disse Tamir, e cuidou de também caprichar, enchendo a palma da mão com hidratante de manteiga de karité.

Jacob observou o primo sacar o pênis ereto da calça e começar a acariciá-lo, transferindo o creme para sua extensão. Depois de um minuto ou dois daquilo, Tamir se levantou, deixando a cabeça do pênis a alguns centímetros da tela — perto o suficiente para sofrer choque de estática. Era um pênis grosso, Jacob tinha de admitir. Mas não tinha certeza de que era mais comprido que o dele. Não tinha certeza de que, no escuro, alguém conseguiria diferenciar os dois.

— Tá gostoso? — perguntou Jacob, ao mesmo tempo se censurando por fazer uma pergunta tão nojenta.

E então, como se estivesse respondendo, Tamir pegou um lenço de papel da caixa na escrivaninha e gemeu enquanto gozava sobre ele.

Por que Jacob tinha feito aquela pergunta? E por que Tamir tinha gozado justo naquele momento? Será que a pergunta de Jacob o fez gozar? Será que tinha sido essa a intenção (totalmente subconsciente) de Jacob?

Eles se masturbaram lado a lado umas dez vezes. Jamais se encostaram, mas Jacob chegou a se perguntar se os gemidos discretos de Tamir seriam mesmo impossíveis de reprimir — se não tinham algo de performático. Nunca fizeram comentários posteriores sobre essas sessões — nem três minutos, nem três décadas mais tarde —, mas não eram um motivo de vergonha para nenhum dos dois. Na época, eram jovens o bastante para não se preocupar com significados, e mais tarde velhos o bastante para reverenciar coisas perdidas.

Pornografia era apenas um exemplo do abismo de diferenças entre as experiências de vida dos dois. Tamir já caminhava sozinho para a escola bem antes de os pais de Jacob começarem a deixá-lo sozinho em festas de aniversário. Tamir já fazia a própria comida enquanto um aviãozinho cheio de vegetais verde-escuros procurava uma pista de aterrissagem na boca de Jacob. Tamir tinha bebido cerveja antes de Jacob, fumado maconha antes de Jacob, sido chupado antes de Jacob, sido preso antes de Jacob (que nunca viria a ser preso), viajado para o exterior antes de Jacob, criado um coração ao ter o coração partido antes de Jacob. Quando Tamir ganhou um fuzil M16, Jacob ganhou um passe do Eurail. Tamir tentava, em vão, evitar situações arriscadas; Jacob tentava, em vão, se colocar nessas situações. Aos dezenove anos, Tamir estava em um posto avançado quase subterrâneo no Sul do Líbano, protegido por quatro palmos de concreto. Jacob estava em um alojamento estudantil em New Haven com tijolos que tinham ficado enterrados por dois anos antes de serem usados na construção, para que parecessem mais velhos do que eram. Tamir não nutria ressentimentos por Jacob — teria *sido* Jacob, se pudesse escolher —, mas tinha perdido parte da leveza necessária para compreender alguém tão leve quanto o primo. Tinha lutado por sua pátria enquanto Jacob tinha passado noites inteiras debatendo se aquele pôster estúpido da *New Yorker* que mostra Nova York maior do que tudo ficaria melhor nessa ou naquela parede. Tamir tinha tentado não ser morto enquanto Jacob tinha tentado não morrer de tédio.

Depois de servir, Tamir enfim ficou livre para viver como desejava. Ele se tornou muito ambicioso, no sentido de ganhar pilhas absurdas de dinheiro e comprar um monte de coisas absurdas. Abandonou a Technion depois de um ano e fundou a primeira de uma série de *startups* de tecnologia avançada. Quase todas fracassaram, mas bastam alguns poucos sucessos para acumular os primeiros cinco milhões. Jacob sentia inveja demais para permitir a Tamir o prazer de explicar o que suas empresas faziam, mas não era difícil deduzir que, como a maior parte dos empreendimentos tecnológicos israelenses, aplicavam tecnologia militar à vida civil.

As casas, os carros, o ego e os peitos das namoradas de Tamir ficavam maiores a cada visita. Jacob forçava uma expressão respeitosa que deixava entrever a quantidade certa de desaprovação, mas, no fim, nenhum de seus alarmes emocionais conseguia romper a surdez emocional de Tamir. Por que Jacob não conseguia simplesmente ficar feliz pela felicidade do primo? Tamir era uma boa pessoa, cujo enorme sucesso tornava cada vez mais difícil para Jacob se motivar pelos próprios valores medianos. Ter mais do que se precisa é uma situação confusa. Quem poderia culpá-lo?

Jacob. Jacob poderia culpá-lo, porque ele tinha menos do que precisava — era um romancista respeitável, ambicioso e quase falido, que escrevia muito raramente —, e isso não tinha nada de confuso. Nada estava ficando maior em sua vida — vivia uma luta constante tentando impedir que suas conquistas encolhessem — e pessoas sem posses materiais suntuosas têm apenas valores suntuosos para ostentar.

Tamir sempre tinha sido o favorito de Isaac. Jacob nunca conseguiu entender o porquê. Seu avô parecia ter problemas sérios com todos os parentes pós-bar-mitzvá, muito especialmente aqueles que obrigavam os filhos a falar com ele pelo Skype uma vez por semana e que o levavam de carro a médicos e a supermercados distantes que vendiam seis latas de fermento pelo preço de cinco. Todos ignoravam Isaac, mas ninguém ignorava menos do que Jacob, e ninguém ignorava mais do que Tamir. Ainda assim, Isaac teria trocado seis Jacobs por cinco Tamirs.

Tamir. Ele sim é um bom neto.

Mesmo que Tamir não fosse lá tão bom assim, e muito menos seu neto.

Pode ter sido a distância a inspirar tanto amor em Isaac. Pode ser que a ausência tenha permitido a criação de uma mitologia, enquanto Jacob estava condenado a ser julgado a cada meio passo que dava na direção contrária ao ideal de *mensch*.

Jacob tinha tentado convencer Tamir a fazer uma visita a Isaac antes da mudança para o Asilo Judaico. Seriam dezoito meses de purgatório enquanto esperavam que alguém morresse para liberar um quarto. Mas Tamir negou a importância do evento.

— Fiz seis mudanças em dez anos — argumentou por e-mail, mas deste jeito: "fz 6 mdç m 10 ns", como se todas as línguas fossem tão desprovidas de vogais quanto o hebraico. Ou como se não fosse possível nem ao menos fingir interesse naquilo.

— Certo — Jacob respondeu —, mas você nunca se mudou para um asilo.

— Quando ele morrer eu vou, OK?

— Suspeito que essa visita não seria tão importante pra ele.

— E a gente vai pro bar-mitzvá do Sam — Tamir respondeu, embora na época ainda faltasse um ano para isso acontecer, e não havia dúvidas de que aconteceria.

— Espero que aguente até lá — escreveu Jacob.

— Você está parecendo ele.

O ano se passou, Isaac sobreviveu, como era de seu feitio, assim como os judeus insolentes que seguiam nos vários quartos que eram seus por direito. Até que *enfim* a espera exasperante terminou: alguém fraturou o quadril e morreu, fazendo Isaac subir para o começo da lista. O bar-mitzvá de Sam estava enfim próximo. E, de acordo com o celular de Jacob, os israelenses estavam em procedimento de descida para pouso.

— Olha só — Jacob disse a Max enquanto Irv estacionava o carro —, os nossos primos israelenses...

— Os *seus* primos israelenses.

— Nossos primos israelenses não são as pessoas mais fáceis de lidar deste mundo...

— *Nós* somos as pessoas mais fáceis de lidar deste mundo?

— Sabem a única coisa em que os árabes acertam? — Irv comentou, irritado com o ângulo em que um carro estava estacionado. — Eles não deixam mulher tirar carteira de motorista.

— Nós somos as segundas pessoas mais difíceis de lidar deste mundo — Jacob respondeu para Max. — Depois dos seus primos israelenses. Mas estou querendo dizer que você não deve julgar o Estado de Israel com base na teimosia, na arrogância e no materialismo dos nossos primos.

— Também conhecidos como firmeza, senso de justiça e engenhosidade — Irv comentou, desligando o carro.

— O problema não é eles serem *israelenses* — disse Jacob. — *Eles* são o problema, é isso. E eles são nossos.

NO FIM DAS CONTAS, NOSSA CASA É PERFEITA

O porão abrigava rolos de plástico bolha que lembravam rolos de feno em uma pintura de cenário rural — dezenas de litros de ar aprisionado guardado por anos para uma ocasião que nunca chegaria.

As paredes estavam vazias: os prêmios e diplomas tinham sido retirados, as *ketubot*, as reproduções de pôsteres de exposições de Chagall, as fotos de casamento e as fotos de formatura, as fotos de bar-mitzvá e as fotos de *bris* e as ultrassonografias emolduradas. Tantas imagens emolduradas, como se ele estivesse tentando esconder as paredes. E, na ausência dessas coisas, tantos retângulos descoloridos.

As bugigangas chinesas tinham sido retiradas das prateleiras da cristaleira e colocadas em gavetas.

Na geladeira, retângulos intactos indicavam onde antes ficavam os netos belos, geniais, desprovidos de tumores — restavam apenas três retratos escolares, seis olhos fechados. Os livros de Vishniac tinham sido tocados pela primeira vez em uma década, colocados no chão, e as fotos e os cartões que antes cobriam a geladeira agora cobriam a mesa de centro, cada um no próprio *ziploc* fechado. Isaac tinha guardado todos esses saquinhos para aquele momento — lavado um por um depois de usar, pendurado para secar na torneira.

Em cima da cama, mais pilhas de coisas esperando distribuição para entes queridos. Nos últimos dois anos ele tinha se envolvido em um longo processo de doação de todas as suas posses, e o que ainda restava eram as coisas mais difíceis de se desfazer — não por causa do apego sentimental, mas porque ninguém quereria aquelas coisas. Ele já tinha possuído prataria genuinamente razoável. Xícaras charmosas de porcelana. E quem se dispusesse a se dar ao trabalho e ao custo de reestofar algumas das poltronas até que conseguiria arranjar argumentos não irônicos. Mas quem iria querer levar para casa, ou mesmo para o lixão mais próximo, papéis de presente que ainda tinham marcas de dobra das caixas que um dia embrulharam?

Quem iria querer os blocos de post-its, as sacolas de tecido, os caderninhos de espiral e as canetas gigantes oferecidas como brinde por companhias farmacêuticas e aceitas somente por estarem disponíveis?

Aquela caixa de balas de goma petrificadas, roubadas do *kiddush* em homenagem ao nascimento de alguém que já tinha virado obstetra. Alguém iria querer isso?

Como não recebia visitas, não precisava de um lugar para guardar casacos, então o armário do corredor de entrada era um bom lugar para guardar todos os rolos de plástico bolha que ele jamais precisaria usar. No verão, as bolhas se expandiam e forçavam a porta do armário — os pinos das dobradiças girando em sentido anti-horário por milésimos de grau por conta da pressão.

Quem, dentre os vivos, iria querer aquilo que ele ainda tinha para dar?

E que interrupção da calmaria, que perturbação súbita tinham despertado o borbulhar da última gengibirra no interior da geladeira?

OS ISRAELENSES VÊM AÍ!

Tamir conseguiu arrastar três malas de rodinhas ao mesmo tempo que carregava duas sacolas de free shop transbordando de — de quê? Que cacareco sem dignidade poderia ser tão importante a ponto de fazer os primos esperarem tanto tempo a mais? Relógios Swatch? Perfume? Um M&M gigante cheio de minúsculos M&Ms de chocolate?

A surpresa ao ver Tamir nunca diminuía. Ali estava alguém com quem Jacob compartilhava mais material genético do que praticamente toda a humanidade, mas será que algum desconhecido adivinharia que eram parentes? Sua cor da pele poderia ser explicada pela exposição ao sol, e as diferenças de tipo físico poderiam ser atribuídas a dieta e exercícios e força de vontade, mas e o queixo definido, a fronte saliente, os cabelos nas juntas dos dedos e na cabeça? E o tamanho dos pés, a visão perfeita, a capacidade de materializar uma barba cheia e abundante no intervalo de tempo em que um *bagel* demorava para tostar?

Tamir se dirigiu direto a Jacob, como um míssil interceptador da Cúpula de Ferro. Envolveu o primo nos braços, beijou o primo com a boca inteira e segurou o primo diante de si com os braços esticados. Depois espremeu os ombros de Jacob e o analisou de cima a baixo, como se estivesse considerando comê-lo ou estuprá-lo.

— Pelo visto a gente não é mais criança!

— Nem mesmo nossos filhos são mais crianças.

Seu peito era largo e firme. Teria servido como boa superfície para alguém como Jacob escrever sobre alguém como Tamir.

Mais uma vez, segurou Jacob diante de si com os braços esticados.

— O que significa essa camiseta? — Jacob quis saber.

— Engraçado, né?
— Acho que sim, mas não sei se entendi.
— "Tá na sua cara que eu preciso beber." Entendeu? Tá na *sua* cara que *eu* preciso beber.
— Como assim, tipo, você é tão feio que eu preciso beber? Ou: enxergo refletida na expressão do seu rosto minha própria necessidade de beber?
Tamir se virou para Barak e disse: — Não falei?
Barak assentiu com a cabeça e riu. Jacob tampouco entendeu de que *isso* que se tratava.
A última visita de Tamir tinha acontecido havia quase sete anos; Jacob não visitava Israel desde que se casou.
Jacob só tinha compartilhado notícias boas com Tamir, boa parte com alguns exageros, além de algumas mentiras ocasionais. Na verdade, Tamir também mentia e exagerava, mas apenas uma guerra traria as verdades à tona.
Todos trocaram abraços. Tamir levantou Irv do chão, espremendo um peidinho — uma manobra de Heimlich anal.
— Fiz você peidar! — Tamir exclamou, dando um soco no ar.
— Só uns gases — respondeu Irv; uma distinção sem diferença alguma, como diria o dr. Silvers.
— Vou fazer você peidar de novo!
— Acho melhor não fazer isso.
Tamir envolveu Irv nos braços mais uma vez e o suspendeu no ar, agora dando um aperto ainda mais forte. E, mais uma vez, funcionou, e foi ainda melhor — empregando aqui uma definição bem específica de *melhor*. Tamir devolveu Irv ao chão, respirou fundo e abriu mais uma vez os braços.
— Agora você cagou.
Irv cruzou os braços.
Tamir caiu na gargalhada e disse: — Brincadeira, brincadeira!
Todo mundo que não era Irv deu risada. Jacob percebeu que Max deu a primeira gargalhada das últimas semanas — talvez dos últimos meses.
E em seguida Tamir empurrou Barak para a frente, bagunçou seu cabelo e disse: — Olha esse safado. Virou um homem, né?
Homem era exatamente a palavra certa. Barak era altíssimo, esculpido em pedra de Jerusalém e adornado por uma pelagem generosa — o tipo de peitoral que faria quicar moedinhas se não contasse com uma floresta de cabelos triplamente encaracolados tão densa que tudo o que entrasse ali permaneceria depositado para sempre.

Entre os irmãos, e entre um corte de cabelo e outro, Max era menino o suficiente. Mas Barak fazia com que ele parecesse pequeno, fraco, sem gênero definido. E todo mundo parecia ter percebido — ninguém mais do que o próprio Max, que deu um meio passo acovardado para trás, na direção do quarto de sua mamãe no hotel Hilton.

— Max! — exclamou Tamir, dirigindo o olhar para o garoto.

— Afirmativo.

Jacob deu uma risadinha sem graça. — Afirmativo? Jura?

— Saiu assim — Max respondeu, farejando o próprio sangue.

Tamir examinou o garoto de cima a baixo e comentou: — Você parece um vegetariano.

— *Pescetariano* — disse Max.

— Você come carne — disse Jacob.

— Eu sei. Mas eu *pareço* um pescetariano.

Barak deu um soco no peito de Max, sem nenhuma razão aparente.

— Ai! Mas que...

— Brincadeira — disse Barak —, brincadeira.

Max esfregou o peito. — Sua brincadeira fraturou meu esterno.

— Comida? — perguntou Tamir, batendo na barriga.

— Pensei em primeiro passar no Isaac pra uma visita — sugeriu Jacob.

— Deixa o homem comer — disse Irv, criando dois lados ao escolher um deles.

— Bem, por que não? — Jacob cedeu, se lembrando da citação de Kafka: — Na luta de si contra o mundo, tome o lado do mundo.

Tamir olhou em volta do terminal do aeroporto e bateu palmas. — Panda Express! Nada pode ser maior!

Pediu um porco *lo mein*. Irv fez o possível para esconder o desgosto, mas todo seu possível não era grande coisa. Se Tamir não conseguia ser um personagem da Torá, ao menos poderia obedecê-la. Mas Irv era um bom anfitrião, e sangue é sangue, e então mordeu a língua até os dentes se encostarem.

— Sabe onde tem a melhor comida italiana do mundo hoje em dia? — Tamir perguntou, espetando um pedaço de porco.

— Na Itália?

— Em *Israel*.

— Ouvi falar — disse Irv.

Jacob não podia deixar aquela declaração estapafúrdia passar batida.

— Você quis dizer a melhor comida italiana *fora da Itália*.

— Não, estou dizendo que Israel tem a melhor comida italiana que se faz hoje em dia.
— Certo. Mas você está fazendo a afirmação duvidosa de que Israel é o país *fora da Itália* que tem a melhor comida italiana.
— *Incluindo* a Itália — Tamir insistiu, estalando as juntas da mão livre ao simplesmente fechar e abrir o punho.
— Por definição, isso é impossível. É o mesmo que dizer que a melhor cerveja alemã é israelense.
— É Goldstar o nome.
— E eu adoro — disse Irv.
— Você nem bebe cerveja.
— Mas quando eu bebo.
— Deixa eu perguntar uma coisa — disse Tamir. — Onde se fazem os melhores *bagels* do mundo?
— Nova York.
— Concordo. Os melhores *bagels* do mundo estão em Nova York. Agora deixa eu perguntar: *bagel* é uma comida judaica?
— Depende do que você quer dizer com isso.
— *Bagel* é uma comida judaica, assim como macarrão é uma comida italiana?
— Mais ou menos.
— E deixa eu perguntar outra coisa: Israel é a pátria judaica?
— Israel é o *Estado* judaico.
Tamir se aprumou na cadeira.
— Não era pra você discordar nessa parte do argumento.
Irv lançou um olhar para Jacob. — Claro que Israel é a pátria judaica.
— Depende do que você quer dizer com pátria — insistiu Jacob. — Se você quer dizer pátria ancestral...
— O que *você* quer dizer com isso? — perguntou Tamir.
— Estou me referindo ao lugar de onde veio minha família.
— Que é?
— Da Galícia, que hoje faz parte da Ucrânia e da Polônia.
— Mas antes disso.
— Da África?
Irv deixou a voz escorrer que nem melado, mas sem nenhuma doçura: — Da África, Jacob?
— É arbitrário. A gente pode voltar até as árvores ou ao oceano, se quiser. Tem gente que volta até o Éden. Você escolheu Israel. Eu escolhi a Galícia.

— Você se sente galiciano?
— Eu me sinto americano.
— Eu me sinto judeu — disse Irv.
— A verdade — disse Tamir, atirando na boca o último pedaço de porco —, é que você sente uma coisa dentro da calça quando vê os peitos da Julia.

Sem nenhum motivo, Max perguntou: — Será que o banheiro daqui é limpo?

Jacob ficou pensando se Max havia feito a pergunta e desejado sair dali por saber, ou intuir, que fazia meses que seu pai não sentia nada ao ver sua mãe?

— É um banheiro — disse Tamir.
— Vou esperar a gente chegar em casa.
— Se você precisa ir ao banheiro — disse Jacob —, vai logo. Segurar não faz bem.
— Quem disse? — disse Irv.
— Sua próstata.
— Você ouve minha próstata falar?
— Eu não preciso ir ao banheiro — disse Max.
— Segurar faz bem — disse Tamir. — É tipo... como é mesmo o nome? Não é *kugel*...
— Mas vai lá e tenta, Max. Por via das dúvidas.
— Deixa o garoto não ir ao banheiro — disse Irv. E, para Tamir: — É *kegel* o nome. E você tem toda razão.
— *Eu* vou — disse Jacob. — E sabe por quê? Porque eu amo minha próstata.
— Então devia se casar com ela — disse Max.

Jacob não precisava ir ao banheiro, mas foi. E ficou em pé no mictório, um babaca com o pênis de fora, deixando, por via das dúvidas, alguns minutos se passarem para ressaltar seu argumento inexistente.

Um homem da idade do seu pai estava urinando ao seu lado. A urina saía em jatos, como se emitidas por um aspersor de gramado, o que, para os ouvidos nada especializados de Jacob, soava como um sintoma. Quando o homem soltou um grunhido leve, Jacob olhou, por reflexo, e eles trocaram breves sorrisos antes de se lembrarem onde estavam: um lugar onde se tolerava apenas um instante muitíssimo breve de reconhecimento. Jacob teve a sensação nítida de conhecer aquela pessoa. Sempre sentia isso em mictórios, mas daquela vez tinha certeza — como sempre. Onde teria visto aquele rosto antes? Seria um professor da faculdade? Um dos professores dos meninos? Um dos amigos de seu pai? Por um momento, ele se convenceu de que o desconhecido era um dos personagens das fotos antigas da família de Julia, tiradas no Leste Europeu, e que tinha viajado no tempo para trazer um aviso.

Jacob voltou a mentalizar ribeirões gorgolejantes e a morte lenta de uma lombar cujo desenlace, como tantas outras coisas, ele nunca tinha concebido até se ver obrigado, e a ficha caiu: *Spielberg*. Assim que o pensamento se instalou, não havia mais como duvidar. Claro que era ele. Jacob estava de pé, com o pênis exposto, ao lado de Steven Spielberg, cujo pênis estava exposto. Qual era a chance de isso acontecer?

Jacob tinha crescido, como todos os judeus do último quarto do século XX, debaixo da asa de Spielberg. Ou melhor, à sombra da asa. Tinha assistido a *E.T.* três vezes na semana de estreia, todas no cinema Uptown, todas espiando por entre os dedos a cena em que a perseguição de bicicleta atingia um clímax tão delicioso que se tornava literalmente insuportável. Tinha assistido ao primeiro *Indiana Jones* e ao filme seguinte, e ao que veio depois. Tentou assistir a *Além da eternidade*. Ninguém é perfeito. Não até fazer *A lista de Schindler*, e nesse ponto ele não era mais *ele*, mas *eles*. Eles? Os milhões assassinados. Não, pensou Jacob, ele *nos* representava. Os Não Assassinados. Mas *A lista de Schindler* não era para nós. Era para *eles*. Eles? Não os Assassinados, claro. Eles não tinham como assistir a filmes. Para todos os que não eram *nós*: os gentios. Porque com Spielberg, em cuja conta bancária o público em geral se sentia obrigado a fazer depósitos anuais, tínhamos enfim um modo de fazer com que olhassem para nossa ausência, de esfregar seus narizes na merda do pastor-alemão.

E, por Deus, como ele foi amado. Jacob achou o filme piegas, exagerado, beirando o *kitsch*. Mas tinha ficado profundamente emocionado. Irv condenou a escolha de contar uma história edificante do Holocausto, de oferecer, para todos os efeitos, um final feliz estatisticamente desprezível gerado por aquela espécie estatisticamente desprezível, o bom alemão. Mas até mesmo Irv tinha se emocionado, dentro de seus limites. Isaac não podia ter se emocionado mais: *Estão vendo o que fizeram conosco, com meus pais, meus irmãos, comigo, estão vendo?* Todo mundo ficou emocionado, e todo mundo foi convencido de que se emocionar era a derradeira experiência estética, intelectual e ética.

Jacob precisava tentar dar uma espiadinha no pênis de Spielberg. A única questão era: sob que pretexto?

SERVENTIAS DE UM PUNHO JUDEU

Todos os check-ups anuais terminavam com o dr. Schlesinger ajoelhado em frente a Jacob, segurando suas bolas e pedindo que virasse a cabeça e tossisse. Parecia ser a experiência universal, e universalmente inexplicável, entre os homens. Mas tossir e virar a cabeça tinha alguma relação com a genitália. Não era uma lógica infalível, mas parecia correta. Jacob tossiu e deu uma olhada.

O tamanho não causou nenhum impacto — Spielberg não tinha um pênis mais comprido, mais curto, mais grosso ou mais fino do que qualquer avô judeu flácido. Também não era um pênis especialmente bananoso, pendular, reticulado, lampadoso, reptiliano, laminar, cogumélico, varicoso, aquilino ou estrábico. A única coisa digna de nota era o que não estava falando: o pênis de Spielberg não era circuncidado. Como Jacob tinha pouquíssima familiaridade com a atrocidade visual que é um pênis intacto, não colocaria a mão no fogo — o risco parecia altíssimo —, mas tinha conhecimentos suficientes para saber que precisava dar mais uma olhada. Mas ainda que a etiqueta do mictório permita um cumprimento, e que uma tossida pudesse ser um álibi aceitável para a espiada, simplesmente não havia como voltar à cena sem fazer uma proposta sexual, e isso não aconteceria nem em um mundo em que Spielberg não tivesse feito A.I. – *Inteligência Artificial*.

Eram quatro opções: (1) ele tinha errado ao identificar o homem como Steven Spielberg e tinha errado ao identificar o pênis como incircunciso; (2) ele tinha errado ao identificar o homem como Steven Spielberg e acertado ao identificar o pênis como incincurciso; (3) *era* Steven Spielberg, mas Jacob tinha errado ao identificar o pênis como incincurciso — *claro* que ele era circuncidado; ou (4) Steven Spielberg não era circuncidado. Se Jacob fosse homem de apostar, empurraria sua montanha de fichas para a opção (4).

Depois da descarga (do mictório e de adrenalina), Jacob lavou as mãos rápido demais para conseguir fazer qualquer outra coisa e voltou correndo ao encontro dos outros.

— Adivinhem do lado de quem eu fiz xixi.
— *Jesus Cristo*, pai.
— Quase. Spielberg.
— Quem é esse? — perguntou Tamir.
— Tá falando sério?
— Como assim?
— *Spielberg*. Steven Spielberg.

— Nunca ouvi falar.

— Dá um tempo, vai — disse Jacob, sempre em dúvida se o que Tamir dizia era verdade ou brincadeira. Qualquer coisa poderia ser dita sobre Tamir, menos que não fosse inteligente, experiente e inquieto. Mas também se poderia dizer que ele era leviano, egocêntrico e narcisista. Se tinha algum senso de humor, era mais seco do que maisena. E isso possibilitava que efetuasse um tipo de acupuntura psicológica em Jacob: Será que acabo de ser perfurado por uma agulha? Está doendo? Será que não é só teatro? Ele não podia estar falando sério sobre a comida italiana, ou será que estava? E nunca ter ouvido falar de Spielberg? Impossível, e totalmente possível.

— Pesado — disse Irv.

— E sabe qual é a parte mais pesada? — Jacob se inclinou para cochichar: — Ele não é circuncidado.

Max levantou os braços de repente. — Não vai me dizer que você beijou o pinto dele numa cabine do banheiro.

— Quem é esse Spielberg? — perguntou Tamir.

— A gente estava no mictório, Max. — E, só para deixar claro: — É óbvio que não beijei o pinto dele.

— Tem alguma coisa errada nisso daí — disse Irv.

— Eu sei. Mas vi com meus próprios olhos.

— Por que seus olhos ficariam espiando o pênis de outro homem? — Max quis saber.

— Porque era o Steven Spielberg.

— Por que ninguém quer me dizer quem é essa pessoa? — Tamir protestou.

— Porque não acredito que você não saiba quem é.

— Por que eu fingiria? — perguntou Tamir de um modo totalmente convincente.

— Porque esse é o seu jeito israelense bizarro de minimizar as conquistas dos judeus-americanos.

— E por que eu teria vontade de fazer isso?

— Não sei, me conta.

— Tá bom — disse Tamir, limpando com calma os restos de seis pacotes de molho de pato dos cantos da boca —, você que sabe. — Depois se levantou e tomou o rumo do balcão dos condimentos.

— Você vai ter que voltar para ter certeza — disse Irv. — Se apresente.

— Você não vai fazer nada disso — implorou Max, exatamente como a mãe dele faria.

Irv fechou os olhos e disse: — Meu âmago está abalado.
— Eu sei.
— Em que vamos acreditar?
— Eu *sei*.
— Esse tempo todo a gente achando que aquela porcaria sobre o Holocausto era uma compensação pelo *Holocausto*.
— Agora virou porcaria?
— Sempre foi porcaria — disse Irv. — Mas era a *nossa* porcaria. Agora... eu fico me perguntando.
— Assim até parece que ele não é ju...

Mas Jacob não conseguiu terminar a frase. Ou nem precisou. Assim que o fragmento daquela possibilidade adentrou o mundo não restou lugar para mais nada.

— Eu preciso me sentar — Irv anunciou.
— Você está sentado — disse Max.
— Preciso me sentar no chão.
— Não faz isso — disse Jacob. — Está imundo.
— Agora tudo é imundo — disse Irv.

Em silêncio, observaram dezenas de pessoas equilibrando bandejas abarrotadas se esquivando umas das outras, sem nunca se esbarrarem. Possivelmente, uma forma de vida mais evoluída teria sua própria versão de um David Attenborough. Essa "pessoa" poderia criar um excelente episódio de uma minissérie sobre humanos a partir dessa contemplação hipnótica.

Max balbuciou algo incompreensível para ninguém em especial.

Irv apoiou a cabeça nas mãos e disse: — Se Deus quisesse que a gente não fosse circuncidado, Ele não teria inventado o esmegma.
— Hã? — perguntou Jacob.
— Se Deus quisesse...
— Estou falando com o Max.
— Eu não falei nada — disse Max.
— Hã?
— *Nada*.
— *Tubarão* é um filme tão horroroso — disse Irv.

E então Tamir voltou. Estavam tão preocupados com suas especulações apocalípticas que nem se deram conta de quanto tempo ele tinha passado longe da mesa.

— O negócio é o seguinte — começou.
— Que negócio?

— Ele tem problemas de retenção urinária.
— Ele?
— O Steve.

Irv deu tapinhas nas bochechas e gritou fininho como se fosse sua primeira visita à matriz da American Girl.

— Entendi por que você presumiu que eu saberia quem ele é. Que currículo impressionante. O que eu vou dizer? Não sou muito de assistir a filmes. Ninguém ganha dinheiro assistindo a filmes. Dá pra ganhar bastante dinheiro fazendo filmes, por outro lado. Sabiam que esse cara tem um patrimônio líquido de mais de três bilhões de dólares? *Bilhões*, com *b*?

— *Jura?*
— Ele não teria motivo nenhum pra mentir pra mim.
— E por que ele teria motivo pra revelar isso?
— Porque eu perguntei.
— O patrimônio líquido?
— Sim.
— E também deve ter perguntado se ele é circuncidado, certo?
— Perguntei.

Jacob abraçou Tamir. Não foi consciente. Os braços simplesmente foram atrás do primo. Não por Tamir ter conseguido aquelas informações, mas por ter todas as qualidades que Jacob não tinha e nem queria ter, mas das quais sentia uma falta desesperadora: impetuosidade, destemor quando não havia nada a temer, destemor quando *havia* algo a temer, cagar e andar. — Tamir, que ser humano lindo você é.

— *E então?* — implorou Irv.

Tamir se dirigiu a Jacob.

— Ele conhece você, por sinal. No mictório ele não reconheceu, mas, quando mencionei o seu nome, ele disse que leu seu primeiro livro. Disse que pensou até em opção de direitos, seja lá o que isso for.

— Foi mesmo?
— Ele disse que sim.
— Se o Spielberg tivesse feito um filme baseado no meu livro, eu...
— Voltando ao que interessa — disse Irv. — Ele tem capuz?

Tamir balançou o copo de refrigerante, liberando os cubos de gelo de um abraço coletivo.

— Tamir?
— A gente concordou que seria mais engraçado eu não contar.
— *A gente?*

— Eu e o Steve.

Jacob deu um empurrão em Tamir, tão espontâneo quanto o abraço.

— Você está inventando coisas.

— Israelenses nunca inventam coisas.

— Israelenses *sempre* inventam coisas.

— Mas a gente é *mishpuchah* — implorou Irv.

— Verdade. E quem não consegue guardar um segredo da própria família vai guardar segredo de quem?

— Então estou emancipado da família. Agora me conta.

Tamir raspou o restinho de *lo mein* da cumbuca e disse: — Antes de voar pra casa.

— Hein?

— Eu conto antes do voo de volta.

— Você não pode estar falando sério.

Será que estava falando sério?

— Tô sim.

Irv deu um soco na mesa.

— Vou contar pro Max — disse Tamir. — Um presente antecipado de bar-mitzvá. Ele decide o que fazer com a informação.

— Você sabe que o bar-mitzvá é do Sam — Max tentou confirmar. — Certo?

— Claro — Tamir respondeu com uma piscadela. — É um presente de bar-mitzvá muito antecipado.

Colocou as mãos nos ombros de Max e puxou o menino para mais perto. Com os lábios quase encostados na orelha de Max, cochichou alguma coisa. E Max sorriu. Gargalhou.

Enquanto caminhavam até o carro, Irv gesticulou para Jacob pegar uma das malas de Tamir, e Jacob gesticulou respondendo que Tamir jamais deixaria. E Jacob gesticulou para Max que seria legal ele conversar com Barak, e Max gesticulou para o pai que seria legal ele — fumar por um orifício? Ali estavam eles, quatro homens e um quase homem, e no entanto faziam gestos ridículos que não comunicavam quase nada e não enganavam quase ninguém.

— Como vai o seu avô? — Tamir quis saber.

— Comparado com o quê?

— Comparado a como ele estava na última vez em que o vi.

— Isso já faz uma década.

— Então ele deve estar mais velho.
— Ele vai se mudar daqui a uns dias.
— Vai fazer aliá?
— Sim. Pro Asilo Judaico.
— Falta quanto?
— Você está perguntando quanto tempo de vida ele ainda tem?
— Você sempre acha uns jeitos tão complicados de dizer coisas tão simples.
— Só posso repetir o que o médico me disse.
— E?
— Faz cinco anos que ele está morto.
— Um milagre da medicina.
— Entre outros tipos de milagre. Sei que pra ele seria muito importante ver você.
— Vamos pra sua casa. A gente deixa as malas, fala com a Julia...
— Ela só volta no fim da tarde.
— Então a gente faz um rango, joga basquete. Quero ver seu equipamento audiovisual.
— Acho que não temos equipamento. E ele em geral dorme muito cedo, tipo...
— Você é nosso hóspede — disse Irv, dando um tapinha nas costas de Tamir. — A gente faz o que você quiser fazer.
— Claro — disse Jacob, ficando do lado do mundo na luta contra o avô. — A gente pode visitar o Isaac mais tarde. Ou amanhã.
— Eu trouxe halva pra ele.
— Ele é diabético.
— É do *souk*.
— Pois é, a diabetes dele não se importa muito com a origem do açúcar.
Tamir tirou da bagagem de mão o halva trazido para Isaac, abriu a embalagem, arrancou um pedaço e jogou boca adentro.
— Eu dirijo — Jacob disse a Irv quando se aproximavam do carro.
— Por quê?
— Porque eu vou dirigir.
— Achei que você ficasse ansioso na estrada.
— Não seja ridículo — disse Jacob, sorrindo com desdém às vistas de Tamir. E em seguida pediu para Irv, com firmeza: — Dá as chaves.
No carro, Tamir apoiou a sola do pé direito no para-brisa, exibindo o escroto para qualquer câmera de luz infravermelha que pudesse aparecer

no caminho. Entrelaçou os dedos por trás da cabeça (mais estalos de juntas) e começou: — Pra falar a verdade, ando ganhando muito dinheiro.
— *Lá vamos nós*, pensou Jacob. *Tamir imitando o mau imitador de Tamir.*
— O mercado de tecnologia avançada está em chamas, e fui esperto (fui corajoso o bastante) pra investir num monte de coisas na hora certa. Esse é o segredo do sucesso: combinar inteligência e coragem. Porque no mundo tem muita gente inteligente e muita gente corajosa, mas, se você sair procurando gente inteligente *e* corajosa, só encontra uns gatos pingados. E eu tive sorte. Olha, Jake... — Por que ele achava que não havia nada de errado em tosar uma parte do nome de Jacob por puro capricho? Era um ato de agressão, mesmo que Jacob não conseguisse entender, mesmo que adorasse aquilo. — Não acredito em sorte, mas só um idiota não admitiria a importância de se estar no lugar certo na hora certa. Você cria a própria sorte. É o que sempre digo.
— É o que todo mundo diz — comentou Jacob.
— Mas mesmo assim a gente não controla tudo.
— E Israel? — Irv perguntou do banco de trás.
— Israel? — *Lá vamos nós.* — Israel vem prosperando. É só dar uma volta pelas ruas de Tel Aviv à noite. Tem mais cultura por metro quadrado do que qualquer lugar do mundo. Olha a nossa economia. A gente tem sessenta e oito anos, somos mais jovens do que você, Irv. E somos só sete milhões de pessoas, sem nenhum recurso natural, e vivemos em guerra perpétua. Mesmo com tudo isso, temos mais empresas na NASDAQ do que qualquer país fora os Estados Unidos. A gente tem mais *startups* do que a China, a Índia e o Reino Unido, e registra mais patentes do que qualquer outro país do mundo, *incluindo* o seu.
— As coisas estão indo bem — confirmou Irv.
— As coisas nunca estiveram tão bem em *qualquer lugar a qualquer momento* do que em Israel neste instante.
— Nem no apogeu do Império Romano? — Jacob sentiu necessidade de perguntar.
— E cadê eles agora?
— Foi o que os romanos perguntaram sobre os gregos.
— A gente está morando em um apartamento diferente daquele. Estamos sempre nos mudando. É bom para os negócios, e também é bom de forma geral. Agora estamos num triplex, três andares. A gente tem sete quartos...
— Oito — corrigiu Barak.

— Ele tem razão. São oito. — *Isso é uma encenação*, Jacob lembrou a si mesmo, ou tentou se convencer, ao sentir alguma inveja subindo à cabeça. É um número. Ele não *está diminuindo ninguém*. Tamir continuou: — Oito quartos, ainda que agora só morem quatro pessoas em casa, já que o Noam foi pro Exército. Dois quartos por pessoa. Mas eu gosto do espaço. A gente nem recebe tantos hóspedes assim, ainda que sejam muitos, mas eu gosto de me espalhar: dois quartos pros meus empreendimentos; a Rivka é louca por meditação; os meninos têm o hóquei de ar, os videogames. Eles também têm uma mesa de pebolim alemã. Eu tenho uma assistente que não tem nada a ver com meus empreendimentos, só pra dar uma força com meu estilo de vida mesmo, e pedi pra ela: "Me encontra a melhor mesa de pebolim do mundo." E ela encontrou. Ela tem um corpo incrível e sabe onde encontrar *qualquer coisa*. É impressionante. Dá pra deixar essa mesa de pebolim na chuva por um ano inteiro e ela continuaria inteira.

— Achei que nunca chovesse em Israel — disse Jacob.

— Chove sim — respondeu Tamir —, mas você tem razão, o clima é ideal. Mas, enfim, eu apoio copos de bebida nessa mesa e por acaso fica alguma marca? Barak?

— Não.

— Aí, quando a gente estava conhecendo o apartamento novo, o mais recente, eu me virei pra Rivka e perguntei "e aí?", e ela respondeu "pra que um apartamento desse tamanho?", e eu disse pra ela o que eu vou dizer pra vocês agora: Quanto mais você compra, mais tem o que vender.

— Você devia mesmo era escrever um livro — Jacob sugeriu para Tamir, arrancando uma agulhinha das próprias costas e espetando nas costas do primo.

— Você também — Irv devolveu, tirando a agulhinha das costas de Tamir e espetando na aorta de Jacob.

— E também falei outra coisa: quem tem grana sempre vai ser quem é rico, então a gente tem que ter as coisas que pessoas ricas querem ter. Quanto mais cara é alguma coisa, mais cara ela vai ficar.

— Mas você só está dizendo que coisas caras são caras — comentou Jacob.

— Exato.

— Bem — o anjinho de Jacob agiu como um ventríloquo —, eu adoraria conhecer o apartamento algum dia.

— Você precisa visitar Israel.

Com um sorriso: — O apartamento não pode vir me visitar?

— Até poderia, mas ia ser uma loucura. E, de qualquer maneira, daqui a pouco já vai ser outro apartamento.

— Bom, eu adoraria conhecer *esse* daí.

— E os banheiros... você não iria acreditar nos banheiros. Tudo feito na Alemanha.

Irv grunhiu.

— É o tipo de coisa que não se *encontra* em nenhum outro lugar.

— Parece que encontra sim.

— Bom, não nos Estados Unidos. Minha assistente, a assistente pessoal, a gostosa, me encontrou uma privada com uma câmera que reconhece quem está chegando e ajusta as configurações personalizadas. A Rivka gosta do assento frio. Eu quero que ele me queime os cabelos da bunda. A Yael gosta de ficar quase de pé quando caga. O Barak fica virado pra trás.

— Eu não fico virado pra trás — Barak protestou, dando um soco no ombro do pai.

— Você acha que eu sou maluco — disse Tamir. — Deve estar me julgando, até rindo da minha cara na sua cabeça, mas sou eu que tenho uma privada que sabe meu nome e uma geladeira que faz compras on-line, enquanto você é o cara que dirige um carrinho de rolimã japonês.

Jacob não achava que Tamir fosse maluco. Achava triste e pouco convincente a necessidade do primo de se exibir e insistir em apontar para a própria felicidade. Mas simpatizava com isso. E era esse o ponto de ruptura da lógica emocional. Tudo aquilo que deveria levar Jacob a não gostar de Tamir o deixava mais próximo do primo — não por inveja, mas por amor. Amava a fragilidade descarada de Tamir. Amava a falta de capacidade — a falta de vontade — de esconder sua parte repulsiva. Essa exposição toda era o que Jacob mais queria, e o que mais negava a si mesmo.

— E a situação? — Irv quis saber.

— Que situação?

— De segurança.

— Como assim? Segurança alimentar?

— Os árabes.

— Quais?

— Irã. Síria. Hezbollah. Hamas. Estado Islâmico. Al-Qaeda.

— Os iranianos não são árabes. Eles são persas.

— Aposto que isso ajuda você a dormir à noite.

— As coisas poderiam estar melhores, mas poderiam estar piores. Para além disso, você sabe o mesmo tanto que eu.

— Eu só sei do que aparece nos jornais — disse Irv.
— Como você acha que eu me informo?
— Mas como é a *sensação* por lá? — Irv pressionou.
— Eu ficaria mais feliz se o Noam fosse locutor de uma rádio do Exército? Com certeza. Mas eu me sinto bem. Barak, você se sente bem?
— De boa.
— Você acha que Israel vai bombardear o Irã?
— Não sei — respondeu Tamir. — O que você acha?
— Você acha que eles *deveriam* fazer isso? — Jacob perguntou. Não era imune à curiosidade mórbida e à sede de sangue dos judeus-americanos, que estava sempre rondando.
— Claro que deveriam — disse Irv.
— Se desse pra bombardear o Irã sem bombardear o Irã, beleza. Qualquer outra coisa seria ruim.
— Então o que você acha *mesmo* que eles devem fazer? — perguntou Jacob.
— Ele acabou de dizer — disse Irv. — Ele acha que devem bombardear o Irã.
— Eu acho que *você* deveria bombardear o Irã — Tamir disse a Irv.
— Os Estados Unidos?
— Isso também seria uma boa. Mas eu quis dizer você mesmo, em pessoa. Quem sabe usando uma daquelas armas biológicas que demonstrou mais cedo.
Todos riram daquilo, especialmente Max.
— Sério — Irv insistiu —, o que você acha que deveria acontecer?
— Sério, eu não sei.
— E você fica numa boa com isso?
— Você fica?
— Não, eu não fico numa boa. Acho que a gente deveria bombardear o Irã antes que seja tarde demais.
Ao que Tamir afirmou: — E eu acho que a gente deveria definir muito bem quem *a gente* é antes que seja tarde demais.
Tamir só queria falar sobre dinheiro — a média salarial de Israel, o tamanho da própria fortuna fácil, a incomparável qualidade de vida naquela lasca de unha de pátria com um calor sufocante, acuada por inimigos psicopatas.
Irv só queria falar sobre a *situação* — quando Israel nos daria orgulho cuidando da própria segurança? Será que Tamir tinha alguma informa-

ção privilegiada que ele pudesse usar para esfregar na cara dos amigos no refeitório do Instituto Americano de Empreendimentos, ou cujo pino ele pudesse arrancar em seu blog e depois atirar longe? Não passou da hora de alguma providência ser tomada pela gente — ou por vocês?

Jacob só queria falar sobre viver com a morte por perto: Tamir já tinha matado alguém? E Noam? Algum deles tinha histórias sobre colegas do Exército que fossem torturadores ou torturados? Qual a coisa mais horrível que eles já tinham visto com os próprios olhos?

Os judeus com quem Jacob tinha crescido ajeitavam os óculos de aviador usando somente os músculos do rosto, enquanto analisavam letras do Fugazi, enquanto apertavam os isqueiros embutidos das peruas Volvo usadas que a família tinha passado adiante. O isqueiro saltava, e depois era empurrado de volta. Jamais se acendia nada. Eram péssimos em esportes, mas ótimos em esportes de fantasia. Evitavam brigas, mas iam atrás de discussões. Eram filhos e netos de imigrantes, de sobreviventes. Todos se definiam pela fraqueza flagrante, e se orgulhavam dela.

E ainda assim eram encantados por músculos. Não músculos literais — isso eles achavam suspeito, e estúpido, e ridículo. Não, eles se entusiasmavam com a aplicação muscular do cérebro judaico: macabeus rolando sob barrigas de elefantes gregos blindados para esfaquear as tenras partes de baixo; missões do Mossad cujas chances, meios e resultados beiravam a magia; vírus de computador tão surrealmente complicados e inteligentes que eram incapazes de não deixar impressões digitais judaicas. Você acha mesmo que consegue ferrar com a gente, mundo? Acha que consegue nos fazer de gato-sapato? Consegue, sim. Mas cérebro vence músculo tanto quanto papel vence pedra, e a gente vai aprender como você funciona; a gente vai sentar na escrivaninha e vamos ser os últimos a restar.

Enquanto procuravam a saída do estacionamento, como uma bola de gude em uma das criações obsessivo-compulsivas de Benjy dignas do game *Marble Madness*, Jacob sentiu uma paz inexplicável. Apesar de tudo o que havia sido despejado, será que o copo ainda estava cheio até a metade? Ou será que uma migalha de bupropiona tinha acabado de se desvencilhar do meio dos dentes de seu cérebro, oferecendo um naco de felicidade ainda não digerida? O copo estava meio cheio o bastante.

Apesar dos protestos espertinhos, legítimos e quase toleráveis que nunca tinham fim, Sam apareceu nas aulas preparatórias para o bar-mitzvá. E apesar de ser obrigado a pedir desculpas por um não crime que não tinha cometido, ele compareceria à *bimá*.

Apesar de ser um fanfarrão insuportável e reacionário, Irv estava sempre presente, e, a seu modo, era sempre carinhoso.

Apesar do longo histórico de promessas falsas, e apesar de o primogênito estar servindo na Cisjordânia, Tamir tinha aparecido. E trouxe o caçula. Eram da família, e estavam *sendo* da família.

Mas e Jacob? Será que estava ali? Sua mente ficava dando saltos para o ímã superpoderoso representado por Mark e Julia, embora não das maneiras que esperaria. Muitas vezes tinha imaginado Julia fazendo sexo com outro homem. Isso quase o despedaçava, mas o que restava dele se enchia de adrenalina. Não queria ter esses pensamentos, mas fantasias sexuais querem aquilo que não se deve ter. Tinha imaginado Mark transando com ela depois do encontro na loja de ferragens. Mas agora que algo tinha acontecido entre eles — era totalmente possível que tivessem transado — sua mente estava livre. Não que a fantasia tivesse começado a doer demais de uma hora para a outra; de uma hora para a outra não doía o bastante.

Agora, dirigindo um carro cheio de familiares, sua esposa em um hotel com um homem que ela tinha no mínimo beijado, a fantasia de Jacob encontrou o centro do alvo: era o mesmo carro, mas com diferentes ocupantes. Julia olha pelo retrovisor e vê Benjy caindo no sono daquele jeitinho do Benjy: o corpo reto, o pescoço reto, o olhar para a frente, os olhos se fechando tão lentamente que o movimento é imperceptível — somente desviando os olhos e olhando de novo é possível registrar alguma mudança. A fisicalidade da coisa, a fragilidade evocada pelo testemunho de tamanha vagarosidade, é desconcertante e bela. Julia olha para a rua, olha no espelho, olha para a rua. Cada vez que olha para Benjy pelo espelho os olhos dele se fecharam mais um ou dois milímetros. O processo de cair no sono leva dez minutos, em que os segundos vão sendo esticados ao ponto de ficarem translúcidos como as pálpebras se fechando vagarosas. E, logo antes de os olhos ficarem totalmente fechados, Benjy exala um curto sopro de ar, como se estivesse soprando a própria vela. O resto do caminho no carro são apenas sussurros e passagens por bueiros que parecem crateras lunares e na Lua há uma fotografia de uma família, deixada por Charles Duke, astronauta da Apollo, em 1972. Permanecerá ali, imutável, por milhões de anos, durando mais do que não somente os pais e as crianças na foto, mas também os netos dos netos dos netos, e a civilização humana — até ser consumida pelo sol moribundo. Estacionam em casa, desligam o motor, soltam o cinto de segurança e Mark carrega Benjy para dentro.

Esse era seu novo mundo da lua, onde estava sua mente quando chegaram à saída do estacionamento. Tamir levou a mão à carteira, mas Irv sacou mais rápido.

— A próxima eu pago — disse Tamir.

— Claro — disse Irv. — Na próxima vez em que a gente estiver saindo do Aeroporto Nacional eu deixo você pagar o estacionamento.

O portão se abriu e, pela primeira vez desde que tinham entrado no carro, Max falou em voz alta: — Liga o rádio, pai.

— Hein?

— Você não ouviu?

— Ouvir o quê?

— Na cabine do cara.

— Do caixa?

— É. O rádio.

— Não.

— Aconteceu alguma coisa importante.

— O quê?

— Eu tenho que fazer tudo? — perguntou Tamir, ligando o rádio.

Pegando a cobertura na metade, foi difícil entender de primeira o que tinha acontecido, mas sem dúvida Max estava certo quanto às proporções. A NPR não afirmava nada. Informações chegavam do Oriente Médio. Ainda era cedo para saber. Pouco se sabia.

A mente de Jacob correu para o lugar de conforto: a pior coisa que poderia acontecer. Os israelenses tinham atacado o Irã, ou vice-versa. Ou os egípcios mesmo tinham atacado. Um ônibus tinha explodido. Um avião foi sequestrado. Alguém disparou contra uma mesquita ou uma sinagoga ou esfaqueou pessoas em um lugar público. Uma explosão nuclear tinha pulverizado Tel Aviv. Mas a verdade é que, por definição, a pior coisa possível é algo que não se pode prever.

Other Life acontecia mesmo quando não havia ninguém presente. Assim como a vida. Sam estava na Assembleia Geral da Simulação da ONU — naquele momento, sua mãe passou um bilhete: "Consigo ver por cima do muro. E você?" —, mas as ruínas de sua primeira sinagoga reluziam ao lado das fundações da segunda. Espalhados nos escombros, os fragmentos do vitral do Presente Judaico, cada caquinho iluminado pela destruição.

REAL MESMO

O salão de festas do Hilton Internacional estava organizado em arcos concêntricos de mesas e cadeiras para se parecer com a Assembleia Geral da ONU. Delegações vestiam trajes regionais, e alguns dos estudantes experimentaram usar sotaques antes de um dos facilitadores vetar a péssima ideia.

O discurso da delegação saudita estava terminando. Uma menina hispânica jovem e com sotaque marcado, mas natural, usando *hijab*, falava com mãos trêmulas e uma voz fraca e vacilante. Julia odiava ver crianças nervosas. Queria chegar perto da menina e dizer algo inspirador — explicar que a vida muda, que o fraco se torna forte e que um sonho se torna uma realidade que pede um novo sonho.

— Então, temos a esperança — disse a garota, nitidamente grata por estar chegando ao fim — de que os Estados Federados da Micronésia acordem para a razão e ajam com sensatez e agilidade ao entregar a bomba para a Agência Internacional de Energia Atômica. Por ora é só. Obrigada. *As-salamu aleikum.*

Houve palmas modestas, a maioria de Julia. À frente da sala, o presidente — um facilitador com cavanhaque e uma carteira de velcro no bolso da calça — se pronunciou:

— Obrigado, Arábia Saudita. E agora vamos ouvir os Estados Federados da Micronésia.

Toda a atenção se dirigiu para a delegação do Colégio Georgetown. Billie se levantou.

— É meio irônico — ela começou, impondo uma vantagem casual ao fingir organizar seus papéis enquanto falava — que a delegada saudita queira nos dizer o que fazer, sendo que *em seu próprio país ela não pode nadar, pois é ilegal*. Apenas uma observação.

As crianças riram. A delegação saudita se encolheu. Com afetação dramática, Billie alinhou as páginas batendo na mesa e continuou:

— Membros das Nações Unidas, em nome dos Estados Federados da Micronésia eu gostaria de me pronunciar sobre o que ficou conhecido como a crise nuclear. O *dicionário Merriam-Webster* define crise como — Billie acordou o celular e leu da tela: — "'uma situação difícil ou perigosa que precisa de atenção urgente." Isto não é uma crise. Não há nada de difícil ou perigoso nesta situação. O que temos aqui, na verdade, é uma *oportunidade*, o que o *Merriam-Webster* define como... "um segundo..." — o Wi-Fi era ruim, e ela levou mais tempo do que o planejado para abrir uma página que estava nos favoritos — "Lá vai: 'um intervalo de tempo ou uma situação em que algo pode ser feito.' Não escolhemos nosso destino, mas não temos a intenção de nos esquivar dele. Por anos, por milênios — ou no mínimo por séculos — os cidadãos de bem da Micronésia aceitaram as coisas como estavam, entendendo nossa existência minúscula como sendo o que nos cabia, nosso fardo, nosso destino."

Julia e Sam estavam sentados em extremidades opostas na delegação. Rabiscando um muro de tijolos em um bloquinho, Julia repassava a conversa com Jacob ao telefone pela manhã: o que cabia a ela, o fardo dela, o destino dela. Por que sentiu necessidade de fazer aquilo naquele momento, daquele jeito? Não só tinha se precipitado quando deveria ter falado com o coração ou pelo menos segurado a língua, mas também colocou Max e Irv em risco de receberem fogo cruzado. O que será que tinham ouvido e entendido? O que Jacob teve de explicar, e como explicou? Será que algum dos três mencionaria a ligação para Tamir e Barak? De que servia tudo isso? Seria que ela queria que tudo explodisse? O muro agora cobria três quartos da página. Talvez uns mil tijolos.

Billie continuou: — As coisas estão prestes a mudar, caros delegados. A Micronésia está dando um *basta*. Basta de ser intimidado, basta de subserviência, basta de comer migalhas. Caros delegados, as coisas estão prestes a mudar, começando, mas certamente não terminando, com a seguinte lista de reivindicações...

No espaço que sobrou, entre o topo do muro de tijolos e a borda da página, Julia escreveu: "Consigo ver por cima do muro. E você?" Dobrou a folha ao meio, depois dobrou a folha dobrada ao meio e mandou passar pela delegação. Sam não demonstrou emoção alguma ao ler o bilhete.

Escreveu alguma coisa na mesma folha, dobrou e dobrou de novo, e passou de volta para a mãe. Ela abriu o bilhete e primeiro não viu nenhuma anotação adicional. Nada no espaço acima do muro, onde ela tinha escrito. Procurou nos tijolos — e nada. Olhou para o filho. Sam estendeu a mão aberta diante de si, com os dedos abertos, e a virou com a palma para cima. Julia virou a folha de papel e Sam tinha escrito "Por cima do muro não existe muro".

Enquanto o resto da delegação lutava para absorver a mudança radical que Billie tinha promovido em relação ao discurso que tinha sido acordado, ela chutava o balde retórico: "De agora em diante, a Micronésia vai ter uma cadeira no Conselho de Segurança da ONU; ser um país membro da OTAN — sim, sabemos que estamos no Pacífico — e ter prioridade no comércio com União Europeia, Nafta, UNASUR, UA e parceiros EAEC; também indicará um membro do Conselho de Livre-Comércio da Reserva Federal..."

Um facilitador entrou correndo na sala.

— Desculpem interromper a sessão — ele disse —, mas preciso dar uma notícia. Acaba de acontecer um terremoto de proporções gigantescas no Oriente Médio.

— Isso é real? — perguntou um dos pais acompanhantes.

— Sim, é real.

— De que tamanho?

— Estão falando de escala histórica.

— Mas real como a crise nuclear ou real *mesmo*?

O celular de Julia vibrou com uma chamada; era Deborah. Ela caminhou sem alarde até um canto e atendeu, enquanto a crise simulada dava lugar a uma crise real.

— Deborah?

— Oi, Julia.

— Tá tudo bem?

— O Benjy está ótimo.

— Fiquei assustada quando vi o seu nome na tela.

— Ele está bem. Está vendo um filme.

— Certo. Fiquei assustada.

— Julia. — Deborah respirou fundo para alongar o momento de ignorância. — Aconteceu uma coisa horrível, Julia.

— *Benjy?*

— O Benjy está ótimo.

— Você é mãe. Você me contaria se algo estivesse errado.
— Claro que contaria. Ele está bem, Julia. Está feliz.
— Deixa eu falar com ele.
— Não tem nada a ver com o Benjy.
— Ai, meu Deus, alguma coisa aconteceu com o Jacob e o Max?
— Não. Eles estão bem.
— Jura?
— Você precisa voltar pra casa.

VEY IZ MIR

Como pouco se sabia, o pouco que se sabia era aterrorizante. Um terremoto de magnitude 7,6 havia eclodido às 18h23 da noite, com epicentro nas profundezas do Mar Morto, perto do assentamento israelense de Kalya. Não havia eletricidade em praticamente lugar algum de Israel, Líbano, Jordânia e Síria. As áreas mais atingidas pareciam ter sido Salt e Amã, na Jordânia, bem como a cidade de Jericó, na Cisjordânia, cujos muros haviam desmoronado havia três mil e quatrocentos anos, segundo muitos arqueólogos, não por causa das trombetas de Josué, mas por causa de um terremoto gigantesco.

As primeiras notícias chegaram da Cidade Velha de Jerusalém: a Igreja do Santo Sepulcro, da era das Cruzadas, local do sepultamento de Jesus segundo a tradição e lugar mais sagrado de toda a cristandade, que havia sido danificado gravemente em um terremoto de 1927, tinha desmoronado parcialmente com um número desconhecido de turistas e clérigos em seu interior. Sinagogas e ieshivás, monastérios, mesquitas e madrassas estavam em ruínas. Não havia notícia sobre o Monte do Templo, ou porque não havia notícia ou porque aqueles que tinham a informação a estavam omitindo.

Um engenheiro civil estava sendo entrevistado pela NPR. O apresentador, um judeu de voz aveludada e provavelmente baixo e careca chamado Robert Siegel, começou:

SIEGEL: Pedimos desculpas desde já pela qualidade do áudio da entrevista. Quando caem as linhas telefônicas, em geral usamos celulares. Mas como o serviço de telefonia celular também está suspenso, o sr. Horowitz está falando conosco via telefone por satélite. Sr. Horowitz, o senhor está na linha?

HOROWITZ: Alô, sim. Estou aqui.

SIEGEL: O senhor poderia nos dar uma opinião profissional sobre o que está acontecendo neste momento?

HOROWITZ: Sim, posso dar minha opinião profissional, mas também posso afirmar, enquanto ser humano aqui presente, que Israel sofreu um terremoto cataclísmico. Para onde quer que eu olhe, tudo que vejo é destruição.

SIEGEL: Mas o senhor está em segurança?

HOROWITZ: *Segurança* é um termo relativo. Minha família está viva, e, como você pode ouvir, eu também. Alguns estão em relativa segurança. Outros nem tanto.

Puta que o pariu, por que israelenses não conseguem simplesmente responder a uma pergunta?, Jacob se perguntou. Mesmo naquela situação, no meio de um cataclismo — a própria palavra soava como uma clássica hipérbole judaica —, os israelenses simplesmente não conseguiam dar uma resposta direta e não israelense.

SIEGEL: Sr. Horowitz, o senhor é engenheiro civil em Israel, correto?

HOROWITZ: Engenheiro, consultor de projetos para o governo, acadêmico...

SIEGEL: Como engenheiro, o que pode nos dizer sobre os possíveis efeitos de um terremoto desta magnitude?

HOROWITZ: Não é nada bom.

SIEGEL: O senhor poderia falar mais a respeito?

HOROWITZ: Das seiscentas e cinquenta mil estruturas em Israel, menos da metade está equipada para lidar com um evento desse porte.

SIEGEL: Vamos ver arranha-céus desabando?

HOROWITZ: Claro que não, Robert Siegel. Eles foram projetados para aguentar algo pior do que isto. Estou mais preocupado com os prédios entre três e oito andares. Muitos vão permanecer, mas poucos permanecerão habitáveis. Você precisa lembrar que Israel não tinha um código de edificações até o final dos anos 1970, e que ele nunca foi aplicado.

SIEGEL: Por quê?

HOROWITZ: Tínhamos outras preocupações.

SIEGEL: O conflito.

HOROWITZ: Conflito? Seria muita sorte ter apenas um conflito. A maior parte dos prédios é feita de concreto — uma engenharia muito rígida, sem flexibilidade. Prédios bem israelenses, eu diria. Serviram bem a uma população em crescimento exponencial, mas totalmente inadequados para a situação atual.

SIEGEL: E a Cisjordânia?

HOROWITZ: O que tem a Cisjordânia?

SIEGEL: Como as estruturas de lá reagem a esse tipo de terremoto?

HOROWITZ: Melhor perguntar a um engenheiro civil palestino.

SIEGEL: Bom, com certeza vamos tentar...

HOROWITZ: Mas como você está me perguntando, imagino que foi completamente destruída.

SIEGEL: Perdão, *o que* foi completamente destruída?

HOROWITZ: A Cisjordânia.

SIEGEL: Destruída?

HOROWITZ: Todas as estruturas. Tudo. Com muitas vítimas fatais.

SIEGEL: Na casa dos milhares?

HOROWITZ: Receio que, enquanto estou aqui pronunciando estas palavras, dezenas de milhares já estejam mortos.

SIEGEL: Com certeza o senhor quer voltar para a sua família, mas antes disso o senhor poderia falar um pouco sobre as possíveis consequências disso tudo?

HOROWITZ: Estamos falando de que recorte temporal? Horas? Semanas? Uma geração?

SIEGEL: Vamos começar pelas horas.

HOROWITZ: As próximas horas serão cruciais para Israel. Agora é uma questão de ter prioridades. O país inteiro está sem energia elétrica e deve permanecer assim, mesmo nas grandes cidades, por vários dias. Como pode imaginar, as necessidades militares terão prioridade máxima.

SIEGEL: Isso me surpreende.

HOROWITZ: Você é judeu?

SIEGEL: Não sei que diferença isso faz, mas sim, eu sou.

HOROWITZ: Fico surpreso com um judeu surpreso com isso. Mas, enfim, somente um judeu-americano questionaria a relevância de ser judeu.

SIEGEL: O senhor está preocupado com a segurança de Israel?

HOROWITZ: E você não está?

SIEGEL: Sr. Horowitz...

HOROWITZ: A superioridade tática de Israel é tecnológica, e isso sofre um prejuízo considerável com o terremoto. A destruição vai causar desespero e confusão. E isso vai evoluir — de forma orgânica ou deliberada — para a violência. Se já não estiver acontecendo, estamos prestes a ver pessoas adentrando em massa as fronteiras de Israel — da Cisjordânia, de Gaza, da Jordânia, do Líbano, da Síria. Não preciso nem dizer que a Síria já tem um problema de refugiados.

SIEGEL: Por que iriam para Israel, um país que a maioria do mundo árabe enxerga como inimigo mortal?

HOROWITZ: Porque o inimigo mortal tem um atendimento médico de primeira. O inimigo mortal tem comida e água. E Israel terá de fazer uma escolha: deixá-los entrar ou não. Deixá-los entrar significa compartilhar recursos limitados e preciosos. Para outros viverem, israelenses terão de morrer. Mas não deixá-los entrar significa tiroteios. E é claro que os vizinhos de Israel também terão de escolher entre cuidar de seus cidadãos ou tirar vantagem da vulnerabilidade súbita de Israel.

SIEGEL: Vamos torcer para que a tragédia comum deixe a região mais unida.

HOROWITZ: Sim, mas não sejamos ingênuos nessa torcida.

SIEGEL: E quanto ao longo prazo? O senhor mencionou um panorama geracional.

HOROWITZ: Claro, ninguém sabe o que vai acontecer, mas Israel está enfrentando algo bem mais perigoso do que em 1967 ou 1973, ou mesmo do que a ameaça nuclear do Irã. Existe a crise imediata de precisar proteger o país, resgatar cidadãos, conseguir comida e atendimento médico para quem precisa, consertar eletricidade, gás, água e outros serviços de forma rápida e segura. E existe também o trabalho de reconstruir o país. Esse vai ser o desafio geracional. E por fim talvez a tarefa mais intimidadora, o trabalho de manter os judeus aqui.

SIEGEL: O que isso significa?

HOROWITZ: Um israelense jovem, ambicioso e idealista tem muitas razões para ir embora de Israel. Sabe aquela expressão, "a gota d'água"?

SIEGEL: Sim.

HOROWITZ: Milhares de edifícios foram a gota d'água.

SIEGEL: *Vey iz mir.*

Jacob não teve a intenção de dizer nada, e certamente não tinha a intenção de dizer *vey iz mir*. Mas ninguém jamais tem a intenção de dizer *vey iz mir*.
"Isso é péssimo", disse Irv, sacudindo a cabeça. "Péssimo, péssimo, péssimo, de um milhão de maneiras."
A mente de Jacob se teletransportou para o cenário apocalíptico: o teto desabado no antigo quarto de Tamir; mulheres de peruca presas debaixo de lajes de pedra em Jerusalém, as ruínas das ruínas de Massada. Imaginou o banco de mármore no parque Blumenberg, agora pedra estilhaçada. Deve ser uma catástrofe, pensou, mas ele quis dizer duas coisas totalmente diferentes: que sem dúvida tinha de ser e que ele queria que fosse. Jamais admitiria o segundo significado, mas não poderia negá-lo.
Tamir disse: — Não é nada bom. Mas também não é tão mau.
— Quer ligar pra casa?
— Você ouviu o que ele disse. As linhas de telefone caíram. E minha voz não vai ajudar ninguém.
— Tem certeza?
— Eles estão bem. Com certeza. A gente mora numa construção nova. Como ele mencionou, a engenharia conta com esse tipo de coisa,

melhor do que qualquer um dos seus arranha-céus, pode acreditar. O prédio tem um gerador de reserva (dois, eu acho) e no abrigo antiaéreo tem comida pra durar meses. O abrigo é melhor do que aquele apartamento que você tinha em Foggy Bottom. Lembra?

Jacob se lembrava do apartamento; tinham morado ali por cinco anos. Mas se lembrava com ainda mais clareza do abrigo antiaéreo na casa de infância de Tamir, apesar de ter ficado dentro dele por menos de cinco minutos. Foi no último dia daquela primeira viagem para Israel. Deborah e a mãe de Tamir, Adina, estavam indo ao mercado, na esperança de encontrar algumas guloseimas para levar para Isaac. Na hora do café, com o que quase parecia um sorriso, Irv perguntou a Shlomo se a casa tinha um abrigo.

— Claro — disse Shlomo —, é a lei.
— Debaixo da casa?
— Claro.

O segundo *claro* deixou claro o que deveria ter ficado claro para Irv com é a lei, ou seja: Shlomo queria que seu abrigo estivesse escondido debaixo da terra quando houvesse bombas, e escondido debaixo da terra sem elas por perto. Mas Irv insistiu: — Mostra pra gente? Quero que o Jacob veja. — *Quero que o Jacob veja* deixou claro o que deveria ter ficado claro para Shlomo com *debaixo da casa?*, ou seja: Irv não deixaria a oportunidade passar.

Exceto pela porta de 30 centímetros de espessura, o ambiente demorou a revelar a estranheza. Era úmido, o piso de concreto suava. A luz era leitosa em cor e textura. O som parecia se concentrar em nuvens que pairavam acima deles. Havia quatro máscaras de gás penduradas na parede, apesar de a família de Tamir só ter três pessoas. Algum tipo de promoção quatro-por-três? Uma delas seria para a faxineira, ou para um filho futuro? Para Elijah? Qual seria o protocolo se a guerra química começasse e a família de Jacob estivesse visitando? Seria como no avião — adultos deveriam se resolver primeiro, antes de cuidar das crianças? Jacob assistiria a si mesmo sufocando no reflexo da máscara do pai? Sua mãe jamais permitiria. Mas ela também poderia estar sufocando. Com certeza seu pai daria a máscara a ele, certo? A não ser que ela estivesse usando a máscara de Tamir, e nesse caso nada disso seria um problema. Os adultos tinham de se resolver antes de cuidar dos *próprios* filhos ou de *qualquer* criança? Se a faxineira estivesse lá, será que reivindicaria uma das máscaras dos pais de Jacob? Tamir era alguns meses mais velho que Jacob. Será que isso tornava Tamir, de forma relativa, o adulto entre os dois? Não havia nenhum cenário em que Jacob não se tornasse uma vítima da guerra química.

— Vamos sair deste buraco — Tamir disse para Jacob.

Jacob não queria sair. Queria passar o tempo que ainda lhe restava em Israel explorando cada centímetro do abrigo, aprendendo como era ali dentro, aprendendo como ele se comportava ali dentro, simplesmente ficando ali. Queria almoçar ali, levar suas roupas e a mala para lá, deixar as últimas gotas de turistagem para trás para poder passar uma ou duas horas atrás daquelas paredes impenetráveis. E mais: queria ouvir a sirene de ataque aéreo — não o alarme falso do Yom HaShoá, mas uma sirene indicando a completa destruição da qual ele estaria a salvo.

— Bora — insistiu Tamir, puxando o braço de Jacob com força desmedida.

No voo de volta para os Estados Unidos, trinta e três mil pés acima do Atlântico, Jacob sonhou com um abrigo debaixo do abrigo, alcançado por um lance de escadas. Mas o segundo abrigo era enorme, grande o suficiente para ser confundido com o mundo, grande o suficiente para caber gente o suficiente para que guerras fossem inevitáveis. E quando as bombas começassem a cair no mundo daquele lado da porta grossa, o mundo do outro lado se tornaria o abrigo.

Quase dez anos depois, Tamir e Jacob dividiram um pacote com seis latas de cerveja em uma mesa de cozinha em volta da qual não se podia caminhar, em um apartamento criado a partir de um apartamento criado a partir de casa em Foggy Bottom. "Conheci uma menina", disse Jacob, em voz alta pela primeira vez.

E quase vinte anos depois daquilo, dentro de um carro japonês cortando a capital da nação, o primo israelense — o primo israelense de Jacob — disse: "Mas, de qualquer jeito, não vai chegar a esse ponto."

— Que ponto?

— Abrigos antiaéreos. Guerra.

— Quem falou em guerra?

— A gente vai dar um jeito — disse Tamir, como se estivesse tentando se convencer. — *Israel* quer dizer "plano de contingência" em hebraico.

Passaram os minutos seguintes sem conversar. A NPR fez o que pôde com notícias vagas e Tamir mergulhou no celular, que bem poderia ser um tablet ou até mesmo uma TV. Apesar de conferir o seu com constância obsessiva, Jacob odiava todos os celulares — achava que eram piores do que os tumores no cérebro que causavam nos usuários. Por quê? Por odiar que um deles estivesse arruinando sua vida? Ou por saber que o celular não estava arruinando sua vida, mas sim fornecendo meios fáceis e socialmente aceitos para ele mesmo acabar com ela? Ou por suspeitar que outras pessoas estivessem recebendo mais mensagens, mensagens, mensagens? Ou talvez sempre tivesse sabido que um celular seria a sua ruína — mesmo que não soubesse como.

O celular de Tamir era especialmente irritante, assim como o de Barak. Eram os SUV dos celulares. Jacob não dava a mínima para a tela vívida ou a boa recepção ou a facilidade de interconexão com outros aparelhos deploráveis. Barak nunca tinha vindo para os Estados Unidos, que, mesmo que não fossem o maior país da história do mundo, ao menos tinham algo a oferecer para olhos que se dessem ao trabalho de se descolar da tela. Talvez estivessem procurando notícias, mas que tipo de site de notícias emite *"Boom shakalaka!"* a cada poucos segundos?

— E o Noam? — Jacob quis saber.

— O que tem ele?

— Onde ele está agora?

— Neste momento? — Tamir perguntou. — Agora mesmo? Não faço ideia. Manter os pais informados não é uma questão de interesse nacional.

— Onde Noam estava quando você falou com ele pela última vez?

— Em Hebron. Mas tenho certeza de que foram evacuados.

— De helicóptero?

— Não sei, Jacob. Como eu saberia?

— E Yael?

— Ela está bem. Foi pra Auschwitz.

Boom shakalaka!

— Hein?

— Viagem da escola.

Prosseguiram pela alameda George Washington em silêncio, o ar-condicionado lutando contra a umidade que se esgueirava pelos pontos de entrada invisíveis, a conversa fiada entre Irv e Jacob lutando contra o silêncio desconfortável que pressionava as janelas — passaram por Gravelly Point, onde aficionados por aviação com scanners de rádio e pais com filhos no colo quase podiam levantar as mãos e encostar nos trens de pouso dos jumbos; o Capitólio à direita, depois do barrento rio Potomac; a inevitável explicação sobre o que fazia o Monumento a Washington mudar de tom de branco faltando um terço para o topo. Cruzaram a Ponte Memorial, entre os cavalos dourados, deram a volta pela parte de trás do Lincoln Memorial, com as escadas que pareciam levar a lugar nenhum, e deslizaram para dentro do fluxo da avenida Rock Creek. Depois de passar sob o terraço do Kennedy Center e ao lado das sacadas de Watergate, seguiram as curvas do rio e se afastaram dos postos avançados da civilização da capital do país.

— O zoológico — Tamir disse, tirando os olhos do celular.

— O zoológico — ecoou Jacob.

Irv se inclinou para a frente. — Sabe, nossos primatas favoritos, Benjy e Deborah, devem estar aí agora mesmo.

O zoológico residia no epicentro da amizade entre Tamir e Jacob, de sua relação familiar; tinha marcado o umbral entre a juventude e a vida adulta para eles. E estava no epicentro da vida de Jacob. Muitas vezes a mente de Jacob viajava até o próprio leito de morte, especialmente quando ele sentia que estava jogando a vida fora. A quais momentos ele retornaria em seus momentos finais? Lembraria de chegar com Julia na pousada — das duas vezes. Lembraria de carregar Sam para dentro de casa depois do pronto-socorro, a mãozinha mumificada sob camadas e camadas de bandagens, comicamente imensa: o maior e mais inútil punho do mundo. Lembraria da noite no zoológico.

Jacob se perguntava se Tamir tinha pensado nisso alguma vez, se estava pensando nisso agora.

E então Tamir soltou uma gargalhada profunda e subterrânea.

— Qual é a graça? — Jacob quis saber.

— Eu. Essa sensação.

— Que sensação?

Tamir gargalhou de novo — seria a maior de todas as suas performances?

— Inveja.

— *Inveja?* Não esperava essa resposta de você.

— Eu não esperava sentir isso. Por isso é engraçado.

— Não tô entendendo.

— Enfim Noam vai ter histórias melhores do que as minhas. Estou com inveja. Mas tudo bem. É assim que deve ser.

— Assim?

— Ter histórias melhores.

Irv sugeriu: — Quem sabe você telefona?

Jacob disse: — Era uma vez um homem cuja vida era tão boa que não temos nenhuma história para contar sobre ela.

— Vou tentar — disse Tamir, digitando uma longa série de números. — Não vai funcionar, Irv, mas vou tentar por você. — Depois de alguns momentos, uma mensagem automática em hebraico tomou conta do carro. Tamir desligou e, desta vez sem Irv ter pedido, tentou ligar de novo. Ele ficou ouvindo. Todos ficaram.

— Os circuitos estão ocupados.

Vey iz mir.

— Tenta de novo daqui a pouco.

— Não tem por quê.

— Não quero soar alarmista — disse Jacob —, mas você não quer voltar pra casa?

Boom shakalaka!

— E como eu faria isso?

— A gente pode voltar pro aeroporto e conferir os voos — Jacob sugeriu.

— Todos os voos saindo e chegando de Israel foram cancelados.

Vey iz mir.

— Como você sabe?

Tamir levantou o celular e disse: — Você acha que estou mexendo num joguinho?

Boom shakalaka!

A SEGUNDA SINAGOGA

Nenhuma sinagoga é senciente, mas, assim como acreditava que todas as coisas têm capacidade de anseio, Sam também acreditava que todas as coisas têm alguma consciência de seu fim iminente: dizia "tranquilo, tranquilo" para o fogo quando as últimas fagulhas crepitavam e pedia desculpas aos cerca de três milhões de espermatozoides antes de dar a descarga e mandar todos para o sistema de tratamento de esgoto. Não existe sinagoga que não seja senciente.

Ao voltar para casa depois da Simulação da ONU, Sam foi direto ao *Other Life*, como um fumante correndo para sair do Aeroporto de Sydney. Seu iPad acordou com um recado na tela: a explicação de Max sobre a morte de Samanta, a culpa do pai (no sentido de responsabilidade) e sua própria culpa profunda (no sentido de sentimento de culpa). Sam leu duas vezes — para obter esclarecimentos e para adiar o confronto com a realidade.

Não ter explodido ao descobrir que Max não estava fazendo uma brincadeira de mau gosto o surpreendeu. Por que não estava quebrando o iPad na cabeceira da cama, ou gritando coisas que não podem ser desditas para alguém que não merece, ou ao menos chorando? Não era de forma alguma indiferente à morte de Samanta, e certamente não tinha passado por uma epifania de que aquilo era "só um jogo". Que consciência Samanta teria tido de seu fim iminente? Não existe avatar que não seja senciente.

Cada sessão de Skype com o bisavô começava com "Estou vendo você" e terminava com "A gente se vê". Sam fica incomodado por saber que uma dessas conversas seria a última e que, em algum momento, alguém teria de admitir esse fato. Tinha conversado pelo Skype bem cedo na manhã anterior, enquanto Sam arrumava as coisas às pressas para a Simulação da ONU — Isaac acordava antes de o sol nascer e ia para a cama antes de o sol se pôr. Nunca se falavam por mais de cinco minutos — apesar de terem explicado mais de cem vezes que falar pelo Skype nunca custava nada, Isaac se recusava a acreditar que conversas mais longas não custavam mais caro — e essa última tinha sido particularmente breve. Sam deu uma descrição bastante vaga da viagem escolar que ia fazer, confirmou que não estava doente nem com fome e que não, não estava "saindo com alguém".

— E todo mundo está pronto para o seu bar-mitzvá?
— Quase.

Mas prestes a desligar — "Minha mãe tá me esperando lá embaixo, preciso ir" — Sam sentiu o desconforto esperado, mas desta vez com uma urgência, ou um anseio. Não tinha certeza de que anseio era esse.

— Vai — disse Isaac. — Vai. Já ficamos aqui tempo demais.
— Só queria que o senhor soubesse que eu te amo.
— Sim, eu sei, claro. E eu amo você. Certo, agora vá lá.
— E sinto muito pelo senhor estar se mudando.
— Vai, *Sameleh*.
— Não entendo por que o senhor não pode ficar.
— Porque eu não consigo mais me cuidar sozinho.
— Eu quis dizer *ficar aqui*.
— *Sameleh*.
— Sério. Não entendo.
— Eu não conseguiria subir e descer as escadas.
— A gente compra uma daquelas cadeiras-elevador, sei lá.
— São muito caras.
— Uso meu dinheiro do bar-mitzvá.
— Tenho que tomar um montão de remédios.
— Eu tomo um montão de vitaminas. Minha mãe é ótima com essas coisas.
— Não quero que você fique triste, mas não falta muito pra eu não conseguir tomar banho e nem ir ao banheiro sozinho.
— O Benjy não consegue tomar banho sozinho e a gente vive limpando o cocô do Argos.
— Eu não sou uma criança e não sou um cachorro.
— Eu sei, só tô dizen...

— Eu cuido da minha família, *Sameleh*.
— E o senhor cuida muito bem, mas...
— A minha família não cuida de mim.
— Eu entendo, mas...
— E as coisas são assim.
— Vou pedir pro meu pai...
— Não — respondeu Isaac, com uma severidade que Sam nunca tinha ouvido.
— Por que não? Tenho certeza de que ele vai dizer sim.
Uma longa pausa. Não fosse pelo piscar de olhos de Isaac, Sam se perguntaria se a imagem havia congelado. — Eu disse *não* — Isaac disse, enfim, com a voz grave.
A conexão ficou mais fraca, os pixels aumentaram.
O que Sam tinha feito? Alguma coisa errada, alguma coisa indelicada, mas o quê?
Vacilando, em um esforço de compensar o que pudesse sem querer ter magoado seu bisavô na tentativa de amá-lo, Sam disse: — Ah, estou namorando.
— Uma moça judia? — Isaac quis saber, seu rosto uma maçaroca de pixels.
— Sim — mentiu Sam.
— Estou vendo você — disse Isaac, e desligou.
O uso do singular e do presente mudou tudo. O anseio era do seu bisavô.
A segunda sinagoga de Sam estava como ele a havia deixado. Como não tinha avatar para explorá-la, criou às pressas e sem capricho uma figura angulosa para esse fim. Os alicerces tinham sido assentados e as molduras das paredes estavam no lugar, mas sem o gesso acartonado ele poderia lançar uma flecha, ou o olhar, através delas. Ele — Sam sabia que o novo avatar era um homem — foi até uma das paredes, segurou as ripas como se fossem grades de prisão e empurrou. Sam estava ao mesmo tempo controlando e observando. Foi até outra parede e empurrou.
Sam não estava destruindo, e ele não era Sam. Estava criando um espaço a partir de outro espaço maior. Ainda não sabia quem era.
O edifício de ramificações exuberantes se contraía em direção ao centro, como um império em decadência que recolhe o exército à capital, como os dedos enegrecidos de um alpinista preso em uma nevasca. Não havia mais salão social, nem quadra de basquete e nem vestiários, nem

biblioteca infantil, nem salas de aula, nem gabinetes da administração, nem do precentor, nem do rabino, nem santuário.

O que sobraria depois que todas as paredes fossem derrubadas?

Meia dúzia de salas.

Sam não tinha planejado essa configuração, apenas a tinha criado. E ele não era Sam.

Uma sala de jantar, uma sala de estar, uma cozinha. Um corredor. Um banheiro, um quarto de hóspedes, um quarto de TV, um quarto de dormir.

Alguma coisa estava faltando. O prédio ansiava por alguma coisa.

Foi até as ruínas da primeira sinagoga, pegou o vitral quase intacto com Moisés flutuando pelo Nilo e um punhado de escombros. Substituiu uma das janelas da cozinha pelo vitral de Moisés e colocou os escombros na geladeira, junto com a gengibirra.

Mas ainda faltava alguma coisa. Ainda restava um anseio.

Um porão. O lugar precisava de um porão. A sinagoga senciente, consciente de que, durante a construção, estava sendo destruída, ansiava por um porão. Como não tinha dinheiro para comprar uma pá, ele usou as mãos. Cavou como se fosse um túmulo. Cavou até o ponto em que não teria conseguido sentir os braços que não tinha como sentir. Cavou até que uma família pudesse se esconder detrás da terra removida.

E então ficou de pé dentro da obra, como um pintor de cavernas dentro da própria pintura de uma caverna.

Estou vendo você.

Sam se concedeu cabelos brancos, restaurou o Firefox para a área de trabalho e procurou no Google: Como se faz plástico bolha?

O TERREMOTO

Quando chegaram em casa, Julia estava na entrada, os braços segurando os joelhos dobrados contra o peito. O sol pousava em seus cabelos como poeira de giz amarelo, se desvencilhando ao menor movimento. Ao ver Julia daquela forma, Jacob espontaneamente se desvencilhou do ressentimento assentado em seu coração como cascalho. Não era sua esposa, não ali, naquele momento. Era a mulher com quem ele tinha se casado — uma pessoa, não uma dinâmica.

Enquanto ele se aproximava, Julia abriu um sorriso pálido, o sorriso da resignação. Naquela manhã, antes de sair para o aeroporto, Jacob tinha lido uma coluna da *National Geographic* sobre um satélite meteorológico quebrado que não conseguia mais operar suas funções, mas que por causa dos altos custos e da pouca necessidade de um resgate orbitaria o planeta sem fazer nada, até enfim despencar na Terra. O sorriso de Julia era igualmente distante.

— O que você está fazendo aqui? — perguntou Jacob. — Achei que só fosse chegar em casa mais tarde.

— A gente decidiu voltar umas horinhas antes.

— Cadê o Sam? — Max quis saber.

— Você pode decidir isso? Como acompanhante?

— Se o Mark tiver algum problema, chego lá em quinze minutos.

Jacob odiava ouvir aquela merda de nome. Sentiu o coração voltar a ser recheado de cascalho e afundar.

— O Sam está lá em cima — Julia respondeu.

— Acho que você pode vir comigo — disse Max para Barak, e os dois entraram na casa.

— Vou defecar — disse Irv, passando às pressas —, e depois volto a me unir a vocês. Oi, Julia.

Tamir saiu do carro e abriu os braços.

— Julie!

Ninguém a chamava de Julie. Nem mesmo Tamir a chamava de Julie.

— Tamir!

Ele a abraçou com um de seus abraços dramáticos: segurando Julia com os braços esticados, olhando-a de cima a baixo, e então trazendo-a de volta para perto do corpo, e em seguida esticando os braços mais uma vez para outro exame.

— Todos os outros envelhecem — comentou.

— Não estou ficando nem um pouco mais nova — ela respondeu, sem disposição para corresponder ao flerte, mas também sem disposição para sufocá-lo.

— Eu não disse que estava.

Trocaram um sorriso.

Jacob queria odiar Tamir por sexualizar tudo, mas não sabia se o hábito era resultado de livre-arbítrio ou de condicionamento ambiental — não sabia quanto do comportamento de Tamir era apenas o comportamento israelense, uma questão cultural. E talvez a dessexualização de tudo fosse o comportamento de Jacob, mesmo quando estava sexualizando tudo.

— Que bom receber vocês neste tempinho extra — disse Julia.

Jacob se perguntou por que ninguém mencionava o terremoto. Será que Julia temia que eles ainda não soubessem de nada? Será que queria dar a notícia de maneira delicada e controlada, livre de potenciais interrupções? Ou ainda não tinha ficado sabendo? O mais estranho de tudo era Tamir, que sempre mencionava tudo, não ter mencionado coisa alguma.

— Não é uma viagem fácil — disse Tamir. — Eu diria que você sabe, mas você não sabe. Enfim, a gente quis vir um pouco antes e aproveitar bem a viagem, para Barak ter mais tempo para conhecer melhor sua família americana.

— E a Rivka?

— Ela pediu desculpas. Queria muito vir.

— Está tudo bem?

Jacob ficou surpreso com a abordagem direta de Julia e se lembrou do próprio comedimento.

— Claro — respondeu Tamir. — Só não conseguiu remarcar alguns compromissos. Agora: o Jake mencionou que você fez comida, é verdade?

— Ele disse isso?
— Não, eu não disse nada. Achei que você nem estaria em casa até o fim da tarde.
— Não minta pra sua esposa — disse Tamir, dando uma piscadela para Jacob que ele não tinha certeza se Julia tinha visto, então comentou:
— Ele piscou para mim.
— A gente prepara alguma coisa juntos — disse Julia. — Entra. O Max vai mostrar onde vocês podem colocar as coisas e a gente se encontra na mesa da cozinha.
Enquanto Tamir entrava em casa, Julia pegou a mão de Jacob. — Podemos conversar um minutinho?
— Eu não disse aquilo.
— Eu sei.
— Eles estão me deixando louco.
— Preciso contar uma coisa.
— Outra coisa?
— Sim.
Anos depois, Jacob se lembraria daquele momento como uma enorme dobradiça.
— Aconteceu uma coisa — ela disse.
— Eu sei.
— Hein?
— Mark.
— Não — disse Julia —, não é isso. Não é comigo.
E então, sentindo uma onda de alívio, Jacob disse: — *Ah*, sim. A gente já ouviu a notícia.
— Hein?
— No rádio.
— No *rádio*?
— É, que coisa horrível. E assustadora.
— O que é assustador?
— O terremoto.
— Ah — Julia disse, confusa e situada ao mesmo tempo. — O terremoto. Sim.
Foi aí que Jacob se deu conta de que ainda estavam de mãos dadas.
— Peraí, do que *você* estava falando?
— Jacob...
— Mark.

— Não, não é isso.
— Eu estava pensando nisso no caminho pra casa. Sobre tudo. Depois que a gente desligou o telefone, eu...
— Para. Por favor.

Jacob sentiu o sangue subir ao rosto, como maré alta, e então descer rapidamente. Ele tinha feito algo terrível, mas não sabia o quê. Não era o celular. Não havia mais nada a ser esclarecido ali. Seria o dinheiro que tinha sacado em caixas eletrônicos ao longo dos anos? Para pagar coisas estúpidas e inofensivas que ele tinha vergonha de admitir que queria? O que seria? Será que Julia tinha de alguma forma visto os e-mails dele? Teria visto como falava sobre ela para aqueles que entenderiam ou pelo menos teriam alguma empatia? Será que teria sido estúpido o bastante, ou forçado pelo subconsciente, a permanecer logado em algum aparelho?

Jacob colocou a mão em cima da mão de Julia que estava em cima da mão dele: — Desculpa.
— Não é culpa sua.
— Sinto muito, Julia.

Ele sentia muito, muito, mas pelo quê? Havia tantas coisas pelas quais se desculpar.

No casamento de Jacob, sua mãe contou uma história da qual ele não se lembrava, e que não acreditava que fosse verdadeira, e que o magoou, porque, mesmo que fosse verdadeira, não poderia ser, e o deixava exposto.

— Vocês deviam estar esperando que meu marido falasse — começou Deborah, arrancando gargalhadas. — Talvez já tenham notado que ele é o que geralmente toma a palavra. *E que palavra.*

Mais gargalhadas.

— Mas desta vez eu queria falar. O casamento do meu filho, que se formou no meu próprio corpo, e a quem dei tudo de mim para que um dia pudesse soltar a minha mão e pegar na mão de outra pessoa. Preciso dar crédito ao meu marido, que não reclamou nem argumentou. Só ficou sem falar comigo por três semanas. — Mais gargalhadas, especialmente de Irv. — Foram as três semanas mais felizes da minha vida.

Mais gargalhadas.

— Não se esqueça da nossa lua de mel! — gritou Irv.
— A gente saiu em lua de mel? — perguntou Deborah.

Mais gargalhadas.

— Vocês devem ter notado que judeus não fazem votos de casamento. A aliança está implícita no ritual, segundo o costume. Que coisa bem judaica, não? Ficar diante do companheiro da vida toda, e diante de seu Deus, naquele momento que provavelmente é o mais significativo da sua vida, e presumir que está tudo implícito? É difícil imaginar *qualquer outra coisa* que um judeu presumiria como implícita.

Mais gargalhadas.

— Nunca vou superar o quanto somos um povo estranho e fácil de explicar. Mas talvez alguns de vocês sejam como eu, e não consigam deixar de escutar os votos tradicionais: "na riqueza e na pobreza, na saúde e na doença." Podem não ser palavras nossas, mas estão no nosso inconsciente coletivo.

— Houve um ano da infância de Jacob... — Deborah olhou para Irv e disse: — Talvez tenha sido até mais de um ano. Um ano e meio? — E então olhou de volta para a plateia. — Houve uma época que parece mais longa do que realmente foi — gargalhada —, em que Jacob fingiu que era deficiente. Começou com ele anunciando, uma bela manhã, que era cego. "Mas você está de olhos fechados", falei pra ele.

Mais gargalhadas.

— "Só porque não tem nada pra ver", ele disse, "então tô deixando eles descansarem." Jacob era um menino teimoso. Ele conseguia teimar por dias, até mesmo semanas. Irv, você consegue imaginar de onde ele tirou isso?

Uma risada.

Irv gritou de novo: — Por natureza, de mim, e por criação, de você!

Outra risada.

Deborah continuou: — Ele insistiu na cegueira por três ou quatro dias, um período longo para uma criança, ou para qualquer pessoa, ficar de olhos fechados, mas um dia apareceu pro jantar piscando, mais uma vez capaz de usar os talheres. "Que bom que você se recuperou", eu disse. Ele deu de ombros e apontou para as orelhas. "O que foi, meu amor?" Ele foi até a gaveta, pegou uma caneta e um pedaço de papel e escreveu: "Desculpa, não consigo ouvir. Sou surdo." Irv disse: "Você não é surdo." Sem emitir som, a boca de Jacob formou as palavras: "Eu sou surdo."

— Acho que um mês mais tarde ele entrou mancando na sala de estar com um travesseiro enfiado na parte de trás da camiseta. Não disse nada, só mancou até a estante, pegou um livro e saiu mancando. Irv gritou: "*Ciao*, Quasímodo" e voltou a ler. Imaginou que era mais uma fase entre tantas outras. Segui Jacob até o quarto e perguntei: "Você quebrou as costas?" Ele fez que sim com a cabeça. "Deve estar doendo muito." Ele fez que sim. Sugeri que a gente desse um jeito na coluna dele amarrando uma vassoura nas costas. Ele ficou andando daquele jeito por dois dias. E se recuperou.

— Umas semanas depois, na cama, eu estava lendo uma história, Jacob com a cabeça apoiada no travesseiro que tinha servido de corcunda, quando ele levantou a manga do pijama e disse: "Olha o que aconteceu." Eu não sabia o que precisava enxergar, só que era pra enxergar alguma coisa, então comentei "Está bem feio". Ele fez que sim com a cabeça. "Tô com uma queimadura feia", ele disse. "Estou vendo", respondi, tocando o braço com delicadeza. "Espera aí, tenho uma pomada no banheiro." Voltei com um hidratante. "Pra usar em queimaduras severas", eu disse, fingindo que estava lendo as instruções na parte de trás do frasco. "Aplique generosamente por toda a queimadura. Friccione na pele com movimentos de massagem. Recuperação total até a manhã seguinte." Massageei o braço dele por meia hora, uma massagem que passou por fases de ser agradável, meditativa, íntima e, ao que tudo indica, sedativa. Quando ele veio até nossa cama na manhã seguinte, e me mostrou o braço e disse: "Funcionou." Respondi: "Um milagre." "Não", ele disse, "foi remédio mesmo."

Mais gargalhadas.

— *Foi remédio mesmo*. Ainda penso nisso toda hora. Não foi um milagre, apenas um remédio.

— As deficiências e machucados continuaram a aparecer: uma costela quebrada, perda das sensações na perna esquerda, dedos fraturados... mas com cada vez menos frequência. Então, certa manhã, talvez um ano depois de ter ficado cego, Jacob não desceu para tomar café. Muitas vezes ele dormia até mais tarde, principalmente depois das noites em que ele e o pai ficavam acordados vendo os Orioles jogar. Bati na porta. Ninguém respondeu. Abri e Jacob estava imóvel na cama, com os braços e as pernas retos e um bilhete equilibrado no esterno: "Estou me sentindo muito doente e acho que posso morrer hoje à noite. Se você está me vendo agora e eu não estiver me mexendo, é porque estou morto." Se aquilo fosse um jogo, ele teria ganhado. Mas não era um jogo. Eu podia esfregar creme em uma queimadura e ajeitar costas entrevadas, mas não havia nada a ser feito pelos mortos. Eu amava o nosso acordo secreto, mas agora não estava entendendo mais nada. Olhei para ele deitado ali, meu filho estoico, tão imóvel. Comecei a chorar. Assim como estou prestes a fazer agora. Fiquei de joelhos ao lado do corpo de Jacob e chorei, chorei e chorei.

Irv foi até a pista de dança e envolveu Deborah nos braços. Sussurrou algo no ouvido dela. Ela assentiu com a cabeça e sussurrou alguma outra coisa. Ele sussurrou outra coisa.

Deborah se recompôs e disse: — Eu chorei muito. Coloquei a cabeça no peito dele e fiz verdadeiros rios nos canais entre as costelas. Você era tão magrinho, Jacob. Podia comer o quanto quisesse e nunca deixava de ser pele e osso. Pele e osso — ela suspirou.

— Você me deixou fazer aquilo por um bom tempo, depois tossiu, e mexeu as pernas, e tossiu de novo, e aos poucos voltou à vida. Nada me tirava mais do sério do que quando você se colocava em perigo. Quando não olhava pros dois lados na rua, quando corria com uma tesoura na mão, eu tinha vontade de lhe dar uma surra. Cheguei até a precisar me controlar pra não bater em você. Como podia ser tão *negligente* com a coisa que eu mais amava?

— Mas não saí do sério naquele momento. Só fiquei arrasada. "Nunca mais faça isso", pedi. "Nunca, nunca, *nunca* mais faça isso." Ainda deitado de costas, você virou o rosto, me olhou, lembra disso?, e disse: "Mas eu tenho que fazer."

Deborah começou a chorar de novo e entregou a Irv a folha com o discurso.

— Na saúde e na doença — ele disse. — Jacob e Julia, meu filho e minha filha, somente existe a doença. Algumas pessoas ficam cegas, outras ficam surdas. Algumas pessoas machucam as costas, algumas sofrem queimaduras terríveis. Mas você tinha razão, Jacob: você *teria* que fazer aquilo de novo. Não como brincadeira, ou ensaio, ou esforço tortuoso de comunicar alguma coisa, mas de verdade e para sempre.

Irv tirou os olhos do papel, se virou para Deborah e disse: — Jesus Cristo, Deborah, que coisa deprimente.

Mais gargalhadas, porém agora vindas de gargantas trêmulas. Deborah riu também, e pegou na mão de Irv.

Ele continuou lendo: — Na doença e na doença. É isso que desejo para vocês. Não esperem milagres. Não existem milagres. Não mais. E não existe cura para a mágoa que mais dói. Existe o remédio de acreditar na dor do outro e estar presente naquele momento.

Depois de transarem pela primeira vez como marido e mulher, Jacob e Julia ficaram deitados lado a lado. Lado a lado, olharam para o teto.

Jacob comentou: — O discurso da minha mãe foi ótimo.

— Foi mesmo — Julia respondeu.

Jacob pegou a mão dela e disse: — Mas só a parte da surdez era verdade. E mais nada.

Dezesseis anos mais tarde, sozinho com a mãe de seus três filhos, na soleira da porta de casa e tendo sobre a cabeça apenas o teto infinito, Jacob soube que tudo que sua mãe tinha dito era verdade. Mesmo que ele não conseguisse se lembrar, mesmo que não tivesse acontecido. Ele tinha escolhido a doença porque não conhecia nenhum outro modo de ser visto. Nem mesmo por aqueles que o procuravam.

Mas então Julia apertou sua mão. Não com força. Apenas uma pressão suficiente para comunicar amor. Ele sentiu amor. Conjugal, coparental, romântico, amistoso, clemente, devotado, resignado, teimosamente esperançoso — o tipo de amor não importava. Jacob tinha passado a maior parte da vida parado em umbrais, analisando amor, omitindo consolação, forçando felicidade. Julia aplicou mais pressão na mão do ainda marido, segurou os olhos dele com os dedos dos seus olhos, e anunciou: — Seu avô morreu.

— Desculpa — ele respondeu, palavra que vinha de sua espinha.
— Desculpa?
— Peraí, *hein*? Não ouvi o que você disse.
— Seu avô. Isaac. Morreu.
— Hein?

IV

QUINZE DIAS DE QUINZE MIL ANOS

DIA 2

Consultado a estimar quantos estavam presos nos escombros, o chefe do esforço de recuperação de Israel responde: "Um só já valeria por dez mil." A jornalista quis confirmar: "O senhor está sugerindo que são dez mil?"

DIA 3

Declaração do gabinete do ministro do Interior de Israel: "Não é hora para picuinhas. Se os islamistas querem controle, que tenham. Se querem que seus lugares sagrados sejam preservados, tudo bem. Mas não podem ter as duas coisas."

Ao que o *waqf* responde: "Os sionistas têm uma longa história de subestimar os árabes e de ficar com o que tomam emprestado."

Ao que o ministro do Interior em pessoa responde: "Israel nunca estima, e Israel nunca toma emprestado."

DIA 4

Ombudsman do *New York Times*: "Muitos leitores se manifestaram sobre o uso da palavra "desproporcional" na estimativa de vítimas no Oriente Médio publicada na primeira página da edição de ontem."

No Líbano, o líder do Hezbollah faz um pronunciamento televisivo que inclui a frase: "O terremoto não foi obra da natureza, e não foi um terremoto."

Âncora do telejornal *CBS Evening News*: "E nesta noite um fio de esperança brotou dos escombros. Assista à história da jovem Adia, a menina palestina de três anos que perdeu os pais e três irmãs em Nablus. Vagando pelas ruínas, sem saber informar nem mesmo o sobrenome, agarrou a mão do fotógrafo americano John Tirr e se recusou a largar."

DIA 5

A resposta do embaixador israelense: "Talvez seja o caso de perguntar aos trinta e seis cidadãos japoneses que resgatamos 'de forma unilateral, desajeitada e brutal', ao custo de nosso próprio sangue, se não prefeririam ser devolvidos ao Monte do Templo por via aérea."

Analista militar na *Fox News* sobre a questão do uso não coordenado do espaço aéreo de Israel pela Turquia para fins de transporte de suprimentos: "Essa ausência de reação por parte de Israel ou é um gesto de cooperação sem precedentes ou um sinal de fraqueza sem precedentes de Força Aérea Israelense."

Um cidadão árabe israelense de vinte e dois anos, com quatro irmãos desaparecidos, explica: "Como a garrafa de vidro é inútil como arma, é mortal como símbolo." Os tumultos, agora não mais espontâneos, são conhecidos como o "tdamar", o ressentimento.

Presidente da Síria: "Com efeito imediato, a trégua e a aliança estratégica incluirão os onze maiores grupos rebeldes."

DIA 6

Em Roma, o papa anuncia: "O Vaticano vai financiar e supervisionar a restauração do Santo Sepulcro."
 Resposta do sínodo da Igreja Ortodoxa Grega: "O Vaticano não vai fazer nada disso."
 Resposta dos católicos da Igreja Armênia: "As ruínas não devem ser alteradas."

O Parlamento Britânico aprova uma decisão que "condiciona o envio de ajuda britânica à remessa direta aos destinatários pretendidos, em vez de usar os canais israelenses".

Senador júnior (e judeu) da Califórnia: "Sem dúvida Israel está fazendo tudo que pode para supervisionar o esforço de recuperação mais amplo e eficaz possível. Está claro que Israel não pode manter territórios e renunciar à responsabilidade pela população."

A chanceler alemã: "Como nação mais amiga de Israel na Europa, aconselhamos que o país faça uso dessa tragédia como uma oportunidade de se aproximar de seus vizinhos árabes."

Comunicado secreto do rei da Jordânia ao primeiro-ministro de Israel: "Nossa necessidade de receber ajuda se tornou tão extrema e tão urgente que não estamos mais em posição de questionar de onde ela vem."

Resposta: "Isso é um pedido ou uma ameaça?"

Resposta: "É uma afirmação."

O Aipac anuncia a criação de duas listas de detentores de cargos públicos: "Defensores de Israel" e "Traidores de Israel". O primeiro registro identifica 512 Defensores e 123 Traidores.

Pôster em Amã: TODOS CONTRA A CÓLERA.

DIA 7

A resposta do ministro das Relações Exteriores do Egito: "Sobre a Marcha de Um Milhão, não podemos impedir pessoas livres de manifestarem sua irmandade com as sofridas vítimas do terremoto."

O embaixador turco na ONU alega: "Israel cortou pela metade o número de navios de ajuda humanitária que podem adentrar águas israelenses."

A Al-Jazeera alega: "Suprimentos médicos destinados à Cisjordânia estão sendo retidos em postos de fronteira controlados por Israel."

O secretário de Estado americano alega: "Israel está cooperando plenamente com todos os parceiros de boa-fé."

A Síria alega: "Transferimos forças terrestres até nossa fronteira sul para fins de autodefesa."

Declaração da Organização Mundial da Saúde: "A epidemia de cólera, agora confirmada em mais de uma dúzia de cidades dos Territórios Palestinos e da Jordânia, oferece um risco ainda maior do que abalos secundários ou guerra."

Em telefonema ao primeiro-ministro de Israel, o presidente americano reafirma o compromisso de seu país em auxiliar na segurança de Israel "com quaisquer meios que se fizerem necessários, sem limite algum", mas completa: "Esse terrível desastre precisa inspirar uma mudança fundamental nos axiomas do Oriente Médio."

Âncora da CNN, indicador no receptor auricular: "Desculpem interromper. Recebemos a informação de que pouco antes das sete da noite, horário local, outro terremoto excepcional atingiu o Oriente Médio, com magnitude 7,3."

DIA 8

Do relatório do chefe do Departamento de Engenharia Civil israelense, transmitido por videoconferência criptografada aos lares de membros do Knesset: "Dentre as estruturas de importância crítica avariadas de forma irreparável estão: o quartel-general do Ministério da Defesa; o Instituto Geofísico, em Lida; o Aeroporto Internacional Ben Gurion; as bases aéreas de Tel Nof e Hatzor. Todas as rodovias estão obstruídas, pelo menos parcialmente. O acesso norte-sul foi bloqueado por noventa minutos. As ferrovias estão fora de operação. Os portos estão funcionando minimamente. Quanto ao Kotel, as partes que desabaram não comprometeram a integridade do Monte do Templo, mas é provável que eventos geológicos adicionais acarretem danos catastróficos."

Na esteira dos abalos secundários, a Arábia Saudita e a Jordânia assinam um acordo de "unificação temporária". Questionado a respeito de a linha de suprimentos saudita, de extensão sem precedentes, incluir também forças terrestres, o rei da Arábia Saudita responde: "Para ajudar na recuperação." Questionado sobre a inclusão adicional de duzentas aeronaves de combate, responde: "Não é verdade."
Israel se nega a reconhecer a "Transarábia", que assim recebe um nome.
O Irã promete que "a Jordânia jamais terá um aliado mais poderoso que o Irã", e assim se nega a reconhecer a Transarábia.

O Conselho de Direitos Humanos da ONU aprova uma resolução condenando "a crise catastrófica criada pela retirada israelense dos Territórios Ocupados, unilateral, completa e sem aviso prévio". Nenhum dos países-membros se abstém. Nenhum dos países membros vota contra a resolução.

Questionado sobre como e por que o Egito está revogando seus tratados com Israel, o comandante do Exército egípcio responde: "Todos os acordos e pactos foram criados no âmbito de um conjunto de condições que não existem mais." Questionado se o Egito continuará a reconhecer o Estado de Israel: "Isso é semântica."

Manifestantes no lado de fora de um auditório da Universidade de Georgetown, onde um biólogo molecular israelense, pesquisador visitante, está apresentando um artigo sobre diferenciação de células de carcinoma embrionárias pluripotentes: "Israel, que vergonha! Israel, que vergonha!"

375 Defensores e 260 Traidores.

"E para concluir, novidades sobre uma história que cativou o coração de tantos ao redor do mundo — a história da jovem Adia. É com preocupação, mas também com esperança, que informamos que o orfanato improvisado em que Adia estava abrigada desabou parcialmente no abalo secundário de ontem. Existe a chance de alguns dos ocupantes do prédio terem conseguido escapar, ainda que, como é o caso de tantos outros, Adia continue desaparecida."

DIA 9

Disfarçados de técnicos de conserto, um esquadrão de extremistas israelenses invade e ateia fogo na Cúpula da Rocha. Os incendiários são presos sem demora. O primeiro-ministro de Israel declara que a "tentativa de incêndio" foi um "plano terrorista".

Financial Times: "O juramento de obediência ao Estado Islâmico declarado pelo Hammas marca outro passo rumo à unificação sem precedentes do mundo muçulmano."

Do relatório do ministro da Saúde israelense ao primeiro-ministro: "Os hospitais estão funcionando 5.000% acima da capacidade, e o influxo de suprimentos americanos não conta com a rapidez nem com o volume necessários. Não há como evitar uma epidemia de cólera, nem disenteria e febre tifoide. Com a proximidade da guerra, é necessário tomar decisões difíceis acerca de prioridades."

Em um discurso organizado às pressas na praça Azadi, em Teerã, diante de uma multidão estimada em duzentas mil pessoas, o aiatolá entoa: "Ó judeus, sua hora chegou! Vocês queimaram nossa Cúpula da Rocha, e agora o fogo será retribuído com fogo! Vamos queimar suas cidades e aldeias, suas escolas e seus hospitais, todas as suas casas! Nenhum judeu estará a salvo!"

DIA 10

Em seu pronunciamento diário à nação, o primeiro-ministro israelense afirma: "Nossos motivos para a ação desta manhã são simples: expulsando o *wakf* do Monte do Templo e mobilizando as FDI para controlá-lo, estamos mostrando ao mundo que os danos causados à Cúpula da Rocha são mínimos e protegendo o local enquanto estiver em perigo."

As três maiores redes de supermercados da Europa removem alimentos *kosher* das prateleiras por temer protestos. Em resposta, um parlamentar conservador publica um *tweet*: "JUDEUS não são ISRAELENSES! Como OUSAM? #JudeusSaoKosher."

Comentarista político americano, reagindo à declaração de guerra emitida em conjunto por Síria, Egito, Líbano e Transarábia: "Foi uma resposta necessária à tomada do Monte do Templo pelas FDI, mas ocorreram ataques com mísseis e escaramuças aéreas ao longo da última semana. Isso apenas oficializa as coisas."

A população ultraortodoxa de Jerusalém espalha o boato de que "o Messias está chegando".

O presidente americano, se dirigindo a uma sessão conjunta do Congresso: "Israel deve abdicar imediatamente do controle do Monte do Templo em prol de uma força internacional de tropas de paz, se abster de qualquer represália militar e retomar sua participação nos trabalhos de resgate nos

Territórios Ocupados. Se Israel cumprir com suas responsabilidades, terá o apoio incondicional e ilimitado dos Estados Unidos."

O Aipac inclui o presidente na lista de Traidores.

DIA 11

Editorial do *Guardian*: "Não se trata de uma questão de terem hasteado a bandeira israelense no Monte do Templo, mas por que ela ainda continua ali? A ausência de qualquer atitude por parte de Israel parece ter a intenção de enfurecer."

O califa do Estado Islâmico declara uma unidade temporária com o "governo infiel da Síria e o Hezbollah".

Porta-voz da Força Aérea turca: "O vírus de computador que atacou nosso sistema de controle aéreo, levando aos múltiplos acidentes desta manhã, foi um ato de guerra."

O primeiro-ministro israelense garante ao presidente americano que Israel não criou nem implementou o suposto vírus.

O presidente americano faz ao primeiro-ministro turco uma oferta sem precedentes de auxílio e armamento avançado em troca da promessa de se manter fora da guerra.

Argélia, Bahrain, Catar, Comoros, Djibouti, Emirados Árabes Unidos, Iêmen, Irã, Iraque, Kuwait, Líbia, Mauritânia, Marrocos, Omã, Paquistão, Somália, Sudão e Tunísia declaram guerra a Israel.

Os Estados Unidos encerram o "controle executivo" da venda iminente de 60 mísseis Harpoon, 185 "kits de aprimoramento" do tanque de guerra M1A1 Abrams, 20 caças F-16 e 500 mísseis Hellfire II de produção americana para o Egito. O Departamento de Estado se abstém de comentar.

O presidente do capítulo Hillel da Universidade de Colúmbia, comentando sobre as primeiras manifestações anti-Israel promovidas por alunos judeus: "A busca pela justiça, especialmente quando requer introspecção e humildade, está no cerne da nossa missão: enriquecer a vida dos alunos judeus para que possam enriquecer o povo judeu e o mundo."

CNN: "Confirmamos as informações de que um avião de carga americano, a caminho de um aeródromo no Neguev, caiu."

289 Defensors e 246 Traidores.

DIA 12

Capa do *New York Post*: a bandeira israelense, ainda hasteada, encimada pela manchete CÚPULA DO DEBOCHE!

Albânia, Azerbaijão, Bangladesh, Gâmbia, Guiné, Kosovo, Maldivas, Mali, Níger, Quirguistão, Senegal, Serra Leoa, Tadjiquistão, Turcomenistão e Uzbequistão declaram guerra a Israel.

O aiatolá publica uma carta aberta aos "irmãos árabes do Irã" que conclui: "Sua relutância em permitir nossa presença no teatro de guerra será sua ruína. A despeito de nossas diferenças, este é nosso momento."

O secretário de Estado americano oferece "toda ajuda necessária" ao primeiro-ministro israelense em troca de controle sobre a guerra e o arsenal nuclear israelense. Depois de rejeitar sumariamente a proposta, o primeiro-ministro pergunta ao telefone: "Por que não é o presidente que está falando comigo?"

Jovem mãe em Tel Aviv: "Os foguetes não param nunca, mas como o esgoto da cidade inundou os abrigos, ficamos no lado de fora, à mercê do que acontecer."

Em Bruxelas, o presidente da União Europeia faz um discurso em que diz: "A catástrofe no Oriente Médio revela uma experiência fracassada."

Israel declara guerra "contra todos os que buscam destruir o Estado judeu".

DIA 13

NPR: "A 'Marcha de Um Milhão' nunca foi um nome adequado. Quando era uma marcha coerente, contava com menos de cinquenta mil. Agora são campanhas numerosas e não coordenadas — com muitas origens, tendo Jerusalém como destino comum — que alguns estimaram em dois milhões de pessoas."

Uma pesquisa da Pew mostra que para 58% dos judeus-americanos os Estados Unidos deveriam entrar na guerra.

A *Associated Press* informa: "Diversas tribos beduínas do Neguev afirmam que autoridades isralenses estão distribuindo iodeto de potássio para a população judaica próxima da instalação nuclear de Dimona, mas não para eles."
  Israel não responde a isso nem à retórica beligerante da Turquia, nem a alegações de que Israel está visando como alvo instalações civis nas maiores cidades da Síria, do Egito, do Líbano e da Transarábia, nem à ocupação da cidade turística de Eilat pelo Exército Transárabe, nem à decisão das FDI de expurgar categoricamente árabes israelenses do Exército de Israel e ao mesmo tempo alistar todos os judeus e judias com mais de dezesseis anos para "apoio paramilitar".

Em grandes jornais por todos os Estados Unidos, anúncios de página inteira, assinados por cem líderes evangélicos, afirmam: "Somos todos sionistas."

Declaração das Nações Unidas: "Com o número de refugiados pelo terremoto estimado em mais de vinte milhões, epidemias de cólera, disenteria e febre tifoide causando mais mortes do que o terremoto ou a guerra e escassez absoluta de alimentos, água potável e suprimentos médicos, o Oriente Médio enfrenta uma crise humanitária de proporções sem precedentes. Se não reagirmos a esta crise imediatamente, com dedicação absoluta, enfrentaremos a maior perda de vidas civis desde a Segunda Guerra Mundial."

DIA 14

Porta-voz da Transarábia: "Belém e Hebron não foram conquistadas, foram recuperadas. Essa vitória histórica não teria sido possível sem nossos bravos irmãos do Marrocos, da Argélia, da Líbia e do Paquistão."

Presidente americano ao primeiro-ministro israelense: "Foi o Mossad. Nosso avião e o da Turquia."

"Qual seria o interesse de Israel em abater um avião de nosso último não combatente na região, ainda mais de nosso aliado mais próximo e mais necessário?"

"Faça essa pergunta a si mesmo."

"Dou minha palavra: Israel não teve qualquer envolvimento no abate do avião americano."

A Turquia declara guerra, "em parceria com nossos irmãos muçulmanos, contra a Entidade Sionista".

301 Defensores e 334 Traidores.

Avaliação militar transmitida ao primeiro-ministro de Israel: "As FDI estão próximas ao colapso no norte e no leste. A 5ª, a 7ª e a 9ª Divisão do Exército Sírio exercem controle total das Colinas de Golã e estão preparando uma ofensiva para capturar a Galileia. O Exército da Transarábia penetrou o Neguev."

Porta-voz dos colonos israelenses, resistindo à evacuação: "Vamos morrer em casa."

DIA 15

Memorando do Ministério da Defesa ao primeiro-ministro de Israel:

> A seguir nossa resposta para sua requisição de três estratégias viáveis para ganhar a guerra.
>
> Estratégia 1: Desgaste
> Israel tem recursos médicos superiores, as doenças epidêmicas estão matando a um ritmo mais veloz do que as operações militares, e uma posição defensiva tem manutenção menos custosa que uma ofensiva. Recuaremos até nossas fronteiras defensáveis, expandiremos nosso já robusto desdobramento militar e permitiremos que a guerra seja vencida biologicamente. Aceleraremos o processo interrompendo linhas de suprimentos médicos e, acima de tudo, água. Existem opções de passos mais proativos nesse âmbito, a serem debatidos pessoalmente.

Estratégia 2: Ato Avassalador
Um ataque nuclear seria a exibição de força mais avassaladora, mas oferece riscos demasiados em termos de consequências incontroláveis, incluindo retaliações e a reação americana. Em vez disso, recomendamos dois ataques convencionais dramáticos – um ao leste, outro a oeste. O alvo mais eficaz no oeste é a Represa de Assuã. Noventa e cinco por cento da população egípcia vivem a uma distância máxima de trinta quilômetros do Nilo, e a represa fornece mais da metade da energia elétrica do Egito. Com a destruição da represa, o lago Nasser descerá rio abaixo, inundando praticamente o país inteiro — com imensas baixas civis, sem dúvida na casa dos milhões. O Egito deixaria de ser uma sociedade funcional. No leste, bombardearemos os principais poços de petróleo da Transarábia, paralisando a capacidade árabe de dar seguimento à guerra.

Estratégia 3: Diáspora Reversa
Ainda que a guerra tenha exposto uma distância cada vez maior entre as lideranças dos Estados Unidos e de Israel, e entre judeus-americanos e judeus israelenses, Israel conseguirá, por intermédio da campanha de relações públicas adequada, culminando em um discurso do primeiro-ministro, convencer cem mil judeus-americanos a virem para Israel em apoio ao esforço de guerra.

Será um esforço logístico enormemente custoso, que desviará tropas, equipamento e foco estratégico do planejamento e execução das operações militares. A vasta maioria dos voluntários não terá qualquer experiência ou treinamento militar, não estará em condições de combate e não falará hebraico. Mas sua presença forçará militarmente a mão dos EUA. O presidente dos Estados Unidos pode assistir ao massacre de oito milhões de judeus israelenses, mas não à mesma coisa acontecendo com cem mil judeus-americanos.

Assim que recebermos sua resposta, prepararemos uma linha de ação completa e detalhada.

V

NÃO TER ESCOLHA TAMBÉM É UMA ESCOLHA

A PALAVRA QUE COMEÇA COM I

— Boa tarde. Gostaria de estender minhas sinceras condolências e o apoio inabalável do povo americano ao povo da região atingida pelo terremoto de ontem. Ainda não se conhece a extensão total da devastação, mas as imagens que vimos, com bairros inteiros em ruínas e pais e mães vasculhando os escombros em busca dos filhos, são de partir o coração. Sem dúvida, mesmo para uma região acostumada com o sofrimento, essa tragédia parece especialmente cruel e incompreensível. Dedicamos nosso pensamento e nossas orações ao povo do Oriente Médio, e também àqueles que se encontram em nosso país e ainda não sabem o que aconteceu com seus entes queridos em casa.

"Instruí meu governo a responder com todos os recursos dos Estados Unidos à tarefa urgente de resgatar quem ainda se encontra preso sob os escombros, e providenciar o socorro humanitário correspondente nos próximos dias e semanas. Tendo em vista esses esforços, nosso governo, em especial o USAID e os departamentos de Estado e da Defesa, estão trabalhando em conjunto com nossos parceiros na região e no mundo inteiro.

"Há diversas prioridades urgentes. Em primeiro lugar, estamos trabalhando com o máximo de rapidez para dar satisfações sobre os funcionários da embaixada americana e suas famílias em Tel Aviv, Amã e Beirute, bem como sobre os muitos cidadãos americanos que vivem e trabalham na região. Americanos em busca de informações sobre familiares devem entrar em contato com o Departamento de Estado, no telefone 299-306-2828."

— Diga — Tamir falou para a tela.

— Em segundo lugar — continuou o presidente, ignorando Tamir —, mobilizamos recursos para auxiliar esforços de resgate. Em desastres como este, os primeiros dias são absolutamente críticos para salvar vidas e evitar tragédias ainda maiores, então orientei minhas equipes a terem o máximo de proatividade no fornecimento de auxílio e também na coordenação de atividades com nossos parceiros internacionais.

— Diga a palavra!

— Em terceiro lugar, levando em conta os diferentes recursos necessários, estamos tomando providências para garantir que os governos envolvidos no socorro ajam de forma unificada. Escolhi o administrador da Agência para Desenvolvimento Internacional, dr. Philip Shaw, como nosso coordenador unificado para esse desastre.

"Mas esse esforço de resgate e recuperação será complexo e desafiador. Ao transferirmos recursos para o Oriente Médio, trabalharemos de perto com parceiros em terra, incluindo agências governamentais locais, assim como inúmeras ONGs, missões das Nações Unidas, que também sofreram suas perdas, e nossos parceiros na região e ao redor do mundo. Este precisa de fato ser um esforço internacional."

— Diga a palavra!

Pela primeira vez em décadas, quiçá pela primeiríssima vez, Jacob se lembrou do Speak & Spell da Texas Instrument que tinha quando criança. Levou o brinquedo à praia em certo verão; acabou derretendo sobre uma mesa de piquenique, e não parava de repetir *"Diga"*, nem mesmo ao ser desligado — como se fosse um fantasma: *"Diga, diga, diga..."*

— E, por fim, devo dizer que é em momentos como este que nos lembramos da humanidade comum que todos compartilhamos. Apesar do fato de muitos estarem passando por dificuldades em nosso país, incentivo todos os americanos que desejam apoiar estes esforços humanitários urgentes a visitar o site Whitehouse.gov, onde podem obter informações acerca de como contribuir. Não é o momento de nos recolhermos dentro de nossas fronteiras, mas sim de nos estendermos, levando nossa compaixão e nossos recursos até o povo do Oriente Médio. Devemos estar preparados para enfrentar horas e dias difíceis, enquanto avaliamos a extensão da tragédia. As vítimas e suas famílias estarão em nossas orações. Seremos agressivos e determinados em nossa resposta. E prometo à região que ela sempre terá um amigo e um parceiro nos Estados Unidos da América, hoje e sempre. Que Deus abençoe a todos vocês, e a quem está trabalhando por vocês. Muito obrigado.

— Ele não conseguiu se forçar a dizer.
— Parece que você também não.
Tamir olhou para Jacob com a mais irritante das expressões: a presunção fingida de que Jacob devia estar brincando — sem dúvida estava brincando.
— O quê? *Militar? Auxílio?*
Tamir baixou o volume da televisão, que tinha passado a mostrar imagens de aviões de caça atravessando imensas maçãs de fumaça, e disse:
— Israel.
— Não seja bobo.
— Bobo é *você*.
— Claro que ele disse.
— Claro que não disse.
— Disse. Ele disse o *povo de Israel*.
— *Da região*.
— Bem, não tenho a menor dúvida de que ele disse Tel Aviv.
— Mas sem a menor dúvida não disse Jerusalém.
— *Disse*. Mas se não disse, e tenho certeza de que disse, foi apenas pelos motivos perfeitamente sensatos que você conhece muito bem.
— Acho que não conheço tão bem assim.
O telefone de Tamir começou a tocar, e como em cada ligação que ele tinha recebido desde o terremoto, não precisou tocar duas vezes. Podiam ser notícias de Rivka ou Noam. Podia ser uma resposta a alguma das dezenas de tentativas de voltar para casa. Como o e-mail tinha voltado bem cedo naquela manhã, ele sabia que estavam a salvo. Mas inúmeros familiares e amigos continuavam desaparecidos.
Era Barak telefonando do andar de cima, perguntando se podia usar o iPad.
— O seu está com problema?
— A gente quer dois.
Tamir desligou.
— É uma catástrofe regional — Jacob prosseguiu —, e não israelense. É geológica, não política.
— Nada não é política.
— Espera uns minutos.
— E se vocês insistissem um pouco menos em ouvir o nome, seria mais fácil dizer.
— *Ah...*

— Quê?
— A culpa é nossa.
— Soou errado.
— E posso perguntar — Tamir continuou — quem são *vocês* neste caso? Quando você diz "Se vocês insistissem um pouco menos", quem são *vocês*?
— *Vocês*.
— Eu, Tamir?
— Sim. Israelenses.
— *Israelenses*. Certo. Só queria ter certeza de que você não estava falando de judeus.
— Olha, foi um pronunciamento, e ele estava tomando cuidado.
— Mas isso não tem nada a ver com política.
— Ele não queria *transformar* em política.
— E aí, qual é o plano? — Julia quis saber, entrando na sala.
— Dumbarton Oaks — Jacob respondeu.
— Julia — disse Tamir, se virando para ficar de frente para ela —, deixa eu perguntar uma coisa. Você acha necessário tomar cuidado quando um amigo se machuca?
— Em teoria?
— Não, na vida.
— Que tipo de machucado?
— Algo sério.
— Acho que nunca algum amigo meu se machucou sério.
— Que boa vida.
— Em teoria? Sim, eu tomaria cuidado. Se fosse necessário.
— E você? — Tamir perguntou a Jacob.
— Claro que eu tomaria cuidado.
— Somos diferentes nisso.
— Você é imprudente?
— Sou leal.
— Lealdade não exige imprudência — Julia comentou, como se estivesse tomando o lado de Jacob, algo que ele não estava com vontade de fazer, especialmente sem saber do que estavam falando.
— Sim, exige.
— E uma lealdade que piora a situação não ajuda ninguém — disse Jacob, querendo que Julia sentisse que ele estava dando apoio.

— A menos que a situação vá piorar, de qualquer modo. Seu pai concordaria comigo.

— O que apenas vem provar a sanidade do meu argumento.

Tamir deu risada ao ouvir isso. E com esse riso a temperatura, que subia, caiu pela metade, e a pressão foi aliviada.

— Qual é o melhor sushi de Washington? — Tamir perguntou.

— Não sei — Jacob respondeu —, mas eu sei que não chega nem perto do pior sushi de Israel, que é superior ao melhor sushi do Japão.

— Acho que vou ficar por aqui quando vocês saírem hoje — disse Julia. — Preciso adiantar umas coisas.

— Que tipo de coisas? — Tamir perguntou, como apenas um israelense faria.

— Coisas do bar-mitzvá.

— Achei que tinha sido cancelado.

Julia olhou para Jacob. — Você falou para ele que tinha sido cancelado?

— Não falei nada.

— Não minta para sua mulher — disse Tamir.

— Por que você fica repetindo isso?

— Ele fica repetindo? — Julia quis saber.

— Não dá pra você enxergar — Jacob disse a Julia —, mas ele está me cutucando. Só para você saber.

Tamir deu outro cutucão invisível em Jacob e disse: — Você me disse que com a morte do Isaac, o terremoto e o que aconteceu com vocês dois...

— Não falei não — disse Jacob.

— Não minta para sua mulher, Jacob.

— Você está falando do Mark? — Julia perguntou. — E você falou do telefone?

— Não falei nada disso que você acaba de falar.

— E não é da minha conta — disse Tamir.

Falando apenas para Julia, Jacob disse: — Tudo que falei para ele foi que estávamos conversando sobre como *modificar* o bar-mitzvá, por causa de, bem, tudo.

— Modificar o quê? — Sam perguntou.

Como as crianças fazem isso? Jacob se perguntou. Não apenas adentram cômodos em silêncio, mas fazem isso no pior momento possível.

— Seu bar-mitzvá — disse Max. E de onde *ele* tinha saído?

— Sua mãe e eu estávamos conversando sobre como garantir que seu bar-mitzvá seja legal no contexto do, bem, você sabe.
— Do terremoto?
— Que terremoto? — Benjy quis saber, sem erguer os olhos do labirinto que estava desenhando. Desde quando ele estava ali?
— E do biso — disse Jacob.
— Seu pai e eu...
— Pode falar *a gente* — disse Sam.
— Acho que não dá para ter uma banda — disse Jacob, assumindo o lado paternal da discussão em um esforço de demonstrar para Julia que ele também era capaz de dar notícias difíceis.
— Tudo bem — disse Sam. — A banda é uma bosta mesmo.
É muito difícil ter um diálogo produtivo com um garoto de treze anos, porque cada assunto levemente mencionado se torna uma Conversa Definitiva, exigindo sistemas defensivos e contra-ataques a ataques que nunca aconteceram. O que começa como um comentário inocente sobre o hábito de deixar coisas nos bolsos das roupas sujas termina com Sam culpando os pais por sua altura no vigésimo oitavo percentil, o que lhe dá vontade de cometer suicídio no YouTube.
— A banda não é uma bosta — Jacob protestou.
Ainda concentrado no labirinto, Benjy disse: — Quando a mamãe estacionou o carro não ficou muito bom, aí peguei e coloquei no lugar certo.
— Obrigada por isso — Julia disse para Benjy. E em seguida, para Sam: — Tem um jeito mais simpático de dizer isso.
— Jesus Cristo — disse Sam. — Não posso mais ter uma opinião?
— Não, espera aí — disse Jacob. — *Você* escolheu a banda. Não foi sua mãe. Não fui eu. Foi *você*. Você assistiu aos vídeos de meia dúzia de bandas e deu *sua* opinião de que a Electric Brigade deveria tocar no seu bar-mitzvá.
— Era a menos patética de três opções completamente patéticas, e escolhi por coação. Não é a mesma coisa que ser *groupie* deles.
— Que coação?
— A coação de ser forçado a ter um bar-mitzvá mesmo que vocês saibam muito bem que eu acho essa merda toda uma bosta.
Jacob tentou poupar Julia de ser, mais uma vez, a voz que reclamava de palavrões. — *Merda toda uma bosta*, Sam?
— Isso é redundante?

— É uma linguagem bem pobre. E tente acreditar em mim quando digo que ficaria muito feliz por não ter de pagar cinco mil dólares para a mediocridade absoluta que é a banda Electric Brigade tocar *covers* ruins de músicas ruins.

— Mas o rito de passagem é inegociável — Sam confirmou.

— Sim — Jacob disse —, correto.

— Porque foi inegociável pra você, porque foi inegociável pro...

— Correto, mais uma vez. Judeus fazem isso.

— Não negociam?

— Celebram bar-mitzvás.

— Ah... eu tinha entendido tudo *bem* errado. E agora que me dei conta de que a gente celebra bar-mitzvás porque a gente celebra bar-mitzvás, estou sentindo é *muita* vontade de me casar com uma judia e ter filhos judeus.

— Calma lá — disse Julia.

— E eu *sem dúvida* não quero ser enterrado — disse Sam, a Conversa Definitiva agora ao alcance dos olhos. — Especialmente se isso for exigido pela lei judaica.

— Então seja cremado, que nem eu — disse Max.

— Ou não morra — Benjy sugeriu.

Como um maestro concluindo uma peça musical, Julia disse um breve e severo "*Chega*" e tudo acabou na hora. O que ela tinha de tão assustador? O que aquela mulher de um metro e sessenta e três, que jamais infligia violência física ou emocional e nem mesmo levava um castigo até o fim, tinha de tão aterrorizante que fazia o marido e os filhos se renderem incondicionalmente?

Jacob desfez o enguiço: — A gente precisa ter a sensibilidade de não parecer estar aproveitando demais a vida, por causa da morte do biso. Isso sem falar no terremoto. Seria de muito mau gosto, e parece bem errado.

— *Parecer* estar aproveitando demais a vida? — Sam quis saber.

— Só estou dizendo que precisamos ter essa sensibilidade.

— Deixa eu falar o melhor jeito de pensar sobre isso — Tamir começou.

— Agora não — Jacob disse.

— Sem banda, então — disse Sam. — Isso é suficiente pra não parecer que estávamos aproveitando a vida?

— Em Israel a gente nem tem festa de bar-mitzvá — disse Tamir.

— *Mazel tov* — Jacob respondeu. E depois, para Sam: — Talvez eu também corte o quadro de assinaturas.

— Que eu nunca quis — disse Sam.
— Que eu passei três semanas fazendo para você — disse Julia.
— Você fez *ao longo de três semanas* — Jacob corrigiu.
— Hein?
— Você não passou três semanas fazendo.
— E você acha isso um esclarecimento relevante?

De repente ele não achou mais, e então mudou de rota: — Acho que também podíamos pensar em trocar os enfeites de mesa.

— Por quê? — Julia quis saber, começando a entender que ele estava tirando coisas *dela* e não de Sam.

— Nunca entendi essa mania dos judeus-americanos de falarem palavras que não entendem — disse Tamir. — Encontrar sentido na ausência de sentido, não entendo.

— Elas são... *festivas* — disse Jacob.
— São *elegantes*.
— Espera aí — disse Sam —, sobrou o quê?
— Sobrou o quê?
— Isso — disse Tamir.
— *Sobrou* — disse Jacob, apoiando a mão no ombro de Sam durante o meio segundo que demorou para que ele recuasse —, você se tornando homem.

— *Sobrou* — disse Julia — estar com a sua família.

— Vocês são as pessoas mais sortudas da história do mundo — disse Tamir.

— Estamos tentando — Jacob disse para Sam, que baixou os olhos e falou: — Que saco.

— Não vai ser — Julia garantiu. — Vamos fazer ser bem especial.

— Não falei que *vai* ser um saco. Falei *que* saco. Tô falando de agora.

— Você preferia estar numa geladeira, que nem o biso? — Jacob perguntou, tão surpreso quanto os outros com essas palavras. Como podia ter pensado nelas, e ainda por cima emitido? Ou estas: — Preferia estar preso debaixo de um prédio em Israel?

— Minhas opções são essas? — Sam perguntou.

— Não, mas são pontos de vista que você precisa muito levar em conta. Olha só para isso — disse Jacob, apontando para a televisão sem som, que mostrava imagens de escavadeiras gigantescas, pneus com escadas embutidas, desmantelando escombros.

Sam absorveu isso, assentiu com a cabeça, desviou os olhos para um local ainda mais distante de onde teriam se encontrado com os olhos de seus pais.

— Sem flores — disse.

— Sem *flores*?

— É bonito demais.

— Acho que beleza não é o problema — disse Julia.

— O problema — disse Tamir — é que...

— Fazem parte do problema — disse Sam, falando mais alto que Tamir —, então pode cortar.

— Bem, não sei se posso *cortar* as flores — disse Jacob —, porque já paguei por elas. Mas podemos perguntar se ainda seria possível trocar o arranjo por alguma coisa mais sintonizada com...

— É melhor se livrar também dos quipás com monograma.

— Por quê? — Julia perguntou, com a mágoa única de alguém que tinha passado seis horas escolhendo fonte, paleta de cores e material para quipás com monograma.

— São decorativos — disse Sam.

— Certo — disse Jacob —, talvez sejam mesmo meio *gauche*, pensando bem.

— *Gauche* não são — disse Julia.

— O problema... — Tamir tentou mais uma vez.

— E acho que nem preciso dizer — falou Sam, como sempre fazia quando estava prestes a dizer algo que era muito necessário dizer — que não vamos ter lembrancinhas.

— Desculpa, mas tudo tem limite — disse Julia.

— Na verdade, acho que ele tem razão — disse Jacob.

— Sério? — Julia exclamou. — *Na verdade*?

— Sim — disse Jacob, na verdade não gostando muito daquela ironia com *na verdade*. — Lembrancinhas sugerem que houve uma festa.

— O problema...

— Claro que não sugerem.

— Mas por favor, Julia.

— Sugerem uma convenção social, cuja ausência de cumprimento sugere uma grosseria extrema. *Jacob*.

— Convenção social no encerramento de uma *festa*.

— Então vamos castigar os amigos dele por causa de placas tectônicas e da morte do bisavô?

— Castigar pirralhos de treze anos é encher todos eles de sacos de lixo cheios de *tchotchkes* turísticos representando os lugares onde moram os parentes distantes do Sam, para quem eles não dão a mínima, e chamar isso de *lembrancinha*.

— Isso que você disse sugere um babaca — disse Julia.

— Opa — disse Barak.

De onde ele tinha saído?

— Como é? — disse Jacob, exatamente como Julia teria feito.

— Não estou entoando a Torá — Julia respondeu. — A gente *sabe* o que essas palavras significam.

— O que deu em você?

— Sempre fui assim.

A televisão tomada por clarões minúsculos, como vaga-lumes presos dentro de um pote de vidro.

— O problema — disse Tamir, se levantando — é que vocês estão bem longe de ter problemas suficientes.

— Posso dizer o óbvio? — Sam quis saber.

— Não — responderam os pais ao mesmo tempo, uma unidade rara.

Havia uma mulher na televisão, de etnia ou nacionalidade desconhecidas, puxando os cabelos enquanto uivava de tanto chorar, puxando com força suficiente para a cabeça se virar para a esquerda e para a direita. Não havia notícias passando pela parte inferior da tela. Não havia comentário algum. Não se apresentou causa alguma para aquele sofrimento. Havia apenas o sofrimento. Apenas a mulher, os cabelos recolhidos nos punhos com os quais ela golpeava o peito.

ABSORVER OU ABSOLVER

Isaac deveria estar em estado avançado de decomposição dentro da terra, mas ainda continuava fresco dentro da gaveta de uma geladeira em Bethesda. Apenas para Isaac o fim do tormento poderia significar a extensão do tormento. Seu último desejo — declarado tanto no testamento quanto em inúmeras conversas com Irv, Jacob e quem mais estivesse envolvido com a tarefa — era ser enterrado em Israel.

— Mas por quê? — Jacob tinha perguntado.
— Porque é para onde vão os judeus.
— Na folga de Natal. Não para a eternidade.

E quando Sam, que estava acompanhando, apontou que por lá ele receberia muito menos visitantes, Isaac apontou que "os mortos estão mortos" e visitas são a última coisa que passam por suas cabeças com cérebros mortos.

— Você não quer ser enterrado com a vovó e o resto da família? — Jacob quis saber.
— Vamos todos nos reencontrar quando chegar a hora.
— Mas qual o *sentido* disso? — Jacob não perguntou, porque algumas vezes fazer sentido não faz muito sentido. Um último desejo é uma dessas vezes. Isaac tinha providenciado o lote duas décadas antes (mesmo na época foi caro, mas ele não se importava em ter uma sepultura pobre), então tudo que era necessário para realizar seu último e mais duradouro desejo era colocar seu corpo dentro de um avião e pensar na logística do outro lado.

Mas quando chegou a hora de colocar o corpo de Isaac na caixa de correio, a logística era impossível: todos os voos estavam proibidos de decolar, e quando o espaço aéreo foi reaberto, os únicos corpos com entrada permitida pelo país eram os que estavam dispostos a morrer.

Assim que terminou a janela de tempo ritualística para o enterro-em-um-dia, não havia mais grande pressa em descobrir uma solução. Mas isso não significa que a família era indiferente ao ritual judaico. Alguém precisava estar com o corpo durante todo o intervalo entre a morte e o enterro. A sinagoga tinha uma equipe para isso, mas, enquanto os dias foram passando, o entusiasmo por servir de babá para o cadáver foi diminuindo, e cada vez mais a responsabilidade foi transferida para os Bloch. E essa responsabilidade precisava ser negociada com a responsabilidade de ser hospitaleiro com os israelenses: Irv poderia levá-los até Georgetown, enquanto Jacob ficava sentado ao lado do corpo de Isaac e em seguida, à tarde, Jacob poderia levá-los ao Museu Aeroespacial para assistir a *Voar!* Na tela IMAX, engolidora de perspectiva, enquanto Deborah teria a experiência exatamente oposta com o corpo de Isaac. O patriarca com quem falavam sete minutos por semana via Skype a muito custo tinha se tornado alguém que visitavam diariamente. Por alguma singular magia judaica, a transição de vivo para morto transformava os perpetuamente ignorados em jamais esquecidos.

Jacob aceitou ficar com a carga mais pesada, pois se considerava o mais apto, e também por ser quem mais desejava fugir de outras responsabilidades. Servia como acompanhante de shemirá — uma expressão da qual nunca tinha ouvido falar antes de se tornar um coreógrafo de acompanhantes de shemirá — pelo menos uma vez por dia, em geral por várias horas seguidas. Nos primeiros três dias, o corpo foi mantido em cima de uma mesa, debaixo de um lençol, na funerária judaica. Depois foi transferido para um espaço secundário nos fundos, e por último, ao final da semana, até Bethesda, para onde corpos não enterrados vão morrer. Jacob nunca ficou a menos de três metros de distância e aumentava o volume dos *podcasts* a um nível destruidor de capacidades auditivas, e tentava não respirar pelo nariz. Levava livros, respondia e-mails (precisava ficar do outro lado da porta para conseguir sinal), chegou até a escrever um pouco: COMO ENCENAR DISTRAÇÃO; COMO ENCENAR FANTASMAS; COMO ENCENAR LEMBRANÇAS SENTIDAS E INCOMUNICÁVEIS.

Domingo, no meio da manhã, quando as reclamações ritualizadas de Max sobre não ter nada para fazer se tornaram exasperantes a um nível intolerável, Jacob sugeriu que Max participasse do acompanhamento de shemirá, pensando *Isso vai fazer você sentir gratidão pelo* tédio *que sente*. Aceitando o blefe, Max concordou.

Foram saudados na porta pela acompanhante de shemirá anterior — uma mulher do *shul*, muito idosa, que inspirava tantos calafrios e evocava tanta ausência que poderia ter sido confundida com um dos mortos se a maquiagem exagerada não desse a pista: apenas judeus vivos são embalsamados. Trocaram acenos de cabeça, ela deu as chaves da porta de entrada a Jacob lembrando que *absolutamente nada* além de papel higiênico (e número dois, claro) poderia entrar na privada e, com um pouco menos de pompa e circunstância do que no Palácio de Buckingham, a troca de guarda se efetivou.

— Que cheiro horrível — Max comentou, sentando diante da mesa comprida da recepção, feita de madeira de carvalho.

— Quando preciso respirar, faço isso pela boca.

— Parece que alguém peidou dentro de uma garrafa de vodca.

— Como você conhece cheiro de vodca?

— Vovô me fez cheirar.

— Por quê?

— Pra provar que era cara.

— O preço não seria suficiente?

— Pergunta isso pra ele.

— Mascar chiclete também ajuda.

— Você tem chiclete?

— Acho que não.

Em seguida, conversaram sobre Bryce Harper e sobre por que, apesar de o gênero estar tão cansado que era incapaz de erguer um dedo de originalidade, filmes de super-heróis ainda eram bem legais, e como costumava acontecer, Max pediu ao pai que contasse mais uma vez histórias sobre Argos.

— Uma vez a gente levou o Argos para uma aula de adestramento. Já contei isso?

— Sim. Mas conta de novo.

— Foi logo depois que ele chegou. O adestrador começou a aula mostrando um carinho na barriga que serviria para relaxar um cachorro que estivesse muito agitado. A gente estava sentado em círculos, todo mundo fazendo carinho na barriga do cachorro, e daí a sala foi tomada por uma trovoada, como se o metrô estivesse passando por baixo do prédio. O barulho vinha do meu colo. Argos estava roncando.

— Que fofo.

— Fofo.

— Mas ele não se comportou muito bem.
— A gente abandonou as aulas. Parecia uma perda de tempo. Mas uns anos depois Argos começou a ficar puxando a guia quando a gente caminhava. E depois parava de repente e se recusava a dar mais um passo. Aí a gente contratou um cara que o pessoal do parque contratava. Não lembro o nome. Era de Saint Lucia, meio gordo, mancava. Colocou um enforcador no Argos e ficou assistindo a gente passar com ele. Claro que o bicho estaqueou. "Dá um puxão", o cara disse. "Mostra quem é o cão alfa." Mamãe deu risada. Dei um puxão, porque, enfim, eu sou o cão alfa. Mas o Argos nem se mexeu. "Mais forte", o cara disse, aí puxei mais forte, mas o Argos puxou de volta com a mesma força. "Você precisa mostrar quem manda", o cara insistiu. Puxei de novo, agora com bastante força, e o Argos fez um barulhinho de estrangulamento, mas mesmo assim não se mexeu. Olhei para a mamãe. O cara disse: "Você precisa ensinar o animal, senão ele vai ser assim para sempre." E lembro de pensar: *Eu posso conviver com isso para sempre.*

"Naquela noite eu não consegui dormir. Sentia muita culpa por ter puxado com tanta força na última vez, fazendo ele se engasgar. E isso acabou virando um sentimento de culpa sobre tudo que tentei ensinar ao Argos: sentar, dar a patinha, até mesmo voltar para mim. Se eu pudesse começar tudo de novo, não tentaria ensinar coisa nenhuma."

Uma hora se passou, e depois mais outra.

Jogaram uma partida de forca, e depois mais mil. As frases de Max eram sempre inspiradas, mas era difícil dizer pelo quê: NOITE ANTES DA NOITE; ASMA VISTA POR BINÓCULOS; BEIJANDO UMA GROSSERIA DE CORVOS.

— É assim que se chama um grupo de corvos em inglês — disse quando Jacob solucionou a palavra com somente cabeça, tórax e braço esquerdo.

— Ouvi falar.
— Um lamento de cisnes. Um cintilar de colibris. Um esplendor de cardeais.
— Como você sabe tudo isso?
— Gosto de saber coisas.
— Eu também.
— Um *minian* de judeus.
— Excelente.
— Uma discussão de Blochs.
— Um universo de Max.

Jogaram uma brincadeira com palavras chamada Fantasma, em que se revezavam adicionando letras a um fragmento crescente, tentando não ser a pessoa que completaria uma palavra e ao mesmo tempo cuidando sempre para que o fragmento fosse legível.
— A.
— A-B.
— A-B-S.
— A-B-S-O.
— A-B-S-O-R.
— Merda.
— *Absorver*.
— Sim. Eu estava pensando em *absolver*.

Jogaram Vinte Perguntas, Duas Verdades e Uma Mentira e Felizmente Infelizmente. Os dois sentiram falta de uma televisão para diminuir o fardo.
— Vamos dar uma olhada nele — Max sugeriu, tão casualmente quanto se estivesse sugerindo que devorassem as mangas desidratadas que tinham trazido.
— No biso?
— Sim.
— Por quê?
— Porque ele está bem ali.
— Mas por quê?
— Por que não?
— *Por que não?* não é uma resposta.
— Nem *por quê?*

Por que não? Não era proibido. Não era desrespeitoso. Não era, ou não deveria ser, nojento.
— Fiz uma cadeira de filosofia na faculdade. Não lembro o nome, não lembro nem do professor, mas lembro de aprender que algumas proibições não têm base ética, mas são fundamentadas no fato de que algumas coisas *não devem ser feitas*. Podemos desencavar inúmeros motivos para não ser correto comer os corpos de humanos que morreram de causas naturais, mas no fim das contas não é uma coisa que a gente faz.
— Não falei em *comer* ele.
— Sim, eu sei. Só estou comentando.
— É bem provável que fosse cheirar bem e ter um gosto bom. Mas a gente não faz isso, porque é algo que não deve ser feito.
— Quem decide?

— Excelente pergunta. Às vezes o *não deve ser feito* é universal, às vezes é específico de uma cultura ou até mesmo de uma família.
— Como a gente, que come camarão, mas não come porco.
— A gente não tem o costume de comer camarão. Come às vezes. Mas, sim, é isso.
— Mas agora não é o caso.
— O que não é o caso?
— Dar uma olhada no biso.
Ele estava certo; não era o caso.
Max prosseguiu: — A gente veio para ficar com ele, né? Então por que a gente não *fica com ele*? Qual é o sentido de vir até aqui, passar esse tempo todo e ficar em outra sala? Daria no mesmo ter ficado em casa comendo pipoca e assistindo a um *streaming* do corpo dele.
Jacob ficou com medo. Era uma explicação muito simples, mesmo que a explicação para essa explicação fosse mais difícil de obter. Medo de quê? Ficar perto da morte? Não exatamente. Ficar perto da imperfeição? A prova encarnada da realidade, em toda sua honestidade grotesca? Ficar perto da vida.
Max disse: — A gente se vê no outro lado — e entrou na sala.
Jacob se lembrou da noite, décadas antes, em que ele e Tamir tinham entrado às escondidas no Zoológico Nacional.
— Tudo bem por aí? — perguntou a Max.
— Que bizarro — Max respondeu.
— Eu falei.
— Não tem nada a ver com o que você falou.
— Como ele está?
— Vem ver.
— Estou bem confortável por aqui mesmo.
— É parecido com o que ele era no Skype, mas um pouco mais distante.
— Ele parece bem?
— Acho que eu não usaria esse termo.
Como ele estava? Quão diferente o corpo estaria se ele tivesse morrido de forma diferente?
Isaac tinha sido a encarnação da história de Jacob; a despensa psicológica do seu povo, com prateleiras desabadas; sua herança de força incompreensível e fraqueza incompreensível. Mas agora era apenas um corpo. A encarnação da história de Jacob era apenas um corpo.

Tomavam banho juntos quando Jacob era criança e dormia na casa do avô, e os pelos compridos dos braços, do peito e das pernas de Jacob flutuavam na água da banheira como se fossem a vegetação de uma lagoinha.

Jacob lembrou de ver o avô cair no sono debaixo do pano do barbeiro, como a cabeça caía para a frente, como a lâmina reta abria caminho da linha do cabelo até o limite do alcance do barbeiro.

Jacob lembrou de ser convidado a puxar a pele frouxa do cotovelo do avô até que se transformasse em uma teia grande o suficiente para segurar uma bola de beisebol.

Lembrou do odor do banheiro depois de ser usado pelo avô: Jacob não sentia nojo, mas pavor. Tinha um medo mortal daquele cheiro.

Lembrou de como o avô usava as calças até o peito, o cinto pouco abaixo dos mamilos, e as meias passando um tantinho dos joelhos; e como as unhas dos dedos eram grossas como medas, e as pálpebras finas como papel-alumínio; e como, aplaudindo, entre uma palma e outra, ele virava as mãos para cima, como se abrisse e fechasse repetidas vezes um livro invisível, como se se sentisse incapaz de não dar uma chance ao livro e incapaz de não rejeitá-lo e incapaz de não dar mais uma chance.

Certa vez, ele caiu no sono no meio de uma partida de Uno, a boca quase cheia de pão preto. Jacob devia ter a idade de Benjy. Com todo cuidado, trocou as cartas medíocres do bisavô por todos os Coringa Comprar Quatro, mas quando sacudiu o avô e recomeçaram a partida Isaac não demonstrou qualquer surpresa com as cartas e quando chegou sua vez pegou mais uma do monte.

— Você não tem nada? — Jacob perguntou.

Isaac sacudiu a cabeça e disse: — Nada.

Lembrou de assistir ao avô vestindo trajes de banho sempre que isso parecia conveniente, sem nenhuma preocupação com a própria privacidade ou o constrangimento de Jacob: ao lado do carro estacionado, no meio do banheiro, até mesmo na praia. Será que ele não sabia? Será que não se importava? Uma vez, na piscina pública que às vezes frequentavam nas manhãs de domingo, o avô tirou a roupa do lado da piscina. Jacob sentiu os olhares das outras pessoas se esfregando dentro dele, crescendo e acendendo uma fogueira de ódio: pelos outros por ficarem julgando, pelo avô pela falta de dignidade, por ele mesmo por se sentir humilhado.

O salva-vidas se aproximou e disse: — Tem um vestiário atrás das máquinas de guloseimas.

— Certo — disse o avô, como se tivesse acabado de ouvir que tinha uma Home Depot pertinho da via expressa.
— O senhor não pode se trocar aqui.
— Por que não?

Jacob ficou décadas pensando nesse *Por que não?* Por que não? Porque o vestiário ficava ali e aqui estava bem aqui. Por que não? Porque, ora, nem sei por que estamos falando nisso. Por que não? Porque se você tivesse visto tudo que eu vi, também perderia sua capacidade de entender constrangimento. Por que não? Porque um corpo é apenas um corpo.

Um corpo é apenas um corpo. Mas antes de ser um corpo ele era uma encarnação. E isso, ao menos por Jacob, era o porquê: o corpo do seu avô não podia ser apenas um corpo.

Por quanto tempo aquilo iria continuar?

Irv argumentou que deveriam comprar de uma vez um jazigo no Jardim da Judeia, o mais perto que fosse possível do resto da família, e dar seguimento à morte de uma vez por todas. Jacob insistiu que deveriam esperar até as coisas se resolverem em Israel e em seguida realizar o desejo nem um pouco ambíguo de Isaac a respeito de seu derradeiro local de descanso.

— E se isso levar uns meses?
— Aí vamos dever essa quantia de dinheiro à funerária.
— E se as coisas nunca se resolverem?
— Aí vamos lembrar como tínhamos sorte quando esse era o nosso maior problema.

O QUE SABEM AS CRIANÇAS?

Julia queria ensaiar a conversa com as crianças. Jacob poderia ter argumentado que era desnecessário naquele momento, pois não teriam a conversa até que a poeira do bar-mitzvá e do enterro tivesse baixado. Mas concordou, esperando que os ouvidos de Julia escutassem o que a boca diria. E mais, interpretou o desejo de ensaiar como um desejo de interpretar papéis – um reconhecimento de que ela não estava segura. Assim como ele interpretou a própria disponibilidade de ensaiar como um sinal de que estava, de fato, pronto para seguir adiante com o final.

— Precisamos conversar sobre uma coisa? — Julia sugeriu.

Jacob pensou nisso por um momento e rebateu: — Precisamos ter uma conversa de família?

— Por que isso é melhor?

— Reafirma que somos uma família.

— Mas a gente não tem conversas de família. Eles vão notar que tem algo errado.

— *Tem* algo errado.

— O que estamos tentando passar com essa conversa é justamente que nada está *errado*. Apenas *diferente*.

— Essa nem o Benjy vai engolir.

— Mas eu nem tô com nada na boca... — disse Benjy.

— Benjy?

— ... pra engolir.

— O que foi, amor?

— Qual ia ser o seu desejo?

— Como assim, querido?

— Na escola, o sr. Schneiderman perguntou o nosso desejo e levou os desejos de todo mundo pro Muro das Lamentações, porque estava indo passar férias em Israel. Acho que fiz o desejo errado.

— Qual foi o seu desejo? — Jacob quis saber.

— Se eu contar, aí não acontece.

— O que você acha que *deveria* ter sido o desejo?

— Não posso contar, porque não sei se posso mudar de desejo.

— Se compartilhar o desejo significa que ele não pode se tornar realidade, por que você está pedindo que a gente conte os nossos?

— Ah, é — ele disse, e então se virou e saiu da sala.

Os dois esperaram até ouvir os passos de Benjy cada vez mais fracos subindo as escadas antes de continuarem.

— E acima de tudo — disse Julia em um tom de voz mais baixo que antes —precisamos fazer eles se sentirem mais seguros, e depois disso chegar aos poucos à mudança.

— "Pessoal, podem vir aqui na sala um minuto?" Assim?

— Não pode ser na cozinha?

— Melhor aqui, acho.

— E depois? — Julia perguntou. — A gente pede pra eles sentarem?

— É, isso também vai dar na cara.

— Melhor a gente esperar até todo mundo estar junto no carro.

— Pode dar certo.

— Mas aí a gente não tem como olhar para eles.

— Só no retrovisor.

— Um símbolo pouco auspicioso.

Isso fez Jacob rir. Ela estava tentando ser engraçada. Havia algo de gentil nesse esforço. Se aquilo fosse verdadeiro, Julia nunca teria feito uma piada.

— Durante o jantar? — ela sugeriu.

— Isso exigiria que primeiro a gente explicasse por que estamos comendo juntos.

— A gente janta juntos toda hora.

— Muito raramente a gente se reúne na mesa.

— O que tem pro jantar? — Max perguntou, entrando de repente na sala igualzinho a Kramer, apesar de nunca ter assistido a *Seinfeld*.

Julia olhou para Jacob de um jeito que ele já tinha visto um milhão de vezes em um milhão de contextos: *O que sabem as crianças?* O que Sam sabia quando, dois anos antes, entrou no quarto quando eles estavam transando – papai e mamãe, debaixo do lençol e sem estar falando putaria, ainda bem. Quando Max pegou o telefone quando Jacob, irritado, interrogava o ginecologista de Julia a respeito da benignidade de um caroço benigno – o que ele ouviu? Quando Benjy apareceu no meio da cozinha durante a discussão e disse "epítome" – o que ele sabia?

— A gente estava mesmo falando do jantar — disse Jacob.
— É, eu sei.
— Você ouviu?
— Achei que estavam chamando a gente pra jantar.
— Mas ainda são quatro e meia.
— Achei que...
— Você está com fome?
— O que tem pro jantar?
— O que isso tem a ver com a sua fome? — Jacob perguntou.
— Só estou curioso.
— Lasanha e alguma verdura — disse Julia.
— Lasanha normal?
— De espinafre.
— Não tô com fome.
— Bem, você tem uma hora para ficar com apetite para lasanha de espinafre.
— Acho que o Argos precisa dar uma volta.
— Acabei de passear com ele — disse Jacob.
— Ele fez cocô?
— Não lembro.
— Você ia lembrar se ele tivesse feito cocô — disse Max. — Ele precisa fazer cocô. Tá fazendo aquilo de começar a lamber a pontinha de um cocô que precisa sair.
— Por que você está contando isso pra gente em vez de sair com ele?
— Porque tô escrevendo meu discurso pro funeral do biso e preciso me concentrar.
— Você vai fazer um discurso? — Jacob perguntou.
— Você não vai?

Julia ficou comovida com a iniciativa encantadoramente narcisista de Max. Jacob ficou envergonhado com a própria falta de consideração narcisista.

— Vou dizer umas palavrinhas. Ou melhor, o vovô fala pela gente.
— O vovô não fala por mim — disse Max.

— Escreva seu discurso — disse Julia. — Seu pai leva o Argos pra passear.

— Eu *levei* o Argos pra passear.

— Até ele fazer cocô.

Max foi até a cozinha e saiu com uma caixa de cereal orgânico não saudável, que levou para o quarto.

Julia, do andar de baixo: — Cereal precisa estar dentro da sua boca ou dentro da caixa. Em nenhum outro lugar.

Max, do andar de cima: — Não posso engolir?

— Talvez seja um erro falar com todos ao mesmo tempo — disse Jacob, tomando cuidado com o volume. — Talvez a gente deva falar primeiro com o Sam.

— Acho que entendo...

— Meu Deus.

— Que foi?

Jacob apontou para a TV, que agora vivia ligada. Mostrava imagens de um estádio de futebol em Jerusalém, um estádio onde Jacob e Tamir tinham assistido a um jogo mais de duas décadas antes. Havia uma dezena de escavadoras de terraplanagem. Não ficava claro o que estavam fazendo, ou por que Israel permitira que esse tipo de imagem fosse transmitida, e não saber essas coisas era aterrorizante. Será que estavam preparando uma instalação militar? Escavando uma vala comum?

As notícias que chegam aos Estados Unidos eram dispersas, suspeitas e alarmistas. Os Bloch fizeram sua especialidade: equilibrar reações exageradas com repressão. Se acreditavam de todo coração que estavam a salvo, se preocupavam demais, conversavam, flagelavam a si e aos outros até espumarem de angústia. Do conforto da sala de estar, acompanhavam o desenrolar dos acontecimentos como se fosse um evento esportivo, e às vezes se viam torcendo pelo drama. Envergonhados, percebiam até pequenas decepções quando estimativas de destruição eram corrigidas para números menores, ou quando o que parecia um ato de agressão se mostrava um mero acidente. Era um jogo cujo perigo irreal causava empolgação e era apreciado, desde que o resultado fosse corrigido. Mas se houvesse a menor centelha de perigo real, se a merda começasse a feder — como era a tendência —, eles cavavam até as pontas das pás soltarem faíscas: *Vai ficar tudo bem, não é nada*.

Tamir estava quase sempre ausente. Passava boa parte dos dias tentando achar um jeito de voltar para casa, e nunca obtinha sucesso. Se conversava com Rivka ou Noam, fazia isso em particular e não compartilhava nada. E para o espanto de Jacob ainda queria fazer turismo, arrastando um desanimado Barak de monumento a monumento, de museu a museu, da Cheesecake Factory à Ruth's Chris Steakhouse. Para Jacob era muito fácil enxergar em Tamir o que não via em si mesmo: uma recusa em aceitar a realidade. Ele fazia turismo para não ter de prestar atenção.

A cena do estádio foi substituída pelo rosto de Adia, a garotinha palestina cuja família inteira havia morrido no terremoto e que foi encontrada vagando pelas ruas por um fotojornalista americano. A história comoveu o mundo, e seguia comovendo. Talvez fosse tão simples quanto seu lindo rosto. Talvez fosse o jeito com que eles se deram as mãos. Era uma história que proporcionava uma sensação agradável em meio à tragédia, mas era uma tragédia, pensou Jacob, ou pelo menos pouco auspicioso, que a sensação agradável surgisse entre uma palestina e um americano. Em dado momento, Max começou a dormir com uma foto de Adia debaixo do travesseiro, recortada do jornal. Quando o orfanato desabou e ela desapareceu, Max também sumiu. Todos sabiam onde ele estava — apenas voz, olhar e dentes estavam escondidos —, mas ninguém sabia onde encontrá-lo.

— Oi? — Julia perguntou, sacudindo a mão na frente do rosto de Jacob.

— Hein?

— Você estava assistindo enquanto a gente conversava?

— Do canto do olho.

— Sei que o Oriente Médio está desmoronando, e que o mundo inteiro vai ser sugado por esse vórtice, mas no momento isto aqui é mais importante.

Ela se levantou e desligou a TV. Jacob teve a impressão de ouvir o aparelho suspirar de alívio.

— Vai passear com o Argos, depois a gente termina.

— Ele vai ficar ganindo na porta quando estiver mesmo com vontade.

— Por que fazer ele ganir?

— Vai estar na hora.

— Você acha que a gente deve falar com o Sam primeiro? Antes dos outros?

— Ou Sam e Max. Pro caso de algum deles começar a chorar. Benjy vai fazer a mesma coisa, então seria legal dar uma chance pra eles digerirem e reunirem forças.

— Ou então deixar todos chorarem juntos — disse Julia.

— Talvez primeiro só o Sam. Acho que ele vai ter a reação mais forte, seja lá qual for, mas também é o mais capaz de processar tudo.

Julia encostou o dedo em um dos livros de arte na mesinha de centro.

— E se eu chorar? — perguntou.

A pergunta materializou Jacob, fez ele ter vontade de encostar nela – segurar o ombro, apertar a palma da mão na bochecha, sentir os cumes e vales das impressões digitais se alinhando –, mas ele não sabia se isso ainda era admissível. A imobilidade de Julia durante a conversa não parecia distante, mas criou um espaço ao redor dela. E se ela chorasse? Claro que choraria. Todos chorariam. Chorariam até gemer. Seria horrível. A vida das crianças seria arruinada. Israel seria destruído. Ele queria tudo isso, não porque ansiava por horror, mas porque imaginar o pior o deixava a salvo – ficar concentrado no Juízo Final permitia o cotidiano.

A caminho de uma visita a Isaac anos antes, dentro do carro, Sam tinha perguntado do banco de trás: — Deus está em todo lugar, né?

Jacob e Julia trocaram mais um olhar de mas-de-onde-foi-que-*isso*-saiu-agora.

Jacob lidou com a questão: — É o que as pessoas que acreditam em Deus tendem a achar, sim.

— E Deus sempre esteve em todo lugar?

— Creio que sim.

— Então, é isso que eu não consigo entender — falou, observando a lua precoce que seguia o automóvel. — Se Deus estava em todo lugar, onde Ele enfiou o mundo durante a Criação?

Jacob e Julia trocaram outro olhar, desta vez de admiração.

Julia se virou para olhar para Sam, que ainda estava olhando pela janela, as pupilas indo e voltando como o carro de uma máquina de escrever, e disse: — Você é uma pessoa incrível.

— Tá bom — disse Sam. — Mas onde Ele enfiou?

Naquela noite Jacob pesquisou um pouco e descobriu que a pergunta de Sam tinha inspirado volumes de elucubrações ao longo de milhares de anos, e a resposta preponderante era a noção cabalística do *tzimtzum*. Basicamente, Deus *estava* em todos os lugares, e como Sam conjecturou, quando Ele resolveu criar o mundo não havia onde colocá-lo. Então Ele diminuiu a Si mesmo. Alguns se referem a isso como um ato de contração, outros de encobrimento. A Criação exigia autoapagamento, e para Jacob isso era a humildade mais extrema, a generosidade mais pura.

Sentado com ela agora, ensaiando a horrível conversa, Jacob se perguntou se talvez, por todos aqueles anos, ele tivesse entendido errado os espaços que cercavam Julia: seu silêncio, seus recuos. Talvez não fossem espaços de defesa, mas da humildade mais extrema, da generosidade mais extrema. E se ela não estivesse se retirando, mas acenando? Ou ambos ao mesmo tempo? Retirando-se e acenando? E, sendo mais direto: criando um mundo para os filhos deles, até mesmo para Jacob.

— Você não vai chorar — ele disse, tentando adentrar o espaço.
— Seria ruim?
— Não sei. Acho, se não houver nenhuma surpresa, que seria melhor não fazer eles passarem por isso. *Passarem por isso* não é bem o termo certo. Eu quis dizer... Você entendeu.
— Entendi.

Jacob ficou surpreso, e ainda mais materializado, pelo *Entendi*. — Vamos repassar isso dezenas de vezes e a sensação vai mudar.
— Nunca não vai me destruir.
— E a adrenalina do momento vai ajudar a segurar as lágrimas.
— Acho que você tem razão.

Acho que você tem razão. Fazia muito tempo — *parecia* muito tempo, corrigiria o dr. Silvers — que ela não fazia qualquer concessão aos juízos emocionais de Jacob. Que ela não resistia a eles por instinto. Aquelas palavras tinham uma gentileza — *acho que você tem razão* — que o desarmou. Ele não precisava ter razão, mas precisava daquela gentileza. E se, em todas as vezes que ela tinha demonstrado resistência, ou simplesmente desconsiderado a perspectiva dele, na verdade estivesse dizendo *acho que você tem razão*? Jacob teria achado muito fácil admitir derrota dentro dessa gentileza.

— E se você chorar — ele disse —, chorou.
— Só não quero que eles sofram.
— Sem chance.
— Que não sofram tanto.
— Aconteça o que acontecer, a gente dá um jeito.

A gente dá um jeito. Que garantia estranha, Julia pensou, levando em conta que a razão por trás da conversa que estavam ensaiando era justamente a incapacidade de ambos em dar um jeito. Juntos, ao menos. E ainda assim a garantia tomou uma forma conjunta: *a gente*.

— Acho que vou pegar um copo d'água — ela disse. — Quer também?
— Vou ganir na porta quando estiver mesmo com vontade.

— Você acha que as crianças estão perdendo? — ela perguntou a caminho da cozinha. Jacob se perguntou se a água não seria uma desculpa para desviar o rosto ao fazer essa pergunta.

— Vou ligar a TV por um segundo. Sem volume. Só preciso ver o que está acontecendo.

— E o que está acontecendo aqui?

— Eu estou aqui. Você perguntou se eu acho que as crianças estão perdendo. Sim, acho que é o único jeito de descrever.

Um mapa do Oriente Médio, com flechas em arco indicando os movimentos de diversos exércitos. Escaramuças foram registradas, a maioria com a Síria e o Hezbollah ao norte. Os turcos estavam assumindo um tom cada vez mais hostil, e a recém-formada Transarábia amontoava aviões e tropas onde antigamente era a Jordânia. Mas podia ser contido, controlado, negado de forma plausível.

Jacob disse: — Pode ter certeza de que eu vou chorar.

— Hein?

— Quero um pouco d'água.

— Não ouvi o que você disse.

— Eu disse que mesmo que você não me veja chorar, eu vou estar chorando.

Aquilo era algo — ele *sentia* que era algo — que ele tinha de dizer. Sempre soube — sempre *sentiu* — que Julia acreditava ter uma ligação emocional mais forte com os filhos, que ser mãe, ou mulher, ou apenas ela mesma, criava um vínculo que um pai, um homem ou Jacob seria incapaz de formar. Sugeria isso com sutileza o tempo todo — ele *sentia* que ela sugeria aquilo sutilmente — e de vez em quando falava isso abertamente, ainda que sempre acolchoado por lembranças de todas as coisas que eram especiais na relação que ele tinha com os filhos, como muita diversão.

A percepção de Julia das identidades parentais de cada um quase sempre se dividia dessa forma: profundidade e diversão. Julia amamentou os filhos. Jacob fez eles morrerem de rir com versões exageradas de aviãozinho de colher na hora do papá. Julia tinha uma necessidade visceral e incontrolável de dar uma olhada neles enquanto dormiam. Jacob acordava os filhos se o jogo ia para a prorrogação. Julia ensinava palavras como *nostalgia*, *mal-estar* e *pesaroso*. Jacob gostava de dizer "Não existe palavra errada, existe contexto errado" para justificar o suposto contexto correto de palavras como *escroto* e *cagado*, que Julia odiava com as mesmas forças que as crianças amavam.

Havia outra maneira de encarar essa dicotomia entre profundidade e diversão, um modo que Jacob tinha passado incontáveis horas debatendo com o dr. Silvers: peso e leveza. Julia concedia peso a tudo, abrindo um espaço para cada emoção insinuada, conclamando longas conversas sobre qualquer mínimo comentário, eternamente sugerindo o valor da tristeza. Jacob sentia que a maioria dos problemas não eram problemas, e os que eram podiam ser resolvidos com distrações, comida, atividade física ou pela passagem do tempo. Julia sempre queria dar às crianças uma vida com densidade: cultura, viagens ao exterior, filmes em preto e branco. Jacob não via problema algum em — via as vantagens de — atividades mais animadas e estúpidas: parques aquáticos, jogos de beisebol, filmes tenebrosos de super-heróis que davam um prazer imenso. Ela entendia a infância como um período de formação da alma. Ele a compreendia como a única oportunidade de se sentir seguro e feliz na vida. Ambos viam os inúmeros problemas com o próprio pronto de vista, e a necessidade absoluta da perspectiva do outro.

— Lembra — Julia quis saber — não sei quantos anos atrás, quando minha amiga Rachel veio pro nosso *seder*?

— Rachel?

— Da faculdade de arquitetura, lembra? Veio com os filhos gêmeos.

— E sem marido.

— Isso. Ele teve um ataque cardíaco na academia.

— Boa moral da história.

— Lembra?

— Claro, o convite por educação daquele ano.

— Acho que ela frequentou uma ieshivá quando era jovem, ou teve algum tipo de educação judaica rigorosa. Eu não tinha me dado conta disso, e acabei ficando tão constrangida.

— Com o quê?

— Com nosso analfabetismo judaico.

— Mas ela se divertiu bastante, né?

— Sim.

— Então não precisa ficar constrangida.

— Isso foi anos atrás.

— Constrangimento é o Parmalat das emoções.

Isso rendeu uma gargalhada — Jacob *sentiu* como uma gargalhada — de Julia. Um riso irreprimível em meio a tantas táticas e estratégias.

— Por que você lembrou dela agora?

O silêncio pode ser tão irreprimível quanto o riso. E pode se acumular, como flocos de neve desprovidos de peso. E pode fazer um telhado desabar.

— Não sei direito — Julia respondeu.

Jacob tentou limpar o telhado da conversa: — Talvez você estivesse se lembrando de como é ruim ser julgado.

— Talvez. Acho que ela nem julgou a gente. Mas eu me senti julgada.

— E você está com medo de se sentir julgada?

Algumas noites antes, Julia tinha acordado como se tivesse acabado de ter um pesadelo, ainda que não tivesse lembrança de sonho algum. Desceu até a cozinha, encontrou a lista de alunos do Colégio Georgetown na "gaveta de guloseimas" e confirmou que Benjy seria a única criança na turma com dois endereços.

— Tenho medo de que julguem nossa família — ela disse.

— Você julga a si mesma?

— Você não?

— Vou ser o convidado por educação deste ano, né?

Julia sorriu, grata pelo drible.

— Por que este ano seria diferente dos outros?

A primeira gargalhada em comum em semanas.

Jacob não estava acostumado com aquela cordialidade, e ficou confuso. Não era isso que ele esperava ao ensaiar para esse ensaio de conversa. Tinha previsto algo sutilmente passivo-agressivo. Imaginou que teria de provar de um bufê de merda, sem jamais ter a coragem — sem jamais conseguir se justificar através da análise de custo-benefício da autodefesa — de explorar o pequeno arsenal de réplicas que tinha preparado.

O dr. Silvers tinha recomendado com insistência que ele simplesmente se fizesse presente, sentasse com sua dor (em vez de devolvê-la) e resistir ao desejo por certos resultados. Mas Jacob sentia que a situação exigiria uma reatividade bem pouco oriental. Teria de tentar evitar coisas que pudessem ser usadas contra ele em qualquer momento do futuro, pois tudo acabaria entrando no registro perpétuo. Teria de dar a impressão de ceder (com afirmações delicadas e inversões declaradas até opiniões que, em segredo, ele já tinha), sem recuar um centímetro sequer. Precisaria ter a sagacidade de alguém sagaz demais para ler um livro sobre a sagacidade dos samurais.

Mas enquanto a conversa tomava forma, Jacob não sentiu nenhuma necessidade de controle. Não havia nada a ganhar; só precisava se proteger da derrota.

— "Existem muitos tipos diferentes de família" — disse Julia. — Não parece um bom começo?
— Parece.
— Algumas famílias têm dois pais. Outras têm duas mães.
— "Algumas famílias moram em duas casas"?
— Aí o Max vai deduzir que estamos comprando uma casa de veraneio e vai se empolgar.
— Uma casa de veraneio?
— Uma casa no litoral. "Algumas famílias moram em duas casas: uma na cidade, outra à beira-mar."

Uma casa de veraneio, Julia pensou, se obrigando a ficar tão confusa quanto Max ficaria. Ele e Jacob tinham conversado a respeito – não sobre uma casa no litoral, nunca teriam dinheiro para isso, mas alguma coisa aconchegante em algum outro lugar. Era a grande novidade que ela ia mencionar para Mark naquele dia, antes que ele a fizesse lembrar de como sua vida era desprovida de novidades. Uma casa de veraneio seria agradável. Talvez até agradável o bastante para fazer as coisas darem certo por algum tempo, ou para simular uma família funcional até que encontrassem a próxima solução temporária. A *aparência de felicidade*. Se pudessem manter a aparência — não para os outros, mas a aparência da vida para si mesmos —, talvez isso fosse uma aproximação suficiente da experiência genuína de felicidade para fazer as coisas darem certo.

Podiam viajar mais. Planejar uma viagem, a viagem, a descompressão: isso faria com que ganhassem algum tempo.

Podiam fazer terapia de casais, mas Jacob tinha insinuado uma lealdade bizarra ao dr. Silvers, o que tornaria se consultar com outra pessoa uma transgressão (uma transgressão ainda maior, ao que parecia, do que pedir uma dose de gozo fecal de uma mulher que não era sua esposa); e quando Julia encarou a perspectiva de abrir tudo, o tempo e os gastos de duas consultas semanais que terminariam em silêncio doloroso ou falatório interminável, não conseguiu inspirar em si mesma a esperança necessária.

Podiam ter feito exatamente o que ela passou a vida profissional promovendo e a vida pessoal condenando: uma reforma. Muita coisa podia ser melhorada na casa: renovar a cozinha (novos utensílios, no mínimo, mas por que não novas bancadas, novos eletrodomésticos, em condições ideais uma reconfiguração completa para melhorar o fluxo de ar e as linhas de visão); novo banheiro da suíte principal; novos closets; abrir os fundos da casa para o quintal, abrir umas claraboias acima dos chuveiros do andar de cima; terminar o porão.

— "Uma casa onde a mamãe vai morar, e uma casa onde o papai vai morar."

— OK — disse Jacob. — Deixa eu ser o Sam por um instante.

— OK.

— Vocês vão se mudar ao mesmo tempo?

— Vamos tentar, sim.

— E eu vou ter que carregar minhas coisas de um lugar pro outro todo dia?

— Vamos morar bem perto um do outro, vai dar para ir a pé — disse Julia. — E não vai ser todo dia.

— Será que você pode mesmo prometer isso? Estou sendo eu mesmo agora.

— Acho que é uma promessa passável para a situação.

— E como vamos dividir o tempo?

— Não sei — disse Julia. — Mas não vai ser todo dia.

— E quem vai morar aqui? Agora estou sendo o Sam de novo.

— Uma família legal, espero.

— A gente é uma família legal.

— Somos sim.

— Algum de vocês teve um caso?

— Jacob.

— Que foi?

— Ele não vai perguntar isso.

— Em primeiro lugar, é claro que ele pode perguntar isso. Em segundo lugar, é o tipo de coisa para a qual, por mais que seja improvável, a gente precisa sem a menor dúvida ter uma resposta pronta.

— OK — disse Julia. — Então eu vou ser o Sam.

— OK.

— Algum de vocês teve um caso?

— Não. Não é isso que está acontecendo.

— Mas eu vi seu celular.

— Peraí, *ele viu*?

— Acho que não.

— Você acha que não? Ou ele?

— Acho que ele não viu.

— Então por que você está dizendo isso?

— Porque os meninos sabem coisas que a gente nem imagina. E quando ele me ajudou a desbloquear...
— Ele ajudou você a desbloquear?
— Eu não sabia de quem era.
— E ele viu...?
— Não.
— Você contou...
— Claro que não.
Jacob voltou ao personagem de si mesmo.
— O que você viu foi uma conversa com um dos outros roteiristas do meu programa. A gente estava trocando falas para uma cena em que, bem, duas pessoas falam coisas bem indecentes uma para a outra.
— Bem convincente — Julia, ela mesma, respondeu.
— E você, mamãe? — Jacob perguntou. — Você teve um caso?
— Não.
— Nem com Mark Adelson?
— Não.
— Você não o beijou na Simulação da ONU?
— Será que isso é mesmo produtivo, Jacob?
— Espera, agora eu vou ser você.
— Você vai ser eu?
— Sim, Sam, eu beijei o Mark na Simulação da ONU. Não foi premeditado...
— Eu jamais usaria essa palavra.
— Não foi planejado. Não foi nem agradável. Só aconteceu. Sinto muito que tenha acontecido. Já pedi ao seu pai que aceitasse minhas desculpas, e ele aceitou. Seu pai é um homem muito bom...
— A gente já entendeu.
— Falando sério — disse Jacob —, *como* a gente vai explicar o nosso raciocínio?
— Raciocínio?
Nunca usavam a palavra *divórcio*. Jacob conseguiria se obrigar a dizer, porque isso jamais aconteceria. Não queria que ela brotasse. Julia não conseguiria, porque não tinha tanta certeza. Não sabia o que fazer com aquilo.

Se Julia resolvesse ser totalmente honesta, não teria como explicar facilmente seus motivos para fazer o que eles não conseguiam dizer. Estava infeliz, ainda que não estivesse convencida de que sua infelicidade não seria a infelicidade de outros. Tinha uma sensação de desejos insatisfeitos — uma vasta quantidade deles —, mas imaginava que o mesmo poderia ser dito de todas as outras pessoas, casadas ou solteiras. Queria mais, mas não sabia se existia mais. Não saber costumava ser inspirador. Dava uma sensação de fé. Agora, a sensação era agnóstica. Como não saber.

— E se eles quiserem saber se a gente vai se casar de novo? — Julia perguntou.

— Não sei. *Você* vai se casar de novo?

— Não, sem dúvida nenhuma — ela disse. — Não existe a menor chance.

— Quanta certeza.

— Não existe nada sobre o que eu esteja mais certa.

— Você costumava sentir tanta incerteza sobre tudo, do melhor jeito possível.

— Acho que eu tinha menos evidências.

— A única coisa sobre a qual você tem evidências é que nosso modo específico de fazer as coisas não funcionou para a pessoa específica que você é.

— Estou pronta para o próximo capítulo.

— Virar solteirona?

— Talvez.

— E o Mark?

— O que tem ele?

— Ele é legal. Bonito. Por que não dar uma chance?

— Como você pode estar tão disposto a abrir mão de mim?

— Não. Não, é que você parece ter uma conexão com ele, e...

— Não precisa se preocupar comigo, Jacob. Vou ficar bem.

— Não estou preocupado com você.

Aquilo não soou bem.

Ele tentou de novo: — Não estou mais preocupado com você do que você está preocupada comigo.

Também não soou bem.

— Mark é um cara íntegro, um verdadeiro *mensch* — Billie disse de um canto da sala. Mas eles brotam em geração espontânea dos móveis, como vermes em carne podre?

— Billie?

— Oi — ela disse, estendendo a mão para Jacob. — A gente ainda não se conhece, ainda que eu tenha ouvido muita coisa sobre você.

O que, exatamente? Jacob quis perguntar, mas em vez disso apertou a mão de Billie e falou: — E ouvi muita coisa sobre você. — Mentira. — Só coisas boas, a propósito. — Verdade.

— Eu estava lá em cima ajudando o Sam com o pedido de desculpas para o bar-mitzvá, e a gente se deu conta de que não sabemos, exatamente, o que pode ser classificado como pedido de desculpas. Um pedido de desculpas exige um repúdio explícito?

Jacob olhou para Julia com um ar de *mas olha só o vocabulário dessa aí*.

— Ele pode apenas descrever o que aconteceu e explicar? As palavras *eu sinto muito* são estritamente necessárias?

— Por que o Sam não está fazendo essa pergunta?

— Ele foi passear com o Argos. E pediu pra eu perguntar.

— Daqui a pouquinho eu subo pra ajudar — disse Jacob.

— Acho que isso não é necessário, nem, na verdade, *desejável*. A gente meio que só quer saber o que significa um pedido de desculpas.

— Acho que se exige um repúdio explícito — disse Julia. — Mas não precisa ter as palavras *eu sinto muito*.

— Era o meu instinto — disse Billie. — OK. Bem, obrigada.

Ela se virou para sair, e Julia chamou: — Billie.

— Oi.

— Você ouviu alguma coisa da nossa conversa? Ou só a parte sobre o Mark ser legal?

— Não sei.

— Você não sabe se ouviu alguma coisa? Ou não sabe se se sente à vontade para responder?

— Segunda opção.

— É que...

— Eu entendo.

— A gente não falou com os meninos ainda...

— Eu entendo mesmo.

— E isso tem muito contexto — Jacob adicionou.

— Meus pais são divorciados. Eu sei como é.

— A gente está apenas encontrando nosso caminho — disse Jacob. — Entendendo as coisas.

— Seus pais são divorciados? — Julia perguntou.

— Sim.

— Desde quando?

— Faz dois anos.
— Sinto muito.
— Eu não me culpo pelo divórcio deles, e vocês também não deveriam se culpar.
— Você é engraçada — disse Julia.
— Obrigada.
— Está claro que o divórcio não atrapalhou você a se tornar uma pessoa incrível.
— Bem, a gente nunca vai saber como eu seria se não tivesse acontecido.
— Você é engraçada mesmo.
— Obrigada mesmo.
— A gente sabe que isso deixa você numa situação desconfortável — disse Jacob.
— Não tem problema — disse Billie, e se virou mais uma vez para sair.
— Billie? — disse Julia.
— Oi?
— Você descreveria o divórcio dos seus pais como uma perda?
— Para quem?
— Quero trocar meu desejo — disse Benjy.
— Benjy?
— Melhor eu ir — disse Billie, se virando para sair.
— Você não precisa sair — disse Julia. — Fica aí.
— Meu desejo foi que vocês acreditassem no Sam.
— Acreditassem nele sobre o quê? — disse Jacob, colocando Benjy sobre a coxa.
— Preciso ir — disse Billie, e subiu.
— Não sei — disse Benjy. — Só ouvi ele falando com o Max e ele disse que queria que vocês acreditassem nele. Aí eu fiz o desejo dele ser o meu desejo.
— Não é que a gente não *acredite* nele — disse Jacob, reencontrando sua raiva de Julia por ser incapaz de tomar partido de Sam.
— O que é então?
— Você quer saber do que o Sam e o Max estavam falando? — Julia perguntou.
Benjy fez que sim com a cabeça.

— O Sam se meteu em confusão na escola hebraica porque encontraram um papelzinho na mesa dele com uns palavrões. O Sam diz que não foi ele. O professor tem certeza de que foi.

— Então por que vocês não acreditam nele?

— Não é que a gente não acredite — disse Jacob.

— A gente sempre quer acreditar nele — disse Julia. — A gente sempre quer tomar partido dos nossos filhos. Mas dessa vez a gente acha que o Sam não está falando a verdade. Isso não faz ele ser uma pessoa ruim. E não faz a gente o amar menos. É assim que a gente o ama. Estamos tentando ajudar. As pessoas erram o tempo todo. O papai erra. E a gente conta com o perdão do outro. Mas isso exige um pedido de desculpas. Pessoas boas não cometem menos erros, mas são melhores em pedir desculpas.

Benjy pensou sobre isso.

Virou a cabeça para trás para encarar Jacob e perguntou: — E por que *você* acredita nele?

— Sua mãe e eu acreditamos na mesma coisa.

— Você também acha que ele mentiu?

— Não, eu acho que as pessoas cometem erros e merecem perdão.

— Mas você acha que ele mentiu?

— Não sei, Benjy. E a mamãe também não sabe. Só quem sabe é o Sam.

— Mas você *acha* que ele mentiu?

Jacob colocou as palmas das mãos sobre as coxas de Benjy e esperou pelo chamado do anjo. Mas nenhum anjo deu sinal. E nenhum carneiro. Jacob continuou: — A gente acha que ele não está falando a verdade.

— Você pode ligar pro sr. Schneiderman e pedir que ele mude o meu bilhete?

— Claro — disse Jacob. — A gente pode fazer isso.

— Mas como você vai dizer meu novo desejo pra ele sem falar nada?

— Por que você não escreve e dá para ele?

— Ele já está lá.

— Onde?

— No Muro das Lamentações.

— Em Israel?

— Acho que sim.

— Ah, então nem se preocupe. Tenho certeza de que a viagem foi cancelada, e você vai ter uma chance de trocar de desejo.

— Por quê?

— Por causa do terremoto.
— Que terremoto?
— Semana passada teve um terremoto em Israel.
— Bem grandão?
— Você não ouviu a gente conversando sobre isso?
— Vocês conversam sobre um monte de coisas que não falam pra mim. O Muro vai ficar bem?
— Claro que vai — disse Julia.
— Se alguma coisa vai ficar bem — disse Jacob —, pode apostar que vai ser o Muro. Ele está bem há mais de dois mil anos.
— É, mas antes tinha mais três muros.
— Tem uma história ótima sobre isso — disse Jacob, torcendo para conseguir se lembrar do que tinha acabado de prometer que contaria. A história estava adormecida dentro dele desde que a tinha ouvido na escola hebraica. Não se lembrava das palavras, e não tinha mais pensado no assunto desde então, mas ali estava ela, uma parte dele – uma parte que seria passada adiante. — Quando o exército romano conquistou Jerusalém, foi dada a ordem de destruir o Templo.
— Era o Segundo Templo — disse Benjy —, porque o primeiro tinha sido destruído.
— Isso mesmo. Que legal você saber disso. Então, três dos muros foram derrubados, mas o quarto resistiu.
— *Resistiu?*
— Lutou. Brigou.
— Um muro não tem como brigar.
— Não tinha como ser destruído.
— Tá.
— Ficou impassível diante de martelos, picaretas e clavas. Os romanos fizeram elefantes empurrarem o Muro, tentaram atear fogo nele, inventaram até a bola de demolição.
— Que legal.
— Mas nada parecia capaz de derrubar o quarto muro. O soldado encarregado da destruição do Templo relatou ao oficial comandante que tinham destruído três muros do Templo. Mas em vez de admitir que não tinham como derrubar o quarto, sugeriu que deixassem ele ali.
— Por quê?
— Como prova da grandeza dos romanos.
— Não entendi.

— Quando as pessoas vissem o Muro, conseguiriam imaginar a imensidão do Templo, o inimigo que eles tinham derrotado.
— Hein?
Julia esclareceu: — Veriam como o Templo inteiro era enorme.
— Tá — disse Benjy, entendendo.
Jacob se virou para Julia. — Não tem uma organização que reconstrói sinagogas na Europa a partir dos alicerces? É tipo isso.
— Ou o Memorial de 11 de Setembro.
— Tem uma palavra para isso. Ouvi uma vez... Um *shul*. Isso, *shul*.
— Que nem uma sinagoga?
— Uma coincidência maravilhosa, mas não. É tibetano.
— Onde você aprendeu uma palavra tibetana?
— Não faço a menor ideia — Jacob admitiu. — Mas aprendi.
— Tá, e agora você vai fazer a gente arranjar um dicionário de tibetano?
— Posso estar enganado, mas acho que é deixar uma impressão física. Como uma pegada. Ou o canal por onde a água fluiu. Ou em Connecticut, a grama amassada onde o Argos tinha dormido.
— Um anjo na neve — disse Benjy.
— Essa foi ótima — disse Julia, estendendo a mão para acariciar o rosto do filho.
— Só que a gente não acredita em anjos.
Jacob encostou a mão no joelho de Benjy. — O que eu *falei* foi que, ainda que anjos apareçam na Torá, o judaísmo não encoraja...
— Você é meu anjo — Julia disse a Benjy.
— E você é minha fada dos dentes — ele respondeu.
O desejo de Jacob teria sido aprender suas lições de vida antes de ficar tarde demais para colocá-las em prática. Mas como o Muro no qual ele o teria enfiado, o desejo conjurava uma imensidão.

Depois que Benjy saiu e o ensaio chegou ao fim, e Max ganhou um segundo jantar que não era lasanha de espinafre, e a porta que separava Sam e Billie do resto do mundo foi julgada entreaberta o bastante, Jacob decidiu resolver umas coisas desnecessárias na ferragem: comprar uma mangueira mais curta que ficasse guardada de um modo mais elegante, reabastecer o suprimento de pilhas AAA, talvez acariciar algumas ferramentas elétricas. No caminho, telefonou para o pai.
— Desisto — disse.

— Você está usando Bluetooth?
— Sim.
— Certo, então desliga isso para eu conseguir escutar.
— É ilegal segurar o celular dirigindo o carro.
— E também dá câncer. É o custo do negócio.
Jacob levou o celular até o rosto e repetiu: — Desisto.
— Que ótimo ouvir isso. Mas desiste do quê?
— Vamos enterrar o vovô por aqui mesmo.
— Sério? — Irv perguntou, com um tom surpreso, satisfeito e abatido. — O que levou a isso?

Na verdade, o motivo — se tinha sido convencido pelo pragmatismo do pai, ou se estava cansado de reorganizar a vida para passar tempo com um defunto, ou se andava preocupado demais com o enterro da própria família para seguir lutando — nem importava tanto. Levaram oito dias, mas a decisão foi tomada: enterrariam Isaac nos Jardins da Judeia, um cemitério muito banal e bonito o suficiente a uns trinta minutos da cidade. Ele receberia visitas, passaria a eternidade cercado pela família e, sendo a primeira ou a milésima parada do Messias inexistente e atrasado, Ele chegaria lá.

A VERSÃO GENUÍNA

Eyesick, praticamente o rascunho de um avatar, estava no meio de um pomar de limoeiros digital — a propriedade privada nitidamente marcada e cercada por arame farpado de uma grande empresa de limonada que usava vídeos meio engraçados, estrelados por atores meio confiáveis, para convencer consumidores preocupados-mas-não-motivados a acreditar que o que estavam bebendo tinha alguma coisa a ver com autenticidade. Sam odiava essas corporações quase tanto quanto se odiava por ser mais um alienado mimado que mostrava os dentes e aguentava firme ao mesmo tempo que odiava, e anunciava seu ódio por, grandes empresas. Nunca invadiria uma propriedade privada no mundo real. Era muito ético, e covarde demais. (Às vezes era difícil saber a diferença.) Mas aquela era uma das muitas, muitas coisas sensacionais do *Other Life* – talvez a explicação para seu vício: era uma oportunidade de ser um pouco menos ético, e um pouco menos covarde.

Eyesick estava invadindo propriedade privada, sim, mas não estava ali para atear fogo, derrubar árvores, fazer pixo (ou sei lá qual o jeito certo de descrever isso) ou nem mesmo para invadir, no fundo. Tinha ido até lá para ficar sozinho. Entre as colunas aparentemente infinitas de troncos, debaixo do edredom de limões, ele poderia ficar só. Não que ele *necessitasse* ficar sozinho. *Necessitar* era um verbo que a mãe de Sam talvez usasse.

— Você necessita terminar alguma lição antes que a gente vá para o jantar?

— *Saia* — ele diria, muito satisfeito em ser ele a fazer a correção.

— Você necessita terminar alguma lição antes que a gente saia para o jantar?

— Necessito?
— Sim. Necessita.

Ele não sentia prazer nenhum no imenso prazer que parecia sentir em ser espertinho com ela. Mas *necessitava* fazer isso. Necessitava resistir ao instinto de se apegar a ela; necessitava alienar o que ele precisava trazer para perto, mas acima de tudo necessitava não ser o objeto das necessidades dela. Era corpóreo. Não era a necessidade contínua da mãe de encher Sam de beijos que lhe causava repulsa, mas os esforços visíveis em gerenciar essa necessidade. Ele ficava enojado – repugnado, nauseado – com os toques furtivos: arrumar o cabelo do filho por um instante a mais que o necessário, segurar a mão dele ao cortar as unhas (uma coisa que ele sabia fazer sozinho, mas necessitava que ela fizesse, mas apenas de um modo preciso e limitado). E os olhares furtivos: quando ele estava saindo de uma piscina, ou pior, tirando uma camiseta de repente para colocar na roupa suja. Essas ações furtivas furtavam algo dele, e isso inspirava não apenas repulsa, e não apenas raiva, mas resistência. Você pode ter o que quer, mas não pode tomar.

Eyesick buscava a solidão em um pomar de limoeiros porque Sam estava sentando shivá para Isaac, evitando conversas com parentes cujas unidades centrais de processamento tinham sido programadas para deixá-lo com vergonha. Por qual outro motivo um primo em segundo grau que ele não via há anos sentiria a necessidade de mencionar a acne? De mencionar a voz rachada? De piscar o olho ao perguntar sobre namoradas?

Eyesick buscava a solidão. Não para estar sozinho, mas para estar longe dos outros. É diferente.

> Sam?
> ...
> Sam, é você?
> Com quem você está falando?
> VOCÊ.
> Eu?
> Você. Sam.
> Quem é você?
> Eu SABIA que era você.
> Quem sabia?
> Não está me reconhecendo?

Reconhecendo? O avatar que se dirigia a *Eyesick* era um leão com uma exuberante juba de arco-íris; um colete de camurça marrom com botões opalinos, quase inteiramente escondida por baixo de um smoking branco com cauda que ia até o final da cauda do leão (em si enfeitada com um coração cúbico de zircônia); dentes branqueados quase inteiramente escondidos por lábios cobertos de batom (na medida em que um leão tem lábios); um focinho um *pouquinho* úmido demais; pupilas rubi (não cor de rubi, mas feitas de pedras preciosas); e garras de madrepérola com engastes de símbolos da paz e estrelas de davi. Se era bom, era muito bom. Mas era bom?

Não houve reconhecimento. Apenas a surpresa de ter sido descoberto em um momento de reflexão, e a vergonha de ter sido nomeado e conhecido.

Seria possível, em teoria, para alguém com capacidade técnica suficiente e *joie de vivre* insuficiente, rastrear Sam a partir de *Eyesick*. Mas isso exigiria um esforço que ele não conseguia imaginar ninguém que ele conhecia — ninguém que o *conhecia* — empreendendo. Exceto *talvez* Billie.

Sem levar em conta as tentativas virtuosisticamente ineptas e toscas dos pais de "conferir" seu uso do computador, Sam sempre ficava surpreso com o tanto que conseguia fazer impunemente.

Prova: tinha furtado do mercadinho de esquina que ainda tinha o sobrenome da família sobre a porta de entrada, o mercado que seu bisavô tinha aberto na companhia de tantos irmãos mortos que o número devia ultrapassar o número de palavras da língua inglesa. Sam tinha furtado um número considerável de porcarias — um número considerável de sacos de Cheetos (furados com a ponta afiada de um clipe de papel desdobrado para extrair o ar e permitir a compressão), um número considerável de paus duros feitos de Mentos — dos honestos imigrantes coreanos, que deixavam fatias de limão ao lado da caixa registradora para manter os dedos úmidos o suficiente para lidar com cédulas, uma quantidade suficiente para abrir o próprio mercadinho, mas esta com um nome diferente, de preferência sem nome, de preferência: MERCADINHO. Por que tantos furtos? Não era para comer o que pegava. Nunca fez isso, nem sequer uma vez. Ele sempre, sempre devolvia as coisas – um ato que exigia muito mais destreza ilícita que roubar. Fazia isso para provar que conseguia, e para provar que ele era horrível, e para provar que ninguém se importava.

Prova: o volume (em terabytes) de pornografia que ele consumia, e o volume (em litros) de sêmen que ele emitia. *Debaixo do nariz deles* seria uma expressão infeliz neste caso, mas como os supostos pais podiam ser tão inteiramente alheios à vala comum sendo escavada e preenchida com esperma em seu próprio quintal?

O shivá fez Sam relembrar muitas coisas — a mortalidade de seus pais e avós, a própria mortalidade, a mortalidade de Argos, o consolo inegável proporcionado pela execução de rituais que você não entende —, mas acima de tudo da primeira vez que ele bateu punheta, também num shivá. Era o funeral de sua tia-avó Doris. Ainda que se referissem a ela como tia-avó Doris, o parentesco era um pouco mais distante, envolvendo alguns *graus*. (E seu avô tinha inclusive sugerido, após uns copos de vodca muito cara, que ela nem era parente de sangue.) De qualquer modo, ela nunca tinha se casado e não teve filhos, e usava da solidão para se aproximar silenciosamente do tronco da árvore genealógica da família.

A reunião familiar de familiares nada familiares seguia em frente, e como Moisés recebendo o chamado de um arbusto, Sam galopou até o banheiro do quarto. De algum modo tinha entendido que aquele era o momento, ainda que não compreendesse o método. Naquele dia usou gel para cabelo, porque estava por ali e era viscoso. Quanto mais deslizava o punho fechado para cima e para baixo pelo pau, mais forte se tornavam as suas suspeitas de que algo realmente significativo estava ocorrendo — algo não somente prazeroso, mas também místico. A sensação ficava cada vez melhor, ele apertou mais forte, e então ficou ainda melhor, e em seguida, com um pequeno movimento para o homem, a humanidade cruzou com um salto gigante o cânion que separava a vida medíocre, patética e inautêntica do reino sem constrangimento, raiva nem falta de jeito onde ele queria passar o resto de seus dias e noites. Do pênis esguichou uma substância que ele teria de admitir que amava mais do que amava qualquer pessoa em sua vida, mais do que qualquer ideia, uma substância que ele amava tanto que ela se tornou sua inimiga. Às vezes, em momentos menos orgulhosos, ele chegava a conversar com os espermatozoides enquanto o sêmen coagulava dentro do umbigo. Às vezes encarava as centenas de milhões de olhos e dizia apenas: "Inimigos."

A primeira vez foi uma revelação. As primeiras milhares de vezes. Bateu mais uma punheta naquela tarde, e outra e mais outra à noite. Batia punheta com a determinação de alguém próximo ao pico do Everest, que perdeu todos os amigos e *sherpas*, que ficou sem suprimento de oxigênio, mas que preferia morrer a fracassar. Usava gel de cabelo todas as vezes, sem jamais questionar os possíveis efeitos dermatológicos de aplicar no pênis uma substância criada para esculpir o cabelo. No terceiro dia os pentelhos pareciam arame e o pau estava leproso.

Aí ele começou a bater punheta com babosa. Mas o verde causava uma dissonância cognitiva, como se ele estivesse fodendo algo alienígena, mas no pior sentido possível. Aí ele trocou para hidratante.

Era o cientista maluco da masturbação, sempre procurando novas maneiras de deixar a mão mais parecida com uma vagina. Teria sido bem útil ter tido uma experiência autêntica com uma vagina autêntica, mas sua incapacidade em deixar de pensar em "vagina al dente" tornava as chances de isso acontecer tão nugatórias quando seu uso da palavra *nugatório*. De qualquer modo a internet era acima de tudo uma fonte de recursos ginecológicos, e de qualquer modo havia coisas que alguém sabia sem ter tido um jeito de saber, como bebês que não engatinham até desabar de um penhasco — um fato sobre o qual ele tinha noventa e cinco por cento de certeza. Quando, infinitos cinco anos repletos de injustiça cósmica mais tarde, ele teve a primeira experiência sexual com uma fêmea tangível — que não era Billie, tragicamente, mas alguém que era apenas legal, inteligente e bonita —, ficou surpreso com a precisão de tudo que tinha imaginado. Sempre soube, sempre soube de tudo. Talvez, se tivesse sabido que sabia, aqueles anos teriam sido um pouquinho mais toleráveis.

Usava o punho seco, o punho lubrificado com: mel, ou xampu, ou vaselina, ou creme de barbear, ou arroz-doce, ou pasta de dentes (uma única vez), ou o resto de um tubo de pomada A&D que os pais não tiveram coragem de jogar fora, ainda que jogassem fora tudo que realmente importava. Fez uma vagina artificial com um rolo de papel higiênico, cobrindo uma das extremidades com filme plástico (fixado com elásticos), recheando o tubo com xarope de bordo e depois cobrindo a outra extremidade com mais filme plástico (e mais elásticos) e abrindo uma fenda. Fodeu travesseiros, cobertores, mangueiras de limpeza de piscina, bichos de pelúcia. Bateu punheta para o catálogo da Victoria's Secret, e para a Edição Trajes de Banho da *Sports Illustrated*, e para os anúncios de página par do *City Paper*, e para propagandas de sutiã da JCPenney na revista *Parade*, e para basicamente qualquer coisa que pudesse, com o imenso alcance de sua imaginação onipotente e hiperdeterminada, ser interpretada como cu, vagina, mamilo ou boca (nessa ordem). Claro, ele tinha acesso ilimitado a uma quantidade de pornografia gratuita vastamente superior ao que poderia ser assistido ao longo das vidas somadas de todos os cidadãos da China, mas até mesmo um garoto de doze anos alucinado por cus entende a relação entre o trabalho mental exigido e a magnitude da gozada, daí sua fantasia suprema de interceptar alguma virgem árabe a caminho de ser fodida por um mártir verdadeiro, enfiar a cabeça por baixo da burca e, na privação de sentidos daquele negrume sideral, lamber órbitas ao redor daquele buraco negro. Será que alguém acreditaria que aquilo não tinha nada a ver com religião, etnia ou nem mesmo tabu?

Amarrava elásticos ao redor do pulso — elásticos desempenhando na masturbação o mesmo papel da farinha de trigo na confeitaria — para fazer os dedos ficarem dormentes e não sentir mais que pertenciam a ele. Funcionava terrivelmente bem, e ele quase perdeu a mão. Dispunha espelhos em certos ângulos para enxergar o próprio cu sem o resto do corpo, e era capaz de se convencer de que era o cu de uma mulher que queria ele enfiado ali dentro. Ele se masturbava com a mão dominante e com a mão recessiva — a mão intacta e a mão mutilada — e torcia as duas mãos no pau, uma em cada direção. Por vários meses sua predileção foi aquilo que chamava — para ninguém, é claro — de "aperto de Roger Ebert": uma torção incompleta do pulso, até o polegar ficar para baixo. (Por motivos que ele não entendia, e não sentia a menor necessidade de entender, isso também dava a impressão de que a mão pertencia a outra pessoa.) Fechava os olhos e prendia a respiração até quase desmaiar. Fodia a sola dos próprios pés como se fosse um *maharishi* no cio. Se estivesse de fato tentando arrancar o pênis do próprio corpo, não teria como ter espremido ou puxado com mais força do que usava, e é um milagre que nunca tenha se machucado, ainda que mesmo quando estava sentindo prazer percebia que, de algum modo profundo e irreparável, estava se machucando, e que precisava ser assim, e essa era outra unidade elementar de conhecimento com a qual ele já tinha nascido.

Ele se masturbou em banheiros de trens da Amtrak, banheiros de aviões, nos banheiros da escola hebraica, banheiros de livrarias, banheiros da Gap e da Zara e da H&M, restaurantes de banheiro, nos banheiros de todas as casas em que entrou desde que adquiriu a capacidade de gozar dentro de uma privada. Se dava descarga, ele metia.

Quantas vezes tentou chupar o próprio pau? (Como Tântalo, quanto mais perto ele chegava, mais o fruto se afastava.) Tentou comer o próprio cu, mas isso exigia que empurrasse o pau duro na direção em que ele menos queria ir, como uma ponte levadiça sendo obrigada a encostar na água. Conseguia esfregar o saco ao redor do cu, mas isso gerava apenas melancolia.

Uma vez topou com um argumento convincente o bastante, em uma comunidade de anilíngua, para enfiar o dedo na bunda enquanto batia punheta. Depois que conseguiu treinar o reflexo do esfíncter para ele deixar de funcionar como uma ratoeira, a sensação até que era bem boa, ainda que bem estranha. Era como ser uma tigela cheia de massa de *cookie* cujas bordas estavam sendo exploradas pelo dedo de alguém – a saber: *ele mesmo* – que não podia esperar. Ele conseguiu até mesmo encontrar a próstata, e conforme prometido, enxergou através das paredes ao gozar. Mas não havia nada para ver, exceto a banalidade do quarto ao lado. Foi a remoção do dedo que arruinou tudo. Em primeiro lugar, logo depois de gozar, tudo que parecia não apenas bom, mas lógico, necessário e inevitável antes da gozada se tornava inexplicável, perturbado e repugnante. É possível minimizar, ou até mesmo negar, quase qualquer coisa dita ou feita, mas um dedo no próprio cu não tem como ser minimizado ou negado. Pode apenas ser deixado ali dentro ou removido. E não pode ser deixado ali dentro.

Sam nunca se sentiu confortável com o próprio corpo — não com as roupas que nunca serviam, nem executando sua imitação ridícula de alguém caminhando sem ter convulsões —, exceto quando se masturbava. Quando se masturbava, ao mesmo tempo dominava o corpo e existia dentro dele. Não precisava fazer esforço algum, era naturalmente ele mesmo.

> Sou EU.
> Isso não ajuda. E para de abusar do caps.
> Sou eu.
> Billie?
> Billie?
> Max?
> Não.
> Biso?
> NOAM.
> Para de gritar.
> Noam. Seu primo.
> Noam, meu primo israelense?
> Não. Noam, seu primo sueco.
> Engraçado.
> E israelense.
> Seu pai e seu irmão menor estão aqui.
> Eu sei. Meu pai mandou um e-mail do cemitério.

> Que estranho. Ele disse que não conseguia falar com vocês.
> Devia estar falando do telefone. A gente troca e-mails toda hora.
> Estávamos sentando shivá na casa do meu avô.
> Sim, tô sabendo disso também. Ele me mandou uma foto do salmão por e-mail.
> Por quê?
> Porque tava ali. E porque pra ele o mundo só se torna real depois de ser fotografado pelo celular.
> Seu inglês é bom mesmo.
> "É muito bom."
> Tá.
> Enfim, eu só queria dizer a você a versão genuína de "meus pêsames".
> Não acredito em versões genuínas.
> Queria que você ficasse menos triste. Assim fica bom?
> Como você me achou?
> Do mesmo jeito que você teria me achado se estivesse procurando. Não foi difícil.
> Nem sabia que você estava no *Other Life*.
> Eu passava o dia inteiro aqui. Mas nunca tinha estado nesse pomar.
> Também nunca tinha estado nesse pomar.
> Você gosta quando alguém repete um pedacinho do que você falou sem que isso seja necessário? Que nem você fez agora? Você podia ter dito "Nem eu", mas você pegou o que eu disse e transformou em uma coisa sua. Eu disse "Nunca tinha estado nesse pomar" e você disse "Também nunca tinha estado nesse pomar".
> Gosto quando repetem pedacinhos do que falei sem que isso seja necessário.
> Se eu usasse emoticons, teria usado um agora.
> Que bom que você não usa.
> No exército não sobra tempo pro *Other Life*.
> Excesso de vida real?
> Não acredito em vida real.
> ;)
> Eu tô mesmo descuidado. Olha essas unhas.
> Você, descuidado? Olha só pra mim! Ainda tenho placenta na cara.

> ???
> Meu pai cometeu avatarcídio.
> Por quê?
> Cheirou sem querer um Buquê da Fatalidade.
> Por quê?
> Porque ele usa o próprio esfíncter como se fosse um colar, e isso atrapalhou o fluxo de sangue pro cérebro. Mas, olha, eu tô num processo de reconstrução, e não ando muito satisfeito com meu progresso.
> Você parece... velho.
> É. Meio que virei meu bisavô.
> Por quê?
> Pelo mesmo motivo que vou virar na vida real, acho. Digo, nesta vida.
> Precisa de algum fruto de resiliência?
> Algumas centenas de milhares cairiam muito bem.
> Posso dar as minhas.
> Eu tava brincando.
> Eu não.
> Por que você faria isso?
> Porque você precisa delas, e eu não. Quer 250 mil?
> 250 MIL!
> Para de gritar.
> Isso deve ter levado um ano.
> Ou três.
> Não posso aceitar.
> Pode sim. Presente de bar-mitzvá.
> Nem sei se vou ter bar-mitzvá.
> Bar-mitzvá não é uma coisa que a gente "tem". É algo que a gente vira.
> Nem sei se vou virar bar-mitzvá.
> Bebês sabem que nasceram?
> Eles choram.
> Então chora.
> Onde você está?
> Em casa, por mais algumas horas.
> Achei que estava em algum lugar perigoso.
> Você conheceu minha mãe.

> Seu pai disse que você estava na Cisjordânia.
> Eu estava. Mas voltei um dia antes do terremoto.
> Merda, não acredito que a gente ficou conversando esse tempo todo e eu nem perguntei como você está. Eu sou ridículo. Desculpa.
> Tudo bem. Fui eu que encontrei você, lembra?
> Eu sou ridículo.
> Estou a salvo. Todo mundo está a salvo.
> O que teria acontecido se você ainda estivesse na Cisjordânia?
> Aí não sei mesmo.
> Chuta.
> Por quê?
> Porque estou curioso.
> Bem, se a gente tivesse ficado preso por lá durante o terremoto, acho que teríamos que criar algum tipo de base temporária e esperar pelo resgate.
> Que tipo de base?
> Qualquer tipo que a gente conseguisse. Talvez ocupar um prédio.
> Cercados de gente querendo matar vocês?
> Qual seria a novidade?
> Teriam jogado umas merdas em vocês?
> Umas merdas?
> Granadas, sei lá.
> Não existe isso de "granadas, sei lá". Armas são precisas.
> Tá bom.
> Talvez. Talvez não. Talvez estivessem preocupados com os próprios problemas.
> Não teria sido bom.
> Não existe nenhum cenário em que isso teria sido bom.
> Qual cenário teria sido o pior de todos?

Como o pai, Sam era atraído pelos piores cenários possíveis. O porquê da empolgação era óbvio, mas era difícil explicar o consolo que ofereciam. Talvez mapeassem uma distância de sua própria vida segura. Ou talvez se conformar com as consequências mais horrorosas abrisse um espaço para alguma espécie de preparação mental, de resignação. Talvez contassem com mais objetos cortantes — como os vídeos que odiava e necessitava — para permitir que suas entranhas ficassem à mostra.

Quando ele estava na sexta série, fizeram a turma da escola hebraica assistir a um documentário sobre os campos de concentração. Para Sam, nunca ficou claro se o professor era preguiçoso (era um modo aceitável de matar algumas horas) ou inepto ou relutante em ensinar a matéria, ou sentia a impossibilidade de ensinar aquilo de qualquer outra forma senão mostrando. Mesmo na época, Sam sentiu que era jovem demais para estar assistindo a uma coisa como aquela.

Sentaram em carteiras de compensado para destros, e o professor — cujos nomes todos eles jamais esqueceriam pelo resto da vida — resmungou algumas palavras pouco memoráveis para fornecer contexto, inspiração e ressalvas, e depois apertou Play. Assistiram a filas de mulheres nuas, muitas apertando crianças contra o peito. Estavam chorando — as mães e as crianças —, mas por que só choravam? Por que eram tão ordeiras? Tão obedientes? Por que as mães não corriam? Por que não tentavam salvar a vida dos filhos? Melhor morrer com um tiro tentando fugir do que simplesmente caminhar até a própria morte. Uma chance minúscula é infinitamente maior do que chance nenhuma.

As ainda crianças assistiram sem sair das carteiras; viram homens cavando as próprias valas comuns e depois se ajoelhando dentro delas, os dedos entrelaçados na nuca. Por que cavaram as próprias sepulturas? Se você vai ser morto mesmo, por que ajudar os assassinos? Pelos poucos momentos adicionais de vida? Talvez fizesse sentido. Mas como mantinham aquela compostura? Por que achavam que com isso podiam ganhar mais alguns momentos adicionais de vida? Talvez. Uma chance minúscula é infinitamente maior do que chance nenhuma, mas um momento de vida é uma eternidade. Seja um bom garoto judeu e cave uma boa cova judaica e se ajoelhe como um *mensch* e, como Judy Shore, a professora de Sam no maternal, costumava dizer, "é isso que tem; não chora, neném".

Viram montagens com grão estourado de humanos que se tornaram experimentos científicos — gêmeos mortos, Sam não conseguia deixar de lembrar, ainda se abraçando sobre uma mesa. Será que em vida ficavam agarrados daquele jeito? Ele não conseguia deixar de se perguntar.

Viram imagens dos campos liberados: pilhas de centenas ou milhares de corpos esqueléticos, joelhos e cotovelos dobrados no sentido errado, braços e pernas em ângulos impossíveis, olhos tão fundos que nem se enxergavam. Colinas de corpos. Escavadeiras testando a crença infantil sobre um corpo morto não sentir nada.

E o que ficou? A informação de que os alemães eram — *são* — malignos, malignos, malignos, não apenas capazes de arrancar crianças das mães para em seguida destroçar seus corpinhos, mas ávidos por isso; que sem a intervenção de não alemães, todos os homens, mulheres e crianças judias do planeta teriam sido assassinados pelos alemães; e que, obviamente, seu avô tinha toda a razão, mesmo que soasse maluco, ao dizer que um judeu nunca deveria comprar um produto alemão de qualquer tipo ou tamanho, nunca colocar dinheiro em um bolso alemão, nunca visitar a Alemanha, nunca deixar de sentir arrepios ao ouvir aquele idioma vil de selvagens, nunca ter qualquer interação além do estritamente inevitável com qualquer alemão de qualquer idade. Inscreva isso na ombreira da porta de casa e também no portão.

Ou ficou a informação de que tudo que aconteceu uma vez pode acontecer de novo, provavelmente vai acontecer de novo, *deve* acontecer de novo, *vai*.

Ou a informação de que a vida dele era, se não o resultado de, então ao menos inextricavelmente ligada a, um sofrimento profundo, e que havia algum tipo de equação existencial, seja lá qual fosse e com quais implicações, entre a vida *dele* e a morte *deles*.

Ou informação nenhuma, mas uma sensação. Que sensação? Que sensação era essa?

Sam não mencionou aos pais o que tinha assistido. Não buscou explicações nem consolo. E recebeu muita orientação — quase inteiramente não intencional e de uma sutileza extrema — relativa a nunca fazer perguntas sobre aquilo, nunca nem mesmo admitir. Então era algo nunca mencionado, nunca debatido, o assunto perpétuo de uma conversa que nunca acontecia. Onde quer que você olhasse, ali não estava ele.

Seu pai era obcecado por manifestações de otimismo, e o acúmulo imaginário de propriedades, e fazer piadas; sua mãe, por contato físico antes de se despedir, e óleo de peixe, e agasalhos, e "o certo a se fazer"; Max, por empatia extrema e isolamento autoimposto; Benjy, por metafísica e segurança básica. E ele, Sam, estava sempre ansiando por algo. Que sensação era essa? Tinha algo a ver com solidão (dele e alheia), algo a ver com sofrimento (dele e alheio), algo a ver com vergonha (dele e alheia), algo a ver com medo (dele e alheio). Mas também algo a ver com crença teimosa, e dignidade teimosa, e alegria teimosa. E ainda assim não era de fato nenhuma dessas coisas, nem a soma delas. Era a sensação de ser judeu. Mas que sensação era essa?

TEM COISAS QUE HOJE SÃO DIFÍCEIS DE DIZER

Israel continuava a descrever a situação como controlável, mas continuava também a fechar o espaço aéreo, o que deixava dezenas de milhares de israelenses presos nos locais onde tinham ido passar as férias e impedia a vinda de judeus que queriam ajudar. Tamir tentou uma carona em um avião de carga da Cruz Vermelha, tentou conseguir autorização especial com o adido militar na embaixada, se informou sobre como escoltar uma remessa de material de construção. Mas não havia como voltar para casa. Ele talvez tenha sido a única pessoa grata por estar no funeral — aquilo lhe deu algumas horas para descansar em paz.

Sam foi ao cemitério com o terno de bar-mitzvá, que não servia direito. Usar aquilo era a única coisa que ele odiava mais do que o processo de adquirir aquela vestimenta: a câmara de tortura de espelhos, a ajuda bem pouco útil da mãe, o alfaiate sobrevivente do Holocausto e funcionalmente pedófilo que usou os dedos parkinsonianos para agarrar o pacote de Sam não apenas uma ou duas, mas três vezes, e dizer: — Está bem folgado.

Tamir e Barak foram de calças largas com camisas de botão de mangas curtas — o uniforme de ambos para qualquer ocasião, fosse a sinagoga, um mercadinho, uma partida de basquete do Maccabi Tel Aviv ou o funeral do patriarca da família. Encaravam qualquer tipo de formalidade — em roupas, em palavras, em atos — como uma espécie de violação grosseira de um direito concedido por Deus segundo o qual podiam ser quem eram o tempo todo. Jacob achava aquilo odioso e invejável.

Jacob foi de terno preto com uma caixa de Altoids no bolso: artefatos de uma época em que ele se importava o bastante com o próprio hálito para chegar ao ponto de bafejar na palma da mão para dar uma farejada.

Julia foi com um vestido *vintage* da A.P.C. que tinha achado no Etsy pelo equivalente a nada. Não era bem um traje de funeral, mas ela nunca tinha chance de usar, e queria usar, e desde a castração do bar-mitzvá um funeral parecia a ocasião mais glamorosa com a qual ela podia contar.

— Você está linda, Julia — ela disse para Jacob, se odiando por isso.

— Linda demais — disse Jacob, odiando Julia por ter dito aquilo, mas também surpreso por ela ainda se importar com a avaliação dele em questões de beleza.

— O impacto diminui por ter sido induzido.

— É um funeral, Julia. E obrigado.

— Pelo quê?

— Por ter dito que estou bonito.

Irv foi com o mesmo terno que usava desde a Guerra dos Seis Dias.

Isaac foi com a mortalha com a qual se casou, a mortalha que usava uma vez por ano no Dia do Perdão, cujo peito ele tinha golpeado com o punho: *Pelo pecado que cometemos diante de Ti com expressão dos lábios... Pelo pecado que cometemos diante de Ti em público ou privadamente... Pelo pecado que cometemos diante de Ti por um coração confuso...* A mortalha não tinha bolsos, pois os mortos devem ser enterrados sem nenhuma carga.

Um pequeno — em número e estatura física — exército da Adas Israel passou pelo luto como uma brisa: trouxeram banquinhos, cobriram os espelhos, cuidaram das bandejas e mandaram para Jacob uma conta sem nenhuma discriminação, que ele não tinha como questionar sem cometer *seppuku* judaico. Um breve serviço seria seguido pelo enterro nos Jardins da Judeia, seguido por um breve *kiddush* na casa de Irv e Deborah, seguido pela eternidade.

Todos os primos que moravam na região estavam no funeral, e alguns judeus mais velhos e burlescos apareceram de Nova York, Filadélfia e Chicago. Jacob tinha se encontrado com essas pessoas ao longo da vida, mas apenas em ritos de passagem — bar-mitzvás, casamentos, funerais. Não sabia o nome de ninguém, mas os rostos evocavam uma espécie de existencialismo pavloviano: se você está aqui, se estou vendo você, alguma coisa significativa deve estar acontecendo.

O rabino Auerbach, que conhecia Isaac havia décadas, tinha sofrido um derrame um mês antes, e assim deixou a cerimônia nas mãos do substituto: um produto jovem, desgrenhado, esperto ou talvez estúpido de seja lá o que cria rabinos. Ele foi com tênis desamarrados, que Jacob sentiu como uma homenagem vagabunda a alguém que tinha provavelmente *comido* tênis nas florestas desprovidas de céu da Polônia. Mas podia também ser algum tipo de manifestação religiosa de reverência, como sentar em banquinhos ou cobrir espelhos.

Ele se aproximou de Jacob e Irv antes do início do serviço.

— Meus pêsames — disse, mãos em concha diante do corpo como se contivessem empatia, ou sabedoria, ou vazio.

— Certo — disse Irv.

— Há alguns rituais...

— Poupe saliva. Não somos uma família religiosa.

— Acho que depende do que se considera *religioso* — disse o rabino.

— Acho que não — Jacob corrigiu, em defesa do pai ou na ausência de Deus.

— E nossa postura é uma escolha — Irv prosseguiu. — Não é preguiça, nem assimilação, nem inércia.

— Eu respeito isso — disse o rabino.

— Somos tão bons quanto quaisquer outros judeus.

— Tenho certeza de que são melhores do que a maioria.

Irv não deu trégua para o rabino: — Não me importo nem um pouco com o que você respeita ou deixa de respeitar.

— Também respeito isso — disse o rabino. — Você é um homem de convicções fortes.

Irv se virou para Jacob: — Esse cara não aceita mesmo um insulto.

— Vamos — disse Jacob. — Está na hora.

O rabino orientou os dois em alguns dos pequenos atos ritualísticos que, ainda que fossem inteiramente voluntários, todos esperavam que eles efetuassem de modo a garantir a passagem adequada de Isaac até seja lá o que judeus acreditam. Após a relutância inicial, Irv parecia não apenas com disposição, mas com desejo, de cruzar os *chets* e marcar os *zayins* — como se declarar sua resistência fosse resistência suficiente. Não acreditava em Deus. Não conseguia, mesmo que se abrir àquela bobagem talvez o abrisse a uma consolação de que muito precisava. Houve alguns poucos momentos — não de crença, mas de religiosidade — e todos envolviam Jacob. Deborah entrou em trabalho de parto, Irv rezou para ninguém pedindo que ela e o bebê ficassem bem. Quando Jacob nasceu, ele rezou para ninguém que o filho vivesse muitos e muitos anos a mais do que ele, e adquirisse mais conhecimento e autoconhecimento do que ele, e experimentasse uma felicidade maior. No bar-mitzvá de Jacob, Irv se postou na arca e proferiu uma oração de agradecimento a ninguém que primeiro tremeu, depois se quebrou, e por fim explodiu em algo tão belamente desenfreado que ele ficou sem voz para fazer o discurso na festa. Quando ele e Deborah não leram os livros que encaravam na sala de espera do Hospital George Washington, e Jacob quase arrancou as portas das dobradiças, o rosto coberto de lágrimas, as roupas de cirurgia cobertas de sangue, e deu o melhor de si para formar as palavras "Vocês têm um neto", Irv fechou os olhos, mas não para a escuridão, e rezou para ninguém uma oração sem conteúdo nenhum, somente força. A soma desses ninguéns era o Rei do Universo. Ele tinha passado muito tempo na vida batalhando contra a estupidez. Agora, no cemitério, todas essas batalhas pareciam estúpidas.

O rabino pronunciou uma breve oração, sem dar tradução nenhuma nem resumir o sentido, e encostou uma navalha na lapela de Irv.

— Preciso desse terno para o bar-mitzvá do meu neto.

Por não ter ouvido Irv, ou por ter ouvido, o jovem rabino fez uma incisão minúscula, e orientou Irv a abri-la — a criar o rasgo — com os indicadores. Era ridículo esse gesto. Era bruxaria, uma relíquia da época em que mulheres eram apedrejadas por menstruar do jeito errado, e uma coisa bem irracional a se fazer vestindo um terno da Brooks Brothers. Mas Irv queria enterrar o pai de acordo com a lei e a tradição judaicas.

Inseriu os dedos na incisão, como se fosse o próprio peito, e puxou. E à medida que o tecido se rasgou, as lágrimas de Irv foram liberadas. Fazia anos que Jacob não via o pai chorar. Não conseguia se lembrar da última vez que tinha visto o pai chorar. De repente pareceu plausível que nunca tivesse visto ele chorar.

Irv olhou para o filho e sussurrou: — Eu não tenho mais pais.

O rabino disse que tinha chegado o momento, antes que o caixão fosse tirado do carro fúnebre, de Irv perdoar o pai e pedir perdão.

— Está tudo bem — disse Irv, dispensando a oferta.

— Eu sei — disse o rabino.

— Já dissemos tudo que precisava ser dito.

— Faça isso assim mesmo — sugeriu o rabino.

— Acho estúpido falar com uma pessoa morta.

— Faça isso assim mesmo. Eu não gostaria que você se arrependesse por desperdiçar essa última chance.

— Ele está morto. Para ele não faz diferença.

NÃO TER ESCOLHA TAMBÉM É UMA ESCOLHA

— Você está vivo — disse o rabino.

Irv sacudiu a cabeça e continuou a sacudir, mas o objeto do desdém havia mudado: não era mais o ritual, mas sua incapacidade de participar.

Ele se virou para Jacob e disse: — Desculpa.

— Eu não sou o morto, espero que você saiba.

— Sei. Mas nós dois vamos ser, em algum momento. E aqui estamos.

— Desculpa pelo quê?

— Um pedido de desculpas só é um pedido de desculpas se for completo. Estou pedindo desculpas por tudo que exigir desculpas. Sem nenhum contexto.

— Achei que sem contexto seríamos uns monstros.

— Somos monstros de qualquer jeito.

— É, bem, eu também sou um *schmuck*.

— Não falei que sou um *schmuck*.

— OK, então o *schmuck* sou eu.

Irv colocou a mão no rosto de Jacob e quase sorriu.

— Vamos começar a festa — disse ao rabino, e se aproximou da parte de trás do carro funerário.

Hesitando, colocou as mãos sobre o caixão e abaixou a cabeça coberta. Jacob ouviu algumas das palavras — queria ouvir tudo —, mas não conseguiu entender o sentido.

Os sussurros prosseguiram — ultrapassaram "me perdoa", ultrapassaram "eu perdoo você". O que ele estava dizendo? Por que os Bloch achavam tão difícil conversar uns com os outros enquanto estavam vivos? Por que Jacob não podia se deitar dentro de um caixão por tempo suficiente para ouvir os sentimentos inexprimíveis da família inteira, mas em seguida voltar ao mundo dos vivos tendo aprendido alguma coisa? Todas as palavras eram reservadas àqueles que não podiam responder a elas.

Estava úmido demais, e um único discurso improvisado teria sido um exagero. Os homens suavam pelas cuecas, pelas camisas brancas e paletós pretos, suavam até nas dobras dos lenços nos bolsos. Estavam perdendo o peso corporal inteiro em suor, como se estivessem tentando se transformar em sal, como a esposa de Ló, ou se transformar em nada, como o homem que estavam ali para enterrar.

Ainda que a maioria dos primos tenha se sentido obrigado a falar algumas coisas, nenhum tinha se sentido obrigado a preparar o que falar, então todos tiveram de suportar, naquela umidade, mais de uma hora de divagações genéricas. Isaac era corajoso. Era resiliente. Amava. E a inversão constrangedora do que os *goim* falam sobre o carinha deles: ele sobreviveu por nós.

Max contou a história de quando o bisavô lhe chamou para um canto e, ainda que não houvesse aniversário, nem Chanucá, nem boletim perfeito, recital ou rito de passagem, disse ao bisneto: — O que você quer? Pode ser qualquer coisa. Me diga. Quero que você tenha a coisa que você quer. — Max disse que queria um drone. Na visita seguinte de Max, Isaac o chamou mais uma vez para um canto e o presenteou com um jogo chamado Reversi — que ou era uma cópia barata de Othello ou o jogo que Othello copiou. Max ressaltou para os presentes que se alguém tentasse pensar na palavra cujo som menos se parecesse com *drone* talvez a resposta fosse *Reversi*. Então meneou a cabeça, ou se curvou, e voltou para o lado da mãe. Sem moral, consolo nem sentido.

Irv, que tinha começado a elaborar seu discurso bem antes da morte de Isaac, escolheu o silêncio.

Tamir manteve distância. Era difícil discernir se estava tentando reprimir as emoções ou suscitá-las. Mais de uma vez, usou o celular. Sua informalidade não tinha limites, e não havia nada que ele não pudesse encarar com desleixo: morte, catástrofes naturais. Era outra característica que deixava Jacob irritado, e que Jacob quase certamente invejava. Por que Tamir não podia ser mais parecido com Jacob? A questão era essa. E por que Jacob não podia ser mais parecido com Tamir? Essa era a outra questão. Se encontrassem um meio-termo, formariam um judeu razoável.

Por fim, chegou a vez do rabino. Ele pigarreou, arrumou os óculos e tirou do bolso um bloquinho encadernado em espiral. Folheou algumas páginas e voltou a colocar o bloquinho no bolso, por ter decorado o conteúdo ou ter se dado conta de que trouxe o bloco errado sem querer.

— O que podemos dizer sobre Isaac Bloch?

Fez uma pausa suficiente para gerar alguma incerteza retórica. Será que estava mesmo fazendo uma pergunta? Admitindo que não conhecia Isaac o suficiente para saber o que falar?

O que podemos dizer sobre Isaac Bloch?

Sem demora, o cimento fresco do incômodo que Jacob sentiu no carro funerário secou na forma de algo que podia ser golpeado com os punhos até que se fraturassem. Ele odiava aquele homem. Odiava a santarronice preguiçosa, as afetações canastronas, a obsessão por acariciar a própria barba e os gestos de ator de terceira, o colarinho apertado demais e os cadarços desamarrados e o quipá desalinhado. Às vezes essa sensação resumia Jacob, essa repulsa sem nuances, veloz e eternal. Acontecia com garçons, com David Letterman, com o rabino que acusou Sam. Mais de uma vez tinha chegado em casa, voltando de um almoço com algum velho amigo, alguém com quem ele tinha passado por dezenas de estações da vida, e dizia para Julia como quem não queria nada: "Acho que chegamos ao fim." No início ela não sabia do que ele estava falando – *ao fim do quê? Por que o fim?* –, mas depois de anos vivendo ao lado de uma pessoa tão binária e rancorosa, alguém tão agnóstico sobre o próprio valor que se via compelido a uma certeza quase religiosa sobre o valor alheio, ela acabou conhecendo bem o marido, ainda que não o compreendesse.

— O que podemos dizer sobre alguém sobre quem há tanto a dizer?

O rabino enfiou as mãos na jaqueta, fechou os olhos e meneou a cabeça.

— Não nos faltam palavras, o que nos falta é tempo. Não temos tempo, de agora até o fim dos tempos, para relatar a tragédia, e o heroísmo, e a *tragédia* da vida de Isaac Bloch. Podemos ficar aqui falando sobre ele até chegarem nossos próprios funerais, e não será suficiente. Eu visitei Isaac na manhã da sua morte.

Hein, *como assim?* Seria possível? Mas ele não era só o rabino *schmuck* que só tinha caído ali de paraquedas porque metade da boca do rabino decente tinha parado de funcionar? Se tivessem parado na casa do Isaac na volta do aeroporto, será que teriam cruzado com esse sujeito?

— Ele telefonou e me pediu que fosse até lá. Não ouvi urgência nenhuma em sua voz. Nenhum desespero. Mas ouvi carência. Então fui. Foi minha primeira vez em seu lar. Só tínhamos nos visto uma ou duas vezes na sinagoga, e sempre de passagem. Ele me fez sentar à mesa da cozinha. Serviu um copo de gengibirra, serviu um prato com fatias de pão de centeio, um pouco de melão. Muitos de vocês fizeram essa refeição naquela mesa.

Risadinhas suaves de reconhecimento.

— Ele falava lentamente, e com esforço. Contou sobre o bar-mitzvá do Sam, e a série de TV do Jacob, e a habilidade matemática do Max, e os passeios de bicicleta do Benjy, e os projetos da Julia, e as *mishegas*, as doidices do Irv, essa foi a palavra que *ele* usou.

Uma risadinha. Ele estava vencendo.

— E então ele disse "rabino, eu não sinto mais desespero. Por setenta anos eu só tive pesadelos, mas agora não tenho mais pesadelos. Sinto apenas gratidão pela minha vida, por todos os momentos que vivi. Não apenas os bons momentos. Sinto gratidão por todos os momentos da minha vida. Eu vi tantos milagres".

Isso ou era a montanha mais audaciosa, alta e fumegante de merda judaica jamais empilhada por um rabino ou qualquer outra pessoa, ou uma espiada reveladora dentro da consciência de Isaac Bloch. Apenas o rabino sabia ao certo — o que era um relato preciso, o que tinha sido enfeitado, o que era uma invenção completa. Será que alguém já tinha ouvido Isaac usar a palavra *desespero*? Ou *gratidão*? Ele teria dito "foi horrível, mas podia ter sido pior". Mas teria dito *aquilo*? Gratidão pelo *quê*? E quais foram todos esses milagres que ele testemunhou?

— Depois ele me perguntou se eu falava ídiche. Respondi que não. Aí ele perguntou: "Mas que tipo de rabino não fala ídiche?"

Riso desbragado.

— Contei a ele que meus avós falavam ídiche com meus pais, mas meus pais nunca me deixavam ouvir. Queriam que eu aprendesse inglês. Que *esquecesse* ídiche. Ele me disse que tinha feito a mesma coisa, que ele era o último falante de ídiche da família, e que o idioma iria com ele para o caixão. E então ele colocou a mão sobre a minha e disse "vou ensinar uma expressão em ídiche". Ele me olhou nos olhos e disse *"Kein briere iz oich a breire"*. Perguntei o significado. Ele tirou a mão e respondeu: "Pesquise."

Outra risada.

— Eu *pesquisei*. Usando o celular, no banheiro dele.

Outra risada.

— *Kein briere iz oich a breire*. Significa "Não ter escolha também é uma escolha".

Não, aquelas não podiam ser palavras de Isaac. Eram falsamente iluminadas demais, satisfeitas demais com as circunstâncias. Isaac Bloch era muitas coisas, mas resignado não era uma delas.

Se não ter escolha era uma escolha, Isaac teria ficado sem escolha uma vez por dia após 1938. Mas a família precisava dele, especialmente antes que a família existisse. Precisavam que ele desse as costas aos avós, aos pais e a cinco dos irmãos. Precisavam que ele se escondesse dentro daquele buraco com Shlomo, que caminhasse com as pernas rígidas na direção da Rússia, comesse o lixo dos outros à noite, se escondesse, roubasse, coletasse. Precisavam que ele falsificasse documentos para embarcar no navio, e contar as mentiras certas para o funcionário da imigração dos EUA, e trabalhar dezoito horas por dia para manter o mercadinho rentável.

— Então — disse o jovem rabino —, ele me pediu para comprar papel higiênico para ele na Safeway, porque estavam com uma promoção.

Todos riram.

— Falei que ele não precisava mais comprar papel higiênico. Que cuidariam disso no Asilo Judaico. Ele abriu um sorriso cúmplice e disse "mas esse preço...".

Uma gargalhada mais alta e descontrolada.

— "Era isso?", perguntei. "Era isso", ele respondeu. "Você queria ouvir alguma coisa? Dizer alguma coisa?" Ele disse: "Todo mundo precisa de duas coisas. A primeira é sentir que está acrescentando alguma coisa ao mundo. Não concorda?" Falei que sim. "A segunda", ele disse, "é papel higiênico".

A gargalhada mais alta até então.

— Estou pensando em um ensinamento hassídico que aprendi como estudante rabínico. Existem três níveis crescentes de luto: com lágrimas, com silêncio e com canções. Como será nosso luto por Isaac Bloch? Com lágrimas, com silêncio ou com canções? Como será nosso luto pelo fim de sua vida? O fim da era judaica da qual ele participou e serviu como exemplo? O fim dos judeus que falam naquela música de instrumentos quebrados; que organizam sua gramática em sentido anti-horário e não entendem o sentido de nenhum clichê; que dizem *meus* em vez de *meu*, *o povo alemão* em vez de *nazistas*, e que imploram aos parentes dotados de saúde perfeita que tenham saúde, em vez de sentirem uma gratidão silenciosa por essa saúde? O fim de beijos com cento e cinquenta decibéis, daquele embriagado roteiro europeu. Vamos derramar lágrimas por seu desaparecimento? Vamos nos lamentar em silêncio? Ou cantar em seu louvor?

"Isaac Bloch não foi o último de sua estirpe, mas assim que todos se forem, essa estirpe desaparecerá para sempre. Nós os *conhecemos* – vivemos entre eles, que nos moldaram como judeus e americanos, como filhos e filhas, netos e netas –, mas o tempo que tivemos para conhecê-los está chegando ao fim. E depois disso eles desaparecerão para sempre. E vamos apenas nos lembrar deles. Até não lembrarmos mais.

"Nós os *conhecemos*. Com lágrimas por seu sofrimento, com silêncio por tudo que não pode ser dito e com canções por sua resiliência sem precedentes. Não haverá mais velhos judeus que interpretam boas notícias como garantia da iminência do apocalipse, que tratam bufês como mercadinhos antes de nevascas, que encostam um dedo no lábio inferior antes de virarem uma página do épico do seu povo."

O ódio de Jacob se amortecia — não estava evaporando, nem mesmo derretendo, mas perdendo a forma.

O rabino fez uma pausa, uniu as mãos e suspirou. — Enquanto estamos diante da sepultura de Isaac Bloch, uma guerra está acontecendo. São duas guerras. Uma está prestes a irromper. A outra vem acontecendo há setenta anos. A guerra iminente vai determinar a sobrevivência de Israel. A guerra antiga vai determinar a sobrevivência da alma judaica.

"Sobrevivência tem sido o tema central e o imperativo da existência judaica desde o início, e não porque escolhemos assim. Sempre tivemos inimigos, sempre fomos caçados. Não é verdade que todos odeiam judeus, mas em todos os países em que vivemos, em todas as décadas de todos os séculos, encontramos o ódio.

"Por isso dormimos com um dos olhos aberto, mantivemos malas prontas no armário e passagens de trem só de ida no bolso das camisas, bem próximos do coração. Fizemos muito esforço para não ofender ninguém nem fazer muito barulho. Buscamos ter sucesso, sim, mas sem chamar muita atenção para nós mesmos no processo. Organizamos nossa vida em torno da vontade de perpetuar nossa vida – com nossas histórias, hábitos, valores, sonhos e ansiedades. Quem poderia nos culpar? Somos um povo traumatizado. E nada é mais poderoso do que o trauma para deformar a mente e o coração.

"Se perguntarmos a cem judeus qual foi o livro judaico mais importante do século, a resposta será uma só: *O diário de Anne Frank*. Se perguntarmos qual foi a obra de arte judaica mais importante do século, a resposta seria a mesma. Mesmo que não tenha sido criado como livro nem como obra de arte, e não no mesmo século em que a pergunta foi feita. Mas seu apelo, simbolicamente e por si mesmo, é esmagador."

Jacob olhou à sua volta para conferir se mais alguém estava tão surpreso quanto ele com o rumo que aquilo estava tomando. Ninguém parecia incomodado. Até mesmo Irv, cuja cabeça só costumava se mover no eixo da discordância, estava assentindo.

— Mas isso nos faz bem? Por acaso fez bem nos alinharmos com a pungência em detrimento do rigor, com se esconder em detrimento de procurar, com a vitimização em detrimento da vontade? Ninguém pode culpar Anne Frank por ter morrido, mas podemos nos culpar por contar sua história como se fosse a nossa. Nossas histórias são tão fundamentais para nós mesmos que é fácil esquecer que as escolhemos. Nós *escolhemos* arrancar certas páginas dos nossos livros de história, e enrolar outras dentro de nossas mezuzás. Nós *escolhemos* tornar a vida o valor judaico supremo, em vez de diferenciar os valores dos tipos de vida, ou, de uma forma mais radical, admitir que existem coisas ainda mais importantes do que estar vivo.

"Tanta coisa do judaísmo atual, considerar Larry David qualquer coisa além de muito engraçado, a existência e a persistência do conceito de Princesa Judia-Americana, o carinho pela figura do *klutz*, o medo da fúria, a ênfase cambiante entre debate e confissão, é uma consequência direta de nossa escolha de colocar o diário de Anne Frank como nossa bíblia, em vez da Bíblia. Porque a Bíblia judaica, cujo propósito é delinear e transmitir valores judaicos, deixa claríssimo que nossa maior ambição não é a vida em si, mas a *retidão*.

"Abraão insiste que Deus poupe Sodoma por conta da *retidão* de seus habitantes. Não porque a vida é inerentemente merecedora de salvamento, mas porque a *retidão* deve ser poupada, os *justos* merecem clemência.

"Deus destrói a Terra com um dilúvio, poupando apenas Noé, que era uma figura *justa* aos olhos Dele.

"Há também o conceito dos Lamed Vovniks, os trinta e seis justos de cada geração, que com seu mérito poupam o mundo inteiro da destruição. A humanidade não é salva por merecer a salvação, mas porque a retidão de uns poucos justifica a existência do restante.

"Uma figura carimbada na minha criação judaica, e talvez também na criação de vocês, era esta frase do Talmude: 'E quem salva uma vida, salva o mundo inteiro.' É um belo conceito, digno de servir de base para a vida. Mas não devemos atribuir a ele outros sentidos senão aquele que já traz em si.

"Como o povo judeu poderia ser mais grandioso nos dias de hoje se ao invés de *não morrer* a nossa ambição fosse *viver com retidão*. Se em vez de 'Fizeram isso comigo' nosso mantra fosse 'Eu fiz isso'."

O rabino fez uma pausa. Piscou bem devagar e mordeu o lábio inferior.

— Tem coisas que hoje são difíceis de dizer.

Quase sorriu, como Irv quase tinha sorrido ao tocar no rosto de Jacob.

— O judaísmo tem uma relação especial com palavras. Conceder uma palavra a uma coisa é dar vida a ela. "Haja luz", disse Deus, e houve luz. Nada de magia. Nada de mãos erguidas, de trovões. Enunciar tornou aquilo possível. Talvez seja a mais poderosa de todas as ideias judaicas: a expressão é gerativa.

Jacob sentiu seu couro cabeludo inteiro queimar. Julia precisou mexer os dedos.

— Casar-se é dizer que está casado. Dizer não apenas diante do cônjuge, mas diante da comunidade e, se você acredita, diante de Deus.

"E vale o mesmo para a oração, para a *verdadeira* oração, que nunca é um pedido, e nunca é louvor, mas a expressão de algo extremamente significativo que de outra forma não teria como ser expresso. Como escreveu Abraham Joshua Heschel, 'Talvez a oração não nos salve. Mas orar nos torna dignos de salvação'. Somos tornados dignos, tornados justos, retos, pela expressão."

Mordeu mais uma vez o lábio inferior e sacudiu a cabeça.

— Tem coisas que hoje são difíceis de dizer.

"Muitas vezes todo mundo diz o que ninguém sabe. Hoje, ninguém diz o que todo mundo sabe.

"Enquanto penso nas guerras diante de nós, a guerra para salvar nossas vidas e a guerra para salvar nossas almas, penso em nosso maior líder, Moisés. Talvez vocês lembrem que sua mãe, Jocabed, o esconde num cesto de junco, que deposita na corrente do Nilo em uma última tentativa de poupar sua vida. O cesto é descoberto pela filha de Faraó. 'Vejam!', ela diz. 'Chora uma criança dos hebreus'. Mas como ela sabia que era um hebreu?"

O rabino fez uma pausa e segurou no ar o silêncio agitado, como se usasse de força para salvar a vida de um pássaro que só queria voar para longe.

Max falou: — Talvez porque os hebreus estavam tentando impedir que matassem os filhos deles, e só alguém numa situação dessas colocaria o próprio bebê dentro de um cesto boiando no rio.

— Talvez — disse o rabino, sem exibir qualquer prazer condescendente diante da autoconfiança de Max, apenas admiração por seu raciocínio. — Talvez.

E mais uma vez forçou o silêncio.

Sam falou: — Tá, eu tô falando bem sério: será que ela não viu que ele era circuncidado? Hein? Ela diz — "Vejam!"

— Pode ser — disse o rabino, assentindo com a cabeça.

E escavou um silêncio.

— Eu não sei de nada — disse Benjy —, mas será que ele não tava chorando em judeu?

— E como alguém chora em judeu? — o rabino quis saber.

— Eu não sei de nada — Benjy repetiu.

— Ninguém sabe de nada — disse o rabino. — Então, vamos aprender juntos. Como alguém choraria em judeu?

— Acho que bebês não sabem falar.

— E lágrimas, sabem?

— Não sei.

— Que estranho — disse Julia.

— O quê?

— Ela não deveria ter *ouvido* ele chorar? É assim que funciona. A gente ouve o bebê chorar e vai até ele.

— Sim, sim.

— Ela disse "Vejam! Chora uma criança dos hebreus". *Vejam*. Ela *viu* que ele estava chorando, mas não *ouviu*.

— Agora me diga qual a implicação disso — ele pediu, sem condescendência, sem superioridade.

— Ela sabia que era um bebê hebreu porque só judeus choram em silêncio.

Por um instante, por um momentinho, Jacob foi esmagado pela sensação aterrorizante de que tinha conseguido perder a pessoa mais inteligente do planeta.

— Ela estava certa? — o rabino quis saber.

— Sim — disse Julia. — Ele era hebreu.

— Mas ela estava certa sobre os judeus chorarem em silêncio?

— Não na minha experiência — disse Julia, com uma risadinha que arrancou risadinhas despressurizantes dos outros.

Sem se mover, o rabino deu um passo e entrou no túmulo do silêncio. Olhou para Julia diretamente, de uma forma quase insuportável, como se ambos fossem as duas últimas pessoas vivas, como se a única coisa que distinguisse os enterrados dos ainda em pé fossem noventa graus.

Olhou dentro dela e perguntou: — Mas em sua experiência, judeus choram em silêncio?

Ela assentiu com a cabeça.

— E agora quero perguntar uma coisa para você, Benjy.

— Tá bom.
— Digamos que temos duas escolhas, como judeus: chorar em silêncio, como disse sua mãe, ou chorar em judeu, como você disse. Qual seria o som do choro em judeu?
— Não sei.
— Ninguém sabe, então você não tem como errar.
— Não tenho nem ideia.
— Será que parece com risadas? — Max sugeriu.
— Com risadas?
— Não sei. É o que a gente faz.

Por um instante, por um momentinho, Jacob foi esmagado pela sensação aterrorizante de que tinha conseguido arruinar os três seres humanos mais belos do planeta.

Lembrou de quando Sam era pequeno, de como cada vez que ele sofria um arranhão, um corte ou uma queimadura, depois de cada exame de sangue, depois de cada queda de cada galho de árvore que a partir dali seria eternamente considerado "alto demais", Jacob o pegava no colo imediatamente, como se o chão tivesse pegado fogo de repente, e dizia "Você está bem. Está tudo bem. Não é nada. Você está bem". E Sam sempre acreditava nele. E Jacob ficava empolgado ao ver que aquilo funcionava tão bem, e envergonhado por aquilo funcionar tão bem. Às vezes, se uma mentira maior se fazia necessária, se havia sangue visível, Jacob chegava a dizer "É engraçado". E o filho acreditava nele, porque filhos não têm escolha. Mas filhos sentem dor. E a ausência da expressão da dor não é a ausência da dor. É uma dor diferente. Quando a mão de Sam foi esmagada, ele disse "É engraçado. É engraçado, né?". Essa foi a sua herança.

As colunas das pernas de Jacob não conseguiam suportar o peso de seu coração pesado. Ele se sentia cedendo, por fraqueza ou genuflexão.

Colocou o braço nos ombros de Julia. Ela não olhou para ele, não deu sinal de perceber o toque, mas permitiu que ele continuasse em pé.

— Então — disse o rabino, reassumindo a autoridade —, o que podemos falar sobre Isaac Bloch, e como devemos lhe prestar luto? Na geração dele só existem dois tipos de judeus: os que pereceram e os que sobreviveram. Juramos lealdade às vítimas, mantivemos nossa promessa de nunca nos esquecermos delas. Mas demos as costas àqueles que perduraram, e nos esquecemos deles. Todo nosso amor foi dedicado aos mortos.

"Mas agora os dois tipos de judeus compartilham a mesma situação mortal. Isaac talvez não esteja com os irmãos em uma vida após a morte, mas está com os irmãos na morte. Então, agora, o que podemos falar sobre ele, e como devemos lhe prestar luto? Não foi por falta de força que os irmãos dele morreram, mas foi graças à sua força que Isaac viveu e morreu. *Kein briere iz oich a breire.* Não ter escolha também é uma escolha. Como vamos contar a história de quem nunca não teve escolha? Está em jogo nossa ideia de retidão, de uma vida digna de ser salva.

"Por que Moisés chorava? Estava chorando por si mesmo? Por fome ou medo? Estava chorando pelo seu povo? Sua escravidão, seu sofrimento? Ou será que eram lágrimas de gratidão? Talvez a filha de Faraó não o tenha ouvido chorar porque ele *não estava* chorando até ela abrir o cesto de vime.

"Como devemos prestar luto a Isaac Bloch? Com lágrimas, que tipo de lágrimas? Com silêncio, qual silêncio? Ou com que tipo de canções? Nossa resposta não vai salvá-lo, mas talvez nos salve."

Com as três coisas, é claro. Jacob enxergava os passos do rabino a cinco mil anos de distância. Com as três coisas, por causa da tragédia, por causa da nossa reverência, por causa da nossa gratidão. Por causa de tudo que foi necessário para nos levar até aquele momento, por causa das mentiras vindouras, por causa dos momentos de uma alegria tão extrema que não tinham qualquer relação com felicidade. Com lágrimas, com silêncio, com canções, porque ele sobreviveu para que pudéssemos pecar, porque nossa religião é tão deslumbrante, tão opaca, tão quebradiça quanto os vitrais da Kol Nidre, porque o Eclesiastes se engana: não há um tempo para todo propósito.

O que você quer? Pode ser qualquer coisa. Me diga. Quero que você tenha a coisa que você quer.

Jacob chorou.

Ele uivou.

OS NOMES ERAM MAGNÍFICOS

Jacob carregou o caixão com os primos. Era bem mais leve do que ele tinha imaginado que seria. Como alguém com uma vida tão pesada podia pesar tão pouco? E para sua surpresa, foi uma atividade deselegante: quase caíram algumas vezes, e por meio tropeço Irv não acabou desabando dentro da sepultura com o pai.

— Esse é *pior* cemitério que eu já vi — Max comentou com ninguém em especial, mas em um tom de voz alto o suficiente para que todos ouvissem.

Por fim conseguiram posicionar o caixão simples de madeira de pinho sobre as tiras largas de tecido que o desceriam até a sepultura.

E ali estava: o fato em si. Irv assumiu a responsabilidade — o privilégio do mitzvá — de colocar a primeira pá de terra sobre o caixão do pai. Juntou uma pilha de terra, virou o corpo na direção do buraco e girou a pá, deixando a terra cair. O ruído foi mais alto do que deveria, e mais violento, como se cada partícula de solo tivesse atingido a madeira ao mesmo tempo, e como se tivesse caído de uma altura bem maior. Jacob fez uma careta de dor. Julia e os meninos fizeram uma careta de dor. Todos fizeram uma careta de dor. Alguns pensaram no corpo dentro do caixão. Alguns pensaram em Irv.

COMO ENCENAR PRIMEIRAS LEMBRANÇAS

Minhas lembranças mais antigas estão escondidas em volta da última casa do meu avô como afikomens: banhos de espuma de detergente de louça; partidas de futebol americano no porão com netos de sobreviventes, todos de joelhos — sempre acabavam com alguém se machucando; os olhos do retrato de Golda Meir, que sempre pareciam se mexer; cristais de café instantâneo; pérolas de gordura na superfície de todos os líquidos; partidas de Uno na mesa da cozinha, nós dois como únicos humanos, um bagel do dia anterior, o Jewish Week da última semana e um suco concentrado adquirido sabe-se lá em que ponto da história e que tinha estado em oferta pela última vez. Eu sempre vencia. Às vezes jogávamos cem partidas por noite, às vezes nas duas noites do fim de semana, às vezes três fins de semana por mês. Ele sempre perdia.

A lembrança que tenho como a mais antiga não pode ser minha lembrança mais antiga — eu já era bem grandinho. Estou confundindo fundamental com mais antiga, da mesma forma que, como Julia costumava me lembrar, o primeiro andar de uma casa é geralmente o segundo, e às vezes o terceiro.

Esta é minha lembrança mais antiga: Eu estava recolhendo as folhas da frente da casa com um ancinho e vi uma coisa perto da porta lateral. Formigas estavam começando a encobrir um esquilo morto. Há quanto tempo estava ali? Será que tinha comido veneno? Que veneno? Será que tinha sido morto pelo cachorro de algum vizinho, que depois, tomado de remorso canino, deixou o bicho ali por vergonha? Ou, quem sabe, por orgulho? Ou será que o esquilo tinha morrido tentando entrar?

Corri para dentro de casa e contei para minha mãe. As lentes dos óculos dela estavam embaçadas; estava mexendo o conteúdo de uma panela que não conseguia enxergar. Sem desviar os olhos, ela disse: — Peça para o seu pai resolver isso.

Através da porta aberta — do lado seguro da soleira — assisti a meu pai cobrir a mão com o saco plástico transparente em que o Post tinha sido entregue naquela manhã, pegar o esquilo e tirar a mão do saco, virando ele do avesso com o esquilo dentro. Enquanto meu pai lavava as mãos na pia do banheiro, fiquei ao lado dele e fiz uma pergunta atrás da outra. Como sempre estavam me ensinando alguma lição, acabei pressupondo que tudo transmitia algum fragmento necessário de informação, alguma moral.

Ele estava frio? Quando você acha que ele morreu? Como você acha que ele morreu? Não incomodou você?

— Incomodou? — meu pai quis saber.

— Deu nojo.
— Claro que sim.
— Mas você foi lá e recolheu como se não fosse nada.
Ele fez que sim com a cabeça.
Acompanhei a aliança dele sendo ensaboada.
— Você achou nojento?
— Achei.
— Estava bem podre.
— Sim.
— Eu não ia conseguir fazer aquilo.
Ele deu uma risada de pai e disse: — Um dia você vai conseguir.
— E se eu não conseguir?
— Quando você é pai, não tem ninguém acima de você. Se eu não fizer uma coisa que precisa ser feita, quem vai fazer?
— Nem assim eu ia conseguir.
— Quanto mais você não quiser fazer alguma coisa, mais pai você vai ser quando fizer.
O armário estava cheio de centenas de sacos plásticos. Ele tinha escolhido um saco transparente para me ensinar uma lição.
Passei alguns dias obcecado por aquele esquilo, e depois não pensei mais nele por um quarto de século, até Julia ficar grávida de Sam, quando comecei a ter um sonho recorrente com esquilos mortos cobrindo as ruas da vizinhança. Eram milhares de esquilos: empilhados nas sarjetas, transbordando de lixeiras públicas, debruçados em poses derradeiras enquanto sistemas de irrigação automática ensopavam seus corpos peludos. No sonho eu sempre estava voltando para casa, sempre caminhando pela nossa rua, era sempre o final do dia. As cortinas da casa estavam iluminadas como telas de TV. Nossa lareira não funcionava, mas a chaminé estava soltando muita fumaça. Eu precisava caminhar na ponta dos pés para não pisar em esquilos, e às vezes não conseguia evitar. Eu pedia desculpas – para quem? Havia esquilos nos parapeitos, em cima de degraus, escorrendo das calhas. Eu enxergava silhuetas de esquilos na parte de baixo dos toldos. Corpos de esquilos apareciam pela metade nas fendas das caixas de correio, parecendo em busca de comida ou água, ou apenas à procura de um lugar para morrer – como aquele esquilo que tinha desejado morrer dentro da casa da minha infância. Eu sabia que teria de recolher todos eles.

Jacob queria ficar ao lado do pai, como tinha feito quando era criança, e perguntar como ele tinha conseguido virar uma pá de terra na sepultura do próprio pai.

Você achou nojento?

Achei, seu pai teria dito.

Eu não ia conseguir fazer aquilo.

Seu pai teria dado uma risada de pai e dito *Um dia você vai conseguir.*

E se eu não conseguir?

Filhos enterram os pais mortos, porque os mortos precisam ser enterrados. Pais não precisam trazer filhos ao mundo, mas filhos precisam tirar os pais dele.

Irv passou a pá para Jacob. Seus olhos se encontraram. O pai cochichou no ouvido do filho: — Aqui estamos, e aqui estaremos.

Quando Jacob imaginava seus filhos vivendo mais do que ele, não sentia nenhum tipo de imortalidade, como às vezes se comenta sem muita imaginação, em geral por gente que está tentando convencer outros a terem filhos. Não sentia nenhum contentamento, nem paz, nem espécie alguma de satisfação. Sentia apenas a tristeza avassaladora da perda. A morte parecia menos justa para quem tem filhos, porque havia mais a perder. Com quem Benjy se casaria? (Mesmo sem querer, Jacob não conseguia se livrar da certeza judaica de que o filho obviamente quereria se casar, e se *casaria*.) Qual profissão ética e lucrativa atrairia Sam? Que hobbies esquisitos Max abraçaria? Para onde viajariam? Como os filhos deles se pareceriam? (Obviamente quereriam ter filhos, e *teriam* filhos.) Como segurariam as pontas, como celebrariam? Como cada um deles morreria? (Pelo menos ele perderia a morte dos filhos. Talvez fosse essa a compensação por ter de morrer.)

Antes de voltar para o carro, Jacob foi dar uma volta. Leu as lápides como páginas de um livro enorme. Os nomes eram magníficos — porque eram haicais judaicos, porque tinham viajado em máquinas do tempo enquanto quem eles identificavam tinha ficado para trás, porque eram tão constrangedores quanto centavos guardados em rolos de papel, porque eram mnemônicos: *Miriam Apfel, Shaindel Potash, Beryl Dressler...* Queria guardar todos na memória para usar mais tarde. Queria guardar tudo aquilo na memória, para usar tudo: os cadarços do rabino, as melodias desatadas de pesar, as pegadas endurecidas de um visitante na chuva.

Sidney Landesman, Ethel Keiser, Lebel Alterman, Deborah Fischbach, Lazer Berenbaum...

Ele se lembraria dos nomes. Não se esqueceria de nada. Usaria todos. Criaria algo a partir do que não era mais nada.

Seymour Kaiser, Shoshanna Ostrov, Elsa Glaser, Sura Needleman, Hymie Rattner, Simcha Tisch, Dinah Perlman, Ruchel Neustadt, Izzie Reinhardt, Ruben Fischman, Hindel Schulz...

Era como ficar escutando um rio judaico. Mas é possível entrar nele duas vezes. Você consegue — Jacob conseguiu; acreditava que conseguiria — reunir tudo que estava perdido e reencontrar, reanimar, soprar vida nova nos pulmões em colapso daqueles nomes, daqueles sotaques, daquelas expressões e maneirismos e modos de ser. O jovem rabino tinha razão: ninguém jamais voltaria a precisar daqueles nomes. Mas ele estava enganado.

Mayer Vogel, Frida Walzer, Yussel Offenbacher, Rachel Blumenstein, Velvel Kronberg, Leah Beckerman, Mendel Fogelman, Sarah Bronstein, Schmuel Gersh, Wolf Seligman, Abner Edelson, Judith Weisz, Bernard Rosenbluth, Eliezer Umansky, Ruth Abramowicz, Irving Perlman, Leonard Goldberger, Nathan Moskowitz, Pincus Ziskind, Solomon Altman...

Jacob tinha lido uma vez que existiam mais pessoas vivas nos dias de hoje do que a soma total das pessoas que já tinham morrido na história humana. Mas não parecia. Era como se todos estivessem mortos. E mesmo com toda a individualidade — mesmo com toda a idiossincrasia extrema dos nomes daqueles judeus extremamente idiossincráticos — havia somente um destino.

E então ele se viu onde dois muros se encontravam, no canto do vasto cemitério, no canto do vasto tudo.

Virou de costas para encarar a imensidão, e só nesse momento lhe ocorreu, ou só nesse momento ele foi obrigado a reconhecer o que tinha se forçado a não reconhecer: Ele estava em meio aos suicidas. Estava no gueto para aqueles considerados impróprios para serem enterrados com os outros. Este era o canto onde se isolava a vergonha. Onde a vergonha indizível era colocada dentro da terra. Leite em um prato, carne no outro: os dois jamais devem se encontrar.

Miriam Apfel, Shaindel Potash, Beryl Dressler...

Tinha alguma vaga consciência da proibição de tirar a própria vida, e do preço — além da morte — pago por isso. A punição não era para o criminoso, mas para as vítimas: os que ficavam para trás e se viam obrigados a enterrar os mortos na outra terra. Jacob se lembrava disso como se lembrava da proibição de fazer tatuagens — algo sobre profanar o corpo —, que também destinaria alguém à outra terra. E — menos espiritual, mais identicamente religiosa — a proibição de beber Pepsi, porque a Pepsi tinha escolhido vender nos países árabes e não em Israel. E a proibição de tocar em uma *shiksa*, uma não judia, de qualquer modo que se estivesse morrendo de vontade de fazer, porque isso era *shanda*, vergonhoso. E a proibição de resistir a idosos que quisessem tocar em qualquer parte do seu corpo que quisessem, do jeito que quisessem, porque estavam morrendo, eternamente morrendo, e isso era um *mitzvá*.

Parado naquele gueto sem muros, pensou nos eruvim — uma brecha maravilhosamente judaica que Julia tinha compartilhado, antes mesmo que Jacob ficasse sabendo da proibição que ela contornava. Julia não tinha aprendido sobre os eruvim no contexto de uma educação judaica, mas na faculdade de arquitetura: um exemplo de "estrutura mágica".

Judeus não podem "transportar" no *Shabat*: nada de chaves, nada de dinheiro, nada de lenços ou remédios, nada de carrinhos ou bengalas, nem mesmo crianças que ainda não sabem andar. A proibição de transporte, tecnicamente, diz respeito a transportar da esfera particular para a esfera pública. Mas e se grandes espaços fossem transformados em áreas particulares? E se um bairro inteiro virasse uma área particular? Uma cidade toda? Um *eruv* é uma corda ou arame que demarca e encerra uma área, transformada assim em particular e permitindo o transporte. Jerusalém é cercada por um eruv. Quase toda Manhattan é cercada por um eruv. Existe um eruv em quase todas as comunidades judaicas do mundo.

— Em D.C.?
— Claro.
— Nunca vi.
— Você nunca procurou.

Julia o levou até o cruzamento da Reno com a Davenport, onde o eruv virava uma esquina e era mais fácil de ver. E ali estava, parecendo fio dental. Seguiram sua extensão da Davenport até a Linnean, e a Brandywine, e a Broad Branch. Caminharam por baixo da corda, que se estendia de placa de rua a poste de iluminação, de poste de energia elétrica a poste de telefone.

Parado em meio aos suicidas, seus bolsos estavam cheios: um clipe de papel que Sam tinha conseguido transformar em avião, uma nota amassada de vinte dólares, o quipá usado por Max no funeral (ao que parecia, adquirido no casamento de duas pessoas de quem Jacob nunca tinha ouvido falar), o recibo da lavanderia para a calça que ele estava vestindo, um seixo que Benjy tinha pegado em uma sepultura e pedido que ele segurasse, chaves em número superior às fechaduras que ele tinha na vida. Quanto mais velho ficava, mais ele carregava, e com isso mais forte deveria ter se tornado.

Isaac foi enterrado com uma mortalha sem bolsos, a seiscentos metros de sua esposa de duzentas mil horas.

Seymour Kaiser: irmão amoroso, filho amoroso; cabeça dentro do forno. *Shoshanna Ostrov:* esposa amorosa; pulsos cortados na banheira. *Elsa Glaser:* mãe e avó amorosa; dependurada do ventilador de teto. *Sura Needleman*: esposa, mãe e irmã amorosa; entrou em um rio com os bolsos cheios de pedras. *Hymie Rattner*: filho amoroso; pulsos cortados sobre a pia do banheiro. *Simcha Tisch*: pai amoroso, irmão amoroso; faca de carne na barriga. *Dinah Perlman*: avó, mãe e irmã amorosa; pulou do alto da escadaria. *Ruchel Neustadt*: esposa e mãe amorosa; faquinha de abrir cartas no pescoço. *Izzie Reinhardt*: pai, marido e irmão amoroso; pulou da Memorial Bridge. *Ruben Fischman*: marido amoroso; bateu com o carro em uma árvore a cento e sessenta quilômetros por hora. *Hindel Schulz*: mãe amorosa; faca de pão nos pulsos. *Isaac Bloch*: irmão, marido, pai, avô e bisavô amoroso; enforcado com o cinto na cozinha.

Jacob sentiu vontade de puxar o fio do paletó preto, amarrar em volta da árvore no canto e caminhar o perímetro do gueto dos suicidas, delimitando e encerrando o espaço enquanto a roupa se desfazia. E então, quando o público tivesse se transformado em particular, levaria a vergonha para longe dali. Mas para onde?

Todas as massas de terra são cercadas por água. Seria todo litoral um eruv?

Seria o equador um eruv ao redor da Terra?

Será que a órbita de Plutão delimitava e encerrava o sistema solar?

E a aliança que ainda estava no dedo de Jacob?

REENCARNAÇÃO

> O que conta de novo?
> Quem tá no meio de uma crise é você.
> Isso não tem nada de novo.
> Por aqui tudo tá igual, fora meu bisavô ter morrido.
> Sua família tá bem?
> Sim. Acho que meu pai tá bem abalado, mas é difícil dizer porque ele nunca parece muito bem.
> Entendi.
> E nem era o pai dele. Era o avô. Ainda é triste, mas é menos triste. Bem menos triste.
> Entendi.
> Eu adoro quando pessoas repetem coisas. Por que isso?
> Não sei.
> Seu pai e seu irmão parecem estar se divertindo. Estão preocupados com você, claro. Falam de você o tempo todo. Mas já que não podem estar aí, é bom que estejam aqui.
> Já encontraram alguma coisa?
> Como assim?
> Uma casa.
> Pra quê?
> Pra comprar.
> Por que eles comprariam uma casa aqui?
> Meu pai não falou nada?
> Sobre o quê?
> Talvez tenha falado pro seu pai.

> Vocês estão se mudando?
> Faz uns anos que ele fala sobre isso, mas quando chegou minha hora de servir no Exército ele começou a procurar. Só pela internet mesmo, talvez com a ajuda de uns corretores por aí. Pra mim era só conversa fiada, mas quando fui transferido para a Cisjordânia ele começou a procurar com mais afinco. Acho que encontrou uns lugares que pareciam interessantes, e por isso ele tá por aí. Pra ver ao vivo.
> Achei que era pro meu bar-mitzvá.
> Por isso ele tá passando mais de uns dias.
> Eu não fazia ideia.
> Talvez ele esteja com vergonha.
> Eu nem sabia que ele era capaz de sentir vergonha.
> Sentir, sim. Mostrar, não.
> Sua mãe quer se mudar?
> Não sei.
> Você quer se mudar?
> Duvido que eu volte a morar com os meus pais. Depois do Exército vem a faculdade. Depois da faculdade, a vida. Espero.
> Mas o que você pensa sobre isso?
> Tento não pensar.
> Você acha vergonhoso?
> Não. Não é a palavra certa.
> Você acha que seu pai tá traindo sua mãe?
> Que pergunta estranha.
> É?
> Sim.
> Sim, é uma pergunta estranha? Ou sim, você acha que seu pai tá traindo sua mãe?
> As duas coisas.
> Jesus Cristo. Sério?
> Alguém que faz essa pergunta não deveria ficar surpreso com a resposta.
> Por que você acha que ele trai sua mãe?
> Por que você perguntou?
> Não sei.
> Então se pergunte.
> Por que eu perguntei?

Não estava perguntando sem ter motivo. Estava perguntando por ter encontrado o celular reserva do pai um dia antes que sua mãe fizesse isso. *Encontrado* talvez não fosse bem a palavra certa, porque topar com ele tinha sido o resultado de fuçar nos esconderijos prediletos do pai — debaixo de uma pilha de meias na gaveta, em uma caixa nos fundos do "armário de presentes", em cima do relógio de pêndulo que o avô tinha dado para eles quando Benjy nasceu. Isso nunca rendia nada mais indecente do que algum filme pornô – "Por que", ele sentia vontade de perguntar, mas jamais poderia, "por que alguém que tem um desktop, um laptop, um tablet ou um smartphone resolveria *pagar* por pornografia?".

Tinha encontrado uma pilha de notas de cinquenta, supostamente para alguma regalia sobre a qual seu pai não queria que sua mãe ficasse sabendo — alguma coisa perfeitamente inocente, como alguma ferramenta elétrica que seu pai temia que sua mãe dissesse que ele jamais iria usar. Encontrou um saquinho minúsculo de maconha, que jamais, ao longo do ano e meio em que ele passou conferindo, diminuiu de tamanho. Encontrou doces de Halloween escondidos — o que era meio triste e nada mais. Encontrou uma pilha de papéis com uma capa que trazia o título "Bíblia para *Povo Fenecente*" –

COMO ENCENAR DESEJO

Não faça isso. Você tem tudo que poderia precisar ou querer. Você tem saúde (por ora) e isso é ótimo. Você faz ideia da quantidade de sofrimento e esforço que foi necessária para tornar possível este momento? Possível para você? Reflita sobre o quanto isso é grandioso, sobre como você é sortudo e plenamente satisfeito.

— chato demais para ser investigado a fundo.

Mas então, remexendo a gaveta da mesinha de cabeceira do pai, Sam encontrou um celular. O celular do pai era um iPhone. Todo mundo sabia disso, porque todo mundo tinha de aguentar suas queixas a respeito de como o iPhone era fantástico e de como ele era dependente do aparelho. ("Isso está literalmente arruinando minha vida", ele dizia ao realizar alguma função absolutamente desnecessária, como conferir a previsão do tempo para três dias adiante. "Chance de chuva. Interessante".) Mas aquele era um smartphone genérico, do tipo que dão de graça com algum plano superfaturado com mensalidade criminosa. Talvez se tratasse de uma relíquia que o pai nostálgico tinha pena de jogar fora. Talvez estivesse cheio de fotos de Sam e dos irmãos, e o pai não fosse esperto o bastante para transferir todas para o iPhone (apesar de se sentir esperto demais para pedir ajuda em uma loja de celulares ou mesmo para o filho perito em tecnologia), então guardou o aparelho, e com o passar do tempo a gaveta provavelmente se encheria de celulares cheios de fotos.

Nada teria sido mais fácil do que descobrir como desbloquear o aparelho – seu pai revezava as mesmas três variações previsíveis da senha da família sempre que necessário.

Fundo de tela genérico: um pôr do sol.

Nenhum jogo. Nenhum app mais legal que uma calculadora. Por que *ter* um smartphone?

Era um celular para falar com sua mãe. Um aparelho particular para os dois. Era difícil de entender por que aquilo era necessário, mas talvez a falta de necessidade fosse o sentido da coisa. Pensando bem, até que era bonitinho. Meio idiota, mas meio romântico, o que era meio nojento. A menos que tivesse alguma justificativa bem prática, como deveria mesmo ter, agora que ele tinha parado para pensar, tipo ser o celular que eles usavam em viagens, com minutos internacionais pré-pagos.

Rolando as mensagens, ficou claro que essas explicações eram erradas, extremamente erradas, e que ou os pais dele não eram quem ele imaginava, mas nem de longe, ou havia mais de uma Julia no mundo, porque a Julia que era sua mãe jamais – sim, *jamais* – moveria os polegares de modo a formar as palavras *usa o suco da minha buceta pra deixar meu cu pronto pra você.*

Sam levou o celular para o banheiro, trancou a porta e continuou a leitura.

quero dois dedos seus em cada buraco meu

Como assim? Tipo o Spock? Mas que porra era aquela?

de bruços, as pernas bem abertas, mãos na bunda, abrindo o rabo até onde der, buceta pingando no lençol...

Mas que *porra* era aquela?

Porém, antes que Sam pudesse fazer aquela pergunta pela terceira vez, a porta de casa se abriu, o celular caiu atrás da privada, a mãe dele falou "Cheguei" e ele tentou ser mais rápido que os passos na escada para chegar no quarto.

Sam nunca se encontraria com o dr. Silvers, mas sabia o que o que dr. Silvers teria dito: ele deixou o celular ali de propósito. Como todos os membros da família que não eram seu pai, Sam abominava o dr. Silvers e sentia inveja do pai por ter um confidente como aquele, e sentia inveja do dr. Silvers por ter seu pai. Que benefício, de qualquer tipo, poderia surgir, para qualquer um, da descoberta do celular?

> Seu pai está traindo a sua mãe, é isso?

De repente, de volta à realidade da vida irreal, *Eyesick* cambaleou alguns metros. Mancava um pouco, os passos gaguejavam. Depois de andar em círculos ao redor de nada – como um planeta em torno de sol nenhum, ou uma noiva ao redor de noivo nenhum –, ele apanhou o fóssil de um pássaro de uma das primeiras gerações do *Other Life*, com talvez três anos de idade: o logotipo do Twitter. *Eyesick* fitou a pedra com um olhar estúpido e fez menção de atirá-la longe, mas em seguida deu batidinhas com ela na própria cabeça, como se quisesse testar se estava madura.

> Você está vendo esse erro?
> Não é um erro. Comecei a transferência.
> Do quê?
> Frutos de resiliência.
> Pedi para você não fazer isso.
> Não pediu. E se tivesse pedido, eu teria ignorado.

Uma enxurrada de imagens digitais brotando uma por uma na tela e sumindo assim que eram processadas: algumas eram momentos armazenados da outra vida Samanta, conversas que ela teve, experiências; outras eram mais impressionistas. Ele viu telas para as quais tinha olhado, misturadas a telas para as quais Noam devia ter olhado: um rastro de fumaça em um céu azul; arco-íris de crochê do Etsy; a pá de uma escavadeira entrando em contato com uma idosa; cunilíngua, por trás, em um vestiário; um macaco de laboratório muito agitado; gêmeos xifópagos (um rindo, outro chorando); imagens de satélite do Sinai; jogadores de futebol desacordados; paletas de cores de esmaltes; a orelha de Evander Holyfield; um cão sendo sacrificado.

> Quantas você tá transferindo?
> Todas.
> Hein?
> 1.783.341.
> PUTA QUE O PARIU! Você tem tudo isso guardado?
> Tô fazendo uma transfusão completa.
> Hein?
> Olha, eu preciso me preparar para ir.
> Pra onde?
> Jerusalém. Minha unidade foi mobilizada. Mas não conta pro meu pai, tá?
> Por que não?
> Ele vai ficar preocupado.
> Mas é certo se preocupar.
> Mas essa preocupação não teria utilidade nenhuma pra ele, nem pra mim.
> Eu nem preciso de tudo isso. Eu só tinha 45 mil quando meu pai me matou.
> Torne-se grandioso.
> Meu avatar.
> Seu bisavô.
> Mas que exagero tudo isso.
> Seria melhor eu deixar tudo apodrecer? Fazer sidra de resiliência?
> Você deveria usar.
> Mas eu não vou. E você vai.

As imagens chegavam mais velozes, tão velozes que só entravam de forma subliminar; elas se sobrepunham, se misturavam, e do canto uma luz, vazando de alguns poucos pixels até manchar a tela, se espalhando, uma luz como a escuridão que um cano quebrado deixa no teto, uma luz inundando as imagens em atualização perpétua, e então mais luz do que imagens, e então uma tela quase inteiramente branca, mas mais clara do que branca, imagens vagas, como se vistas através de uma avalanche.

No que talvez tenha sido o momento mais puro de empatia na vida de Sam, ele tentou imaginar o que Noam estava vendo na tela naquele momento. Seria uma escuridão se espalhando como a luz? Estaria recebendo alertas sobre baixos níveis de vitalidade? Sam imaginou Noam clicando em IGNORAR nesses alertas, por vezes sem conta, e ignorando os avisos incômodos, e clicando em CONFIRMAR quando enfim requisitado a confirmar a escolha derradeira.

O leão caminhou até o velho, se ajoelhou ao lado dele, pousou as patas imensas e orgulhosas nos ombros recurvados de *Eyesick*, lambeu a barba por fazer muito branca, lambeu sem parar, como se com isso pudesse trazer *Eyesick* de volta à vida, mas o que na verdade ele estava fazendo era se levar àquilo que vem antes da vida.

> Olha só pra você, Bar-Mitzvá.

Descansou a cabeça gigantesca sobre o peito encovado de *Eyesick*. *Eyesick* enterrou os dedos na juba ondeante do leão.

No meio do funeral do bisavô, Sam tinha começado a chorar. Ele não chorava muito. Não tinha chorado desde que Argos voltou da segunda cirurgia de quadril, dois anos antes, as costas depiladas exibindo pontos dignos de Frankenstein, os olhos baixos na cabeça baixa.

— Essa é a aparência da convalescença — Jacob tinha explicado. — Daqui a um mês ele vai ser o mesmo de sempre.
— Um *mês*?
— Vai passar rápido.
— Não pro Argos, não mesmo.
— A gente mima ele.
— Ele mal consegue andar.
— E ele nem deveria andar mais do que o necessário. O veterinário disse que a coisa mais importante na recuperação dele é impedir ao máximo o uso da pata. Todos os passeios precisam ser de coleira. E nada de escadas. Ele precisa ficar no primeiro andar.
— Mas como ele vai subir pra cama?
— Ele vai ter que dormir aqui embaixo.
— Mas ele vai subir.
— Vou colocar alguns livros na escada pra bloquear o caminho.

Sam ajustou o despertador para as 2h da manhã, para descer e dar uma olhada em Argos. Usou a função soneca uma vez, depois outra, mas na terceira sua culpa acordou. Cambaleou escada abaixo, semiconsciente do fato de ter saído da cama, quase ficou paralítico por culpa da pilha de volumes da *Grove Encyclopedia of Art* e encontrou o pai adormecido sobre um saco de dormir, fazendo conchinha com Argos. Foi quando ele chorou. Não porque amava o pai — ainda que naquele momento sem dúvida amasse —, mas porque, dentre os dois animais que ele encontrou no chão, era do pai que ele sentia mais pena.

> Olha só pra você, Bar-Mitzvá.

Estava ao lado da janela. Os primos estavam no PlayStation, matando representações. Os adultos estavam no andar de cima, ingerindo os alimentos repugnantes, fedidos, defumados e gelatinosos das quais os judeus tendem a precisar subitamente em momentos de reflexão. Ninguém notou sua presença, e era isso que ele desejava, ainda que não fosse o que precisava.

Não estava chorando por conta de nada que estivesse diante dele — não era pela morte do bisavô nem pela morte do avatar de Noam, nem pelo colapso do casamento dos pais, nem pelo colapso de seu bar-mitzvá, nem pelo colapso dos prédios em Israel. As lágrimas vinham de longe. O momento de bondade de Noam foi necessário para revelar a ausência escancarada de bondade. Seu pai tinha dormido no chão por trinta e oito dias. (Uma semana adicional para garantir.) Será que era mais fácil demonstrar essa bondade por um cachorro, por não haver risco de rejeição? Ou porque as necessidades dos animais são tão animalescas, enquanto as necessidades dos humanos são tão humanas?

Talvez nunca se torne um homem, mas chorando naquela janela — o bisavô completamente sozinho dentro da terra, a vinte minutos de distância; um avatar voltando ao pó pixelado em algum CPD refrigerado sem nada por perto; os pais logo ali, do outro lado do teto, mas um teto sem beiradas — Sam renasceu.

APENAS AS LAMENTAÇÕES

O judaísmo entende a morte direitinho, Jacob pensou. Ele nos instrui a respeito do que fazer quando estamos mais perdidos a respeito do que fazer, e sentimos uma necessidade avassaladora de fazer *alguma coisa*. Vocês devem se sentar assim. *Vamos fazer isso*. Vocês devem se vestir assado. *Vamos fazer isso*. Vocês devem dizer estas palavras nestes momentos, mesmo que precisem ler a transliteração. *Na-ah-seh*.

Já fazia mais de uma hora que Jacob tinha parado de chorar, mas ainda estava com o que Benjy chamava de "respiração pós-choro". Irv trouxe um copo de *schnapps* de pêssego, disse "falei ao rabino que ele era bem-vindo se quisesse aparecer, mas duvido que apareça", e voltou para sua fortaleza no peitoril da janela.

A mesa de jantar estava repleta de bandejas de comida: todo tipo de *bagels* de centeio, todo tipo de *minibagels*, todo tipo de *flagels*, *bialys*, *cream cheese*, *cream cheese* com cebolinha, patê de salmão, patê de tofu, peixe defumado e em conserva, *brownies* pretíssimos com espirais de chocolate branco lembrando universos quadrados, *blondies*, *rugelach*, *hamantaschen* deslocados (morango, ameixa e sementes de papoula) e "saladas" — judeus aplicam o termo *salada* a qualquer coisa que não se possa segurar com a mão: salada de pepino, salada de peixe branco e de atum e de salmão assado, salada de lentilha, salada de macarrão, salada de quinoa. E havia refrigerante roxo, e café preto, e Diet Coke, e chá-preto, e água com gás suficiente para permitir que um porta-aviões boiasse, e suco de uva Kedem — um líquido mais judaico do que sangue judeu. E havia conservas, de vários tipos. Alcaparras não são bem-vindas em nenhum alimento, mas as alcaparras que todas as colheres tentaram evitar tinham se enfiado em comidas onde não eram *mesmo* bem-vindas, como uma xícara semivazia de café semidescafeinado. E no centro da mesa, *kugels* de uma densidade impossível distorciam a luz e o tempo ao seu redor. Era comida demais elevada à décima potência. Mas precisava ser assim.

Parentes trocavam histórias sobre Isaac enquanto empilhavam comida nos pratos até alcançarem o teto. Riam comentando o quanto ele era engraçado (de propósito e por acidente), como ele podia ser um pé no saco inigualável (de propósito e por acidente). Refletiram sobre como ele tinha sido heroico (de propósito e por acidente). Houve um pouco de choro, houve alguns silêncios constrangedores, houve gratidão por ter uma oportunidade de reunir a família (alguns dos primos não se viam desde o bat-mitzvá de Leah, outros desde a morte da tia-avó Doris), e todos conferiam os celulares: para conferir como andava a guerra, o escore do jogo, a previsão do tempo.

Os jovens, já esquecidos de qualquer tristeza em primeira pessoa que porventura tivessem sentido com a morte de Isaac, estavam jogando videogames em primeira pessoa no porão. Os batimentos cardíacos de Max dobraram de velocidade enquanto ele assistia a uma tentativa de assassinato cometida por alguém que ele achava ser um primo em segundo grau. Sam estava sentado num canto com o iPad, vagando por um pomar de limoeiros virtual. Era sempre assim, essa segregação vertical. E, como era inevitável, os adultos sensatos o bastante para fugir do mundo adulto migrariam para baixo. Como Jacob.

Havia pelo menos uma dúzia de primos — muitos do lado de Deborah, alguns do lado de Julia. Os mais jovens tiraram das caixas todos os jogos de tabuleiro, um de cada vez — não para jogar, mas para tirar as peças das caixas e misturar tudo. De vez em quando algum deles se descontrolava de repente. Os primos mais velhos rodeavam Barak enquanto ele efetuava atos virtuosísticos de violência extrema em uma TV tão imensa que só quem estava sentado na parede oposta enxergava a imagem inteira.

Benjy estava sozinho, enfiando cédulas amassadas de Banco Imobiliário no meio das venezianas.

— Você está sendo muito generoso com a janela — disse Jacob.
— Não é dinheiro de verdade.
— Não?
— Sei que você está brincando.
— Por acaso não viu sua mãe por aqui?
— Não.

— Benjy?
— Quê?
— Você andou chorando, carinha?
— Não.
— Tem certeza? Parece que sim.
— Puta merda! — gritou um primo.
— Sem palavrão! — respondeu Jacob com outro grito.
— Não chorei — disse Benjy.
— Está triste por causa do biso?
— Não muito.
— Então o que houve?
— Nada.
— Pais percebem essas coisas.
— Então por que você não sabe o que houve?
— Pais não sabem tudo.
— Só Deus.
— Quem disse?
— O sr. Schneiderman.
— Quem é esse?
— Meu professor da escola hebraica.
— *Schneiderman*. Certo.
— Ele falou que Deus sabe tudo. Mas isso não fez sentido pra mim.
— Não faz sentido pra mim também.
— Mas é que você não acredita em Deus.
— Só falei que não tenho certeza. Mas se eu *acreditasse* em Deus, *mesmo* assim isso não faria sentido pra mim.
— É, porque se Deus sabe tudo, por que a gente precisa escrever bilhetes pra colocar no Muro?
— Boa.
— O sr. Schneiderman falou que Deus sabe tudo, mas que às vezes Ele se esquece. Aí os bilhetes servem pra Ele se lembrar do que é importante.
— Deus se esquece? Sério?
— Foi o que ele disse.
— E o que você acha disso?
— É esquisito.
— Também acho.
— Mas é que você não acredita em Deus.
— Se eu acreditasse em Deus, seria um Deus com boa memória.

— O meu também.

Apesar de ser tão agnóstico quanto à existência de Deus quanto era em relação ao sentido da pergunta (será que duas pessoas estariam de fato se referindo à mesma coisa ao falarem de Deus?), Jacob queria que Benjy acreditasse. Ou pelo menos o dr. Silvers queria. Ao longo de vários meses, a ansiedade de Benjy em relação à morte crescia lenta e constantemente, e agora corria o risco de passar de adorável a problemática. O dr. Silvers disse: "Ele tem o resto da vida para formular respostas para questões teológicas, mas nunca mais vai recuperar a época em que desenvolve as primeiras relações com o mundo. Faça ele se sentir seguro." Isso pareceu correto para Jacob, mesmo que a ideia de evangelização o deixasse desconfortável. Na vez seguinte em que Benjy mencionou seu medo da morte, bem quando o instinto de Jacob gritou para que ele concordasse que uma eternidade de não existência fosse sem dúvida a coisa mais horrível de se imaginar, ele se lembrou da ordem do dr. Silvers: *Faça ele se sentir seguro*.

— Bem, você já ouviu falar do paraíso, né? — disse Jacob, fazendo um anjo não existente perder as asas.

— Sei que você acha que não existe de verdade.

— Bem, ninguém sabe ao certo. Eu não sei mesmo. Mas você sabe o que é o paraíso?

— Na verdade, não.

Então Jacob deu a explicação mais consoladora que conseguiu, sem poupar extravagância nem integridade intelectual.

— E se eu quiser ficar acordado até tarde no paraíso? — Benjy quis saber, deitando de bruços no sofá, bem esticado.

— Pode ficar acordado até a hora que quiser — disse Jacob. — Todas as noites.

— Então acho que vou poder comer a sobremesa antes do jantar.

— Você nem precisaria comer o jantar.

— Mas aí eu não ia ficar saudável.

— Saúde não vai importar no paraíso.

Benjy virou a cabeça para o lado. — Aniversários.

— O que você quer saber?

— Como eles são no paraíso?

— Bem, são infinitos, é claro.

— Peraí, é *sempre* aniversário?

— Sim.

— Todo dia tem festa e presentes?
— O dia inteiro, todos os dias.
— Peraí, a gente tem que escrever bilhetes de agradecimento?
— Você nem precisa *dizer* obrigado.
— Peraí, isso quer dizer que a gente é zero ou que é infinito?
— O que você quer ser?
— Infinito.
— Então você é infinito.
— Peraí, é sempre aniversário de todo mundo?
— Só pra você.

Benjy ficou em pé, levantou as mãos para o alto e disse: — Quero morrer agora!

Só não faça ele se sentir seguro demais.

No porão de Irv e Deborah, encarando uma questão teológica com mais nuances, Jacob resistiu mais uma vez ao próprio instinto em prol da segurança emocional de Benjy: — Talvez Deus se lembre de tudo, mas às vezes escolha se esquecer.

— Por que Ele faria isso?
— Para que *a gente* se lembre — disse Jacob, satisfeito com o improviso. — Como no caso dos desejos — continuou. — Se Deus soubesse o que a gente quer, *a gente* não precisaria saber.
— E Deus quer que a gente saiba.
— Pode ser.
— Eu achava que o biso era Deus — disse Benjy.
— É mesmo?
— É, mas ele morreu, então claro que não era Deus.
— É uma boa teoria.
— Sei que a mamãe não é Deus.
— Por quê?
— Porque ela nunca se esqueceria de mim.
— Tem razão — disse Jacob. — Nunca mesmo.
— De jeito nenhum.
— De jeito nenhum.

Outra rodada de palavrões resmungados pelos primos.

— Tá — disse Benjy —, foi isso que me fez chorar.
— Sua mãe?
— Meu bilhete pro Muro das Lamentações.
— Porque você estava pensando em como Deus é esquecido?

— Não — disse Benjy, apontando para a TV, que não estava exibindo um videogame, como Jacob tinha pensado, mas os efeitos do abalo secundário mais recente e mais severo. — Porque o Muro desabou.
— O *Muro*?
Eles se derramaram no mundo: cada desejo enfiado em cada fresta, mas também cada desejo aconchegado no coração de cada judeu.
— Agora eles não têm mais provas de como eram grandiosos — disse Benjy.
— Hein?
— Aquilo que você contou dos romanos.
Quantas coisas as crianças sabem, e quanto elas lembram?
— Jacob! — Irv chamou do andar de cima.
— O Muro das Lamentações — disse Jacob, como se repetir aquele nome em voz alta faria ele voltar a existir.
Jacob podia fazer os filhos se sentirem seguros. Mas será que podia mantê-los a salvo?
Benjy sacudiu a cabeça e disse: — Agora é só Lamentação.

VEJAM! CHORA UMA CRIANÇA DOS HEBREUS!

A presença de Tamir não apenas tornava impossível um ajuste de contas integral, mas também exigia que Julia fosse uma anfitriã animada. E a morte do avô de Jacob exigia que ela ao menos encenasse amor e atenção, quando tudo que sentia era tristeza e dúvida. Era boa o bastante para gerenciar seu ressentimento crescente, boa o bastante até mesmo para refrear suas tendências passivo-agressivas, mas em dado momento as exigências de ser uma boa pessoa inspiravam ódio por si mesma e pelos outros.

Como qualquer pessoa viva, ela tinha fantasias. (Ainda que a culpa imensa que sentia por ser humana exigisse uma lembrança constante de que ela era "como qualquer outra pessoa viva".) As casas que projetava eram fantasias, mas havia outras.

Imaginou uma semana sozinha em Big Sur. Talvez no Post Ranch Inn, talvez num dos quartos com vista para o mar. Talvez uma massagem, talvez uma limpeza de pele, talvez um "tratamento" que não trata coisa alguma. Talvez caminhasse por um túnel de sequoias-vermelhas, os anéis de crescimento se arqueando em volta dela.

Imaginou ter um chef particular. Veganos vivem mais, e são mais saudáveis, e têm pele melhor, e ela conseguiria manter essa dieta; seria bem fácil se alguém fizesse compras, cozinhasse e limpasse para ela.

Imaginou Mark percebendo pequenas coisas ao seu respeito que nem ela mesma teria notado: adoráveis expressões equivocadas, os movimentos dos pés quando ela usa fio dental, seu relacionamento curioso com cardápios de sobremesas.

Imaginou dar passeios sem destino, pensando em coisas sem nenhuma importância logística, como decidir se lâmpadas de filamento são mesmo detestáveis.

Imaginou um admirador secreto fazendo uma assinatura de revista em seu nome, sem revelar a identidade.

Imaginou o desaparecimento de pés de galinha, como o desaparecimento de pegadas de galinha em um terreno de chão batido.

Imaginou o desaparecimento de telas — de sua vida, da vida dos filhos. Da academia, de consultórios médicos e dos bancos de trás dos táxis, penduradas entre barras de ferro e nos cantos das lanchonetes, dos iWatches de pessoas segurando iPads no metrô.

Imaginou a morte dos clientes pomposos e seus sonhos de utensílios de cozinha cada vez mais pesados.

Fantasiou sobre a morte da "professora" que riu de uma resposta de Max quatro anos antes, exigindo um mês inteiro de conversas para convencer o menino a voltar a gostar da escola.

O dr. Silvers teria de morrer pelo menos algumas vezes.

Imaginou o desaparecimento repentino de Jacob — da casa, da existência. Imaginou-o caindo morto na academia, o que exigiu imaginá-lo *indo* para a academia, o que exigiu imaginá-lo tendo novamente o desejo de parecer atraente de maneiras não relacionadas ao sucesso profissional.

Não queria mesmo que Jacob morresse, é claro, nenhuma parte dela tinha esse desejo, nem mesmo de forma subconsciente, e quando fantasiava sobre a morte dele era sempre algo indolor. Às vezes ele entrava em pânico, subitamente consciente do que acontecia, tentando enfiar a mão dentro do peito para agarrar o coração vacilante. Às vezes ele pensava nos filhos. O fim de às vezes: ele sumiria para sempre. E ficaria sozinha, e enfim não sozinha, e as pessoas se lamentariam por ela.

Cozinharia todas as refeições (como já fazia), cuidaria de toda a limpeza (como já fazia), compraria o papel quadriculado para os labirintos insolúveis de Benjy, os salgadinhos assados de alga sabor teriyaki de Max, a nova bolsa carteiro descolada-mas-sem-forçar-demais-a-barra de Sam depois que a última que ela tinha comprado para ele se destruísse. Vestiria todos com roupas compradas nas liquidações de fim de ano da Zara e da Crewcuts e os levaria para a escola (como já fazia). Teria de se sustentar sozinha (o que ela não poderia fazer mantendo o estilo de vida atual, mas não seria necessário de qualquer forma por conta do seguro de vida de Jacob). Sua imaginação era forte o bastante para machucá-la. Era fraca o bastante para guardar consigo a ferida.

E então veio o pensamento mais perturbador, o pensamento que jamais poderia ser tocado nem mesmo com as espirais dos dedos do cérebro de alguém: a morte dos filhos. Ela tinha lidado muitas vezes com o pensamento mais horrível de todos desde que tinha engravidado de Sam: abortos espontâneos imaginários; morte súbita infantil imaginária; quedas imaginárias por escadarias, tentando proteger o corpo do filho enquanto caíam; câncer imaginário sempre que via uma criança com câncer. A sensação de que todos os ônibus escolares em que ela colocasse algum dos filhos acabaria rolando por um barranco e mergulhando num lago congelado, cujo gelo voltaria a se formar em volta da silhueta do veículo. Todas as vezes que um dos filhos recebia anestesia geral, ela se despedia como se estivesse se despedindo dele. Não era ansiosa por natureza, muito menos apocalíptica, mas Jacob estava certo quando disse, depois que Sam se machucou, que era amor demais para permitir felicidade.

A mão de Sam. O lugar para onde ela não estava disposta a ir, pois não havia caminho de volta. E ainda assim a central de emergência de seu cérebro vivia empurrando-a até lá. E ela nunca conseguia voltar de vez. Tinha feito as pazes com o porquê de ter acontecido — não havia por quê —, mas não com o como. Era doloroso demais, porque qualquer sequência de eventos não era necessária nem inevitável. Jacob nunca perguntou se tinha sido ela a abrir a porta. (Era pesada demais para Sam ter aberto sozinho.) Julia nunca perguntou a Jacob se ele tinha fechado a porta nos dedos de Sam. (*Talvez* Sam tenha conseguido mover a porta, e a inércia teria cuidado do resto.) Tinha acontecido havia cinco anos, e a jornada — a manhã que durou cem anos na emergência do hospital, as duas visitas semanais ao cirurgião plástico, o ano inteiro de fisioterapia — deixou ambos mais próximos do que jamais teriam ficado. Mas também criou um buraco negro de silêncio, do qual tudo precisava manter uma distância segura, dentro do qual tantas coisas eram engolidas, uma colher de chá que pesava mais que um milhão de sóis consumindo um milhão de fotos de um milhão de famílias sobre um milhão de luas.

Podiam conversar sobre a sorte que tiveram (Sam quase perdeu os dedos), mas nunca sobre o azar. Podiam conversar em termos gerais, mas nunca enumerar os detalhes: o dr. Fred enfiando agulhas nos dedos de Sam repetidas vezes para testar a sensação, enquanto Sam olhava nos olhos dos pais e implorava, suplicava, para que aquilo tivesse fim. Quando voltaram para casa, Jacob colocou a camisa ensanguentada em um saco plástico que levou até a lata de lixo da esquina com a Connecticut. Julia colocou sua camisa ensanguentada dentro de uma fronha velha que enfiou no meio de uma pilha de calças.

Era amor demais para permitir felicidade, mas quanta felicidade era suficiente? Será que ela faria tudo de novo? Sempre tinha acreditado que sua capacidade de suportar a dor superava a de qualquer outra pessoa — certamente superava a dos filhos ou a de Jacob. Conseguiria carregar um fardo com mais facilidade, e de qualquer modo o fardo acabaria carregado por ela. Apenas homens podem não ter filhos. Mas e se ela conseguisse fazer isso tudo de novo?

Ela pensava bastante nos engenheiros japoneses aposentados que se voluntariaram para ir até usinas nucleares em colapso para consertá-las depois do tsunami. Sabiam que seriam expostos a quantidades letais de radiação, mas como sua expectativa de vida era menor do que o tempo que o câncer levaria para matá-los, não viram motivo algum para evitar o câncer. No showroom de ferragens, Mark disse que não era tarde demais para ter uma vida feliz. Quando, na vida de Julia, seria tarde demais para ser honesta?

Era incrível quão pouco mudava enquanto tudo mudava. A conversa se expandia sem parar, mas não estava mais claro sobre o que conversavam. Quando Jacob mostrava anúncios de lugares para onde talvez se mudasse, por acaso aquilo era mais real do que quando ele mostrava listas de lugares para onde *eles* talvez se mudassem? Quando compartilhavam suas ideias de vidas independentes e felizes, por acaso era menos faz de conta do que quando compartilhavam suas ideias de viverem juntos e felizes? O ensaio de como contariam às crianças assumiu um caráter teatral, como se estivessem tentando acertar a cena em vez de acertar a vida. Julia tinha a sensação de que para Jacob era uma espécie de jogo, que ele apreciava. Ou pior, que planejar a separação era um novo ritual que mantinha os dois juntos.

A vida doméstica se estagnou. Conversaram sobre Jacob começar a dormir em outro lugar, mas Tamir estava no quarto de hóspedes, Barak estava no sofá, e sair para um hotel depois que todos já tinham dormido e voltar antes que alguém tivesse acordado parecia ao mesmo tempo uma crueldade e um desperdício de dinheiro. Conversaram e conversaram sobre qual tipo de rotina seria mais adequada a permitir um bom tempo com as crianças, e boas transições, e o mínimo de saudade possível — mas não deram nenhum passo para consertar o que estava quebrado nem para deixar isso para trás.

Depois do funeral...
Depois do bar-mitzvá...
Depois que os israelenses forem embora...
Depois do fim do semestre...

Havia uma indiferença no desespero de ambos, e talvez conversar a respeito bastasse por enquanto. Aquilo poderia esperar, até não poder mais.

Mas funerais, assim como turbulência em aviões e aniversários de quarenta anos, trazem à tona com urgência a questão da mortalidade. Se fosse algum outro dia, ela e Jacob teriam encontrado maneiras de continuar vivendo no purgatório. Teriam criado tarefas para cumprir, distrações, escotilhas de emergência emocional, fantasias. O funeral quase tornou criminosa a conversa, mas também inspirou um questionamento incessante em Julia. Tudo que em qualquer outro dia poderia ser deixado para depois se tornou urgente. Ela se lembrou da obsessão de Max com o tempo, sobre como ele era curto. "Estou desperdiçando minha vida!"

Foi até o quarto, até as dezenas de casacos empilhados sobre a cama. Pareciam cadáveres, cadáveres de judeus. Aquelas imagens também tinham marcado a infância de Julia, e agora ela achava impossível escapar de algumas ressonâncias. Aquelas imagens de mulheres nuas segurando filhos contra o peito. Nunca mais as tinha visto desde que as viu pela primeira vez, mas nunca deixou de vê-las.

O rabino tinha olhado por sobre a sepultura, que aguardava tão paciente, e para dentro de Julia. — Mas em sua experiência — ele tinha perguntado — judeus choram em silêncio? — Será que ele tinha visto o que mais ninguém conseguia ouvir?

Julia encontrou o casaco, vestiu. Os bolsos estavam cheios de recibos, e um pequeno arsenal de guloseimas para serem usadas como chantagem, e chaves, e cartões de visita, e cédulas estrangeiras de países variados adquiridas para viagens para as quais ela lembrava ter se preparado e feito as malas, mas que nunca tinha feito. Com duas mancheias transferiu tudo isso para o lixo, como um *tashlich*.

Caminhou sem pausa até a porta de entrada: passou pela salada de repolho branco, pelo café preto, pelas anchovas e pelos *blondies*; passou pelo refrigerante roxo e pelo *schnapps* de pêssego; passou pelas conversas sobre investimentos, Israel e câncer. Passou pela ladainha do Kaddish, pelos espelhos cobertos, pelas fotos de Isaac sobre a cômoda: com os israelenses na última visita que tinham feito; no aniversário de quarenta anos de Julia; no sofá de casa, com o olhar distante. Quando chegou à porta notou, pela primeira vez, o livro de condolências aberto sobre uma mesinha redonda. Folheou as páginas para ver se os seus meninos tinham escrito alguma coisa.

Sam: *Sinto muito.*
Max: *Sinto muito.*
Benjy: *Sinto muito.*

Ela também sentia muito, e tocou na mezuzá ao cruzar a soleira da porta, mas não beijou os dedos. Lembrou de quando Jacob sugeriu que escolhessem o texto que usariam para enrolar dentro da mezuzá da porta de entrada de casa. Escolheram um versículo do Talmude: "Cada folha de grama recebe a guarda de um anjo, que sussurra: 'Cresça! Cresça!'" — Será que a próxima família a morar naquela casa saberia disso?

A COVA DO LEÃO

Tamir e Jacob ficaram acordados até tarde naquela noite. Julia estava em algum lugar, mas não estava por lá. Isaac não estava lá, não estava em lugar nenhum. As crianças deveriam estar dormindo em seus quartos, mas Sam estava no *Other Life* ao mesmo tempo que conversava com Billie pelo Snapchat, e Max estava procurando no dicionário as palavras que não entendia em *O apanhador no campo de centeio* — puto da cara, como Holden lhe tinha ensinado a ficar, por ter de usar um dicionário em papel. Barak estava no quarto de hóspedes, dormindo e se expandindo. No andar de baixo estavam apenas os dois primos — velhos amigos, homens de meia-idade, pais de filhos ainda jovens.

Jacob pegou algumas cervejas na geladeira que zumbia suavemente, tirou o som da TV e com um suspiro forte e afetado tomou assento na mesa diante de Tamir.

— Hoje foi difícil.

— Ele teve uma vida longa e boa — disse Tamir, e em seguida tomou um gole grande e demorado.

— Acho que sim — disse Jacob —, exceto pela parte de ter sido *boa*.

— Os bisnetos.

— Aqueles a quem ele se referia como sua "vingança contra o povo alemão".

— A vingança é doce.

— Ele passava o dia inteiro recortando cupons para coisas que jamais compraria, repetindo pra quem quisesse ouvir que ninguém o ouvia. — Um gole. — Uma vez eu levei os meninos num zoológico em Berlim...

— Você esteve em Berlim?

— A gente estava filmando por lá e coincidiu com as férias da escola.
— Você levou seus filhos pra Berlim e não pra Israel?
— Como eu estava *dizendo*, nós fomos a um zoológico na parte oriental, e aquele foi sem sombra de dúvida o lugar mais deprimente em que já estive. Tinha uma pantera em uma jaula do tamanho de uma vaga de estacionamento pra deficientes, com uma vegetação tão convincente quanto comida de plástico numa vitrine de restaurante chinês. Andava em oito sem parar, sempre o mesmo caminho. Quando se virava, jogava a cabeça para trás com um espasmo e apertava os olhos. Todas as vezes. Ficamos hipnotizados. Sam, que devia ter uns sete anos, apertou as mãos contra o vidro e perguntou: "Quando é o aniversário do biso?" Julia e eu nos olhamos. Que tipo de criança de sete anos faz uma pergunta dessas num momento como aquele?
— O tipo de criança que se preocupa quando pensa no bisavô como uma pantera deprimida.
— Exatamente. E ele tinha razão. A mesma rotina, dia após dia após dia: café preto instantâneo e melão; esquadrinhar o *Jewish Week* com aquela lupa enorme; conferir a casa pra ter certeza de que todas as luzes estavam apagadas; empurrar um andador com bolas de tênis até a sinagoga pra ter as mesmas conversas tristes e repetidas com os mesmos portadores de degeneração macular, sempre notícias sobre doenças e formaturas em que apenas os nomes próprios mudavam; descongelar um tijolo de sopa de galinha enquanto folheia o mesmo álbum de fotos; tomar a sopa com pão preto enquanto vence mais um parágrafo do *Jewish Week*; tirar uma soneca diante de algum dos mesmos cinco filmes; atravessar a rua pra confirmar que o sr. Kowalswi continua existindo; ir pra cama às sete e ter os mesmos pesadelos por onze horas. Isso é felicidade?
— É um tipo de felicidade.
— Que ninguém escolheria.
— Um monte de gente escolheria isso.
Jacob pensou nos irmãos de Isaac, em refugiados famintos, em sobreviventes que não tinham nem mesmo uma família que os ignorasse — sentiu vergonha tanto da vida insuficiente que tolerou que o bisavô levasse quanto de julgá-la insuficiente.
— Não acredito que você levou as crianças pra Berlim — disse Tamir.
— É uma cidade incrível.
— Mas antes de Israel?
O Google sabia a distância de Tel Aviv até Washington, e uma fita métrica poderia determinar a largura da mesa, mas Jacob não conseguia

nem estimar a distância emocional entre ele e Tamir. Perguntou a si mesmo: Será que entendemos um ao outro? Ou será que somos praticamente estranhos, apenas simulando e fingindo?

— Lamento que a gente nunca tenha tido muito contato — disse Jacob.

— Você e Isaac?

— Não. *Nós*.

— Acho que se a gente quisesse mesmo, teríamos feito isso.

— Não tenho certeza disso — disse Jacob. — Tem muitas coisas que eu queria ter feito e não fiz.

— Queria na época, ou em retrospecto?

— Difícil dizer.

— Difícil *saber*? Ou difícil *dizer*?

Jacob engoliu uma golada de cerveja e usou a palma da mão para secar a marca úmida sobre a mesa, desejando, enquanto isso, ser o tipo de pessoa que consegue se esquecer dessas coisas. Pensou em tudo que estava acontecendo por trás das paredes, acima do teto e debaixo do piso — quão pouco ele entendia do funcionamento do próprio lar. O que estava acontecendo na tomada quando não havia nada espetado ali? Será que havia água nos canos naquele momento? Provavelmente sim, porque saía da torneira assim que era aberta. Então isso significava que a casa estava sempre recheada de água parada? Isso não teria um peso descomunal? Quando aprendeu na escola que seu corpo era sessenta por cento água, fez o que seu pai tinha ensinado, e duvidou. Água não pesava o suficiente para que isso fosse verdade. Em seguida fez o que seu pai tinha ensinado, e perguntou a verdade para o pai. Irv encheu de água um cesto de lixo e desafiou Jacob a levantá-lo. Enquanto Jacob se contorcia, Irv comentou:

— Você precisa ver o peso do sangue.

Jacob aproximou a cerveja dos lábios. A televisão mostrava imagens do Muro das Lamentações. Jacob se reclinou e disse: — Lembra quando escapulimos da casa dos meus pais? Há muitos e muitos anos?

— Não.

— Quando fomos até o Zoológico Nacional.

— Zoológico Nacional?

— Sério que você não lembra? — Jacob quis saber. — Umas noites antes do meu bar-mitzvá?

— Claro que lembro. Você é que não está lembrando que mencionei isso no carro, vindo do aeroporto. E foi na noite anterior ao seu bar-mitzvá. Não umas noites antes.

— Certo. Eu sei. Eu sabia. Não sei por que me confundi.
— O que seu dr. Silvers diria?
— Impressionante você lembrar o nome dele.
— Você facilita.
— O que o dr. Silvers diria? Provavelmente que, sendo vago, eu estava me protegendo.
— Protegendo do quê?
— De me importar mais?
— Do que eu me importo?
— Não estou tentando defender minha sabedoria.

E não apenas por trás das paredes, acima do teto e abaixo do piso — o cômodo inteiro estava preenchido com atividades das quais Jacob tinha uma consciência quase insignificante: emissões de rádio, transmissões de TV, conversas de celular, luettoth, Wi-Fi, vazamento do micro-ondas, radiação do forno e das lâmpadas, raios solares do maior de todos os fornos e lâmpadas. Tudo isso atravessava constantemente aquele cômodo, em parte cultivando tumores ou matando espermatozoides, sem jamais serem percebidos.

— A gente era tão burro — riu Tamir.
— Ainda somos.
— Mas a gente era ainda mais burro naquela época.
— Mas a gente também era romântico.
— Romântico?
— Sobre a vida. Não lembra como era? Acreditar que a própria vida podia ser um objeto de amor?

Enquanto Tamir foi buscar outra cerveja, Jacob mandou uma mensagem para Julia: *cade vc? liguei pra maggie e ela falou que vc não tá na casa dela.*

— Não — disse Tamir com a cabeça dentro da geladeira. — Não lembro disso.

Naquela manhã no zoológico, trinta anos antes, as meias dos dois tinham virado esponjas de suor. No verão de D.C., tudo é um ritual de purificação. Viram os famosos pandas, Ling-Ling e Hsing-Hsing, os elefantes e suas memórias, os porcos-espinho e seus escudos de instrumentos de escrita. Os pais discutiam sobre qual cidade tinha o clima mais insuportável, D.C. ou Haifa. Os dois queriam perder, porque era perdendo que se ganhava. Tamir, que era relevantes seis meses mais velho que Jacob, passou a maior parte do tempo indicando como havia pouca segurança, como seria fácil entrar ali, talvez não se dando conta de que o zoológico era aberto, e que ele estavam ali, livres.

Depois do zoológico, pegaram a avenida Connecticut no sentido Dupont Circle — Irv e Shlomo na frente, Adina e Deborah atrás, Jacob e Tamir no porta-malas aberto do volvo, virados no sentido contrário que o carro avançava —, comeram sanduíches em algum café genérico e depois passaram a tarde no Museu Aeroespacial, esperando na fila pelos vinte e sete minutos gloriosos de *Voar!*

Para compensar o almoço vagabundo, à noite foram para o Armand comer "a melhor pizza em estilo de Chicago de D.C"., depois tomaram sundaes no Swensen, depois assistiram a um filme de ação muito chato no Uptown apenas para experimentar a sensação de uma tela tão imensa que proporcionava a sensação oposta a ser enterrado, e talvez até mesmo a sensação oposta a morrer.

Cinco horas mais tarde, quando a única luz vinha do teclado numérico do sistema de segurança, Tamir sacudiu Jacob até que acordasse.

— O que você quer? — Jacob perguntou.
— Vamos — Tamir cochichou.
— Hein?
— Vem logo.
— Tô dormindo.
— Quem tá dormindo não fala.
— Existe falar dormindo.
— A gente tá saindo.
— Pra onde?
— Pro zoo.
— Que zoo?
— Bora, cabeção.
— Amanhã é o meu bar-mitzvá.
— Hoje.
— Isso. E eu preciso dormir.
— Dorme durante o bar-mitzvá.
— Por que a gente precisa ir pro zoo?
— Pra entrar de fininho.
— Por quê?
— Deixa de ser cagão.

Talvez o bom senso de Jacob ainda estivesse desligado, ou talvez ele realmente não quisesse ser considerado um cagão por Tamir, mas ele se sentou, esfregou os olhos e vestiu as roupas. Uma frase se formou na sua mente — *eu não sou assim* — e ele passaria a noite inteira repetindo essas palavras, até se transformar no oposto de quem era.

Caminharam pela Newark no escuro, viraram à direita na unidade Cleveland Park da biblioteca pública. Em silêncio, mais parecidos com sonâmbulos do que com agentes do Mossad, caminharam com passos leves pela Connecticut até a ponte Klingle Valley (que Jacob não conseguia atravessar sem pensar em pular), passando os edifícios Kennedy-Warren. Estavam acordados, mas era um sonho. Chegaram até o leão azinhavrado e as imensas letras de concreto: zoo.

Tamir tinha razão: nada poderia ser mais fácil do que pular a barreira de concreto que batia na cintura. Foi tão fácil que parecia uma armadilha. Jacob teria se contentado em cruzar a fronteira, oficializar a transgressão e voltar para casa, com a nova medalha de invasão de propriedade na mão trêmula. Mas Tamir não estava satisfeito.

Como um minúsculo soldado de elite, Tamir se agachou, esquadrinhou seu campo de visão e fez um gesto rápido pedindo que Jacob viesse com ele. E Jacob foi. Com Tamir no comando, passaram pelo quiosque da recepção, pelo mapa do zoológico, cada vez mais distantes da rua, até a perderem de vista, como marinheiros perdendo de vista a terra firme. Jacob não sabia para onde estava sendo levado por Tamir, mas sabia que estava sendo conduzido e que seguiria. *Eu não sou assim.*

Os animais, até onde Jacob conseguia determinar, estavam dormindo. Os únicos sons eram o vento atravessando os bambuzais e o zumbido fantasmagórico das máquinas de venda automática. Mais cedo, o zoológico parecia um parque de diversões em um feriado. Naquele momento, parecia o meio do oceano.

Animais sempre tinham sido um mistério para Jacob, especialmente quando dormiam. Não parecia impossível — ainda que fosse apenas uma estimativa grosseira — delinear a consciência de um animal desperto. Mas com o que sonha um rinoceronte? Será que um rinoceronte sonha? Um animal desperto nunca caía no sono de repente — era sempre um processo lento, tranquilo. Mas um animal adormecido sempre parecia pronto a acordar de repente e partir para a violência.

Chegaram até a área dos leões, e Tamir parou. — Não consegui parar de pensar nisso desde que a gente esteve aqui de manhã.

— No quê?

Colocou as mãos sobre o parapeito e disse: — Quero encostar no chão.

— Você *tá* encostando no chão.
— Aí dentro.
— *Hein?*
— Só por um segundo.
— Vai se foder.
— Tô falando sério.
— Não mesmo.
— Tô sim.
— Então você é totalmente louco, porra.
— Sim, porra. Mas também tô falando muito sério.

Jacob entendeu naquele momento que Tamir os tinha levado até a única parte da área dos leões onde o muro era baixo o bastante para que algum débil mental conseguisse escalar. Era óbvio que tinha encontrado aquele ponto de dia, talvez até medido o muro com os olhos, talvez — certamente — ensaiado na mente aquela cena.

— Não faz isso — pediu Jacob.
— Por que não?
— Você sabe por que não.
— Não sei.
— Porque você vai ser *devorado por um leão*, Tamir. Puta que o pariu.
— Eles tão dormindo — Tamir respondeu.
— Eles?
— São três leões.
— Você contou?
— Sim. E também diz ali na placa.
— Tão dormindo porque ninguém invadiu o território deles.
— E eles nem tão aqui fora. Tão ali dentro.
— Como você sabe?
— Você tá vendo algum leão?
— Não sou zoólogo, porra. Tem um monte de coisas ao meu redor agora mesmo e eu não tô vendo nada.
— Eles tão dormindo ali dentro.
— Vamos pra casa. Eu conto pra todo mundo que você entrou. Conto que você matou um leão, ou que um leão pagou boquete pra você, ou qualquer coisa que faça você se sentir um herói, mas vambora dessa merda agora mesmo.
— Nada do que eu quero fazer agora é pros outros.

Tamir já tinha começado a escalar o muro.

— Você vai morrer — disse Jacob.
— Você também — Tamir respondeu.
— O que eu vou fazer se um leão acordar e começar a correr pra cima de você?
— O que *você* vai fazer?

Isso fez Jacob rir. E a risada fez Tamir rir também. Com essa piadinha, a tensão diminuiu. Com essa piadinha, a ideia mais estúpida do mundo se tornou razoável, quase sensata, talvez até genial. A alternativa — a sanidade — se tornou insana. Porque eles eram jovens. Porque só somos jovens uma vez em uma vida que só vivemos uma vez. Porque a imprudência é nossa única arma contra o nada. Quanta vida alguém pode suportar?

Aconteceu rápido demais, e levou uma vida inteira. Tamir pulou, tocando o chão com um baque que ele obviamente não tinha previsto, porque seus olhos se encontraram com os de Jacob em um instante de horror. E então ele tentou sair, como se o chão fosse feito de lava. Não chegou nem a alcançar o parapeito no primeiro pulo, mas a segunda tentativa pareceu mais fácil. Ele se ergueu no muro, Jacob o ajudou a passar por sobre o vidro e os dois caíram juntos na calçada, gargalhando.

O que Jacob sentiu ao gargalhar com o primo? Estava gargalhando da vida. Gargalhando de si mesmo. Até um garoto de treze anos conhece a emoção e o terror da própria insignificância. *Especialmente* um garoto de treze zanos.

— Agora você — disse Tamir enquanto se levantavam batendo a sujeira das roupas.
— Mas nem fodendo.
Eu não sou assim.
— Bora.
— Prefiro morrer.
— Você pode fazer as duas coisas. Anda logo, você precisa entrar.
— Porque você entrou?
— Porque você quer entrar.
— Não quero.
— Para com isso — disse Tamir. — Você vai ficar tão feliz. Vai passar muitos anos feliz.
— A felicidade não é uma coisa tão importante pra mim.

E então, com firmeza: — *Agora*, Jacob.

Jacob riu tentando neutralizar o rompante de agressividade de Tamir.
— Meus pais vão me matar se eu morrer antes do meu bar-mitzvá.

— Isto vai ser o seu bar-mitzvá.
— Não mesmo.
Então Tamir quase encostou o rosto na cara de Jacob. — Se você não pular, vai levar um soco.
— Sai dessa.
— Eu vou dar na sua cara, literalmente.
— Mas eu uso óculos e sou cheio de espinhas.
Essa piadinha não serviu para nada, não transformou nada em quase sensato. Tamir deu um soco no peito de Jacob, com força suficiente para ele bater de costas no parapeito. Foi o primeiro soco que Jacob levou.
— Mas que porra é essa, Tamir?
— Por que você tá chorando?
— Não tô chorando.
— Se você não tá chorando, então para.
— Não tô.
Tamir colocou as mãos sobre os ombros de Jacob e apoiou a testa na testa de Jacob. Jacob tinha sido amamentado por um ano, tomou banhos na pia da cozinha, caiu no sono mil vezes no ombro do pai — mas aquela intimidade era inédita.
— Você precisa pular — Tamir insistiu.
— Eu não quero.
— Quer sim, mas tá com medo.
— Não tô.
Mas ele estava. Estava com medo.
— Vem cá — disse Tamir, puxando Jacob até o muro. — É fácil. Leva só um segundo. Você viu. Você viu que não tem nada de mais. E você vai lembrar disso pra sempre.
Eu não sou assim.
— Mortos não têm lembranças.
— Não vou deixar você morrer.
— Não vai? E o que você vai fazer?
— Vou pular com você.
— Pra gente morrer juntos?
— Isso.
— Mas isso não vai me deixar menos morto.
— Vai sim. Agora pula.
— Você ouviu isso?
— Não, porque não tem nada pra ouvir.

— Sério: eu não quero morrer.

De algum modo, aconteceu sem ter acontecido, sem que nenhuma decisão tenha sido tomada, sem que o cérebro enviasse nenhum sinal a qualquer músculo. Em dado momento Jacob já estava quase do outro lado do vidro, sem nem mesmo ter subido nele. Suas mãos tremiam com tanta violência que ele mal conseguia se segurar.

Eu não sou assim.

— Solta — disse Tamir.

Ele não soltou.

— Solta.

Ele sacudiu a cabeça e soltou.

E em seguida estava no solo, dentro da cova do leão.

Isso é o oposto de quem eu sou.

Ali, no chão de terra, no meio daquela simulação de savana, no meio da capital da nação, ele sentiu uma coisa irreprimível e verdadeira, algo que ou salvaria ou arruinaria sua vida.

Três anos mais tarde, ele encostaria a língua na língua de uma garota por quem ele cortaria fora os dois braços sorrindo, se ela deixasse. E no ano seguinte um *air-bag* rasgaria sua córnea e salvaria sua vida. Dois anos depois disso, ele encararia maravilhado uma boca ao redor de seu pênis. E mais tarde naquele mesmo ano, falaria *para* o pai coisas que tinha passado anos falando *sobre* ele. Fumaria um alqueire de maconha, veria seu joelho se dobrar do jeito errado durante uma partida idiota de futebol americano, verteria lágrimas inexplicáveis em uma cidade estrangeira diante da pintura de uma mulher com um bebê, tocaria num urso-pardo em hinernação e num pangolim em extinção, passaria uma semana esperando pelo resultado de um teste, rezaria em silêncio pela vida da esposa enquanto ela gritava enquanto uma nova vida deixava seu corpo — muitos momentos em que a vida parecia enorme, preciosa. Mas eram uma porção ínfima de seu tempo sobre a Terra: Cinco minutos por ano? Somando tudo, dá o quê? Um dia? No máximo? Um dia se sentindo vivo em quatro décadas de vida?

Dentro da cova do leão Jacob se sentiu cercado, abraçado pela própria existência. Ele se sentiu, talvez pela primeira vez na vida, seguro.

Mas então ele ouviu, e voltou à realidade. Olhou para cima, seus olhos encontraram os olhos de Tamir e ele entendeu que o primo também tinha ouvido. Uma agitação. Vegetação sendo achatada. O que havia naquele olhar que trocaram? Medo? Parecia uma gargalhada. Como se tivessem trocado a maior de todas as piadas.

Jacob se virou e viu um animal. Não em sua mente, mas um animal verdadeiro, no mundo verdadeiro. Um animal que não ponderava nem esclarecia. Um animal não circuncidado. Estava a quinze metros de distância, mas seu hálito quente embaçou os óculos de Jacob.

Sem falar nada, Tamir pulou a cerca e estendeu a mão. Jacob pulou, mas não conseguiu alcançar. Os dedos se encostaram, o que fez a distância parecer infinita. Jacob pulou mais uma vez, e mais uma vez os dedos se roçaram, e o leão tinha começado a correr, diminuindo a distância entre eles a cada passo. Jacob não teve tempo para se concentrar nem para tentar descobrir como ganhar alguns centímetros a mais, simplesmente tentou de novo, e desta vez — por causa da adrenalina, ou porque Deus sentiu um desejo repentino de provar Sua existência — conseguiu segurar o pulso de Tamir.

E então Jacob e Tamir se viram novamente desabados na calçada, e Tamir começou a rir e Jacob começou a rir, e em seguida, ou ao mesmo tempo, Jacob começou a chorar.

Talvez ele soubesse. Talvez, de algum modo, estivesse consciente, um adolescente rindo e chorando na calçada, de que jamais na vida sentiria algo parecido com aquilo. Talvez tenha enxergado, do pico daquela montanha, a imensa planura à sua frente.

Tamir também estava chorando.

Trinta anos mais tarde ainda estavam diante da área dos leões, mas apesar de todos os centímetros que tinham crescido, não parecia mais possível entrar. O vidro tinha crescido, também. Tinha crescido mais do que eles.

— Nunca mais me senti vivo desde aquela noite — disse Jacob, trazendo outra cerveja para Tamir.

— Sua vida tem sido tão chata assim?

— Não. Muita vida aconteceu. Mas eu não senti.

— Existem várias versões de felicidade — disse Tamir.

Jacob fez uma pausa antes de abrir a garrafa e disse: — Sabe, eu não sei se acredito nisso.

— Você não quer acreditar. Você quer acreditar que seu trabalho precisa ter a mesma importância de uma guerra, que um longo casamento precisa oferecer o mesmo tipo de entusiasmo de um primeiro encontro.

— Eu sei — disse Jacob. — Não espere demais. Aprenda a amar o torpor.

— Não foi isso que eu disse.

— Passei a vida toda aferrado à crença de que tudo sobre o que conversamos quando crianças continha pelo menos um grão de verdade. Que a promessa de uma vida que possa ser sentida não é uma mentira.

— Por acaso você já parou pra se perguntar por que coloca tanta ênfase em sentir?

— O que mais alguém poderia enfatizar?

— Paz.

— Eu tenho bastante paz — disse Jacob. — Paz até demais.

— Também existem muitas versões de paz.

Um vento soprou sobre a casa e o abafador tremulou dentro da coifa.

— Julia acha que eu não acredito em nada — disse Jacob. — Talvez ela tenha razão. Não sei se isso conta como crença ou descrença, mas tenho certeza de que meu avô só pode estar em um lugar agora, e é embaixo da terra. O que temos é tudo que vamos ter. Nossos empregos, nossos casamentos...

— Você está decepcionado?

— Estou. Ou arrasado. Não, é algo entre decepcionado e arrasado. Desalentado?

A persistente luz embutida sobre a pia se apagou com um estalo. Alguma conexão não estava muito firme.

— Foi um dia difícil — disse Tamir.

— Sim, mas esse dia tem durado décadas.

— Mesmo que só tenha parecido levar uns poucos segundos?

— Sempre que alguém me pergunta como estou, me vejo respondendo "estou passando por uma transição". Tudo é passagem, turbulência a caminho de um destino. Mas eu digo isso há tanto tempo. Deve estar na hora de aceitar que o resto da minha vida vai ser uma mesma longa transição: uma ampulheta sem bojos. Só gargalo.

— Jacob, acho que você está precisando ter problemas.

— Tenho problemas suficientes — disse Jacob enquanto mandava outra mensagem para Julia. — Pode acreditar. Mas meus problemas são tão pequenos, tão caseiros. Meus filhos passam o dia inteiro olhando pra telas. Meu cachorro tem incontinência. Tenho um apetite insaciável por pornografia, mas não posso contar com uma ereção quando tenho uma buceta análoga na minha frente. Estou ficando careca, sei que você percebeu, e agradeço por não ter comentado.

— Você não está ficando careca.

— A vida é maior do que eu.

Tamir assentiu com a cabeça e perguntou: — E quem não é menor que a vida?

— *Você*.

— O que eu tenho de tão grandioso? Mal posso esperar pra saber.

— Você lutou em guerras, e vive à sombra de guerras futuras, e nossa, agora mesmo Noam está no meio de sabe-se lá o quê. Os riscos que sua vida corre indicam o tamanho que ela tem.

— E por acaso isso é digno de inveja? — Tamir quis saber. — Se eu tivesse tomado uma cerveja a menos, estaria ofendido com o que você acaba de dizer. — Secou meia garrafa com um só gole. — Com uma cerveja a mais, estaria furioso.

— Não tem por que se ofender. Estou só dizendo que você escapou da Grande Planura.

— Você acha que eu desejo algo além de uma casa branca tediosa em um bairro tedioso onde ninguém se conhece porque todo mundo está assistindo à TV?

— Sim — disse Jacob. — Acho que você ficaria tão maluco quanto o meu avô.

— Ele não era maluco. O maluco é você.

— Não foi isso que eu quis...

A luz voltou com um estalo, salvando Jacob de ter de terminar a frase e descobrir o que realmente quis dizer.

— Presta atenção no que você diz, Jacob. Você acha que tudo é um jogo, porque você é só um torcedor.

— O que você quer dizer com isso?

— Pior do que um torcedor. Você nem sabe pra quem está torcendo.

— Ei. Tamir. Você está viajando sobre coisas que eu não disse. O que houve?

Tamir apontou para a TV (tropas israelenses contendo uma multidão de palestinos agitados tentando entrar em Jerusalém Ocidental) e disse:
— Houve isso. Talvez você não tenha percebido.

— Mas é exatamente disso que estou falando.

— Do drama. Certo. Você adora o drama. Quem somos constrange você.

— *Hein?* Quem me constrange?

— Israel.

— Para, Tamir. Não sei do que você está falando, nem por que a conversa foi pra esse lado. Será que não posso reclamar da vida?

— Só se eu puder defender a minha.

Na esperança de que um pouco de independência talvez ajudasse Max a melhorar o humor, Jacob e Julia passaram a deixar que ele se aventurasse sozinho pela vizinhança: pizzaria, biblioteca, padaria. Certa tarde ele voltou com um par de óculos de raios X de papelão, comprados na farmácia. Escondido, Jacob observou o filho experimentando os óculos, depois relendo a embalagem, depois experimentando de novo, depois relendo a embalagem. Usando os óculos, Max caminhou pelo andar inteiro, ficando cada vez mais inquieto. — Mas que porcaria! — gritou, jogando os óculos no chão. Com delicadeza, Jacob explicou que os óculos eram uma brincadeira, cuja intenção era fazer outras pessoas acharem que era possível enxergar através das coisas. — Por que não deixam isso claro na embalagem? — Max quis saber, a raiva se tornando humilhação. — E por que seria menos engraçado se os óculos *funcionassem* de verdade?

O que estava acontecendo dentro de Tamir? Jacob não conseguia entender como a conversa amigável sobre felicidade tinha virado um debate político acalorado com um único participante. Ele tinha tocado em alguma coisa, mas no quê?

— Eu trabalho muito — disse Tamir. — Você sabe. Sempre trabalhei muito. Alguns homens trabalham pra ficar longe da família. Eu trabalho pra sustentar a minha. Você acredita em mim quando digo isso, certo?

Jacob fez que sim com a cabeça, incapaz de dizer "Claro que sim".

— Perdi muitos jantares quando Noam era pequeno. Mas eu o levava pra escola todo dia de manhã. Era importante para mim. Foi assim que eu conheci muitos dos outros pais. Gostei de quase todos. Mas tinha um pai que eu não suportava — um babaca, como eu. E, claro, também odiei o filho dele. Eitan, o nome dele. Acho que você sabe como essa história continua.

— Na verdade, não faço a menor ideia.

— Quando Noam entrou no Exército, quem acabou indo pra mesma unidade?

— Eitan.

— Eitan. O pai dele e eu trocamos e-mails sempre que temos alguma notícia para dar, por menor que seja. Nunca nos vemos pessoalmente, nem mesmo falamos ao telefone. Mas trocamos muitos e-mails. Não passei a gostar dele – quanto mais eu lido com o sujeito, mais o odeio. Mas eu o amo. — Segurou a garrafa vazia. — Posso perguntar uma coisa?

— Claro.

— Quanto dinheiro você dá pra Israel?

— Quanto *dinheiro*? — Jacob perguntou, caminhando até a geladeira para pegar outra cerveja para Tamir e porque precisava se mexer. — Que pergunta curiosa.

— Sim. O que você dá para Israel? Estou falando sério.

— Pra quem, para a UJA? Para a Universidade Ben-Gurion?

— Claro, pode incluir tudo. E inclua suas viagens pra Israel, com seus pais, com sua própria família.

— Você sabe que não fui pra Israel com Julia e os meninos.

— Isso mesmo, você foi pra Berlim. Bem, imagine que você foi pra Israel. Imagine os hotéis onde teria ficado, as corridas de táxi, os falafel, a mezuzá de pedra de Jerusalém que teria trazido para casa.

— Não sei aonde você quer chegar.

— Bem, *eu* sei que dou mais de sessenta por cento do meu salário.

— Está falando de impostos? Mas você *mora* lá.

— Mais um motivo para você ter de arcar com os encargos financeiros.

— Não estou mesmo entendendo essa conversa, Tamir.

— E você não apenas se recusa a doar sua cota justa, mas também *toma*.

— Tomo o *quê?*

— Nosso futuro. Sabia que mais de *quarenta por cento* dos israelenses pensam em emigrar? Fizeram uma pesquisa.

— E eu tenho culpa? Tamir, eu sei que Israel não é uma cidadezinha do interior, e que deve ser torturante estar longe da sua família neste momento, mas você está culpando o cara errado.

— Para com isso, Jacob.

— Hein?

— Você está reclamando de sentir desalento, porra, de como sua vida é pequena. — Tamir se inclinou para a frente. — Eu estou com medo.

Jacob ficou mudo. Era como se, naquela noite, tivesse entrado na cozinha com óculos de raios X de papelão e, frustrado, atirado os óculos no chão, e em vez de explicar que eram só uma piada para fazer outros acreditarem que podiam enxergar através das coisas, Tamir se fez ficar transparente.

— Eu estou com medo — ele repetiu. — E não aguento mais essa intimidade com o pai do Eitan.

— O pai do Eitan não é tudo que você tem.

— Sim: nós também temos os árabes.

— Vocês tem *a gente*.

— *Vocês?* Seus filhos estão dormindo em colchões orgânicos. Meu filho está no meio *daquilo* — falou, apontando mais uma vez para a TV.

— Eu dou mais da metade de tudo que tenho, e você dá no máximo um por cento. Você quer fazer parte do épico, e se sente em condições de dizer como devo gerenciar minha casa, e ainda assim você não dá nada, não faz nada. Dê mais ou fale menos. Mas não me venha com essa conversa de *vocês*.

Como Jacob, Tamir não gostava de ficar com o celular no bolso, preferindo deixar o aparelho em cima de mesas ou balcões. Várias vezes, ainda que não se parecesse em nada com o celular de Jacob, ele pegou o aparelho por instinto. Na primeira vez o fundo de tela era uma foto de Noam quando criança, pronto para cobrar um escanteio. Na vez seguinte era uma imagem diferente: Noam de uniforme, prestando continência. Na outra: Noam nos braços de Rivka.

— Entendo que você esteja preocupado — disse Jacob. — Eu estaria fora de mim. E se estivesse no seu lugar, provavelmente também estaria ressentido comigo. Foi um dia longo.

— Lembra como você ficou obcecado com nosso abrigo contra bombas? Na sua primeira visita? Seu pai também. Eu praticamente tive de arrastar vocês dois pra fora.

— Não é verdade.

— Quando nós derrotamos meia dúzia de exércitos árabes em 1948...

— *Nós?* Você nem era nascido.

— Tem razão, eu não deveria ter dito *nós*. Isso inclui você, e você não teve nada a ver com isso.

— Tive tanto a ver quanto você.

— Exceto pelo fato do meu avô ter arriscado a vida dele, e por consequência a minha.

— Ele não tinha escolha.

— Os Estados Unidos sempre foram uma escolha para nós. Assim como Israel sempre foi pra você. Todo ano você termina o seder com "No ano que vem, em Jersualém", e todo ano você escolhe celebrar o seder nos Estados Unidos.

— Porque Jerusalém é uma ideia.

Tamir riu e deu um soco na mesa. — Não pra quem mora lá. Não quando você está colocando uma máscara antigás no seu filho. O que seu pai fez em 1973, quando os egípcios e os sírios estavam empurrando a gente pro mar?

— Escreveu colunas de opinião, comandou passeatas, fez lobby.

— Você sabe que eu amo o seu pai, mas espero que você esteja ouvindo bem o que está falando, Jacob. Colunas de opinião? Meu pai comandou uma unidade de tanques.

— Meu pai ajudou.

— Ele deu o que pôde sem fazer nenhum sacrifício, sem nem mesmo colocar nada em risco. Você acha que ele pensou em embarcar num avião pra entrar em combate?

— Ele não sabia combater.
— Não é muito difícil, você só tenta não morrer. Em 1948, davam rifles pra esqueletos recém-chegados da Europa enquanto estavam desembarcando dos navios.
— E ele tinha uma esposa aqui.
— É mesmo?
— E não era o país dele.
— Bingo.
— O país dele eram os Estados Unidos.
— Não, ele não tinha pátria.
— A pátria dele eram os Estados Unidos.
— Ele alugava um quarto nos Estados Unidos. E você sabe o que teria acontecido se tivéssemos perdido aquela guerra, como tantos, e tantos de *nós*, temiam que acabaria acontecendo?
— Mas vocês não perderam.
— Mas e se tivéssemos perdido? Se *tivéssemos* sido empurrados pro mar, ou massacrados onde estávamos?
— O que você quer dizer com isso?
— Seu pai teria escrito colunas de opinião.
— Não sei aonde você quer chegar com esse exercício mental. Está tentando demonstrar que você mora em Israel e eu não?
— Não. Estou tentando demonstrar que pra você Israel é dispensável.
— *Dispensável?*
— Sim. Você ama Israel, apoia Israel, canta sobre Israel, reza por Israel, chega até a invejar os judeus que moram em Israel. E vai sobreviver sem Israel.
— No sentido de continuar respirando?
— Nesse sentido.
— Bem, *nesse* sentido os Estados Unidos também são dispensáveis para mim.
— Sem dúvida nenhuma. As pessoas acham que os palestinos não têm pátria, mas eles morreriam pela pátria deles. Quem merece pena é você.
— Porque eu não morreria por um país?
— Isso mesmo. Mas não fui longe o bastante. Você não morreria por *nada*. Peço desculpas se estou magoando você, Jacob, mas não finja que é uma injustiça ou uma inverdade. A Julia tem razão: você não acredita em nada.
Teria sido o momento ideal para um deles sair com alarde, mas Jacob pegou o celular que estava sobre a mesa e disse calmamente: — Vou

mijar. E quando eu voltar, vamos fingir que os últimos dez minutos não aconteceram. — Tamir não esboçou reação nenhuma.

Jacob se fechou no banheiro, mas não urinou, nem fingiu que a briga não tinha acontecido. Tirou o celular do bolso. O fundo da tela era uma foto do aniversário de seis anos de Max. Jacob e Julia tinham dado ao filho uma mala cheia de fantasias. Uma fantasia de palhaço. Uma fantasia de bombeiro. Índio. Mensageiro de hotel. Xerife. A primeira fantasia que ele vestiu, celebrada digitalmente, foi a de soldado. Jacob deu descarga em nada, abriu as configurações do celular e trocou a foto com uma das imagens genéricas do fabricante: uma folha sem árvore.

Voltou para a cozinha e retomou seu lugar diante de Tamir. Decidiu que tentaria a piada sobre a diferença entre um Subaru e uma ereção, mas antes que emitisse a primeira palavra Tamir falou: — Eu não sei onde o Noam está.

— Como assim?

— Ele passou uns dias em casa. Trocamos alguns e-mails e conversamos. Mas hoje à tarde ele foi mobilizado. A Rivka não sabe para onde. E eu não fiquei sabendo de nada. Ele tentou ligar, mas eu, idiota, estava com o celular desligado. Que tipo de pai eu sou?

— Ah, Tamir. Sinto muito. Nem consigo imaginar o que você está sentindo.

— Consegue sim.

— Noam vai ficar bem.

— Você pode me prometer?

Jacob arranhou uma coceira inexistente no braço e respondeu: — Adoraria ser capaz de fazer isso.

— Eu acredito em muito do que falei. Mas não acredito em muita coisa também. Ou não tenho certeza se acredito.

— Eu também disse algumas coisas em que não acredito. Acontece.

— Por que ele não manda pelo menos um e-mail com uma frase? Duas letras: O-K.

Jacob disse "Não sei onde a Julia está", tentando replicar a concretude de Tamir. — Não está em viagem de trabalho.

— Não?

— Não. E estou com medo.

— Então podemos conversar.

— O que a gente fez até agora?

— Emitiu sons.

— É tudo culpa minha. Julia. A família. Eu agi como se meu lar fosse dispensável.

— Calma. Conta o que...

— Ela encontrou um celular meu — disse Jacob, como se essa declaração precisasse interromper alguma coisa para ser proferida. — Um celular secreto.

— Que merda. Por que você tem um celular secreto?

— Foi muita burrice.

— Você teve um caso?

— Nem sei o que essa palavra significa.

— Você saberia se Julia tivesse um caso. — O que soltou o freio de mão da mente de Jacob: será que ela estava transando com Mark naquele momento? Será que ele estava comendo Julia enquanto eles conversavam sobre ela? Tamir perguntou: — Você comeu alguém?

Jacob fez uma pausa, como se precisasse refletir sobre a pergunta, como se nem soubesse o sentido do verbo *comer* naquele contexto.

— Comi.

— Mais de uma vez?

— Sim.

— Mas não aqui.

— Não — disse Jacob, como se tivesse ficado ofendido com essa hipótese. — Em hotéis. No trabalho, uma vez. Foi só uma permissão pra reconhecer a nossa infelicidade. Julia deve até ter ficado grata por isso ter acontecido.

— Todo mundo fica tão grato pela permissão que ninguém deseja.

— Talvez.

— É a mesma conversa que estávamos tendo. A mesma.

— Achei que tínhamos decidido que aquilo foi uma bobagem.

— Algumas partes, sim, mas não isto: você não pode dizer "É isto que eu sou". Você não pode dizer "Eu sou um homem casado. Tenho três filhos ótimos, uma bela casa, um bom emprego. Não tenho tudo que quero, não sou tão respeitado quanto desejo, não tenho tanto dinheiro nem amor nem sexo quanto gostaria, mas é isso que eu sou, e escolhi ser, e admito ser". Você não pode dizer isso. Mas ao mesmo tempo não pode admitir que precisa de mais, que quer mais. Mesmo sem levar em conta outras pessoas, você não consegue nem ao menos admitir a própria infelicidade pra si mesmo.

— Eu sou infeliz. Se é isso que você quer me ouvir dizer, aí está. Eu quero mais.

— Você está apenas emitindo sons.
— O que *não* é emitir sons?
— Ir para Israel. Pra morar.
— OK, agora você está de brincadeira.
— Estou dizendo o que você já sabe.
— Que uma mudança para Israel melhoraria meu casamento?
— Que se você fosse capaz de tomar posição e dizer "É isto que eu sou", estaria ao menos vivendo sua própria vida. Mesmo se quem você é não é atraente pros outros. Mesmo se quem você é não é atraente pra você mesmo.
— Não estou vivendo minha própria vida?
— Não.
— Estou vivendo a vida de quem?
— Talvez a ideia do seu avô sobre a sua vida. Ou do seu pai. Ou sua própria ideia. Ou talvez vida nenhuma.

Jacob suspeitou que deveria ficar ofendido, e sentiu o instinto de devolver o golpe, mas também se sentiu humilde e grato.

— Foi um dia longo — disse — e não sei mais se cada um de nós está dizendo o que realmente pensa. Gosto de ter você aqui. Faz eu me lembrar de quando a gente era criança. Vamos parar por aqui antes de perder tudo.

Tamir engoliu o último terço da cerveja em um gole só. Devolveu a garrafa para a mesa, com a maior delicadeza que Jacob já tinha visto no primo, e perguntou: — Quando vamos parar de evitar perder tudo?
— Nós dois?
— Claro.
— Está falando de perder tudo de uma vez por todas?
— Ou do contrário. Resgatar o que é nosso.
— Seu e meu?
— Claro.

Bebeu o resto da cerveja de Jacob e atirou no lixo as duas garrafas vazias.

— A gente separa o lixo — disse Jacob.
— Nós não.
— Tem toalhas suficientes no quarto?
— O que você acha que eu faço com as toalhas?
— Só estou tentando ser um bom anfitrião.
— Sempre tentando ser alguma coisa.

— Sim. Estou sempre tentando ser alguma coisa. Isso indica algo de bom ao meu respeito.

— Certo.

— E você também está sempre tentando ser alguma coisa. E o Barak também. E a Julia, e o Sam, e o Max, e o Benjy. Todo mundo.

— O que eu estou tentando ser?

Jacob fez uma pausa cautelosa.

— Você está tentando ser maior do que é.

O sorriso de Tamir revelou a força do golpe.

— Ah.

— Todo mundo está tentando ser alguma coisa.

— Seu avô não está.

O que foi aquilo? Uma piada imbecil? Uma tentativa preguiçosa de soar sábio?

— Ele parou de tentar — disse Jacob. — E isso o matou.

— Você está enganado. Ele é o único de nós que realmente conseguiu.

— O *quê*?

— Se tornar alguma coisa.

— *Morto*?

— Real.

Jacob quase disse *Agora não estou entendendo mais nada*.

Quase disse *Vou subir*.

Quase disse *Não concordo com nada do que você disse, mas entendo*.

A noite poderia terminar, a conversa poderia chegar ao fim, o que foi compartilhado poderia ser processado, digerido e expelido, menos os nutrientes.

Mas, em vez disso, Jacob perguntou: — Quer outra cerveja? Ou isso só vai deixar a gente bêbado e gordo?

— Aceito o que você tiver — disse Tamir. — Incluindo ser bêbado e gordo.

— E careca.

— Não, dessa parte você cuida por nós dois.

— Olha — disse Jacob —, eu tenho um saco de maconha lá em cima. Em algum lugar. Deve ter a idade do Max, mas maconha nunca estraga, né?

— Acho que nisso se parece com filhos — disse Tamir.

— Porra.

— Qual a pior coisa que pode acontecer? A gente não se chapar?

NA DOBRADIÇA

Julia levou três horas para caminhar até o apartamento de Mark. Jacob mandou mensagens e ligou e mandou mensagens e ligou, mas ela não mandou mensagens nem ligou para ver se Mark estaria em casa. Seu dedo soltou o botão do interfone ao mesmo tempo que o apertava — completando o circuito em um instante de surpresa, como um passarinho se chocando contra uma janela.

— Sim?

Ela permaneceu imóvel, em silêncio. Será que o microfone conseguiria detectar sua respiração? Será que Mark estava ouvindo o ar saindo de seus pulmões a quatro andares de distância?

— Estou vendo você, Julia. Tem uma camerazinha logo acima do interfone.

— É a Julia — disse Julia, como se pudesse apagar os últimos segundos e responder ao "Sim?" como um ser humano normal.

— Sim, estou olhando pra você.

— Que sensação desagradável.

— Então sai da frente da câmera e sobe.

A porta se abriu.

E então as portas do elevador se abriram para ela, e se abriram mais uma vez.

— Não estava esperando você — disse Mark, abrindo a porta para ela.

— Eu também não estava me esperando.

Por reflexo, esquadrinhou o apartamento. Tudo era novo e com aparência de novo: molduras falsas, pisos brilhantes o suficiente para servirem de pista de boliche, interruptores chamativos.

— Como você pode ver — disse Mark —, é uma obra em progresso.
— E o que não é?
— Amanhã chegam muitos móveis. Vai ser outro apartamento.
— Bem, então fico feliz por ter visto o *antes*.
— E é temporário. Eu precisava de um lugar, e aqui... era um lugar.
— Você acha que estou julgando você?
— Não, mas acho que está julgando meu apartamento.

Julia olhou para Mark, para os esforços que ele fazia: malhava, usava produtos no cabelo, comprava roupas que alguém — em uma revista ou em uma loja — dizia que eram descoladas. Deu uma boa olhada no apartamento: a altura do pé-direito, a altura das janelas, o brilho dos utensílios.

— Onde você come?
— Fora, quase sempre. Sempre.
— Onde você abre a correspondência?
— Faço tudo naquele sofá.
— Você dorme no sofá?
— Tudo, menos dormir.

Tudo, menos dormir: insuportavelmente sugestivo. Ou Julia sentiu assim. Mas naquela altura tudo lhe parecia insuportavelmente sugestivo, porque ela estava insuportavelmente exposta. Antes que a pele voltasse a crescer e ficasse curada, partes do interior da mão de Sam estavam do lado de fora, e havia uma preocupação constante com infecções. Infantilmente, Julia não queria culpar a mão do filho pela própria vulnerabilidade, e então passou a enxergá-lo como se tivesse permanecido o mesmo, enquanto o mundo tinha ficado mais perigoso. Foram direto do hospital para uma sorveteria. — *Todas* as coberturas? — o atendente perguntou. Quando a mão dela pressionou a porta, a primeira porta que ela abria desde que a pesada se fechou, Julia percebeu o verso do cartaz de ABERTO. — Olha só — ela comentou, encontrando na piada outro motivo para odiar a si mesma —, o mundo está fechado.

— Não — disse Sam. — *Fechado*. Tipo bem perto.

Outro motivo para odiar a si mesma.

Poderia ter dito muitas coisas para Mark. Havia tanta conversa fiada disponível. Ela aprendeu na colônia de férias a arrumar uma cama com a técnica usada em hospitais. Foi no hospital que ela aprendeu a enfiar palavras dobradas com firmeza entre segundos intermináveis. Mas naquele momento ela não queria nada arrumadinho nem escondido. Mas não queria que as coisas fossem tão desarrumadas e expostas quanto ela se sentia.

O que ela queria?

— O que eu quero? — ela perguntou, silenciosa como um passeio no espaço.

Ela queria colocar algumas das entranhas para fora, mas quais entranhas, e em que quantidade?

— Hein? — Mark perguntou.

— Não sei por que estou perguntando para você.

— Não ouvi o que você perguntou — ele disse, chegando mais perto, talvez para ouvir melhor.

Ela tentou de tudo: dietas detox com sucos, overdose de poesia, tricô, cartas manuscritas para pessoas que ela tinha deixado para trás, momentos da honestidade sem intermediários que tinham prometido um ao outro na Pensilvânia dezesseis anos antes. Tentou meditar meia dúzia de vezes, mas sempre se sentia perdida quando orientada a "se lembrar" do próprio corpo. Entendia o significado, mas se sentia incapaz, ou indisposta.

Deu um passo na direção de Mark, chegando mais perto, talvez para que tudo que ela não conseguia dizer pudesse ser ouvido.

Mas naquele momento, e sem tentar, Julia se lembrou do próprio corpo. Ela se lembrou dos próprios seios, que não tinham sido vistos por outro homem, sexualmente, desde a sua juventude. Lembrou o quanto pesavam, na qualidade de pesos que desciam lentamente fornecendo energia para seu relógio biológico. Tinham aparecido cedo demais, mas cresceram muito devagar, e foram chamados de "platônicos" pelo único namorado de faculdade cuja data de aniversário ela ainda tinha na cabeça. Ficavam tão sensíveis quando ela estava menstruada que era preciso segurá-los enquanto caminhava pela casa. Anos depois que a bomba Medela para tirar leite foi desligada pela última vez, ela ainda ouvia o ruído asmático da máquina lutando para não morrer. Tinha passado a ser mais íntima dos seios, pois havia mais a temer, mas desviou o olhar quando, uma vez por ano nos últimos três anos, foram pressionados entre placas de mamografia — em todas as vezes a técnica prometeu, espontaneamente, que ela seria exposta a menos radiação do que num voo transatlântico. Quando Jacob a levou para Paris em seu aniversário de quarenta e um anos, ela imaginou os filhos procurando o avião no céu, os seios brilhando para eles como faróis envenenados.

O que ela queria?

Queria tudo do lado de fora.

Queria algo impossível, cuja realização a destruiria.

E então entendeu Jacob. Tinha acreditado nele quando falou que suas palavras eram apenas palavras, mas nunca o tinha entendido. Agora entendia: ele precisava enfiar a mão na dobradiça. Mas não queria fechar a porta em si mesmo.

— Preciso ir pra casa — ela disse.

Precisava de algo impossível, cuja realização a salvaria.

— Foi isso que você veio me contar?

Ela fez que sim com a cabeça.

Mark endireitou a postura, ficando ainda mais alto. — Entendo que você está em meio a uma jornada — ele disse. — Ninguém entende isso melhor do que eu. E fico muito feliz por ter servido de parada para você esticar as pernas, encher o tanque e fazer xixi.

— Por favor, não se irrite — ela pediu, quase como uma garotinha.

Sua pele estava queimando de medo — da raiva de Mark, de merecer a raiva, de receber, enfim, a punição justa por ter sido má. Podia ser perdoada por permitir que os filhos se machucassem, mas não existe punição severa o bastante para machucar de propósito os próprios filhos. Ela estava a caminho de destruir a família — de propósito, e não porque não havia alternativas. Estava a caminho de escolher não ter escolha.

— Espero ter colaborado com seu crescimento interior — Mark prosseguiu, agora sem fazer nenhum esforço para esconder a mágoa. — Espero mesmo. Espero que tenha aprendido comigo alguma coisa que possa usar mais tarde com outra pessoa. Mas posso dar um pequeno conselho?

— Eu só preciso ir pra casa — ela disse, apavorada com o que ele diria em seguida, temendo que, por alguma justiça mágica, aquilo mataria seus filhos.

— Você não é o problema, Julia. Sua vida é o problema.

Gentileza era pior do que a coisa que ela mais temia.

Mark abriu a porta. — E digo isso desejando somente paz para nós dois: saiba que na próxima vez que eu enxergar seu rosto na tela, não vou nem assistir a você esperando.

— Preciso ir pra casa — ela disse.

— Boa sorte — ele respondeu.

Julia foi embora.

Pegou um táxi até um hotel cuja reforma ela quase tinha sido contratada para supervisionar.

Sob dez mil lustres de cristal, um arranjo de flores tão imenso que parecia saído de um desenho animado, com uma simetria estranha às leis da natureza.

E um mensageiro disse alguma coisa em um microfone de palma cujo cabo subia e descia por dentro do uniforme até um transmissor preso no cinto — devia haver algum jeito melhor de se comunicar.

E o recepcionista, que *quase* poderia ser Sam dentro de quinze anos, mas com uma mão esquerda perfeita, perguntou: — Vai precisar de quantas chaves?

Ela pensou em responder "Todas". Ela pensou em responder "Nenhuma".

QUEM ESTÁ NO QUARTO DESOCUPADO?

Quando Jacob enfim desceu com a maconha, Tamir já tinha transformado a maçã em cachimbo, aparentemente sem usar nenhuma ferramenta.

— Impressionante — Jacob elogiou.

— Eu sou uma pessoa impressionante.

— Bem, não há dúvidas de que você consegue transformar uma fruta em material pra usar drogas.

— Ainda tem cheiro de maconha — disse Tamir, abrindo o último saco. — Bom sinal.

Abriram algumas janelas e fumaram em silêncio, que só foi quebrado pela tosse humilhante de Jacob. Relaxaram. Esperaram.

De algum modo a TV agora estava sintonizada na ESPN. Será que o aparelho tinha adquirido sensibilidade e vontade própria? Era um documentário sobre a negociação de 1988 que fez Wayne Gretzky se transferir dos Edmonton Oilers para os L.A. Kings — os efeitos que isso teve em Gretzky, Edmonton, L.A., o esporte hóquei, o planeta Terra e o universo. Algo que em qualquer outra ocasião teria feito Jacob esmigalhar a TV ou furar os olhos tinha virado de repente um alívio muito bem-vindo. Será que tinha sido Tamir a trocar de canal?

Perderam a noção de quanto tempo tinha se passado — podiam ter sido quarenta e cinco segundos ou quarenta e cinco minutos. Para eles, isso era tão pouco importante quanto para Isaac.

— Estou me sentindo bem — disse Jacob, se inclinando como tinha sido ensinado a fazer nos seders de Pessach da infância, como convém a um homem livre.

— Estou me sentindo muito bem — disse Tamir.

— Basicamente, fundamentalmente... *bem*.
— Sei como é.
— Mas o negócio é que a minha vida não vai bem.
— É.
— É, você sabe disso? Ou é, a sua também não?
— É.
— Como é boa a infância — disse Jacob. — O resto é só empurrar coisas de lá para cá. Quem tem sorte se importa com essas coisas. Mas a diferença é de uns poucos graus.
— Mas esses graus importam.
— Importam?
— Se uma coisa importa, tudo importa.
— Mas que bela imitação de sabedoria.
— *Lo mein* importa. Piadas debiloides importam. Colchões firmes e lençóis macios importam. O Chefe importa.
— O Chefe?
— Bruce Springsteen, *The Boss*. Uma privada com assento aquecido importa. As pequenas coisas: trocar uma lâmpada, perder pro próprio filho no basquete, dirigir sem destino. Esta é a Grande Planura. E eu podia seguir em frente.
— Tenho uma ideia melhor. Será que você consegue voltar para o começo e falar tudo isso, *exatamente* isso, de novo, pra eu gravar?
— Comida chinesa importa. Piadas debiloides importam. Colchões firmes e lençóis macios...
— Tô chapado.
— Tô enxergando o lustre de cima.
— Tem muito pó? — Jacob perguntou.
— Outra pessoa perguntaria se é bonito.
— As pessoas não deviam ter permissão de se casar até ficar tarde demais pra terem filhos.
— Talvez você consiga recolher assinaturas suficientes pra fazer isso acontecer.
— E ter uma carreira gratificante é impossível.
— Pra qualquer pessoa?
— Pra bons pais. Mas é tão difícil fugir da regra. Essas merdas de pregos judeus atravessados nas minhas mãos.
— Pregos judeus?
— Expectativas. Prescrições. Mandamentos. Querer agradar a todo mundo. E todo o resto.

— Que resto?

— Você já leu aquele poema, ou era um diário, sei lá, do menino que morreu em Auschwitz? Ou será que foi em Treblinka? Esse detalhe não importa, eu... É aquele do verso "Na próxima vez em que você jogar bola, jogue por mim".

— Não.

— Sério?

— Acho que não.

— Sorte sua. Enfim, talvez seja exatamente desse jeito, mas o sentido é esse: não sofra por mim, viva por mim. Estou a caminho de morrer na câmara de gás, então me faça o favor de se divertir.

— Nunca ouvi falar.

— Devo ter ouvido umas mil vezes. Era a música-tema da minha educação judaica, e arruinou tudo. Não porque me fez pensar no cadáver de um garoto que poderia ter sido eu todas as vezes em que peguei numa bola, mas porque às vezes eu só quero vegetar na frente de um programa de TV bem ruim e em vez disso acabo pensando "Acho que eu devia estar jogando bola".

Tamir caiu na gargalhada.

— É engraçado, mas jogar bola vira uma postura de realização acadêmica, vira uma medida da distância até a perfeição em unidades de fracasso, vira ir pra uma faculdade que aquele menino assassinado teria matado alguém para frequentar, vira estudar coisas pelas quais você não se interessa mas são boas e respeitáveis e rentáveis, vira se casar de forma judaica e ter filhos judeus e viver judaicamente num esforço demente de redimir o sofrimento que tornou possível a sua vida cada vez mais alienante.

— Acho que você precisa fumar um pouco mais.

— O problema — disse Jacob, pegando a maçã — é que cumprir as expectativas dá uma sensação maravilhosa, mas você só cumpre uma vez: "Tirei um A!", "Estou me casando!", "É um menino!", e depois precisa passar pela experiência. Na hora ninguém percebe, e todo mundo percebe depois, mas ninguém admite, porque tiraria uma peça importante que derrubaria a torre de Jenga judaica. Você troca ambição emocional por companheirismo, uma vida habitando um corpo cheio de nervos por companheirismo, exploração por companheirismo. Compromisso tem coisas boas, eu sei. As coisas precisam crescer ao longo do tempo, amadurecer, se tornarem plenas. Mas isso tem um preço, e não é porque não falamos sobre isso que o preço fica suportável. São tantas bênçãos, mas alguém já parou para se perguntar por que alguém desejaria uma bênção?

— Bênçãos não passam de maldições invejadas por outras pessoas.
— Você deveria fumar mais maconha, Tamir. Porra, você vira o Yoda. Ou pelo menos o Deepak Chopra.
— Talvez a maconha permita que você escute de outro jeito.
— Viu? É bem disso que estou falando.
— Você está ficando engraçado — disse Tamir, aproximando a maçã da boca.
— Eu sempre fui engraçado.
— Então talvez eu esteja escutando de outro jeito.
Tamir deu outro pega.
— Como a Julia reagiu às mensagens?
— Não muito bem. Claro.
— Vocês vão continuar juntos?
— Sim. Claro. Tem os meninos. E passamos uma vida juntos.
— Tem certeza?
— Quer dizer, a gente *falou* em se separar.
— Espero que você esteja certo.
Jacob deu mais um pega.
— Já falei da minha série de TV?
— Claro.
— Não, estou falando da *minha* série.
— Eu tô chapado, Jacob. Finge que eu tenho seis anos de idade.
— Ando escrevendo roteiros de uma série sobre nós.
— Você e eu?
— Bem, não, você não. Ou ainda não.
— Eu ficaria ótimo numa série de TV.
— Minha família.
— Eu sou da sua família.
— Minha família *daqui*. Isaac. Meus pais. Julia e as crianças.
— Quem vai querer assistir a um negócio desses?
— Acho que todo mundo. Mas isso não importa. O que importa é que eu acho que a série é muito boa, e talvez eu tenha nascido pra escrever esses roteiros, e me dediquei totalmente a isso pelos últimos dez anos, mais ou menos.
— Dez anos?
— E nunca mostrei para ninguém.
— Por que não?
— Bem, antes da morte do Isaac era porque eu tinha medo de traí-lo.

— Trair como?
— Com a verdade sobre quem a gente é, e sobre como a gente é.
— Como isso seria uma traição?
— Dia desses eu estava ouvindo rádio, um *podcast* que eu gosto, sobre ciência. Estavam entrevistando uma mulher que morou dois anos naquela cúpula geodésica enorme – nada entra, nada sai. Aquela, sabe? Foi bem interessante.
— Vamos ouvir isso agora.
— Não, estou só procurando uma metáfora.
— Eu ficaria tão feliz se pudesse ouvir isso agora.
— Não consigo nem saber se você está falando sério ou tirando com a minha cara.
— Por favor, Jacob.
— Ainda não sei. Mas, enfim, ela falou sobre como viver naquele ambiente fechado a deixou consciente da qualidade interconectada da vida: essa coisa come essa coisa, aí caga, o que alimenta essa outra coisa, que blá-blá-blá. Depois ela começou a falar de uma coisa que eu já sabia, não porque eu sou sabichão, mas porque é uma daquelas coisas que quase todo mundo sabe: o fato de que com cada respiração é provável que você esteja inalando moléculas que foram exaladas por Pol Pot, por César ou pelos dinossauros. Posso estar enganado sobre a parte dos dinossauros. Ando bem interessado em dinossauros. Não sei o porquê. Passei uns trinta anos sem nunca nem pensar em dinossauros e agora de repente fiquei interessado de novo. Eu ouvi em outro *podcast*...
— Você gosta mesmo de ouvir *podcasts*.
— Eu sei. É verdade. É constrangedor, né?
— Você está me perguntando se está constrangido?
— É humilhante.
— Não faço ideia do motivo.
— Que tipo de gente entra de fininho em salas desocupadas e encosta um celular quase sem volume no ouvido para então, inteiramente sozinho, ouvir um desocupado falando sem parar sobre algo tão irrelevante quanto ecolocalização. É humilhante. E a humilhação é humilhante. — Usando a garrafa de cerveja, Jacob desenhou um anel de condensação na mesa. — Mas então esse outro *podcast* fez um programa inteiro sobre como todos os dinossauros, não a maioria deles, *todos*, foram destruídos de uma só vez. Vagaram pela Terra por um monte de milhões de anos, até que então, no decorrer de algo tipo uma hora, *sumiram*. Por que as pessoas sempre usam o verbo *vagar* quando falam de dinossauros?

— Não sei.
— Mas é verdade. Os dinossauros *vagavam* pela Terra. Que esquisito.
— É.
— Tão esquisito, né?
— Quanto mais eu penso, mais esquisito fica.
— Os *judeus vagaram pela Europa por milhares de anos...*
— Até que então, no decorrer de algo tipo uma década...
— Mas eu estava falando de outra coisa... Sobre a mulher da cúpula... dinossauros... Pol Pot, talvez?
— Respirar.
— Isso! Com cada respiração a gente inala moléculas, blá-blá-blá. Enfim, aí comecei a revirar os olhos, porque essa merda mais parecia uma banalidade pseudocientífica de mesa de bar. Mas aí ela seguiu em frente e afirmou também que é certo que nossas exalações serão inaladas por nossos tatatatatatatatatatatatatatatataranetos.
— E pelos dinossauros do futuro.
— E pelos Pol Pots do futuro.
Deram risada.
— Mas isso me afetou bastante, sei lá por quê. Não comecei a chorar nem nada assim. Não precisei parar o carro. Mas tive que desligar o *podcast*. O negócio ficou forte demais de repente.
— Alguma ideia?
— Se eu tenho alguma ideia do que fazer agora?
— Não. Se você tem alguma ideia de por que ficou afetado ao imaginar seus tatatatatatatatatatatatatataranetos respirando sua respiração.
Jacob expirou algo que seria inalado pelo último de sua linhagem.
— Tente — Tamir encorajou.
— Acho — outra respiração —, acho que eu fui criado para entender que não sou digno de tudo que veio antes de mim. Mas ninguém jamais me preparou para o conceito de que também não sou digno de tudo que virá depois de mim.
Tamir pegou a maçã da mesa, levantou a fruta e ficou segurando de um modo que a luz do lustre passava em linha reta pelo buraco no centro, e disse: — Quero comer esta maçã.
— Hein?
— Mas meu pau é grande demais — continuou. E em seguida, tentando enfiar o indicador peludo dentro da maçã: — Não consigo nem dar umas dedadas.

— Larga essa maçã, Tamir.
— É a Maçã da Verdade — disse Tamir, ignorando Jacob. — E eu quero foder a Maçã da Verdade.
— Jesus Cristo.
— Tô falando sério.
— Você quer foder a Maçã da Verdade, mas seu pau é grande demais?
— Sim. É exatamente essa a triste situação.
— A triste situação atual? Ou a triste situação da vida?
— As duas coisas.
— Você tá chapado.
— Você também.
— O cientista que tava falando dos dinossauros...
— Do que você tá falando?
— Daquele *podcast*. O cientista falou uma coisa tão linda que eu achei que ia morrer.
— Não morra.
— Ele pediu que o ouvinte imaginasse uma bala sendo disparada através da água, deixando um rastro cônico de vazio às suas costas, um buraco na água, antes que a água tivesse tempo de se recompor. Disse que um asteroide criaria um rastro parecido, um rasgo na atmosfera, e que, olhando para o asteroide, um dinossauro veria um rasgo de céu noturno em um céu diurno. Veria isso logo antes de ser destruído.
— Talvez você não tenha sentido vontade de morrer, mas percebido que você se parece com o dinossauro.
— Hein?
— Ele viu uma coisa incrivelmente bela antes de ser destruído. Você ouviu falar disso e achou incrivelmente lindo, e assim imaginou que também seria destruído.
— Sempre dão bolsas MacArthur pras pessoas erradas.
— Eu menti.
— Sobre o quê?
— A maioria das coisas.
— Tá.
— A Rivka e eu andávamos conversando sobre nos mudarmos.
— Sério?
— Só conversando.
— Se mudar pra onde?
— Você vai me fazer dizer?

— Acho que vou.
— Pra cá.
— Você tá de brincadeira.
— Só conversando. Só pensando no assunto. Eu recebo umas ofertas de emprego de vez em quando, e um mês atrás recebi uma bem boa, ótima na verdade, numa empresa de tecnologia. A Rivka e eu brincamos de faz de conta na mesa de jantar, imaginando como seria se eu aceitasse o emprego, e aí a conversa parou de ser faz de conta.
— Achei que você era feliz por lá. E aquela conversa fiada de alugar um quarto nos Estados Unidos?
— Você ouviu o que eu disse antes?
— Quando você estava implorando que eu fizesse aliá?
— Pra eu poder fazer áila.
— O que isso quer dizer?
— *Aliá* ao contrário.
— Você inverteu isso na cabeça?
— Enquanto você estava falando.
— E como assim, existe alguma Constante de Bloch-Blumenberg que precisa ser mantida?
— Uma Constante Judaica. O ideal é que judeus-americanos e judeus-israelenses sempre troquem de lugar.
— Era disso que você estava falando o tempo todo? Da sua culpa por abandonar Israel?
— Não, a gente estava falando sobre a sua culpa de abandonar seu casamento.
— Não vou abandonar meu casamento — disse Jacob.
— E eu não vou abandonar Israel — respondeu Tamir.
— É tudo conversa fiada?
— Sempre que eu tentava recusar alguma oferta do meu pai (mais um pedaço de *halvah*, um passeio noturno) ele dizia "*De zelbe prayz*". O preço é o mesmo. Era a única ocasião em que ele usava ídiche. Ele odiava ídiche. Mas dizia isso. E não só dizia em ídiche, imitava a voz do meu avô também. Não me custa nada conversar sobre ir embora de Israel. O preço é o mesmo de não conversar a respeito. Chego a ouvir meu pai imitando meu avô: *de zelbe prayz*.

Tamir pegou o celular e mostrou a Jacob fotos de Noam: na maternidade, os primeiros passos, o primeiro dia de escola, o primeiro jogo de futebol, o primeiro encontro, a primeira vez no uniforme do colégio. —

Estou obcecado por essas fotos — disse Tamir. — Não por ficar olhando, mas por ver que ainda estão ali. Às vezes confiro por baixo da mesa. Às vezes vou ao banheiro pra fazer isso. Lembra como era ir no supermercado com os meninos quando eles eram pequenos? Aquela sensação de que assim que sumissem de vista desapareceriam para sempre? É bem assim.

Todos os dinossauros foram obliterados, mas alguns mamíferos sobreviveram. A maioria deles vivia dentro da terra. No subterrâneo, ficaram protegidos do calor que consumiu toda a vida na superfície. Tamir estava se enterrando dentro do celular, nas fotos do filho.

— Será que somos homens bons? — perguntou.
— Que pergunta estranha.
— Você acha?
— Não acredito que exista uma força superior nos julgando — disse Jacob.
— Mas como devemos julgar a nós mesmos?
— Com lágrimas, com silêncio, com...?
— Até minha confissão era uma mentira.
— Eu devo ter dado motivos pra você mentir.
— Eu quero ir embora. A Rivka não quer.
— Você quer abandonar Israel? Ou abandonar o casamento?
— Israel.
— Você teve um caso?
— Não.
— Ela?
— Não.
— Eu vivo cansado — disse Jacob. — Estou sempre cansado. Nunca tinha pensado a respeito, mas e se esse tempo todo na verdade eu não estava cansado? E se o meu cansaço for só um esconderijo?
— Existem esconderijos bem piores.
— E se eu decidisse que nunca mais vou ficar cansado? Se eu simplesmente me negar a ficar cansado. Meu corpo poderia se cansar, mas eu não.
— Não sei, Jacob.
— E se eu não conseguir sair sozinho do meu esconderijo? Se ele for familiar demais, seguro demais? E eu precisar ser expulso com fumaça?
— Acho que você está abusando da fumaça neste exato momento.
— E se eu precisar que a Julia me expulse com fumaça?

Jacob olhou para a maçã entre os dois. Compreendeu o que Tamir quis dizer quando falou sobre foder a fruta. Não era uma ânsia sexual, mas existencial — adentrar a própria verdade.

— Sabe o que eu adoraria fazer agora?
— O quê? — Tamir quis saber.
— Raspar a cabeça.
— Por quê?
— Pra ver o quanto estou careca. E pra todo mundo ver.
— E se em vez disso a gente fizesse pipoca?
— Seria horrível. Mas eu tô pronto. Mas seria horrível. Mas eu tô pronto.
— Você fica repetindo a mesma coisa.
— Acho que tô pegando no sono.
— Então dorme.
— Mas...
— O quê?
— Eu também andei mentindo.
— Eu sei.
— Sabe?
— Sim. Só não sei em que momentos.
— Eu não tive um caso.
— Não?
— Ou tive, mas não comi ninguém.
— E o que você *fez*?
— Só troquei umas mensagens. E nem foram tantas.
— Por que você mentiu sobre isso?
— Por que eu não queria ser pego.
— Pra *mim*.
— Ah. Não sei.
— Deve ter um motivo.
— Tô chapado.
— Mas é a única coisa sobre a qual você mentiu.
— Quando a Julia encontrou meu celular e contei a verdade pra ela, que na verdade não aconteceu nada, ela acreditou em mim.
— Que bom.
— Mas não foi por confiar em mim. Ela disse que sabia que eu não era capaz de fazer nada.
— E você queria que eu achasse que você era capaz.

— É a interpretação que faço de mim mesmo, sim.
— Mesmo que você *não seja* capaz.
— Positivo.
— Agorinha mesmo você perguntou que tipo de gente se esconde pra ouvir *podcasts*.
— Foi.
— O tipo de gente que usa esse mesmo celular pra trocar mensagens pornográficas com uma mulher na qual jamais encostaria.
— Era outro celular.
— A mão era a mesma.
— Bem, agora você raspou a minha cabeça — disse Jacob, fechando os olhos. — Diga o que eu não consigo ver.
— Você está mais careca do que eu pensava, e menos do que acha.

Jacob sentiu o solavanco involuntário, a queda no fosso do elevador que marca o início do sono. Não conseguia registrar a passagem do tempo, nem o movimento entre pensamentos, ou momentos sem pensamentos.

O que aconteceria com o som do tempo? Se tudo que ele e Julia tinham ensaiado fosse mesmo executado? Se em termos de explorar uma ideia *o preço é o mesmo* fosse uma inverdade? Fim dos cochichos à luz de vela nos ouvidos dos meninos. Fim de lavar pratos pensando na festa de aniversário do dia seguinte. Fim do som de raspagem do ancinho quando as folhas fossem acumuladas na sarjeta para que pudessem receber os pulos das crianças pela última vez. O que será que ele ouviria para escutar sua vida? Ou seria surdo a ela?

Em seguida ficou consciente de uma mão, uma voz. — Tem notícias na TV — disse Tamir, sacudindo Jacob pelo antebraço.
— Hein?
— Você dormiu.
— Não. Não dormi. Só estava pensando.
— Aconteceu alguma coisa grande.
— Me dá um segundinho.

Jacob piscou os olhos para sair do torpor, rolou a cabeça de um ombro a outro e caminhou até o sofá.

Duas horas antes, enquanto Jacob e Tamir estavam se chapando, alguns extremistas israelenses invadiram a Cúpula da Rocha e atearam fogo. As chamas quase não causaram danos, segundo os israelenses, mas a ação teve consequências suficientes. A TV, que de algum modo tinha passado da ESPN para a CNN, mostrava imagens de fúria: homens — sempre homens — dando socos no céu, disparando rios intermitentes de balas contra o céu, tentando matar o céu. Jacob já vira tudo isso antes, mas as imagens sempre vinham das redondezas do tremor, essencialmente Gaza e a Cisjordânia. Mas agora a CNN quicava de uma transmissão a outra, mostrando o que parecia uma oferta interminável de fúria: um círculo de homens queimando uma bandeira israelense em Jacarta; homens em Cartum usando varas para espancar a imagem do primeiro-ministro israelense; homens em Karachi, Daca, Riad e Lahore; homens com a boca coberta por bandanas quebrando uma vitrine judaica em Paris; um homem com um sotaque tão incompreensível que não devia saber nem cem palavras em inglês, gritando "Morte aos judeus" para a câmera em Teerã.

— Isso é ruim — disse Jacob, petrificado e intoxicado pelas imagens.
— Ruim?
— Péssimo.
— Preciso voltar pra casa.
— Eu sei — disse Jacob, grogue demais para entender, ou mesmo para ter certeza se estava mesmo acordado. — A gente vai dar um jeito.
— *Agora*. A gente precisa ir até a embaixada.
— Tá bom. OK.

Tamir sacudiu a cabeça e disse: — *Agora, agora, agora*.
— Eu entendi. Deixa eu botar uma roupa.

Mas nenhum deles arredou pé do sofá. A TV se encheu de ódio judaico: homens de chapéus negros gritando em hebraico em Londres; homens escuros de um dos últimos *kibutz* sacudindo o indicador para a câmera, repetindo, histéricos, palavras que Jacob não entendia; homens judeus entrando em confronto com soldados judeus vigiando o Monte do Templo.

Tamir disse: — Você precisa vir também.
— Claro. Só um minutinho.
— Não — disse Tamir, agarrando os ombros de Jacob com a mesma força usada no zoológico três décadas antes. — Você precisa voltar pra casa.
— Eu estou em casa. Como assim?
— Pra Israel.
— Hein?
— Você precisa vir pra Israel comigo.
— *Eu* preciso?
— Sim.
— Tamir, você quer *ir embora* de Israel.

— Jacob.
— Agora você quer que *eu* vá?
Tamir apontou para a TV. — Olha só pra isso.
— Passei uma semana inteira olhando pra isso.
— Não. Isso nunca ninguém viu.
— Do que você está falando?
— É assim que termina — ele disse. — Bem assim. — E pela primeira vez desde que Tamir tinha chegado em D.C., pela primeira vez na vida, Jacob enxergou a semelhança familiar. Enxergou os olhos em pânico dos próprios filhos – o terror que ele via logo antes de exames de sangue e depois de ferimentos que sangravam.
— Que *termina*?
— Que Israel é destruído.
— Porque muçulmanos estão gritando em Jacarta e em Riad? O que eles vão fazer? Caminhar até Jerusalém?
— Sim. E montar cavalos, e dirigir uns carros cagados, e serem levados de ônibus, e pegarem barcos. E não só eles. Olha pra nós.
— Vai passar.
— Não vai. É assim que tudo vai terminar.
Nem as imagens na tela nem as palavras de Tamir deixavam Jacob tão assustado quanto o pavor que ele enxergava nos olhos dos filhos dentro dos olhos de Tamir.
— Se você acredita mesmo nisso, Tamir, precisa tirar sua família de Israel.
— Não tenho como! — exclamou, e então Jacob viu, nos dentes cerrados de Tamir, a fúria de Irv; a profunda tristeza interior que só encontrava expressão na fúria sem rumo.
— Por quê? — Jacob perguntou. — O que poderia ser mais importante que a segurança da sua família?
— Eu não tenho como tirá-los de lá, Jacob. Nenhum voo entra, nenhum voo sai. Você acha que eu não tentei? O que você acha que eu faço o dia inteiro? Vou a museus? Faço compras? Estou tentando manter minha família a salvo. Não tenho como tirá-los de lá, então preciso ir. E você precisa ir também.
Jacob agora estava acordado demais para demonstrar coragem impassível.
— Israel não é minha casa, Tamir.
— Só porque ainda não foi destruído.

— Não, porque não é a minha casa.

— Mas é a *minha* casa, retrucou, e agora Jacob enxergou Julia. Enxergou a súplica que não tinha conseguido ver enquanto a casa dela ainda podia ser salva. Enxergou a própria cegueira.

— Tamir, você...

Mas as palavras não tomavam forma, porque não havia pensamentos a serem expressos. Não importava: Tamir tinha parado de ouvir. Estava inquieto, mandando mensagens. Rivka? Noam? Jacob não perguntou, porque sentia não ter esse direito.

Seu lugar era no quarto desocupado, digitando: *você tá doida que eu foda essa xereca apertada, mas ainda não merece*.

Seu lugar era no quarto desocupado, a mesma mão segurando outro celular contra a orelha para que ele, e apenas ele, pudesse ouvir: — Cegos podem ver. É verdade. Fazendo estalos com a boca, podem se orientar a partir dos ecos devolvidos por objetos próximos. Ao fazer isso, cegos são capazes de fazer caminhadas em terrenos acidentados, se orientar pelas ruas de uma cidade e até mesmo andar de bicicleta. Mas isso é ver? Tomografias cerebrais de pessoas que praticam a ecolocalização mostram atividade nos mesmos centros visuais do cérebro ativados nas pessoas com visão; estão apenas vendo com os ouvidos, em vez dos olhos.

Seu lugar era no quarto desocupado, lendo: *meu marido vai viajar com as crianças nesse fds, vem me comer de verdade*.

Seu lugar era no quarto desocupado, ouvindo: — Mas então por que é tão raro ver cegos andando de bicicleta? De acordo com David Spellman, o mais destacado professor de ecolocalização, isso se deve ao fato de poucos receberem a liberdade suficiente para aprender como fazer isso.

— É raro o pai, talvez um em cem, provavelmente menos do que isso, que consegue ver o filho cego se aproximar de um cruzamento e não segurar seu braço. É com amor que o protegem do perigo, mas também estão impedindo que aprendam a enxergar. Quando ensino crianças a andar de bicicleta, as quedas são inevitáveis, como acontece também com crianças de visão perfeita. Mas pais de crianças cegas quase sempre tomam isso como prova de que estão pedindo demais dos filhos, e entram em cena para proteger. Quanto mais os pais desejam que o filho enxergue, tornam isso mais impossível, porque o amor atrapalha.

— Como você conseguiu superar isso e aprender?

— Meu pai foi embora antes de eu nascer, e minha mãe tinha três empregos. A ausência de amor me permitiu enxergar.

DE ZELBE PRAYZ

Tamir subiu as escadas e Jacob ficou sentado ali, tentando repassar os últimos poucos instantes, e as últimas duas horas, e as últimas duas semanas, e os últimos treze, e dezesseis, e quarenta e dois anos. O que tinha acontecido?

Tamir tinha afirmado que Jacob não morreria por nada. Mesmo que fosse verdade, qual seria a diferença? Que bondade inerente tão grande reside nessa devoção suprema? Qual o problema de ganhar um dinheiro razoável, comer uma comida razoável, viver numa casa razoável, se esforçando para ser tão ético e ambicioso quanto as circunstâncias permitirem? Ele tinha tentado, tinha fracassado todas as vezes, mas sob qual parâmetro? Tinha dado à família uma vida razoável. Havia a sensação de que uma vida vivida apenas uma vez deveria ser mais do que razoável, mas quantos esforços em busca de ter mais não tinham terminado em não ter nada?

Anos antes, na época em que ele e Julia ainda conversavam sobre trabalho, Julia desceu até o porão com uma caneca de chá em cada mão e perguntou como estavam as coisas.

Jacob se recostou na cadeira Aeron e disse: — Bem, poderia estar bem melhor, mas acho que isso é o melhor que consigo fazer agora.

— Então é o melhor que pode ser.

— Não — Jacob retrucou. — Poderia estar muito melhor.

— Como? Se outra pessoa escrevesse? Se você escrevesse em um momento de vida diferente? Aí estaríamos falando de outra coisa.

— Se eu fosse um escritor melhor.

— Mas você não é — ela disse, colocando uma caneca sobre a mesa dele. — Você é apenas perfeito.

A despeito de tudo que ele não podia dar a Julia, deu bastante. Não era um grande artista, mas trabalhava com esforço (razoável) e tinha dedicação (razoável) à escrita. Reconhecer complexidade não é uma fraqueza. Dar um passo para trás não é uma retirada. Ele não estava errado ao sentir inveja daqueles homens que uivavam lamentos de joelhos sobre tapetes de oração na Cúpula da Rocha, mas talvez estivesse errado ao enxergar, refletida naquela devoção, sua própria esqualidez existencial. O agnosticismo não é menos devoto que o fundamentalismo, e talvez ele tivesse destruído o que amava, cego à perfeição do razoável.

Ligou para o celular de Julia. Ela não atendeu. Eram duas da manhã, mas não havia horário, naqueles dias, em que ela atenderia uma ligação dele.

Oi, você ligou para a Julia...

Mas ela veria que ele ligou.

Ao sinal, disse: — Sou eu. Não sei se você está vendo as notícias, mas uns extremistas botaram fogo na Cúpula da Rocha, ou pelo menos tentaram. Extremistas judeus. Acho que conseguiram, tecnicamente. O fogo não foi grande coisa. Mas, enfim, você sabe, isso é uma coisa muito séria. Você pode assistir na TV se quiser. Ou ler a respeito. Nem sei onde você está. Onde você está? Então...

Foi interrompido pelo correio de voz. Ligou de novo.

Oi, você ligou para a Julia...

— O troço me cortou. Não sei quanto consegui gravar, mas estava dizendo que o Oriente Médio acabou de explodir e o Tamir está totalmente histérico, quer que eu o leve até a embaixada nesta noite, tipo agora mesmo, às duas da manhã, para tentar de algum jeito embarcar num avião. E ele fica dizendo que eu preciso ir com ele. No começo achei que ele estava falando de...

Interrompido pelo correio de voz mais uma vez. Ligou de novo.

Oi, você ligou para a Julia...

— E... sou eu, o Jacob. Claro. Enfim, eu estava dizendo que o Tamir está descontrolado e que o estou levando para a embaixada, vou acordar o Sam para ele saber que estamos de saída, e que ele precisa...

Interrompido pelo correio de voz. O tempo permitido a cada mensagem parecia estar encolhendo. Ligou de novo.

— Jacob?
— Julia?

— Que horas são?
— Achei que seu telefone estava desligado.
— Por que você está ligando?
— Bem, eu meio que expliquei nas mensagens, mas...
— Que horas são?
— Umas duas, por aí.
— *Por que*, Jacob.
— Onde você está?
— Jacob, por que você está me ligando às duas da manhã?
— Porque é importante.
— Tudo certo com as crianças?
— Sim, todo mundo está bem. Mas Israel...
— Não aconteceu nada...?
— Não. Não com as crianças. Estão dormindo. É Israel.
— De manhã você me conta, tá bom?
— Julia, eu não ligaria se não fosse...
— Se os meninos estão bem, qualquer outra coisa pode esperar.
— Não pode.
— Acredite, pode sim. Boa noite, Jacob.
— Uns extremistas tentaram incendiar a Cúpula da Rocha.
— Amanhã.
— Vai ter uma guerra.
— Amanhã.
— Uma guerra contra nós.
— Temos uma tonelada de pilhas na geladeira.
— Hein?
— Sei lá. Tô meio dormindo.
— Acho que eu vou também.
— Obrigada.
— Pra Israel. Com o Tamir.
Ouviu ela se mexer, e um ruído abafado de estática.
— Você não vai pra Israel.
— Tô pensando seriamente nisso.
— Você nunca deixaria uma frase tão imbecil entrar num roteiro seu.
— O que você quer dizer com isso?
— Que amanhã a gente conversa.
— Eu vou para Israel — ele disse, e desta vez, sem *acho que*, a frase expressava uma coisa totalmente diferente, uma certeza que, ao ser pronun-

ciada em voz alta, revelou a Jacob sua falta de certeza. Na primeira vez ele queria que Julia tivesse dito "Não vá". Mas em vez disso ela não acreditou.

— E por que você faria isso?
— Para ajudar.
— Como? Escrevendo para o jornal do Exército?
— Fazendo qualquer coisa que me peçam. Encher sacos de areia, fazer sanduíches, lutar.

Julia riu tanto que ficou mais acordada. — *Lutar*?
— Se isso for necessário.
— E como seria isso?
— Eles precisam de homens.

Ela deu uma risadinha. Jacob achou ter ouvido uma risadinha.

— Não estou querendo seu respeito nem sua aprovação — disse. — Estou contando para você, porque vamos ter de pensar em como vão ser as próximas semanas. Imagino que você vá voltar para casa e...
— Respeito e aprovo seu desejo de ser um herói, especialmente agora...
— É ridículo isso que você está fazendo.
— Não — ela disse, a voz agora com a limpidez da agressividade —, é ridículo isso que *você* está fazendo. Me acordar no meio da noite com essa encenação kabuki imbecil de... nem *sei* do quê. Determinação? Coragem? Abnegação? Você imagina que eu vá voltar para casa? Que bonito. E depois? Vou cuidar sozinha dos meninos por toda a duração das suas aventuras de *paintball*? Não deve ser nada complicado: preparar três refeições por dia para eles, *nove*, na verdade, porque nunca aceitam comer a mesma coisa, e servir de motorista até aulas de violoncelo, e fonoaudióloga, e futebol, e futebol, e escola hebraica, e vários profissionais de saúde. Tá. Também quero ser heroica. Acho que deve ser maravilhoso ser uma heroína. Mas primeiro, antes que comecem a tomar nossas medidas para fazer as capas, vamos ver se a gente consegue manter o que já temos.
— Julia...
— Eu não terminei. Você me acordou com essa merda absurda, agora eu mereço minha vez de falar. Se a gente tiver mesmo de considerar por um instante essa ideia ridícula de você se envolver em combate, vamos ter que reconhecer que qualquer exército que inclua você entre os combatentes está em situação de desespero, e exércitos desesperados tendem a não praticar esse negócio de tratar toda vida como se fosse a espécie humana inteira, e mesmo sem ter nenhuma qualificação militar eu imagino que você não será

convocado para operações especializadas, como desarmar bombas ou assassinatos cirúrgicos, mas sim para algo tipo "Fique na frente desta bala para que sua carne pelo menos diminua a velocidade do projétil antes que ele adentre a pessoa a quem de fato damos valor". E aí você estará morto. E seus filhos não terão pai. E seu pai vai se tornar um babaca ainda maior. E...
— E você?
— Hein?
— O que você vai se tornar?
— Na doença e na doença — a mãe de Jacob tinha dito no casamento dos dois. — É isso que desejo para vocês. Não esperem milagres. Não existem milagres. Não mais. E não existe cura para a mágoa que mais dói. Existe o remédio de acreditar na dor do outro e estar presente naquele momento.

Jacob tinha recobrado a audição que fingira perder quando criança, e adquiriu uma espécie de interesse obsessivo pela surdez que perdurou até a idade adulta. Nunca compartilhou isso com Julia ou mais ninguém, porque parecia errado, de mau gosto. Ninguém, nem mesmo o dr. Silvers, sabia que ele era capaz de se comunicar em linguagem de sinais, ou que comparecia às convenções anuais do capítulo D.C. da Associação Nacional dos Surdos. Não fingia ser surdo quando ia. Fingia ser professor de uma escolinha para crianças surdas. Explicava seu interesse alegando ser filho de um pai surdo.

— O que você vai se tornar, Julia?
— Não faço a menor ideia do que você está tentando fazer eu dizer. Que contemplar a ideia de criar três filhos sozinha me torna egoísta?
— Não.
— Está insinuando que, em segredo, é isso que eu quero?
— É? Isso nem me ocorreu, mas parece que ocorreu a você.
— Você está falando sério?
— O que você vai se tornar?
— Não faço ideia de onde você está tentando me levar, mas tô cansada pra caralho, e cansada dessa conversa; então, se você tem mais alguma coisa a dizer...
— Por que você não diz logo que quer que eu fique?
— Hein?
— Não entendo por que você não consegue dizer que não quer que eu vá.
— Passei os últimos cinco minutos fazendo isso.

— Não, você está falando que é injusto com as crianças. Que é injusto com você.

— *Injusto* é uma palavra sua.

— Não falou nem uma vez que você, você, Julia, não quer que eu vá, porque *você* não quer que eu vá.

Ela abriu um silêncio como o rabino tinha aberto um rasgo no paletó de Irv no funeral.

— Uma viúva — disse Jacob. — É isso que você vai virar. Você vive projetando suas necessidades e medos nas crianças, ou em mim, ou em quem estiver por perto. Por que não consegue admitir que você, *você*, não quer ser uma viúva?

Ele ouviu, achou ter ouvido, as molas de um colchão voltando à posição de repouso. De que cama ela estava se levantando? Quanto do seu corpo estava coberto, em que grau de escuridão?

— Porque eu não seria uma viúva — ela respondeu.

— Seria sim.

— Não, Jacob, não seria. Uma viúva é alguém cujo marido morreu.

— E?

— E você não é meu marido.

Nos anos 1970, a Nicarágua não tinha estrutura para cuidar de crianças surdas: nenhuma escola, nenhum recurso educacional ou informacional, nem mesmo uma linguagem de sinais própria. Quando a primeira escola nicaraguense para surdos foi aberta, os professores ensinavam leitura labial. Mas no parquinho as crianças se comunicavam usando os sinais que criaram em casa, gerando organicamente um vocabulário e uma gramática compartilhada. Enquanto gerações de alunos passavam pela escola, a linguagem improvisada cresceu e amadureceu. É a única ocorrência registrada de uma língua sendo criada inteiramente do zero pelos próprios falantes. Nenhum adulto ajudou, nada foi registrado em papel, não havia modelos. Somente a vontade das crianças de serem entendidas.

Jacob e Julia tinham tentado. Tinha criado sinais, e formavam palavras diante dos filhos ainda pequenos, e códigos. Mas a linguagem que haviam criado, e que mesmo naquele momento seguiam criando, tinha tornado o mundo menor ao invés de maior.

Eu não sou seu marido.

Por causa daquelas mensagens? Destruir tudo por causa da disposição de algumas centenas de letras? O que ele imaginava que aconteceria? E o que ele achou que estava fazendo? Julia tinha razão: não foi um momento de fraqueza. Ele forçou a conversa até os temas sexuais, comprou o segundo celular, formava as palavras na cabeça mesmo quando não estava digitando, se esgueirando para ler as palavras dela assim que chegavam. Mais de uma vez tinha colocado Benjy diante de um filme para poder bater punheta para uma nova mensagem. *Por quê?*

Porque era perfeito. Ele era um pai para os meninos, um filho para o pai, um marido para a esposa, um amigo para os amigos, mas para si mesmo, quem ele era? O véu digital proporcionava um autodesaparecimento que tornava a autoexpressão enfim possível. Quando ele não era ninguém, estava livre para ser quem era. O que importava era a liberdade. Por isso ela não obteve resposta ao enviar a mensagem *meu marido vai viajar com as crianças nesse fds, vem me comer de verdade*. E por isso *duvido que vc AINDA esteja batendo punheta* não teve resposta. E por isso o *que houve com vc?* foram as últimas palavras trocadas pelos dois celulares.

— Nem sei como poderia estar mais arrependido do que fiz — ele disse.

— Pode começar me dizendo que está arrependido.

— Eu pedi desculpas muitas vezes.

— Não, muitas vezes você falou que tinha pedido desculpas. Mas nunca, nem uma única vez, pediu desculpas para mim.

— Pedi naquela noite, na cozinha.

— Não pediu.

— Na cama.

— Não.

— No celular, no carro, quando você estava na Simulação da ONU.

— Você me disse que tinha pedido desculpas, mas não pediu desculpas. Eu presto atenção, Jacob. Eu me lembro. Nem "sinto muito" você disse. Na verdade, desde que encontrei o celular, você disse "sinto muito" apenas uma vez. Quando eu contei que seu avô tinha morrido. E você não estava dizendo isso pra mim. Nem pra ninguém.

— Bem, não importa se for mesmo o caso...

— É o caso, e importa *sim*.

— Não importa se for mesmo o caso, porque se você não se lembra, eu não pedi desculpas decentes. Então me ouve: Me desculpa, Julia. Estou envergonhado, e sinto muito, e me desculpa.

— Não foram as mensagens.

Na noite em que encontrou o celular, Julia disse a Jacob: — Você parece feliz, mas não está. — E mais: — Você acha a infelicidade tão ameaçadora que prefere afundar com o navio a reconhecer que ele está fazendo água. — E se ela *não quisesse* afundar com o navio? Porque se não foram as mensagens, bem, então tinha sido todo o resto. E se, ao se trancar no quarto desocupado, Jacob trancava Julia na casa desocupada? E se a coisa pela qual ele precisasse pedir mais desculpas fosse tudo?

— Diz pra mim — ele pediu —, só me diz, por que você vai destruir esta família?

— Não ouse dizer uma coisa dessas.

— Mas é verdade. Você está destruindo a nossa família.

— Não. Estou terminando o nosso casamento.

Ele não conseguia acreditar no que ela tinha acabado de se atrever a dizer.

— Terminar nosso casamento vai destruir nossa família.

— Não vai não.

— Por quê? Por que você está terminando nosso casamento?

— Com quem eu passei as últimas três semanas conversando?

— A gente estava *falando*.

Ela deixou essa palavra ecoar por um instante, e disse em seguida: — Por *isso*.

— Porque a gente estava falando?

— Porque você vive falando e suas palavras nunca querem dizer nada. Você escondeu seu maior segredo atrás de um muro, lembra disso?

— Não.

— Nosso casamento. Eu caminhei sete círculos ao redor de você, cerquei você de amor, por anos a fio, e o muro foi derrubado. Eu o derrubei. Mas sabe o que eu descobri? Seu maior segredo é que você só tem muro, até a última pedra no centro. Não tem *nada aí dentro*.

E agora ele não tinha escolha: — Eu vou para Israel, Julia.

E então, ou pela adição do nome dela, ou por uma mudança no tom da voz de Jacob, ou mais provavelmente pela conversa ter chegado ao ponto de ruptura, a frase assumiu um novo sentido — um sentido no qual Julia acreditava.

— Não posso acreditar nisso — ela disse.

— Eu preciso.

— Por quem?

— Pelos nossos filhos. E pelos filhos deles.

— Nossos filhos não têm filhos.

— Mas vão ter.

— Então a barganha é essa? Perca um pai, ganhe um filho?
— Você mesma disse, Julia: vão me colocar na frente de um computador.
— Eu não falei isso.
— Você disse que eles não seriam burros a ponto de me dar uma arma?
— Não, eu também não disse isso.
Jacob escutou o clique de uma lâmpada. Um hotel? O apartamento de Mark? Como poderia perguntar onde ela estava de um modo que não parecesse julgamento ou ciúme, nem implicasse que ele estava indo para Israel para punir Julia por estar na casa de Mark?
Mais de mil "línguas artificiais" foram inventadas — por linguistas, romancistas ou por hobby —, cada uma com o sonho de corrigir a imprecisão, a ineficiência e a irregularidade da linguagem natural. Algumas línguas artificiais são baseadas em escalas musicais, e cantadas. Outras são baseadas em cores, e silenciosas. As línguas artificiais mais admiradas foram criadas para revelar o que a comunicação *poderia* ser, e nenhuma delas é utilizada no momento.
— Se você vai fazer isso — disse Julia —, se você vai mesmo fazer isso, preciso de duas coisas.
— Como assim?
— Se você vai mesmo para Israel...
— Eu vou.
— ... você precisa fazer duas coisas para mim.
— OK.
— Sam precisa de um bar-mitzvá. Você não pode ir embora sem ajudar isso a acontecer.
— OK. Vamos fazer isso amanhã.
— Hoje, você quer dizer?
— Quarta-feira. Vamos fazer aqui mesmo.
— Ele já sabe todo o haftará?
— Sabe o suficiente. Podemos convidar todos os parentes que conseguirem ir, e todos os amigos que Sam quiser. Os israelenses estão aqui. Consigo noventa por cento do que precisamos no Whole Foods. Vamos ter que abrir mão dos ornamentos, claro.
— Meus pais não vão conseguir estar presentes.
— É uma pena. Talvez a gente possa usar o Skype.
— E precisamos de uma Torá. Isso não é um ornamento.
— Verdade. Merda. Se o rabino Singer não vai participar...

— Não vai.

— Meu pai pode pedir um favor ao *shul* de Georgetown. Ele conhece um monte de gente por lá.

— Você cuida disso?

— Sim.

— OK. Posso conseguir a... E se eu... — A voz de Julia foi desaparecendo em planos internos, naquele lobo materno incansável do cérebro, aquele lugar que marcava visitas de amigos das crianças com duas semanas de antecedência, e era atento às alergias alimentares de todos, e sempre sabia o número do sapato de cada filho, e não precisava de lembretes automáticos para marcar consultas semestrais com o dentista, e registrava o fluxo intenso de bilhetes de agradecimento por presentes de aniversário.

— E a segunda coisa? — Jacob quis saber.

— Hein, o quê?

— Você disse que precisava que eu fizesse duas coisas.

— Você precisa sacrificar o Argos.

— *Sacrificar?*

— Sim.

— Por quê?

— Porque está na hora, e porque ele é seu.

Quando Jacob era criança, tinha o costume de girar globos terrestres e parar o movimento com um dedo para em seguida imaginar como seria sua vida se ele morasse na Holanda, na Argentina, na China, no Sudão.

Quando Jacob era criança, imaginava que seu dedo fazia a Terra real parar de girar por um instante. Ninguém chegava a perceber, assim como ninguém chegava a perceber a rotação da Terra, mas o sol permanecia onde estava no céu, o oceano ficava plano e fotos caíam de geladeiras.

Quando Julia disse aquelas palavras — *Porque está na hora, e porque ele é seu* —, o dedo dela prendeu a vida de Jacob.

Porque está na hora, e porque ele é seu.

O lar de Jacob era o espaço onde essas orações se encontravam.

Mas será que conseguiria morar ali?

Na última convenção de que tinha participado, Jacob conheceu dois pais surdos de um filho surdo de oito anos. Tinham acabado de se mudar da Inglaterra para os Estados Unidos, o pai explicou, porque o menino tinha sofrido um acidente de trânsito e perdido a mão esquerda.

— Sinto muito — disse Jacob em linguagem de sinais, fazendo um anel em volta do coração com o punho.

A mãe encostou quatro dedos no lábio inferior e depois esticou o braço, arqueando os dedos para baixo — como se estivesse mandando um beijo, sem beijo.

Jacob perguntou: — Aqui os médicos são melhores?

A mãe respondeu, usando linguagem de sinais: — A língua britânica de sinais usa as duas mãos para datilologia. A americana usa uma só. Ele teria se virado na Inglaterra, mas quisemos que ele tivesse as melhores chances possíveis.

A mãe e o menino foram até a tenda de artesanato enquanto Jacob e o pai ficaram para trás. Conversaram durante uma hora, em silêncio, deslocando o ar entre eles com histórias sobre suas vidas.

Jacob tinha lido sobre casais de surdos que queriam filhos surdos. Um casal tinha chegado a selecionar geneticamente uma criança surda. Jacob começou a pensar sobre isso com frequência, nas implicações morais. Assim que tinham compartilhado o suficiente para que não parecesse intromissão, Jacob perguntou ao homem como ele se sentiu ao ficar sabendo que o filho era surdo, como ele.

— As pessoas me perguntavam que se eu queria menino ou menina — disse o pai usando sinais. — Eu respondia que só queria um bebê saudável. Mas eu tinha uma preferência muito secreta. Talvez você saiba que eles só fazem o exame de audição quando você está quase indo embora do hospital.

— Não sabia.

— Eles enviam um som até o ouvido: se ecoa, o bebê consegue ouvir. Por isso eles deixam o máximo possível de tempo para que o líquido amniótico seja drenado do ouvido.

— Se o som não ecoar, a criança é surda?

— Isso mesmo.

— E para onde vai o som?

— Adentra a surdez.

— Então por um período você não soube.

— Por um dia. Por um dia, ele não ouvia nem era surdo. Quando a enfermeira contou que ele era surdo, eu chorei sem parar.

Jacob, mais uma vez, fez um círculo ao redor do coração com o punho.

— Não — o pai sinalizou. — Um bebê com audição perfeita teria sido uma bênção. Um bebê surdo era uma bênção especial.

— Era a sua preferência?

— Minha preferência mais secreta.

— Mas e aquilo das melhores chances possíveis?
— Posso perguntar se você é judeu? — o homem sinalizou.
Era uma pergunta tão improvável que Jacob não tinha certeza de ter entendido direito, mas assentiu com a cabeça.
— Também somos judeus. — Jacob sentiu aquela velha, constrangedora e unicamente reconfortante sensação de reconhecimento. — E de onde seu pessoal veio?
— De todo canto. Mas principalmente de Drohobycz.
— Somos compatriotas, *landsmen* — o pai sinalizou. Na verdade ele sinalizou "Viemos do mesmo lugar", mas para Jacob foi como se aquelas mãos estivessem falando ídiche.
— Ser judeu é mais difícil — o pai sinalizou. — Você não tem as melhores chances possíveis.
— É diferente — Jacob sinalizou.
O homem sinalizou: — Uma vez li um verso de um poema: "Talvez você encontre um pássaro morto; um bando inteiro você nunca vai ver." — O sinal para *bando* como coletivo de pássaros são duas mãos se movendo em ondas para longe do torso.
Jacob voltou da convenção para casa a tempo do jantar de *Shabat*. Acenderam as velas e abençoaram. Descobriram o chalá, abençoaram, cortaram, passaram e comeram. As bênçãos desapareceram no interior da surdez do universo, mas quando Jacob e Julia cochicharam nos ouvidinhos dos filhos as orações ecoaram. Depois da refeição, Jacob e Julia e Sam e Max e Benjy fecharam os olhos e se moveram pela casa.

VI

A DESTRUIÇÃO DE ISRAEL

VOLTAR PARA CASA

No fim das contas não foi preciso apressar o bar-mitzvá — Tamir e Jacob levaram oito dias até encontrar um jeito de ir para Israel —, mas ao que parecia não houve tempo para sacrificar Argos. Jacob conversou com alguns veterinários compassivos, mas também assistiu a alguns vídeos horríveis no YouTube. Mesmo quando a eutanásia era claramente uma coisa "boa" — um animal passando por um sofrimento genuíno e recebendo um fim genuinamente tranquilo —, era horrível. Ele não tinha como fazer aquilo. Não estava pronto. Argos não estava pronto. Eles não estavam prontos.

A embaixada continuou a não colaborar, e os voos comerciais para Israel continuaram suspensos. Então pesquisaram como obter credenciais de imprensa, se inscrever como voluntários do Médicos Sem Fronteiras, voar até outro país e chegar em Israel de barco — opções sem a menor chance de sucesso.

O que mudou sua situação, e mudou tudo, foi um discurso do primeiro-ministro israelense transmitido pela TV — um discurso que, enquanto escrevia, ele deve ter imaginado que seria decorado por colegiais judeus no futuro ou gravado em paredes de memoriais.

Olhando diretamente para a câmera, e diretamente para a alma judaica de todos os judeus que assistiam a ele, comunicou a ameaça sem precedentes à existência de Israel, e convocou judeus com idades entre dezesseis e cinquenta a "voltar para casa". O espaço aéreo seria aberto para voos de chegada, e Boeings 747, com assentos retirados para abrigarem mais corpos, voariam continuamente de pistas de decolagem próximas a Nova York, Los Angeles, Miami, Chicago, Paris, Londres,

Buenos Aires, Moscou e outros grandes centros com população judaica significativa.

Os jatos não recebiam combustível até pouco antes da decolagem, porque ninguém sabia, nem mesmo estimava, o quão pesados estariam.

HOJE EU NÃO SOU UM HOMEM

— Precisamos ter uma conversa de família — disse Sam. Foi na noite anterior ao bar-mitzvá improvisado. Em doze horas a comida começaria a chegar. E não muito tempo depois, o punhado de primos e amigos que conseguiriam chegar com um prazo tão apertado. E então, a idade adulta.

Max e Benjy estavam sentados na cama de Sam, os pés crescendo na direção do piso, e Sam entregou seus quarenta e dois quilos à adorada cadeira giratória — adorada porque a amplitude de movimento fazia com que ele se sentisse capaz, e adorada porque tinha pertencido a seu pai. Na tela do computador piscavam cenas de um exército avançando pelo Sinai.

Com gentileza paterna, Sam relatou uma versão apropriada a crianças pequenas do que tinha acontecido com o celular do pai, e tudo que ele sabia — dos trechos ouvidos no carro por Max, do que Billie tinha testemunhado e inferido na Simulação da ONU, e de seu próprio trabalho de ligar os pontos — da relação da mãe com Mark. ("Não tô entendendo o problema", disse Benjy. "Todo mundo se beija toda hora e isso é legal.") Sam compartilhou o que Billie tinha escutado do ensaio da conversa de separação dos pais (cimentado com os resultados das bisbilhotadas de Max), assim como o que Barak tinha sido informado sobre a decisão do pai deles de ir para Israel. Todos sabiam que Jacob estava mentindo quando disse que Julia tinha passado a noite em uma viagem de trabalho, mas também sentiam que ele não sabia onde ela havia estado de verdade, então ninguém mencionou essa questão.

Sam costumava ter fantasias de matar os irmãos, mas também tinha fantasias de salvar os dois. Tinha sentido essas tensões opostas desde que os irmãos passaram a existir – com os mesmos braços que davam colo ao bebê Benjy, queria esmagar sua caixa torácica – e a intensidade desses impulsos definia seu amor fraternal.

Mas não naquele momento. Agora ele queria apenas ter os dois no colo. Agora não sentia possessividade alguma, nenhuma perda com o ganho deles, nenhum aborrecimento causticante e sem referente.

Quando Sam chegou ao clímax – "Tudo vai mudar" –, Max começou a chorar. Por reflexo, Sam quis dizer "é engraçado, é engraçado", mas um reflexo ainda mais forte prevaleceu, e ele disse "eu sei, eu sei". Quando Max começou a chorar, Benjy começou a chorar – como um tanque que transborda e inunda um tanque reserva, fazendo com que transborde. — É um saco — disse Sam. — Mas tudo vai ficar bem. A gente só não pode deixar isso acontecer.

Em meio às lágrimas, Benjy disse: — Não tô entendendo. Beijar é legal.

— O que a gente vai fazer? — Max perguntou.

— Eles ficam deixando tudo pra depois do meu bar-mitzvá. Vão contar do divórcio pra gente depois do meu bar-mitzvá. O papai vai sair de casa depois do meu bar-mitzvá. E agora ele vai pra Israel depois do meu bar-mitzvá. Então eu não vou ter um bar-mitzvá.

— É um bom plano — disse Benjy. — Você é esperto.

— Mas eles vão obrigar você — disse Max.

— O que eles vão fazer? Apertar meu nariz até eu vomitar a haftará?

— Deixar você de castigo.

— Não me importo.

— Acabar com seu tempo de tela.

— Não me importo.

— Importa sim.

— Não vou me importar.

— E se você fugir? — Benjy sugeriu.

— Fugir? — os irmãos perguntaram ao mesmo tempo, e Max não conseguiu deixar de dizer "*Jinx!*", como manda a brincadeira.

— Sam, Sam, Sam — disse Benjy, tirando o irmão do silêncio autoimposto.

— Não posso fugir — respondeu Sam.

— Só até a guerra acabar — Max sugeriu.

— Não posso abandonar vocês dois.

— Eu ia ficar com saudade — disse Benjy.

Quando Jacob e Julia tinham contado a Sam e Max que eles teriam um irmãozinho, Jacob cometeu o erro de sugerir que os meninos escolhessem o nome — uma ideia simpática que, mesmo se levada a cabo cem milhões de vezes, jamais produziria um resultado aceitável. Max não demorou para se decidir por Ed Hiena, em homenagem ao leal escudeiro de Scar em *O rei leão*, considerando, ao que se presumia, que era isso que seu novo irmão seria: seu leal escudeiro. Sam queria Espumoso, porque foi a terceira palavra em que seu dedo pousou enquanto ele folheava o dicionário — tinha prometido se ater à primeira palavra, a despeito de qual fosse, mas foi *extorsão*, e a segunda, *ambivalente*. O problema não era os irmãos discordarem, mas os dois nomes serem igualmente formidáveis — Ed Hiena e Espumoso. Nomes excelentes que qualquer humano se sentiria privilegiado de ter, e que acima de qualquer dúvida garantiriam uma vida fantástica. Decidiram no cara ou coroa, depois fizeram uma melhor de três e Julia, sendo Julia, dobrou com carinho o nome vencedor dentro de um pássaro de origami que em seguida soltou pela janela aberta, e fez camisetas para os meninos com a inscrição "Mano do Espumoso" e, é claro, um macaquinho com o nome "Espumoso". Havia uma foto dos três usando as roupas de Espumoso, dormindo no banco de trás do Volvo que foi batizado com Ed Hiena como prêmio de consolação para Max.

Sam deu tapinhas nos joelhos, chamando Benjy para mais perto, e disse: — Eu também ia ficar com saudade, Espumoso.

— Quem é Espumoso? — Benjy quis saber, subindo no colo do irmão.

— Você quase foi.

Max achou tudo aquilo emocional demais para ser absorvido ou nomeado. — Se você fugir, eu vou junto.

— Ninguém vai fugir — Sam garantiu.

— Eu também — disse Benjy.

— A gente precisa ficar — disse Sam.

— Por quê? — perguntaram ao mesmo tempo.

— *Jinx!*

— Benjy, Benjy, Benjy.

Sam poderia ter dito *Porque você precisa que alguém cuide de você e eu não saberia fazer isso.* Ou *Porque é o meu* bar-mitzvá, *então só eu preciso fugir.* Ou *Porque a vida não é um filme do Wes Anderson.* Mas, em vez disso, falou: — Porque aí nossa casa vai ficar totalmente vazia.

— Bem que podia ficar — disse Max. — Ela merece.

— E o Argos.
— Ele vem com a gente.
— Ele não consegue nem andar até a esquina. Como ele vai fugir?
Max estava ficando desesperado. — Então a gente o sacrifica e depois foge.
— Você mataria o Argos pra impedir um bar-mitzvá?
— Eu mataria o Argos pra impedir a vida.
— É, a vida dele.
— A nossa vida.
— Tenho uma pergunta — disse Benjy.
— Qual? — os irmãos perguntaram em uníssono.
— *Jinx!*
— Para, Max.
— Tá bom. Sam, Sam, Sam.
— Qual é a sua pergunta?
— Max disse que você podia fugir até a guerra parar.
— Ninguém vai fugir.
— E se a guerra nunca parar?

Ó JUDEUS, SUA HORA CHEGOU!

Julia voltou para casa a tempo de colocar os meninos na cama. Não foi nem de longe tão doloroso quanto ela e Jacob tinham imaginado, mas só porque ela havia imaginado uma noite de silêncio e Jacob tinha imaginado uma noite de berreiro. Eles se abraçaram, trocaram sorrisos tranquilos e começaram a trabalhar.

— Meu pai conseguiu uma Torá.
— E um rabino?
— Foi no esquema leve-dois-pague-um.
— Não me diga que é um precentor.
— Não, graças a Deus.
— E você encontrou tudo na Whole Foods?
— Arranjei um bufê.
— Um dia antes?
— Não é o melhor bufê. Tem algumas acusações infundadas de salmonela.
— Boatos, tenho certeza. A gente vai receber o que, umas quinze pessoas? Vinte?
—Vamos ter comida para cem.
— Todos aqueles globos de neve... — disse Julia, genuinamente melancólica.

Estavam dispostos sobre três prateleiras do closet de roupas de cama, em grades de quinze por oito. Permaneceriam ali, intocados, por anos — tanta água aprisionada, como todo o ar aprisionado no plástico bolha acumulado, como palavras aprisionadas em balões de pensamento. Devia haver rachaduras minúsculas nas cúpulas, com a água evaporando devagar — meio centímetro por ano, talvez? — e quando Benjy estivesse pronto para ter, ou não ter, um bar-mitzvá, a neve estaria repousando sobre ruas secas da cidade, ainda pura.

— Os meninos não fazem ideia, a propósito. Só falei que você estava fazendo uma viagem de trabalho ontem à noite, e eles não perguntaram mais nada.

— A gente nunca vai saber o que eles sabem.

— E nem eles.

— Foi só uma noite — ela disse, colocando pratos na máquina de lavar. — Mas nunca *escolhi* ficar longe deles. Foi sempre porque *tive* de estar. Eu me sinto péssima.

Em vez de tentar diminuir esse sentimento, Jacob tentou compartilhar dele: — É difícil. — Mas havia outro anjinho com as patinhas cravadas no ombro de Jacob. — Você estava no Mark?

— Quando?

— Foi pra lá que você foi?

Havia muitas maneiras de responder essa pergunta. Ela escolheu: — Sim.

Ele buscou as bandejas adicionais no porão. Ela tomou uma chuveirada, para relaxar os ombros e desamassar o paletó de Sam com o vapor. Ele passou com Argos até Rosedale, onde ficaram ouvindo outros cães brincando no escuro. Ela colocou para lavar cuecas e meias dos meninos e panos de prato. E depois voltaram ambos à cozinha para guardar os pratos limpos e ainda quentes.

Sem ter a intenção, Julia recomeçou de onde tinham parado. — Quando eles eram pequenininhos, eu não passava mais de dois segundos sem olhar para eles. Mas vai chegar um tempo em que vamos passar dias sem nos falarmos.

— Não vai.

— Vai. Todo pai e toda mãe acha que isso nunca vai acontecer, mas acontece com todo mundo.

— Não vamos deixar isso acontecer.

— E ao mesmo tempo vamos forçar isso a acontecer.

Depois foram para o andar de cima. Ela remexeu nos produtos de higiene pessoal até não se lembrar mais do que estava procurando. Ele trocou suéteres e camisetas de lugar — um pouco mais cedo naquele ano. As janelas estavam escuras, mas ela baixou as cortinas pensando na manhã.

A DESTRUIÇÃO DE ISRAEL

Ele subiu num pufe para alcançar uma lâmpada. E depois escovaram os dentes lado a lado na pia dupla.

— Tem uma casa interessante à venda — disse Jacob —, em Rock Creek Park.

— Em Davenport?

— Hein?

Ela cuspiu e disse: — Uma casa em Davenport?

— Isso.

— Eu vi.

— Você foi até lá?

— Vi o anúncio.

— Meio interessante, né?

— Esta casa é melhor — ela disse.

— Esta casa é a melhor.

— É uma casa muito boa.

Ele cuspiu e depois se alternou entre lavar a escova e escovar a língua. — Acho que eu devo dormir no sofá — sugeriu.

— Posso ser eu.

— Não, melhor eu. Preciso me acostumar a dormir em lugares desconfortáveis, ficar um pouco mais durão. — A piada pressionou algo sério.

— Um sofá metido a besta não chega a ser uma privação. — A piada retribuiu a pressão.

— Talvez seja bom eu configurar o despertador para bem cedo e voltar pro quarto pros meninos encontrarem nós dois por lá de manhã.

— Em algum momento eles vão ter de saber. E já devem saber.

— Depois do bar-mitzvá. Vamos fazer essa última coisa por eles. Mesmo que todo mundo entenda que é faz de conta.

— Não vamos mesmo fazer mais nenhum comentário sobre sua ida pra Israel?

— O que mais precisa ser dito?

— Que é loucura.

— Isso já foi dito.

— Que é injusto comigo e com os meninos.

— Isso já foi dito.

O que não tinha sido dito, e que ele queria ouvir, e que talvez até fizesse ele escolher outra opção, era "Que eu não quero que você vá". Mas em vez disso ela disse "Você não é meu marido".

O sofá era perfeitamente confortável — mais confortável que o colchão de algas orgânicas e crina de pônei que Julia tinha insistido em comprar por sete mil dólares —, mas Jacob não conseguia dormir. Não chegou nem mesmo a ficar se revirando. Não tinha certeza sobre o que sentia — podia ser culpa, podia ser humilhação, ou apenas tristeza — e como sempre, quando não conseguia identificar um sentimento, ele se transformava em raiva.

Foi até o porão e ligou a TV. CNN, MSNBC, Fox News, ABC: em todas uma cobertura do Oriente Médio, intercambiável. Por que nunca admitia que estava apenas procurando sua série, que nem era sua? Aquilo não era ego, era autoflagelação. Que era ego.

Ali estava, transmitido pela TBS. Às vezes Jacob se convencia de que ficava melhor sem os palavrões e as breves cenas de nudez, que estavam ali somente porque a liberdade de usar essas coisas precisava ser justificada pelo seu exercício. Jacob pensou em quanto os produtores executivos estavam recebendo por aquela transmissão e trocou de canal.

Passou por um tipo de reality show de cozinheiros, por algum tipo de X Games ou coisa que o valha, por mais alguma das terríveis continuações de *Meu malvado favorito*. Tudo era outra versão de alguma coisa que nunca tinha prestado. Jacob cumpriu uma jornada completa em volta do planeta da TV, terminando no ponto de partida: CNN.

Wolf Blitzer tinha mais uma vez aliviado a horrível tensão causada por sua barba purgatoriana — não era uma barba, mas também não deixava de ser — com uns óculos novos. Era um homem na TV parado diante de uma TV, usando essa TV-na-TV para explicar a geopolítica do Oriente Médio. Jacob perdeu o foco. O normal seria aproveitar esse momento de divagação mental para pensar em se masturbar ou considerar se valeria a pena subir para buscar o que tinha sobrado do saco de salgadinhos de queijo Pirate Booty. Mas em vez disso, inspirado pelo bar-mitzvá do dia seguinte, pensou no próprio bar-mitzvá, quase trinta anos antes. Sua parashá era a Ki Tissá, a qual, para seu azar, era a parashá mais longa do Êxodo, e uma das mais longas da Torá. Disso ele lembrava. *Ki Tissá* significa "quando tu ergueres", as primeiras palavras da parashá, referentes ao primeiro censo dos judeus. Jacob tinha uma lembrança vaga das melodias, que bem podiam ser fraseados musicais genéricos com som vagamente judaico, do tipo ao qual as pessoas recorrem ao fingirem rezar quando estão constrangidas por não saber como.

Havia muito drama na parashá: o primeiro censo, Moisés subindo o Monte Sinai, o bezerro de ouro, Moisés subindo o Monte Sinai pela segunda vez e voltando com o que seriam os Dez Mandamentos. Mas a lembrança mais clara não fazia parte da parashá, mas de um texto relacionado, um trecho do Talmude que ele tinha recebido do rabino, que lidava com a questão do destino que foi dado às tábuas quebradas. Mesmo para um garoto desinteressado de treze anos de idade, parecia uma bela pergunta. Segundo o Talmude, Deus instruiu Moisés a colocar tanto as tábuas intactas quanto as quebradas dentro da arca. Os judeus as carregaram — tábuas quebradas e inteiras — ao longo dos quarenta anos em que vagaram, e colocaram ambas no Templo de Jerusalém.

— Por quê? — perguntou o rabino, cujo rosto Jacob não conseguia visualizar, e cuja voz não conseguia conjurar, e que certamente não mais vivia. — Por que eles apenas não enterraram as tábuas quebradas, como conviria a um texto sagrado? Ou por que não as deixaram para trás, como conviria a uma blasfêmia?

Quando o foco de Jacob voltou à CNN, Wolf se dirigia a um holograma do aiatolá, especulando sobre o conteúdo de seu próximo discurso — os primeiros comentários públicos do Irã após o fogo na Cúpula da Rocha. Ao que parecia, havia uma imensa expectativa nos mundos muçulmano e judaico sobre o que ele diria, pois isso definiria a resposta mais extrema possível à situação, desenharia o contorno externo.

Jacob subiu correndo, pegou o saco de Pirate Botty — e um pacote de algas, e as últimas duas bolachas recheadas imitação de Oreo da Newman's Own, e uma garrafa de Hefeweizen — e desceu às pressas, a tempo de pegar o início. Wolf não tinha mencionado que o discurso seria feito ao ar livre, na praça Azadi, diante de duzentas mil pessoas. Tinha conseguido cometer o pecado imperdoável do telejornalismo: baratear, reduzir expectativas, transformar uma transmissão televisiva *realmente* necessária em opcional.

Um homem levemente gorducho se aproximou do microfone: turbante preto como carvão, barba branca como a neve, túnica preta parecendo um balão preto inflado com gritos. Havia uma sabedoria inegável em seus olhos, até mesmo uma delicadeza. Absolutamente nada distinguia seu rosto do rosto de um judeu.

VOLTAR PARA CASA

— São nove da noite em Israel. Duas da tarde em Nova York. São sete da noite em Londres, onze da manhã em Los Angeles, oito da noite em Paris, três da tarde em Buenos Aires, nove da noite em Moscou, quatro da manhã em Melbourne.

— Este discurso está sendo transmitido para o mundo inteiro, em todos os principais veículos noticiosos. Está recebendo tradução simultânea para dezenas de idiomas, e será assistido por pessoas de todas as religiões, raças e culturas do mundo. Mas estou falando apenas com os judeus.

"Desde o terremoto devastador de duas semanas atrás, Israel sofreu calamidade atrás de calamidade, algumas infligidas a nós pela mão indiferente da Mãe Natureza, outras pelos punhos de nossos inimigos. Com engenho, força e determinação, fizemos o que os judeus sempre fizeram: sobrevivemos. Quantos povos mais poderosos já desapareceram da face da Terra enquanto o povo judeu sobreviveu? Onde estão os vikings? Onde estão os maias? Os hititas? Os mesopotâmicos? E onde estão nossos inimigos históricos, que sempre nos excederam em número? Onde estão os faraós, que destruíram nossos primogênitos, mas não conseguiram nos destruir? Onde estão os babilônicos, que destruíram nosso Templo Sagrado, mas não conseguiram nos destruir? Onde está o Império Romano, que destruiu nosso Segundo Templo, mas não conseguiu nos destruir? Onde estão os nazistas, que não conseguiram nos destruir?

"Eles se foram.

"E aqui estamos.

"Espalhados por todo o globo, temos sonhos diferentes em línguas diferentes, mas somos unidos pela história mais rica e magnífica dentre todos os povos já surgidos na Terra. Nós sobrevivemos, e sobrevivemos, e sobrevivemos, e viemos a presumir que sempre sobreviveremos. Mas irmãos e irmãs, descendentes de Abraão, Isaac e Jacó, Sara, Rebeca, Raquel e Leia, venho perante vocês esta noite para dizer que a sobrevivência é a história do povo judaico somente porque o povo judaico não foi destruído. Se sobrevivermos a dez mil calamidades e então, no fim, acabarmos destruídos, a história dos judeus será uma história de destruição. Irmãos e irmãs, herdeiros de reis e rainhas, profetas e homens santos — filhos, todos nós, da mãe judia que soltou o cesto de vime no rio da história —, fomos lançados na correnteza, e este momento determinará nossa história.

"Como sabia o rei Salomão, 'o justo cai sete vezes e se levanta'. Caímos sete vezes, e sete vezes nos levantamos. Fomos atingidos por um terremoto de proporções sem precedentes. Suportamos o desabamento dos nossos lares, a perda de serviços básicos, tremores secundários, doenças, ataques com mísseis, e agora somos atacados de todos os lados por inimigos financiados e armados por superpotências, enquanto o apoio que recebíamos vacilou, enquanto nossos amigos viraram a cara para nós. Nossa retidão não se apequenou, mas não podemos cair mais uma vez. Há dois mil anos fomos derrotados e condenados a dois mil anos de exílio. Como primeiro-ministro do Estado de Israel, venho diante de vocês nesta noite para dizer que, se cairmos mais uma vez, o Livro das Lamentações não vai ganhar apenas um novo capítulo, mas também um fim. A história do povo judeu — *nossa* história — será contada com as histórias dos vikings e dos maias.

"O Êxodo relembra uma batalha entre Israel e Amalec: homem contra homem, exército contra exército, povo contra povo, com os comandantes observando desde posições privilegiadas bem atrás das próprias linhas. Enquanto assiste à batalha, Moisés percebe que, quando ele levanta os braços, Israel avança, e quando abaixa, Israel sofre baixas. Então ele mantém os braços levantados. Mas, como nos lembram mil vezes sem conta, Moisés é humano. E nenhum humano consegue ficar com os braços eternamente levantados.

"Felizmente, o irmão de Moisés, Aarão, e seu cunhado, Hur, estão por perto. Moisés convoca os dois a apoiarem seus braços levantados enquanto durar a batalha. Israel vence.

"Enquanto falo com vocês, a Força Aérea Israelense, em colaboração com outras armas das Forças de Defesa de Israel, está dando início à Operação Braços de Moisés. Daqui a oito horas, aviões da El Al começarão a decolar de centros urbanos com população judaica significativa em todo o mundo, levando homens e mulheres judeus com idades entre dezesseis e cinquenta e cinco anos para postos militares em Israel. Esses voos serão acompanhados por caças, para garantir uma viagem segura. Ao chegarem em Israel, nossos bravos irmãos e irmãs serão avaliados e direcionados para onde puderem ser de maior ajuda no esforço de sobrevivência. Informações detalhadas sobre a operação podem ser encontradas em www.operacaobracosdemoises.com.

"Estivemos nos preparando para isso. Trouxemos para casa nossos irmãos e irmãs etíopes que viviam no deserto. Trouxemos para casa judeus-russos, judeus-iraquianos, judeus-franceses. Trouxemos para casa aqueles que sobreviveram aos horrores do Holocausto. Mas esta será uma empreitada sem precedentes, sem precedentes na história de Israel, e sem precedentes na história mundial. Mas esta é uma crise sem precedentes. A única maneira de impedir nossa destruição total é com a totalidade de nossas forças.

"Ao fim das primeiras vinte e quatro horas de voos, teremos trazido cinquenta mil judeus para Israel.

"Ao fim do terceiro dia, trezentos mil.

"No sétimo dia, a Diáspora estará em casa: um milhão de judeus, combatendo ombro a ombro com seus irmãos e irmãs judeus. E com esses Aarões e Hurs não apenas ergueremos os braços em vitória, mas também seremos capazes de ditar a paz."

HOJE EU NÃO SOU UM HOMEM

Desenrolaram a Torá sobre o balcão da cozinha, e Sam salmodiou com uma elegância até então inédita em um membro da família Bloch — a elegância de estar presente por inteiro. Irv não possuía essa elegância, tinha vergonha de chorar, e segurou as lágrimas. Julia não possuía essa elegância, se preocupava demais com a etiqueta para conseguir responder ao seu impulso mais primitivo de ir até o filho e ficar ao lado dele. Jacob não possuía essa elegância, e se importava o bastante para tentar imaginar o que os outros estariam pensando.

A Torá foi fechada, vestida e recolocada no armário de onde tinham sido retiradas todas as prateleiras e materiais. Os homens que cercavam Sam tomaram seus assentos, deixando o garoto a sós para cantar sua haftará, o que ele fez devagar, resoluto, com o cuidado de um oftalmologista fazendo uma cirurgia nos próprios olhos. Os rituais estavam completos. Só faltava o discurso.

Sam ficou ali, em pé diante da bimá do balcão da cozinha. Imaginou um cone de luz poeirenta se projetando da própria testa, criando tudo diante dele: o quipá na cabeça de Benjy (*Casamento de Jacob e Julia, 23 de agosto de 2000*), o talit enrolado em volta do avô como uma fantasia de fantasma inacabada, a cadeira dobrável vazia sobre a qual se sentava seu bisavô.

Caminhou em volta do balcão, e então, desajeitado, entre cadeiras, e colocou o braço sobre os ombros de Max. Com uma intimidade física que nenhum deles teria tolerado em qualquer outro momento, Sam tomou nas mãos o rosto de Max e cochichou algo no ouvido do irmão. Não era um plano. Não era um segredo. Não era uma informação. Max derreteu como uma vela de *yahrzeit*.

Sam retornou até o outro lado do balcão.

— Oi, congregados. Bem. Tá bom. Então. O que eu vou dizer?

"Sabem aquele negócio que algumas pessoas fazem quando ganham um prêmio, aquela coisa de fingir que tinham tanta certeza de que *não* iam ganhar que nem prepararam um discurso? Não acredito que isso daí tenha sido verdade nem uma só vez em toda a história humana. Pelo menos não se for pro Oscar ou alguma coisa grande tipo isso, com cerimônia que passa na TV. Acho que as pessoas pensam que dizer que não prepararam um discurso as faz parecerem modestas, ou até pior, realistas, mas na verdade isso faz eles soarem como uns narcisistas safados.

"Acho que um discurso de bar-mitzvá é como um avião em uma tempestade: depois de entrar, o único jeito de sair é passar por tudo do começo ao fim. Quem me ensinou essa expressão foi o biso, que não entrava num avião fazia tipo uns trinta anos. Ele amava essas expressões. Acho que ele se sentia americano as usando.

"Mas isso aqui não é bem um discurso. Pra ser sincero, eu nunca acreditei que estaria aqui, então não preparei nada, fora meu discurso original, que agora não faria nenhum sentido porque tudo mudou completamente. Mas eu me esforcei bastante nesse discurso; então, se alguém quiser ler, é só pedir que eu mando por e-mail depois. Mas, enfim, eu falei aquilo dos atores que dizem que não prepararam discurso nenhum porque talvez demonstrar minha consciência da inconfiabilidade de se dizer despreparado talvez sirva de motivo para vocês acreditarem em mim. O que está mesmo em questão é por que eu me importo se vocês acreditam em mim ou não.

"Tá, o vô Irv tinha um negócio de dar cinco dólares pro Max e pra mim se a gente fizesse um discurso que o convencesse de alguma coisa. A qualquer hora, sobre qualquer coisa. Aí a gente vivia fazendo uns discursinhos defendendo várias coisas: ninguém deveria ter cachorros como animais de estimação, escadas rolantes promovem a obesidade e deveriam ser proibidas, robôs vão derrotar os humanos muito em breve, Bryce Harper deve ser vendido, matar moscas não tem nada de errado. Não tinha nada que a gente não pudesse defender, porque mesmo que a gente não precisasse do dinheiro, a gente queria ganhar. Era legal ver o dinheiro se acumulando. Ou a gente queria vencer. Ou ser amado. Sei lá. Estou mencionando isso porque acho que isso deixou a gente bem bom em falar de improviso, que é bem o que estou prestes a fazer. Valeu, vô.

"Pra começar, eu nunca quis ter um bar-mitzvá. Não é uma objeção moral nem intelectual, só me parece uma perda de tempo gigantesca. Talvez isso seja uma objeção moral? Não sei. Acredito que eu teria continuado a me opor mesmo que meus pais tivessem me ouvido de verdade, ou proposto outras maneiras de pensar sobre um bar-mitzvá. Nunca vamos saber, porque me disseram apenas que isso é o que a gente faz, porque isso é o que a gente faz. Da mesma forma que não comer cheeseburgers é o que a gente não faz, porque é o que a gente não faz. Mesmo que às vezes a gente coma *California rolls* com caranguejo de verdade, mesmo que isso seja o que a gente não faz. E muitas vezes a gente não observa o *Shabat*, mesmo que isso seja o que a gente faz. Não tenho nenhum problema com hipocrisia em interesse próprio, mas aplicar a lógica do é o que a gente faz em relação a um bar-mitzvá não é meu interesse.

"Por isso me esforcei na sabotagem. Tentei não aprender minha haftará, mas minha mãe colocava a gravação para tocar sempre que a gente estava no carro, e o negócio é inacreditavelmente empolgante; todo mundo na família consegue recitar, e o Argos começa a balançar o rabo logo no primeiro verso.

"Fui bem insuportável com o meu tutor, mas ele estava bem-disposto a tolerar minhas bobagens se mesmo assim pudesse receber o dinheiro dos meus pais.

"Como alguns de vocês talvez saibam, fui acusado de escrever algumas palavras inadequadas na escola hebraica. Por mais terrível que tenha sido ninguém acreditar em mim, fiquei feliz por me meter em apuros porque isso talvez me livrasse do bar-mitzvá. O que, como está bem claro, não aconteceu.

"Nunca tinha pensado sobre isso até agora, mas me dei conta de que não sei se já tentei impedir alguma coisa de acontecer na minha vida. Quer dizer, claro que tentei me livrar de algumas coisas no beisebol e faço um esforço enorme para não usar mictórios que não tenham proteções verticais, mas estou falando de *eventos*. Nunca tentei impedir um aniversário, ou sei lá eu, Chanucá. Talvez essa minha inexperiência tenha me feito imaginar que teria sido mais fácil. Mas apesar de todos os meus esforços, a vida de homem judeu adulto só ficou mais próxima.

"Aí aconteceu o terremoto, e isso mudou tudo, e meu bisavô morreu, e isso também mudou tudo, e todo mundo atacou Israel, e um monte de outras coisas aconteceu e agora não é a hora nem o lugar para falar nisso, e de uma hora pra outra tudo tinha ficado diferente. E enquanto tudo mudava, minhas razões para não querer um bar-mitzvá mudaram e ficaram mais fortes. Não apenas pelo fato de ser uma gigantesca perda de tempo – esse tempo já foi perdido, quando se para pra pensar. E não era nem por eu saber que um monte de coisas ruins aconteceria logo depois do meu bar-mitzvá, de modo que meu esforço de impedir o bar-mitzvá de acontecer era na verdade um esforço de impedir que um monte de coisas ruins acontecesse.

"Não dá pra impedir que as coisas aconteçam. A gente só pode escolher não estar presente, como fez meu bisavô Isaac, ou se doar por inteiro, como meu pai, que tomou sua grande decisão de ir até Israel para lutar. Ou talvez seja meu pai que tenha decidido não estar presente, presente *aqui*, enquanto meu bisavô Isaac tenha se doado por inteiro.

"Nesse ano a gente leu *Hamlet* na escola, e todo mundo conhece aquele negócio de 'Ser ou não ser', e falamos sobre isso por tipo umas três aulas seguidas – a escolha entre vida e morte, ação e reflexão, sei lá o quê e sei lá o quê. O negócio não estava indo a lugar nenhuma até minha amiga Billie falar uma coisa incrivelmente inteligente. Ela disse o seguinte: 'Não existe outra opção além dessas duas? Tipo, quase ser ou quase não ser, eis a questão.' E isso me fez pensar que talvez a gente não precise escolher. 'Ser ou não ser. Eis a questão.' Ser *e* não ser. Eis a resposta.

"Meu primo israelense Noam, ali está o Tamir, pai dele, me falou que bar-mitzvá não é uma coisa que a gente faz, mas uma coisa que a gente se torna. Ele tem razão, e está errado. Um bar-mitzvá é ao mesmo tempo uma coisa que a gente faz *e* uma coisa que a gente se torna. Está bem claro que estou *tendo* um bar-mitzvá hoje. Entoei minha parashá da Torá e minha haftará, sem ninguém apontar uma arma pra minha cabeça. Mas quero aproveitar essa oportunidade pra deixar claro pra todo mundo que não estou *me tornando* nada. Não pedi pra ser um homem, e não quero ser um homem, e me recuso a ser um homem.

"Uma vez meu pai me contou uma história sobre quando ele era pequeno e achou um esquilo morto na grama. Ele ficou vendo meu vô cuidar do problema. Depois disso ele disse pro meu vô: 'Eu não ia conseguir fazer aquilo.' E meu avô respondeu: 'Um dia você vai conseguir.' E meu pai disse: 'Não vou não.' E meu vô disse: 'Quando você for pai, ninguém vai fazer isso por você.' E meu pai disse: 'Mesmo assim eu não ia conseguir.' E meu pai disse: 'Quanto menos você quiser fazer alguma coisa, mais pai você vai ser quando fizer.' Eu não quero ser assim, então não vou ser.

"Agora vou explicar por que eu escrevi aquelas palavras todas."

Ó JUDEUS, SUA HORA CHEGOU!

— Ó muçulmanos, chegou a hora! A guerra de Deus contra os Seus inimigos acabará em triunfo! A vitória na Terra Santa da Palestina está ao alcance dos justos. Teremos nossa vingança por Lida, teremos nossa vingança por Haifa e Acre e Deir Yassin, teremos nossa vingança por gerações de mártires, teremos nossa vingança, Alá seja louvado, por al-Quds! Oh, al-Quds, violentada pelos judeus, tratada como uma rameira pelos filhos de porcos com macacos, devolveremos sua coroa e sua glória!

"Eles incendiaram Qubbat al-Sakhrah. Mas serão eles a serem queimados. Hoje pronuncio diante de vocês as palavras que preencheram o coração de mil mártires: '*Khaybar, Khaybar, ya Yahud, Jaish Muhammad Saouf Ya'ud!*' Da mesma forma que o Profeta Maomé, que a paz e a bênção de Deus estejam sobre Ele, derrotou os pérfidos judeus em Khaybar, os exércitos de Maomé infligirão a humilhação final aos judeus de hoje!

"Ó judeus, sua hora chegou! Seu fogo será respondido com fogo! Vamos queimar suas cidades e aldeias, suas escolas e seus hospitais, todas as suas casas! Nenhum judeu estará a salvo! Lembro a vocês, ó muçulmanos, o que o Profeta, que a paz e a bênção de Deus estejam sobre Ele, nos ensina: que no Juízo Final até as pedras e árvores vão falar, com ou sem palavras, e dirão: 'Ó servo de Alá, ó muçulmano, tem um judeu atrás de mim, venha matá-lo!'"

VOLTAR PARA CASA

— "Olhai para mim", disse Gedeão aos seus homens, em extrema inferioridade numérica, enfrentando os midianitas não muito longe de onde estou agora. "E fazei como eu! Quando eu tiver chegado à extremidade do acampamento, o que eu fizer, fazei-o vós também. Tocarei a trombeta, eu e todos os que estão comigo; então, vós também fareis soar as trombetas ao redor do acampamento, e gritareis: Por Iahweh e por Gedeão!" Ao ver e ouvir nossa união, o inimigo se dispersou e fugiu.

"A maior parte do povo judeu escolheu não viver em Israel, e os judeus não compartilham um único conjunto de crenças políticas ou religiosas, e também não compartilham uma única cultura ou idioma. Mas estamos no mesmo rio da história.

"Aos judeus do mundo: aqueles que vieram antes de vocês (seus bisavós, seus trisavós) e aqueles que virão depois de vocês (seus bisnetos, seus trinetos) estão clamando a uma só voz que vocês façam uma única coisa: 'Voltar para casa'.

"Voltar para casa não apenas porque sua casa precisa de vocês, mas porque vocês precisam da sua casa.

"Voltar para casa não apenas para lutar pela sobrevivência de Israel, mas para lutar pela sua própria sobrevivência.

"Voltar para casa porque um povo sem lar não é um povo, assim como uma pessoa sem lar não é uma pessoa.

"Voltar para casa não por concordar com tudo que Israel faz, não por pensar que Israel é perfeito, ou mesmo melhor que os outros países. Voltar para casa não porque Israel é o que você quer que ele seja, mas porque é *seu*.

"Voltar para casa porque a história vai se lembrar do que cada um de nós escolher neste momento.

"Voltar para casa para que vençamos esta guerra e consolidemos uma paz duradoura.

"Voltar para casa para reconstruirmos este Estado de modo a ser mais forte e mais próximo do ideal do que era antes da destruição.

"Voltar para casa e ser outra mão segurando a pena que escreve a história do povo judeu.

"Voltar para casa e segurar no alto os braços de Moisés. E então, quando as armas tiverem esfriado, e os prédios se erguido no mesmo lugar onde antes estavam, mas ainda mais orgulhosos, e as ruas se enchido com os sons de crianças brincando, vocês encontrarão seu nome não apenas no Livro das Lamentações, mas no Livro da Vida.

"E então, aonde quer que vocês decidam ir em seguida, estarão sempre em casa."

HOJE EU NÃO SOU UM HOMEM

— Umas semanas atrás, todo mundo estava obcecado com o tipo de desculpas que eu deveria pedir no meu discurso de bar-mitzvá. Como eu explicaria meu comportamento? Será que confessaria? Quando estavam colocando a culpa em mim, eu não senti vontade de me explicar, muito menos de pedir desculpas. Mas agora que outras coisas ocuparam a atenção de todo mundo, e ninguém mais dá a mínima, eu gostaria de me explicar e de pedir desculpas.

"Minha amiga Billie, que mencionei há pouco, disse que eu sou reprimido. Ela é muito bonita, e inteligente, e boa. Respondi o seguinte pra ela: 'Quem sabe eu só tenho paz interior.' Ela perguntou: 'Paz entre quais partes?' Achei essa pergunta muito interessante.

"Respondi: 'Eu não sou reprimido.' Ela disse: 'Isso é exatamente o que uma pessoa reprimida diria.' Aí eu disse: 'E você não é reprimida, então?' E ela disse: 'Todo mundo é meio reprimido.' 'OK', eu disse, 'então eu não sou mais reprimido que uma pessoa normal.'"

"'Fale a coisa mais difícil', ela disse.

"Aí eu meio que fiz 'Hein?'.

"E ela disse: 'Não tô pedindo pra fazer isso agora. Você nem saberia o que é antes de pensar bastante nisso, por muito tempo. Mas depois que descobrir, desafio você a falar.'"

— E se eu falar?

— Você não falaria.

— Mas se falasse.

— Ela disse: "Eu convidaria você a escolher os termos, mas sei que você é reprimido demais pra me falar o que realmente quer."

"O que era verdade, óbvio.

"'Então talvez *isso* seja a coisa mais difícil de falar', eu disse.

"Ela respondeu: 'Hein? Que você quer me beijar? Isso não chega nem no top 100.'"

— Pensei um monte de coisas sobre o que ela falou. E estava pensando sobre isso na escola hebraica no dia em que escrevi aquelas palavras. Eu só estava vendo como cada uma delas fazia eu me sentir, vendo o quanto era difícil escrever aquelas palavras, e repetir cada uma delas pra mim mesmo. Foi por isso que eu fiz. Mas isso não vem ao caso.

"O caso é o seguinte: eu cometi um erro. Achei que a *pior* coisa a ser dita era a coisa *mais difícil* de falar. Mas na verdade é bem fácil dizer coisas horríveis: retardado, puta, sei lá. De certo modo é até mais fácil, porque a gente sabe direitinho o quanto essas palavras são ruins. Elas não têm nada de assustador. Parte do que torna alguma coisa muito difícil de falar é a parte de não saber.

"Estou aqui hoje pelo seguinte motivo: eu me dei conta de que a coisa mais difícil de falar não é uma palavra, nem uma frase, mas um evento. A coisa mais difícil de falar não pode ser uma coisa que você fala para si mesmo. Ela exige ser dita para a pessoa, ou pessoas, para quem é mais difícil falar."

Ó JUDEUS, SUA HORA CHEGOU!

— Ó muçulmanos, Deus exige de Seus servos a morte desses judeus. Convoco os soldados do Corão a travar nossa batalha final contra esses animais que matam os profetas. Ó muçulmanos, devo contar a história da judia que deu cordeiro envenenado ao Profeta, que a paz e a bênção de Deus estejam sobre Ele, para matá-Lo? O Profeta, que a paz e a bênção de Deus estejam sobre Ele, disse aos companheiros: "Não comam este cordeiro. Ele está me dizendo que tem veneno." Mas era tarde demais para o companheiro Bishr ibn al-Bara, que morreu envenenado. A judia tentou matar nosso Profeta, que a paz e a bênção de Deus estejam sobre Ele, mas graças a Deus ela fracassou. Tal é a natureza dos judeus, esse povo duplamente maldito! Os judeus tentarão matar vocês, mas Alá depositará dentro de seus corações o conhecimento desses atos maléficos e vocês serão salvos. Ajam como o Profeta, que a paz e a bênção de Deus estejam sobre Ele, agiu com o judeu Kenana ibn al-Rabi, que escondeu o tesouro dos judeus, o Banu Nadir. O Profeta, que a paz e a bênção de Deus estejam sobre Ele, disse a Az--Zubair ibn Al-Awwam: "Torture esse judeu até descobrir o que ele sabe." Aço quente foi encostado em seu peito e ele quase morreu. E em seguida o Profeta, que a paz e a bênção de Deus estejam sobre Ele, entregou o judeu Kenana a Muhammad ibn Maslamah, que cortou sua cabeça! Depois tomou os judeus de Kenana como escravos. Maomé, que a paz e a bênção de Deus estejam sobre Ele, tomou para si a mais bela mulher dos judeus! Este é o caminho, ó muçulmanos! Tenham como professor o Profeta, que a paz e a bênção de Deus estejam sobre Ele, ao lidarem com os judeus!

"Ó irmãos palestinos! Lembrem-se! Quando os muçulmanos, os árabes, os palestinos travam guerra contra os judeus, fazem isso para venerar Alá. Entram na guerra como muçulmanos! O hádice não diz 'Ó sunita, ó xiita, ó palestino, ó sírio, ó persa, vêm lutar!' Ele diz: 'Ó muçulmano!' Por tempo demais combatemos a nós mesmos, e perdemos. Agora vamos combater juntos, e ser vitoriosos.

"Estamos lutando em nome do Islã, porque o Islã nos ordena a guerrear até a morte contra qualquer um que pilhar nossa terra. A rendição é a via de Satã!"

VOLTAR PARA CASA

Mas então, após a palavra final, a câmera se deteve no primeiro-ministro. Seu olhar permaneceu fixo. E a câmera permaneceu fixa. De início parecia um problema constrangedor da transmissão, mas não era acidental.

Seu olhar permaneceu fixo.

E a câmera permaneceu fixa.

E então o primeiro-ministro fez algo tão escancaradamente simbólico, tão potencialmente *kitsch*, tão exagerado além de qualquer limite, que correu o risco de quebrar as pernas da audiência desejada enquanto eles preparavam o salto de fé necessário.

Ele sacou um *shofar* de trás do púlpito. E sem dar nenhuma explicação sobre o significado daquilo — sua importância bíblica e histórica, sua intenção de despertar judeus adormecidos a se arrependerem e voltarem, sem nem mesmo dividir a informação de que aquele *shofar* em especial, aquele chifre de carneiro com duas voltas, tinha dois mil anos de idade, que era o *shofar* descoberto em Massada, escondido em uma cisterna e preservado pelo calor seco do deserto, que seu interior continha restos biológicos de um nobre mártir judeu —, ele aproximou o *shofar* dos lábios.

A câmera permaneceu fixa.

O primeiro-ministro encheu os pulmões e congregou no interior do chifre de carneiro as moléculas de todos os judeus que já viveram: o alento de reis guerreiros e vendedores de peixe; alfaiates, fabricantes de fósforos e produtores executivos; açougueiros *kosher*, editores radicais, *kibbutzniks*, consultores de gestão, cirurgiões ortopédicos, curtidores e juízes; a gargalhada agradecida de alguém com mais de quarenta netos reunidos dentro do quarto de hospital; o gemido falso de uma prostituta que escondia crianças debaixo da cama sobre a qual beijava a boca de nazistas; o suspiro de um filósofo da Antiguidade em um momento de compreensão; o choro de um novo órfão sozinho em uma floresta; a última bolha de ar a se elevar do Sena e espocar enquanto Paul Celan afundava, os bolsos cheios de pedras; a palavra *positivo* emitida pelos lábios do primeiro astronauta judeu, atado a uma cadeira diante do infinito. E o alento daqueles que nunca viveram, mas de cuja existência dependia a existência judaica: os patriarcas, matriarcas e profetas; o último apelo de Abel; a risada de Sara diante da perspectiva de um milagre; Abraão oferecendo ao seu Deus e ao seu filho o que não podia ser oferecido a ambos: "Aqui estou."

O primeiro-ministro mirou o *shofar* a quarenta e cinco graus, sessenta graus, e em Nova York, e em Los Angeles, e em Miami, Chicago e Paris, em Londres, Buenos Aires, Moscou e Melbourne as telas de televisão tremeram, se abalaram.

HOJE EU NÃO SOU UM HOMEM

— A coisa mais difícil de falar é a coisa mais difícil de ouvir: se eu fosse obrigado a escolher entre um dos meus pais, eu conseguiria fazer isso.

"E conversei sobre isso com o Max e o Benjy, e se fossem obrigados a escolher, cada um deles também conseguiria fazer isso. Dois de nós escolheriam um, e um de nós escolheria o outro, mas concordamos que, se a gente fosse obrigado a escolher, todos escolheríamos o mesmo, pra que os três continuem juntos.

"Quando participei da Simulação da ONU umas semanas atrás, o país que a gente estava representando, a Micronésia, de repente obteve uma arma nuclear. Não pedimos e não queríamos uma arma nuclear, e armas nucleares, em todo e qualquer aspecto, são uma coisa horrorosa. Mas as pessoas têm essas armas por um motivo: pra nunca precisarem usar.

"E é isso. Acabei."

Ele não se curvou, eles não aplaudiram. Ninguém se mexeu, ninguém falou.

Como sempre, Sam não sabia o que fazer com o próprio corpo. Mas aquele organismo, a sala cheia de familiares e amigos, parecia depender de seus movimentos. Se ele começasse a chorar, alguém o consolaria. Se saísse correndo, alguém iria atrás. Se apenas fosse falar com Max, todo mundo começaria a tagarelar. Mas se ele continuasse ali parado, com os punhos cerrados, eles continuariam no mesmo lugar.

Jacob achou que talvez pudesse bater palmas, sorrir e dizer algo idiota como "Hora da boia!".

Julia achou que talvez pudesse chegar perto de Sam, abraçá-lo e encostar a cabeça na cabeça dele.

Mesmo Benjy, que, por nunca pensar a respeito nem por um segundo, sempre sabia o que fazer, estava imóvel.

Irv ansiava por assumir a autoridade de novo patriarca da família, mas não sabia como fazer isso. Será que tinha uma nota de cinco dólares no bolso?

Do meio da sala, Billie disse: — Agora sim.

Todos se viraram para ela.

— Hein? — Sam perguntou.

Não havia nenhum som a ser superado, mas ela gritou: — Agora sim.

Ó JUDEUS, SUA HORA CHEGOU

A aclamação continuaria até muito depois de o aiatolá baixar o último braço erguido em solidariedade. Muito depois de ele passar por trás do palco temporário, cercado por uma dúzia de guarda-costas com roupas civis. A aclamação — os aplausos, os hinos, os gritos, os cânticos — continuou até depois de ele ser cumprimentado por uma fila dos conselheiros mais próximos, cada um o saudando com beijos e bênçãos. Depois de ser colocado dentro de um carro com janelas de cinco centímetros de espessura e nenhuma maçaneta, e levado para longe da praça. A aclamação continuou e se intensificou, mas sem um centro gravitacional a multidão se espalhou em todas as direções.

Wolf Blitzer e seus convidados começaram a debater o discurso — sem tempo para digerir a tradução, reuniram uma citação após a outra até organizarem tudo fora de ordem —, mas a câmera continuou mostrando a multidão. A massa de pessoas não podia ser contida pela praça Azadi, que bombeava a todos como sangue pelas ruas circundantes, o que não cabia no quadro da câmera.

Jacob imaginou todas as ruas de Teerã lotadas de pessoas socando o ar, golpeando o peito. Imaginou todos os parques e espaços públicos transbordando como a praça Azadi. A câmera fechou em uma mulher batendo o dorso de uma mão contra a palma da outra, sem parar; um menino gritando dos ombros do pai, quatro braços no ar. Havia pessoas em varandas, em telhados, nos ramos das árvores. Pessoas em cima de carros e de coberturas de metal corrugado quentes demais para serem tocadas com a pele nua.

As palavras do aiatolá pingaram dentro de mais de um bilhão de ouvidos abertos, e foram duzentos mil pares de olhos fixos na praça, e 0,2 por cento do mundo era judeu, mas ao assistir às repetições do discurso — os punhos gesticulantes do aiatolá, as ondulações da multidão — Jacob pensou apenas em sua família.

Antes de receberem permissão para levar Sam do hospital onde tinha nascido, Jacob precisou assistir a um curso de quinze minutos abordando os Dez Mandamentos dos Cuidados com um Recém-Nascido — os rudimentos absolutos da vida de novo pai: NÃO SACUDIRÁS TEU BEBÊ; CUIDARÁS DO COTO UMBILICAL USANDO UM COTONETE ENCHARCADO DE ÁGUA MORNA E SABÃO, AO MENOS UMA VEZ POR DIA; TERÁS CONSCIÊNCIA DA MOLEIRA; ALIMENTARÁS TEU BEBÊ APENAS COM LEITE MATERNO OU FÓRMULA INFANTIL, ENTRE TRINTA E NOVENTA MILILITROS, A CADA DUAS OU TRÊS HORAS, E NÃO ESTARÁS OBRIGADO A FAZER O BEBÊ ARROTAR SE ELE DORMIR LOGO APÓS UMA MAMADA; e assim por diante. Todos os itens eram coisas que qualquer um que tenha ido a uma aula para novos pais, ou tenha passado algum tempo na presença de um bebê, ou tenha simplesmente nascido judeu, já saberia. Mas o Décimo Mandamento estremeceu Jacob: DEVERÁS TER ISTO EM MENTE: NÃO VAI DURAR.

VOLTAR PARA CASA

Depois que os convidados voltaram para suas casas, depois que o Uber veio buscar a Torá, depois que Tamir levou todas as crianças para o jogo dos Nats (onde, graças à engenhosidade atenciosa de Max, o bar-mitzvá de Sam foi anunciado no placar durante o intervalo da sétima entrada), depois de alguns e-mails desnecessários, depois de passear até a esquina com Argos, Jacob e Julia se viram sozinhos para cuidar da faxina. Antes de terem filhos, se alguém lhes pedisse que descrevessem imagens da vida de pai e mãe, teriam dito coisas como "Ler na cama", "Dar banho" e "Correr segurando o banco da bicicleta". Ser pai e mãe inclui esses momentos de ternura e intimidade, mas não é isso. É faxina. A maior parte de uma vida em família não envolve nenhuma troca de amor, e nenhum sentido, apenas satisfação. Não a satisfação de se sentir satisfeito, mas no sentido de satisfazer aquilo que agora cabe a você.

No fim, Julia não conseguiu se convencer a aceitar o uso de pratos de papel, então havia algumas pilhas de louça a ser lavada. Jacob encheu a máquina até onde conseguiu e depois lavou o resto a mão, se alternando com Julia nos processos de usar detergente e enxugar.

— Você estava certa em não acreditar nele — disse Jacob.

— Parece que sim. Mas você estava certo ao dizer que deveríamos ter acreditado nele.

— Será que a gente agiu errado?

— Não sei — disse Julia. — Será que isso está em questão? Com filhos, a gente sempre age um pouco errado. Aí a gente tenta aprender, e age menos errado no futuro. Mas enquanto isso eles mudaram, e a lição não se aplica mais.

— É uma derrota mútua.

Os dois riram.

— Um amor mútuo.

A esponja já estava bem encaminhada para virar mingau, o único pano de prato limpo estava ensopado, e o detergente precisou ser diluído com água para render, mas no fim eles conseguiram.

— Olha — disse Jacob. — Não por fatalismo, mas por responsabilidade, organizei umas coisas com o contador e o advogado, e...

— Obrigada — disse Julia.

— Enfim, está tudo escrito bem claro num documento que coloquei na sua mesinha de cabeceira, num envelope lacrado, pro caso de um dos meninos encontrar.

— Você não vai morrer.

— Claro que não.

— Você não vai nem viajar.

— Vou sim.

Julia ligou o triturador de lixo, e Jacob pensou que, caso ele fosse um sonoplasta encarregado de criar o som de Satã gritando no inferno, seria uma ótima ideia segurar um microfone diante daquilo que ele estava ouvindo.

— Outra coisa — disse.

— O quê?

— Vou esperar terminar.

Julia desligou o triturador.

— Lembra que eu mencionei que estou trabalhando numa série há muito tempo?

— Sua obra-prima secreta.

— Nunca a descrevi assim.

— Sobre nós.

— Vagamente.

— Sim, sei do que você está falando.

— Tem uma cópia do roteiro na última gaveta da direita na minha mesa.

— Do roteiro todo?

— Sim. E em cima do roteiro tem a bíblia.

— A Bíblia?

— Do programa. É uma espécie de guia para ler o roteiro. Para atores futuros, um diretor futuro.

— Mas a obra não deveria falar por si?
— Nada fala por si.
— Sam fala, sem a menor dúvida.
— Se a série fosse Sam, não precisaria de uma bíblia.
— E se você fosse Sam, não precisaria de uma série.
— Correto.
— OK. Então sua série e a bíblia do programa estão na última gaveta da direita da sua mesa. E o que eu devo fazer se você for mesmo para Israel e, sei lá, tombar em batalha? Mando pro seu agente?
— Não. Por favor, Julia.
— Queimo?
— Eu não sou *Kafka*.
— O que eu faço?
— Estava esperando que você lesse.
— Se você morrer.
— E apenas se eu morrer.
— Não sei se fico comovida por você estar sendo tão aberto, ou magoada por estar sendo tão fechado.
— Você ouviu o Sam: "Ser e não ser."
Julia enxugou a água com sabão da pia e pendurou o pano de prato na torneira. — E agora?
— Bem — disse Jacob, tirando o celular do bolso para ver as horas. — São três horas, muito cedo pra dormir.
— Você está cansado?
— Não — ele disse. — Só estou acostumado a estar cansado.
— Não sei o que isso quer dizer, mas tudo bem.
— *Aqua seafoam shame*.
— Hein?
— Não parta do princípio de que precisa significar alguma coisa. — Jacob apoiou a mão no balcão e disse: — É você, claro. O que o Sam falou.
— O que o Sam falou sobre o quê?
— Você sabe. Sobre quem ele escolheria.
— Sim — ela disse com um sorriso gentil. — Claro que sou eu. A verdadeira pergunta é: quem é o dissidente?
— Isso bem que pode ter sido uma arminha de guerra psicológica.
— Acho que você está certo.
Eles riram de novo.
— Por que você não me pediu para não ir pra Israel?

— Porque depois de dezesseis anos é desnecessário dizer.
— Vejam! Chora uma criança dos hebreus!
— Vejam! A filha surda de um faraó!
Jacob enfiou as mãos nos bolsos e falou: — Eu sei linguagem de sinais. Julia riu. — Hein?
— Estou falando muito sério.
— Não está não.
— Sei desde que você me conhece.
— Não fala merda.
— Não tô falando merda.
— Diz *Eu tô falando merda* com sinais.

Jacob apontou para si mesmo, depois moveu a mão direita aberta sobre a parte de cima do punho esquerdo, depois estendeu a mão direita com o polegar estendido para cima, agarrou o polegar com o punho fechado da mão esquerda e puxou a mão esquerda para cima liberando o polegar.

— Como vou saber que é isso mesmo?
— É.
— Diz *A vida é longa* com sinais.

Jacob fez com as duas mãos o gesto que crianças usam para pistolas, mirou os indicadores na barriga e depois subiu os dois pelo torso na direção do pescoço. Então estendeu o braço esquerdo, apontou para o punho fechado com o indicador direito e moveu o dedo pelo braço até chegar no ombro.

— Peraí, você está chorando? — Jacob quis saber.
— Não.
— Quase chorando?
— Não — ela disse. — E você?
— Estou sempre quase chorando.
— Fala *Vejam! Chora uma criança dos hebreus* com sinais.

Jacob estendeu a mão direita ao lado do rosto, mais ou menos na altura dos olhos, ergueu o indicador e o médio e estendeu o braço para a frente — dois olhos se movendo para diante no espaço. Depois passou os indicadores de cada mão pelo rosto, um de cada vez, alternadamente, como se estivesse pintando lágrimas em si mesmo. Então, com a mão direita, acariciou uma barba imaginária. Depois criou um berço com os braços, com as palmas das mãos viradas para cima na altura da barriga, e o acalentou para a frente e para trás.

— Acariciar a barba? Isso é o sinal de *hebreu*?
— De *hebreu*, de *judeu*. Sim.
— Isso consegue ser ao mesmo tempo antissemita e misógino.
— Tenho certeza de que você sabe que quase todos os nazistas eram surdos.
— Sim, eu sei.
— E os franceses, e os ingleses, e os espanhóis, e os italianos, e os escandinavos. Praticamente todo mundo que não é a gente.
— Por isso seu pai vive gritando.
— Isso mesmo — riu Jacob. — E a propósito, o sinal de *sovina* é o mesmo sinal de *judeu*, mas com um punho fechado no fim.
— Jesus.

Jacob estendeu os braços esticados para os lados e inclinou a cabeça na direção do ombro direito. Julia caiu na gargalhada e espremeu a esponja até os nós dos dedos ficarem brancos.

— Não sei mesmo o que dizer, Jacob. Não acredito que você manteve uma língua inteira em segredo.
— Não estava mantendo em segredo. Eu só não contei pra ninguém.
— Por quê?
— Quando eu escrever minhas memórias, vou chamar de "O Grande Livro dos Porquês".
— Quem ouvir esse título talvez pense que é s-á-b-i-o.
— Que pensem.
— E eu achando que você tinha chamado de "A Bíblia".

Julia desligou o rádio, ligado sem volume havia sei lá quanto tempo.
— Países diferentes têm línguas de sinais diferentes, certo?
— Isso.
— Então qual é o sinal judaico para *judeu*?
— Não faço a menor ideia — disse Jacob. Pegou o celular e procurou por "sinal da língua hebraica de sinais para judeu". Virou o celular para Julia e disse: — É o mesmo.
— Que triste.
— É mesmo, né.
— Em alguns níveis.
— Como seria o seu sinal? — Jacob quis saber.
— Uma estrela de davi exigiria uma flexibilidade absurda das juntas.
— Talvez uma palma encostada no alto da cabeça?

— Nada mau — disse Julia —, mas não inclui as mulheres. Ou a maioria dos homens judeus, que como você não usam quipás. Talvez palmas abertas, como um livro?

— Legal — disse Jacob —, mas judeus analfabetos não são judeus? E bebês?

— Eu não estava pensando em ler um livro, mas no livro em si. A Torá, talvez. Ou o Livro da Vida. Qual o sinal de *vida*?

— Lembra de A *vida é longa*? — perguntou, mais uma vez transformando as mãos em pistolas e subindo os indicadores pelo torso.

— Então assim — disse Julia, colocando as palmas abertas diante de si, folheando como se fosse um livro, e então movendo as mãos torso acima, como se estivesse empurrando um livro através dos pulmões.

— Vou fazer isso ao lado do mastro da bandeira no próximo encontro dos Sábios de Sião.

— Qual o sinal de *gói*?

— *Gói*? Mas quem se importa com essa merda?

Julia riu, e Jacob riu.

— Não acredito que você sabia uma língua sozinho.

Eliezer Ben-Yehuda reviveu o hebraico sozinho. Ao contrário de muitos sionistas, ele não se entusiasmava com a ideia da criação do Estado de Israel para que seu povo tivesse um lar. Ele queria que seu idioma tivesse um lar. Sabia que sem um Estado — sem um lugar onde os judeus pechinchassem, xingassem, criassem leis seculares e fizessem amor — o idioma não sobreviveria. E sem um idioma, em última análise não haveria um povo.

Itamar, filho de Ben-Yehuda, foi o primeiro falante nativo de hebraico em mais de mil anos. Cresceu proibido de ouvir ou falar qualquer outro idioma. (Uma vez seu pai censurou a mãe de Itamar por ter cantado uma canção de ninar em russo.) Seus pais não permitiam que ele brincasse com outras crianças — nenhuma delas falava hebraico —, mas, para que ele lidasse melhor com a solidão, concederam em lhe dar um cachorro, batizado de Maher, que significa "rápido" em hebraico. Foi uma espécie de abuso infantil. E ainda assim é possível que ele seja ainda mais responsável que o pai pela primeira vez que um judeu moderno contou uma piada pornográfica em hebraico, mandou outro judeu se foder em hebraico, digitou em hebraico em uma máquina de taquigrafia num tribunal, gritou palavras não intencionais em hebraico, gemeu, em hebraico, de prazer.

Jacob devolveu as últimas canecas enxutas para a prateleira, viradas para baixo.

— O que você está fazendo? — Julia quis saber.

— Estou fazendo do seu jeito.

— E não está histericamente preocupado com a habilidade de as canecas secarem sem circulação adequada?

— Não, mas também não fiquei convencido de repente de que elas vão se encher de poeira. Só me cansei de discordar.

Deus instruiu Moisés a colocar tanto as tábuas intactas quanto as quebradas dentro da arca. Os judeus as carregaram — tábuas quebradas e inteiras — ao longo dos quarenta anos em que vagaram, e colocaram ambas no Templo de Jerusalém.

Por quê? Por que eles apenas não enterraram as tábuas quebradas, como conviria a um texto sagrado? Ou por que não as deixaram para trás, como conviria a uma blasfêmia?

Porque eram nossas.

VII

A BÍBLIA

COMO ENCENAR TRISTEZA

Ela não existe, então a esconda como se fosse um tumor.

COMO ENCENAR MEDO

De brincadeira.

COMO ENCENAR CHORO

No funeral do meu avô, o rabino contou a história de Moisés sendo descoberto pela filha de Faraó. — Vejam! — ela diz depois de abrir o cesto. — Chora uma criança dos hebreus. — Ele pediu que as crianças tentassem explicar o que a filha de Faraó disse. Benjy sugeriu que Moisés estava "chorando em judeu".

O rabino perguntou: — Como seria chorar em judeu?

Max deu um passo à frente, na direção da sepultura ainda vazia, e sugeriu: — Será que parece com risadas?

Dei um passo para trás.

COMO ENCENAR RISO ATRASADO

Use humor de uma forma tão agressiva quanto quimioterapia. Ria até seu cabelo cair. Não existe nada que não possa ser trocado por risos. Quando

Julia disser "Somos só nós dois. Só você e eu no celular", ria e diga "E Deus. E a NSA".

COMO ENCENAR A MORTE DO CABELO

Ninguém faz ideia de quanto cabelo ele tem — tanto porque nosso cabelo não pode ser visto por inteiro com nossos olhos (nem mesmo com vários espelhos, pode acreditar) e porque nossos olhos são nossos.

Às vezes, quando eles ainda eram jovens o suficiente para não questionar a pergunta — e eu podia confiar que não mencionariam a pergunta a outras pessoas —, eu perguntava aos meninos se estava muito careca. Eu abaixava a cabeça, ajustava o cabelo para mostrar onde imaginava que estava rareando e pedia que eles descrevessem para mim.

— Parece normal — respondiam quase sempre.
— E aqui?
— Tá bem parecido com o resto.
— Mas aqui não parece que tem menos?
— Não muito.
— Não muito? Ou não?
— Não?
— Estou pedindo sua ajuda. Pode dar uma boa olhada e me dar uma boa resposta?

O que restava do meu cabelo era um objeto cênico, produto de intervenção farmacêutica — as mãozinhas de Aarão e Hur agarrando as raízes dos meus cabelos de dentro do meu crânio. Eu culpava minha genética pela calvície, e culpava também o estresse. Nesse sentido, não era diferente de nada.

O Propecia funcionava suprimindo a testosterona. Um dos efeitos colaterais mais bem documentados, de ocorrência ampla, é a diminuição da libido. É um fato, não uma opinião ou uma defesa. Eu queria ter compartilhado isso com Julia. Mas não podia fazer isso, porque não podia deixar que ela soubesse do Propecia, porque eu não conseguia admitir que me importava com minha aparência. Melhor deixar ela pensar que não consegue me deixar de pau duro.

Eu estava tomando um banho de banheira com o Benjy uns meses depois de os meninos começarem a passar tempo na minha casa. Estávamos conversando sobre A *odisseia*, uma versão infantil que tínhamos recém-terminado, e sobre o quanto deve ter sido doloroso para Odisseu manter segredo sobre sua identidade depois de enfim conseguir voltar para casa, mas era algo necessário.

— Não adianta só voltar pra casa — ele disse. — Você precisa poder ficar lá.

Respondi: — Tem toda razão, Benjy. — Eu sempre usava o nome quando ficava orgulhoso dele.

— Você está mesmo meio careca — ele disse.
— Hein?
— Você está meio careca.
— Estou?
— Meio careca, sim.
— Esse tempo todo você tentou não ferir meus sentimentos?
— Não sei.
— Onde eu estou careca?
— Não sei.
— Toca nas partes que estão carecas.

Curvei a cabeça, mas não senti toque algum.
— Benjy? — perguntei, encarando a água.
— Você não está careca.

Levantei a cabeça. — Então por que você disse que eu estava?
— Porque eu queria que você se sentisse bem.

COMO ENCENAR CALVÍCIE GENUÍNA

A gente costumava ir para o restaurante chinês Great Wall Szechuan House todo Natal, nós cinco. A gente levantava os meninos para verem o aquário até nossos braços tremerem, e pedíamos todas as entradas quentes que não incluíam porco. No último desses Natais, tirei "Você não é um fantasma" no biscoito da sorte. Quando a gente lia as sortes em voz alta, como era o ritual, olhei para "Você não é um fantasma" e disse "Sempre tem um jeito".

Doze anos mais tarde, perdi todo meu cabelo ao longo de um mês. Benjy apareceu sem avisar naquela véspera de Natal, com comida chinesa suficiente para uma família de cinco pessoas.

— Você pediu um de cada? — perguntei, rindo amorosamente daquela abundância maravilhosamente ridícula.

— Um de cada de tudo o que não era *kosher*.
— Você está preocupado com minha solidão?
— Você está preocupado com minha preocupação?

Comemos no sofá, com os pratos no colo, a mesinha de centro tomada por caixas brancas fumegantes. Antes de se servir novamente, Benjy colocou o prato vazio sobre a mesa lotada, tomou minha cabeça nas mãos e a puxou para baixo. Se aquilo tivesse sido menos inesperado, eu teria conseguido escapar. Mas depois que já estava acontecendo, eu me entreguei: apoiei as mãos nos joelhos, fechei os olhos.

— Você não tem mãos suficientes, certo?
— Não preciso de mãos.
— Ah, Benjy.
— Estou falando sério — ele disse. — Cabelo cheio, sem falhas.
— O médico me alertou, há sei lá quantos anos, que isso iria acontecer: assim que você parar de tomar o remédio, vai perder todo o cabelo de uma só vez. Não acreditei nele. Ou achei que eu seria a exceção.
— Como é a sensação?
— De conseguir fatiar pão com o pênis ereto?
— Estou *comendo*, pai.
— Conseguir fazer apoios com as mãos nas costas?
— Desculpa por ter manifestado interesse — ele disse, incapaz de controlar o sorriso no rosto.
— Sabe, uma vez eu precisei de um ovo.
— Sério? — ele perguntou, cooperando.
— Sim. Eu estava fazendo um bolinho...
— Você sempre faz bolos.
— Toda hora. Na verdade, estou surpreso por não estar fazendo um bolo enquanto conto essa piada. Mas, enfim, eu estava fazendo um bolo e descobri que faltava um ovo. Não é horrível?
— Nada pode ser mais horrível do que isso, literalmente.
— Né? — Nós dois estávamos começando a borbulhar de expectativa. — Então, em vez de me arrastar até o mercado que nem um *schlepper*, cruzando a neve para comprar onze ovos que eu não queria, pensei que podia conseguir um ovo emprestado.
— E é exatamente por isso que você tem o National Jewish Book Award de 1998 pendurado no escritório.
— *Yiddishe kop* — falei, dando um tapinha na testa.
— Queria que você fosse meu pai verdadeiro — disse Benjy, lacrimejando no esforço de segurar o riso.
— Daí eu abri a janela... — Eu não tinha certeza se conseguiria chegar ao auge da história, que ainda estava se formando enquanto eu avança-

va. — Daí eu abri a janela, escrevi, dirigi e estrelei uma fantasia de cinco segundos proibida para menores de 100 anos, e minha glande tumescente tocou a campainha da casa do outro lado da rua.

Quase tendo convulsões de contenção, Benjy quis saber: — E a vizinha tinha um ovo?

— *Vizinho*.

— Vizinho!

— E não, ele não tinha.

— Mas que babaca.

— E sem querer eu o deixei cego.

— Botou fogueira na lenha.

— Não, peraí. Peraí. Vamos repetir. Me pergunta se ela tinha um ovo.

— Tenho uma pergunta.

— Posso tentar responder.

— Ela tinha um ovo?

— Sua mãe! Tinha sim, e era um óvulo!

— Mas que surpresa maravilhosa!

— Que eu fertilizei sem querer.

As gargalhadas que estávamos reprimindo nunca vieram. Suspiramos, sorrimos, nos recostamos no sofá e assentimos com a cabeça sem motivo algum. Benjy disse: — Deve ser um alívio.

— O que deve ser um alívio?

— Enfim estar parecido com você mesmo.

Olhei para "Você vai viajar para muitos lugares" e disse "Eu não sou um fantasma".

Benjy tinha cinco anos quando começamos *Histórias da odisseia*. Eu tinha lido esse livro para Sam e Max, e nas duas vezes, quanto mais avançávamos, mais devagar líamos, até chegarmos ao ritmo de uma página por noite. Benjy e eu chegamos até o Ciclope na primeira leitura. Tive a rara ocasião de reconhecer o que estava acontecendo enquanto acontecia — ele era meu último filho, e aquela era minha última leitura do trecho. Não iria durar. — "Por quê?", eu li. — "Por que você rompe o silêncio da noite com seus gritos?" — Abri espaço para cada pausa, abrindo as frases até o máximo que suportavam. — "Quem está ferindo você? "NINGUÉM!", gritou Polifemo, se contorcendo no chão da caverna. "Ninguém tentou me matar! Ninguém me deixou cego!"

COMO ENCENAR NINGUÉM

Falei para Julia que não queria que ela fosse com a gente para o aeroporto. Eu colocaria os meninos na cama, como em qualquer outra noite, sem nenhuma despedida dramática, avisaria que conversaria com eles pelo FaceTime sempre que possível e voltaria em uma ou duas semanas com a mala cheia de *tchotchkes*. E então iria embora enquanto eles dormiam.

— Você pode fazer isso como quiser — ela disse. — Mas posso perguntar, ou melhor, será que você pode se perguntar pelo que você está esperando?

— Como assim?

— Para você, nunca é nada. Você levantou a voz uma vez na vida inteira, e foi para me chamar de inimiga.

— Não era minha intenção.

— Eu sei. Mas o seu silêncio também não é intencional. Se isto não é nada, se despedir dos filhos antes de ir para a guerra, o que seria alguma coisa? Qual a grande coisa pela qual você está esperando?

Meu pai nos levou de carro até o Aeroporto MacArthur, em Islip, Long Island. Eu me sentei no banco do carona e Barak dormitou encostado no peito de Tamir no banco de trás. Cinco horas. No rádio, uma cobertura do primeiro dia da Operação Braços de Moisés. Repórteres estavam postados nas pistas de decolagem designadas ao redor do mundo, mas, como ainda era cedo, a maior parte da transmissão eram especulações sobre quantas pessoas atenderiam o chamado. Era o oposto da viagem que tínhamos feitos havia apenas algumas semanas, do Aeroporto Nacional de Washington até nossa casa.

As conversas acontecidas no carro estavam segregadas em bancos da frente e banco de trás; eu conseguia ouvir muito pouco do que se passava entre Tamir e Barak, e meu pai, que não tinha uma voz para ambientes fechados, tinha aprendido a sussurrar.

— Gabe Perelman vai estar lá — ele disse. — Falei com o Hersch ontem à noite. Vamos encontrar muitos conhecidos.

— Provavelmente.

— Glenn Mechling. Larry Moverman.

— Tudo bem com a mamãe? Hoje cedo ela parecia tão tranquila que fiquei preocupado.

— Ela é mãe. Mas vai ficar bem.

— E você?

— O que vou dizer? É o preço de falar verdades impopulares. Desliguei a campainha do telefone de casa. E os homens de preto colocaram um carro na esquina. Falei para não fazerem isso. Insistiram, disseram que não era uma escolha minha. Vou passar.

— Não estou falando disso. Estou falando da minha ida.

— Você leu o que eu escrevi. Queria com todas as forças que você não precisasse ir, mas eu sei que você precisa.

— Não consigo acreditar que isso está acontecendo.

— Porque você não prestou atenção no que eu disse nos últimos vinte anos.

— Bem mais tempo do que isso.

Com os olhos na estrada, ele colocou a mão direita na minha coxa e disse: — Eu também não consigo acreditar.

Paramos no meio-fio. O aeroporto estava fechado, exceto pelos voos para Israel. Havia umas duas dúzias de carros descarregando homens, e ninguém acenando com um sabre de luz curto e dizendo "Circulando, circulando", mas havia dois homens em verde-oliva segurando metralhadoras contra o peito.

Tiramos nossas sacolas de viagem do porta-malas e ficamos parados ao lado do carro.

— O Barak não vai sair? — perguntei.

— Está dormindo — disse Tamir. — Nós nos despedimos no carro. Assim é melhor.

Meu pai colocou a mão no ombro de Tamir e disse: — Você é corajoso.

Tamir disse: — Isso não conta como coragem.

— Eu amava o seu pai.

— Ele amava você.

Meu pai assentiu com a cabeça. Colocou a outra mão no outro ombro de Tamir e disse: — Como ele não está mais aqui... — e isso bastou. Como se guardasse enroscado dentro de si desde o nascimento tudo que deveria ser feito naquele instante, Tamir colocou a sacola no chão, deixou os braços soltos ao lado do corpo e se curvou ligeiramente. Meu pai colocou as mãos sobre a cabeça de Tamir e disse: — *Y'varech'cha Adonai v'yishm'recha.* Que Deus o abençoe e o guarde. *Ya'ar Adonai panav ay'lecha viy'hunecha.* Que Deus permita que Seu rosto brilhe sobre ti e te conceda graças. *Yisa Adonai pana ay'lecha v'yasaym l'cha shalom.* Que Deus vire Seu rosto na tua direção e te conceda paz.

Tamir agradeceu a meu pai e me avisou que daria uma volta e me encontraria lá dentro.

Quando ficamos só nós dois, meu pai riu.

— Que foi?

— Você sabe quais foram as últimas palavras de Lou Gehrig, né? — ele perguntou.

— "Não quero morrer"?

— "Maldita doença de Lou Gehrig, eu deveria ter previsto que isso ia acontecer."

— Engraçado.

— A gente deveria ter previsto que isso ia acontecer — ele disse.

— Você previu.

— Não, era da boca pra fora.

Barak despertou do sono, olhou ao redor com calma e então, talvez imaginando que estava em um sonho, fechou os olhos e apoiou a testa na janela.

— Você vai para minha casa todo dia, né?

— Claro — meu pai respondeu.

— E vai sair com os meninos. Dar uma folga pra Julia de vez em quando.

— Claro, Jacob.

— Não deixa a mamãe ficar sem comer.

— Vocês trocaram de lugar?

— Um amigo no *Times* me disse que as coisas não estão nem de longe tão ruins quanto parecem. Israel está fazendo a situação parecer pior de propósito, na esperança de conseguir mais apoio dos Estados Unidos. Ele disse que estão prolongando a situação de modo a obter a paz mais propícia.

— O *Times* é um papel higiênico antissemita.

— Só estou querendo dizer que você não precisa ter medo.

Como se guardasse enroscado dentro de mim desde o nascimento tudo que deveria ser feito naquele instante, baixei a cabeça. Meu pai colocou as mãos no alto da minha cabeça. Esperei. Como se guardasse enroscado dentro de si desde o meu nascimento tudo que deveria ser feito naquele instante, as mãos dele começaram a se fechar, agarrando meus cabelos, me segurando no lugar. Fiquei esperando por uma bênção que nunca viria.

COMO ENCENAR SILÊNCIO

Primeiro pergunte: — Que tipo de silêncio é este? — SILÊNCIO CONSTRANGIDO não é SILÊNCIO ENVERGONHADO. SILÊNCIO CALADO não é SILÊNCIO EMUDECIDO, não é SILÊNCIO DE RECUSA SUTIL. E assim por diante. E por diante.

Depois pergunte: — Que tipo de suicídio ou sacrifício é este?

COMO ENCENAR LEVANTAR A VOZ

Só levantei a voz para um ser humano duas vezes em toda a minha vida. A primeira vez foi quando Julia me confrontou sobre as mensagens e, empurrado para além do meu autocontrole e para dentro de quem sou, gritei: — Você é minha inimiga! — Ela não se lembrava de que eu tinha aprendido essa frase com ela. Quando estava em trabalho de parto para o nascimento de Sam – seu único parto normal –, ela adentrou uma espiral de quarenta horas de uma dor cada vez mais profunda e enclausurante, até que, mesmo cercados pelas mesmas quatro paredes, acabamos em cômodos diferentes. A doula falou alguma coisa absurda (algo que, em qualquer outro momento, Julia teria descartado revirando os olhos) e eu falei alguma coisa amável (algo que, em qualquer outro momento, teria feito Julia marejar os olhos e me agradecer), e Julia gemeu como uma não humana não fêmea, agarrou a grade da cama como se fosse uma barra de segurança de um carrinho de montanha-russa, me encarou com olhos mais satânicos do que em qualquer fotografia com pupilas vermelhas e rosnou: — Você é meu inimigo! — Treze anos mais tarde, minha intenção não tinha sido citá-la, e só me dei conta de que tinha feito isso um tempo depois, quando escrevi a respeito. Como sobre tantas outras coisas que aconteceram durante o trabalho de parto, Julia parecia não ter guardado lembrança nenhuma disso.

A segunda vez em que levantei a voz também foi para Julia, muitos anos mais tarde. Achei bem mais fácil dar algo que não havia sido pedido, nem era devido. Talvez tenha aprendido isso com Argos – a única maneira de fazer com que ele largasse uma bolinha que tinha buscado era fingir indiferença. Talvez Argos tenha aprendido isso comigo. Assim que Julia e eu começamos a levar vidas separadas, transmitir minha vida interior pelo conduto que ainda compartilhávamos não era apenas possível, mas algo que eu ansiava por fazer. Porque ela parecia indiferente a isso – *parecia* ou *era*.

Julia e eu não nos falávamos havia um bom tempo, mas era com ela que eu queria falar. Eu telefonei, ela atendeu, nós compartilhamos coisas, nada a ver com os velhos tempos. Eu disse: — Acho que eu queria uma prova. — Ela disse: — Sou uma alma gentil, como você chamou, lembra? — Eu disse: — Lembra que dizem que o mundo é singularmente aberto? — Ela perguntou: — O que houve com você? — Não estava me acusando nem me desafiando. Disse isso com a indiferença necessária para eu responder com tudo de mim.

Levantei a voz para um humano apenas duas vezes na vida toda. Nas duas vezes, para o mesmo humano. Colocando de outra forma: Só conheci um humano na vida. Colocando de outra forma: Só permiti que um humano me conhecesse.

Com uma tristeza que ia além de raiva, dor e medo, gritei para Julia: — Injusto! Injusto! Injusto!

COMO ENCENAR A MORTE DA LINGUAGEM

Na sinagoga da minha juventude — que abandonei quando fui para a universidade e à qual retornei quando Julia engravidou de Sam — havia um memorial de parede com lampadinhas acesas ao lado dos nomes daqueles que tinham morrido em dada semana do ano. Quando era pequeno, eu reorganizava as letras de plástico que formavam os nomes até formarem outras palavras. Meu pai costumava dizer que não existiam palavras erradas, só contextos errados. E mais tarde, quando me tornei pai, repeti a mesma coisa para os meus filhos.

Havia mais de mil e quatrocentos congregantes com idade militar. Dos sessenta e dois que foram lutar em Israel, vinte e quatro morreram. Duas lâmpadas de dez watts, em forma de chama de vela, encaixadas em um candelabro, para cada nome. Apenas 480 watts de luz. Menos do que no lustre da minha sala de estar. Ninguém encostou a mão nesses nomes. Mas um dia serão reorganizados até formarem palavras. Ou pelo menos é o que se espera.

Parece que faz séculos que não perambulo por aquele prédio. Mas eu me recordo dos cheiros: os *siddurim* que lembravam flores murchas, o bolor do cesto de quipás, o cheiro de carro novo da arca. E me recordo das superfícies: onde as faixas largas de papel de parede de linho se encontravam; as plaquinhas afixadas nos braços de todas as cadeiras de veludo, que pareciam escritas em braile, imortalizando o donativo de alguém que dificilmente sentaria ali; o corrimão de aço frio das escadas luxuosamente acarpetadas. Eu me recordo do calor daquelas lâmpadas, e da aspereza das letras. Sentado diante de uma mesa encimada por milhares de páginas, continuando a comentar o comentário, eu me pergunto como se deve julgar o uso de palavras criadas a partir dos mortos. E dos vivos. De todos, os vivos e os mortos.

COMO ENCENAR NINGUÉM

Havia centenas de homens na área de espera. Centenas de homens judeus. Éramos homens circuncidados, homens que compartilhavam marcadores genéticos judaicos, homens que cantarolavam as mesmas antigas melodias. Quantas vezes, quando criança, me disseram que não importava se eu me via como judeu ou não, porque os alemães me viam como judeu? Na área de retenção daquele aeroporto, talvez pela primeira vez na vida, parei de me perguntar se eu me sentia judeu. Não porque tivesse uma resposta, mas porque a pergunta parou de fazer sentido.

Vi alguns conhecidos: velhos amigos, rostos familiares da sinagoga, algumas figuras públicas. Não vi Gabe Perelman nem Larry Moverman, mas Glenn Mechling estava por lá. Nós nos cumprimentamos com um aceno de cabeça, cada um em uma ponta daquele cômodo enorme. Pouco se intargia. Alguns estavam sentados em silêncio, outros falavam ao celular – com a família, ao que se imagina. Canções irrompiam de repente: "Yerushalayim Shel Zachav"... "Hatikva"... Aquilo era emocionante, mas o que era *aquilo*? Camaradagem? A versão mais extrema daquela sensação de reconhecimento que compartilhei com o pai surdo na convenção? A devoção compartilhada? A consciência súbita da história, de como é pequena, de como é grande, de como o indivíduo em seu interior é impotente e onipotente? O medo?

Escrevi livros e roteiros ao longo de toda a minha vida adulta, mas foi a primeira vez que me senti um personagem de algum deles — que a escala da minha existência banal, o *drama* da vida, enfim condizia com o privilégio de se estar vivo.

Não, era a segunda vez. A primeira vez tinha sido na cova do leão.

Tamir tinha razão: meus problemas eram pequenos. Passei tanto do meu tempo finito sobre a Terra pensando pensamentos pequenos, sentindo sentimentos pequenos, cruzando portas para entrar em cômodos desocupados. Quantas horas eu passei na internet, assistindo mais uma vez aos mesmos vídeos idiotas, esquadrinhando anúncios de casas que jamais compraria, clicando para conferir e-mails apressados de pessoas com quem eu não me importava? Quanto de mim, quantas palavras, sentimentos e ações eu tinha refreado à força? Eu tinha me afastado de mim mesmo, por uma fração de grau, mas depois de tantos anos encontrar o caminho de volta para mim mesmo exigia um avião.

Estavam cantando, e eu sabia a canção, mas não como me unir a eles.

COMO ENCENAR O PRURIDO DE ESPERANÇA

Sempre acreditei que para mudar minha vida por inteiro seria preciso apenas me tornar uma pessoa inteiramente diferente.

COMO ENCENAR UM LAR

O encerramento das *Histórias da odisseia* deixou Max desolado.

— Por quê? — ele perguntou, girando para enterrar a cara no travesseiro. — Por que precisou terminar?

Esfreguei suas costas, falei: — Mas você não gostaria que Odisseu ficasse vagando para sempre, né?

— Ah, então pra que foi que ele saiu de casa?

Na manhã seguinte, levei Max até a feira na esperança de encontrar algum consolo em guloseimas. Domingo sim, domingo não, um veículo de adoção de animais estacionava ao lado da entrada principal, e muitas vezes a gente parava para admirar os bichos. Naquela manhã, Max foi atraído por um golden retriever chamado Stan. Nunca tínhamos conversado sobre ter um cachorro, e eu certamente não tinha a menor intenção de ter um cachorro, e nem ao menos sabia se Max queria aquele cachorro em especial, mas disse a ele: — Se você quiser levar o Stan pra casa, tudo bem.

Todo mundo, menos eu, entrou pulando em casa. Julia ficou furiosa, mas não demonstrou até ficarmos sozinhos no andar de cima. — *Mais uma vez* — ela disse — você me colocou na situação de ou ter de apoiar uma péssima ideia ou ser a malvada da história.

No andar de baixo, os meninos gritavam: — Stan! Vem cá, Stan! Aqui, vem!

Eu tinha perguntado à mulher que cuidava das adoções de onde o cachorro tinha recebido o nome Stan — me pareceu uma escolha esquisita para um cachorro. Ela respondeu que os cachorros recebiam nomes aposentados de tempestades do Atlântico. Com tantos cachorros passando pela instituição, ficava mais fácil simplesmente usar uma lista.

— Como é? Um nome aposentado do quê?

— Você sabe que as tempestades recebem nomes, certo? São mais ou menos uns cem, e é feito um rodízio. Mas se uma tempestade se mostra especialmente devastadora ou mortal, o nome é aposentado, em uma demonstração de sensibilidade. Nunca mais vai haver outro Sandy.

Assim como nunca mais vai haver outro Isaac.

Não sabemos o nome do avô do meu avô.

Quando meu avô veio para os Estados Unidos, trocou o sobrenome. Blumenberg virou Bloch.

Meu pai foi a primeira pessoa da família a ter um "nome inglês" e um "nome hebraico".

Quando me tornei escritor, experimentei versões diferentes do meu nome: diversos usos de iniciais, a inclusão do meu nome do meio, pseudônimos.

Quanto mais nos afastamos da Europa, mais identidades tivemos de escolher.

— *Ninguém tentou me matar! Ninguém me deixou cego!*

Trocar o nome de Stan foi ideia do Max. Eu falei que o cachorro podia ficar confuso. Max respondeu: — Mas a gente precisa fazer ele ser nosso.

COMO ENCENAR NINGUÉM

Recebemos alguns formulários simples para preencher, e um aviso sonoro explicou que deveríamos passar em fila indiana diante de um homem com um jaleco branco. Ele fazia uma inspeção visual rápida de cada pessoa e depois apontava para alguma de mais ou menos umas doze filas compridas, que aos poucos começaram a corresponder a faixas etárias. A semelhança com a seleção empreendida na entrada dos campos de concentração, de tão explícita e inegável, só podia ser intencional.

Quando cheguei no início da minha fila, uma mulher atarracada de uns setenta anos me convidou a sentar na frente dela diante de uma mesa dobrável de plástico. Ela pegou meus documentos e começou a preencher uma série de formulários.

— *Atah medaber ivrit?* — ela perguntou sem levantar a cabeça.

— Perdão?

— *Lo medaber ivrit* — ela disse, marcando um quadradinho.
— Perdão?
— Judeu?
— Claro.
— Recite a Sh'ma.
— *Sh'ma Yisrael, Adonai...*
— Pertence a uma comunidade judaica?
— Adas Israel.
— Com que frequência você comparece?
— Acho que umas duas vezes por ano, um ano sim, outro não.
— Quais são essas duas ocasiões?
— Rosh Hashaná e Yom Kippur.
— Algum idioma além do inglês?
— Um pouco de espanhol.
— Tenho certeza de que será muito útil. Problemas de saúde?
— Não.
— Nada de asma? Pressão alta? Epilepsia?
— Não. Tenho um pouco de eczema. Na nuca.
— Já experimentou usar óleo de coco? — ela perguntou, ainda sem levantar a cabeça.
— Não.
— Então experimente. Treinamento ou experiência militar?
— Não.
— Você já atirou com uma arma?
— Nunca *segurei* uma arma.

Ela marcou vários quadradinhos, ao que parecia se sentindo dispensada de fazer a próxima série de perguntas.

— Você consegue se virar sem óculos?
— Não muito bem.

Ela marcou um quadradinho.

— Consegue nadar?
— Sem óculos?
— Você sabe nadar?
— Claro.
— Já competiu em provas de natação?
— Não.
— Tem alguma experiência com nós?
— Acho que todo mundo tem.

Ela marcou duas caixinhas.
— Consegue ler um mapa topográfico?
— Acho que consigo saber para o que estou olhando, mas não sei se isso significa saber ler.
Ela marcou uma caixinha.
— Tem alguma experiência com engenharia elétrica?
— Uma vez eu fiz um...
— Você não consegue desarmar uma bomba simples.
— Qual *nível* de simplicidade?
— Você não consegue desarmar uma bomba simples.
— Não consigo.
— Qual o máximo de tempo que você passou sem comer?
— Foi no Yom Kippur, um tempinho atrás.
— Qual sua tolerância para dor?
— Nem sei como alguém poderia responder a essa pergunta.
— Você respondeu a pergunta — ela disse. — Você já esteve em choque?
— Provavelmente. Na verdade, sim. Muitas vezes.
— Você é claustrofóbico?
— Bastante.
— Qual o máximo de peso que você consegue carregar?
— Fisicamente?
— Você é sensível a extremos de calor ou frio?
— Todo mundo é.
— Alérgico a medicamentos?
— Sou intolerante a lactose, mas acho que não é isso que você está perguntando.
— Morfina?
— *Morfina?*
— Você sabe prestar primeiros socorros?
— Não respondi a pergunta sobre morfina.
— Você é alérgico a morfina?
— Não faço ideia.
Ela anotou alguma coisa que fracassei em decifrar.
— Não quero deixar de receber morfina se eu precisar de morfina.
— Existem outras formas de aliviar a dor.
— São tão boas quanto morfina?
— Você sabe prestar primeiros socorros?

— Mais ou menos.
— Isso vai ser mais ou menos um consolo para quem meio que estiver precisando de primeiros socorros.

Enquanto analisava a papelada que preenchi na fila, disse: — Informação de contato de emergência...
— Está aí.
— Julia Bloch.
— Isso.
— Quem ela é?
— Como assim?
— Você não preencheu qual a relação entre vocês.
— Claro que preenchi.
— Então você usou tinta invisível.
— É a minha esposa.
— A maioria das esposas prefere pincel atômico.
— Eu devo ter...
— Você é doador de órgãos nos Estados Unidos?
— Sim.
— Se você for morto em Israel, permitiria que seus órgãos fossem usados em Israel?
— Sim — respondi, permitindo que o *m* deslizasse por uns trinta metros.
— Sim?
— Sim, se eu for morto...
— Qual seu tipo sanguíneo?
— Tipo sanguíneo?
— Você tem sangue?
— Tenho.
— Que tipo? A? B? AB? O?
— Você está perguntando para *doar* ou para *receber*?

Enfim, pela primeira vez desde que tínhamos começado a falar, ela me olhou nos olhos. — É o mesmo sangue.

COMO ENCENAR ANÉIS DE CRESCIMENTO SUICIDAS

Para que canhotos, ou gêmeos, ou cabelo ruivo caracterizem uma família – como caracterizam a minha – é preciso haver múltiplas ocorrências. Para que o suicídio caracterize uma família, só precisa haver um.

Recebi a certidão de óbito do meu avô do Departamento de Registro Civil de Maryland. Eu queria saber que sabia o que eu já sabia. A caligrafia do legista era tão legível que pareciam letras impressas, o oposto do que se esperaria de um médico: *asfixia por enforcamento*. Ele se matou aproximadamente às dez da manhã. A certidão dizia que a morte foi informada pelo sr. Kowalski, o vizinho do lado. Que o nome do meu avô era Isaac Bloch. Que ele tinha nascido na Polônia. Que ele se enforcou com um cinto calçado entre a porta da cozinha e a padieira.

Mas quando imaginava meu avô na cama naquela noite, eu o enxergava no lado de fora, dependurado de uma árvore por uma corda. A grama na sombra dos pés dele morreu aos poucos e virou pó até dar lugar a um pedaço de terra nua em um jardim completamente tomado pela vegetação.

Mais tarde naquela mesma noite, imaginei plantas subindo para se encontrarem com os pés dele, como se a Terra estivesse tentando expiar a própria gravidade. Imaginei ramos de palmeira apoiando meu avô como se fossem mãos, a corda frouxa.

Ainda mais tarde — eu mal dormi — me imaginei caminhando com meu avô por uma floresta de sequoias-vermelhas. A pele dele estava azul e as unhas estavam com quase três centímetros de comprimento, mas de resto ele se parecia com o homem em cuja mesa da cozinha eu comia pão preto e mamão, o homem que, ao ser admoestado por vestir a roupa de banho em público, respondeu com "Por que não?". Ele parou diante de uma árvore caída imensa e apontou para os anéis.

— Bem aqui foi o casamento dos meus pais. Foi um casamento arranjado. Deu certo. E aqui — disse, apontando para outro anel — foi quando Iser caiu de uma árvore e quebrou o braço.

— Iser?

— Meu irmão. Seu nome é uma homenagem a ele.

— Achei que meu nome era uma homenagem a alguém chamado Yakov.

— Não. Acabamos de dizer isso.

— Como Iser vira Jacob?

— Iser é um apelido de Israel. Depois de lutar uma noite inteira com Jacó, o anjo trocou seu nome para Israel.

— Quantos anos ele tinha?

— E aqui — ele continuou, apontando para outro anel — foi quando eu saí de casa. Com o Benjy. De resto, todo mundo ficou: meus avós, meus pais, meus outros cinco irmãos, e eu também queria ficar, mas Benjy me convenceu. Ele me obrigou. E aqui foi quando Benjy e eu embarcamos em navios diferentes, um para os Estados Unidos, o outro para Israel. — Ele tocou em um dos anéis e deixou a unha comprida deslizar de dentro para fora, na direção da casca da árvore, enquanto falava. — Bem aqui foi quando você nasceu. Aqui você era criança. Aqui você se casou. Aqui é o nascimento do Sam, aqui o do Max, aqui o do Benjy. E aqui — encostou a unha na borda do tronco, lembrando uma agulha de vitrola — é onde estamos agora. E bem aqui fora — indicou um ponto no ar, a mais ou menos três centímetros de distância do tronco — é quando você vai morrer, e aqui — acenou para a área um pouco mais próxima do tronco — é o resto da sua vida, e aqui — apontou para o espaço imediato após o tronco — é o que acontece a seguir.

Compreendi, de certa forma, que o peso do seu corpo enforcado tinha derrubado a árvore, tornando visível a nossa história.

COMO ENCENAR SETE VOLTAS

Eu nunca conseguia adivinhar quais rituais religiosos Julia acharia belos e quais ela julgaria misóginos, moralmente repugnantes ou simplesmente bobos. Então fiquei surpreso quando ela resolveu dar as sete voltas ao meu redor sob a chupá.

Em nossas leituras preparatórias — na leitura preparatória de Julia, na verdade; eu desisti bem rápido — ela aprendeu que as sete voltas ecoam a história bíblica de Josué conduzindo os israelitas até Canaã. Quando chegam à cidade murada de Jericó, a primeira batalha que teriam de lutar a caminho da Terra Prometida, Deus instruiu Josué a marchar com os israelitas ao redor das muralhas por sete vezes. Assim que completaram o sétimo anel, as muralhas desabaram e os israelitas conquistaram a cidade.

— Você esconde seu maior segredo atrás de uma muralha — ela disse, com um tom que sugeria ao mesmo tempo ironia e sinceridade — e eu vou cercar você de amor, e a muralha vai desabar...

— E você vai ter me conquistado.
— Nós teremos nos conquistado.
— Eu só preciso ficar parado aqui?
— Só fique parado aí e desabe.
— Qual é o meu maior segredo?
— Não sei. Estamos apenas começando.

Só quando estávamos terminando ela descobriu.

COMO ENCENAR O ÚLTIMO MOMENTO INTEGRALMENTE FELIZ

— Vamos fazer alguma coisa especial — sugeri um mês antes do aniversário de quarenta anos de Julia. — Alguma coisa atípica pra gente. Uma festa. Com tudo a que se tem direito: banda, furgão de sorvete, mágico.
— Mágico?
— Ou uma dançarina de flamenco.
— Não — ela respondeu. — Isso é a última coisa que eu quero.
— Mesmo se for a última, ainda vai estar na lista.
Ela riu e disse: — Acho um amor você pensar nisso. Mas vamos fazer alguma coisa simples. Um jantar tranquilo em casa.
— Para com isso. Vamos fazer algo bem divertido.
— Pra mim, divertido seria um jantar simples em família.
Tentei convencer Julia algumas vezes, mas ela deixou claro, com intensidade crescente, que não queria "uma festança".
— Tem certeza de que não está protestando demasiado?
— Não estou protestando, de modo algum. A coisa que eu mais quero é um jantar agradável e tranquilo com a minha família.
Naquela manhã eu e o meninos preparamos um café na cama: *waffles* fresquinhos, *smoothie* de couve com pera, *huevos rancheros*.
Cochichamos desejos ao elefante do zoológico (um antigo ritual de aniversário, de origem desconhecida), coletamos folhas no parque Rock Creek para guardar entre as páginas do Livro dos Anos (outro ritual), almoçamos em uma das mesas externas do restaurante grego favorito de Julia em Dupont Circle. Fomos ao museu Phillips Collection, onde Sam e Max fingiram interesse de forma tão sincera e malsucedida que Julia, comovida, falou: — Eu sei que vocês me amam. Não tem problema se estão entediados.
Escurecia quando chegamos em casa, com meia dúzia de sacolas de supermercado com víveres para o jantar. (Insisti que não comprássemos nada para outras refeições, mesmo que precisássemos de algumas coisas. "Hoje", falei, "não vamos ser utilitários".) Dei a chave para Sam e os meninos correram para dentro de casa. Julia e eu tiramos as coisas das sacolas e colocamos sobre o balcão da cozinha, e eu comecei a guardar os perecíveis. Nossos olhos se encontraram, e vi que ela estava chorando.
— O que foi? — perguntei.
— Você vai me odiar se eu disser.
— Tenho certeza que não.

— Você vai ficar muito chateado.

— Tenho certeza de que existe uma moratória de chateação em aniversários.

E então, realmente deixando as lágrimas rolarem, ela disse: — Na verdade eu queria uma festança.

Dei risada.

— Não é engraçado.

— É engraçado, Julia.

— Não estou dizendo que eu sabia o que queria e escondi isso de você. Eu não estava tentando me decepcionar.

— Eu sei.

— Quando falei aquilo, estava sendo sincera. Mesmo. Só agora (não foi nem quando entramos em casa, foi neste exato segundo) que eu me dei conta de que queria uma festança. Queria mesmo. Que coisa idiota. Quantos anos eu tenho, oito?

— Você tem quarenta anos.

— Tenho, né? Sou uma mulher de quarenta anos que não sabe o que quer até ser tarde demais. E para piorar as coisas, estou despejando isso em você, como se você pudesse ter alguma outra reação além de culpa ou mágoa.

— Toma — falei, estendendo uma caixa de *orecchiette*. — Guarda isso.

— Isso é o máximo de solidariedade que você consegue expressar?

— O que aconteceu com a moratória de chateação?

— Ela tem mão única, você sabe muito bem.

— Guarda esse macarrão metido a besta.

— Não — ela disse. — Não. Hoje eu não vou guardar.

Dei risada.

— Não é engraçado — ela disse, dando um soco no balcão.

— É muito engraçado — respondi.

Ela pegou a caixa, rasgou a parte de cima e derramou a massa no chão.

— Fiz uma sujeirada — ela disse — e nem sei o porquê.

— Guarda a caixa vazia — falei.

— A *caixa*?

— Sim.

— Por quê? — ela quis saber. — Para criar um símbolo deprimente?

— Não — eu disse —, porque entender a si mesmo não é um pré-requisito para ser entendido.

Ela respirou fundo, entendendo algo que ainda não entendia, e abriu a porta da despensa. Então, lá de dentro, saíram os meninos, e os avós, e Mark e Jennifer, e David e Hannah, e Steve e Patty, e alguém colocou música para tocar, e era Stevie Wonder, e alguém soltou os balões que estavam no armário do corredor, e eles tilintaram o lustre, e Julia olhou para mim.

COMO ENCENAR VERGONHA EXISTENCIAL

O encontro na IKEA com Maggie Silliman me assombrou por anos. Ela encarnava minha vergonha. Muitas vezes eu acordava no meio da noite e escrevia cartas para ela. Todas começavam da mesma forma: "Você estava enganada. Não sou um homem bom." Se eu pudesse ter sido a encarnação da minha vergonha, talvez tivesse sido poupado dela. Talvez tivesse até mesmo sido bom.

COMO ENCENAR ARGOLAS INTACTAS

Para o primeiro truque, o mágico pediu que Julia tirasse uma carta de um baralho invisível.
— Olhe para a carta — ele pediu —, mas não me deixe ver.
Revirando os olhos, ela obedeceu.
— Já sabe qual é a sua carta?
Ela assentiu com a cabeça e confirmou: — Sim. Sei qual é a minha carta.
— Agora, por favor, jogue longe a carta.
Com um gesto excessivamente dramático, ela atirou a carta invisível. Foi bonito de ver; a artificialidade, a generosidade de espírito, a rapidez e a demora, o movimento da aliança no ar.
— Max. Seu nome é Max, né? Pode buscar a carta que sua mãe acabou de jogar?
— Mas ela é invisível — ele respondeu, olhando para a mãe em busca de ajuda.
— Busque assim mesmo — disse o mágico, e Julia assentiu com a cabeça, dando permissão.
E Max cruzou a sala bamboleando feliz.
— Tá bom, peguei! — disse.
— E você poderia, por favor, nos dizer qual é a carta?
Max olhou para a mãe e respondeu: — Mas eu não consigo ver a carta.

— Diga assim mesmo — falou o mágico.
— E não consigo lembrar todos os tipos de carta.
— Copas, espadas, paus e ouros. Qualquer número de dois a dez. Ou coringa, valete, rainha, rei ou ás.
— Certo — disse Max, e olhou mais uma vez para a mãe, que mais uma vez indicou que estava tudo bem. Ele examinou a carta invisível, que segurou bem diante dos olhos semicerrados. — É um sete de ouros.

O mágico não precisou perguntar a Julia se a carta dela era essa, porque ela estava chorando. Assentindo com a cabeça e chorando.

Comemos bolo, limpamos a sala de jantar e fizemos umas dancinhas bobas, usamos pratos de papel e talheres descartáveis.

O mágico continuou ali por um tempo, fazendo truques para quem estivesse prestando atenção.

— Aquilo foi bom demais — falei, dando um tapinha nas costas dele, surpreso e repelido por sua magreza. — Foi perfeito.

— Fico feliz. Agradeço se me recomendar. É assim que consigo trabalho.

— Vou recomendar, sem dúvida.

Ele fez para mim o truque clássico das argolas chinesas. Eu já tinha visto aquilo incontáveis vezes, mas ainda era empolgante.

— Meu pai foi o mágico do meu quinto aniversário — contei. — Ele começou com esse truque.

— Então você sabe como ele é feito?

— Argolas incompletas.

Ele me passou as argolas. Devo ter passado cinco minutos inteiros procurando o que deveria estar ali.

— O que acontece se o truque der errado? — perguntei, ainda despreparado para devolver as argolas.

— Como daria errado?

— Alguém pode pegar a carta errada, ou mentir para você, ou o baralho pode cair.

— Eu nunca executo truques — ele me explicou. — Eu executo um processo. Não preciso de resultado algum.

Naquela noite, repeti isso para Julia na cama. — Ele não precisa de resultado algum.

— Isso soa oriental.

— Mas não oriental do Leste Europeu.

— Não.

Desliguei a luz de cabeceira.
— Naquele primeiro truque. Ou *processo*. O Max acertou mesmo sua carta?
— Eu nem escolhi uma carta.
— Não?
— Eu queria escolher, mas não consegui me obrigar a fazer isso.
— Então por que você chorou?
— Porque o Max ainda consegue.

COMO ENCENAR NINGUÉM

Na noite que voltei de Islip, fui direto para os quartos dos meninos. Eram três da manhã. Benjy estava contorcido em uma daquelas posições de sono infantil quase inacreditavelmente bizarras: bumbum pra cima, pernas rígidas, o peso do corpo afundando a bochecha no travesseiro. Tinha molhado o lençol de suor e estava roncando como um animalzinho humano. Estendi a mão, mas, antes que eu conseguisse encostar, os olhos dele se abriram como se tivessem molas. — Eu não tava dormindo.
— Tudo bem — falei, passando a mão em seu cabelo molhado. — Fecha os olhos.
— Eu tava acordado.
— Você estava com respiração de sono.
— Você tá em casa.
— Estou. Eu não fui.
Ele sorriu. Os olhos se fecharam muito lentamente para que fosse algo voluntário, e ele disse: — Me conta.
— Contar o quê?
Ele abriu os olhos, viu que eu ainda estava ali, sorriu mais uma vez e disse: — Não sei. Só me conta.
— Voltei para casa.
Ele fechou os olhos e perguntou: — Você venceu a guerra?
— Você está dormindo.
Ele abriu os olhos e disse: — Só tava pensando em como foi você ir pra guerra.
— Eu não fui.
— Ah. Que legal. — Fechou os olhos e disse: — Eu sei qual é o bicho.
— Que bicho?
— Que come banana.

— Sabe?
— Procurei no Google.
— Ah. OK.

Ele abriu os olhos. E ainda que não tenha sorrido dessa vez, pude ouvir, no jeito com que ele expirou completamente, que estava mais uma vez aliviado por minha permanência.

— Nunca vou chamar uma pessoa disso — ele disse. — Nunca.
— Boa noite, meu amor.
— Não tô dormindo.
— Está caindo no sono.

Os olhos se fecharam. Dei um beijo nele. Ele sorriu.

— Mas pra coisa certa eu posso usar, né?
— Do que você está falando?
— Do bicho que come banana. Ele existe mesmo.
— Ele você pode chamar pelo nome.
— Tá bom. E eu sei que ele não come só banana.
— Verdade.
— Você não vai embora de novo, né?
— Não — eu disse, porque não sabia o que dizer (para o meu filho ou para mim mesmo).

COMO ENCENAR AMOR

Amor não é uma emoção positiva. Não é uma bênção, e não é uma maldição. É uma bênção que é uma maldição, e também não é isso. AMOR PELOS FILHOS não é AMOR POR CRIANÇAS, não é AMOR PELO CÔNJUGE, não é AMOR PELOS PAIS, não é AMOR PELOS PARENTES, não é AMOR PELA IDEIA DE FAMÍLIA. AMOR PELO JUDAÍSMO não é AMOR PELOS JUDEUS, não é AMOR POR ISRAEL, não é AMOR POR DEUS. AMOR PELO TRABALHO não é AMOR POR SI MESMO. Nem AMOR POR SI MESMO é AMOR POR SI MESMO. AMOR PELA NAÇÃO, AMOR PELA PÁTRIA e AMOR PELO LAR não se encontram em lugar algum. AMOR POR CACHORROS está para AMOR PELO CORPO ADORMECIDO DE UM FILHO como AMOR POR CACHORROS está para AMOR PELO SEU CACHORRO. AMOR PELO PASSADO tem tanto em comum com AMOR PELO FUTURO quanto AMOR PELO AMOR tem com AMOR PELA TRISTEZA — ou seja, tudo. Mas ao mesmo tempo AMOR POR DIZER TUDO torna alguém suspeito.

Sem amor, você morre. Com amor, você também morre. Nem todas as mortes são iguais.

COMO ENCENAR RAIVA

— Você é minha inimiga!

COMO ENCENAR MEDO DA MORTE

— Injusto! Injusto! Injusto!

COMO ENCENAR A INTERSEÇÃO ENTRE AMOR, RAIVA E MEDO DA MORTE

Durante minha limpeza anual, o dentista passou um tempo invulgar olhando para o interior da minha boca — não para os meus dentes, para algo mais profundo —, os instrumentos de dor perdendo aos poucos o lustro sobre a bandeja. Ele me perguntou se eu estava com dificuldades para engolir.
— Por que a pergunta?
— Curiosidade.
— Um pouco, acho.
— Faz quanto tempo?
— Uns meses?
— Você já mencionou isso ao seu médico?
Ele me encaminhou para um oncologista do Johns Hopkins.
Fiquei surpreso com meu instinto de ligar para Julia. Quase não nos falávamos mais: fazia tempo que ela tinha se casado novamente; os meninos dominavam a própria logística, pois estavam adultos; e quando ficamos mais velhos, cada vez mais há menos novidades a compartilhar, até chegar a última notícia, transmitida por outro alguém. O diálogo na série é quase idêntico ao que realmente ocorreu, com uma exceção significativa: na vida, eu não chorei. Eu gritei: — Injusto! Injusto! Injusto!

JACOB
Sou eu.

JULIA
Eu reconheço a sua voz.

JACOB
Faz tempo.

JULIA
E seu número aparece no meu celular.

JACOB
Aparece "Jacob"?

JULIA
O que mais apareceria?

JACOB
Olha...

JULIA
Está tudo bem?

JACOB
Hoje de manhã eu fui ao dentista...

JULIA
E eu não tinha marcado uma consulta pra você.

JACOB
Até que eu me tornei bastante capaz.

JULIA
A necessidade é a ex-mulher da capacidade.

JACOB
Ele viu um caroço na minha garganta.

Julia começa a chorar. Os dois ficam surpresos com a reação dela ao que (ainda) não era nada, e o choro dura mais tempo do que qualquer um deles teria imaginado ou julgado suportável.

JULIA
Você está morrendo?

JACOB
Foi o *dentista*, Julia.

JULIA
Você está me dizendo que ele viu um caroço. Você ligou pra mim.

JACOB
Tanto um caroço quanto um telefonema podem ser benignos, sabia?

JULIA
E agora?

JACOB
Tenho uma consulta marcada com um oncologista do Hopkins.

JULIA
Me conta tudo.

JACOB
Você sabe tudo que eu sei.

JULIA
Você teve algum outro sintoma? Pescoço rígido? Dificuldade de engolir?

JACOB
Você cursou medicina desde a nossa última conversa?

JULIA
Estou no Google enquanto a gente conversa.

JACOB
Sim, meu pescoço anda rígido. E sim, ando com problemas pra engolir. Agora, por favor, posso ter sua atenção completa?

JULIA
A Lauren está dando força?

JACOB
Isso você vai ter que perguntar pro homem com quem ela está saindo.

JULIA
Sinto muito.

JACOB
E você é a primeira pessoa para quem estou contando.

JULIA
Os meninos sabem?

JACOB
Acabei de falar que você é a primeira...

JULIA
Certo.

JACOB
Desculpa largar isso em cima de você. Sei que não sou responsabilidade sua faz tempo.

JULIA
Você nunca foi minha responsabilidade.
   (pausa)
E você *ainda* é minha responsabilidade.

JACOB
Não vou falar nada pros meninos até ter algo concreto pra dizer.

JULIA
Ótimo. Isso é ótimo.
   (pausa)
E como você está se sentindo?

JACOB
Estou bem. Ele é só um dentista.

JULIA
Pode ficar com medo, não tem problema.

JACOB
Se ele fosse tão esperto assim, teria virado dermatologista.

JULIA
Você chorou?

JACOB
Em 18 de novembro de 1985, quando Lawrence Taylor acabou com a carreira de Joe Theismann.

JULIA
Chega, Jacob.

JACOB
É só um dentista.

JULIA
Sabe, acho que nunca vi você chorar. Fora as lágrimas de alegria quando os meninos nasceram. Será possível?

JACOB
No enterro do meu avô.

JULIA
Verdade. Você uivou de tanto chorar.

JACOB
Derramei lágrimas.

JULIA
Mas lembrar disso como a exceção só prova...

JACOB
Não prova nada.

JULIA
Todas essas lágrimas reprimidas entraram em metástase.

JACOB
Sim, na opinião do dentista é isso mesmo que o oncologista vai dizer.

JULIA
Câncer de garganta.

JACOB
Quem falou em câncer?

JULIA
Tumor maligno.

JACOB
Obrigado.

JULIA
É muito cedo pra comentar o quanto isso é poético?

JACOB
Cedo *demais*. Ainda nem recebi um diagnóstico, muito menos passei por uma quimioterapia superdivertida e me recuperei só pra descobrir depois que não resolveu tudo.

JULIA
Finalmente você vai ficar careca.

JACOB
Já fiquei.

JULIA
Tá bom.

JACOB
Não, sério. Eu parei de tomar Propecia. Estou a cara do Kojak. Pergunta pro Benjy.

JULIA
Vocês se viram faz pouco tempo?

JACOB
Ele apareceu na véspera de Natal com comida chinesa.

JULIA
Que amor. Como ele está?

JACOB
Enorme. E velho.

JULIA
Eu nem sabia que você tomava Propecia. Mas acho que você nem saberia mais quantos remédios toma.

JACOB
Na verdade eu tomei por muito tempo.

JULIA
Por quanto tempo?

JACOB
Comecei mais ou menos quando o Max nasceu.

JULIA
Nosso Max?

JACOB
Eu tinha vergonha. Escondia o remédio.

JULIA
Isso me deixa tão triste.

JACOB
Também fico triste.

JULIA
Por que você não chora de uma vez, Jacob?

JACOB
Vai nessa.

JULIA
Estou falando sério.

JACOB
Isto não é *Days of Our Lives*. Isto é a *vida*.

JULIA
Você tem medo de que colocar qualquer coisa pra fora vai deixar você aberto para outras coisas entrarem. Eu conheço você. Mas estamos sozinhos aqui, só nós dois. Só você e eu no telefone.

JACOB
E Deus. E a NSA.

JULIA
É essa pessoa que você quer ser? Sempre só fazendo piadinha? Sempre escondendo, desviando, ocultando? Nunca inteiramente quem você realmente é?

JACOB
Olha, eu liguei caçando um pouco de solidariedade.

JULIA
E você a matou sem precisar dar um tiro sequer. Essa é a verdadeira solidariedade.

JACOB
(*após uma longa pausa*)
Não.

JULIA
Não o quê?

JACOB
Não, eu não sou a pessoa que quero ser.

JULIA
Bem, você está em boa companhia.

JACOB
Antes de telefonar, eu fiquei me perguntando – literalmente me perguntando em voz alta, várias vezes: "Quem é uma alma gentil? Quem é uma alma gentil?"

JULIA
Por quê?

JACOB
Acho que eu queria uma prova.

JULIA
Da existência da gentileza?

JACOB
Alguém me mostrando gentileza.

JULIA
Jacob.

JACOB
Estou falando sério. Você tem o Daniel. Os meninos têm a vida deles. Eu sou o tipo de pessoa que vai ter que começar a feder pros vizinhos se darem conta de que morreu.

JULIA
Lembra daquele poema? "Prova da Tua existência? É tudo que há."

JACOB
Meu Deus... Lembro. Compramos esse livro na Shakespeare and Company. Lemos à margem do Sena com uma baguete, queijo e nenhuma faca. Aquilo foi tão feliz. Faz tanto tempo.

JULIA
Olhe ao seu redor, Jacob. Não faltam provas do quanto você é amado. Os meninos idolatram você. Seus amigos estão sempre à sua volta. Aposto que mulheres...

JACOB
E você? Quero saber de você.

JULIA
Eu sou a alma gentil para quem você telefonou, lembra?

JACOB
Desculpa.

JULIA
Pelo quê?

JACOB
Estamos nos Dias de Reverência.

JULIA
Sei que eu sei o que isso quer dizer, mas não lembro.

JACOB
Os dias entre Rosh Hashaná e Yom Kippur. O mundo está com uma abertura singular. Assim como os ouvidos de Deus, os olhos Dele, o coração Dele. As pessoas também.

JULIA
Você ficou *bem* judeu.

JACOB
Não acredito em nada disso, mas acredito.
    (pausa)
Enfim, é nesses dias que se espera que a gente peça perdão aos entes queridos por todas as nossas ofensas – "intencionais e acidentais".
    (pausa)
Julia...

JULIA
É só um dentista.

JACOB
Peço desculpas sinceras por todas as vezes que ofendi você com ou sem intenção.

JULIA
Você nunca me *ofendeu*.

JACOB
Ofendi.

JULIA
A gente cometeu erros. Nós dois.

JACOB
A tradução literal da palavra hebraica para *pecado* é "errar o alvo". Peço perdão pelas vezes que pequei contra você por correr para longe daquilo para onde eu deveria estar correndo.

JULIA
Tinha outro verso naquele livro: "E tudo que antes estava infinitamente longe e era indizível agora é indizível e está bem aqui na sala."

O silêncio é tão completo que nenhum dos dois sabe ao certo se a ligação caiu.

JACOB
Você abriu a porta, sem saber. Eu fechei, sem saber.

JULIA
Que porta?

JACOB
A mão do Sam.

Julia começa a chorar baixinho.

JULIA
Eu perdoo você, Jacob. Perdoo mesmo. Por tudo. Tudo que escondemos um do outro, e tudo que permitimos que acontecesse entre nós. A mesquinharia. A repressão e a insistência. O calculismo. Nada disso importa mais.

JACOB
Nada disso jamais importou.

JULIA
Importou. Mas não tanto quanto achamos que importava.
    (pausa)
E espero que você me perdoe.

JACOB
Eu perdoo.
    (após uma longa pausa)
Sei que você tem razão. Seria ótimo se eu conseguisse deixar minha tristeza sair.

JULIA
Sua raiva.

JACOB
Não estou com raiva.

JULIA
Mas está.

JACOB
Não estou mesmo.

JULIA
Do que você sente tanta raiva?

JACOB
Julia, eu...

JULIA
O que aconteceu com você?

Estão em silêncio. Mas é o tipo de silêncio diferente do que estão acostumados. Não é o silêncio de apenas fazer piadinhas, esconder, desviar. Não é o silêncio das paredes, mas o silêncio de criar um espaço a ser preenchido.
 Com a passagem de cada segundo — e os segundos passam, dois a dois — mais espaço é criado. Assume a forma da casa para onde poderiam ter se mudado se tivessem decidido se dar mais uma chance, mergulhar profunda e incondicionalmente no trabalho de reencontrarem juntos a felicidade. Jacob sente a atração do espaço desocupado, o anseio doloroso pela permissão de adentrar o que está escancarado diante dele.
 Ele chora.
 Qual foi a última vez que tinha chorado? Quando sacrificou Argos? Quando acordou Max para dizer que não tinha ido para Israel, e Max respondeu "eu sabia que você não ia"? Quando tentou encorajar o interesse nascente de Benjy por astronomia e o levou até Marfa, no Texas, onde fizeram um tour pelo observatório e ficaram com galáxias nos olhos como oceanos dentro de conchas, e à noite se deitaram de barriga para cima no telhado da cabana alugada pelo Airbnb e Benjy perguntou "por que a gente tá cochichando?", e Jacob respondeu "eu não tinha percebido que a gente tava cochichando", e Benjy disse "quando as pessoas olham pras estrelas elas tendem a cochichar, por que será?".

COMO ENCENAR LEMBRANÇAS TARDIAS

Minha lembrança mais antiga é meu pai lidando com um esquilo morto.

Minha última lembrança da antiga casa é deixar a chave na caixa de correio dentro de um envelope com um selo e nenhum endereço de destinatário ou remetente.

Minha última lembrança da minha mãe é dar iogurte de colher para ela. Por reflexo, fiz som de aviãozinho, ainda que não tivesse feito isso nos últimos quinze anos. Não pedi desculpas porque fiquei constrangido demais para admitir que tinha feito aquilo. Ela piscou, tenho certeza.

Minha última lembrança de Argos é ouvir sua respiração ficar mais profunda, e sentir seu pulso ficar mais lento, e então ver meu reflexo em seus olhos enquanto eles se reviravam.

Apesar das mensagens e e-mails que continuamos a trocar, minha última lembrança de Tamir é de Islip. — Fica — falei para ele. — Mas e aí, quem vai? — ele perguntou. E eu respondi: — Ninguém. — E ele perguntou: — Mas e aí, o que vai salvar Israel? — E eu respondi: — Nada. — É para eu deixar isso acontecer? — ele perguntou.

Minha última lembrança da minha família antes do terremoto é na porta de entrada da casa, meus pais buscando Benjy para dormir com eles, Sam e Julia quase de saída para a Simulação da ONU. Benjy perguntou: — E se eu não ficar com saudade de você? — Claro que ele não sabia o que estava por acontecer, mas como se lembrar disso de outro modo senão como uma profecia?

Minha última lembrança do meu pai é deixar ele e a namorada no Dulles para sua visita ao Gueto de Varsóvia – sua Cooperstown, saída direto da lista de coisas para fazer antes de morrer. — Quem poderia imaginar? — comentei. — Você, levando uma *shiksa* para o Baile da Diáspora Reversa? — Sempre tive a impressão de que ele prendeu o riso, mas que achou uma boa piada. Deu um tapinha no meu rosto e disse: — A vida surpreende. — Claro que ele não sabia que não conseguiria embarcar no avião, mas como se lembrar disso de outro modo senão como uma ironia?

Minha última lembrança de ser casado com Julia: o puxador envelhecido da gaveta de guloseimas; a junta onde as placas de pedra-sabão se encontravam; o adesivo de Prêmio Especial por Coragem no lado inferior da parte de baixo do balcão, concedido a Max para comemorar o que ninguém sabia ainda que seria seu último dente a ser arrancado, um adesivo que Argos, e apenas Argos, enxergava muitas vezes todos os dias. Julia disse: — A conversa já avançou demais pra isso.

COMO ENCENAR "QUAL É O TEU NOME?"

Max pediu um bar-mitzvá. Mesmo que fosse a expressão de algo subterrâneo, mesmo que fosse algum tipo de ato de agressão hipersofisticado, ainda agradou a mim e a Julia. O ano de estudo passou sem nenhum reparo ou reclamação, o serviço foi bonito (Julia e eu ficamos juntos na arca, o que deu uma sensação boa e pareceu certo), a festa não teve tema e foi genuinamente divertida, e ele acumulou títulos de poupança suficientes para comprar algo bem legal assim que amadurecessem até adquirirem seu valor nominal ao fim de vinte anos, ponto em que o dobro vai parecer metade.

A parashá de Max foi Vayishlach, na qual Jacó – o último dos patriarcas – é atacado por um desconhecido no meio da noite. Jacó subjuga o atacante e se recusa a soltar, exigindo ser abençoado. O atacante – um anjo, ou Deus em pessoa – pergunta "Qual é o teu nome?". Jacó, segurando o homem com todas as forças, responde: "Jacó." (*Jacó* significa "agarrador de calcanhar" – ele segurou o calcanhar do irmão mais velho, Esaú, enquanto nascia, porque queria ser o primeiro a sair.) Então o anjo disse: "Não te chamarás mais Jacó, mas Israel, porque foste forte contra Deus."

Da bimá, com um equilíbrio muito superior ao que se esperaria de sua idade ou da minha, Max disse: "Jacob lutou com Deus pela bênção. Lutou com Isaac pela bênção, com Labão pela bênção, e em todos os casos acabou vitorioso. Lutou porque reconhecia que as bênçãos valiam a luta. Sabia que só ficamos com aquilo que nos recusamos a soltar."

— *Israel*, a pátria histórica dos judeus, significa literalmente "aquele que luta com Deus". Não "aquele que louva a Deus", ou "reverencia a Deus", ou "ama a Deus" ou nem mesmo "obedece a Deus". Na verdade, é o *oposto* de "aquele que obedece a Deus". Lutar não é apenas nossa condição, mas nossa identidade, nosso nome.

Aquela última frase parecia demais algo que Julia diria.

— Mas o que é lutar?

Isso parecia o dr. Silvers.

— Existe luta greco-romana, luta-livre da WWF, queda de braço, sumô, *lucha libre*, lutas de ideias, lutas de fé... Todas têm uma coisa em comum: proximidade.

E ali estava eu, o suposto destinatário daquele discurso, sentado tão perto da minha ex-mulher que o tecido de nossas roupas se tocou, sentados em um banco com crianças das quais eu estava perdendo metade da vida.

— Só ficamos com aquilo que nos recusamos a soltar — disse Max.

— Um punho judeu consegue mais que se masturbar e segurar uma caneta — meu pai tinha dito uma vez.

— Para enxergar a corda de salvamento é preciso se soltar — tirei num biscoito da sorte certo Natal.

Max ficava cada vez mais inteligente. Julia e eu sempre achamos que Sam era o cérebro da turma – Max seria o artista, e Benjy, eternamente adorável –, mas foi Max que levou xadrez a sério (ficou em terceiro lugar na categoria sub-16 da região de D.C.), foi Max que escolheu ter aulas particulares de mandarim duas vezes por semana (enquanto seu cérebro ainda estava "maleável"), foi Max que acabou aceito em Harvard logo após o penúltimo ano do ensino médio. (Só quando ele resolveu se inscrever um ano antes do normal eu percebi que todos aqueles créditos extras – aquelas matérias suplementares, aqueles cursos de férias – eram um modo de ficar mais tempo longe, e se livrar mais cedo.)

— Proximidade — ele disse, observando os congregantes. — É fácil *estar* próximo, mas quase impossível *permanecer* próximo. Pensem em amigos. Pensem em hobbies. Até mesmo em ideias. Tudo isso está próximo a nós, às vezes tão próximo que achamos que fazem parte de nós, e então, em certo momento, não estão mais próximos. Vão embora. Apenas uma coisa pode manter algo próximo ao longo do tempo: segurar aquilo ali. Lutar com aquilo. Derrubar aquilo no chão, como Jacó fez com o anjo, e se recusar a soltar. Se não lutamos, soltamos. Amor não é a ausência de esforço. Amor é esforço.

Aquilo parecia a pessoa que eu queria ser, mas não conseguia. Parecia o Max.

COMO ENCENAR NINGUÉM

Ouvi o obturador antes de ver o fotógrafo. Foi o primeiro e único clique da minha guerra.

— Ei — protestei, pisando forte enquanto me aproximava. — Que diabos você está fazendo?

Por que diabos eu estava tão transtornado?

— Estou aqui pelo *Times* — ele respondeu, me mostrando a credencial de imprensa dependurada no pescoço.

— Você tem permissão?

— O consulado me autorizou, se é essa a sua pergunta.

— Bem, eu não autorizei você a me fotografar.

— Quer que eu delete a foto? — ele perguntou, nem assertivo nem conciliatório.

— Tudo bem — falei —, só não tira mais nenhuma.

— Não quero incomodar. Posso deletar sem problemas.

— Deixa — falei. — Mas chega.

Ele se afastou para fotografar outros grupos. Alguns posaram. Alguns ou estavam alheios à sua presença, ou indispostos a reconhecê-la. Minha raiva reflexa — se é que foi isso — me surpreendeu. Mas ainda mais difícil de explicar foi minha insistência para que ele guardasse a foto que tinha tirado, mas não tirasse mais nenhuma. Será que eu queria as duas coisas ao mesmo tempo?

Minha mente vagou até todos aqueles anos de retratos escolares: palma da mão lambida lutando contra tufos de cabelo sob o disfarce de carícia amorosa; fazer os meninos assistirem a desenhos animados ao mesmo tempo que os vestia com roupas belas e desconfortáveis; esforços desajeitados para comunicar subliminarmente o valor de um sorriso "natural". As fotos sempre saíam iguais: dentes arreganhados à força, olhos vazios fitando o nada – algo que parecia saído de uma pilha de refugos de Diane Arbus. Mas eu amava aquelas fotos. Amava a verdade que transmitiam: crianças não conseguem fingir. Ou ainda não conseguem esconder a falsidade. São capazes de sorrisos maravilhosos, os melhores de todos; mas são os piores fingidores de sorrisos, sem a menor dúvida. A incapacidade de fingir um sorriso define a infância. Quando Sam me agradeceu por seu quarto na minha nova casa, ele se tornou um homem.

Em dado ano, Benjy ficou realmente perturbado com seu retrato escolar, indisposto a acreditar que a criança na fotografia ou era ou não era ele. Max resolveu espicaçar a angústia de Benjy, explicando que todo mundo tem um eu vivo e um eu morto, que existem em paralelo – "tipo como se fosse nosso próprio fantasma" –, e a única vez em que conseguimos enxergar nosso eu morto é em retratos escolares. Benjy abriu o berreiro sem demora. Tentando acalmá-lo, saquei o álbum do meu bar-mitzvá. Já tínhamos visto dúzias de fotos quando Benjy comentou: — Mas eu achei que o bar-mitzvá do Sam era no futuro.

Na minha festa de bar-mitzvá, parentes, amigos dos meus pais e completos desconhecidos me entregaram envelopes com títulos de poupança. Quando os bolsos do meu paletó chegavam perto de explodir, eu passava os envelopes para minha mãe, que os colocava na bolsa debaixo da cadeira. À noite meu pai e eu tabulamos os "despojos da retidão" na mesa da cozinha. Não me lembro da quantia, mas lembro que era divisível por dezoito sem deixar decimais.

Lembro do arquipélago de albumina no salmão. Lembro como o cantor enxovalhou *ve-nismecha* em "Hava Nagila", como uma criança cantando o alfabeto, crente que *l-m-n-o* é uma única letra. Lembro de ser erguido na cadeira, bem acima da massa judaica, a coroação do Caolho. Quando voltei ao parquê, meu pai me mandou passar uns minutos com meu avô. Eu venerava meu avô, como tinha sido ensinado a fazer, mas nunca deixava de ser maçante.

— Oi, vô — falei, oferecendo o topo da minha cabeça para um beijo.

— Coloquei um dinheiro na sua conta da faculdade — ele disse, dando tapinhas na cadeira vazia ao seu lado.

— Obrigado.

— Seu pai disse quanto foi?

— Não.

Ele olhou para os dois lados, fez um gesto para eu aproximar a orelha dos lábios dele e sussurrou: — Mil quatrocentos e quarenta dólares.

— Uau — falei, voltando a uma distância confortável. Eu não sabia se tantos dólares justificavam aquela cena, mas sabia o que se esperava de mim: — É uma generosidade incrível, muito obrigado.

— Mas também tem isso — ele disse, se esforçando para pegar um saco de compras no chão. Colocou o saco sobre a mesa e tirou uma coisa embrulhada em um guardanapo. Achei que era um pão francês – ele costumava guardar pão francês dentro de guardanapos dentro de sacos –, mas então senti o peso. — Pode abrir — ele disse. Dentro havia uma câmera, uma Leica.

— Obrigado — falei, achando que o presente era uma câmera.

— Benny e eu voltamos depois da guerra, em 1946. Achamos que talvez nossa família tivesse arranjado um jeito de sobreviver. Alguém, pelo menos. Mas não tinha sobrado ninguém. Um vizinho, um dos amigos do meu pai, nos viu e nos levou para sua casa. Ele tinha guardado algumas das nossas coisas, para o caso de a gente voltar. Falou que ainda que a guerra tivesse terminado as coisas não eram muito seguras por lá, e que precisávamos ir embora. Então fomos. Só peguei algumas coisas, e esta foi uma delas.

— Obrigado.

— Costurei dinheiro e fotografias no forro do paletó que usei no barco. Morria de preocupação pensando que alguém poderia tentar roubar minhas coisas. Prometi a mim mesmo que não tiraria o paletó, mas estava quente, quente demais. Dormi com ele nos braços, e certa manhã eu acordei com a mala ainda ao meu lado, mas o paletó tinha sumido. Por isso não culpo a pessoa que pegou o paletó. Se fosse um ladrão, teria levado a mala. Ele só estava com frio.

— Mas você disse que estava quente.

— Para mim estava. — Pousou o dedo sobre o disparador da câmera como se fosse o detonador de uma mina terrestre. — Só tenho uma foto da Europa. É uma foto minha. Estava marcando a página do meu diário, dentro da mala. As fotos dos meus irmãos e dos meus pais estavam costuradas dentro daquele paletó. Perdi todas. Mas esta é a câmera que tirou essas fotografias.

— Onde está seu diário?

— Deixei para trás.

O que eu teria visto nessas fotografias perdidas? O que eu teria visto no diário? Benjy não se reconhecia no retrato escolar, mas o que eu via quando olhava para ele? E o que eu vi quando olhei para a ultrassonografia de Sam? Uma ideia? Um humano? *Meu* humano? Eu mesmo? Uma ideia de mim mesmo? Eu precisava acreditar nele, e acreditei. Nunca parei de acreditar nele, apenas em mim mesmo.

No discurso de bar-mitzvá, Sam disse: — Não pedimos uma arma nuclear, e não queríamos uma arma nuclear, e armas nucleares, em todo e qualquer aspecto, são uma coisa horrorosa. Mas as pessoas têm essas armas por um motivo: para nunca precisarem usar.

Billie gritou alguma coisa que eu não entendi, mas entendi o brilho de felicidade nos olhos de Sam. A tensão no recinto fluiu para os cantos; o discurso de Sam se dividiu e voltou a se dividir sob forma de conversa fiada. Levei um pouco de comida para ele e disse: — Você é muito melhor do que eu era com sua idade. Ou agora.

— Não é uma competição — ele disse.

— Não, é progresso. Vem aqui um segundo.

— Pra onde?

— Como assim, pra onde? Pro Monte Moriá, lógico.

Levei Sam até o andar de cima, na minha penteadeira, e tirei a Laica da última gaveta.

— Era do seu bisavô. Ele trouxe da Europa. Ganhei dele no meu bar-mitzvá, e ele disse que não tinha fotografias dos irmãos nem dos pais, mas que essa câmera tinha tirado fotos deles. Sei que ele queria que ela ficasse com você.

— Ele falou isso?
— Não, mas eu sei...
— Então quem quer que eu fique com ela é *você*.
Quem estava conduzindo quem?
— Quero — respondi.
Ele segurou a câmera nas mãos, virou-a de um lado para outro algumas vezes. — Funciona?
— Nossa, não sei. Não sei se é o caso.
— Não deveria ser? — ele perguntou.
Sam mandou restaurar a Leica; trouxe a câmera para o mundo e ela o tirou do *Other Life*.
Ele estudou filosofia na faculdade, mas apenas na faculdade.
Esqueceu a Leica dentro de um trem no Peru, durante a lua de mel com a primeira esposa.
Aos trinta e oito anos, ele se tornou o juiz mais jovem a ser indicado para o Tribunal de Justiça de D.C.
Os meninos me levaram à Great Wall Szechuan House no meu aniversário de sessenta e cinco anos. Sam ergueu sua garrafa de Tsingtao e fez um belo brinde, terminando com "Pai, você está sempre de olho". Não entendi se ele queria dizer *procurando* ou *vendo*.
Tamir estava sentado no piso do terminal, encostado na parede, os olhos no celular que tinha nas mãos. Fui e me sentei ao lado dele.
— Estou repensando — falei.
Ele sorriu, assentiu com a cabeça.
— Tamir?
Ele assentiu mais uma vez.
— Pode parar de mandar mensagens por um segundo e me escutar?
— Não estou mandando mensagens — ele disse, e virou o celular para mim: uma série de miniaturas de fotos de família.
— Estou repensando.
— Mais uma vez?
— Pode conversar sobre isso comigo?
— Conversar sobre o quê?
— Você está voltando pra sua família — falei. — Eu estaria abandonando a minha.
— Estaria?
— Não faz isso. Estou pedindo sua ajuda.
— Acho que não é isso. Acho que você está pedindo perdão.

— Pelo quê? Eu nem fiz nada.

— Por todo raciocínio depois do primeiro raciocínio que vai levar você de volta para a Newark Street.

— Isso não é necessariamente verdade.

— Não necessariamente?

— Eu estou aqui. Eu me despedi dos meus filhos.

— Você não me deve desculpas — ele disse. — Não é seu país.

— Talvez eu tenha me enganado a seu respeito.

— Parece que você tinha razão.

— E como você disse, mesmo que não seja minha casa, é a sua.

— Quem é você, Jacob?

Por três anos consecutivos, Max aparece de olhos fechados no retrato escolar. Da primeira vez foi uma leve decepção, mais engraçada do que qualquer outra coisa. No segundo ano foi mais difícil de encarar como acidente. Conversamos sobre como é legal ter essas fotos, como os avós e o bisavô gostam delas, como é um desperdício de dinheiro estragar tudo de propósito. Na manhã do dia da fotografia no terceiro ano, pedimos que Max nos olhasse nos olhos e prometesse que ficaria de olhos abertos. — Vou tentar — ele disse, piscando os olhos sem parar, como se quisesse expulsar uma mosca ali de dentro. — Não tente — disse Julia. — Consiga. — Quando as fotos chegaram, os três meninos estavam de olhos fechados. Mas eu nunca tinha visto sorrisos tão genuínos.

— Talvez isto seja quem eu sou — falei para Tamir.

— Você fala como se não tivesse podido escolher quem você queria ser.

— Talvez eu escolha isto.

— Talvez?

— Não sei o que devo fazer, e estou pedindo que você converse comigo sobre isso.

— Então vamos conversar. Quem é você?

— Hein?

— Você disse "Talvez isto seja quem eu sou". Então quem, talvez, é você?

— Para com isso, Tamir.

— Que foi? Estou pedindo que você explique o que quis dizer. Quem é você?

— Não é o tipo de coisa que pode ser enunciada desse jeito.

— Tenta. Quem é você?

— Tá, esquece. Desculpa ter vindo até aqui.
— Quem é você, Jacob?
— Quem é *você*, Tamir?
— Eu sou alguém que volta para casa, por mais difícil que seja.
— Bem, pelo jeito você tirou as palavras da minha boca.
— Talvez. Mas não do seu coração. Aonde quer que você vá, não estará indo para casa.

Quando minha mãe começou a ficar doente, mencionou que meu pai visitava a sepultura do Isaac uma vez por mês. Quando questionei meu pai a respeito, ele mudou de assunto, como se eu estivesse falando de um vício em jogo.

— Penitência por tê-lo enterrado nos Estados Unidos — respondeu.
— O que você faz por lá?
— Só fico parado que nem um idiota.
— Posso ir com você da próxima vez? — perguntei ao meu pai.
— Fica — falei a Tamir.
— Mas e aí, quem vai? — Tamir perguntou.
— Ninguém.
— Mas e aí o que vai salvar Israel?
— Nada.
— É para eu deixar isso acontecer?
— Sim.

Eu tinha razão: meu pai limpava gravetos, folhas e ervas daninhas; limpava a lápide com um pano úmido que levava dentro de um ziploc no bolso da jaqueta; e de outro ziploc, tirava fotos.

— Os meninos — falou, virando as fotos para mim por um instante e depois colocando no chão, viradas para baixo, sobre os olhos do pai dele.

Eu queria fazer um eruv ao redor dos suicidas e retirar a vergonha deles, mas como lidaria com minha própria vergonha? Como, tendo voltado para casa de Islip, encararia Julia e os meninos?

— Parece que a gente estava enterrando ele cinco minutos atrás — falei para meu pai; disse para Tamir: — Parece que a gente estava buscando você no aeroporto cinco minutos atrás.

Meu pai disse: — Parece que tudo aconteceu cinco minutos atrás.

Tamir aproximou os lábios do meu ouvido e sussurrou: — Você é inocente.

— Hein? — sussurrei, como se estivesse olhando estrelas.
— Você é inocente.

— Obrigado.
Ele recuou e disse: — Não, tipo crédulo demais. Infantil demais.
— *Cândido?*
— Não conheço essa palavra.
— O que você está tentando dizer?
— Óbvio que Steven Spielberg não estava no banheiro masculino.
— Você inventou a história toda?
— Inventei.
— Você sabia quem ele era?
— Você acha que a gente não tem luz elétrica em Israel?
— Você é muito bom — falei.
— Estou vendo você — meu avô diria do outro lado do vidro.
— Você é muito inocente — disse Tamir.
— Vejo você — meu avô diria.
— E mesmo assim nunca fomos mais velhos — meu pai disse, e então cantou o Kaddish dos Enlutados.

COMO ENCENAR A ÚLTIMA COISA QUE ALGUÉM VÊ ANTES DE COMETER SUICÍDIO

Seis olhos fechados, três sorrisos genuínos.

COMO ENCENAR A ÚLTIMA COISA QUE ALGUÉM VÊ ANTES DE REENCARNAR

A saída de EMERGÊNCIA do terminal do Aeroporto MacArthur; a entrada de EMERGÊNCIA para o mundo.

COMO ENCENAR SUICÍDIO

Desafivele o cinto. Deslize pelos cinco passadores da calça e retire. Envolva ao redor da garganta e aperte, afivelando na nuca. Coloque a outra extremidade do cinto por cima da porta. Feche a porta para que o cinto fique preso com firmeza entre a parte de cima da porta e o portal. Olhe para a geladeira. Deixe o peso do corpo despencar completamente. Oito olhos fechados.

COMO ENCENAR REENCARNAÇÃO

Alguns meses depois de me mudar, em mais um dia sem sequer uma carta na caixa de correio da porta do quarto, estava esvaziando os cestos dos meninos e encontrei um cocô numa das cuecas do Max. Ele tinha onze anos. Recebi vários desses pacotes nas semanas seguintes. Às vezes eu conseguia virar a cueca do avesso e despejar o conteúdo no vaso, esfregar qualquer mancha remanescente e colocar para lavar com o resto da roupa. Mas em geral não havia salvação.

Não mencionei a situação para o dr. Silvers, pelo mesmo motivo que não havia mencionado a dor de garganta persistente para meu médico de fato: suspeitava que fosse um sintoma de algo que eu não queria que fosse revelado. Não mencionei para Julia porque não queria saber que Max jamais fazia isso na casa dela. E não mencionei para Max porque podia poupá-lo disso. Poupar a nós dois.

Quando criança, eu costumava depositar fezes no tapete lilás do banheiro do meu avô, a alguns centímetros da privada. Era de propósito. Por que eu fazia uma coisa dessas? Por que o Max fazia uma coisa dessas?

Eu queria muito ser cachorro quando era moleque, mas me diziam que cachorros são sujos. Quando eu era moleque, diziam para eu lavar as mãos antes de ir ao banheiro, porque o mundo é sujo. Mas também me diziam para lavar as mãos depois.

Uma vez meu avô mencionou os cocôs no chão do banheiro. Sorriu, cobriu o lado da minha cabeça com a mão enorme e disse: "Tudo bem. Está ótimo." Por que ele diria uma coisa dessas?

Max nunca mencionou os cocôs no cesto, embora tenha me abordado enquanto eu pendurava uma cueca dele no varal, lavada à mão, e dito:
— O Argos morreu no dia em que a gente começou a vir pra essa casa. Você acha que ele se sentiria em casa aqui?

COMO ENCENAR QUESTÕES DE MORTE E RENASCIMENTO

Nunca fale sobre elas.

COMO ENCENAR CRENÇA

Na segunda ultrassonografia de Julia, vimos os braços e as pernas de Sam (embora ainda não fosse "Sam", mas "o amendoim"). E assim começou o êxodo de ideia para coisa. Naquilo em que pensamos o tempo todo, mas não podemos — sem auxílio — ver, ouvir, cheirar, provar ou tocar, é preciso acreditar. Só algumas semanas mais tarde, quando Julia já podia sentir a presença e os movimentos do amendoim, ele passou a ser algo em que não mais era preciso *acreditar*, pois tinha se tornado algo que se podia *conhecer*. Com o passar dos meses — ele virava, chutava, soluçava —, a gente conhecia cada vez mais e tinha cada vez menos de acreditar. E então Sam chegou e a crença ficou obsoleta — ninguém precisava mais dela.

Mas não ficou totalmente obsoleta. Alguma coisa tinha restado. E é possível explicar, pelo menos em parte, as emoções e o comportamento inexplicável, irracional, ilógico dos pais a partir da necessidade de manter viva essa crença por quase um ano. Pais não podem se dar ao luxo de serem racionais, não mais do que uma pessoa religiosa. O que torna pessoas religiosas e pais tão completamente insuportáveis é o mesmo que faz da religião e da maternidade e da paternidade coisas tão belas: a aposta no tudo ou nada. A fé.

Assisti ao nascimento de Sam pelo visor de uma câmera de vídeo. Quando o médico entregou meu filho para mim, coloquei a câmera na cama e me esqueci dela até a enfermeira chegar para levar o bebê para ser medido, ou aquecido, ou qualquer outra coisa absolutamente necessária que fazem com os recém-nascidos e justifica o ensinamento da mais importante lição de vida: todos, até mesmo seus pais, vão abrir mão de você.

Mas como tivemos vinte minutos com ele, existe um vídeo de vinte minutos com a imagem de uma janela escura com a trilha sonora de uma nova vida — a vida nova de Sam, da nossa vida nova. Falei para ele o quanto era bonito. Falei para Julia o quanto Sam era bonito. Falei para ela o quanto ela era bonita. Era tudo eufemismo, imprecisão — usei a mesma palavra inadequada para tentar passar três significados essenciais e diferentes: *bonito, bonito, bonito*.

Dá para ouvir o choro — de todo mundo.

Dá para ouvir os risos — meus e de Julia.

Dá para ouvir Julia me chamando de "papai" pela primeira vez. Dá para me ouvir sussurrando bênçãos para Sam, orações: *seja saudável, seja feliz, tenha paz*. Não era o tipo de coisa que eu diria, e não tive a intenção de dizer tudo isso; as palavras foram retiradas de algum poço muito mais profundo do que minha própria vida, e as mãos puxando o balde para cima não eram as minhas. A última coisa que se pode ouvir no vídeo, quando a enfermeira bate na porta, é a minha voz dizendo para Julia: "Daqui a pouco ele vai estar enterrando a gente."

— Jacob...
— OK, então imagina a gente no casamento dele.
— Jacob!
— No bar-mitzvá?
— Não dá pra pegar leve?
— No quê?
— Na entrega.

Eu estava errado com relação a quase tudo. Mas estava certo quanto à velocidade da perda. Alguns dos momentos foram interminavelmente longos — a primeira noite cruel ensinando o bebê a dormir sozinho; cruelmente (assim pareceu) desgrudá-lo de uma perna no primeiro dia da escola; segurá-lo com força enquanto o médico que não estava costurando sua mão de volta me disse "não é hora de ser amigo dele" —, mas os anos se passaram tão rápido que tive de procurar vídeos e álbuns de fotos como provas de nossa vida compartilhada. Ela aconteceu. Tem de ter acontecido. A gente viveu toda aquela vida. E no entanto foi preciso deixar provas, ou crenças.

Eu disse para Julia, na noite seguinte ao acidente de Sam, que era amor demais para permitir felicidade. Eu amava meu filho para além da minha capacidade de amar, mas não amava o amor. Porque era esmagador. Porque era necessariamente cruel. Porque não cabia no meu corpo, e então, deformado, se transformava em um tipo de hipervigilância agoniante que complicava o que deveria ter sido a coisa mais descomplicada de todas — criar e brincar. Porque era amor demais para permitir felicidade. E nisso eu também estava certo.

Ao levar Sam para casa pela primeira vez, implorei a mim mesmo para que lembrasse de cada sensação e cada detalhe. Um dia eu precisaria me lembrar de como estava o jardim quando meu primeiro filho o viu pela primeira vez. Precisaria rememorar o som da fivela do cinto de segurança se soltando. Minha vida dependeria da minha capacidade de revisitar minha vida — chegaria o dia em que eu desejaria trocar um ano entre os que me restavam para pegar meus filhos no colo por uma hora. Eu estava certo nisso também, mesmo sem saber que eu e Julia nos divorciaríamos um dia.

E eu me *lembrei*. Lembrei de tudo: da gota de sangue seco na gaze em volta da ferida da circuncisão; do cheiro da nuca dele; de como fechar o guarda-chuva acoplado ao carrinho de bebê só com uma das mãos; de segurar os calcanhares dele acima da cabeça com uma só mão e ao mesmo tempo limpar entre as perninhas; da viscosidade da pomada A&D; da estranheza do leite materno congelado; da estática da babá eletrônica sintonizada na frequência errada; da economia das sacolas de fraldas; da transparência das pálpebras novas; do jeito que as mãos do Sam se projetavam pra cima, como as dos seus ancestrais macacos em queda, sempre que era colocado de barriga para cima; da irregularidade torturante de sua respiração; da minha própria incapacidade de me perdoar pelos momentos em que desviei o olhar e algo completamente inócuo aconteceu, porém aconteceu. Aconteceu. Tudo aquilo. E, ainda assim, fez de mim um crente.

COMO ENCENAR AMOR DEMAIS

Cochiche em um ouvido, espere escutar um eco.

COMO ENCENAR ORAÇÃO

Cochiche em um ouvido, não espere escutar um eco.

COMO ENCENAR NINGUÉM

A noite em que voltei de Islip para casa foi a última noite que passei na cama com Julia. Ela se mexeu quando entrei debaixo das cobertas. — Que guerra curta — balbuciou.
    Comentei: — Acabei de dar um beijo nos meninos.
    Julia perguntou: — A gente ganhou?
    Respondi: — No fim das contas, não existe *a gente*.
    Julia perguntou: — Eu ganhei?
    — Ganhei?
    Julia se virou de lado e disse: — Sobrevivi.

COMO ENCENAR "AQUI ESTOU"

Uma cláusula ao final do nosso acordo de divórcio estabelecia que, caso um de nós tivesse outros filhos, os filhos que tivemos juntos seriam tratados "de modos não menos favoráveis" em termos financeiros, seja em vida, seja em nossos testamentos. Apesar de todos os espinhos mais compridos, e havia muitos, esse se aferrou a Julia. Mas, em vez de admitir o que imaginei na época ser a razão de seu incômodo — que, por conta de nossas idades, somente para mim ter mais filhos era uma perspectiva realista — ela se apegou à questão que nem mesmo se fazia presente.

— Nunca vou me casar de novo, nem daqui a um milhão de anos — ela disse ao mediador.

— A questão não é se casar de novo, mas ter mais filhos.

— Se eu fosse ter mais filhos, o que não vai acontecer, seria no contexto de um casamento, o que não vai acontecer.

— A vida é longa — ele disse.

— E o universo é ainda maior, mas a gente não anda recebendo muitas visitas de outras criaturas inteligentes.

— É só porque a gente ainda não está no Asilo Judaico — comentei, tentando ao mesmo tempo acalmar Julia e inspirar um pouco de camaradagem inocente no mediador, que me lançou um olhar confuso.

— E a vida não é longa — disse Julia. — Se fosse, eu já não teria passado da metade.

— A gente não está na metade da vida — protestei.

— *Você* não está, porque é homem.

— As mulheres vivem mais do que os homens.

— Apenas tecnicamente.

Como sempre, o mediador não mordeu a isca. Pigarreou, como se estivesse brandindo um facão para abrir uma picada na nossa história emaranhada, e disse: — Esta cláusula, que esclareço ser uma cláusula padrão nesse tipo de acordo, não vai afetar você se não tiver mais filhos. Apenas protege você e os seus filhos se o Jacob tiver outros.

— Eu não quero essa cláusula no acordo — ela insistiu.

— Será que a gente pode passar pra alguma coisa realmente complicada? — sugeri.

— Não. — Ela bateu pé. — Eu não quero isso no acordo.

— Mesmo que isso signifique abrir mão da sua proteção legal? — tentou confirmar o mediador.

— Tenho confiança de que o Jacob não vai tratar outros filhos de modo mais favorável do que os nossos.

— A vida é longa — respondi, piscando para o mediador sem mover as pálpebras.

— Isso era pra ser uma piada? — ela perguntou.

— Óbvio.

O mediador pigarreou de novo e riscou a cláusula.

Julia não queria largar o osso, nem mesmo depois de removermos o que já não estava ali, para começo de conversa. No meio de uma discussão sobre alguma coisa totalmente desvinculada do assunto — como lidar com Ação de Graças, Halloween e aniversários; se era necessária uma proibição legal da presença de uma árvore de Natal na casa de qualquer um dos dois —, ela dizia "a má fama do divórcio é injusta; a culpa de tudo isso é do casamento". Esse tipo de declaração fora de contexto se tornou parte da rotina — ao mesmo tempo impossível de prever e totalmente esperada. O mediador demonstrou uma paciência praticamente autista com as erupções *tourétticas* de Julia, até que, certa tarde, em meio a uma minuciosa contenda envolvendo a tomada de decisões relacionadas à saúde quando um dos pais estiver fora de alcance, ela disse "vou literalmente morrer antes de me casar de novo" e, sem pigarrear e nem perder tempo, ele perguntou: "Quer que eu elabore isso como uma cláusula legal?"

Julia começou a namorar Daniel três anos depois do divórcio. Até onde sei, o que não era muita coisa além do que permitia a bondade dos meninos, que tentavam me proteger, ela não saiu com quase ninguém antes dele. Parecia gostar do silêncio e da solidão, tal como sempre tinha dito que gostaria, embora eu nunca tivesse acreditado. O escritório de arquitetura prosperou: duas de suas casas foram construídas (uma em Bethesda, outra à beira-mar) e ela conseguiu ser contratada para converter em museu uma grande mansão em Dupont Circle, para abrigar a coleção de arte contemporânea de um oligarca de supermercados da região. Benjy — que não era nem um pouco menos bondoso do que os irmãos, mas muito menos sofisticado psicologicamente — começou a mencionar Daniel cada vez mais, em geral no contexto da capacidade dele de editar filmes no laptop. Aquela habilidade tão humilde, que poderia ser aprendida em uma tarde por alguém disposto a dedicar uma tarde para aprender, mudou drasticamente a vida de Benjy. Todos os filmes "de nenê" que ele andava fazendo com a câmera digital à prova d'água, que eu tinha dado para ele como presente de Chanucá dois anos antes, de repente ganharam vida como "filmes adultos" finalizados (nunca sugeri que a câmera devia ficar na minha casa, e a gente nunca corrigiu a terminologia dele). Uma vez, quando eu estava deixando os meninos na casa da Julia depois de um fim de semana de aventuras especialmente divertido que eu tinha passado duas semanas planejando, Benjy agarrou minha perna e disse: — Você tem que ir embora mesmo? — Respondi que sim, mas que ele ia se divertir muito e que a gente se veria de novo em poucos dias. Benjy se dirigiu a Julia e perguntou: "O Daniel tá em casa?" "Está em uma reunião", ela respondeu, "mas volta logo". "Ah, *outra* reunião? Quero fazer um filme adulto." Quando meu carro virou a esquina, enxerguei um homem da minha faixa etária, usando roupas que eu poderia estar usando, sentado em um banco, sem nada para ler, sem nenhum objetivo a não ser esperar.

Sei que ele foi ao safári com eles.

Sei que ele levou Max para jogos dos Wizards.

Em algum momento, ele se mudou para lá. Não sei quando foi; nunca me deram a notícia como se fosse uma novidade.

— O que o Daniel faz? — perguntei para os meninos uma noite, enquanto jantávamos comida indiana. Comíamos fora com frequência naquela época, pois era difícil separar o tempo necessário para fazer compras e cozinhar, mas principalmente porque eu estava obcecado por provar para eles que a gente ainda podia se "divertir". E comer fora é divertido. Até o dia em que alguém pergunta "onde a gente vai jantar hoje?" e a coisa toda começa a parecer deprimente.

— Ele é cientista — Sam respondeu.

— Mas não ganhou um Nobel nem nada assim — esclareceu Max. — Só cientista mesmo.

— Que tipo de cientista?

— Não sei — Sam e Max responderam ao mesmo tempo, mas nenhum emendou "*jinx!*".

— Ele é astrofísico — disse Benjy. E, continuando: — Você ficou triste?

— Por ele ser astrofísico?

— É.

Julia perguntou algumas vezes se eu sairia com Daniel para tomar uma cerveja e a gente se conhecer. Disse que seria bem importante para ela, e para Daniel, e que só poderia ser bom para os meninos. Respondi: — Claro. — Respondi: — Boa ideia. — E acreditei em mim mesmo enquanto falava. Mas o encontro nunca se realizou.

Quando estávamos nos despedindo depois de uma das reuniões da escola do Max, Julia me informou que ela e Daniel iriam se casar.

— Isso significa que você está morta?

— Como é?

— Você preferia morrer do que se casar de novo.

Ela gargalhou. — Não, morta não. Reencarnada.

— Como você mesma?

— Como eu mesma, mais um pouco de tempo.

— Eu mesmo mais um pouco de tempo é igual a meu pai.

Julia gargalhou mais uma vez. Uma risada espontânea ou generosa?
— A coisa boa da reencarnação é que a vida se torna um processo em vez de um evento.
— Peraí, você está falando sério?
— Só uma coisa que aprendi na ioga.
— Bom, vai de encontro às coisas que aprendemos com a ciência.
— Como eu ia dizendo, a vida se torna um processo em vez de um evento. Como aquela coisa que o mágico falou sobre truques e resultados. Você não precisa alcançar a iluminação, só chegar mais perto dela. Só se tornar um pouco mais tolerante.
— A maioria das coisas não deveria ser tolerada.
— Tolerante em relação ao mundo...
— Sim, eu vivo no mundo.
— No seu mundo.
— É mais complicado do que isso.
— Uma única vida é muita pressão.
— Tem muita pressão na Fossa das Marianas, mas é a realidade. E, a propósito, que merda foi aquela sobre o Max ser cuidadoso demais?
— Ficar na sala de aula durante o recreio para revisar o dever de casa?
— Ele é diligente.
— Ele quer controlar o que pode ser controlado.
— Aprendeu na ioga?
— Na verdade, arranjei um dr. Silvers pra mim.
Por que aquilo me deu ciúme? Porque meus sentimentos em relação ao casamento dela eram extremos demais para serem sentidos diretamente?
— Bom — eu disse —, eu acredito em várias coisas. Mas bem no topo da lista das coisas em que eu não acredito está a reencarnação.
— Você está sempre voltando, Jacob. Só que sempre como você mesmo.
Não perguntei se os meninos já sabiam antes de mim e, se fosse o caso, há quanto tempo sabiam. Ela não me falou quando seria o casamento, nem se eu seria convidado.
Perguntei: — Isso significa que vou ser tratado de modo menos favorável? — Ela deu risada. Eu a abracei, disse que estava feliz por ela, fui pra casa e comprei um videogame pela internet, bem o que a gente tinha combinado que jamais faria.
O casamento aconteceu três meses depois e fui convidado, e os meninos souberam antes de mim, mas com apenas um dia de vantagem. Pedi

que não mencionassem o videogame para Julia, e foi bem aí que errei o alvo.

Não consigo deixar de fazer uma comparação com o nosso casamento. Tinha um número menor de pessoas, porém muitas das pessoas eram as mesmas. O que será que pensaram ao me ver? Aqueles que tiveram coragem de se aproximar ou fingiam que não havia nada de desconfortável, que só estávamos batendo papo durante o casamento de um amigo em comum, ou então colocavam uma mão das mãos no meu ombro.

Julia e eu sempre fomos bons em encontrar um ao outro, mesmo depois do divórcio. Nossos olhos se achavam. Era uma piada entre os dois. "Como vou encontrar você no cinema?" "É só você ser você." Mas isso não aconteceu nem uma vez naquela tarde. Julia estava preocupada, mas também devia estar monitorando minha posição. Pensei em sair de fininho em vários momentos, mas não era uma coisa que se faça.

Os meninos fizeram um discurso encantador juntos.

Pedi um tinto.

Daniel fez um discurso ponderado e amoroso. Agradeceu minha presença, minha acolhida. Assenti com a cabeça, sorri. Ele prosseguiu.

Pedi um tinto.

Lembrei do discurso da minha mãe no meu casamento: — Na doença e na doença. É isso que desejo para vocês. Não esperem milagres. Não existem milagres. Não mais. E não existe cura para a mágoa que mais dói. Existe o remédio de acreditar na dor do outro e estar presente naquele momento. — Quem vai acreditar na minha dor? Quem vai estar presente para ela?

Assisti ao *horá* da minha mesa, assisti aos meninos levantarem a mãe na cadeira. Julia estava gargalhando tanto, e eu tinha certeza de que, com ela naquela altura, nossos olhos se encontrariam, mas eles não se encontraram.

Uma salada foi posta na minha frente.

Julia e Daniel foram de mesa em mesa para ter certeza de que falariam com cada um dos convidados, e para tirar fotos. Vi aquilo se aproximando, como uma *ola* nos jogos dos Nats, e só me restava participar.

Fiquei à margem. O fotógrafo disse: — Digam *mocha* — o que eu não fiz. Ele tirou três fotos para garantir. Julia sussurrou algo para Daniel, deu-lhe um beijo. Ele saiu e ela se sentou na cadeira ao meu lado.

— Fiquei feliz que você veio.

— Claro que vim.

— Claro não. Foi uma escolha que você fez, e sei que não foi descomplicada.
— Fiquei feliz por você querer minha presença.
— Tudo bem com você? — ela perguntou.
— Tudo ótimo.
— OK.
Olhei em volta do salão: flores condenadas, copos de água suando, batons em bolsas deixadas em cadeiras, guitarras perdendo a afinação apoiadas nos alto-falantes, facas que haviam comparecido a milhares de uniões.
— Quer ouvir uma coisa triste? — perguntei. — Sempre achei que eu fosse o feliz. O que era mais feliz, enfim. Nunca me vi como feliz.
— Quer ouvir uma coisa ainda mais triste? Eu achava que eu fosse a infeliz.
— Acho que nós dois estávamos errados.
— Não — ela disse —, estávamos certos, os dois. Mas só no contexto do nosso casamento.
Pus as mãos nos joelhos, como se buscasse me firmar ainda mais.
— Você estava junto quando meu pai falou aquele negócio? "Sem contexto, todos nós seríamos uns monstros"?
— Acho que não. Pelo menos não me lembro.
— Nosso contexto transformou a gente em monstros.
— Não, monstros não — ela protestou. — A gente foi bem e criou três filhos incríveis.
— E agora você está feliz e eu ainda sou eu.
— A vida é longa — ela disse, confiando que eu lembraria.
— O universo é maior — falei, provando que lembrava...
Robalo foi colocado na minha frente.
Peguei o garfo, simplesmente para pegar alguma coisa, e disse: — Posso perguntar uma coisa?
— Claro.
— O que você diz pras pessoas quando perguntam por que a gente se divorciou?
— Faz muito tempo que ninguém pergunta.
— O que você costumava dizer?
— Que a gente percebeu que éramos apenas bons amigos e bons pais.
— Não seriam razões pra não se divorciar?
Ela sorriu e respondeu: — Foi difícil ter que explicar.

— Pra mim também. Sempre parecia que eu estava escondendo alguma coisa. Ou me sentindo culpado por alguma coisa. Ou só que era insensível.

— Não é da conta de ninguém, na verdade.

— O que você diz pra si mesma?

— Faz tempo que eu não me pergunto.

— O que você dizia pra si mesma?

Ela pegou minha colher e disse: — A gente se divorciou porque foi isso que a gente fez. Não é uma tautologia.

Enquanto os garçons levavam o jantar para as últimas mesas, as primeiras mesas recebiam a sobremesa.

— E os meninos? — perguntei. — Como você explicou pra eles?

— Eles nunca me perguntaram, na verdade. Às vezes davam voltas no assunto, mas nunca fizeram uma abordagem direta. E com você?

— Nenhuma vez. Não é estranho?

— Não — ela disse, uma noiva em seu vestido. — Não é.

Olhei para meus filhos sendo crianças bestas na pista de dança e disse: — Por que a gente os colocou numa posição de ter de perguntar?

— Nosso amor por eles acabou atrapalhando a gente de sermos bons pais.

Passei o dedo pela borda do copo, mas não saiu música alguma.

— Eu seria um pai muito melhor se pudesse fazer tudo de novo.

— Você pode — ela disse.

— Não vou ter mais nenhum filho.

— Eu sei.

— E não tenho uma máquina do tempo.

— Eu sei.

— Você acha que a gente teria conseguido? — perguntei. — Se tivesse se esforçado mais? Não desistido?

— Conseguido o quê?

— Dar certo.

— A gente deu certo em criar três vidas — ela disse.

— A gente teria conseguido dar certo na nossa vida juntos?

— Essa é a pergunta??

— Por que não?

— *Dar certo*. Não fracassar. Existem coisas mais ambiciosas na vida.

— Existem?

— Espero que sim.

No caminho para a festa, eu tinha ouvido no carro um *podcast* sobre asteroides e sobre o quanto estamos despreparados para a possibilidade de que um deles esteja vindo em nossa direção. O físico entrevistado explicou por que nenhuma das contingências possíveis poderia funcionar: explodir o asteroide com um míssil nuclear só transformaria uma bola de canhão cósmica em chumbo grosso cósmico (e os estilhaços provavelmente se reconstituiriam em algumas horas por causa da gravidade); sondas robóticas poderiam desviar o curso do asteroide com propulsores ajustados, se essas geringonças existissem, porém não existem e nem existirão; e tão implausível quanto seria mandar uma nave espacial gigante para desempenhar o papel de "tração por gravidade", usando a própria massa para puxar o asteroide para longe da Terra. "Então *o que* a gente faria?", perguntou o apresentador. "Míssil nuclear, talvez", disse o físico. "Mas você disse que isso só geraria vários asteroides que nos atingiriam." "Isso mesmo." "Então não daria certo." "Quase certo que não", disse o físico, "mas seria um pingo de esperança."

Um pingo de esperança.

Na hora, a expressão não tinha despertado nada em mim. Foi preciso que a *esperança* de Julia se acoplasse ao outro terminal da minha mente para que minha tristeza fosse acionada.

— Lembra de quando eu quebrei a lâmpada? No nosso casamento?
— Você está mesmo me perguntando isso?
— Você gostou daquele momento?
— Que pergunta curiosa — ela comentou. — Mas, sim, gostei.
— Eu também.
— Nem o que isso deveria simbolizar.
— Fico feliz por você ter perguntado.
— Eu sabia que ficaria.
— Então, algumas pessoas acham que é pra nos lembrar de toda a destruição que foi necessária para nos conduzir ao nosso momento de maior felicidade. Algumas pessoas acham que é um tipo de oração: vamos ser felizes até que os estilhaços dessa lâmpada se reconstituam. Algumas pessoas acham que é um símbolo de fragilidade. Mas a interpretação que nunca ouvi é a mais direta: é assim que a gente é. Somos indivíduos quebrados, nos comprometendo com o que vai ser uma união quebrada em um mundo quebrado.
— Sua visão é menos edificante.

Não é, eu pensei. *É mais edificante.*

Respondi: — Não existe nada mais inteiro do que um coração partido.
— Silvers?
— Na verdade, rabino Kotzker.
— Mas olha só.
— Andei estudando com o rabino que fez o funeral do meu pai.
— A curiosidade converteu o gato.
— *Miauzel tov*.
Como eu amava a risada da Julia.
Olhei para ela, e, naquele momento, soube que a gente nunca teria conseguido dar certo. Mas também entendi que ela tinha sido meu pingo de esperança.
— Não é estranho? — falei. — A gente passou dezesseis anos juntos. Enquanto a gente estava ali, pareciam tudo o que existia, mas com o passar do tempo vão representar uma parte cada vez menor das nossas vidas. Todo aquele tudo foi só um... o quê? Um capítulo?
— Não é assim que eu vejo as coisas.
Julia colocou o cabelo atrás da orelha, como eu a tinha visto fazer dezenas de milhares de vezes.
Perguntei: — Por que você está chorando?
— Por que estou chorando? Por que *você* não está chorando? Isso aqui é a *vida*. Estou chorando porque isso é a minha vida.
Assim como o som da caneca se enchendo da ração de fazia Argos surgir correndo de onde ele estivesse, os meninos pareciam ter uma atração quase telepática pelas lágrimas da mãe.
— Por que todo mundo está chorando? — Sam quis saber. — Alguém ganhou uma medalha de ouro?
— Você está triste? — Benjy me perguntou.
— Não precisa se preocupar comigo — respondi.
— Está tudo bem — disse Julia. — Pode deixar.
Não havia nada mais doloroso do que ser o centro das atenções no casamento da minha esposa, exceto continuar pensando nela como minha esposa.
— Radiante? — perguntou Max, dando para Benjy a cereja ao maraschino do seu coquetel Shirley Temple.
— Não.
— Estupefato? Espinguelado? Diáfano?
Dei risada.
— O que, então? — perguntou Sam.

O quê? Qual era o sentimento? Meu sentimento?

— Lembra quando a gente conversou sobre valor absoluto? Pra física, acho?

— Matemática.

— E você se lembra do que é isso?

— A distância até o zero.

— Não faço a mínima ideia do que vocês estão falando — disse Benjy.

Julia o colocou no colo e disse: — E nem eu.

Falei: — Às vezes os sentimentos são assim: nem positivos, nem negativos, apenas em grande quantidade.

Ninguém tinha a mínima ideia do que eu estava falando. Eu não sabia do que estava falando. Queria poder ligar para o dr. Silvers, colocá-lo em viva-voz e pedir que explicasse aquilo para minha mim e para minha família.

Depois do divórcio, passei por uma série de relacionamentos breves. Tive sorte de conhecer essas mulheres. Eram inteligentes, fortes, divertidas e generosas. Minhas explicações sobre o que deu errado acabavam sempre relacionadas à minha incapacidade de viver ao lado delas com honestidade plena. O dr. Silvers me incentivou a explorar o que eu queria dizer com "honestidade plena", mas nunca questionou meu raciocínio, nunca sugeriu que eu estivesse me autossabotando ou criando definições impossíveis de realizar. Ele me respeitou ao mesmo tempo que sentiu pena de mim. Ou pelo menos era isso que eu queria que ele sentisse.

— Seria muito difícil viver assim — ele me disse. — Com honestidade plena.

— Eu sei.

— Você não apenas ficaria aberto a muitas mágoas, como também teria de causar muita mágoa.

— Eu sei.

— E não acho que isso faria você mais feliz.

— Concordo.

Ele girou a cadeira e olhou pela janela, como costumava fazer quando estava pensando, como se a sabedoria somente pudesse ser encontrada em um ponto distante. Girou de volta e disse: — Mas se você conseguisse viver assim... — E então parou. Tirou os óculos. Nos vinte anos em que o conhecia, foi a única vez em que ele tirou os óculos. Segurou o osso do nariz entre o polegar e o indicador. — Se você conseguisse viver assim, nosso trabalho aqui chegaria ao fim.

Nunca consegui viver daquele jeito, mas nosso trabalho chegou ao fim um ano mais tarde, quando ele teve um ataque cardíaco fatal enquanto praticava corrida. Recebi uma ligação de uma das terapeutas que tinha um consultório na mesma clínica. Ela me convidou para ir até lá para conversar, mas eu não queria conversar com ela. Queria conversar com ele. Eu me senti traído. *Ele* deveria ter me dado a notícia da própria morte.

E *eu* deveria ter dado a notícia da minha tristeza para os meninos. Mas, assim como a morte do dr. Silvers impediu que ele compartilhasse comigo a notícia da própria morte, minha tristeza bloqueou o acesso deles à minha tristeza.

Os integrantes da banda tomaram suas posições e, abrindo mão de qualquer tipo de preliminar musical, pularam direto para "*Dancing on the Ceiling*". O robalo que tinha estado na minha frente não estava mais; alguém devia ter tirado. A taça de vinho que estava na minha frente não estava mais; eu devia ter bebido.

Os meninos correram para a pista de dança.

— Vou sair de fininho — avisei a Julia.

— Como pra Islip — ela disse.

— Hein?

— Você saiu de fininho pro aeroporto. — E depois: — Desculpa, eu não...

Quando visitamos Massada, meu pai encheu os bolsos de pedras e, sem saber o que estava fazendo, sabendo apenas da minha necessidade de aprovação, enchi os meus também. Shlomo nos mandou devolver. Foi a primeira vez em que o ouvi dizer não a um de nós. Ele explicou que se todo mundo tirasse uma pedra, Massada estaria espalhada por prateleiras, cristaleiras e mesas de centro, e não haveria mais Massada alguma. Mesmo criança, eu sabia que aquilo era ridículo — se existe algo permanente neste mundo é uma montanha.

Sair de fininho.

Andei até o carro sob um céu apinhado de objetos próximos da Terra.

Em algum lugar do livro de assinaturas do casamento estão as assinaturas dos meus filhos. Desenvolveram sua caligrafia sozinhos. Mas quem deu os nomes fui eu.

Estacionei na frente de casa, com duas rodas em cima da calçada. Talvez não tenha nem fechado a porta da frente.

Aqui estou, escrevendo no meu escritório semienterrado enquanto minha família está dançando.

Quantas sinagogas o Sam acabou construindo? Será que alguma sobreviveu? Pelo menos uma parede?

Minha sinagoga é feita de palavras. Todos os espaços permitem que ela se desloque quando o chão se move. No umbral do santuário está a mezuzá, a moldura da porta pregada na moldura da porta: os anéis de crescimento da minha família. Dentro da arca estão os partidos e os inteiros: a mão esmagada de Sam, ao lado da mão estendida; Argos deitado sobre a própria merda, ao lado do sempre arfante abanador de rabo que fazia xixi assim que Max entrava em casa; o Tamir pós-guerra, ao lado do Noam pós-guerra; os joelhos do meu avô, que nunca se desdobrariam, ao lado do meu beijo no dodói inexistente do seu bisneto; o reflexo do meu pai em um espelho coberto com um pano preto, ao lado dos meus filhos caindo no sono pelo retrovisor, ao lado da pessoa que nunca vai parar de escrever estas palavras, que passou a vida quebrando os pulsos na porta da sua sinagoga, implorando para entrar, ao lado do garoto que sonhou com gente fugindo de um abrigo antiaéreo gigantesco para a segurança do mundo, o garoto que teria percebido que a porta muito, muito pesada abria para fora, que o tempo todo eu tinha estado no interior do Santo dos Santos.

VIII

CASA

Durante a longa esteira de consequências da destruição de Israel, Jacob se mudou para a casa nova. Era uma versão bonita, embora talvez um pouco menos bonita, da casa anterior: teto um pouco mais baixo; piso um pouco menos velho de tábuas corridas um pouco menos largas; uma cozinha com ferragens que somente a Home Depot classificaria como *sob medida*; uma banheira que devia vazar Bisfenol A e devia ser da Home Depot, mas que se enchia d'água; armários com acabamento de melamina e prateleiras quase niveladas que cumpriam sua função e eram bonitas o bastante; um cheiro discreto e não agradável de sótão preenchia uma casa sem sótão; maçanetas da Home Depot; janelas deterioradas, de meia-idade, de alguma marca que copia a Marvin servindo como limiar visual mais do que como barreiras contra intempéries ou ruído; paredes abauladas com umidade aprisionada e pouco charmosa; descascados agourentos nas quinas; pintura de cores de um sadismo sutil; espelhos de interruptor desbotados; um balcão de banheiro de porcelana falso da Home Depot com gavetas de melamina estilo mogno, em um banheiro cor de corrimento, com um suporte para papel higiênico fora do alcance de qualquer um que não tenha sido importado da África para fazer cesta sem pular; separações agourentas em toda parte: entre os componentes das molduras, entre o friso e o teto, o rodapé e o chão, entre a pia e a parede, entre o batente da lareira obsoleta e a parede, entre os espelhos de interruptor desbotados e a parede, as molduras da porta e a parede, as rosetas mais plásticas do que o plástico da Home Depot e o teto com icterícia, entre as tábuas corridas do piso. Nada disso importava, na verdade, mas também não passava despercebido. Jacob tinha de admitir que era mais burguês do que gostaria de admitir, mas sabia o que de fato tinha importância. E essas coisas também estavam se separando.

Havia tempo, de repente havia uma vida inteira, e as necessidades de Jacob estavam tomando a forma das suas necessidades, no lugar da sua capacidade de realizá-las. Estava declarando sua independência, e tudo aquilo — da espera interminável pelo Messias à água quente até a placa desbotada pela qual passavam fios insuficientes de cabo — o enchia de esperança. Ou de um tipo de esperança. Jacob pode ter colaborado, mas quem escolheu a separação foi Julia. E apesar de seu retorno de Islip poder ser entendido como a reivindicação de uma identidade, com no mínimo a mesma facilidade também poderia ser entendido como uma abdicação da mesma coisa. Então talvez Jacob não tenha escrito a própria declaração de independência, mas estava contente em poder assiná-la. Era um tipo de felicidade.

Quarenta e dois ainda é *jovem*, repetia para si mesmo como um idiota. Ouvia a própria idiotia alto e bom som, mas não conseguia parar de anunciá-la. Lembrava de avanços tecnológicos na medicina, de seus próprios esforços em comer menos porcaria, da academia em que estava matriculado (ainda que sem comparecer) e de um fato compartilhado por Sam certa vez: a cada ano que passa, a expectativa de vida aumenta em um ano. Todos os não fumantes viveriam até os cem anos. Praticantes de ioga viveriam mais do que Moisés.

Com o tempo, a casa se pareceria com um lar — alguns tapetes, ferragens de melhor qualidade, paredes com cores obedientes à Convenção de Genebra, quadros e fotos e litogravuras, luz calmante de abajures, livros de arte empilhados nas superfícies, mantas não casualmente jogadas, mas sim displicentemente dobradas e depositadas sobre sofás e cadeiras, talvez um fogão a lenha no canto. E, com o tempo, tudo que era possível se tornaria verdadeiro. Ele teria uma namorada, ou não. Compraria um carro inesperado, ou provavelmente não. Enfim faria alguma coisa com a série de TV em que estivera despejando a alma por mais de uma década (sendo a alma a única coisa que precisamos dispersar para acumular). Agora que não precisava mais proteger o avô, tinha parado de escrever a bíblia e voltado à série em si. Levaria os roteiros para um daqueles produtores que costumavam se interessar pelo que ele fazia na época em que ainda fazia coisas compartilháveis. Muito tempo tinha se passado, mas ainda se lembrariam dele.

Houve mais de uma razão para deixar as páginas dentro da gaveta — ele não tinha protegido somente aos outros. Mas quando não havia mais nada a perder, até Julia perceberia que a série não era uma fuga das dificuldades da vida em família, mas uma redenção pela destruição de sua família.

Israel não estava *destruído* — pelo menos não literalmente. Continuava sendo um país judaico, com um exército judeu e fronteiras pouquíssimo diferentes do que tinha antes do terremoto. Debates infinitos se espiralavam em torno da questão de as novas fronteiras serem *boas para os judeus* ou não. Ainda que a expressão mais usada pelos judeus-americanos fosse *bom para os israelenses*, o que era sintomático. E *isso*, os israelenses pensavam, era *ruim para os judeus*.

Israel tinha se enfraquecido, mas seus inimigos tinham se enfraquecido ainda mais. Não havia muito conforto em saber, enquanto se varriam os escombros com uma escavadeira, que o inimigo estava ao mesmo tempo varrendo os próprios escombros com as mãos. Mas havia, sim, algum conforto. E, como teria dito Isaac: "Poderia ser pior." Não, ele teria dito: "É pior."

Talvez ele tivesse razão. Talvez fosse pior ter sobrevivido, se para continuar *existindo* fosse preciso destruir a razão de existir. Não que os judeus-americanos tivessem parado de se importar. Continuaram a sair de férias, a fazer bar-mitzvás e a *encontrarem a si mesmos* em Israel. Faziam caretas quando seus arranhões ardiam na água do Mar Morto, faziam caretas quando seus corações eram tocados pelo "Hatikvah" pela primeira vez, enfiavam papeizinhos com desejos nos escombros do Muro das Lamentações, relembravam as biroscas onde comeram o melhor homus, relembravam os arrepios sentidos com as bombas explodindo ao longe, faziam caretas quando o sol de Massada tocava seus olhos pela primeira vez, relembravam a emoção sentida ao verem lixeiros judeus, bombeiros judeus e mendigos judeus. Mas a sensação de ter chegado, de enfim ter encontrado um lugar de conforto, de se estar *em casa*, estava sumindo.

Para alguns isso se devia a uma incapacidade de perdoar as ações de Israel durante a guerra — até mesmo um ou dois massacres teriam sido mais fáceis de aceitar do que a abdicação integral e explícita de qualquer responsabilidade pelos não judeus — , a retirada de forças de segurança e equipes de emergência, o armazenamento de suprimentos médicos necessários em outro lugar, o racionamento de serviços, o racionamento de comida mesmo quando havia excedente, o bloqueio de carregamentos de doações para Gaza e Cisjordânia. Irv — cujo blog outrora diário e ocasionalmente inflamatório tinha se tornado um rio caudaloso de provocações — defendia cada passo dado por Israel: "Se fosse uma família em situação de emergência, em vez de um país, ninguém julgaria os pais por guardarem comida na geladeira e band-aids no armário do banheiro. As coisas acontecem, ainda mais quando você é odiado mortalmente por vizinhos obcecados pela morte, e não existe nada de antiético em cuidar dos próprios filhos."

— Se a família morasse apenas na própria casa, talvez você quase tivesse razão — disse Jacob. — E talvez você quase tivesse razão se cada família tivesse a mesma possibilidade de dar tratamento preferencial aos seus entes queridos. Mas o mundo em que a gente vive não funciona assim, e você sabe disso.

— É o mundo que eles criaram.

— Quando você olha para aquela menina, a Adia, seu coração não fica apertado por ela?

— Claro que sim. Mas, como todo coração, o meu tem um tamanho limitado, e se eu tivesse de escolher entre Adia e Benjy, tiraria a comida da mão dela para colocar na boca dele. Nem argumento se isso é correto, nem se é bom. Digo apenas que não é mau, porque não é uma escolha. "*Poder* está implícito em *dever*", não é? Para ser moralmente obrigado a fazer alguma coisa, você tem de poder fazer aquilo. Eu amo Noam, Yael e Barak, mas não tenho como amá-los mais do que amo Sam, Max e Benjy. É impossível. E eu amo meus amigos, mas não tenho como amá-los mais do que amo a minha família. E, acredite se quiser, sou perfeitamente capaz de amar os árabes, mas não de amá-los tanto quanto amo os judeus. Não são escolhas.

Irv defendia com sinceridade e vigor que todos os judeus-americanos na idade certa deveriam ir para Israel lutar. Categoricamente. Com exceção do único a quem ele não tinha como não amar mais do que os outros. Ele era um hipócrita, um pai.

— E, no entanto, algumas pessoas *podem* fazer outra escolha — disse Jacob.

— Como?

— Bom, o primeiro exemplo que me vem à mente é o do primeiro judeu: Abraão.

— Senador, eu servi com Abraão. Eu conheci Abraão. Abraão era meu amigo. Senador, você não é Abraão.

— Não estou dizendo que *eu* faria outra escolha. É óbvio que eu não teria como.

Seria mesmo tão óbvio? Irv tinha reduzido seu círculo de proteção ao mais novo da família, mas seria esse o epicentro? E a si próprio? Julia tinha perguntado a Jacob se ele ficava triste por eles amarem os meninos mais do que amavam um ao outro. Mas será que Jacob amava os filhos mais do que a si mesmo? Deveria amar, mas será que conseguia?

Para outros judeus-americanos não foram as ações de Israel que criaram uma distância emocional, mas o modo com que essas ações foram vistas — aqueles que sempre tinham estado dispostos a demonstrar boa-fé para com Israel ou tinham mudado de lado ou ficado em silêncio, deixando os judeus-americanos se sentindo mais sozinhos do que tomados por integridade indignada.

Para outros, tinha sido o desconforto causado por Israel não ser nem um azarão briguento e nem um superpoder em miniatura capaz de bombardear os vizinhos da Idade da Pedra até que voltassem para a Pré-História. Davi foi bom. Golias foi bom. Mas você precisa ser um ou outro.

O primeiro-ministro tinha estabelecido a meta de trazer um milhão de judeus-americanos para Israel com a Operação Braços de Moisés. Vinte mil foram no primeiro dia de voos — ainda que não chegasse nem perto dos esperados cinquenta mil, pelo menos era um número considerável. Mas em vez de chegarem a trezentos mil ao final do terceiro dia, os números começaram a cair pela metade, como bilheteria de cinema. O *Times* estimou que menos de trinta e cinco mil americanos acabaram indo, e que três quartos deles tinham mais de quarenta e cinco anos. Israel sobreviveu sem eles — o exército se limitou às fronteiras defensáveis e deixou que epidemias fizessem o trabalho do massacre; a tragédia durou pelo menos cinco mil horas de TV. Mas nem os israelenses e nem os americanos podiam negar o que veio à tona.

Jacob ainda pensava em Tel Aviv como uma cidade vibrante e civilizada, e em Jerusalém como irresistivelmente espiritual. Ainda sentia um prazer quase erótico quando se lembrava dos lugares verdadeiros em que coisas quase de mentirinha aconteceram de verdade com pessoas quase de mentirinha. As mulheres com armas ainda lhe proporcionavam um prazer realmente erótico. Ainda ficava enojado com os ultraortodoxos, mesmo sem conseguir reprimir a gratidão equivocada que sentia por eles. Mas alguma coisa havia mudado.

O que Israel significava para ele? O que significavam os israelenses? Eram seus irmãos mais agressivos, mais irritantes, mais descontrolados, mais peludos, mais musculosos... *lá de longe*. Eram ridículos, e pertenciam a *ele*. Eram mais corajosos, mais bonitos, mais teimosos e iludidos, menos encabulados, mais inconsequentes, mais eles mesmos. *Lá de longe*. Era ali que eles eram todas essas coisas. E pertenciam a *ele*.

Depois da quase destruição, continuam *lá de longe*, mas eles não pertenciam mais a *ele*.

A cada etapa, Jacob fazia mais esforço para racionalizar as ações de Israel — para defender, ou ao menos desculpar, os israelenses. E, a cada etapa, acreditava no que estava dizendo. Será que estava correto regulamentar a entrada de carregamentos de doações se isso atrasava a entrega? Era necessário para manter a ordem e a segurança. Será que estava correto tomar o Monte do Templo? Era necessário para protegê-lo. Será que estava correto não dar o mesmo tratamento médico para qualquer pessoa com as mesmas necessidades? Era necessário para que fosse viável cuidar de todos os cidadãos de Israel, que, diferentemente dos vizinhos árabes, não tinham outro lugar para onde ir. "*Dever* implica *poder*." E, no entanto, o destino para onde levavam essas etapas defensáveis, ou ao menos desculpáveis, era Israel, um país que atrasou auxílio urgente, conquistou o território muçulmano mais litigioso do mundo e forçou mães de crianças que não precisavam morrer a esmurrar portas trancadas de hospitais. Mesmo que não pudesse ter sido diferente, deveria ter sido.

Alguém perceberia se, na manhã seguinte, o oceano ficasse trinta centímetros mais largo? E se fosse um quilômetro? Ou se diminuísse pela metade? O horizonte esconde a distância, assim como a própria distância. Os judeus-americanos não sentiam que tivessem fugido da raia, e nunca teriam descrito sua relação com Israel dessa maneira — não para os outros e nem para eles mesmos. Mas, ao mesmo tempo que expressavam alívio e alegria pelo triunfo de Israel, ao mesmo tempo que marchavam em desfiles e mandavam cheques desconfortavelmente gordos para os esforços de reconstrução, as ondas de Israel levavam mais tempo para alcançar a costa americana.

Inesperadamente, a distância entre Irv e Jacob encolheu. Por um ano, foram juntos ao *shul* e recitavam o *Kaddish* para Isaac três vezes por dia, todos os dias — ou pelo menos uma vez, na maior parte dos dias. E, nos dias em que não iam à sinagoga, mandavam o *minian* às favas e recitavam na sala de estar de Irv, de frente para as estantes, sem se importar com a direção da bússola. Encontraram um novo idioma comum — não desprovido de piadas, ironia e discussões, mas não mais dependente deles. Talvez fosse um idioma redescoberto.

Ninguém era menos preparado do que Irv para ajudar Jacob com a mudança — não sabia diferenciar um lençol com elástico de uma escumadeira —, mas ninguém o ajudou tanto quanto ele. Foram juntos fazer compras na IKEA, na Pottery Barn, na Home Depot, na Gap Kids. Compraram duas vassouras e conversaram sobre transições, e inícios, e impermanência, enquanto varriam o que parecia ser poeira infinita. Ou varriam em silêncio.

— Não é bom ficar sozinho — disse Irv, tentando se entender com o aspirador de pó.

— Vou tentar de novo — disse Jacob. — Só ainda não estou pronto.

— Estou falando de mim.

— Aconteceu alguma coisa com a minha mãe?

— Não, sua mãe é a melhor. Só estava pensando nas pessoas que eu afastei.

Empacotar as coisas tinha sido mais fácil em termos emocionais do que Jacob havia imaginado, mas para a sua surpresa a logística se mostrou mais complicada. O problema não era a quantidade de coisas — apesar de ele ter acumulado coisas por dezesseis anos, o que chamava a atenção era a escassez. O problema — no fim das contas, no fim do fim do casamento — era encarar a seguinte questão: o que torna algo seu e não de outra pessoa? Como a vida tinha chegado a um ponto em que essa questão tinha alguma importância? E por que demorou tanto?

Se tivesse sabido que se divorciaria, Jacob teria se preparado melhor para o fim — comprado um daqueles clichês antigos e marcado "Biblioteca de Jacob Bloch" na folha de rosto de cada livro; talvez tivesse guardado dinheiro fazendo depósitos mínimos, imperceptíveis, ao longo do tempo; ou começado a retirar coisas cuja ausência jamais seria notada, mas cuja presença na casa nova dele faria uma diferença genuína.

A velocidade e a totalidade com que seu passado podia ser reescrito eram assustadoras. Todos aqueles anos pareciam valer a pena enquanto estavam acontecendo, mas depois de alguns poucos meses do outro lado pareciam uma perda de tempo descomunal. Perda de vida. Seu cérebro sentia quase uma necessidade de enxergar o pior naquilo que tinha dado errado. De enxergar a coisa toda como algo que tinha dado errado, em vez de algo que tinha dado certo até terminar. Será que estava se protegendo da perda ao negar que qualquer coisa se tinha perdido? Ou apenas alcançado algum tipo de antivitória emocional patética por não dar a mínima?

Quando algum amigo expressava simpatia, por que Jacob insistia em contrariar? Por que tinha de transformar seu casamento de uma década e meia em trocadilhos idiotas e comentários irônicos? Por que não podia expressar para uma pessoa sequer — nem para ele mesmo — que, mesmo entendendo que o divórcio era a coisa certa a se fazer, mesmo com esperanças em relação ao futuro, mesmo que a felicidade estivesse à sua espera, aquilo era triste? As coisas podem vir para o bem e para o mal ao mesmo tempo.

Três dias depois de voltar para Israel, Tamir enviou um e-mail para Jacob de um posto avançado no Neguev, onde sua unidade de tanques estava aguardando a próxima ordem: — Hoje eu disparei uma arma, e meu filho disparou uma arma. Nunca duvidei que era correto eu disparar uma arma para defender o meu lar, ou que Noam fizesse isso. Mas nós dois estarmos fazendo isso no mesmo dia não pode estar certo. Você me entende?
— Você dirige o tanque? — Jacob quis saber.
— Você leu o que eu escrevi?
— Desculpa. Não sei o que dizer.
— Eu recarrego a munição.
Cinco dias depois, quando viraram de frente para as estantes para dizer o *Kaddish*, Irv disse "Olha" e Jacob percebeu que alguma coisa tinha acontecido. E mais, sabia que tinha relação com Noam. Não tinha previsto aquilo, mas, como alguém observando os trilhos da parte de trás do trem, percebeu que não tinha como dar em outra coisa.
Noam tinha sido ferido. Com gravidade, mas não fatalmente. Rivka estava com ele. Tamir estava a caminho.
— Como você descobriu? — perguntou Jacob.
— Tamir me ligou ontem à noite.
— Ele pediu pra você me contar?
— Acho que eu sou uma figura paterna pra ele.
O primeiro instinto de Jacob foi sugerir que fossem para Israel. Não conseguiu entrar no avião para lutar ao lado do primo, mas iria para se sentar ao lado do leito do filho do primo e oferecer aquele tipo de força que só exige o músculo do coração.
O primeiro instinto de Tamir foi se apoiar em Rivka. Se alguém tivesse dito a ele, um mês, um ano ou uma década atrás, que Noam seria ferido em uma guerra, ele teria previsto o fim de seu casamento. Mas quando o inimaginável aconteceu foi exatamente o oposto do que ele tinha imaginado.

Quando a casa estremeceu com as batidas na porta no meio da noite, Tamir estava em uma base operacional de vanguarda perto de Dimona; seu comandante o acordou com a notícia. Mais tarde, ele e Rivka tentaram identificar o momento exato em que cada um tinha ficado sabendo do que aconteceu, como se algo profundo dependesse de quem ficou sabendo primeiro, e qual a quantidade de tempo em que um pai sabia e o outro ainda acreditava que Noam estivesse bem. Por aqueles primeiros cinco ou trinta minutos tinha existido entre eles uma distância maior do que aquela que os separava antes de se conhecerem. Talvez, se Tamir estivesse em casa, a experiência compartilhada tivesse afastado os dois, pela competição para ver quem sofria mais, a fúria com alvo errado, os sentimentos de culpa. Mas o afastamento os uniu.

Quantas vezes, naquelas primeiras semanas, Tamir entrou no quarto e ficou ao lado da porta, sem conseguir falar? Quantas vezes Rivka tinha perguntado "Você precisa de alguma coisa?".

E ele dizia "Não".

E ela perguntava "Tem certeza?".

E ele respondia "Sim", mas pensava *pergunta de novo*.

E ela afirmava "Eu sei", mas pensava *vem cá*.

E ele pedia "Pergunta de novo".

E ela retrucava "Vem cá".

E, sem dizer nada, ele ia.

E ficavam ali, lado a lado, a mão dela sobre a coxa dele, a cabeça dele pousada no peito dela. Se fossem adolescentes, a cena teria parecido o início de um amor, mas estavam casados havia vinte anos, e era a exumação do amor.

Depois de ser informado sobre o ferimento de Noam, Tamir recebeu uma licença de uma semana. Três horas depois estava no hospital com Rivka, e, quando o sol se pôs, foram informados de que precisavam ir para casa. Por instinto, Rivka foi dormir no quarto de hóspedes. No meio da noite, Tamir entrou e ficou parado na porta.

"Você precisa de alguma coisa?", ela perguntou.

E ele disse "Não".

E ela perguntou "Tem certeza?".

E ele respondeu "Sim".

E ela afirmou "Eu sei".

E ele pediu "Pergunta de novo".

E ela retrucou "Vem cá".

E, sem dizer nada, ele foi.

Tamir precisava de uma distância para atravessar. E Rivka dava isso a ele. Todas as noites ela ia para o quarto de hóspedes. Toda noite ele ia até ela.

Quando Tamir se sentou ao lado do corpo do filho, pensou no que Jacob tinha comentado sobre se sentar ao lado do corpo de Isaac, e sobre o desejo de Max de ficar perto dele. O rosto de Noam estava deformado, com tons de roxo que não existiam em nenhum outro lugar na natureza, as bochechas e a fronte unidas à força pelo inchaço. Por que a saúde não é tão chocante quanto a doença, tão exigente de orações? Tamir tinha sido capaz de passar semanas sem falar com seu filho, mas ele não era capaz de sair do lado do corpo inconsciente do filho por vontade própria.

Noam saiu do coma um dia antes do cessar-fogo. Ainda demoraria para que pudessem saber ao certo as consequências dos ferimentos: os modos em que o corpo de Noam jamais funcionaria como antes, os danos psicológicos. Não tinha sido enterrado vivo, nem queimado até morrer. Mas tinha sido avariado.

Quando assinaram o cessar-fogo, não houve celebração nas ruas. Não houve fogos de artifício, nem garrafas compartilhadas e nem cantoria nas janelas. Rivka dormiu no quarto naquela noite. A distância carinhosa que haviam encontrado no momento de crise tinha se contraído em paz. Por todo o país e pelo mundo, judeus já escreviam editoriais culpando outros judeus — pela falta de preparo, de sabedoria, de ética, de força suficiente, de ajuda. A coalizão do primeiro-ministro entrou em colapso e eleições foram marcadas. Sem conseguir dormir, Tamir pegou o celular na mesa de cabeceira e escreveu uma mensagem de uma frase para Jacob: *Ganhamos, mas perdemos.*

Eram nove da noite em D.C. quando Jacob estava no quarto e sala do Airbnb que estava alugando por semana, a três quarteirões dos filhos adormecidos. Ia para lá depois de colocar os meninos para dormir e voltava para a casa deles antes que acordassem. Eles sabiam que o pai não passava a noite em casa, e ele sabia que eles sabiam, mas o teatro parecia necessário. Nada teria sido mais difícil para Jacob do que esse período entre casas, que durou meio ano. Tudo que era necessário era uma tortura: o fingimento, acordar extremamente cedo, o isolamento.

O polegar de Jacob não parava de rolar a lista de contatos, como se alguém novo fosse se materializar para ele compartilhar a tristeza que não podia confessar. Tinha vontade de falar com Tamir a respeito, mas não era possível: não depois de Islip, não depois do incidente com Noam. Então, quando chegou a mensagem de Tamir — *Ganhamos, mas perdemos* —, Jacob sentiu alívio e gratidão, mas tomou cuidado para não aumentar a vergonha que sentia revelando sua existência.

   Perdemos o quê? Ganhamos o quê?

        Ganhamos a guerra. Perdemos a paz.

Mas parece que todo mundo está aceitando as condições do armistício, não?

          Paz com a gente mesmo.

Como está o Noam?

           Vai ficar bem.

Que alívio saber disso.

      Quando a gente estava na mesa da sua cozinha, você me disse alguma coisa sobre um buraco diurno em um céu noturno. O que era isso mesmo?

A coisa dos dinossauros?

            Sim, isso.

Na verdade era um buraco noturno em um céu diurno.

         E como era isso?

Imagina dar um tiro dentro d'água.

      Só precisava dizer isso. Agora me lembro.

O que fez você pensar nisso?

      Não consigo dormir. Aí fico pensando.

Também não tenho dormido muito.
A gente vive falando que está cansado,
mas no fim quase nem dorme.

                                                A gente não vai se mudar.

Não achei que isso fosse acontecer.

                                                Íamos. A Rivka
                                          estava quase aceitando.
                                            Mas não vamos mais.

O que mudou?

                                                        Tudo. Nada.

Certo.

                                          A gente é quem a gente é.
                                      O que mudou foi admitir isso.

Também ando tentando resolver isso.

                                       E se tivesse sido de noite?

Quando?

                                        A chegada do asteroide.

Aí eles teriam sido
extintos à noite.

                                      Mas o que eles teriam visto?

Um buraco noturno em um céu noturno?

                                  E como você acha que isso pareceria?

Talvez como nada?

Nos anos seguintes trocariam mensagens curtas e e-mails, todos com notícias breves e diretas, a maioria sobre os filhos, sempre sem tom ou tangentes. Tamir não foi ao bar-mitzvá de Max, nem ao de Benjy, nem ao casamento de Julia (apesar de ela ter feito um convite gentil, reforçado por Jacob) e nem aos funerais de Deborah e de Irv.

Depois da primeira visita dos meninos à casa nova — o primeiro e pior dia do resto da vida dele —, Jacob fechou a porta, se deitou com Argos por meia hora, dizendo ao cão que ele era um bom cachorro, o melhor cachorro, e depois se sentou com uma xícara de café que cedeu seu calor ao ambiente enquanto Jacob escrevia um e-mail longo para Tamir, que nunca seria enviado, e depois se levantou com as chaves na mão, finalmente pronto para ir ao veterinário. O e-mail começava: "Perdemos, mas perdemos."

Parte da perda era fazer concessões. Outra parte era ter coisas tomadas de si. Jacob sempre se surpreendia com o que acabava segurando e o que ele soltava sem protestar — com o que sentia que era dele, o que ele sentia que precisava.

E aquele exemplar de *Desonra*? *Ele* tinha comprado aquele livro — lembrava de tê-lo encontrado no sebo da Great Barrington em algum verão; lembrava até da bela coleção de peças de Tennessee Williams que não comprou porque Julia estava com ele e Jacob não queria ser forçado a problematizar seu desejo de ter livros que não tinha intenção alguma de ler.

Julia tinha tirado *Desonra* da mesa de cabeceira de Jacob alegando que o livro tinha ficado ali, intocado, por mais de um ano. (A palavra que ela usou foi *intocado*. Jacob teria dito *ainda não lido*.) Por ter sido quem comprou, será que Jacob tinha direito a ficar com o livro? Ou esse direito era de Julia, por ter lido o livro – tocado nele? Eram pensamentos lamentáveis. O único jeito de se poupar era abrir mão de tudo, mas só uma pessoa mais iluminada ou estúpida esfregaria as mãos, pensando *são apenas coisas*.

E aquele vaso azul no consolo da lareira? Jacob ganhara de presente dos pais de Julia. *Jacob*, não os dois. Tinha sido um presente de aniversário. Ou Dia dos Pais. Jacob se lembrava ao menos de ter sido um presente dado *nas mãos dele*, incluindo um cartão com o nome *dele*, que tinha sido cuidadosamente escolhido para *ele*, porque os sogros se orgulhavam de conhecê-lo, o que, justiça seja feita, era verdade.

Seria, de alguma maneira, pouco generoso assumir como propriedade algo que tinha sido pago pelos pais dela e que, embora tenha sido inegavelmente dado a *ele*, era um presente para a casa que dividiam? E, por mais bonito que fosse o vaso, será que ele queria aquela energia psíquica em seu santuário, símbolo de um novo começo? Será que aquele vaso daria mesmo às suas flores a melhor chance de desabrochar?

Jacob conseguiu abrir mão da maior parte das coisas:

Amava a Grande Poltrona Vermelha, em cujo veludo cotelê havia se enroscado quase todas as vezes em que leu um livro ao longo de uma dúzia de anos. Teria absorvido alguma coisa? Assumido qualidades adicionais para além da próprioa *poltronidade*? Seria a mancha de suor no encosto o único vestígio daquela experiência toda? O que estaria preso nos seus vincos largos? *Abra mão*, ele pensou.

Os talheres de prata. Tinham levado comida até a boca de Jacob, até a boca dos seus filhos. A mais fundamental de todas as atividades humanas, sem a qual não conseguimos viver. Jacob havia lavado cada talher na pia antes de colocar na máquina de lavar louça. Tinha desentortado colheres depois das tentativas desengonçadas de Sam de praticar a telecinese; e tinha usado facas para abrir tampas de latas de tinta e raspar os sei lá quê endurecidos grudados na pia; e conduzido garfos pelas costas para coçar uma comichão fora do alcance. *Abra mão. Abra mão de tudo até que nada mais reste.*

Os álbuns de fotos. Gostaria de ter ficado com alguns. Mas não podiam ficar separados, nisso eram como os volumes da *Enciclopédia Grove de arte*. E não se podia negar que Julia havia tirado quase todas as fotos: era só observar a ausência dela nas imagens. Nesse caso, seria a ausência uma garantia de propriedade?

A tabela de crescimento, inscrita na moldura da porta. No Ano-Novo e no Ano-Novo Judaico, Jacob fazia todo um auê chamando a todos para serem medidos. Ficavam de pé, bem eretos, contra a porta, nunca na ponta dos pés, mas sempre desejando mais altura. Jacob pressionava na moldura uma caneta de retroprojetor preta, rente à cabeça deles, e desenhava uma linha de cinco centímetros. Ao lado, as iniciais e a data. A primeira medida era SB 01/01/05. A última era BB 01/01/16. Entre elas, umas duas dúzias de linhas. Com o que aquilo se parecia? Uma escada minúscula para anjos minúsculos descerem e subirem? Os trastes de um instrumento que tocava o som da vida passando?

Jacob teria se contentado em não levar nada e simplesmente recomeçar do início. *São apenas coisas*. Mas não seria justo. Mais do que isso: seria injusto. Sem demora, justiça e injustiça ganharam mais importância do que as próprias coisas. A aflição atingiu o ápice quando eles começaram a falar sobre quantias de dinheiro que simplesmente não tinham importância. Em uma tarde de primavera, com flores de cerejeira presas na janela, o dr. Silvers disse a ele: "Sejam quais forem as condições da sua vida, você nunca vai ser feliz se usar a palavra *injusto* tantas vezes assim." Então tentou abrir mão de tudo — das coisas e das ideias que imbuía nas coisas. Começaria de novo.

As primeiras compras para a casa nova foram camas para os meninos. Como o quarto de Benjy era meio pequeno, ele precisava de uma cama com gaveteiro. Talvez fossem mesmo difíceis de achar, ou talvez Jacob tenha dificultado a tarefa. Após três dias inteiros pesquisando na internet e visitando lojas, acabou conseguindo um móvel decente (de uma loja batizada como Design ao seu Alcance, um nome incorreto e ofensivo), de carvalho maciço, que custou mais de três mil dólares. *Mais* impostos, *mais* a entrega.

A cama obviamente precisava de um colchão — mais óbvio do que isso impossível —, e o colchão obviamente tinha de ser orgânico — menos óbvio do que isso impossível —, porque Julia perguntaria isso e então, sem confiar nele, tiraria os lençóis para conferir. Jacob teria morrido se dissesse: "Escolhi uma coisa mais simples"? Sim, teria. Mas por quê? Por medo de decepcioná-la? Por medo dela? Porque Julia estava certa e faria mesmo diferença em quais produtos químicos seus filhos passariam metade da vida encostando a cabeça? Mais mil dólares.

O colchão precisava de lençóis, obviamente, mas primeiro precisava de um protetor de colchão, porque mesmo que Benjy estivesse ultrapassando a fase dos acidentes noturnos, ainda oferecia perigo — Jacob se deu conta de que o divórcio poderia até dar vazão a um retrocesso — e um acidente poderia, sozinho, efetivamente arruinar o colchão orgânico de mil dólares. E aí se foram mais cento e cinquenta dólares. E então os lençóis. O plural não é somente para os vários tipos de lençol que definem um jogo de cama, mas também para um segundo jogo de cama, porque é isso que as pessoas fazem quando compram roupa de cama. Jacob se via frequentemente à mercê desse tipo de lógica: isto tem de ser feito de tal e tal modo porque tem de ser assim, porque é o que as pessoas fazem. As pessoas compram duas peças de talher para cada uma que vão usar de fato. As pessoas compram vinagres esotéricos para usar em saladas que talvez só preparem uma vez, e olhe lá. E por que a funcionalidade do garfo é tão pouco reconhecida? Quem tem um simples garfo não precisa ter um batedor, uma espátula, pegador de salada (dois garfos, no caso), um "amassador" ou praticamente qualquer outro utensílio de cozinha altamente especializado cuja função verdadeira é ser comprado. Jacob encontrou seu tipo de paz quando resolveu que, no fim das contas, compraria coisas de que não precisava, então compraria exemplares de má qualidade.

Imagina chegar ao além e não saber se você vai para o céu ou para o inferno.

— Com licença — você pergunta para um anjo que estava passando ali. — Onde eu estou?

— Por favor, pergunta ao anjo ali no balcão de informações.

— E onde seria isso?

Mas ele já foi embora.

Você olha em volta. Céu seria uma boa aposta. Inferno seria uma boa aposta. E a IKEA era assim.

Quando enfim terminou de preparar a casa nova para os meninos, Jacob já tinha feito meia dúzia de viagens até a IKEA, e mesmo assim não conseguia definir, em retrospecto, se tinha amado ou odiado a experiência.

Odiava as chapas de aglomerado, as estantes que precisavam de livros para não saírem flutuando.

Amava imaginar a análise cuidadosa certamente empregada a cada detalhe — o tamanho mais curto possível que ainda mantivesse a funcionalidade de uma cavilha que será reproduzida oitenta milhões de vezes — para conseguir vender coisas a preços quase mágicos.

Odiava a experiência de passar por alguém cujo carrinho não apenas tinha um conteúdo quase idêntico ao dele, mas também tinha sido organizado de maneira idêntica. E odiava os carrinhos: três inimigos mortais e uma roda com problema de paralisia, e raios de giro de arco-íris — não em formato de arco-íris, mas arco-íris de fato.

Amava os objetos inesperados — com belo design, nomes perfeitos e ainda por cima feitos com materiais mais densos do que creme de barbear. Aquele conjunto de pilão e socador Ädelsten de mármore negro. Seria um produto deficitário para encorajar outras compras? Um ato de amor?

Odiava a máquina que esmurrava a pobre cadeira repetidas vezes, esmurrava o dia inteiro e provavelmente a noite inteira, confirmando tanto a resiliência da cadeira quanto a existência do mal.

Jacob se sentou em um sofá — com estofado verde aveludado recheado de seja lá o que for o oposto de algas marinhas e crina de pônei — e fechou os olhos. Andava com dificuldades para dormir. Havia muito tempo. Mas ali ele se sentia bem. Apesar do rio de desconhecidos passando pela sua frente, e às vezes se sentando ao seu lado para testar o conforto do sofá, Jacob se sentia seguro. Estava em seu próprio mundo naquele mundo que estava em seu próprio mundo dentro do mundo. Todo mundo estava procurando alguma coisa, mas havia uma oferta infinita, o que permitia que ninguém precisasse ser gratificado à custa de outrem — não havia necessidade de brigar ou contrariar. E daí que faltava alma naquilo tudo? Talvez o céu não fosse ocupado por almas, mas esvaziado delas. Talvez aquilo fosse justiça.

Foi acordado por algo que de início pensou que fosse uma pancada da máquina depravada, como se sua resiliência estivesse sendo violentamente desafiada repetidas vezes. Mas era apenas um tapinha de um anjo camarada.

— Estaremos fechando em dez minutos — ela disse.
— Ah, mil desculpas — ele respondeu.
Ela perguntou: — Pelo quê?

Na época do terremoto, Jacob descia as escadas todas as manhãs se perguntando não *se* Argos tinha feito cocô, mas onde e com que estado de solidez. Era um jeito horrível de começar o dia e Jacob sabia que não era culpa de Argos, mas, quando o tempo urgia e os meninos não estavam cooperando roboticamente, cocô em quatro lugares da casa podia causar um ataque de nervos.

— Jesus Cristo, Argos!

E em seguida algum dos meninos já saía em defesa de Argos: — Ele não consegue se segurar.

E então Jacob se sentia péssimo.

Argos fez manchas de Rorschach em tapetes persas e orientais, realocou o conteúdo de móveis estofados para armários e o próprio estômago, arranhou pisos de madeira como se fosse Grand Wizard Theodore, DJ inventor do *scratch*. Mas ele era o cachorro deles.

Tudo teria sido bem mais fácil se Argos estivesse sofrendo — não apenas sentindo desconforto, mas dor profunda. Ou se um veterinário conseguisse achar um câncer, uma doença de coração ou insuficiência renal.

Quando Jacob informou que estava indo lutar em Israel, Julia disse que primeiro ele teria de sacrificar Argos. Ele não fez isso, e ela não tocou mais no assunto. Mas quando ele voltou para casa depois de não ir para Israel, aquilo virou uma ferida aberta, embora invisível.

Nos meses que se seguiram, o estado de Argos piorou, junto com todas as outras coisas. Começou a ganir sem nenhuma razão aparente, vagar a esmo antes de se sentar e comer cada vez menos, até quase parar de se alimentar.

Julia e os meninos chegariam a qualquer minuto. Jacob vagava pela casa notando as imperfeições, colocando itens na lista mental infinita de coisas a serem resolvidas: o rejunte rachado perto do chuveiro que não parava de pingar; a mancha de tinta na junção da parede do corredor com o piso; a saída de ar amassada no teto da sala de jantar; a janela emperrada no banheiro.

A campainha tocou. E tocou de novo. E tocou de novo.

— Já vai! Já vai!

Jacob abriu a porta e topou com sorrisos.

— Sua campainha é esquisita — disse Max.

Sua campainha.

— É meio esquisita mesmo. Mas esquisita legal? Ou esquisita ruim?

— Esquisita legal, acho — disse Max, e talvez fosse mesmo a opinião dele, mas talvez só estivesse sendo generoso.

— Entrem — disse Jacob. — Entrem. Tem um monte de lanches legais: *Cheddar Bunnies*; o queijo trufado que você gosta, Benjy; aqueles nachos de limão, Max. E a coleção inteira de sodas italianas: *aranciata, limonata, pompelmo,* tangerina.

— Obrigado, a gente já comeu — respondeu Sam, sorrindo como se estivesse posando para uma foto de família.

— Nunca nem ouvi falar de *pompelmo* — disse Max.

— Nem eu — respondeu Jacob. — Mas tem.

— Adorei o lugar — disse Julia, com sinceridade, de forma convincente, apesar de ser uma frase pronta. Tinham ensaiado essa visita, assim como tinham ensaiado a conversa do divórcio e da nova agenda com a alternância entre as duas casas, e tantas outras experiências dolorosas demais para se ter somente uma vez.

— E aí, vocês querem um tour? Ou preferem explorar sozinhos?

— Explorar, acho — disse Sam.

— Podem ir. Os nomes de vocês estão nas portas dos quartos, não tem erro.

Jacob ouviu a própria voz.

Os meninos subiram, devagar, deliberadamente. Não disseram nada, mas Jacob podia ouvi-los tocando coisas.

Julia ficou no térreo e esperou os meninos chegarem ao terceiro andar antes de dizer: — Por enquanto, tudo ótimo.

— Você acha?

— Acho — ela confirmou. — Mas as coisas têm seu tempo.

Jacob se perguntou o que Tamir acharia da casa, se a visse. O que Isaac acharia? Ele se poupou da mudança para o Asilo Judaico sem saber que também estava se poupando da mudança de Jacob — e poupando Jacob.

Jacob levou Julia até o que se tornaria a sala de estar — naquele momento, mais vazia do que se nunca tivesse tido paredes que a delimitassem. Eles se sentaram no único móvel da sala, o sofá verde em que Jacob tinha dormido algumas semanas antes. Não exatamente o mesmo sofá, mas um de seus dois milhões de gêmeos idênticos.

— Empoeirado — disse Julia. E completou: — Desculpa.

— Não, é verdade. Tá horrível.

— Você tem aspirador?

— Tenho um igual ao nosso — disse Jacob. — Ao que *era* nosso? Ao *seu*? E também passo esfregão. Toda hora. Ou pelo menos *parece* toda hora.

— Tem poeira no ar, da reforma. Acumula.

— Como acontece isso de ficar poeira no ar?

— Só continue fazendo o que você já está fazendo — ela disse.

— E esperando um resultado diferente? Não é a definição de insanidade?

— Você tem um espanador da Swiffer?

— Como é?

— Vou dar um pra você. São muito úteis.

— Posso comprar se você mandar o link.

— Aí é mais fácil eu comprar.

— Obrigado.

— E o Argos? Você está tranquilo?

— Não.

— Mas deveria.

— Meus sentimentos nunca se preocuparam com o que deveriam ser.

— Você é uma boa pessoa, Jacob.

— Comparado com quem?

— Comparado com outros homens.

— Parece que estou tentando recolher água com uma peneira.
— Se a vida fosse fácil, todo mundo viveria.
— Todo mundo vive.
— Pensa em quantos trilhões de trilhões de pessoas nunca nascem para cada uma que nasce.
— Ou basta pensar no meu avô.
— Penso sempre — ela disse. Os olhos de Julia se ergueram e esquadrinharam a sala. — Não sei se é irritante ou útil quando eu menciono as coisas...
— Por que tão binária?
— Certo. Bem. As paredes são meio escuras.
— Eu sei. São mesmo, né?
— Abatidas.
— Contratei um colorista.
— Tá brincando.
— Usei aquela tinta que você gosta. Farrow sei lá o quê.
— Farrow and Ball.
— E ofereceram um serviço de colorista. Presumi que fosse cortesia, pela quantidade de tinta cara que comprei. E depois recebi uma conta de dois mil e quinhentos dólares.
— *Não.*
— Sim. Dois mil e quinhentos dólares. E me sinto morando embaixo de um quepe da União.
— Oi?
— Aqueles chapéus da Guerra Civil. Andei ouvindo a história da...
— Você devia ter me pedido.
— Você é cara demais pra mim.
— Eu faria *pro bono*.
— Meu pai não ensinou a você que não existe colorista grátis?
— Tem papel pra todo lado — disse Benjy, descendo a escada. Parecia animado, destemido.
— Pra proteger o piso enquanto terminam a obra — Jacob explicou.
— Vou tropeçar toda hora.
— Os papéis vão ter ido embora faz tempo quando você vier morar aqui. Os papéis no chão, as escadinhas de ferro, a poeira. Tudo isso vai ter saído.
Max e Sam desceram.
— Posso ter um frigobar no quarto? — perguntou Max.

— Com certeza — respondeu Jacob.
— Pra quê? — Julia quis saber.
— Vocês não acham que tem papel demais no chão? — Benjy perguntou aos irmãos.
— Pra colocar todas aquelas sodas italianas.
— Acho que seu pai quis que as sodas fossem uma coisa especial pra primeira vez que vocês viessem aqui.
— Pai?
— Certamente não seria algo pra todo dia.
— Sam, você não acha ruim esse papel no chão?
— Tá bom, é pra eu guardar os ratos mortos.
— Ratos mortos?
— Dei sinal verde pra ele ter uma jiboia — disse Jacob. — E é isso que elas comem.
— Na verdade acho que teriam que ser congelados — disse Max. — E acho que essas geladeirinhas não têm congelador.
— Pra que você quer uma jiboia? — perguntou Julia.
— Porque eu sempre quis uma jiboia, elas são demais, e meu pai disse que com a casa nova a gente podia comprar uma.
— Por que ninguém tá nem aí pra eu ficar tropeçando? — perguntou Benjy.
E então Sam, que tinha ficado em silêncio por um tempo estranhamente longo, disse: — Meu quarto parece legal. Obrigado, pai.
E essa foi a coisa mais difícil de ouvir para Jacob. Julia viu que ele precisava de ajuda e interveio.
— Olha só — ela disse, batendo uma das mãos contra a outra e levantando mais poeira sem querer —, eu e seu pai achamos que seria legal dar um nome pra esta casa.
— Não é só A Casa do Papai?
— Isso — disse Jacob, se recompondo com uma imitação de otimismo. — Mas a gente quer que todo mundo pense nela como uma das duas casas da família.
— Sim, a casa onde você mora. E a outra é a casa onde a mamãe mora.
— Eu não gosto desta casa — disse Benjy, verbalmente cortando os cabos dos freios emocionais de Jacob.
— Você vai gostar — respondeu Julia.
— Eu não gosto desta casa.

— Prometo que depois você vai gostar.

Jacob se sentiu patinando. Era injusto ter de se mudar, injusto ser visto como aquele que foi embora; era injusto que toda essa poeira em volta fosse dele. Mas também sentiu sua dependência da iniciativa de Julia. Não conseguiria fazer o que estava fazendo sem ela. Sem ela, não conseguiria viver sem ela.

— Vai ser ótimo — ela continuou, como se pudesse ficar soprando seu otimismo dentro do balão furado da felicidade de Benjy para impedir que perdesse a forma. — Seu pai disse que lá em cima tem até lugar pra colocar uma mesa de pingue-pongue.

— Cabe sim — disse Jacob. — E ando fuçando no eBay pra ver se acho uma máquina antiga de *skeeball* pra comprar.

— Vocês sabiam — disse Sam, animado de repente — que *fuçar* vem de *focinho*? Que nem *fuça*?

— Não sabia — respondeu Max, grato por aquele naco de conhecimento. — Que legal.

— Né?

Aquele momento de normalidade sugeria uma vida normal.

— O que é *skeeball*? — Benjy quis saber.

— É uma mistura de jogo de boliche com dardos — Sam explicou.

— Não consigo imaginar.

— Tem no Chuck E. Cheese.

— Ah, tá.

Uma vida normal? Seria essa ambição a justificativa da confusão toda?

— E que tal Casa Arcade? — sugeriu Max.

— Fica muito Arcade Fire — disse Sam.

— Tem muita poeira — disse Benjy.

— A poeira não vai estar aqui.

— E que tal Casa Davenport?

— Por quê?

— Porque fica na rua Davenport.

— Parece nome de casa velha.

— Não sei qual o problema de chamar de Casa do Papai — Sam protestou. — A gente pode fingir que é outra coisa, mas é isso que ela é.

— Casa do Papel — disse Benjy, um pouco para si, um pouco para ninguém.

— Hein?

— Porque tem um monte de papel pra todo lado.

— Mas o papel vai ter ido embora quando você vier morar aqui — repetiu Jacob.

— E a gente usa papel pra escrever, e você é escritor.

— Ele escreve no computador — disse Sam.

— E papel rasga e queima muito fácil.

— Por que você vai querer que a casa tenha o nome de uma coisa que rasga e queima fácil?

— Dá um tempo, Max.

— O que foi que eu disse?

— Deixa pra lá — disse Jacob. — A gente pode só chamar de 2328, por causa do endereço.

— Não — disse Julia —, nada de deixar pra lá. É uma ideia legal e aqui temos cinco pessoas inteligentes. A gente consegue.

As cinco pessoas inteligentes pensaram. Empregaram sua inteligência em algo que, no fim, não era uma questão de inteligência, como usar chave Phillips em palavras cruzadas.

Algumas religiões enfatizam a ideia de paz interior, outras a rejeição do pecado, outras o louvor. O judaísmo enfatiza a inteligência — em termos textuais, ritualísticos e culturais. Tudo é aprendizado, tudo é preparação, perpetuamente enchendo a caixa de ferramentas da mente até que estejamos preparados para qualquer situação (e que a caixa fique pesada demais para ser carregada). Os judeus representam 0,2% da população mundial, mas ganharam 22% de todos os Prêmios Nobel — 24% se não contarmos o Nobel da Paz. E, como não existe Nobel por Não Ter Sido Exterminado, por uma década os judeus não tiveram muita chance com esse prêmio, então a porcentagem, na prática, é ainda maior. Por quê? Não porque os judeus sejam mais inteligentes do que os outros; é porque os judeus dão maior importância aos tipos de coisa premiadas por Estocolmo. Os judeus treinam para o Prêmio Nobel há milhares de anos. Mas se existissem Prêmios Nobel para Contentamento, para Sentir Segurança ou para a Capacidade de Abrir Mão, aqueles 22% — 24% sem a Paz — precisariam de um paraquedas.

— Ainda acho que a gente devia chamar de Casa do Papai — Sam insistiu.

— A casa não é só minha. É nossa.

— Não dá pra chamar de Nossa Casa — disse Sam — porque a outra casa também é nossa casa.

— Casa do Relógio?

— Por quê?
— Não sei.
— Casa *Pompelmo*?
— Casa Anônima?
— Casa do Pó?
— Depois a gente continua — disse Julia ao conferir as horas no telefone. — Preciso levar esses carinhas pra cortar o cabelo.
— Certo — disse Jacob, consciente do inevitável, e querendo adiá-lo, mesmo que só por mais alguns minutos. — Alguém quer fazer um lanche ou tomar alguma coisa antes?
— A gente vai se atrasar — disse Julia. E continuou: — Todo mundo dando tchau pro Argos.
— Até mais, Argos.
— Tchau, Argos.
— Um tchau *dos bons* — ela disse.
— Por quê?
— Vai ser a primeira noite dele na casa nova — disse Jacob.
— Casa Nova? — sugeriu Sam.
— Pode até ser — disse Jacob. — Mas não vai ser nova por muito tempo.
— A gente pode mudar o nome quando chegar a hora — respondeu Sam.
— Como a Sinagoga Velha-Nova em Praga — disse Julia.
— Ou se mudar — sugeriu Benjy.
— Chega de mudança — pediu Jacob.
— A gente tem que ir — disse Julia para os meninos.
Todos disseram tchaus dos bons para Argos, e Julia se ajoelhou e ficou cara a cara com o cachorro. — Se cuida, peludão.
Ela não demonstrou nada, nada que Jacob pudesse ver. Mas ele via. Não conseguiria descrever o que deu a dica — o rosto dela não mostrou nada, o corpo não mostrou nada e não havia nada na voz dela —, mas Julia escancarou tudo. Jacob só conseguia lidar com repressão. Julia era capaz de compostura. E ele admirava isso. Ela conseguia pelos meninos. Conseguia por Argos. Mas como ela conseguia?
— OK — disse Jacob.
— OK — disse Julia.
— Já sei o que a gente devia fazer — falou Benjy.
— Ir embora — respondeu Julia.

— Não. A gente devia andar pela casa com os olhos fechados. Que nem a gente fazia no *Shabat*.
— Que tal a gente fazer isso da próxima vez? — Jacob sugeriu.
Sam deu um passo à frente, ao espaço de sua condição de adulto.
— Pai, a gente pode fazer isso por ele.
E, com isso, Julia soltou a bolsa. E Jacob tirou as mãos dos bolsos. Ninguém ficou observando os outros fecharem os olhos, pois trairia o espírito do ritual. E ninguém espiou, porque existia um instinto mais forte do que aquele instinto.

Primeiro foi divertido; foi engraçado. A nostalgia era terna e imaculada. Os meninos tropeçaram em coisas de propósito, fizeram barulhos de garoto e riram muito. Mas depois, sem que ninguém tivesse a intenção, ou notasse a mudança, um silêncio se instalou. Ninguém parou de falar, mas ninguém mais falou. Ninguém segurou o riso, mas ninguém mais riu. Assim ficaram por um bom tempo — pareceu uma quantidade de tempo diferente para cada um —, os cinco que nem fantasmas, ou exploradores, ou recém-nascidos. Ninguém soube se o braço de alguém estava esticado como proteção. Ninguém soube se alguém engatinhou ou estendeu a perna para identificar obstáculos ou passou o dedo na parede que mantinha à sua direita o tempo todo. O pé de Julia encostou no pé de uma cadeira dobrável. Sam encontrou um interruptor, fez um gesto de pinça em volta dele com o polegar e o indicador, procurou o ponto entre ligado e desligado. Max sentiu um arrepio quando suas mãos exploraram a superfície do fogão. Julia abriu os olhos; foram recebidos pelos olhos abertos de Jacob.

— Já sei — Benjy anunciou, já com idade suficiente para saber que o mundo não desaparece quando não estamos olhando para ele.
— Sabe o quê? — Julia perguntou do outro lado da sala, sem trair o filho ao olhar para ele.
— Casa das Lamentações.

Jacob não precisava de mais nada ao fazer sua última incursão à IKEA. Só estava tão acostumado com a IKEA satisfazendo suas vontades — toalhas de mão para o banheiro do segundo andar, um vaso de plantas, porta-retratos de acrílico — que passou a acreditar que a IKEA conhecia suas necessidades melhor do que ele, da mesma maneira que marcava check-ups porque o médico saberia melhor do que Jacob se ele estava doente.

Comprou um banco-escada vermelho, um espremedor de alho, três escovas de vaso sanitário, um varal de roupas, um escorredor de pratos, meia dúzia de caixas organizadoras de feltro que seriam perfeitas para alguma função ainda desconhecida, um nivelador (apesar de nunca, nem uma única vez nos últimos quarenta e dois anos, ter precisado de um nivelador), um capacho, duas bandejas de correspondência, luvas de forno, vários potes de vidro com tampa hermética para guardar (e exibir de forma atraente) coisas como feijão, lentilha, ervilha, milho de pipoca, quinoa e arroz, mais cabides, fios de luzinhas e LED para conectar os cantos do quarto de Benjy, lixeiras de pedal para cada um dos banheiros, um guarda-chuva vagabundo que não sobreviveria a dois temporais e sim a um. Estava no meio da seção de têxteis, passando os dedos estendidos por um pelego sintético, quando ouviu seu nome.

— Jacob?

Ele se virou e viu uma mulher bastante bela: olhos castanhos ternos como couro velho; um relicário de ouro que conduziu seu olhar para o início de um decote não mosqueado; pulseiras que caíam até a metade das mãos, como se ela já tivesse sido maior. O que havia no relicário? Jacob a conhecia, ou já a tinha conhecido.

— Maggie — ela disse. — Silliman.

— Oi, Maggie.

Ela sorriu um sorriso que empurraria mil navios até o porto.

— Dylan e Sam frequentaram o mesmo maternal. A turma da Leah e da Melissa.

— Sim. Claro.

— Dez anos atrás — ela comentou, delicada.

— Não, eu me lembro.

— Achei que tinha visto você. Lá atrás, nas salas de estar. Mas depois perdi você na confusão. E não tinha certeza. Mas agora, por aqui, percebi que era você mesmo.

— Ah.

— Que alívio ver que você está em casa.

— Ah, eu não moro aqui — Jacob respondeu, o reflexo de entrar em modo de flerte estimulando o pensamento de que talvez ela fosse a mãe cujo marido tivera um aneurisma no meio do ano letivo. — Só comprando umas coisinhas pra minha casa de verdade.

Ela não riu. Estava visivelmente comovida. Será que era a pessoa para quem Julia costumava levar comida pronta?

— Vi uma lista de todo mundo que foi.
— Foi?
— Pra Israel. Penduraram do lado de fora do santuário.
— Eu não sabia — Jacob respondeu.
— Eu nunca rezava. Nunca. Mas comecei a ir. Eu e muita gente. Quase todas as manhãs, o santuário ficava cheio. E, enfim, eu olhava a lista todo dia.

Jacob pensou: *Ainda posso dizer a verdade, mas só se for agora. Depois disso um mal-entendido vai se transformar em uma mentira pior do que aquilo que está escondendo no momento.*

— Eu não fazia ideia — falou.

E outras mentiras menores estão disponíveis (me dispensaram no aeroporto), e até meias-verdades (surgiu uma crise na minha casa que precisava mais da minha presença do que a crise lá fora).

— Eram duas listas, na verdade: uma com os nomes dos que foram lutar e outra com os nomes dos que morreram. Todo mundo que estava na segunda lista estava na primeira, claro.

— Olha, bom ver você de novo — disse Jacob, odiando a verdade, odiando a mentira, e ignorante de qualquer outra coisa entre os extremos.

— Nunca tiraram as listas de lá. Será que é pra ser um tipo de memorial? Ou porque a guerra acabou, mas, de certa forma, não terminou?

— Vai saber.

— O que você fez? — ela perguntou.

— Como assim?

— Em Israel. Você era da logística? Da infantaria? Não conheço os termos.

— Servi em uma unidade de tanques.

Ela arregalou os olhos.

— Deve ter sido assustador ficar dentro de um tanque.

— Fora do tanque era bem pior.

Ela não riu. Levou os dedos aos lábios e disse: — Você não dirigiu o tanque, né?

— Não. Isso precisa de bastante treinamento e experiência. Eu recarregava a munição.

— Parece cansativo.

— É, acho que era.

— E você entrou em combate? É assim que se fala? *Entrar em combate?*

— Também não sei como falar dessas coisas. Eu era só um corpo. Mas, sim, eu entrei em combate. Acho que todo mundo fez isso.

A frase avançou, mas a mente dele continuou em *eu era só um corpo*.

— Alguma vez você sentiu que estava correndo sério perigo?

— Não sei se estava sentindo muita coisa. Pode ser um clichê, mas não dava tempo de ficar com medo.

Sem olhar para baixo, ela segurou o relicário entre o polegar e o indicador. Sua mão sabia exatamente o ponto em que estaria.

— Desculpa — ela disse. — Estou fazendo perguntas demais.

— Não, não é isso — ele respondeu, agarrando a oferta de contrição como uma rota de fuga. É que eu preciso ir embora a tempo de buscar o Sam.

— Ele está bem?

— Está ótimo. Obrigada por perguntar. E o...

— Dylan.

— Claro.

— O Dylan tá tendo algumas dificuldades.

— Ah, poxa. Que coisa.

— Quem sabe — ela começou a dizer, mas afastou a ideia.

— O quê?

— Eu só ia dizer que, quem sabe, se não for pedir demais, você podia aparecer lá em casa algum dia desses.

— Tenho certeza de que o Sam adoraria.

— Não — ela disse, e uma veia do pescoço ficou subitamente visível, ou foi subitamente percebida. — *Você*. Eu quis dizer só você.

Jacob não entendia mais nada. Seria possível que ela fosse tão descarada quanto soava? Ou ela se confundiu e achou que ele fosse um dos pais que era psicólogo infantil, assim como ele tinha achado que ela fosse a esposa de uma vítima de aneurisma? Sentia atração por ela, sentia desejo, mas aquilo tinha de parar por ali.

— Claro — ele disse. — Posso ir visitar um dia.

— Pode ser que, ouvindo você falar sobre as suas experiências, as coisas fiquem menos abstratas pra ele. Menos assustadoras. Acho que parte da dificuldade no momento é que não se sabe detalhe nenhum.

— Faz sentido.

Ainda que não fizesse.

— Não vai ser preciso roubar muito do seu tempo. Não estou pedindo pra você bancar o pai nem nada.

— Nem me passou pela cabeça.
— Você é um homem bom — ela disse.
— Não sou não — ele disse.

E então, enfim, ela riu. — Bom, acho que só você sabe a verdade. Mas você parece bom.

Uma vez Benjy chamou Jacob de volta para o quarto depois de ter sido colocado para dormir e perguntou: — Tem coisas que não têm nome?

— Claro — disse Jacob. — Muitas coisas.
— Tipo o quê?
— Tipo esta cabeceira.
— O nome é cabeceira.
— Ela é uma cabeceira. Mas não tem um nome próprio.
— Verdade.
— Boa noite, meu amor.
— Vamos dar uns nomes?
— Essa foi a primeira tarefa do homem, sabia?
— Hã?
— Adão. Desde Adão e Eva. Deus mandou eles darem nomes pros animais.
— A gente deu o nome do Argos.
— É verdade.
— Mas o primeiro homem era um macaco, né? Foi ele que se deu o próprio nome, então?
— Pode ser.
— Eu quero dar nome pra tudo.
— Isso daria um trabalhão.
— E daí?
— Tudo bem. Mas começa amanhã.
— Tá.

Jacob foi até a porta e esperou, como sempre, e Benjy o chamou de volta, como sempre.

— Oi?
— Tem nomes que não têm coisas?

Nomes, como os nomes nas lápides do gueto do suicídio. Nomes, como os nomes no memorial de parede que Jacob tinha reorganizado para formar palavras. Nomes, como os nomes da sua série de TV que nunca seria compartilhada com ninguém. Jacob tinha escrito milhares e milhares de páginas sobre a própria vida, mas só naquele momento, com o pulso dela visível no pescoço, sua escolha finalmente visível, ele questionou se era mesmo digno de uma palavra.

— Tá bom — ela disse, e sorriu, e assentiu, e deu meio passo para trás. — Por favor, manda um oi pra Julia.

— Pode deixar — disse Jacob.

Jacob deixou o carrinho transbordante onde estava, seguiu as setas de volta, passando por SALA DE ESTAR, ESCRITÓRIO, COZINHA, SALA DE JANTAR e QUARTO até o estacionamento. Foi direto para a sinagoga. De fato, as listas ainda estavam lá. Mas o nome dele não estava entre os que tinham ido. Ele conferiu duas, três vezes.

Então o que tinha acabado de acontecer?

Será que ela havia se confundido?

Ou talvez tenha visto no jornal a fotografia de Islip e se lembrou da imagem, achando que estava se lembrando do nome.

Talvez estivesse dando a Jacob o benefício da dúvida?

Talvez soubesse de tudo e estivesse destruindo a vida que ele salvou?

Com a mão que havia cortado três cordões umbilicais, ele tocou nos nomes dos mortos.

— Só você sabe a verdade — ela havia dito.

Dezenas de veterinários bem mais próximos do que Gaithersburg, em Maryland, não tinham sido consultados — parecia essencial falar com alguém diferente, tanto por Argos quanto por Jacob —, mas Jacob precisava tomar alguma distância de casa.

A caminho de lá, levou Argos até um McDonald's. Depois foi com a comida até uma colina gramada ali por perto e ofereceu os McNuggets, mas Argos rejeitou. Jacob ficou fazendo carinho debaixo do queixo do cachorro, do jeito que ele gostava.

A vida é preciosa, pensou Jacob. *Esse é o pensamento mais importante de todos, e o mais óbvio, e o mais difícil de se lembrar de ter*. Pensou: *Como minha vida teria sido diferente se eu tivesse pensado nisso antes de me ver obrigado*.

Seguiram caminho com janelas parcialmente abertas e o *podcast* "História Extrema: Projeto para o Armagedom II" de Dan Carlin rugindo no som do carro. No contexto de um argumento sobre o significado da Primeira Guerra Mundial, Carlin falou sobre o conceito de Grande Filtro — o momento em que uma civilização se torna capaz de autodestruição.

Muitos apontam 1945 e o uso de armas nucleares como o Grande Filtro. Carlin argumentava que o ano correto era 1914, com a proliferação global de guerras mecanizadas. Depois fez uma pequena digressão, como convém a um gênio, sobre o paradoxo de Fermi. Em um intervalo de almoço em Los Alamos, em 1950, um punhado de cientistas dentre os melhores do mundo estava fazendo piadas sobre uma onda recente de supostas aparições de OVNIs. Encarando a questão seriamente, mas nem tanto, desdobraram um guardanapo de papel e tentaram calcular a probabilidade de que exista vida inteligente lá fora. Assumiu-se que existam 10^{24} estrelas no universo observável — dez mil estrelas para cada grão de areia da Terra. Usando as estimativas mais modestas, existem aproximadamente cem bilhões de bilhões de planetas como a Terra — cem planetas para cada grão de areia da Terra. Se, depois de bilhões de anos de existência, um por cento desses planetas desenvolvesse formas de vida e um por cento entre *esses* desenvolvesse vida inteligente, deveriam existir dez milhões de bilhões de civilizações inteligentes no universo — cem mil apenas na nossa galáxia. Claramente, não estamos sós.

Mas então Enrico Fermi, o físico mais brilhante e célebre da mesa, falou pela primeira vez: "Então cadê todo mundo?" Se eles devem estar por aí e não estão por aí, por que não estão por aí? Claramente, estamos sós.

São muitas as reações a esse paradoxo: que existe muita vida inteligente no universo, mas não temos como saber porque estamos tão afastados uns dos outros que as mensagens não conseguem chegar; que os humanos não estão ouvindo direito; que outras formas de vida são alienígenas demais para serem reconhecidas ou para nos reconhecer; que todo mundo está ouvindo, mas não está transmitindo adequadamente. Cada uma delas pareceu a Jacob insuportavelmente poética: *estamos longe demais para as mensagens chegarem; não estamos ouvindo direito; ninguém está transmitindo direito.* E então Carlin voltou à noção de Grande Filtro. Em algum momento, toda civilização vai ter se tornado capaz de autodestruição (de propósito ou por acidente) e terá de encarar um teste ao estilo tudo ou nada — isso se for possível ter a capacidade de cometer suicídio e não cometer suicídio.

Qual teria sido o Grande Filtro de Isaac?

E o de Israel?

E o do casamento de Julia e Jacob?

E o de Jacob?

Estacionou o carro e levou Argos até a porta da clínica. Não era mais necessário usar uma guia. Argos não ia fugir. E, mesmo assim, Jacob quis ter uma guia naquele momento, para não parecer que Argos estava andando sozinho em direção ao próprio fim, sem saber disso. Teria sido horrível conduzi-lo para isso, mas menos horrível.

O lugar se chamava Clínica Esperança. Jacob tinha se esquecido disso, ou nunca tinha se preocupado em saber. Para ele, lembrava uma frase de Kafka: "Ah, existe esperança, uma quantidade infinita de esperança, mas não para nós." Não para você, Argos.

Foram até o balcão da recepção.

— É uma consulta? — perguntou a secretária.

— Sim — respondeu Jacob.

Simplesmente não conseguia. Não estava pronto. Tentaria de novo com o veterinário.

Jacob folheou uma revista sem focar a visão. Lembrou da primeira vez em que um dos filhos reclamou que ele estava olhando para o telefone em vez de olhar pra eles.

— Meu garoto — disse a Argos, coçando a pele debaixo do queixo dele. Será que já tinha chamado o cão de *meu garoto* alguma vez?

O técnico chegou e conduziu os dois para uma sala de exame nos fundos. Como o veterinário estava demorando muito, Jacob ofereceu uns biscoitinhos do pote de vidro no balcão a Argos. Mas Argos rejeitou.

— Você é bonzinho — Jacob disse, tentando soar tão tranquilo quanto Max. — É muito bonzinho.

A gente vive no mundo, pensou Jacob. Esse pensamento sempre parecia se intrometer em tudo, em geral em contraste com o termo *em condições ideais*. Em condições ideais, a gente faria sanduíches em abrigos para os sem-teto todo fim de semana, e aprenderia a tocar instrumentos perto do fim da vida, e pararia de encarar a meia-idade como "perto do fim da vida", e usaria algum recurso mental que não fosse o Google, e algum recurso material que não fosse a Amazon, e aposentaria para sempre a *junk food* e reservaria pelo menos um quarto do tempo e da atenção para os parentes idosos, como eles merecem, e jamais colocaria uma criança diante de uma tela. Mas a gente vive no mundo, e no mundo existem treino de futebol, fonoaudiologia, fazer compras no supermercado, dever de casa e deixar a casa respeitavelmente limpa, e dinheiro, e humores, e fadiga, e também somos apenas seres humanos e seres humanos não apenas precisam como merecem coisas, como um tempinho com um café e o jornal, e encontrar amigos, e espairecer, então, por melhor que seja a ideia, simplesmente não podemos fazer nada disso. Deveríamos, mas não podemos.

Uma e outra e mais uma vez: *a gente vive no mundo*.

Enfim, o veterinário chegou. Era um homem velho, com talvez uns oitenta anos. Velho e com ares de velho: lenço de bolso no jaleco branco, estetoscópio no pescoço. O aperto de mãos surpreendia: tanta maciez a ser percorrida até chegar o osso.

— Em que posso ajudar?
— Eles não explicaram?
— Quem?
— Eu telefonei.
— Por que você mesmo não me conta?

Seria um complô? Como quando obrigam uma jovem a escutar as batidas do coração do feto antes de fazer um aborto?

Jacob não estava pronto.

— Então, meu cachorro está sofrendo faz um tempo.
— Ah, certo — disse o veterinário, clicando a caneta para retrair a ponta com a qual estava prestes a preencher um formulário. — E qual o nome do cachorro?
— Argos.
— É o cão daquele chefe que morreu longe de nós — bramiu o veterinário.
— Nossa.
— Fui professor de literatura clássica em outra vida.
— Com memória fotográfica?
— Isso não existe, na verdade. Mas eu amava Homero. — O veterinário se abaixou aos poucos e apoiou um dos joelhos no chão. — Oi, Argos. — Segurou os lados da cabeça de Argos e olhou nos olhos do cachorro.
— Não é a minha expressão favorita — disse, ainda olhando para Argos.
— *Sacrificar*. Eu prefiro *deixar partir*.
— Eu também prefiro — Jacob disse, mais aliviado do que nunca.
— E você está sentindo dor, Argos?
— Ele fica ganindo muito, às vezes a noite inteira. E tem dificuldade pra se levantar e pra deitar.
— Isso não é bom.
— Está assim faz um bom tempo, mas ficou pior nos últimos seis meses. Quase não come mais. E tem incontinência.

— Nada disso é uma boa notícia.

Notícia. Era a primeira vez desde o terremoto que ele ouvia qualquer outra coisa ser chamada de notícia.

— Nossa veterinária em D.C. deu alguns meses de vida pra ele, mas já passou quase meio ano.

— Você é um guerreiro — o veterinário disse a Argos. — Não é?

Jacob não gostou daquilo. Não gostava de pensar em Argos lutando pela vida que estava prestes a ser roubada dele. E, embora soubesse que era contra a idade e a doença que Argos estava lutando, ali estavam eles: Argos e Jacob, e um veterinário para cumprir o desejo de Jacob em detrimento do desejo de Argos. Não era simples assim, Jacob sabia. Mas também sabia que, em alguma interpretação, era de fato simples assim. Não existe um jeito de comunicar a um cão que é uma pena a gente viver no mundo, mas que é o único lugar em que podemos viver. Ou talvez não exista um jeito de não comunicar isso.

O veterinário olhou nos olhos de Argos por mais alguns momentos, agora em silêncio.

— O que você acha? — perguntou Jacob.

— O que eu acho?

— Dessa situação.

— Acho que você conhece este cachorro melhor do que qualquer outra pessoa, e certamente melhor do que um veterinário velho que passou um total de cinco minutos com ele.

— Certo — disse Jacob.

— Pela minha experiência, e eu tenho muita, as pessoas sabem quando é a hora.

— Nem consigo imaginar saber uma coisa dessas. Mas acho que isso fala mais sobre mim do que sobre o estado do Argos.

— Pode ser.

— Eu *sinto* que está na hora. Mas não *sei* se está na hora.

— OK — disse o veterinário, se levantando. — OK.

Pegou uma seringa em um pote de vidro no balcão — bem ao lado dos biscoitinhos — e uma ampola pequena em um armário.

— O procedimento é muito simples, e garanto que o Argos não vai conseguir prever o que vai acontecer e nem sentir qualquer tipo de dor, a não ser a picadinha da agulha, embora eu seja bem bom em disfarçar isso. Em um ou dois segundos ele vai falecer. Só aviso de antemão que o momento da morte pode ser desagradável. Em geral é como dormir, e a maioria dos donos diz que os cachorros pareciam aliviados. Mas cada cachorro é diferente. Não é raro um cachorro evacuar, ou revirar os olhos. Às vezes eles têm espasmos musculares. Mas é tudo totalmente normal, e nada disso sugeriria que o Argos sentiu qualquer coisa. Para ele vai ser como pegar no sono.

— OK — disse Jacob, mas pensou: *Eu não quero que isso aconteça. Não estou pronto para isso acontecer. Não pode acontecer.* Tinha sentido essa mesma coisa duas outras vezes: quando segurou Sam enquanto costuravam a mão dele de volta, e no momento em que ele e Julia contaram aos filhos que estavam se separando. Era a sensação de não querer viver no mundo, mesmo que fosse o único lugar para viver.

— Seria melhor se a gente conseguisse fazer o Argos se deitar aqui no chão. Você poderia colocar a cabeça dele no seu colo. Alguma coisa que seja confortável pra ele.

Encheu a seringa enquanto falava, sempre fora do campo de visão de Argos. Argos foi direto para o chão, como se soubesse o que esperavam dele, se é que não sabia o porquê. Tudo estava acontecendo rápido demais, e Jacob não conseguia segurar o pânico de que talvez ainda não estivesse pronto. Fez o carinho na barriga que tinha aprendido na única aula de adestramento de cães à qual tinha comparecido, para fazer o cachorro dormir, mas Argos não dormia.

— O Argos é velho — disse Jacob. Não tinha nenhum motivo para dizer aquilo, a não ser adiar as coisas.

— Um senhor — disse o veterinário. — Deve ser por isso que a gente se dá tão bem. Tente fazer ele ficar olhando pra você.

— Só um segundo — disse Jacob enquanto acariciava o flanco de Argos, os dedos deslizando por sobre e entre as costelas. — Eu não sabia que ia ser tão rápido.

— Quer ficar mais uns minutos sozinho com ele?
— O que acontece com o corpo?
— A menos que você tenha outros planos, a gente vai cremar.
— Que tipo de plano que as pessoas fazem?
— Enterro.
— Não.
— Então é isso que a gente vai fazer.
— Logo depois?
— Como é?
— Vocês cremam logo depois?
— Duas vezes por semana. Tem um lugar a uns vinte minutos daqui.

Argos soltou um ganido fraco e Jacob disse: — Você é bonzinho. É bonzinho. — E perguntou ao veterinário: — Em que altura do ciclo a gente está?

— Não sei se estou entendendo.

— Sei que não devia fazer diferença, mas não gosto de pensar no corpo do Argos parado aqui, esperando por quatro dias.

Será que as pessoas fazem shemirá para cachorros? Ninguém deveria ficar sozinho.

— Hoje é quinta-feira — disse o veterinário. — Então seria nesta tarde.

— Certo — disse Jacob. — Fico aliviado em saber.

— Quer mais alguns minutos? Não tem problema nenhum.

— Não, tudo bem.

— Você vai me ver pressionando a veia do Argos, só pra ter certeza de que a agulha vai entrar direitinho. Pode segurá-lo. Em alguns segundos, o Argos vai respirar mais fundo e vai parecer que caiu no sono.

Jacob ficou incomodado com a menção repetida do nome de Argos pelo veterinário, parecendo se recusar a se referir ao cão como *ele*. Pareceu cruel, uma lembrança constante de um tipo específico de pessoalidade de Argos, ou da identidade de Jacob enquanto nomeador de Argos.

— Mesmo totalmente inconsciente, o Argos pode respirar mais algumas vezes. Percebi que, por alguma razão, quanto mais velho o cachorro, mais tempo dura a respiração inconsciente.

— Interessante — disse Jacob, e, em um instante, enquanto o último *te* deixava a ponta da língua, o desconforto com a repetição do nome de Argos pelo veterinário se tornou uma raiva de si mesmo — a raiva que estava sempre enterrada, e sempre projetada, mas sempre ali. *Interessante*. Que coisa estúpida para se dizer naquele momento. Que comentário desimportante, barato, nojento. *Interessante*. Tinha passado o dia inteiro sentindo medo, tristeza e culpa por não ter podido dar um pouco mais de tempo para Argos, e orgulho de ter dado tanto tempo, mas naquele instante, quando o momento chegava, ele só sentia raiva.

— Está pronto para deixá-lo partir? — perguntou o veterinário.

— Desculpa. Ainda não.

— Claro.

— Você é bonzinho — disse Jacob, puxando com carinho a pele entre os ombros de Argos, do jeito que ele gostava.

Jacob deve ter lançado um olhar sugestivo para o veterinário, porque ele perguntou de novo: — Pronto?

— Não vai dar algum tipo de sedativo pra ele, ou, sei lá, um analgésico, pra ele não sentir a injeção?

— Alguns veterinários dão. Eu não. Pode acabar o deixando mais ansioso.

— Ah.

— Algumas pessoas gostam de ficar sozinhas por alguns minutos antes do procedimento.

Jacob apontou para a ampola na mão do veterinário e perguntou: — Por que o líquido é tão brilhante?

— Pra ninguém nunca confundir com outra coisa.

— Faz sentido.

Ele precisava deixar tudo aquilo partir, a raiva e tudo o mais, mas precisava de ajuda para fazer isso, mas precisava fazer isso sozinho.

— Posso ficar junto com o corpo? Até a cremação?

— Pode deixar, a gente dá um jeito.

Jacob disse "Argos", dando um nome ao cachorro pela segunda vez — uma vez no início, outra vez no fim.

Os olhos de Argos se levantaram e encontraram os de Jacob. Neles não se podia detectar aceitação. Nem perdão. Não havia ali consciência de que tudo o que tinha acontecido era tudo o que aconteceria. Como tinha de ser, e como devia ser. O relacionamento entre os dois não se definia por aquilo que podiam compartilhar, mas pelo que não podiam. Entre quaisquer dois seres existe uma distância única, impassável, um santuário onde não se pode entrar. Às vezes ele toma forma de isolamento. Às vezes toma forma de amor.

— OK — disse Jacob para o veterinário, ainda olhando nos olhos de Argos.

— Não se esqueça de como termina — disse o veterinário, preparando a agulha. — Argos morre satisfeito. Seu dono enfim volta para casa.

— Mas depois de muito sofrimento.

— Ele encontra a paz.

Jacob não disse "Tá tudo bem" para Argos.

Disse: — Olha pra mim.

Disse para si mesmo: *A vida é preciosa, e eu vivo no mundo.*

Disse ao veterinário: — Estou pronto.

Impressão e Acabamento:
GRÁFICA STAMPPA LTDA.